W0061434

den Geisterhand sah

Ich kann die Wör...

a, das sieht man ja!), aber wenn

l, dann ist es, als ob es mir den Hals

dafür, aber ich hab's vergessen.

e der Sache einen Namen geben.

ehr, als ich die meisten Ärzte bisher

Arme und Beine abgeschnitten

mlich oft gesehen! Ich glaube, diese

ten umgebracht als alle Gewehre

fe ich mir selber vor. Onkel

lber vor, aber ich will Ihnen die

h immer gut sein mag.

Jack Dann
Der Tag, an dem ich unsichtbar wurde

Jack Dann

Der Tag, an dem ich unsichtbar wurde

Roman

Deutsch
von Rainer Schmidt

Gustav Lübbe Verlag

Copyright © 1998 by Jack Dann
Titel der Originalausgabe: The Silent
Originalverlag: Bantam Books, a division of Bantam Doubleday
Dell Publishing Group, Inc., New York

Copyright © 1999 für die deutsche Ausgabe
by Gustav Lübbe Verlag GmbH, Bergisch Gladbach
Deutsche Übersetzung: Rainer Schmidt

Schutzumschlag-, Einband- und Vorsatzgestaltung:
Guido Klütsch, Köln
Umschlaggestaltung unter Verwendung eines Entwurfs
von Honi Werner
Satz: Agentur Bosbach, Köln
Gesetzt aus der ITC Berkeley Oldstyle
Druck und Einband: Clausen & Bosse, Leck

Alle Rechte, auch die der fotomechanischen
Wiedergabe, vorbehalten

Printed in Germany
ISBN 3-7857-0981-1

Sie finden die Verlagsgruppe Lübbe im Internet
unter: http://www.luebbe.de

Für Janet Webb …
Für wahre Anerkennung

Inhalt

Danksagung

Der Autor dankt den folgenden Personen herzlich für Unterstützung, Hilfe und Inspiration:

Irwyn Applebaum, Lou Boxer, Norm und Paddy Broberg, Susan Casper, Edith Dann, Lorne Dann, Terry Dowling, Gardner Dozois, Sue Drakeford, Harlan and Susan Ellison, Andrew Enstice (der mich mit Lieut.-Col. G.F. R. Henderson, C.B.!, bekanntgemacht hat), Keith Ferell, Greg Frost, William Gibson, Robert Harris (dessen Recherchen unbezahlbar waren), Ron und Louise Harris, David Hartwell, Merrilee Heifetz, Charlie und Betty Kochis, Chris Lawson, Pat Lyons, Race und Iola Mathews, Sean McMullen, Maja Nikolic, Steve Paulsen, Pamela Sargent, Tracey Schatvet, Thomas Schlück, den Mitarbeitern des Hupp's Hill Battle Park & Study Center und der Cedar Creek Battlefield Foundation, den Mitarbeitern des Wayside Inn, Lucius Shepard, Jonathan Strahan, Nick Stathopoulos, Nita Taublib, Dena Taylor, Christine Valada, Janeen Webb, Stewart Wieck, George Zebrowski und ganz besonders Jennifer Hershey und Tom Dupree und natürlich meiner Lektorin Pat LoBrutto, die weiß, warum.

9

Eine Art Anmerkung des Autors

Ich hab das hier geschrieben, und dann ist Onkel Randolph drübergegangen und hat meine Sätze und meine Kommas richtiggemacht und alles in Kapitel zerlegt und ein paar von den Zitaten reingemacht und in Ordnung gebracht, was in Ordnung gebracht werden konnte. Onkel Randolph und Dr. Keys halten es für »therapeutisch«, wenn ich alles aufschreibe, was passiert ist. Sie meinen, wenn ich bloß über all die schrecklichen Sachen schreiben kann, die passiert sind, dann gehen sie irgendwie weg oder so was, und ich glaube nicht mehr, daß es alles meine Schuld ist.

Ich finde, Onkel Randolph sollte nicht auf Ärzte hören.

Wie dem auch sei, ich hab versucht, so zu schreiben, wie alle geredet haben; bei dem, was die Schwarzen so sagen, ist es manchmal schwierig, aber ich hab mich bemüht. Onkel Randolph ist auch da noch mal drübergegangen. Und er hat ein paar von den Flüchen und Schimpfwörtern rausgenommen; er meinte, das liest sich nicht so gut, weil er sagt, ich hätte zu viele benutzt, aber ein paar hat er doch stehenlassen, damit man ein Gefühl für die Wahrheit kriegt. Was Wichtiges hat er aber nicht weggemacht, obwohl er sagte, ihm wird ganz krank ums Herz, wenn er das liest.

Darüber weiß ich nichts.

Jetzt ist es fertig, und wenn was nicht stimmt, ist es wahrscheinlich meine Schuld.

Das meiste ist jedenfalls wahr.

EDMUND »MUNDY« McDOWELL
16. NOVEMBER 1864
SCRANTON, PENNSYLVANIA

1. Kapitel

Wie ich den Geisterhund sah und nicht mehr reden konnte

O ja! O ja!
Ich hab' gezaubert!
O ja! O ja! O ja!
Ich hab' getötet,
Ohne einen Grund, einen Grund,
einen Grund
Auf der Welt.

ZAUBERLIED

*E*s war so um die Zeit, als ich den Geisterhund sah und unsichtbar wurde, daß ich vergaß, wie man spricht. Ich kann die Wörter im Kopf denken und sie aufs Papier schreiben (na, das sieht man ja!), aber wenn ich den Mund aufmache und reden will, dann ist es, als ob es mir den Hals zuschnürt. Doktor Keys hatte ein Wort dafür, aber ich hab's vergessen. Anscheinend war allen wohler, als sie der Sache einen Namen geben konnten. Und das ist auf alle Fälle mehr, als ich die meisten Ärzte bisher habe tun sehen – außer daß sie Soldaten Arme und Beine abgeschnitten haben. Und das hab ich zum Teufel ziemlich oft gesehen! Ich glaube, diese gottverdammten Ärzte haben mehr Soldaten umgebracht als alle Gewehre und Kanonen zusammen. Aber jetzt greife ich mir selber vor. Onkel Randolph sagt, ich greife mir dauernd selber vor, aber ich will Ihnen die ganze Geschichte erzählen, wozu das auch immer gut sein mag.

Vermutlich könnte ich überall anfangen, aber manches würde zu lange dauern; also fange ich am 23. März 1862 an. Das war ein Sonntag – kalt und ungemütlich und wolkig.

Allerdings, wenn ich's mir recht überlege, hat es um die Zeit nur einen einzigen richtig *sonnigen* Tag gegeben, nämlich zehn

11

Tage bevor General Jackson unsere Armee aus Winchester abzog, weil General Banks mit seinen Unionstruppen von Harpers Ferry heruntergekommen war, um bei uns einzufallen. Nicht mal er und Colonel Ashbys »Sechshundert« hätten gegen Banks und seine blauärschigen Kämpfer etwas ausrichten können. Es war, als gäb's eine Million von denen. Junge, war das ein Aufruhr in Winchester! Pappa ging mit mir in die Stadt, um General Jackson zu sehen, aber dem bin ich ja später selber begegnet, und ich wünschte, ich hätte es nicht getan. Als unsere Armee in Richtung Talchaussee abzog, da mußten alle Mädchen und alten Damen weinen; sie heulten, daß wir jetzt gottlosen Tyrannen überlassen würden, und sogar von den Soldaten weinten ein paar, genau wie ihre Mütter, und dann fingen sie plötzlich einfach an »*Yes, in the sweet by and by*« zu singen, und ziemlich bald sangen alle mit, bis sie weg waren. Dann wurde es totenstill in der Stadt; das kann ich Ihnen sagen. Na, vielleicht nicht *ganz* so still, aber doch ziemlich. Keiner hatte Lust zu reden. Ich schätze, es war einfach allen zum Heulen.

Aber ich komme schon wieder von meiner Geschichte ab …

An dem Sonntag jedenfalls, von dem ich eigentlich angefangen habe zu erzählen, hatten die Leute in Winchester einen verdammt guten Grund zum Jammern und Heulen, denn da war die Schlacht, die jetzt die Schlacht von Kernstown heißt und von der Sie alle wissen. Das war, als Jackson geradewegs die Landstraße herauf zurückkehrte, um gegen die Unionstruppen zu kämpfen, die zwei zu eins in der Überzahl waren. Und es war schlimm! Aber ich werde darüber schreiben, ganz gleich, wie weh es tut.

Pappa bestand ja darauf, daß ich jeden Sonntagmorgen in die Kirche ging. Er hatte zwar nie eine eigene Kirche, aber er war doch ein richtiger Geistlicher. Meistens Episkopalier. Und weil wir auch die Farm und die Tagesschule hatten, kamen wir ganz gut zurecht. Meistens gingen wir in Landkirchen und zu Gebetstreffen bei den Leuten zu Hause, wo Pappa einer Schlange die Haut vom Leibe predigen konnte, wie Mutter immer sagte, wenn er sie zu was überreden wollte. Aber Pappa hatte auch Freunde in

Winchester und war von Mr. Williams (das war der Rektor) eingeladen, in der Episkopalierkirche in der Kent Street zu predigen. Mutter war ganz aufgekratzt, weil sie zu gern in die Stadt fuhr und sich mit allen Leuten traf, vor allen Dingen mit Mrs. McSherry, die ihre beste Freundin war. Mrs. McSherrys Söhne konnte ich aber nicht leiden. Jedenfalls nicht besonders.

Ich ging natürlich nicht mit in die Kirche, weil ich nämlich eine Hautflechte hatte. Ich hatte den ganzen Kopf voll Ausschlag, und es juckte hundsgemein. Mein Vater meinte, das Leiden käme daher, daß ich mich mit den Niggerkids rumtrieb – er sagte allerdings niemals »Nigger«, obwohl wir selbst zwei hatten, bis sie zu den Unionstruppen wegliefen. Wir durften immer nur »Farbige« sagen oder »Schwarze« oder »Dienstboten«. Wie alle Welt nannte ich die alten »Onkel« und »Tante« genau wie meine richtigen Onkel und Tanten – jedenfalls diejenigen, die ich so gut kannte wie Verwandte. Ich hab das nie verstanden bei ihm. Gott, die Nigger nannten sich ja selber Nigger! Jedenfalls nahm er an, ich hätte den Ausschlag von den Niggern, die auf der Nachbarfarm wohnten – die borgten wir manchmal, damit sie uns bei der Landarbeit halfen –, aber ich schätze, ich hatte ihn mir von David Stewards Hund geholt. David war einer von Pappas Schülern, und sein halbtoter Irischer Setter hatte schlimm die Räude, aber mir tat das verdammte Biest leid, und ich streichelte es. David hatte auch diese Flechte; es mußte also an dem Hund liegen. Die Nigger hatten sie natürlich auch. In dem Sommer hatte sie anscheinend jeder außer Mutter und Pappa.

Mutter war es gleich, woher ich die Flechte hatte. Sie tat ihr Bestes, um sie zu heilen, indem sie mir den Kopf mit einer Silbernitratlösung einrieb, die wie Feuer brannte, und mit einer anderen Tinktur, die sie gemacht hatte, indem sie einen Kupferpenny in Essig warf; davon sind mir die Haare teilweise ausgefallen, und bis jetzt sind sie noch nicht richtig nachgewachsen. Und als weitere Demütigung mußte ich einen Turban auf dem Kopf tragen, damit ich »nicht dran kratzen und alle anderen damit anstecken« konnte.

13

»So kann ich nicht auf die Straße«, sagte ich zu Pappa, als er mich aus meinem Zimmer rief, weil er dachte, ich wäre für die Kirche angezogen und rausgeputzt. Ich war aber im Schlafanzug und hatte den Turban abgenommen. Meine Haare waren zerzaust und fettig und juckten. Pappa trug seinen besten schwarzen Anzug und eine glänzende Krawatte, und Mutter hatte ihr Sonntagskleid und eine Brosche an und eine Haube mit einer weißen Schleife auf dem Kopf.

Er wandte sich an Mutter und sagte: »Wenn du dich mit ihm verschworen hast, damit er am Tag des Herrn zu Hause bleiben kann, dann hättest du mir das zumindest sagen können. Dann hätte ich Vorkehrungen getroffen. Wir hätten uns Eliza von Arthur Allen ausborgen können. Sie hätte sich um ihn gekümmert, während wir weg sind, und dafür gesorgt, daß er eine anständige Bibelstunde bekommt.« Pappa schüttelte den Kopf, als ob er zu jemandem nein sagte. »Seine Schwarzen sind wenigstens nicht zu den Yankees ausgerissen.«

»Du *weißt*, warum unsere fortgelaufen sind«, sagte Mutter in scharfem Ton. Das verschlug Pappa auf der Stelle die Sprache, und sie sah mich an und sagte: »Und wie, glaubst du, würden wir dastehen, wenn wir Mundy mit diesem verkrusteten Kopf mitnehmen würden? Mr. McDowell, manchmal frage ich mich, ob –« Mutter fing immer an und brach dann einfach so ab. Jetzt war *sie* diejenige, die schuldbewußt aussah. Sie sprach leise, als ob sie jemand Wichtigem vorgestellt würde. »Mundy kann ganz gut allein hierbleiben. Ich habe seine Bibelstunde vorbereitet; er kann studieren, während wir in der Kirche sind. Ich habe auf deinem Tisch alles zurechtgelegt. Du möchtest es selbstverständlich vielleicht noch absegnen. Und auf dem Weg zur Kirche können wir bei Mr. Allens Farm vorbeifahren. Er wird sicher nichts dagegen haben, einen seiner Dienstboten rüberzuschicken, damit er nach Mundy schaut.« Sie sah mich an und nickte, als ob sie sagen wollte: »Ich hab's dir ja gesagt.«

Aber ich wußte, daß sie das nicht tun würden. Sie drohten mir immer mit Eliza. Aber die ließ mich immer nur die »Auferstehung des Lazarus« oder »Daniel in der Löwengrube« lesen, und dann putzte sie sich mit Mutters Kleidern und Hauben und ihrem Schmuck raus und drehte sich im Kreis, als wäre sie auf einem Ball. Aber gestohlen hat sie nie was.

Ich hörte ein ordentliches Krachen von Kanonenschüssen in der Ferne, und Mutter kriegte diesen komischen Gesichtsausdruck, den sie immer kriegt, wenn sie sich Sorgen macht, und sie sagte: »Vielleicht sollten wir alle hier bei Mundy bleiben.«

Aber Pappa sagte: »Das sind nur die üblichen Belästigungen durch den Feind.« Und damit hatte sich's.

Aber er humpelte doch auf die Veranda hinaus, um zu lauschen. Ich hätte wahrscheinlich schon erzählen sollen, daß Pappa als Kaplan in der Miliz gedient hat, bis er eine Knochenentzündung im Bein kriegte. Fast wäre er an Blutvergiftung und Hirnentzündung gestorben, und danach brauchte er einen Stock, und manchmal gerieten ihm die Worte durcheinander – aber nie, wenn er einer Schlange die Haut vom Leibe predigte.

»Das sind nur Scharmützel, wie gestern und vorgestern«, sagte er und schnupperte, als ob er den Lärm riechen könnte. Das tat er immer in dem Schulhaus hinter der Scheune; da hob er den Kopf und schnupperte, und dann gab's was mit der Gerte, wenn da einer gerade Zettelchen weitergab oder flüsterte oder einfach nicht richtig aufpaßte. »Aber es könnte noch etwas daraus werden. Dein Colonel Ashby, Gott segne ihn, scheint General Shields wieder auf die Zehen zu steigen. Und ich höre, daß Jackson nach Norden marschiert. Aber das ist alles nur Gerede. Das gleiche höre ich fast jeden Tag.« Er schnupperte wieder, und richtig: Das Geknalle der Musketen ging los und hörte dann wieder auf, und es sah aus, als würde es doch noch ein gewöhnlicher Sonntag werden, bloß daß ich nicht zur Kirche gehen mußte.

Schließlich rückte Mutter doch damit heraus und sagte: »Ich habe Angst, Mundy alleinzulassen.«

»Nun, ich habe Mr. Williams feierlich versprochen, eine Predigt zu halten, und eines Mannes Wort ist ein eisernes Band. Du kannst mitkommen oder hierbleiben, wie du willst.«

Wissen Sie, Mutter hatte so eine Art, Pappa immer alles zu verdrehen. Es kam überhaupt nicht in Frage, daß sie bei mir blieb und nicht in die Stadt fuhr, selbst wenn sie sich ein bißchen Sorgen um mich machen müßte. An Kanonaden und Scharmützel waren wir gewöhnt. Es war vermutlich auch nicht mehr, als wenn wir jeden Tag ein Gewitter gehabt hätten. Aber das stimmte nicht. Alle hatten Angst; es hatte bloß niemand Lust, es sich anmerken zu lassen.

Ich sah meinen Eltern nach, wie sie mit ihrem Wagen wegfuhren, aber ich wußte nicht, daß ich sie nur noch einmal im Leben wiedersehen würde. Oder daß dieser Sonntag mehr als bloß ein Gewitter bringen würde.

Alle Hunde der Hölle würde er bringen.

Ich lauschte eine Zeitlang den Kanonensalven und dem Musketenfeuer, die über die Hügel hallten, und wartete darauf, daß es wieder aufhörte. Das tat es immer. Aber dann fing es gleich wieder an, wie Regen, der auf ein Blechdach prasselt. Ich wußte, daß da mehr als ein Scharmützel bevorstand – ich *fühlte* es –, und ich wußte auch, Mutter würde Pappa vielleicht dazu überreden, den Wagen zu wenden; also ging ich hinaus, hinter den alten Kornspeicher, der abgebrannt war. Ich ging am Garten und an dem Holzschuppen am Waldrand vorbei, um nach den Kummen zu sehen – so nannte Pappa unsere Kaninchenfallen. Ich weiß nicht, warum wir sie so nannten; ich habe Pappa mal danach gefragt, und er hat bloß gesagt, so heißen sie eben. Wir benutzten Kisten, zwei Fuß lang und mit Apfelstückchen geködert, und die funktionierten allemal besser als Schlingen. Pappa war kein großer Flintenschütze und hatte auch nie Zeit dazu; deshalb aßen wir im Winter viel Kaninchen. Bis zum Sommer fing ich wohl mindestens fünfzig Stück, und das war mehr als genug, um das, was wir an Speck, Wurst, Schweinsfüßen und Schinken hatten, zu ergänzen. Es war nicht erlaubt, am Sabbat

Kaninchen zu schlachten, aber ich tat es meistens trotzdem. Ich ließ sie dann im Räucherschuppen hängen, denn es wäre nicht fair gewesen, sie bis Montag in der Kumme zu lassen.

Ich wußte, daß ich mir selbst was vormachte, indem ich so geschäftig in den Wald rauslief, um nach den Fallen zu sehen. In Wirklichkeit wollte ich nach den Scharmützeln sehen, das war mir klar, aber mir war wohler, wenn ich mir was vormachte. Vielleicht würde ich es mir noch anders überlegen und wieder nach Hause gehen, um die Bibel zu studieren.

Ich fand nur ein Kaninchen; es war in der Kumme an unserer Grenzmauer, ein großes Biest mit braunen Flecken, und als ich es mit der linken Hand bei den Hinterbeinen packte, da zappelte es, als ob es vibrierte. Ich weiß, wie man ein Kaninchen schnell und wirkungsvoll schlachtet; man gibt ihm einfach einen scharfen Schlag in den Nacken und läßt es fallen, bevor es stirbt. Bringt Unglück, wenn es einem in der Hand krepiert. Tante Hannah – das war unsere Dienstbotin, die weggelaufen war, um bei Onkel Isaak zu bleiben – hat mir erzählt, wenn einem ein Tier in der Hand krepiert, bringt das Unglück, und man stirbt todsicher vor dem nächsten Geburtstag. Also ließ ich sie immer schnell fallen.

Jedenfalls – ich war drauf und dran, diesem fetten Karnickel mit der Handkante eins hinter die Löffel zu geben und es neben die Kumme zu werfen, als mich etwas Merkwürdiges überkam, und statt es zu töten, warf ich es über die Mauer und ließ es in den Wald entkommen. Bis heute weiß ich nicht, warum ich das getan habe. Nicht weil mir das Karnickel irgendwie leid getan hätte. Vielleicht war es, weil ich wußte, daß ich mein Wort brechen würde, das ich Pappa gegeben hatte, und daß ich rauslaufen und mir das Scharmützel ansehen würde. Vielleicht wollte ich nicht zwei Sünden hintereinander begehen. Wütend über meine eigene Dummheit, kletterte ich über die Mauer und verließ die Farm. Aber irgendwas fühlte sich anders an; es war nicht in Ordnung, als ob sich in diesem Augenblick irgendwas verändert hätte, ohne daß ich sagen könnte, was es war.

Es war nicht schwer rauszukriegen, wo gekämpft wurde. Ich brauchte nur meinen Ohren zu folgen, und auf diese Weise kam ich natürlich ganz in die Nähe von Mr. Joseph Bartons Farm. Ich kannte diese Gegend ziemlich gut und lief quer durch den Wald und über die Höhe des Sandy Ridge. Hatte ja keinen Sinn, in voller Lebensgröße über die Felder zu laufen und sich den dämlichen Arsch abschießen zu lassen. Der Wald war leer, weil die Kämpfe sich weitgehend auf die Landstraße konzentrierten, und es waren bloß Scharmützel und nicht viel mehr, nach allem, was ich hören konnte. Aber viel sehen konnte ich nicht, nicht mal von der Höhe des Sandy Ridge, obwohl er ziemlich hoch ist; Sandy Ridge fängt westlich von Westminster an und zieht sich ungefähr sechs Meilen weit runter bis zum Opequon Creek. Die Landstraße ist nicht weit und verläuft parallel dazu.

Ich schätzte, daß die Yankee-Kanonen irgendwo in der Nähe von Pritchard's Hill abgefeuert wurden und daß unsere eigenen das Feuer von Hodge Run oder vielleicht aus noch tieferen Stellungen erwiderten. Wenn General Jackson und seine Armee in der Nähe waren, dann waren sie jedenfalls nicht *hier*.

Aber kaum hatte ich mir das alles zurechtgelegt, hörte ich überall Zweige knacken. Dann krachte es, als ob ungefähr tausend Musketen ringsherum abgefeuert würden, und plötzlich flog ein Wirbelwind von Kugeln durch die Gegend, zischend wie lauter Schlangen. Ich konnte es beinahe fühlen, als eine Minié-Kugel mit dumpfem Schlag rechts neben mir in einen Baumstamm fuhr. Jemand schrie, und ich hörte, wie eine Kugel etwas Weiches traf, und dann gab es ein Geräusch, wie wenn jemand einen Schlag bekommen hätte, daß ihm die Luft wegblieb. Und dann hörte ich ein herzzerreißendes Geheul wie von einer Mutter, die eben ihren Sohn verloren hat. »Los, weiter, Jungs«, schrie einer im Dialekt der Blauwänste, und wieder knackten Zweige, als Männer durch den Wald rannten.

Ich blieb dicht am Boden. Er war kalt und feucht; ich roch das Moos an den Birken, und ich schwöre, ich roch auch den Schweiß

der Soldaten, einen Geruch wie von sauren Äpfeln, obwohl ich
nicht viel von ihnen sehen konnte. Ein paar Männer sah ich wohl
zwischen den Bäumen; es konnten unsere sein, aber ich konnte es
nicht genau erkennen – ebensogut hätten es auch Yankees sein
können. Ich kauerte mich noch tiefer an die Birke, als könnte ich
mich in die Rinde quetschen, als die Musketen wieder losfeuer-
ten. Es war schwer zu sagen, woher die Kugeln kamen. Es sah
nicht so aus, als ob hier draußen sehr viele Soldaten sein könnten.
Die meisten Yanks waren mindestens eine halbe Meile weit weg.
Dann hörte ich jemanden dicht neben mir durch den Wald kommen, und er rief und rief mit der kläglichsten Stimme, die man je
gehört hat: »Wo sind meine Jungs? Wo sind meine Masters?«
Und die Stimme klang haargenau wie Jimmadasin, der Hausdiener der McSherrys. Er war unverwechselbar; seine Stimme war so
hoch und dünn, daß sie klang wie eine Frauenstimme. Aber ich
dachte immer, daß er sich einen Jux mit uns machte, denn wenn
er sang, wurde seine Stimme plötzlich tief und voll. Er hatte auf
Allan und Harry McSherry aufzupassen; die beiden waren zwölf
und vierzehn. (Ich habe schon von ihnen erzählt; ihre Mutter,
Cornelia, war die beste Freundin meiner Mutter.)

Na, die Schießerei hörte dann auf, und jemand sagte: »Mach,
daß du hier rauskommst, du verrückter Nigger! Willst du dich
umbringen lassen?« Das klang wie einer von unseren Jungs, aber
ich schätze, dem Nigger war es ziemlich egal, wer es war, denn er
ging immer weiter, bis er direkt neben mir war.

Und ganz wie ich's mir gedacht hatte: Es *war* Jimmadasin,
und zwar leibhaftig. Er hatte die dreckige Filzmütze auf, die er
immer trug, tief in die Stirn gezogen, und obwohl er schon alt
war, war er nicht größer als ich. Sein Gesicht war so runzlig wie
eine Dörrpflaume mit buschigen weißen Augenbrauen, und er
zitterte, als ob er gleich einen Krampf kriegte. Aber er versteckte
sich nicht und duckte sich auch nicht, um diesen Minié-Kugeln
auszuweichen. »Lieber Gott, bitte, das sind doch bloß Kinder,
alle beide«, winselte er und breitete die Arme aus wie ein Predi-

ger, der Gott anruft. »Bitte, Masters, macht sie nicht tot!« Dann drehte er sich um und sah mich, und vor Überraschung wäre ihm beinahe der Kopf nach hinten weggeknackt. »Lieber Gott, wahrhaftig, ich hab einen von meinen Jungs gefunden, siehst du? Das ist 'n Wunder.«

Ich gab keinen Laut von mir. Kein Wort würde ich reden mit diesem verrückten Nigger, der offenbar entschlossen war, sich selbst – und mich – umbringen zu lassen. Aber es achtete auch keiner auf uns. Eine neue Explosion von Musketenschüssen ließ die Bäume zittern. Man hörte Leute schreien und weinen, und dann war es still; nur bei der Landstraße wurden noch Kanonen abgefeuert. Mir wurde plötzlich klar, wieviel Angst ich hatte, und ich zitterte wahrscheinlich genauso wie Jimmadasin, denn er nahm mich plötzlich in die Arme und gurrte und sagte: »Die Soldaten sind weg, und der junge Master ist ganz sicher bei mir.« Ich glaube, dann kauerten wir einfach bloß an dem Baum und wiegten uns gegenseitig wie Babys, bis das Zittern aufhörte und mir klarwurde, daß ich mich erniedrigte. Aber Jimmadasin mußte meine Gedanken gelesen haben, oder er dachte das gleiche, denn er ließ mich behutsam los, richtete sich auf, schlug sich auf die Beine wie einer, der friert, und sah sich um, als wäre er plötzlich ganz neugierig und ungeduldig. »Wir müssen abhauen; da kommen bestimmt noch mehr Soldaten.«

»Was machst du denn hier?« fragte ich, als wäre ich gerade aufgewacht und hätte ihn über mir gesehen, mit einem Gesicht, so groß wie der Mond.

»'n Moment lang dachte ich, du bist der junge Harry.« Er streckte mir die Hand entgegen. »Ehrlich und wahrhaftig. Aber jetzt komm, es ist gefährlich hier.«

Ich ließ mich hochziehen, aber bevor wir losrannten, um uns in Sicherheit zu bringen, wollte ich meine Frage zufriedenstellend beantwortet haben. Und ich weiß, das klingt verrückt, wo doch gerade noch vor ein paar Augenblicken die Musketen geknallt hatten und die Soldaten überall herumgerannt waren, aber ich fühlte mich sicher hier im Wald. Kein Vogel sang, und Kanonen und Musketen knallten, aber hier fühlte man sich irgendwie unantastbar, wie heilig oder so was. Ich sagte schon, es ergab keinen Sinn. »Ich gehe nirgendwohin«, erklärte ich, »bis du mir erklären kannst, was du hier machst.«

»Was machst *du* denn hier?«

»Ich habe *dich* gefragt.«

»Du bist nicht mein Master, aber ich sag dir, was ich schon den Soldaten gesagt hab: Ich suche meine Masters, meine Kinder, und meine Mistress ist halb von Sinnen vor Sorge.«

»Dann hat Mrs. McSherry dich geschickt«, sagte ich, und glauben Sie mir, es war mir nicht entgangen, daß er jetzt mit einer dunklen, tiefen Stimme sprach, die mir fast Angst einjagte.

»Ich hab mich *selbst* geschickt.« Jimmadasin wollte mich wegziehen, aber ich wollte mich erst mal umsehen, weil ich ganz in der Nähe jemanden stöhnen hörte. »Ich muß meine Masters finden, und du mußt mir helfen. Ich werd dich für deine Eltern retten, und du wirst dich nicht wehren oder mir weglaufen, um da um tote und sterbende Soldaten rumzuschleichen.«

»Und was willst du dagegen machen?« Die Erniedrigung ließ meine Ohren brennen.

»Dir den Arsch verhauen, das werd ich machen«, sagte Jimmadasin in einem dunklen Grollen, niederträchtig und drohend, und es war, als ob ich wieder sechs Jahre alt wäre. Ich hab das wahrscheinlich noch nicht erwähnt, aber als ich klein war, drohte Pappa mir immer, indem er sagte, wenn ich nicht täte, was Mutter sagte, dann würde er Mrs. McSherry rufen, und die würde ihren Jimmadasin mit seinem Diebssack schicken: Der würde mich dann stehlen, so daß sie mich los wäre. Ich hatte Jimmadasin mal mit einem Sack über der Schulter nach Hause gehen sehen, und deshalb wußte ich, daß es stimmte. Jedenfalls hatte Pappa eine Art Buhmann aus ihm gemacht, und ich träumte oft, daß Jimmadasin durch mein Fenster geklettert kam, obwohl es im ersten Stock lag, und mich in seinen Sack steckte. Dann schleppte er mich irgendwohin, wo es dunkel und schmutzig war, und wenn er mich aus dem Sack zog, hatte ich mich irgendwie in ein Mädchen verwandelt. Dann wachte ich schreiend auf. Ich hab erst später rausgefunden, daß er in Wirklichkeit James Madison hieß, nach dem alten Präsidenten. Aber als er jetzt mit dieser dunklen Stimme sprach, mit der ich ihn sonst singen hörte, da wußte ich, daß ich genau das tun würde, was er wollte. Er war so groß wie ich, aber alle Welt wußte, wie stark er war. Ich ging also mit, bis ich irgendwann weglaufen könnte. Eine Zeitlang hielten wir uns im Wald, und dann ging es über ein Feld, wo hier und da eingestürzte Mauern standen. Wir waren zwischen der Cedar Creek Road und der Middle Road, und weit vor uns sahen wir das Mauttor, die weißen Zelte des Yankee-Camps und natürlich die Stadt Winchester. Der Himmel war grau, und es sah nach Regen aus. Plötzlich fühlte ich die Kälte, vielleicht weil ich keine Schuhe trug; aber solange kein Schnee lag, daß einem davon die Zehen abfroren, trug ich meistens keine. Ich hatte so viele Schwielen, daß ich über Steine und Disteln laufen konnte, als ob ich Schuhe anhätte. Aber eine kurze Jacke hatte ich an, und das war eigentlich warm genug.

Und aus heiterem Himmel, nachdem wir schweigend so gegangen waren, sagte Jimmadasin: »Tut mir leid, daß ich grob war. Ich wollte dich nicht versohlen, sondern dich beschützen.« Seine Stimme klang immer noch leise und dunkel und grollend.

»Ich weiß«, sagte ich.

Er nickte. »Dann zeig mir jetzt, wo meine Masters sind.«

»Woher soll ich wissen, wo die sind?«

»Du weißt es.«

»Nein, weiß ich nicht.«

»Du spielst doch mit ihnen.«

»Nur manchmal, aber heute nicht.«

Er schaute zu Boden, und ich sah, daß er enttäuscht war. »Dann bring ich dich jetzt nach Hause, wo du in Sicherheit bist, und such sie alleine. Bleib hier nicht stehen, wir müssen weitergehen. Die Soldaten hinter uns, von denen haben wir bloß 'n paar gesehen, aber da kommt 'ne ganze Armee.« Und dann flüsterte er fast wie zu sich selbst, aber ich konnte es doch hören: »'ne ganze gottverdammte Armee.«

»Wem seine?« fragte ich.

»Gen'l Jackson seine.«

»Hast du ihn etwa gesehen?«

»Ich weiß es, das reicht doch. Sagst du mir jetzt, wo meine Masters sind, oder soll ich dich nach Hause bringen? Das sollte ich wahrscheinlich sowieso machen.«

Er nahm mich beim Arm, sanft, aber doch fest, und ich hielt es für klüger, ihn zu beschwichtigen. »Ich kann dir die Stellen zeigen, die ich kenne, aber genausogut kannst du 'ne Nadel im Heuhaufen suchen.«

»Machen kann man's.«

Und ich bemühte mich ernsthaft; ich führte ihn zu allen Stellen, die ich in der Gegend kannte, wo es Harry und Allen am besten gefiel. Weil sie immer alles kriegten, was sie wollten, und deshalb eigene Musketen hatten, ging ich oft mit ihnen auf die Jagd. (Natürlich schossen die Dinger immer zu weit, aber wenn man sich daran gewöhnt hatte, war die Chance doch ziemlich gut, daß man was traf.) Manchmal ließen sie mich auf Tauben oder Rebhühner schießen, und ich mochte ihre Hunde, die immer mitkamen. Ich führte den alten Jimmadasin also nach Neil's Damm und in den Wald, wo wir immer Glück hatten, und an ein paar andere Stellen mit guter Aussicht, wo sie wahrscheinlich sein würden, wenn sie überhaupt irgendwo waren. Jimmadasin wurde allmählich nervös, weil er fand, daß wir der Gefahr zu nah kamen, und er fing an, mit hoher, dünner Stimme mit sich selbst zu reden, als wäre er seine eigene Mutter, die mit ihm schimpfte.

Ich sprach ihn darauf an.

»Du glaubst, ich bin ein dummer Scheißnigger, nicht wahr, aber das bin ich nicht. Du bist weiß und brauchst dir keine Sorgen wegen nichts zu machen. Wenn du farbig wärst, würdest du's

23

schnell begreifen, glaub mir.« Er lachte, aber sein Tonfall klang
niederträchtig und leise. »Und du hast auch gedacht, ich wär
'n dummes, verrücktes Arschloch, Master Mundy, als ich so durch
'n Wald lief und meine Jungs suchte. Aber die Soldaten erschießen
keinen, wenn sie glauben, er ist 'n dummer Nigger mir 'ner Mam-
mastimme, oder? Nicht die 'föderierten und nicht die Yankees. Das
hab ich dir schon bewiesen. Wenn ich mich versteckt hätte und
wenn sie mich gefunden hätten – die hätten Jimmadasin den Arsch
abgeschossen. Und dich hätten sie vielleicht gleich mit abgeknallt,
um's gründlich zu machen oder aus Versehen.«

Ich gab zu, daß so etwas möglich war.

»Also kommt vielleicht noch mal 'ne Zeit, wo Master Mundy
von diesem Nigger hier ein paar Tricks lernt«, sagte Jimmadasin,
und wir mußten beide lachen, denn jetzt wußten wir etwas, was
sonst niemand wußte. Und während wir uns die Beine krumm-
liefen und nach Harry und Allan McSherry suchten, wurden die
Kämpfe immer schlimmer, und wir mußten uns zurückziehen
und weiter in Richtung Cedar Creek Road hinaufgehen, dahin,
wo sie am Mauttor auf die Talchaussee trifft, in der Nähe von Ab-
raham's Creek. Diesen Bach kannte ich, und Harry und Allan
kannten ihn auch, aber ich wußte, wenn sie da waren, würden sie
nicht so weit weg von den Kämpfen sein, und die waren hinter
uns, im Wald und auf den Feldern zwischen der Cedar Creek
Road – dem unteren Teil – und der Valley Pike, der Talchaussee
bei der Kirche von Opequon. Und Jimmadasin hatte verdammt
noch mal recht: Wir sahen unsere konföderierten Jungs, wie sie
auf zwei Wegen von der Landstraße heraufmarschierten. Wir be-
fanden uns oberhalb davon, aber das war kein Scharmützel, das
war Krieg. Wir hörten so viele Kanonensalven, daß ein beständiges Rollen daraus wurde, wie der Donner, der nicht mehr auf-
hört und nach jedem Blitz lauter wird. Anscheinend waren jetzt
überall um uns herum Soldaten, Yankee-Soldaten, und wir rannten nur noch, ohne zu reden. Ich muß zugeben, ich war froh, daß
Jimmadasin meine Hand festhielt. Alles schien gleichzeitig schnell

und langsam zu gehen. Ich weiß, das klingt verrückt, aber es war so. Alles passierte innerhalb von einer Sekunde, aber es dauerte gleichzeitig auch lange. Ach, ich weiß nicht, es war eben so. Überall war Rauch wie von einem Brand, und ich roch Pulver – es roch scharf und stach in der Nase, als ob ich Pfeffer und Eisenspäne eingeatmet hätte –, und eine Explosion ganz in der Nähe hätte uns fast umgeworfen, und Metallsplitter und Stücke von Bäumen flogen durch die Luft, und heiliger Jesus, mir war, als ob da eine blutige Hand in all dem Dreck und den Trümmern herunterfiel, und Männer schrien um Hilfe und riefen nach ihren Müttern, und dann, verdammt noch mal, explodierte doch noch eine Granate, wie wenn der Blitz zweimal an derselben Stelle einschlägt, und Erdklumpen und Blätter und Äste flogen durch die Gegend, es war, als ob die ganze Welt in die Luft fliegen würde, und wieder hörte ich Schreie – wahrscheinlich auch unsere eigenen –, und ich trat auf irgendwas, das unter meinem Fuß zu platzen schien. Das war ein Stück von jemandem, denn mein Fuß war blutig und klebrig, und ich weiß, daß ich jetzt anfing zu schreien, ich weiß nicht wieso, denn in gewisser Weise hatte ich gar keine Angst, es war, als ob ich irgendwo aus der Ferne zuschaute, wie Jimmadasin und ich wie die Irren rannten, und alles wurde dunkel und neblig, und alles schrie und schoß, und Jimmadasin zerrte mich mit sich, und wir schrien beide, und dann war es plötzlich vorbei, und wir saßen nebeneinander in einem Feld und keuchten, und ich war so erschöpft, daß ich ein bißchen kotzte, bevor ich auch nur zu Atem gekommen war. Ich spürte noch immer das Ding, auf das ich da getreten war, unter meinem Fuß, was immer es gewesen sein mochte, und mit Dreck und Laub rieb ich das Blut ab, so gut es ging. »Mach, daß du wegkommst, Boy!« brüllte ein Yankee-Soldat vor uns, und mir war nicht klar, ob er mich oder Jimmadasin meinte. Ein Bannerträger rannte hinter ihm her, der nicht viel älter aussah als ich selbst. Ich hätte gegen die Yanks kämpfen müssen, aber Pappa wollte davon nichts wissen, und vielleicht hätte ich weglaufen sollen, um mich der Miliz anzuschließen, aber ich schätzte, daß er es trotzdem verhindert hätte. Mutter heulte immer, ich sei doch noch ein Baby, wenn ich davon anfing. Dabei war ich alt genug, um wenigstens Trommler zu werden. Mit zwölf konnte man Trommler sein, mit vierzehn Soldat. »Raus da!« schrie jemand, und wieder wußte ich nicht, ob er die Soldaten oder uns meinte, aber Jimmadasin und ich liefen doch weiter. Immer mehr Yanks zogen hinunter, unseren Jungs entgegen; zu Tausenden, wie es aussah, marschierten sie einen Feldweg hinunter, der kaum mehr als ein Pfad war, und sie hatten alles dabei, sogar Kanonen. Ich glaubte, hier oben wären wir sicher, aber dann stießen wir auf einen Blauwanst, der aussah, als lehnte er schlafend an einem Baum. Der Soldat hatte ein Bein ausgestreckt und das andere an die Brust gezogen, und das war eine gute und bequeme Stellung zum Schlafen. Bloß hatte er eine Sauerei auf dem Schoß, die aussah wie ein Haufen Würste.

»Gedärm«, sagte Jim und zog mich weiter. »Muß schon von heute morgen sein, weil es so geschwollen ist. Die großen Kanonen machen das, lassen alles in die Luft fliegen, wie wir's vorhin gesehen haben.«

Mir war ein bißchen übel, aber nachdem wir einmal durch die Reihen der Yankees gelaufen waren, als ob wir ihnen in der Stadt auf der Straße begegneten, fühlte ich mich erleichtert und beschämt zugleich. Erleichtert, weil ich ringsum auf den Höhen Leute aus der Stadt sehen konnte, die herausgekommen waren, um zuzusehen, wie General Jackson den Yankee-Invasoren die Ärsche abschoß. Und beschämt, weil wir jetzt hinter den Yankee-Linien waren, unter dem Schutz von General Shields, der doch der Feind war, und weil ich mir dachte, nur ein Feigling würde sich dabei wohl fühlen.

Ich weiß nicht mehr, wie lange wir einfach nur so herumstanden, als hätten wir uns verlaufen und suchten nun den Rückweg, aber mir scheint, es muß doch eine ganze Weile gewesen sein, denn ich bekam Hunger, und wahrscheinlich war mir davon die ganze Zeit schlecht. Das Kanonen- und Musketenfeuer, das von den Hügeln widerhallte, war aber immer noch ein beständiges Rollen, und da dachte ich, es müßten ja immer noch Tausende erschossen und in die Luft gesprengt und getötet werden. So viele waren's dann nicht, aber ich lernte bald, daß es einem egal ist, ob es zwei oder zweihundert waren, wenn man einmal mitten zwischen all den toten und sterbenden Soldaten gestanden hat, ob es nun Konföderierte oder Yankees sind. Aber da wußte ich es noch nicht. Ich war zapplig und nervös wie in einem Traum, in dem man gerade noch hier und im nächsten Augenblick schon woanders ist, und ich hatte einen metallischen Geschmack im Mund, an dem ich manchmal fast erstickte, wenn ich schluckte. Und da war noch was anderes. Alles wirkte irgendwie zusammengepreßt; vielleicht lag es daran, daß es so aufregend war, aber trotz all dem Sterben und Schreien überall empfand ich eine seltsame und schreckliche Art von Glück.

Als ich die Leute von Winchester dort stehen sah, Leute, die ich schon mal gesehen hatte, aber eigentlich nicht kannte – Mr. Rosenberger zum Beispiel, der im Stadtrat war und Pappa kannte, und Dr. Baldwin und den Zahnarzt, an dessen Namen ich mich nicht mehr erinnern kann –, da wußte ich, wo wir die McSherry-Jungs wahrscheinlich finden würden. Die Kämpfe konzentrierten sich auf den Wald und die Felder am Sandy Ridge, wo wir fast überall gewesen waren, und ich zeigte Jimmadasin ein paar Stellen, die in Frage kamen. Die meisten waren von Zuschauern besetzt, die auf eine gute Übersicht aus waren, aber Harry und Allan waren nirgends zu finden. Ich sagte zu Jimmadasin, daß wir wieder ein Stück weiter hinuntergehen müßten, näher an die Kämpfe heran, wenn wir sie finden wollten. Er sagte nein, aber er kam doch mit – er liebte die beiden Jungs wirklich –, und auf dem ganzen Rückweg schimpfte er mit sich selbst mit dieser hohen, ängstlichen Stimme. Ich rechnete gar nicht mehr damit, sie zu finden; ich wollte bloß näher herankommen, so daß ich etwas sehen und gleichzeitig die anderen Zuschauer loswerden könnte. Aber dann fanden wir sie trotzdem; sie saßen auf einer Mauer, von der sie einen nahezu perfekten Blick auf die konföderierten Regimenter hatten.

»Hey, Mundy, hier bist du genau richtig, um die Schlacht zu sehen«, rief Harry McSherry. Er ignorierte Jimmadasin, aber ganz wohl schien ihm doch nicht zu sein.

Jimmadasin kreischte die beiden an, sie sollten herunterkommen, weil es da oben zu gefährlich wäre. Er rannte zu ihnen hin, riß sie von der Mauer herunter, daß sie sich fast die Knochen brachen, und umarmte sie. Sie versuchten auszureißen, aber, wie gesagt, der alte Jimmadasin war stark, und es sah nicht so aus, als ob er sie je wieder loslassen würde.

»Eure Mamma ist krank vor Sorge um euch, um euch alle beide.«

»Laß mich los«, sagte Harry. Sein Bruder Allan wehrte sich nicht; er sah aus, als hätte er vor allem Angst, aber er war auch erst zwölf – mehr als ein Jahr jünger als ich. »Momma weiß, daß wir uns die Schlacht anschauen«, sagte Harry. »Wir sind heute morgen losgegangen. Sie hat es uns erlaubt. Kannst ja gehen und sie fragen.«

»Ich brauch niemanden zu fragen, denn sie hat mir aufgetragen, euch gesund und munter nach Hause zu bringen – genau das hat sie mir aufgetragen. Und genau das werd ich jetzt machen.« Jimmadasin schob die beiden um die Mauer herum und drehte sich nach mir um; er erwartete, daß ich mitkam, aber Harry bettelte darum, noch ein kleines bißchen bleiben zu dürfen, denn hier wäre es doch ganz ungefährlich, und Jimmadasin könnte auch sehen, daß es stimmte, denn hier lägen keine Leichen herum und nichts.

Jimmadasin erlaubte uns fünf Minuten.

Wir sahen, daß die Federals sich hinter Feldsteinmauern versteckten, und zwischen ihnen und General Jacksons Armee waren Bäume und niedriges Buschwerk und weitere Feldsteinmauern. Weiter rechts war Wald und eine Schlucht, aber geradeaus vor uns, hinter unserer Mauer, war nichts als freies Feld, und unsere Konföderierten feuerten mit allem, was sie hatten, auf die Linie der Unionssoldaten. Die schossen natürlich zurück, meistens mit Kanonen, die irgendwo links von uns standen, aber überwiegend prasselten Kugeln und Granaten auf sie herunter. Laut war es, und die meiste Zeit, während wir alle zusammen auf der Mauer saßen, konnten wir unser eigenes Wort nicht verstehen. Aber in einem hatte Harry unrecht: Überall hier lagen tote Soldaten. Ich konnte sie sehen, wenn ich angestrengt hinschaute. Sie waren voll mit Schmutz und Erde und Blut, das schwarz aussah, und sie verschmolzen mit dem Boden und dem Wald und dem Gestrüpp, das sowieso schon ganz zerfetzt war. Auch wenn mich die Soldaten der Nordstaaten einen feuchten Dreck interessierten, wurde mir doch fast schlecht, als ich sie überall tot rumliegen sah. Natürlich nahm ich bloß an, daß es Yanks waren. Es konnten aber auch unsere sein …

Ja, und dann brach plötzlich die Hölle los, und fast wären wir von unseren eigenen Konföderierten-Granaten umgebracht worden, als sie gleich hinter uns zwischen den Bäumen explodierten, und auf einmal war man überhaupt nirgends mehr sicher. Ein Kopf, der am Hals abgerissen war, kullerte Allan vor die Füße wie ein Kürbis oder so was, und Allan kreischte. Ich kann's ihm natürlich nicht verdenken, zumal da ich schwören könnte, daß sich die Lippen noch bewegten. Jimmadasin machte so was wie ein heiliges Zeichen mit den Händen, und dann gab es wieder eine Explosion, und Jimmadasin und Harry und Allan McSherry waren weg.

Es war, als wäre ich aufgewacht, und sie waren weg; erst hinterher erinnerte ich mich, was passiert war. Jimmadasin hatte sich Harry und Allan mit seinen großen Händen geschnappt, und mich hatte er auch packen wollen, aber ich rannte schon, bevor ich auch nur drüber nachdenken konnte – nicht unbedingt weg von Jimmadasin, aber ich rannte, und ich machte erst halt, als ich in einem Wäldchen mit Büschen und jungen Bäumen war. Überall um mich herum war Lärm, und ich hörte Männer stöhnen und atmen und ihre Musketen nachladen. Ich lernte, wie sich das

Klappern eines Ladestocks anhört, wenn man ihn in den Lauf stößt.

Ich war in die falsche Richtung gerannt und wagte nicht, mich zu rühren; und wie ich mir wünschte, Jimmadasin hätte mich geschnappt, zum Teufel mit ihm, denn ich saß mitten im dicksten Gefecht. Ziemlich gut sehen konnte ich auch; es kamen immer mehr Blauwänste in die Schlacht gerannt, um die Nordstaatler zu ersetzen, die gefallen waren – und die lagen überall, als ob es ein Spiel wäre und nicht Wirklichkeit sein könnte, und als ich kein zerfetztes Fleisch und verschmiertes Blut sah, dachte ich, es wäre auch eins. Das Feuer von beiden Seiten war verheerend. Nicht mal die Steinmauer konnte die Nordstaatler vor diesem schrecklichen Hagel von Kugeln und Granaten beschützen, und ich nehme an, daß unsere eigenen Jungs auf der anderen Seite der Mauer genauso starben. Links von mir waren die meisten Nordstaatler; sie waren vom Eighty-fourth Pennsylvania. Einer von ihren Offizieren schwenkte seinen Säbel und brüllte, als ob er eine Rede hielte: »Haltet eure Stellung! Bleibt standhaft! Behaltet kühlen Kopf! Denkt an euer Zuhause und an euer Land! Verschwendet kein Pulver!« Und der verdammte Trottel stand aufrecht mitten vor seinen Leuten und führte sie vorwärts, bis jemand ihm zurief, er solle sich zurückziehen, weil er sich unnötig aus der Deckung begab. Aber er kümmerte sich nicht darum, sondern marschierte mit seinen Männern geradewegs in das Feuer unserer Jungs. Es fielen mehr Blauwänste, als vorrückten, wie es aussah; als ich diesen Offizier fallen sah, da tat mir der arme Hund zwar leid, aber in dem Augenblick dachte ich doch, jawohl, wir gewinnen, und General Jackson wird so viele Yanks töten, daß General Banks sich dahin zurückziehen muß, wo er hergekommen war, und daß er endgültig aus Winchester verschwinden muß.

Ich kroch vorwärts, ermutigt von dem Töten, nehme ich an, aber ich war nicht klug, sondern bloß neugierig, und inzwischen habe ich dazugelernt.

Jetzt konnte ich unsere Armee sehen. Sie stand unterhalb einer

Anhöhe oder vielleicht eher in einer Art Schlucht, und die Blauwänste stürmten durch das wütende Feuer geradewegs dort runter. Und eins mußte man den Yankees lassen: Sie waren entschlossen. Ich sah zwei von ihren Fahnenträgern fallen, und jedesmal
wurde die Flagge wieder aufgehoben. Aber unsere Kanonen waren
zuviel für sie; der rechte Flügel von insgesamt vielleicht tausend
Yanks brach einfach weg, und die Blauwänste rannten dahin
zurück, wo sie hergekommen waren. Aber wie Fliegen um den Ho-
nigtopf schwärmten einfach immer mehr Soldaten herein, und
dann ließen die Yanks einen schrecklichen Schrei los, fast wie ein
Wolfsgeheul, und Yanks und Rebellen töteten sich gegenseitig mit
Bajonetten und kämpften Mann gegen Mann und wimmelten nur
noch durcheinander. Aber die Yankees kamen über die Mauer, und
verflucht und zugenäht, sie trieben unsere eigenen Jungs zurück
und jagten sie in die Flucht, und ich weiß noch, daß ich mir sagte,
hier ist ja nur ein kleines Stück von der Schlacht, und überall sonst
drängen unsere Jungs die Yankee-Soldaten zurück, aber ich spürte, daß das nicht stimmte. Mir war bloß noch schlecht, und ich
war irgendwie gelähmt, und plötzlich wollte ich nach Hause, obwohl ich da großen Ärger kriegen würde. Wenn Sie die Wahrheit
wissen wollen – und ich schäme mich, das zuzugeben: Ich wollte
zu meiner Mutter. Ich wollte Kaninchenragout riechen und alles,
was dazugehört. Ich wollte die Wärme vom Herd spüren und all
das. Und das hier wäre dann eine Art Traum, den ich vergessen
würde, oder ich würde mich dran erinnern, wie man sich an eine
gute Geschichte erinnert.

An der Sonne – oder an dem verschmierten Lichtfleck hinter
den Wolken – sah ich, daß es bald Abend sein würde. Wie ich
wahrscheinlich schon sagte: Alles schien gleichzeitig schnell und
langsam zu gehen, auch wenn ich weiß, daß das unmöglich ist; irgendwie war der ganze Tag von ein paar Minuten geschluckt worden. Aber ich wußte nur, daß ich nach Hause wollte; also ging ich
in die entgegengesetzte Richtung, weg von den Kämpfen, dahin,
wo Jimmadasin und ich uns schon einmal in Sicherheit gebracht

hatten. Ich wußte es noch nicht besser, aber ich dachte, nichts könnte schlimmer sein, als all die toten und verwundeten Soldaten überall herumliegen zu sehen, als wären sie Puppen oder so was. Ich mußte zwar die Augen offenhalten und wachsam sein, aber ich merkte, ich konnte die toten Soldaten ignorieren und die verwundeten auch. Bloß ihre Schreie konnte ich nicht ignorieren, und so gab ich ein paar von ihnen Wasser, um das sie alle bettelten; noch jetzt schäme ich mich, wenn ich daran denke, daß ich nicht versuchte, mehr für sie zu tun. Aber ich ließ sie einfach liegen.

Na ja, ich hätte auch nicht viel für sie tun können. Hätte ihnen allenfalls Gesellschaft leisten können, während sie nach ihren Müttern jammerten, und ihnen ein bißchen Wasser geben.

Ich hätte bei ihnen bleiben sollen.

Aber ich wollte zu *meiner* Mutter.

Also tat ich, als würde alles wieder gut werden, und lief auf dem kürzesten Weg nach Hause, und ich dachte nicht mal daran, daß ich noch einmal in die Kämpfe geraten könnte. Ich nahm bloß an, wenn ich immer geradeaus renne, in voller Lebensgröße, wie der alte Jimmadasin es mir beigebracht hatte, dann würde ich schon wohlbehalten nach Hause kommen. Und es klappte auch. Es war kurz vor der Abenddämmerung, wenn alles bläulich und hübsch aussieht und die Felder und Wälder überschattet sind, als ob sie in einem dunklen Teich versunken wären oder so was, aber wenn man zu den Bergen rüberschaut, sieht man manchmal noch Stellen, auf die die Sonne scheint, und hin und wieder kommen Strahlen aus dem Himmel wie auf einem Bild in der Bibel. Und so sah es aus, als ich unsere Farm erreichte. Aber noch bevor ich das Wohnhaus sehen konnte, wußte ich, daß etwas nicht stimmte, denn ich roch Brandgeruch und hörte schreckliches Schreien und Jammern, und ich erkannte Mutters Stimme und Pappas auch. Pappa schrie mehr als sonst jemand, und dann war er still, und ich hörte andere Stimmen, die ich nicht kannte. Ich rannte geradewegs durch den Wald, um auf den Hof vor dem »Großen Haus«

zu kommen, wie wir es nannten, als ob wir hundert Sklaven hätten wie die Bartons aus Springdale, die Pappa kannte. Aber das ist gar nicht wichtig, und ich drücke mich nur davor zu erzählen, was passierte.

Aber ich werde es erzählen…

Da war unser Haus mit dem großen Kamin und die Veranda mit den Säulen und die roten Sandsteinplatten, die einen gepflasterten Weg über den Rasen zwischen den schattigen Bäumen bildeten und an dem Lattenzaun aufhörten, den Pappa und ich weiß angestrichen hatten. Und da war das Sonnenlicht, das eben hinter den Bergen verschwand. Und der Geruch von Rauch. Die ganze Farm mit Ausnahme des Großen Hauses schien zu brennen, die Scheune und der Holzschuppen und das Schulhaus. Ich stand hinter einem großen Baum und sah alles bis in die kleinste Kleinigkeit, wie mir schien, und auch wenn ich wünschte, ich könnte es nicht, kann ich mich doch an alles erinnern: Ich erinnere mich an den vermoderten Stamm eines Kirschbaums, der neben mir stand, ich erinnere mich an die weißen Flechten, die an der grauen Rinde wuchsen, und ich erinnere mich an den Geruch von Wald und den Geruch von Rauch und an das Schreien, obwohl ich immer noch die Augen schließen möchte, wenn ich jetzt daran denke, aber da tat ich es nicht, obwohl ich mir wünschte, ich hätte es getan, denn zwei Männer kamen hinter dem Haus hervorgeritten und johlten und schrien und lachten, als wären sie betrunken oder wahrscheinlich verrückt; sie hatten beide billige walnußbraune Jacken und Hosen an und trugen diese komischen Nordstaatlermützen, wo genug Beschläge dran sind, daß man daraus einen Kupferkessel machen könnte. Einer hatte eine Kiefernholzfackel, und er beugte sich weit seitwärts vom Pferd, so weit, daß er fast aus dem Sattel fiel, um diese Fackel an alles zu halten, was ihn irgendwie reizte. Der andere ritt einfach hinter ihm her und zog zwei Pferde am Zügel mit sich.

»Kommt raus da!« schrie der mit der Fackel. »Es wird heiß da drin, und jetzt sind wir an der Reihe, ihr habgierigen Schweine.«

33

Und das Haus fing an zu qualmen. Er hatte schon an der Rück-
seite Feuer gelegt, und plötzlich sah ich, wie Flammen über das
Dach heraufleckten, und ich hörte ein schreckliches Knacken, als
ob Knochen gebrochen würden oder so was, und dann kam jemand aus dem Haus gerannt und schoß dem Soldaten mit der
Fackel das Pferd unterm Hintern weg, und noch einer kam heraus
und schleifte Mutter hinter sich her, und sie war nackt und voller
Blut, und ich fragte mich bloß: Wo ist Pappa? Wo ist Pappa? Ich
weiß, daß ich das immer wieder dachte, als wär's ein Lied, und
ich schaute zu, während ich hätte hinauslaufen und sie umbringen müssen, sie verbrennen und erschießen, diese Dreckschwei-
ne, aber da ließ der Soldat, der Mutter hinter sich herschleifte, sie
einfach vor der Tür auf der Veranda fallen. Sie machte kein Geräusch, aber ich sah, daß sie sich bewegte, und der Soldat, dem sie
das Pferd weggeschossen hatten, rannte zur Veranda hinüber, und
all die Männer fingen an, miteinander zu kämpfen, und sie stolperten über Mutter, und ich hörte eine schrille Stimme, ein Geräusch, wie Jimmadasin es gemacht hätte, und mir wurde klar,
daß ich mich selber hörte, mich hörte in meinem Kopf drinnen,
und ich blinzelte, mehr war's nicht, ich blinzelte – und dann muß
einer der Männer Mutter von der Veranda auf den Hof runterge-
schleift haben, er war über ihr und hatte sich die Hose runterge-
zogen, und ein anderer, ein anderer –

Sah mich an. Ich weiß, daß er mich sah. Er muß mich gesehen
haben. Er schaute mich geradewegs an, und ich rührte mich
nicht, und ich atmete nicht, und da schaute er weg, als ob er mich
nicht gesehen hätte, und ich weiß noch, wie ich dachte, daß ich
wohl unsichtbar bin wie die Luft oder wie ein Baum in einem
großen Wald.

Und dann war er weg, als ob *er* verschwunden wäre, und die
anderen Männer auch, aber vielleicht lag's auch an mir, vielleicht
war ich blind geworden oder so was, denn von da an – und ich
weiß nicht, wie lange ich zuschaute, wie der Mann meiner Mutter
weh tat –, von da an erinnerte ich mich an schöne Sachen und an

schreckliche Sachen, als wäre ich entkommen von diesem Baum und aus dieser Zeit und vor dem, was ich sah, und als sähe ich alles nur noch im Geiste.

Ich mußte hinlaufen und Mutter retten. Und ich mußte Pappa suchen, denn das Haus brannte und brannte und fing Feuer an hundert verschiedenen Stellen, aber ich dachte nach, erinnerte mich, konnte mich nicht rühren; ich berührte die Rinde und fühlte das schleimige Moos und erinnerte mich, erinnerte mich, wie Pappa und ich am Frühlingsanfang immer Reisig und totes Laub und Gestrüpp und was wir sonst an Brennbarem auf den Feldern sammeln konnten, zu großen Haufen türmten. Dann vergewisserte Pappa sich, daß der Wind richtig stand, damit das Feuer nicht außer Kontrolle geraten konnte, und dann zündete er die Haufen mit einer Kiefernholzfackel an und stocherte mit einem langen Stock hier und da darin rum, während ich durch die Gegend lief und alles einsammelte, was noch brennen würde, um die hungrigen Feuer in Gang zu halten; und ich erinnerte mich und erinnerte mich so gut, daß ich die Feuer wirklich vor mir sehen konnte, so deutlich, daß ich damit alles zudecken konnte, was vor mir passierte, und ich sah mich und Israel Moble und drei von seinen schwarzen Kindern, die Pappa von Arthur Allen ausgeborgt hatte, dem die nächste Farm an der Straße gehörte, und Israel pflügte eine Furche um unser Feld mit Segge, und als er fertig war, zündete Pappa die Segge auf der Windseite an, und das Zeug prasselte los wie die Hölle, und Israel und seine Kinder und ich und Pappa schlugen das Feuer mit grünen Zedernzweigen aus, wenn es irgendwo über die Furche hinwegsprang, und einmal entkam es doch, und wir verloren einen Lattenzaun, und ein Feld brannte ab, und –

Sie waren weg.

Ich fand mich am Waldrand wieder; da stand ich und hielt den Atem an und war unsichtbar, ich schaute auf das brennende Haus, fühlte die Hitze auf meinem Gesicht, die mich in Wellen überflutete, und ich hatte alles gesehen, ich wußte, daß ich gesehen hatte, was die Männer getan hatten, was sie mit meiner Mutter getan hatten. Ich konnte auch Mutter noch sehen, wie sie auf den roten Sandsteinplatten lag, und ich rannte einfach über den Rasen hinweg zu ihr hinüber. Es war, als wäre ich gerade erst angekommen. Als hätte ich gar nicht zugeschaut, als wäre ich nicht unsichtbar gewesen, hätte den Atem nicht angehalten ... wie lange? Fünf Minuten? Zehn Minuten? Onkel Randolph sagt, man kann den Atem unmöglich länger als eine Minute anhalten, aber ich weiß, an dem Tag hätte ich es bis in alle Ewigkeit gekonnt.

Ich hörte dieses schrille Geräusch und wußte, daß ich seltsame Laute von mir gab und schluchzte und weinte, aber als ich neben Mutter kniete, sah ich gleich, daß sie ins Leere starrte, ohne mit der Wimper zu zucken. Aber das war es eigentlich weniger. Es war, als ob sie in eine Puppe verwandelt worden wäre oder so was. Sie sah aus wie Porzellan – als ob alles aus ihr verschwunden wäre, und ich wußte, sie war tot.

Pappa ...

Ich versuchte ins Haus zu kommen, aber drinnen brannte es schlimm, und ich kam wieder raus und schleifte Mutter weg vom Haus, aber ich sah, daß es hoffnungslos war, daß alles hoffnungslos war, denn ich wußte, Pappa war im Haus gewesen und auch umgebracht worden – wie Onkel Randolph es mir später auch erzählte.

Den Hund sah ich, während ich Mutter bewachte. Er kam vom Fleischschuppen herüber; ich nahm an, daß er drin gewesen war. Es war der größte Hund, den ich je gesehen hab, so groß wie ein Pferd eher, und er war schwarz und roch wie Feuer, und er kam mit aufgerissener Schnauze auf mich zugerannt, und seine Augen glühten; sie waren so groß wie Untertassen und sahen aus wie Feuerkugeln.

Kein Mensch kann mir einreden, daß der Hund nicht echt war, denn ich hab ihn gesehen. Und wie schon einmal, als die Männer das Haus anzündeten, wurde ich unsichtbar. Ich kniete wie erstarrt neben Mutter. Ich atmete nicht. Ich gab keinen Laut von mir. Und dieser Hund blieb so dicht vor mir stehen, daß ich seinen sauer-fauligen Atem riechen konnte und sein feuchtes, schwitziges Fell. Und ich fühlte seine Hitze.

Er schnupperte an Mutter und schaute mich ganz lange an, als ob er wüßte, wer ich war, und dann lief er zum Waldrand und beobachtete mich von da mit seinen Augen, die im Dunkeln glühten. Es war nämlich dunkel geworden, während ich da mit Mutter saß.

Ich blieb bei Mutter, während das Haus niederbrannte. Ich hielt ihre Hand, und die war wie Eis.

Bis ich Leute kommen hörte.

Ich nehme an, der Hund hörte sie auch, denn er verschwand.

Aber ich hab ihn danach noch wiedergesehen.

Ich schätze, die meiste Zeit war ich danach mit ihm unterwegs.

2. Kapitel

Knochenhaufen

Seid ihr alle tot? Seid ihr alle tot?
Nein, Gott sei Dank, ein paar sind noch
da.
Ein paar sind – noch – da.

YANKEE-KRANKENAPPELL, REFRAIN

*I*ch weiß, ich hätte alle ordentlich begraben und für sie beten sollen, vor allem für meine Mutter. Ich hätte beim Großen Haus bleiben sollen, als ich die Nachbarn kommen hörte, und vielleicht hätte ich ihnen helfen können, das Feuer zu löschen, und dann hätte ich hineingehen und Pappas Überreste finden können, um ihn auch zu begraben. Aber ich hätte es einfach nicht ertragen, jemanden zu sehen, und ich ertrug es auch nicht, in der Nähe von all dem zu bleiben, was so behaglich und ein Teil meines alten Lebens gewesen war. Es war, als stände da ein Zaun zwischen mir und allem, was früher gewesen war. Kam auch nicht mehr drauf an, denn alles verbrannte, und ich fühlte mich… ich fühlte mich *frei*. Ich weiß, das klingt schlimm, aber so war es. Ich fühlte mich völlig ausgehöhlt, und ich hörte das Donnern in meinen Ohren, das immer kommt, bevor ich anfange zu weinen. Natürlich weinte ich nicht. Ich war jetzt unsichtbar und gehörte nicht mehr zur Welt, und ich weiß noch, daß ich das Gefühl hatte, nichts könnte mir mehr etwas anhaben – außer dem Geisterhund vielleicht, und ich wußte, daß er im dunklen Schatten des Waldes auf mich wartete, aber ich dachte mir auch, daß er wohl unsichtbar sein konnte, wann und wo er wollte.

Und vielleicht konnte mir nicht mal der Geisterhund mehr etwas anhaben.

Vielleicht konnte das *überhaupt nichts* mehr.

38

Tja, das waren so meine Gedanken, als ich vom Großen Haus weglief, und das Haus jaulte, während es brannte, als wäre es eine Art Tier. Ich fand sehr bald heraus, daß so ziemlich alles mir noch etwas anhaben konnte – aber nicht mehr so wie anderen Leuten. Einfach anders, schätze ich. Jedenfalls rannte ich durch den Wald dahin zurück, wo wir die Schlacht von Kernstown geschlagen hatten. Wahrscheinlich fragen Sie sich, warum ich denn nicht beim Haus blieb, wenn ich doch wußte, daß da dieser Geisterhund im Wald herumspukte. Aber ich schätze, ich hatte einfach keine Angst mehr, wie ich sie noch gehabt hatte, als ich … anders gewesen war. Bevor ich unsichtbar wurde. (Mir egal, was Onkel Randolph oder Dr. Wie-heißt-er-noch denkt. Ich war jedenfalls fast nicht zu sehen.) Ich wußte, mir würde nichts passieren, wenn ich einfach beim Haus bliebe, wo ich war. Aber das konnte ich nicht, und damit hatte sich's. Wenn dieser Geisterhund mich erwischen sollte – von mir aus. Gottes Wille geschehe, wie Pappa gesagt hätte.

Aber als ich so durch diesen Wald rannte, der aussah, als ob er in einem fahlen Nebel aus Mondlicht versunken wäre – es war nicht mehr als eine dünne Mondsichel, die da im dunklen, wolkigen Himmel begraben war –, da wurde mir klar, daß ich mich in dem Geisterhund geirrt hatte.

Es war, wie ich zuerst gedacht hatte: Er kannte mich.

Vielleicht war er ein Geist wie ich.

Vielleicht war er nicht *mein* Hund, aber der Gedanke an ihn gab mir doch einen gewissen Trost – als ob er mich beschützte. Und obwohl ich ihn nicht sehen konnte, fühlte ich, daß er mit mir dahinlief, gerade so, daß ich ihn nicht sehen konnte. Also rannte ich wie verrückt. Ich rannte, als ob der Geisterhund hinter mir her wäre. Ich rannte, als ob die Yanks oder die Konföderierten – oder wer immer die Leute gewesen waren, die Pappa und meine Mutter ermordet hatten – hinter mir her wären mit ihren Messern und Musketen und Fackeln und alles auf ihrem Weg umbrachten und den ganzen Staat Virginia in Flammen aufgehen ließen.

Als ich aus dem Wald aufs freie Feld herauskam, blieb ich stehen. Ich mußte, denn ich kriegte kaum noch Luft. Mein Herz klopfte so heftig, daß ich merkte, wie es in meinem Hals heraufkriechen wollte, und ich fühlte, wie es in meinen Schläfen pochte. Also stand ich da im freien Feld und atmete und spähte in die Ferne. Ob man's glaubt oder nicht, ich konnte ziemlich gut sehen. Die Wolken vor dem Mond hatten sich geteilt wie das Meer für Moses, und da war ein großer klarer Raum, den diese Mondsichel ausfüllte, und weiter weg waren harte, glitzernde Sterne, und dann kamen die schweren, häßlichen Ränder von Gewitterwolken. Es regnete – nicht stark, eher wie ein Nebel, von dem man bloß überall naß wurde, und es roch nach Regen und Gewitter. Der Geruch war scharf wie der Geschmack, den man hat, wenn man sich ein Stück Metall auf die Zunge legt, aber der Regen trug noch andere Gerüche in sich, den bitteren Geruch von Pulver und den süßen Kotzegeruch des Todes, von dem man würgen mußte. Ich wußte, der Geruch würde stärker werden, wenn ich weiterliefe, wenn ich hinüber nach Sandy Ridge rannte, zu der Steinmauer, wo unsere Jungs die Schlacht verloren hatten. Als ich wieder zu Atem gekommen war, lauschte ich angestrengt. Ich hörte ein paar Fledermäuse, die hinter mir im Wald rumflogen, und ganz leise hörte ich das Stöhnen und das Rufen der Verwundeten oben auf der Höhe, und ich mußte dort hingehen, als ob sie mich riefen, als könnte ich damit alles ungeschehen machen, was zu Hause auf der Farm passiert war, wie die Nacht und der Regen alles wieder reinwaschen würden, und ich würde ein paar Soldaten helfen und sie dann liegen lassen und zur Farm zurücklaufen, und alles wäre wieder okay. Ich hätte bloß einen Tag verloren, aber es wäre alles in Ordnung, und niemand würde etwas davon wissen außer mir.

Ich drehte mich um, als ob mir plötzlich unheimlich geworden wäre, und da war der Geisterhund, links vor mir, und es sah aus, als stände er in seinem eigenen Flecken Mondlicht. Ich erkannte, daß seine Augen rot waren; da war ich sicher. Aber ich spürte nicht den Drang, vor ihm wegzulaufen. Ich schätze, ich hatte es einmal geschafft, ihn mit meinem Blick zu bezwingen, und jetzt würde er mir nichts mehr tun. Das dachte ich mir jedenfalls. Er... er wartete auf mich. Als sollte ich ihm folgen. Also nickte ich ihm zu und dachte mir, das wird er verstehen, und das tat er auch, und er lief über die Felder auf die Höhe zu, die im Dunkeln lag. Ich atmete jetzt wieder mühelos, und plötzlich erschien mir alles ganz klar. Vielleicht konnte ich nicht alles ungeschehen machen, indem ich dorthin zurückging. Aber wenn der Geisterhund auf die Höhe zulief, dann hatte er einen Grund dafür. Und ich sollte ihm folgen. Wo sonst würde ich genug zu essen finden, um durchzukommen? Und noch etwas: Ich wußte, ich würde Schuhe brauchen. Heute nacht konnte ich es noch aushalten, aber die Kälte war sicher nicht vorüber, und ich konnte mich nicht mehr darauf verlassen, daß ich irgendwo hinkommen würde, wo ich es warm hätte. Ich würde Sachen brauchen, wenn ich nun allein wäre, und wahrscheinlich auch Geld.

Auf der Höhe würde ich finden, was ich brauchte, und vielleicht konnte ich mithelfen, es unseren Soldaten, die verwundet und durstig und sterbend dort lagen, leichter zu machen. Die Yanks würden unseren Leuten bestimmt nicht helfen.

Aber ich würde die Blauwänste ein bißchen bezahlen lassen. Das sagte ich mir jedenfalls. Also ging ich weiter, und der Gestank wurde so beißend, daß ich schon glaubte, ich müßte umkehren, und plötzlich mußte ich an den Schweinetag denken, den es bei uns jedes Jahr Anfang Dezember gab. Ich dachte daran, wie wir auf der Farm vor dem Niggerhaus saßen, zusammen mit unseren eigenen Niggern und ein paar anderen, die Pappa von unserem Nachbarn Arthur Allen geborgt hatte.

Pappa borgte immer welche, denn man brauchte eine Menge Hilfe beim Schweineschlachten.

Unser eigener Onkel Isaac hatte immer das Kommando über all die anderen Nigger, und seine Frau, Tante Hannah, war bei ihm. Sie rauchte ihre Pfeife und schaute sich um, den Kopf immer eigenartig schräg gelegt, weil sie auf einem Auge blind war, aber niemand lachte über sie oder kam ihr irgendwie komisch. Sie wurde respektiert, weil sie Karten spielen konnte wie eine Hexe; mit einer Hand konnte sie das Spiel mischen und die Karten in die Luft fliegen lassen, und sie kamen alle in einer Reihe wieder runter, als ob sie an ihre Finger angenäht wären. Darüber redete allerdings niemand, weil Onkel Isaac es nicht erlaubte, aber Tante Hannah erzählte und zeigte mir alles, wenn wir allein waren. Sie erzählte mir sogar, woher sie ihren anderen Namen hatte: Mammy Jack. So nannte sie jeder außerhalb unserer Familie. Ich habe sie geliebt, das muß ich zugeben, auch wenn sie weggelaufen und zu den Blauwänsten gegangen ist und dafür ihre eigenen Leute im Stich gelassen hat. Ich nehme an, sie hat es für Onkel Isaac getan, der immer sagte, er wäre kein Sklave, obwohl Pappa ihn immer behandelt hat, als ob er zur Familie gehörte. Trotz alledem würde ich jetzt alles mögliche dafür geben, wenn ich jetzt allein mit ihr in ihrer Hütte sitzen und mir zeigen lassen könnte, wie man Blackjack spielt und mit einer Hand mischt. Wo ich schon von ihr erzähle, sollte ich noch sagen, daß sie dick und hübsch war und daß sie hellere Haut als Onkel Isaac hatte; wenn sie zu lange draußen in der Sonne blieb, kriegte sie einen Sonnenbrand. Onkel Isaac war dünn wie eine Bohnenstange. Aber er hatte was Gefährliches an sich, das immer dann zum Vorschein kam, wenn er Tante Hannah – oder von mir aus auch mich – beschützen wollte. Dann sagte er bloß: »Wichs mich nicht an«, ganz leise und als ob es ein einziges langes Wort wäre, und keiner tat es je, nicht mal die »Paddyrollers«, wie wir sie nannten, die Patrouillen nämlich, die nachts herumstreiften und Nigger einfingen, die keinen Paß von ihren Masters dabeihatten, mit dem sie allein durch die Gegend laufen durften.

Ich ging weiter im Mondschein durch die Felder und in den Wald am Rand von Sandy Ridge, und in Gedanken und Erinnerungen war ich an zwei Orten gleichzeitig. Ich drückte mir das Taschentuch, das Mutter mir immer mitgab, fest an den Mund, aber nach einer Weile gewöhnte ich mich wohl an den Geruch des Sterbens und warf das Taschentuch unterwegs weg, weil ich für solche Sachen keine Verwendung mehr haben würde. Das Stöhnen der verwundeten Soldaten wurde lauter, und ich konnte nicht aufhören, an das Schweineschlachten zu denken; ich war immer gern dabeigewesen, als ich klein war, denn ich kriegte mein eigenes Schweineschwänzchen, wenn die Gedärme des Schweins in die Tonne geworfen und die Leber und die Lunge an Dachlatten aufgehängt worden waren. An dem Tag wurden immer sehr viele Schweine geschlachtet, das kann ich Ihnen sagen – aber so gern ich immer das Schweineschwänzchen haben wollte und so lange ich auch jedesmal drauf warten mußte, es schmeckte mir doch nie besonders, wenn Mutter schließlich dazu kam, es mir zu kochen. Alle Kinder, die da waren, auch die Niggerkids, kriegten irgendwas: ein Schweineschwänzchen, wenn es genug davon gab, oder eine Scheibe Leber. Schweinsleber, gerade herausgeschnitten und frisch auf die Kohlen gelegt, war das Leckerste auf der Welt. Ich merkte, wie mir trotz des Gestanks ringsum das Wasser im Mund zusammenlief, wenn ich bloß daran dachte. Und ich weiß noch, daß wir alle zusammen zupacken mußten, um ein Schwein umzuwerfen, damit Onkel Isaac ihm die Kehle durchschneiden und ihm das Messer dann blitzschnell ins Herz stoßen konnte. Dazu mußte man Experte sein, und man brauchte ein besonderes zweischneidiges Messer. Ich mußte immer dafür sorgen, daß die Wasserfässer bereitstanden, um die Schweine zu brühen. Pappa nickte mir zu, und ich schleppte die Steine, die wir im Feuer heiß gemacht hatten, zu den Fässern und warf sie hinein, und das Wasser fing an zu dampfen und zu blubbern, daß man glaubte, es kommt in einer Wolke heraus. So heiß waren die Steine. Dann wurden die Schweine aufgemacht und die Lebern gebraten und unsere Schweineschwänzchen abgeschnitten, und dann kam das, was ich am scheußlichsten fand: Die Därme mußten ausgeschabt werden. Tante Hannah sammelte die Kaldaunen ein und verteilte sie unter den Niggerfamilien, und wenn dann alles getan war, wurden die

43

toten Schweine in den Räucherschuppen geschleppt, und da hingen sie dann, bis sie gepökelt und zerlegt wurden, zu Schinken und Koteletts und Schultern und Würsten und Füßen und dem ganzen Rest, und dann –

Beinahe wäre ich über ihn gefallen. Ich war fast so erschrocken wie beim ersten Mal, als ich den Geisterhund gesehen hatte. Er kniete hinter einem Baum und bewegte sich nicht mal, als ich versehentlich gegen ihn stieß, und das verwirrte mich noch mehr, denn er war ganz angespannt, als ob er gleich seine Muskete abfeuern wollte. Bloß daß seine Muskete neben ihm auf dem Boden lag. Ich konnte ihn nicht besonders gut sehen, aber ich konnte ihn sehen; das Licht war milchig und trüb. Er war ein Blauwanst, das konnte ich erkennen, und er war in dieser Haltung stocksteif erstarrt. Ich weiß nicht, warum, aber ich berührte sein Gesicht, wie es vielleicht ein Blinder tut, um zu sehen, wie jemand aussieht, denn, wie gesagt, der Mond schien, und es war nicht besonders hell wegen der vielen Schatten und so. Als ich seine Stirn berührte, fühlte ich etwas Nasses, das sich bewegte, und ich kann gar nicht sagen, wie groß mein Schrecken und mein Ekel waren – gerade so, als ob ich meine Mutter wiedersähe, wie sie da draußen auf den roten Sandsteinplatten lag. Dieser Soldat war mitten in die Stirn getroffen worden, wahrscheinlich als er gerade zielte und auf den Abzug seiner eigenen Muskete drücken wollte, und wahrscheinlich auch schon früh in der Schlacht, weil die Maden Zeit gehabt hatten, an ihn heranzukommen. Ich wischte mir die Hände an ein paar Blättern ab und fing wieder an, am ganzen Leibe zu zittern; ich brachte mich zur Ruhe, indem ich dachte, ich will doch nicht, daß der Geisterhund mich in diesem Zustand sieht, und wahrscheinlich beobachtet er mich aus dem Schatten.

Ich hob die Muskete des Soldaten auf. Es war eine Springfield; ich erkannte es am Gewicht. Ich verstand ein bißchen davon, weil ich mal eine ausprobiert hatte. Sie schießt mit ziemlicher Genauigkeit fünfzehnhundert Yards weit, also ungefähr genauso weit wie die Enfield. Aber fast alle zogen die Springfield vor, weil sie leichter zu tragen war. Ich hatte nie Gelegenheit, mit einer Enfield zu schießen; deshalb kann ich nicht aus Erfahrung sprechen. Aber wie dem auch sei, hier hatte ich endlich eine Muskete und einen toten Soldaten dazu, der eine Mütze und eine Patronenschachtel und Stiefel und eine Decke haben mußte – die Decke konnte ich sehen – und wahrscheinlich auch einen Gummiponcho und Stiefel und… Geld, Greenback-Geld, und Pappa sagte immer, das wäre besser als unsere eigenen Lappen der Konföderierten. Aber jetzt, wo ich die Gelegenheit hatte, wollte ich die Muskete nicht – gerade so, als ob sie ein Schweineschwänzchen wäre oder so was. Ich hatte daran gedacht, mit dieser Muskete die Soldaten oder Rebellen oder Indianer oder Paddyroller oder Deserteure umzubringen oder was immer die Leute gewesen waren, die Mutter und Pappa umgebracht hatten, aber jetzt dachte ich anders, weil ich schon ein Geist war. Diese Muskete würde mir nicht viel nützen, sie würde nicht so viele Yank-Soldaten töten, daß es etwas ausmachte, aber wenn jemand mich damit herumlaufen sähe, würde er mich für einen Soldaten halten und wahrscheinlich versuchen, mir den Arsch abzuschießen. Vielleicht konnte man mich sehen, vielleicht nicht. Ich wollte nichts riskieren. Also ließ ich das Gewehr liegen. Ich würde es einfach nicht brauchen. Aber ich durchwühlte die Taschen des toten Soldaten und hielt dabei immer ein Stück Abstand, falls er umkippte, aber er war ganz eingetrocknet und in dieser Haltung erstarrt – abgesehen von der Stelle, wo die Maden fraßen. Da wollte ich nicht hinschauen; sie saßen sicher auch in seinen Augen, und ich dankte dem Himmel, daß es dunkel war und man nicht gut sehen konnte. Aber komisch ist, daß er gar nicht so schlimm roch. Ich dachte mir, das liegt vielleicht daran, daß ich mich an den Gestank inzwischen gewöhnt habe, aber das war es nicht, das kann ich jetzt sagen, denn ich kenne den Unterschied. Er war einfach eingetrocknet, statt aufzuquellen und zu verfaulen.

Ich zog ihm behutsam die Schuhe aus, als ob er schliefe oder so und als ob ich Angst hätte, ihn zu wecken. Es stimmte, er war eingetrocknet und in seiner Stellung erstarrt, doch als ich ihm die Stiefel auszog, kippte er mit einem dumpfen Geräusch um. Aber Arme und Beine und alles blieben in derselben Position, bloß daß er jetzt auf der Seite lag. Ich sprang zurück und hatte ein schrecklich schlechtes Gewissen, weil ich ihn störte – als ob ich ihn womöglich aufweckte oder so was. Aber ich mußte weitermachen; also zog ich ihm die Schuhe einfach von den Füßen. Sie waren aus Segeltuch, wahrscheinlich aus dem Laden. Ich zog sie an; sie waren ein bißchen groß, aber das machte nichts. Dann zog ich ihm die Decke und seinen Gummiponcho weg, was nicht so leicht war, weil er drauf lag. Viel nützen würden sie mir im Augenblick sowieso nicht, denn ich war bis auf die Haut durchnäßt. Aber ich fand auch ein bißchen Geld und genug Speck und Zwieback, daß ich nicht verhungern würde. Erst jetzt merkte ich überhaupt, wie hungrig ich war; ohne auch nur abzuwarten, bis ich einen respektvollen Abstand zwischen uns gebracht hatte, biß ich ein Stück Speck ab und aß es roh. Der Zwieback war nicht so leicht zu essen, aber ich schaffte es doch, und ein bißchen beschwert machte ich mich auf den Weg, aber erst nachdem ich ein Gebet für den toten Yankee gesprochen hatte, wie ich es für meine Eltern nicht getan hatte. Ich weiß nicht, warum ich das tat – für einen Blauwanst –; es kam einfach über mich. Ich konnte nicht an Religion glauben, wie Pappa es getan hatte. Ich bin wohl mehr, wie meine Mutter war. Jedenfalls war es das letzte Gebet, das ich jemals für *irgend jemanden* gesprochen habe. Aber ich mußte etwas tun, nachdem ich dem Soldaten seine Sachen und sein Geld gestohlen und ihn umgestoßen hatte. Es war, als hätte er noch nach seinem Tod für sein Land gewacht und als hätte ich etwas Heiliges entweiht. (Ich hab später Schlimmeres getan und brauchte nicht zu beten. Aber so war es eben: Dieses eine Mal kam das Beten so über mich. Wie das Weinen.)

Ich lief an Sandy Ridge entlang und hatte vor, hinter den Mauern herauszukommen, wo unsere Konföderierten-Linien eingebrochen waren; ich wollte unseren eigenen Verwundeten helfen.

Nach allem, was ich über die Blauwänste und ihre Art so gehört hatte, kümmerten sie sich nur um die eigenen Leute, und bis sie unsere Leute aufs Feld ließen, würden die meisten Konföderierten tot sein und müßten begraben werden. Aber es war gleichgültig, denn ich kam an der Seite raus, wo die Feldsteinmauern zu hoch waren. An der Art, wie die Soldaten riefen, erkannte ich, daß ich auf der Seite der Yanks war. Sie hörten sich nicht so an wie wir – natürlich riefen die meisten überhaupt nicht, sondern stöhnten nur, und mein einziger Gedanke war immer nur, daß ich in irgendeinem furchtbaren Wald war, wie er in Märchenbüchern vorkommt, und all dieses Stöhnen und Gurgeln und Husten und Furzen und Röcheln und Rufen und alles, das waren nur Tiergeräusche oder so was wie Insektenzirpen oder vielleicht fremdartige Vögel in einem Dschungel. Alles zusammengenommen ist es ein Geräusch, das anders ist als alles andere. Immer wieder hörte ich diese erwachsenen Männer nach ihren Mamas rufen wie kleine Jungs, und ich hörte gar nicht darauf, weil ich verstehen konnte, was sie empfanden, und weil ich nicht darüber nachdenken wollte. Wie dem auch sei, es kam mir einfach unrecht vor, sie hier liegen und leiden zu lassen – nicht daß ich mir ein Bein ausgerissen hätte, einem von ihnen zu helfen. Bald lagen sie so dicht, daß ich, ohne es zu wollen, auf den einen oder anderen trat, sosehr ich mich auch bemühte, vorsichtig zu sein. Die meisten Verwundeten, die noch sprechen konnten, wollten Wasser. Sie alle hatten ihre Feldflaschen leergetrunken und hatten immer noch schrecklichen Durst, aber ich fand jederzeit Flaschen, in denen noch ein Rest Wasser war, weil die toten Soldaten vermutlich keine Zeit mehr gehabt hatten, Durst zu bekommen. Ja, ich hätte an diesem Totenort wohl genug Yankee-Flaschen einsammeln können, um einen Laden damit aufzumachen, wenn ich gewollt hätte.

Aber die ganze Zeit versuchte ich zu unseren eigenen Soldaten runterzukommen.

Ich redete mir ein, ich sammelte bei den Yanks Wasser für sie, aber nach einer Weile hielt ich es nicht mehr aus, länger dazubleiben und noch mehr Soldaten zu helfen. Es war, als könnte ich plötzlich nicht mehr atmen – als ob all diese stöhnenden und klagenden und murmelnden Blauwänste auf mir lägen oder so, als ob ich von den aufgedunsenen Leichen erdrückt würde, und ich konnte nur noch an Maden und an Blut denken und daran, wie ich den Soldaten berührt hatte, dem in die Stirn geschossen worden war, und ich wollte schreien, aber natürlich konnte ich bloß den Mund aufreißen, und das einzige, was da rauskam, war ein Atemhauch und ein Geräusch, das wie »ha« klang – ohne Stimme, als ob ich über all das hier lachen müßte. Und ich rannte los wie ein durchgehendes Pferd vor einem Feuer und wahrscheinlich mit geschlossenen Augen, aber ich kann mich nicht erinnern; jedenfalls rannte ich, bis ich weit weg war von diesem Haufen von Sterbenden und Toten, bis ich wieder über richtigen Boden lief, wo die Soldaten weiter verstreut lagen, und ich wäre immer noch weiter gerannt, wenn der Geisterhund nicht gewesen wäre.

Er erschien dicht vor mir, so nah, daß ich fast in ihn reingelaufen wäre, wie ich in den toten Blauwanst-Soldaten reingelaufen war. Er war erschienen, um mich vor drohender Gefahr zu warnen, das wußte ich, und seine roten Augen glühten wie Laternen, bloß daß sie sich nicht bewegten und nicht flackerten. Und richtig, keine fünf Sekunden später hörte ich Stimmen und knackende Zweige, und ich sah zwei Blauwänste, die in voller Lebensgröße mit Fackeln in den Händen rumliefen. Eine hitzige Sekunde lang verspürte ich Zorn, und dann hatte ich doch wieder Angst, weil ich dachte, daß es welche von denen sein konnten, die meine Eltern umgebracht hatten und jetzt zurückgekommen waren, um alles niederzubrennen, aber dann wurde mir klar, daß solche Gedanken verrückt waren und daß die beiden ganz gewöhnliche Yankee-Soldaten waren. Ich blieb stehen, hielt die Luft an, wurde so unsichtbar, wie ich konnte, und spitzte die Ohren.

Eine der Fackeln bewegte sich hin und her, und jemand sagte:

»Scheiße, die liegen ja verstreut von hier bis übermorgen.« Es hörte sich an, als spräche er durch die Nase.

»Es sind unsere Jungs«, sagte der andere, und er klang, als könnte er aus dem Süden kommen. »Ein paar leben noch, hör doch.«

»Ich sag dir, ich muß was zu lesen finden.«

»Was du da machst, ist nicht richtig. Ist einfach nicht richtig.«

»Ist aber auch nicht falsch. Keiner von denen wird mehr lesen, wenn er tot ist – außer vielleicht in der Bibel.«

»Aber ich hör Männer stöhnen. Wir müssen uns um sie kümmern.«

»Das sind wahrscheinlich Sezessionisten, und wenn's unsere Jungs sind, dann sind sie besser dran, wenn sie hier draußen hübsch sauber sterben, als wenn sie von den Quacksalbern und Knochensägern in der Kirche in Stücke gesägt werden. Also hör auf mit dem Gequengel! Wir tun denen einen Gefallen. Wir werden sowieso die ganze Nacht hier sein, und wenn wir erst wieder in der verdammten Kirche sind, dann werden sie schon was Ekliges für uns zu tun haben, darauf kannst du deinen Arsch verwetten, und dann können wir nicht mehr allein im Feld herumspazieren – nein danke, Ma'am. Also gib Ruhe, sonst kannst du abhauen und alleine Jesus Christus spielen!«

Sie stolperten ein bißchen herum, sagten aber eine Zeitlang nichts mehr. Dann lachte einer von ihnen; es war der, der die meiste Zeit geredet hatte und der durch die Nase sprach. Vielleicht war er erkältet, was weiß ich. Ich lauschte bloß, und ab und zu warf ich einen Blick zu dem Geisterhund hinüber, um zu sehen, ob er noch da war, wo er gewesen war, und er war noch da. Die Blauwänste kamen *noch* nicht auf mich zu, und wenn sie es täten, wäre es vermutlich am besten, wenn ich mich nicht bewegte oder atmete oder sonst was. Das wäre am sichersten. Aber eins sollte ich wieder und wieder lernen: Man weiß nicht, was man wirklich tun wird; da kann man sich vorher alles noch so sehr zurechtlegen.

»Scheiße, du hast Angst im Dunkeln, verdammt.«

»Hab ich nicht.«

»Na, daß es wegen der Toten ist, das machst du mir nicht weis. Davon haben wir genug gesehen.«

»Wahrscheinlich.«

»Also?«

»Du wirst bei diesen Männern keine Bücher finden.«

»Dann Geld oder Knöpfe oder Briefmarken oder sonst was, was wir verkaufen können«, sagte der, der durch die Nase sprach. Der andere muß was gesagt haben, was ich nicht hörte, denn der erste redete weiter. »Harry, die sind *tot*. Wir könnten morgen dran sein oder wer weiß, wann. Also wer wird einen Scheißdreck drauf geben, wenn wir uns 'ne Kleinigkeit nehmen? Was glaubst du denn, was die Offiziere machen? Genau dasselbe, verdammt, bloß daß *sie* reich werden, während wir beide hier im Dunkeln rumstehen.« Ich hörte sie wieder herumschlurfen und dachte schon, sie wären außer Hörweite; ich hörte bloß noch Stöhnen und »Mama« und Wispern und hinter all dem ab und zu die üblichen Nachtgeräusche vom Wind und so. Die Nachtluft schien jeden Laut so deutlich heranzutragen, als käme er aus nächster Nähe, und das machte mir Sorgen, denn wenn ich sie hören konnte, dann konnten sie mich vielleicht auch hören, selbst wenn ich jetzt ein Geist war, und unversehens zählte ich meine Atemzüge, um sie zu dämpfen, damit ich nicht mehr so viel atmete, und ich rührte mich auch nicht, sondern stand da, als wäre ich eine Statue oder dieser arme tote Blauwanst, der da mit seiner unsichtbaren Muskete auf eine Armee zielte, die längst wieder sicher in ihren Zelten lag. Nach einer Minute (es kann aber auch länger gewesen sein, denn immer noch ging alles ganz schnell oder ganz langsam, aber dazwischen war nichts) hörte ich, wie der Soldat, der durch die Nase sprach, zu Harry, dem anderen, sagte: »Siehst du wohl, hier, Gen'ral, hier hab ich ein Buch gefunden, und es ist keine Bibel, sondern ein echter gelber Beadle: *Der Golddämon*. Ich bin nicht der einzige, der Romanhefte mit sich rumschleppt. Das hier wollte ich mir ausleihen, und zwar von ...«

Dann verstummte er. Ich sah das Licht von seiner Fackel, und ich sah, wie die andere Fackel sich ihr näherte, als wären es zwei riesige Glühwürmchen, aber das war alles, und ich fragte mich, was ihn am Weiterreden hinderte. Lange brauchte ich mich nicht zu fragen, denn Harry sagte: »Yeah, das ist Jake Yeaker. Armes Schwein! Laß ihn liegen, komm jetzt! Wir tun, was wir tun sollen, und verschwinden hier.«

»Vor zwei Stunden im Kampf, da hätte er gleich neben mir erschossen werden können, und ich hätte mir nichts dabei gedacht. 'n toten Mann zu sehen, das macht mir genauso wenig aus, wie wenn's 'ne Kuh oder 'n Schwein oder 'n totes Pferd ist. Aber, Scheiße, wenn ich Jake jetzt...«

»Du hast ihn doch kaum gekannt«, sagte Harry. »Hat er dir eben ein Buch geliehen.«

»Ich weiß, ich weiß. Es ergibt keinen Sinn. Er sollte mich einen Scheißdreck kümmern, genauso wie der tote Nigger da drüben.«

Ein toter Nigger?

Natürlich dachte ich, daß es Jimmadasin sein mußte, und ich wußte gleich, ich würde hingehen und nachsehen müssen. Wieso mochte er noch mal hier herausgekommen sein? Wahrscheinlich, um mich zu suchen. Ich werd's noch früh genug erfahren, dachte ich, denn sobald die Soldaten mit ihrer Leichenfledderei fertig sind, werde ich nachschauen. Und nachdem sie eine Viertelstunde oder eine ganze Stunde im Wald und auf diesem Feld herumgetappt waren und ich so leise wie möglich geatmet hatte, verschwanden sie. Das heißt, sie hörten auf, Lärm zu machen, und ich dachte wenigstens, ich wäre allein mit den stöhnenden und den toten Männern und der feuchten Luft, die mich frösteln ließ und nach Scheiße und Tod und Schießpulver stank, und ab und zu hörte ich ein Geräusch von weiter unten, aus Kernstown oder vielleicht sogar aus Winchester. Ich fühlte mich allein, wie gelähmt und als ob ich die Soldaten umgebracht hätte, die da um mich herum verstreut lagen, und ich dachte mir, auch wenn sie tot sind, müßten sie den Dreck riechen können, wie ich ihn rieche; sie sind wahrscheinlich jetzt Geister, die immer noch riechen und hören, aber wie ich nicht mehr sprechen können. Und sie sind wohl noch unsichtbarer als ich.

Ich glaube, ich hatte in dem Augenblick eine Vision von all den toten Soldaten, von den Yanks und von unseren eigenen. Ich stellte mir vor, daß sie hier herumliefen wie Harry und der andere, der durch die Nase sprach, und daß bloß niemand sie sehen konnte, nicht mal ich. Und ich fragte mich, ob sie sich wohl gegenseitig sehen konnten, wie der Geisterhund und ich. Vielleicht konnten sie ja den Geisterhund sehen. Vielleicht kam er deshalb hier herauf.

Ich sah mich nach dem Geisterhund um, aber er war nicht mehr da.

Und dann passierte es.

Ich hörte, wie sich etwas hinter mir bewegte, und deshalb hörte ich auf zu atmen und mich zu bewegen. Ich blieb mit der Wange am Boden liegen und roch diese schwarze, feuchte Erde, die roch wie frisch umgegraben, und sperrte all die anderen Gedanken an Scheiße und Tod aus meinem Kopf aus; und während ich das Gras und die Erde roch, dachte ich an alle möglichen verrückten Sachen, als ob meine Gedanken so vor mich hin purzelten, und ich erinnerte mich an einen heißen Tag im Juni, ganz in der Nähe von der Stelle, an der ich jetzt war, bloß näher an der Talchaussee, und ich hab's mir wohl so heftig gewünscht, daß ich es irgendwie im Geiste vor mir sehen konnte, als ob es ein heller, heißer, trockener Tag wäre. Ich war mit Harry und Allan McSherry auf der Jagd, aber sie wollten mich nicht schießen lassen – ich hab ja schon gesagt, daß ich sie nicht besonders gut leiden konnte; sie waren in allen Dingen ziemlich selbstsüchtig –, und so war ich alleine losgezogen, um mich ein bißchen umzusehen, und da sah ich eine Lokomotive unter dem klaren blauen Himmel die Straße runterkommen, wie diese Geisterlokomotive, die keine Schienen brauchte und nichts. Ich weiß noch, daß es die Lok Nr. 199 war, und ihre vorderen Räder waren durch große Holzräder ersetzt worden, und sie wurde von Pferden und Männern gezogen – es müssen mindestens fünfzig Pferde und zweihundert Männer gewesen sein, alle im Geschirr, und gemeinsam zogen sie diese glänzende Lokomotive. Ich wußte, sie wollten damit nach Strasburg, denn die Männer, überwiegend Soldaten, brüllten aus voller Lunge: »Nach Strasburg!« Pappa erzählte mir später, die Konföderation wollte sie auf die Gleise der Manassas Gap Railway setzen und nach Süden runterschicken. Es war eine der Lokomotiven, die General Jackson bei seinem Überfall auf die B&O Railroad bei Harpers Ferry in die Hände gefallen waren.

Aber jetzt kam mir das alles vor wie ein Traum (vor allem jetzt, schätze ich, wo ich vor Angst von Sinnen hier draußen in diesem stinkenden Feld voll toter Soldaten lag), und als ich dann an Mutter und Pappa dachte, schien es, als wären auch sie aus einem Traum. Und ich dachte an den armen alten Jimmadasin und fragte mich, ob er wohl gleich neben mir tot auf diesem Feld lag.

Aber das hier war kein Traum, denn jetzt hörte ich ganz dicht neben mir jemanden furzen, so laut und unerwartet, daß ich einen Satz machte. Es klang wie ein Musketenknall. Ich muß mich bewegt haben, denn ehe ich mich versah, brüllte jemand etwas, und ich wußte, wer immer das war, hatte mich gesehen und war jetzt hinter mir her, und unversehens rannte ich los, ehe ich noch drüber nachdenken konnte, aber wahrscheinlich rannte ich nicht sehr lange, denn im nächsten Augenblick flog ich durch die Luft, und dann roch ich den Gestank aus der Achselhöhle eines Blauwanst-Soldaten, der mich packte wie einen Sack Mehl. Wahrscheinlich hielten sie mich für einen Rebellensoldaten, der zurückgeblieben war, und jetzt war ich ihr Gefangener, und vermutlich würden sie mir den Arsch abschießen oder mich fesseln und knebeln und mich zu Tode foltern, oder sie würden mich nach Fort Delaware schicken, wo sowieso jeder starb.

»Ich hab doch gesagt, das ist bloß 'n Junge«, sagte der Soldat, der mich so festhielt, daß ich nicht mal die Arme bewegen oder ihn treten konnte. »Aber wie er aussieht, war der kleine Scheißer dabei, unsere Toten zu beklauen. Ist es das, was du hier treibst, ja?« Er schüttelte mich hart und quetschte meine Arme so fest, daß sie ganz taub wurden. »Hast du daher diesen Poncho, du kleiner Dieb?« Von seinem Gesicht konnte ich nicht viel sehen, aber ich wußte, daß er groß war, und ich sah den Soldaten, der bei ihm war, einen Sergeant. Ich sah die drei umgekehrten Winkel auf seinen Ärmeln und die Messingknöpfe an seinem Rock, denn er hielt eine Laterne, die ihr Licht versprühte, als ob er sie im Kreis schwenkte und irgendwelche Tricks damit machte. Und wo ich gerade von Tricks rede: Ich hatte das Gefühl, daß die ganze Sache ein Trick von diesem Geisterhund gewesen war, denn er hatte dagesessen, ein Stück abseits von mir, und so getan, als ob alles in Ordnung wäre, und mich kein bißchen gewarnt, sondern war einfach verschwunden, um seinen eigenen Arsch zu retten, und das war mir eine verdammte Lehre, denn ich hätte weder ihm noch sonst jemandem trauen sollen.

»Schon gut, Eurastus, hör auf, dem Jungen weh zu tun!« Der Sergeant kam mit seiner Laterne näher. Er war stämmig und hatte einen Vollbart; mehr sah ich nicht, weil ich mich darauf konzentrierte, mich von dem Soldaten, der mich festhielt, loszureißen, was wahrscheinlich dämlich war, aber ich dachte ja nicht nach, ich wollte bloß abhauen und unsichtbar sein …

Das war's natürlich, und als mir das einfiel, hörte ich auf, zu zerren und zu zappeln, und dachte mir, wenn er mich bloß für eine Sekunde losließe, dann würde er mich in der feuchten Dunkelheit nicht wiederfinden. Nicht mal den Mond konnte man mehr sehen, nur noch ein dünn verschmiertes Licht am Rande des Himmels – so dick waren die Wolken jetzt. Aber es hatte aufgehört zu regnen. Trotzdem war ich völlig durchnäßt, und der Gummiponcho, in den ich mich gewickelt hatte, machte die klamme Nässe auch noch klebrig. Ich zitterte vor Kälte. Aber vielleicht war es auch bloß die Angst. Ich weiß es nicht.

»So ist es besser«, sagte Eurastus und ließ ein bißchen locker, aber er hatte große Hände und war stark und hatte meine beiden Arme so fest gepackt, daß es schmerzte. Ich kam nicht weg, jedenfalls noch nicht.

»Keine Angst, wir tun dir nichts, Kerlchen«, sagte der Sergeant. Er hielt seine Laterne jetzt ruhig. »Aber was in Gottes Namen machst du denn hier draußen? Noch dazu in einem Poncho von einem unserer Jungs? Bist du aus Kernstown oder Winchester? Du weißt, daß du hier nirgendwo sein darfst – hier ist Sperrgebiet, außer für die Armee der Vereinigten Staaten.«

Ich wußte darauf natürlich nichts zu sagen, aber ich hatte auch nicht vor, ein ängstliches Gesicht zu machen und zu Boden zu gucken, wie ich es meistens tat, wenn Pappa mit mir schimpfte. Ich starrte zu ihm auf und wartete darauf, daß Eurastus seinen Griff lockerte, damit ich sofort abhauen könnte; und selbst in diesem Augenblick dachte ich daran, daß Jimmadasin wahrscheinlich gleich da draußen lag, wo das Laternenlicht aufhörte, tot oder sterbend, und vielleicht einen Schluck Wasser haben wollte, und ich lauschte, als ob die Yanks gar nicht da wären. Ich lauschte auf Jimmadasins hohe Stimme, wie er um Hilfe rief oder so was. Erst als der Sergeant wieder anfing, mit mir zu reden, schaute ich mich auch nach dem Geisterhund um, aber der war immer noch verschwunden.

»Hast du gehört, was ich sage, Junge?« fragte der Sergeant. Ich mußte zugeben, daß dieser dicke Sergeant etwas Sanftes an sich hatte, als ob er in der Armee irgendwie überhaupt nichts verloren hätte, aber Private Eurastus hätte nichts lieber getan, als mir bei der ersten Gelegenheit den Schädel einzuschlagen. Ich wußte das, weil er mir wieder die Arme und die Brust zusammenquetschte, und das machte er irgendwie heimlich, so daß der Sergeant es nicht sah. Ich wußte, daß er ein gemeiner Soldat war, weil er keine Winkel an den Ärmeln seines Rocks trug, der übrigens nach Fisch stank. Ich weiß nicht, wieso, aber er stank nach Fisch.

»Na ...?«

Ich nickte mit dem Kopf, aber nur einmal, um dem Sergeant zu zeigen, daß ich ihn verstanden hatte.

»Vielleicht ist er taubstumm«, sagte Private Eurastus.

Ich wollte ihn nicht ansehen. Ich dachte, wenn ich Private Eurastus anschaue, gebe ich ihm irgendwie Macht über mich oder so was, aber ich konnte einfach nicht anders, und überrascht sah ich, daß er gar nicht so massig war, sondern bloß lang und drahtig. Er hatte diese großen Hände, aber er sah dünner aus als die meisten Südstaatensoldaten, als ob er seit Monaten nichts mehr zu essen gekriegt hätte. Das machte es aber bloß noch schlimmer: Es war demütigend, von einem gefangengenommen zu werden, der für mich aussah wie ein Schwächling. Vielleicht war ich bloß noch schwächer als er, aber ich nehme eher an, daß Äußerlichkeiten täuschen können, denn er hatte einen Griff so stark wie Onkel Isaac. In diesem Augenblick fühlte ich mich aber sowieso nur erschöpft und erniedrigt, und ich hatte es satt, daß jeder stärker war als ich.

»Stimmt das?« fragte der Sergeant mich. »Du kannst nicht sprechen?«

Ich nickte wieder.

»Er ist also nicht taub, sondern bloß stumm«, sagte der Sergeant zu Eurastus. »Hast du Hunger?« fragte er mich, und ich schüttelte den Kopf, aber nur einmal, und das reichte. Ich wußte, ich sollte mich nicht mit ihnen einlassen, und wenn ich es täte, würde ich nie wieder wegkommen; also schluckte ich bloß und schaute zu Boden und konzentrierte mich darauf zu verschwinden, was ich schon die ganze Zeit hätte tun sollen.

»Jetzt laß ihn schon *los*, Eurastus! Ich sehe doch, daß du ihm an den Armen weh tust.«

»Wenn ich ihn loslasse, haut er ab, so sicher, wie ich hier stehe«, behauptete Eurastus. Er lockerte seinen Griff ein wenig, und ich konnte meine Arme wieder spüren, aber er würde mich nicht völlig loslassen, nicht mal wenn der Sergeant es sagte. »Was wollen Sie denn machen?«

»Scheiße, er hat den Weg hierher gefunden, da wird er sicher auch wieder nach Hause finden.«

Ich spürte, daß der Sergeant mich anschaute, während er redete, aber ich blickte nicht auf.

»Nein, dabei hab ich kein gutes Gefühl«, fuhr der Sergeant nach einer Weile wie zu sich selber fort. »Wir bringen ihn rüber zur Kirche und lassen den Knochensäger entscheiden – der hat schließlich den entsprechenden Rang. Vielleicht ist der kleine Scheißer ja ein geheimer Spion. Bei diesen Leuten weiß man das nie. Die sind sich nicht zu schade, die eigenen Kinder die Drecksarbeit machen zu lassen.«

Ich konzentrierte mich auf den Boden, konzentrierte mich darauf, mich unsichtbar zu machen, denn einen Augenblick lang hatte es sich so angehört, als ob die Sache in meinem Sinne laufen würde. Zumindest hatten die Blauwänste daran gedacht, mich gehen zu lassen.

Und dann bekam ich meine Chance…

Es knackte irgendwo, als ob Zweige brächen, und ich sah Fackeln zur Rechten. Ich wußte, das mußten Harry und sein Freund sein, der durch die Nase sprach, aber das wußten die Yanks, die mich gefangengenommen hatten, anscheinend nicht.

»Halt, wer da?« rief der Sergeant. »Gebt euch zu erkennen.«

Sie ließen sich Zeit mit der Antwort… »Private Harry Beem, Sir. Eighth Ohio Volunteer Infantery, United States Army.«

»Und wer ist da noch bei dir? Ich weiß, daß da draußen mehr als nur einer ist. Gebt euch zu erkennen.«

»Private John Smith.« Die Antwort kam nach geraumer Zeit.

»Zeigt euch, und gebt euern Auftrag an!« befahl der Sergeant.

»Wer zum Teufel bist *du*?« fragte Private John Smith in seinem unangenehm näselnden Ton, als ob es gleich Ärger geben würde.

»Hospital Steward Theodore Dunean, Fifth Army Corps, United States Army, oder Sergeant Theodore Dunean, Fourteenths Indiana Infantry – was euch lieber ist. Auf jeden Fall bin ich der Ranghöhere, ihr Arschlöcher. Zeigt euch *auf der Stelle*!«

Der Sergeant hatte eine laute Stimme voll Autorität, die Harry und seinen diebischen Freund offenbar beeindruckte. Der letztere wußte anscheinend, mit wem er es zu tun hatte, denn ich hörte Reisig knacken und ziemliches Geraschel, was vermutlich bedeutete, daß sie sich ordnungsgemäß zeigen und erklären wollten.

Aber die Fackeln verschwanden, und die beiden Blauwänste hatten es nicht gerade eilig damit, sich zu zeigen und begrüßen zu lassen.

Sie liefen weg.

Was ich auch hätte tun sollen ...

»Saukerle!« schrie Private Eurastus. Er ließ mich los und feuerte seine Muskete in Richtung von Smith und Beem. Das war meine Gelegenheit auf einem Silbertablett. Ich rappelte mich hoch und rannte los, so schnell ich konnte, und mir war, als wäre ich eben aus dem Gefängnis ausgebrochen oder so was – ich meine, ich war vor Angst von Sinnen, aber zugleich empfand ich echtes Glück, weil ich frei war und mich nie wieder in menschliche Gesellschaft begeben würde, wie ich mir schwor. Tief in den Wald wollte ich laufen, wo ich mich mit allem auskannte, und ich dachte noch, wie dumm ich war, weil ich dem toten Soldaten nicht seine Muskete abgenommen hatte, aber dann dachte ich, vielleicht war ich doch nicht so dumm, denn wenn ich so, wie sie mich geschnappt hatten, eine Muskete dabeigehabt hätte, dann hätte der Soldat wahrscheinlich einen Vorwand gehabt, mich zu erschießen. Aber ich würde eine Muskete brauchen – das war der Gedanke, der mir durch den Kopf wirbelte, als ich so durch die Dunkelheit rannte. Ab und zu peitschte mir ein Zweig ins Gesicht, aber ich konnte jetzt ein bißchen erkennen, seit ich die Laterne des Sergeants los war, die so dicht vor meinem Gesicht geleuchtet hatte, daß ich im Dunkeln geblendet war, und –

Etwas Schweres und Nasses prallte gegen mich und verschlug mir schier den Atem, das kann ich Ihnen sagen; eine Sekunde lang wußte ich überhaupt nicht, was los war. Ich dachte, ich wäre irgendwie gegen einen Baum gerannt, aber dann bewegte der Baum sich und packte mich um die Brust, sosehr ich auch zappeln und um mich schlagen mochte. Aber es war Harry, der mich geschnappt hatte – und bis zum heutigen Tag weiß ich nicht, wie zum Teufel er das geschafft hat –, und er hielt mich fest wie den Heiligen Gral, wie Pappa gesagt hätte. Ich wand und sträubte mich so heftig, daß ich wahrscheinlich doch noch entkommen wäre, wenn ich ein kleines bißchen mehr Zeit gehabt hätte, aber er brüllte nach dem Sergeant und schrie, er hätte mich, und er wäre ein loyaler Yank und wollte sich ergeben und wissen, was er jetzt machen sollte.

Eurastus war im Handumdrehen wieder bei mir und hielt mich so fest, daß mir Arme und Brust schrecklich weh taten. Vielleicht erwartete er, daß ich schrie oder so was, aber ich stand bloß da und merkte, wie mir schlecht wurde, als ob ich kotzen müßte oder ohnmächtig würde wie die dicke Mrs. Routzann, wenn Pappa davon predigte, daß die Sünde eine Made wäre oder so was. Als ich mich nicht wehrte und nichts, lockerte Eurastus seinen Griff wieder, aber nur ein bißchen. Ich wußte, es war an der Zeit aufzugeben, denn nicht mehr lange, und er hätte genügend Grund, mich ordentlich zu verprügeln oder umzubringen oder mich zu foltern, bis ich tot wäre. Ja, wenn er eine Idee hätte, wie er mich von dem Sergeant wegbringen könnte, würde er mir sowieso sehr weh tun oder mich umbringen. Da war ich mir so sicher, wie Pappa sich mit Gott sicher war. Aber ich erinnerte mich, daß Geduld eine Tugend ist oder so was; also blieb ich einfach stehen, als ob meine Knochen alle ganz weich geworden wären, und roch den fischigen Rock von Eurastus, während Sergeant Dunean sich mit Harry beschäftigte und ihn fragte, wer sein Vorgesetzter und wo sein Partner Private Smith geblieben wäre.

Und auf Kommando rückte Harry mit allem heraus und erzählte, daß »Private Smith« ein erfundener Name wäre und der Soldat in Wirklichkeit William Catterson hieße und ebenfalls ein Private wäre; er hätte überhaupt nur gelogen und gehörte zum

110th Pennsylvania, obwohl er aus Boston käme. Und dann erzählte Harry, daß er und Catterson den Auftrag gehabt hätten, Verwundete aufzulesen und zu den Knochensägern in die Kirche zu bringen, und daß Catterson den Dienst schwänzte, worüber Harry sich sehr aufregte. Er glaubte, sagte er, daß Catterson irgendeinen Ärger mit seiner Einheit hätte und jetzt versuchte, sich von da fernzuhalten, bis alles vorbei wäre, aber wenn er sich's recht überlegte, wäre Catterson wohl kein so toller Bursche; er hätte wohl Angst bekommen und wäre in Panik geraten und deshalb weggerannt.

»Ich hatte nicht den Eindruck, daß er Angst hatte«, meinte Sergeant Dunean. »Klang eher so, als könnte er's gar nicht abwarten, sich mit mir anzulegen.«

»Er wird niederträchtig, wenn er Angst hat«, sagte Harry. »Ich hab das schon erlebt ... bevor wir hier Streit gekriegt haben.«

»Er ist also dein Freund«, stellte Sergeant Dunean fest.

»Nein, ich kenne ihn bloß«, sagte Harry und ließ den Kopf hängen, als ob er zu gar nichts taugte und auf jeden Fall bestraft würde, auch wenn er unschuldig wäre.

Ich glaube, man hätte eine große Forke gebraucht, um den Mist wegzuräumen, den der Mann erzählte, selbst wenn es teilweise stimmte – ich schätze, der Name stimmte wohl, denn Catterson klingt eher wie ein richtiger Name als Smith, auch wenn ich schon von einer Familie namens Smith gehört hatte, der mal sämtliche Pferde beschlagnahmt worden waren, und zwar durch einen Captain Bob Clarke, einen Offizier der Konföderierten, der sonntags abends immer zum Essen zu ihnen gekommen war. Aber der alte Harry war nicht so übel wie Catterson, der wahrscheinlich schon über alle Berge und desertiert war. Also war es vermutlich nicht völlig zu unrecht, daß Harry diesen Dreckskerl anschwärzte, um seinen eigenen Arsch zu retten. Und Harry hatte seinen Auftrag ja auch ordentlich ausführen wollen; so hatte es sich jedenfalls angehört. Irgendwie gefiel Harry mir. Wahrscheinlich war er ein Heiliger im Vergleich zu Catterson. Auch wenn er behauptete, er hätte die ganze Zeit versucht, von Catterson wegzukommen, und hätte bloß Angst gehabt, Catterson würde ihn erschießen. Daß *das* Blödsinn war, wußte ich. Ja, er behauptete sogar, Catterson hätte ihn bedroht, während sie uns durch das Dickicht beobachteten. Dann hätten sie mich gesehen, sagte er, und vermutlich hatte er die Gelegenheit genutzt, noch zum Helden zu werden, indem er mich einfing.

»Wo ist eure Trage?« fragte Sergeant Dunean.

»Da hinten, wo wir waren, als Sie uns angerufen haben«, antwortete Harry. »Ich könnte sie Ihnen zeigen. Catterson hat beide Fackeln ausgemacht und ist dann weggerannt. Aber mit Ihrer Laterne könnte ich den Rückweg finden.«

»Es war dir doch auch hell genug, um den Jungen hier zu fangen.«

Harry nickte und sah wieder aus wie ein begossener Pudel. Diesen Ausdruck kriegte er wirklich prima hin. »Ich könnte die Trage für Sie finden. Müßte dann bloß 'n bißchen im Dunkeln rumsuchen, das ist alles.« Er hatte ein langes Gesicht, das ziemlich traurig aussah, auch wenn er jetzt einen ziemlich hoffnungsvollen Blick kriegte, weil er vielleicht doch nicht gefesselt und geknebelt vor seiner Kompanie auf und ab geführt werden würde.

»Eurastus, du gehst mit diesem Drückeberger und sammelst sein Zeug ein; dann lest ihr die Verwundeten auf und meldet euch wieder bei der Kirche«, befahl Sergeant Dunean. »Und trödle ja nicht rum. Sieh zu, daß du mit den Verwundeten und dem Gefangenen vor mir bei der Kirche bist, sonst wirst *du* dich dafür zu verantworten haben.« Der Sergeant sah mich an. »Junge, ich weiß nicht, ob du taub bist oder stumm oder was, aber wenn du noch einmal versuchst wegzulaufen, schieße ich dir den Arsch ab wie einem Deserteur. Hast du das verstanden? Ich brauche dich; also bleib lieber da stehen wie ein Mann.«

Ich hielt es für klüger zu nicken, und ich tat es rasch.

»Okay, Eurastus, laß ihn los. Er wird brav sein.«

»Nein, wird er nicht. Der kleine Scheißer wird wieder abhauen.«

»Ich habe gesagt, du sollst ihn loslassen!«

Endlich ließ Eurastus mich los, und selbstverständlich dachte ich daran, in die Dunkelheit zu flitzen, aber ich überlegte mir's. Ich konnte den Geisterhund nirgends sehen, und das bedeutete wahrscheinlich, daß meine Pechsträhne noch nicht zu Ende war; also blieb ich einfach stehen und beobachtete den Sergeant.

»Siehst du?« sagte Sergeant Dunean.

»Ich glaube, er ist 'n gottverdammter Spion oder so was«, sagte Eurastus, und man merkte ihm an, wie sehr es ihn ärgerte, daß ich frei war und er keine Gelegenheit gehabt hatte, mir die Arme zu brechen und in den Arsch zu treten.

»Na schön, das werden wir schon noch rauskriegen. Vorläufig hast du das Kommando über Private Beem. Ich nehme den Jungen mit und bringe einen von unseren Soldaten zu den Knochensägern, damit sie ihn verarzten können. Wo ist *unsere* Trage?«

»Gleich hinter Ihnen«, sagte Eurastus.

»Du kannst die Lampe nehmen; ich versuch's so mit dem Jungen.« Und dann fingen wir einfach an, rumzulaufen und nach verwundeten Soldaten zu suchen, die wir mitnehmen konnten, und der Sergeant war die ganze Zeit dicht in meiner Nähe und führte mich, wohin er wollte, aber ich wollte dahin zurück, wo Jimmadasin möglicherweise lag, um zu sehen, ob er tot oder verwundet war oder was. Aber der Sergeant wollte davon nichts wissen, und nach kürzester Zeit hatten wir einen Soldaten gefunden, der stöhnte, und der Sergeant untersuchte ihn, als ob er ein Arzt wäre, und die ganze Zeit gab er mir Befehle und sagte, was ich tun sollte. Dann mußten wir den Soldaten tragen. Wenn ich's mir jetzt so überlege, bin ich sicher, daß der Sergeant einen kleinen, dürren Blauwanst ausgesucht hatte, damit ich ihm tragen helfen konnte. Wir rollten das arme Schwein auf die Trage, die man auseinanderfalten konnte, bis sie so groß war wie eine richtige Bahre. Der Mann stöhnte und redete dummes Zeug von Käfern, die ihn bei lebendigem Leibe auffräßen, und von seiner Mutter, die dabei zuschaute, und, o Gott, er sollte doch hier nicht sterben, das stände in einem Buch

geschrieben, und er könnte es sehen; Minié-Kugeln und Traubenladungen und Kartätschen dürften ihm gar nichts anhaben können, da sollten wir nur die Ohren aufsperren und lauschen, lauschen, und dann würden wir Gott schon selber hören können
und ihm glauben. Er war schwerer, als so ein dürrer Kerl hätte
sein dürfen, und ich ließ mein Ende der Trage fallen und hatte sofort ein schlechtes Gewissen, weil der Sergeant den verwundeten
Yank daraufhin irgendwie auf die Trage band und ihn allein wei-
terschleifte. Ich lief nebenher und tätschelte dem Soldaten die
Hände und gab ihm hin und wieder einen Schluck Wasser, und
ich lauschte angestrengt, damit ich Gott hörte, aber da draußen
war nichts außer dem Wind und dem Gestank und der schmutzig
aussehenden Mondsichel, die immer wieder verschwand. Es fing
an zu regnen, und eine Minute später hörte es wieder auf, und
dann fing es wieder an. Verrückt.

Natürlich hätte ich weglaufen können. Ich hatte reichlich Gelegenheit. Ich hätte mich geradewegs in die dreckige Dunkelheit
verdrücken können, die jetzt dampfte, obwohl es kalt war, denn
inzwischen hatte sich Nebel über all die toten und verwundeten
Soldaten gelegt. Die Verwundeten dachten wahrscheinlich, sie
wären auch schon gestorben und warteten im Himmel auf den
heiligen Petrus, damit er sie zählte und hereinließ. Jedenfalls
überkam mich eine Art Trägheit, wie wenn man aufwacht und
gleich wieder einschlafen wird, so etwa. Ich war müde und
schwer, und mir war alles gleichgültig. Es ist schwierig, das genau
zu erklären, aber irgendwie fühlte ich mich, als ob ich alles vom
Ende eines langen Tunnels her sähe oder so ähnlich: Ich konnte
sehen, was vor mir lag, und es schien... weit weg zu sein, und ich
hatte schon genug Mühe, bloß damit zurechtzukommen. Vielleicht war es aber auch, als ob ich tot wäre und selber rumliefe,
um den heiligen Petrus zu suchen. Und so ging ich immer weiter
mit dem Sergeant, der mir dauernd befahl, an seiner Seite zu bleiben, bis wir den armen verwundeten Soldaten zu der Backstein-
kirche geschleppt hätten, die im Mittelpunkt der ersten Schar-

mützel östlich der Talchaussee gestanden hatte. Natürlich mußten wir die Chaussee überqueren; sie war übersät mit Kleidern, Ponchos, Decken, Zeltplanen, Bibeln, Photographien, Karten, Liederbüchern, Kochgeschirren, Brotbeuteln, Patronenschachteln, leeren Feldflaschen und sogar Musketen, allerdings überwiegend glattläufige. Wahrscheinlich war noch mehr dagewesen, aber die Blauwänste hatten vermutlich alles Wertvolle mitgenommen. Es machte mich traurig, dieses Durcheinander zu sehen, denn schon unsere eigenen Soldaten hatten es hinterlassen, als General Banks sie jagte, und ich schämte mich, aber ich war auch sicher, daß nichts von all dem Colonel Ashby und seinen Reitern gehörte: Sie würden auf dem Rückzug genauso viele Yanks zur Strecke bringen wie beim Vormarsch. Aber wie gesagt, während ich mit dem Sergeant zur Kirche ging, war mir eine Zeitlang alles gleichgültig, denn ich war dabei die meiste Zeit tot. Dann fragte Sergeant Dunean, ob ich mich am Riemen reißen, wie er sich ausdrückte, und ihm beim Tragen helfen könnte, was ich dann auch tat.

Von mir aus hätte die Trage mir die Arme brechen oder der Mond vom Himmel fallen können. Sergeant Dunean redete mit mir und stellte mir Fragen, als ob er damit rechnete, daß ich jeden Augenblick anfangen würde zu sprechen; aber das tat ich nicht, und selbst wenn ich es gekonnt hätte, hätte ich es nicht getan.

Ich hatte das Gefühl aufzuwachen, als ich die Kirche sah. Als ob meine Gedanken wieder schneller liefen und das Leben in mich zurückströmte.

Vielleicht kam es daher, daß der Anblick des gelben Flackerlichts im Fenster mich an etwas erinnerte – jedenfalls kann ich Ihnen sagen, daß ich besser tot geblieben wäre, denn als wir näher kamen, konnte ich all die Leichen und die verwundeten Soldaten sehen, und meistens konnte man die einen nicht mehr von den anderen unterscheiden. Man hörte ein unablässiges Stöhnen, genau wie im Wald. Einer weinte; er schluchzte wie ein kleines Kind, das keine Luft mehr kriegt, und einer schwor, wenn er hier sterben sollte, dann sollten die Ärzte und ihre Frauen und Kinder und Neffen und sogar ihre Hunde verflucht sein und alle anderen auch, womit vermutlich auch ich gemeint war, obwohl mir das jetzt nicht mehr viel ausmachte. Die Leichen lagen säuberlich gestapelt in Reihen zu beiden Seiten der Vordertür, die offenstand, und der Spitalgeruch war schlimmer als alles, was ich draußen im Wald gerochen hatte. Und in dem zittrigen Licht aus der Kirche konnte ich die Soldaten, die draußen vor der großen alten Tür lagen, richtig gut erkennen, und ich sah auch, daß manche ihrer Wunden sich bewegten. Erst begriff ich es nicht und dachte, es müßte an meinen Augen liegen, aber daran lag es nicht. Es waren Maden, die kleinen Scheißer mußten sich im Handumdrehen vermehren, denn es war, als ob sich ein Bienenschwarm auf den heißen Wunden dieser Yank-Soldaten niedergelassen hätte, nur daß die Maden nicht summten.

Sergeant Dunean und ich legten unseren Soldaten ans Ende einer Reihe und machten uns gar nicht mehr die Mühe, die Trage unter ihm wegzuziehen. Zumindest war er so darin eingehüllt; das war mehr, als die anderen hatten.

Dann stieß der Sergeant mich vor sich in die Kirche. Er redete immer noch mit mir, als ob er mit einem Baby redete, und ich rechnete schon damit, daß er gleich eiapopeia singen würde. Vielleicht mußte er ja an die eigenen Kinder denken oder so was. Mir war es gleichgültig, solange ich Private Eurastus nicht wiederzusehen brauchte, aber der würde in der Kirche auf mich warten; so hatte Sergeant Dunean es ihm befohlen. Zum Teufel, wenn ich nicht bald zu mir käme und kehrtmachte, um wie der Blitz aus der Kirche zu verschwinden – aber es war zu spät, denn der Sergeant versperrte mir den Weg zur Tür, und Eurastus war auch gar nicht da.

Ich wäre wirklich erleichtert gewesen, hätte ich mich nicht unversehens in der Hölle wiedergefunden.

Als ich den ersten Blick in diese Kirche warf, sah es dort genauso aus, und ich werde es immer vor mir sehen, wenn ich mir die Hölle vorstelle, da kann Doktor Keys sich noch so sehr bemühen, mir was anderes zu erzählen. Und immer noch wache ich auf und habe davon geträumt, vielleicht weil ich dort rauskam und ihn umbrachte, diesen Scheißkerl, diesen Scheißkerl, der –

Aber das will ich Ihnen der Reihe nach erzählen.

Was ich sah, als wir die Kirche betraten, war ein großer Raum mit einer hohen Decke, beleuchtet nur mit Kerzen, die überall flackerten und blakten. Auf dem Boden, im Mittelgang, an den Seiten und da, wo ordentliche Reihen von Kniebänken für den Sonntagsgottesdienst gestanden hatten, lagen verwundete Blauwänste, und das Stöhnen war genau wie draußen, aber hier war noch mehr. Die Soldaten hier schrien und fluchten und machten einen Heidentrubel: Wenn man sich jetzt nicht besser um sie kümmerte, würden sie an Ort und Stelle sterben, und dann würden sie wiederauferstehen und in Ewigkeit an diesem Ort spuken.

Ich spitzte angestrengt die Ohren, auch wenn ich Gott draußen nicht hören konnte wie der Soldat, den wir hergebracht hatten. Aber auf alle Fälle konnte ich hier ein paar neue Flüche lernen. Und einen Augenblick lang dachte ich, diese Soldaten hier sollen sich doch glücklich schätzen, daß sie nicht draußen im Regen liegen und sterben, während unter ihrem Arsch der Schlamm schmatzt. Aber dann dachte ich, das hier ist doch schlimmer, weil die anderen wenigstens zum Himmel hinaufschauen und vielleicht einen Stern oder ein Stück Mond durch die Wolken fahren sehen können, bevor sie sterben. Die Soldaten hier drin glaubten wahrscheinlich genau wie ich, daß sie in der Hölle wären, und folglich benahmen sie sich entsprechend. Nun muß man bedenken, daß ich alles, was ich hier beschreibe, innerhalb von einer Sekunde sah, ungefähr so, wie wenn man den Kopf wendet, denn länger als eine Sekunde dauerte es nicht, bis ich das sah, was Pappa ganz sicher »Dämonen« genannt hätte. Zwei ganz mit Blut bedeckte Männer standen am Altar der Kirche, auf dem ein Blauwanst-Soldat lag. Ich nahm an, daß der mit dem dicken grauen Backenbart der Knochensäger war, denn er sah älter aus als der andere, der einen spärlichen Bart hatte und nicht recht zu wissen

66

schien, was er machen sollte. Überall auf dem Altar und auf dem Boden waren Spritzer und Pfützen von Blut, und hinter dem Arzt mit dem Backenbart lag ein Stapel Arme und Beine, und die meisten Beine hatten noch Schuhe und Strümpfe an, als ob sie gleich alleine losspazieren wollten. Und kreuz und quer standen Kirchenbänke, auf denen Soldaten lagen. Das ganze Atmen und Stöhnen und Fluchen der Soldaten hier hörte sich an wie Insektengesumm. Ein paar Soldaten saßen auch auf den Kirchenbänken; das waren die Glückspilze, die nicht so schwer verletzt waren und allein herumlaufen konnten. Einer saß mit einem anderen auf einer Bank und hielt die Hand des anderen, die mit einem blutigen Knäuel umwickelt war, das aussah wie Stoff von einem Frauenrock. Der verwundete Soldat war ganz teiggesichtig, und der andere rief Sergeant Dunean und fragte: »'tschuldigung, Sir, aber könnten Sie sich um meinen Bruder hier kümmern? Sie haben ihm alle Finger bis auf den Daumen abgeschossen, und er ist schrecklich schwach.«

Sergeant Dunean nickte ihm zu und hob die Hand, als wollte er ihn zum Schweigen bringen. Dann zog er mich ans andere Ende des Raums; wir mußten über die Soldaten steigen, die überall lagen, und um die kreuz und quer stehenden Kirchenbänke herumgehen – wenn ich also jetzt noch entkommen wollte, müßte ich um den Altar und die Ärzte und all die Kirchenbänke herumlaufen: Vielen Dank. Auf einem Stuhl neben uns sah ich einen Stapel Bücher, und manche Seiten waren mit blutigen Fingerabdrücken bedeckt. Auf einem der Bücher stand *Grundlagen der chirurgischen Praxis von Dr. F. W. Sargent*, und zwei Bände mit dem Titel *Smith's Operative Chirurgie* standen nebeneinander wie auf einem Bibliotheksregal. Vermutlich schaute ich diese Bücher so angestrengt an, weil ich Angst hatte, den Soldaten auf dem Altar anzusehen, aber ich konnte nicht anders. Sein Bein war furchtbar verwundet; man sah das Loch über dem Knie.

»Sie haben sich ja reichlich Zeit gelassen, Dunean«, sagte der Doktor mit dem Backenbart. Seine Stimme klang schwerzüngig, als ob er getrunken hätte. »Also muß ich mich mit Dr. Foye hier begnügen, aber Dr. Foye scheint mir außerstande zu sein, diese Hauptschlagader hier abzuklemmen.« Seine letzten Worte waren an Dr. Foye gerichtet. »Es reicht, daß ich ohne einen Assistenten arbeiten muß, der das Bein hält und das Gelenk unterstützt. Zudrücken, Mann – es sei denn, Sie hätten was gegen diesen armen Soldaten! Na, sehen Sie – das ist doch nicht schwierig, wenn Sie sich konzentrieren.«

»Ist Eurastus schon zurück, Dr. Zearing?« fragte der Sergeant den älteren Arzt. Er sah müde aus, aber die Anwesenheit dieser Ärzte, die auch Offiziere sein mußten, schien ihn nicht nervös zu machen.

»Sieht es so aus, als ob er wieder da wäre?« fragte Dr. Zearing. »Nicht daß es drauf ankäme, denn er hat ein Spatzenhirn, genau wie die beiden anderen Idioten, die Feldchirurg King vom Fifth Corps mir geschickt hat. Warten Sie ab, bis Sie *die* kennengelernt haben.«

»Ich glaube, das hab ich schon«, sagte Sergeant Dunean. »Beide sind Drückeberger, und einer ist weggelaufen, als ich sie anrief. Ich werde einen vollständigen Bericht schreiben. Private Eurastus hat den einen in Gewahrsam. Sie müßten aber inzwischen hier sein ...«

Aber das schien Dr. Zearing nicht zu interessieren, oder er hörte nicht zu. »Wer ist der Junge?« fragte er.

»Hab ihn im Wald gefunden, wie er unsere Toten fledderte. Dachte mir, am besten halte ich mich einfach an die Befehle und bringe ihn mit. Er ist ohne Zweifel ein Südstaatler, aber er kann – oder will – nicht sprechen.«

»Und da bringen Sie ihn mit *hierher*?« Dr. Zearing fing an zu lachen.

»Mit Ihrer Erlaubnis bringe ich ihn rüber zum Regiment zur Vernehmung.«

Der Arzt musterte mich, als wäre ich einer von seinen Patienten. »Wir kümmern uns später um ihn; er sieht nicht aus wie ein gefährlicher Verbrecher. Einstweilen, Sergeant, kümmern Sie sich um die Finger des Soldaten da vorn … und du, Junge, kannst dich nützlich machen, indem du dem Soldaten da neben dir die Wunden auswäschst. Siehst du den da, mit dem bedeckten Gesicht? Sergeant, zeigen Sie dem Jungen, was er tun soll; ich werde mich als nächstes um diesen Mann kümmern. Es ist ein Captain, einer von Colonel Kimballs Jungs. Ich kannte seinen Vater.«

Ich schaute nach rechts und sah einen Mann, der mit dem Rücken zur Wand vornübergebeugt auf einer Kirchenbank saß. Ein braunes, blutiges Tuch hing über seinem Kopf, und ich dachte unwillkürlich, daß daran etwas Schreckliches und zugleich Komisches war – als würde er plötzlich das Tuch herunterreißen, aufspringen, »Überraschung!« schreien und eine Fahne schwenken oder so was.

Dr. Zearing rief den Soldaten an und fragte, ob alles in Ordnung sei. Der Soldat gab ein grunzendes Geräusch von sich. »Sehen Sie«, sagte Dr. Zearing zu seinem Assistenten. »Und wenn ich mit der Arbeit an ihm anfange, werde ich Ihnen erklären, wieso ich glaube, daß man ihn retten kann. Wir werden noch einen Feldchirurgen aus Ihnen machen, George, wenn Sie es bloß schaffen, mir nicht noch mal in Ohnmacht zu fallen.« Er lächelte George an und bat um das Catlin-Messer, das länger war als ein Bowie-Messer und einen langen, gelblichweißen Griff hatte, wahrscheinlich aus Elfenbein; und dann, als wäre es das Alltäglichste von der Welt, schnitt er einfach rund um das Bein und zog die Haut zurück. Sergeant Dunean redete mit mir, aber ich konnte den Blick nicht abwenden von dem, was da vor sich ging, denn ehe ich mich versah, sägte dieser Arzt einfach den Knochen durch, und dann warf er das Bein hinüber zu den anderen, und dann schrie er nach einem »Tenaculum« oder etwas, das so ähnlich klang, und dann rief er Sergeant Dunean heran, damit er mithalf, rasch die Blutgefäße abzubinden, während er den Knochen herunterfeilte. »Sehen Sie jetzt, George, wie ich den Knochenkopf hier bedecke? Man muß einen reichlichen Lappen dranlassen, wenn man die Haut durchschneidet, denn sonst hat das arme Schwein bis ans Ende seiner Tage das Gefühl, er hätte zu enge Strümpfe an.« Aber George war wegen irgendwas aufgeregt. »Keine Sorge«, sagte Dr. Zearing. »Wir sind fast fertig. Sie haben ihm genug natürliche Luft gegeben. Das Chloroform wird ihn nicht umbringen.«

»Aber sein Puls sinkt«, sagte George.

»Wir sind fast fertig.«

»Ich denke, wir sollten ihm ein bißchen Ammoniak geben.«

»Dann machen Sie schon!«

Ich beobachtete das alles fasziniert und konnte mich nicht rühren, obwohl ich mir besser hätte überlegen sollen, wie ich hier zur Tür hinauskäme, ehe Eurastus wieder da wäre. Aber dazu mußte ich an Sergeant Dunean und den Ärzten vorbei, um die Kirchenbänke herum und über die Soldaten hinweg.

Ich setzte mich in Bewegung und ging durch die Bänke, ganz natürlich, als ob ich etwas suchte, und ich war ganz entspannt und wurde so unsichtbar, wie ich nur konnte, aber es fühlte sich nicht ganz richtig an – als hätte ich den Trick irgendwie verlernt. Ich sah, wie George dem Soldaten eine rote Glasflasche an die Nase hielt, und dann merkte ich, wie ich wieder unsichtbar wurde, wie ich es nicht mehr gewesen war, seit ich den Geisterhund das erste Mal gesehen hatte, und ich vergaß alles außer meiner Flucht aus dieser Kirche. Ich kam gut und unauffällig voran, als Sergeant Dunean hinter dem Altar herumkam und mich rief. Und in diesem Augenblick hätte ich zur Tür rennen sollen, aber ich blieb einfach stehen, wo ich stand, als ob ich plötzlich das Gehen verlernt hätte. Ich stand einfach da und starrte den Berg von Armen und Beinen neben dem Altar an, und einen Augenblick lang glaubte ich, daß *meine* Beine auch auf diesem Berg lägen.

Sergeant Dunean kam zu mir herüber, packte mich beim Arm (aber ohne mir weh zu tun) und führte mich zu dem Soldaten mit dem Tuch über dem Gesicht.

Ich spürte, wie mein Gesicht heiß wurde, als wäre ich gerade dabei ertappt worden, wie ich an mir rumspielte, und ich hörte Dr. Zearing fluchen – wahrscheinlich, weil das, was George dem armen beinlosen Soldaten da unter die Nase gehalten hatte, nicht funktionierte. Dann sagte Dr. Zearing: »Also gut, George – lassen Sie uns das hier zu Ende bringen, und dann zeige ich Ihnen einen Trick. Geben Sie mir die Flasche Chloroform da, und passen Sie auf den Stumpf auf; ich muß ihn noch zumachen und verbinden.« Und dann schüttete Dr. Zearing dem schlafenden Soldaten das Chloroform über den Unterleib, und verdammt, der Mann fuhr kerzengerade in die Höhe, als ob ihn jemand mit eiskaltem Wasser übergossen hätte. George hielt ihn fest, vermutlich damit er sich den Stumpf nicht aufriß, und der Soldat starrte nur überrascht umher, und als er dann sah, daß sein Bein nicht mehr da war, schrie er und kippte zurück auf den Tisch, als ob ihm jemand eins über den Schädel gegeben hätte.

»Chloroform fühlt sich kalt an auf der Haut«, erklärte Sergeant Dunean mir, während er sorgfältig das Tuch vom Gesicht des Soldaten schälte, der zusammengesunken auf der Kirchenbank hockte. Ich muß zugeben, daß ich zusammenzuckte, als ich sah, was er da enthüllte, aber der Sergeant plauderte einfach weiter, als ob alles in Ordnung wäre. »Jetzt lang mal da hinüber und gib mir die Wasserschüssel – die sieht ja ganz sauber aus!« Und nachdem er mir geraten hatte, meinen Poncho zusammenzurollen, wenn ich mich nicht zu Tode schwitzen wollte, ging er zu einer anderen Kirchenbank, wo etwas lag, das aussah wie ein Berg Schmutzwäsche, und holte sich dort einen zerrissenen Leinenfetzen. Unterdessen wurde mir schlecht, wenn ich den armen Mann nur anschaute. Es sah aus, als ob man ihm Augen und Nase einfach aus dem Gesicht gelöffelt hätte. Er muß gespürt haben, daß ich vor ihm stand, denn er lächelte und deutete mit einer langsamen Bewegung an seine Schläfe und sagte mit so leiser und heiserer Stimme, daß es eigentlich nur ein Flüstern war: »Wenn die Kugel mich hier getroffen hätte, würde ich Ihnen jetzt keine Mühe mehr machen, junger Herr.«

Er war ein Südstaatler.

Ich erkannte es an seinem Tonfall. Ich schaute seine Kleidung an und sah, daß er eine blaue Jacke trug. Vielleicht hatte Dr. Zearing ihn mit jemand anderem verwechselt. Aber er hatte Sergeant Dunean wissen lassen, daß dieser Konföderierte ein Freund seiner Familie war und behandelt werden würde wie ein Blauwanst. Ich hatte noch keinen anderen Soldaten der Konföderierten hier drin gesehen; vielleicht hatte ich auch nicht genau hingeguckt, aber als ich mich jetzt aufmerksam umsah, entdeckte ich immer noch keinen.

Sergeant Dunean kam zu dem Soldaten zurück. »Machen Sie sich keine Sorgen, Sir. Wenn Dr. Zearing sagt, er kriegt Sie wieder hin, dann kriegt er Sie wieder hin. Ich höre, Sie kennen sich aus der Zeit vor dem Krieg?«

Der Soldat nickte, und ich konnte immer nur denken, daß sein Gesicht aussah wie ein Klumpen Fleisch, aber Sergeant Dunean zeigte mir, wie man ihn saubermachte, und gab mir dann wortlos das Tuch, nachdem er es in der Wasserschüssel ausgespült hatte. Also wusch ich dem Soldaten das Gesicht, kippte das blutige Wasser weg und ging mit der Schüssel hinaus, um sie wieder zu füllen, und das wäre normalerweise meine Gelegenheit zur Flucht gewesen, aber ich ging wieder hinein, um den Konföderierten zu Ende zu waschen, der immer weiter mit mir redete, als ob alles in Ordnung wäre. Es war mitleiderregend, besonders weil ab und zu sein Kopf ruckartig nach hinten flog, als ob ihn jemand heftig geschlagen hätte. Als ich ihn gewaschen hatte, bat er mich, ihm das Tuch wieder aufs Gesicht zu legen; es wäre ja nicht nötig, meinte er, daß den anderen Patienten schlecht würde. Ich gehorchte und nahm mir dann vor, auf jeden Fall von hier wegzugehen. Von allem würde ich weggehen, weg in den Wald.

Sergeant Dunean war am anderen Ende des Raums, und er operierte, als ob er ein Arzt wäre: Er gab Patienten Chloroform, um sie zu betäuben, er schnitt Finger ab, nähte, verband, streute den Verletzten Morphiumpulver auf die Wunden, verabreichte ihnen

Äther und träufelte ihnen manchmal auch Chloroform auf die Eier, wenn sie nicht richtig aufwachen wollten. Aber besonders gut verstand er sich drauf, den Finger in eine Wunde zu schieben, um die Kugel zu lokalisieren – das sagte Dr. Zearing jedenfalls. Er brauchte keine Kugelzange zu benutzen wie die Ärzte. Infolgedessen war er ziemlich beschäftigt, zumal er außerdem noch die Soldaten von draußen in die Kirche zu bringen hatte. Ich half ihm ein bißchen und Dr. Foye auch – sogar Dr. Zearing, der dabei jedesmal außer Atem geriet. Ich kam einmal in Dr. Zearings Nähe, und da roch sein Atem nach Schnaps, aber das hinderte ihn nicht daran, einen Soldaten nach dem anderen zu operieren und zu zerschneiden, ohne eine Pause einzulegen – außer um zwischendurch einen Schluck aus einer Metallflasche zu nehmen, von der er behauptete, daß schwarzer Tee drin wäre. Nach einer Weile riefen die Ärzte und Sergeant Dunean mich, wenn ein Soldat betäubt werden mußte. Das passierte so oft, daß ich schließlich die ganze Zeit einen Trichter und eine blaue Flasche Äther in der Tasche hatte. Alle brüllten ständig durcheinander. Ich fing gerade irgend etwas an, und schon rief mich einer, damit ich was anderes täte, bis es mir so vorkam, als ob ich alles auf einmal zu tun hätte.

Während Dr. Zearing dem Südstaatensoldaten, den ich gewaschen und versorgt hatte, ein Loch in den Schädel bohrte – als ob das arme Schwein nichts nötiger hätte als noch ein Loch im Kopf –, befahl er mir, den Berg Arme und Beine wegzuräumen und all die Gliedmaßen in eine Grube hinter der Kirche zu werfen. »Sandmännchen« nannte er mich, weil ich den Äther verabreichte und er nicht wußte, wie ich hieß. Ich nehme an, er hatte ganz vergessen, daß ich versucht hatte zu fliehen, und vielleicht bekam der Sergeant es nicht mit, oder er achtete nicht darauf; vielleicht war er auch gerade nicht da – ich weiß es nicht mehr. Ich weiß aber noch, daß der Sergeant fluchte, während er einem armen, besinnungslosen Soldaten den Armknochen durchsägte; er rief einfach ein Schimpfwort nach dem anderen wie beim Namensappell. Und da verschwand ich.

Ich ging einfach hinaus, in voller Lebensgröße, stieg über die Verwundeten und über die Leichen, die wir noch nicht hinausgeschleppt hatten, um sie hinten mit den Armen und Beinen zusammen zu begraben, spazierte im Zickzack um die Kirchenbänke und die Soldaten herum, die überall lagen und saßen, vorbei an den Kerzen, die allenthalben blakten und flackerten – ein paar waren auch ausgeblasen von den Windböen, die durch die Tür und die Fenster hereinwehten (aber Dr. Zearing bestand auf einem gesunden Durchzug von »sauerstoffreicher« Luft); und dann war ich draußen in dieser sauerstoffreichen Luft, die kalt war und voller Feuchtigkeit. Ich lief von den Reihen der Soldaten und von der Kirche weg, so schnell ich konnte, um nicht gesehen zu werden, aber meine Augen hatten sich noch nicht an die Dunkelheit gewöhnt, und alles sah dunkler aus, als es sollte, und jemand sagte »Hey!«, mit leiser Stimme, als ob er sich draußen versteckt hätte und auch nicht gesehen werden wollte. Ich kümmerte mich nicht drum und ging weiter; ich dachte mir, je schneller ich wegkäme, desto besser wäre es für mich; aber es war jemand hinter mir, und als ich losrannte, tat er es auch, und verdammt, da wußte ich es – ich wußte, als ich rannte, daß es Private Eurastus war, daß dieser Drückeberger sich hier draußen versteckt hatte und es gemächlich angehen ließ und wahrscheinlich trank, und wahrscheinlich hatte er Private Beem umgebracht. Ich wünschte, der Geisterhund wollte mich retten, denn Private Eurastus lief schnell und holte auf, und dann warf er mich zu Boden und fing an, mich zu ohrfeigen und auf mich einzuschlagen, wie ich es vorher gewußt hatte, und ich konnte nichts weiter machen, als mich zusammenrollen und mein Gesicht und meine Eier schützen, und die ganze Zeit dachte ich, daß ich mir irgendein schlaues Manöver einfallen lassen müßte, um ihn von mir wegzustoßen und davonzulaufen. In meiner Vorstellung hätte ich ihm nur einen Tritt geben müssen, um ihm zu entkommen, aber das war bloß in meiner Vorstellung so, denn er prügelte blindlings auf mich ein, und ich konnte gar nichts

74

weiter tun, als mich zu schützen. Nach einer Weile fing er an, mich anzugurren wie Sergeant Dunean, und ich dachte mir, vielleicht hat er gehört, wie der Sergeant mit mir geredet hat, als ob ich ein Baby wäre.

Eurastus gurrte und gurrte wie ein Teufel, und dann fing er an, mir meine Hose herunterzureißen. Erst begriff ich nicht, was er mit meinen Kleidern wollte, denn sie waren zu klein für ihn. Aber dann hielt er mich so fest, daß ich fast keine Luft mehr kriegte, und ich fühlte einen schrecklichen Schmerz mitten im Arsch. Ich hätte geschrien, wenn ich gekonnt hätte. Alles wurde rot hinter meinen Augen, und sie waren zu, als könnte ich auf diese Weise alles aussperren – wie man sich nach einem Alptraum die Decke über den Kopf zieht. Und dann, ich weiß nicht, wie ich drauf kam – genaugenommen kam ich gar nicht drauf, sondern es war jemand anders, der es tat: Ich kriegte die Hand in die Hosentasche und konnte die Flasche mit dem Chloroform rausziehen. Ich machte einen Ruck, wie ich ihn hätte machen sollen, um Eurastus zu entkommen, als er mich verprügelte, und drehte mich gerade so weit herum, daß ich ihm die blaue Flasche auf dem Kopf zerschlagen konnte. Es war nicht der Schlag mit der Flasche, was ihn einhalten ließ, sondern das Chloroform, das ihm übers Gesicht rann, in Augen und Nase. Er würgte und keuchte, und ich richtete mich auf den Knien auf und schüttelte die Flasche und hielt sie ihm dicht unter die Nase. Meine Hand blutete und fühlte sich an, als ob ich sie in den Schnee gehalten hätte. Und Eurastus lag bloß so da, als ob er ein Schläfchen hielt, und ich deckte ihm den eigenen Poncho übers Gesicht und drückte, so fest ich konnte. Ich weiß nicht, wie lange ich ihm die Luft abdrückte, aber ich hörte nicht auf, weil er tot war oder so was, sondern weil ich plötzlich den Geisterhund sah, und ich muß zugeben, daß ich nicht anders konnte: Ich dachte nur noch daran wegzulaufen. Durch die Nacht zu laufen wie ein Geist, wie die toten Soldaten, deren Seelen auch bloß durch die Gegend wehten, so leicht wie Federn.

Ich weiß nicht, ob ich unsichtbar war oder leise oder laut. Ich wußte nur, daß ich wahrscheinlich ein Mörder war. Und daß ich nie wieder dorthin zurückgehen würde.

Niemals.

3. Kapitel

Private Newtons Krieg in den Lüften

Renn, Nigger, renn,
Sonst kriegen dich die Paddyroller,
Renn, renn, Nigger, renn!

TANZLIED EINES BANJOSPIELERS

*J*ch hab's dann aber doch getan. Ich meine, ich bin zurückgegangen.

Ich wollte in die andere Richtung gehen, nach Osten, und im Wald bleiben und nie wieder rauskommen, wie ich schon erzählt hab, aber ich konnte nicht anders, ich mußte einfach rausfinden, ob Jimmadasin nun tot oder verwundet war oder ob er überhaupt da auf dem Feld lag. Vielleicht bin ich auch zurückgegangen, weil ich mich kalt und schmutzig fühlte von dem, was Eurastus mit mir zu machen versucht hatte, aber ich hatte kein schlechtes Gewissen, weil ich ihn umgebracht hatte, falls ich ihn umgebracht hatte. Ich nahm es an, aber vielleicht hatte ich es ja nicht getan, und wissen werde ich es sowieso nie. Wie gesagt, ich fühlte mich kalt und schmutzig, und ich mußte Jimmadasin finden. Nicht daß er irgendwas hätte in Ordnung bringen können. Na ja, vielleicht doch. Aber ich hatte bloß das Gefühl, ich könnte ihn nicht einfach verlassen, wie ich alle andern verlassen hatte, und so kehrte ich also zurück auf das Schlachtfeld, obwohl ich mir vorgenommen hatte, es nicht wieder zu tun.

Aber ich sollte Ihnen noch erzählen, daß ich Eurastus ausplünderte. Auch deswegen habe ich kein schlechtes Gewissen. Er hatte es eher verdient als der Soldat mit den Maden in den Augen. Ich nahm seinen Poncho, weil ich meinen hübsch ordentlich zusammengefaltet in der Kirche gelassen hatte, und ich nahm das,

77

was er an Zwieback und Schweinefleisch bei sich hatte, und verdammt, da hatte er doch auch einen Offiziersrevolver in seine Decke gerollt und dazu einen Beutel mit Zündkapseln und Papierpatronen, den ich auch gleich mitnahm. Der Revolver fühlte sich an wie ein vierundvierziger Colt. Seinen Brotbeutel und ein Bündel Geld, das er den toten Blauwänsten abgenommen hatte, steckte ich auch ein, aber Taschenuhren, Ringe, Knöpfe und Tabak ließ ich ihm. Ein bißchen konnte ich im Mondlicht erkennen, aber eigentlich tastete ich mich eher durch seine Beute. Unter den Sachen, die ich nahm, war ein Buch. Ich konnte nicht lesen, was für eins es war, aber es war so groß wie ein kleines Gesangbuch oder so was. Ich konnte mir nicht vorstellen, daß Eurastus eine Bibel mit sich herumschleppte; deshalb dachte ich, es müßte etwas sein, das er gestohlen hatte, weil es interessant war, wie diese Beadle-Bücher, von denen Harry und Private Catterson geredet hatten. Eurastus hatte das Buch vermutlich Harry abgenommen, nachdem er ihn umgebracht hatte. Vielleicht hatte er sogar Catterson gefunden und ihn auch umgebracht. Mir war es so vorgekommen, als ob Eurastus am liebsten überhaupt jeden umgebracht hätte. Jedenfalls – ich kippte seinen ganzen Beutel aus und nahm bloß das, was ich jetzt aufgezählt habe. Seine Decke wollte ich nicht nehmen, weil sie nach Fisch stank, aber im letzten Augenblick nahm ich sie doch. Ich dachte mir, es wäre wohl besser, nach Fisch zu stinken, als sich den Arsch abzufrieren. Auch ohne Wind war es kalt da draußen. Ich fragte mich, wie spät es wohl sein mochte und wann es Morgen werden würde, und dann ließ ich Eurastus im Mondlicht liegen, wo er aussah wie eine von den Statuen in der Bibliothek, bloß daß seine Beute um ihn herum verstreut lag und seine Hose ihm um die Knie hing.

Ich rannte zurück auf das Schlachtfeld, als ob das der einzige sichere Ort wäre, und ich kannte den Weg, und keine Zweige knackten unter meinen Füßen oder klatschten mir ins Gesicht, und da wußte ich, daß ich wieder raus hatte, wie man unsichtbar ist, als ob es mir plötzlich wieder eingefallen wäre. Vielleicht brauchte ich nichts weiter als ein bißchen Übung, und geübt hatte ich ja, in der Kirche und als ich vor Eurastus weggelaufen war, und jetzt war es mir endlich alles wieder eingefallen, aber jetzt mußte ich haltmachen und mich zur Notdurft hinhocken, weil mein Arsch so weh tat. Vielleicht war es der Schmerz, der mir in Erinnerung gerufen hatte, wie man sich unsichtbar macht, vielleicht kam es auch, weil ich allein war. Das war es wahrscheinlich: das Alleinsein. Wenn ich immer so täte, als ob ich allein wäre, könnte ich vielleicht unsichtbar bleiben; das nahm ich mir also vor. Nicht mal Jimmadasin würde mich sehen können. Nicht mal der Geisterhund...

Ich schaute mich um, aber ich konnte die roten Augen des Geisterhunds nirgends entdecken. Aber ich hielt die Augen trotzdem offen, denn ich rechnete damit, daß dieser Geisterhund auf dem Schlachtfeld herumspuken würde; ich wußte inzwischen, daß er gern in der Nähe von toten Menschen war. Ich war allein in der Dunkelheit und im Mondlicht und im Schatten, und ich hatte keine Angst; ich fragte mich, ob der Colt wohl geladen war. Ich wußte, wie man ihn lud, wie man die Patrone aufriß und das Pulver in die Kammer schüttete – alles das. Ich wußte das, weil ich eine Vorführung davon gesehen hatte, bei einem Treffen des Seventh Regiment, wo Pappa den Vorsitz geführt und vorgebetet hatte; das war im Juni '61 gewesen. Colonel Ashby war dagewesen und hatte den Kopf gesenkt, als Pappa aus der Schrift vorlas, und ich erinnerte mich sogar an die Gebete, die Pappa gesprochen hatte und die allen das Gefühl gegeben hatten, daß wir die Faust der Unterdrücker zerschmettern würden.

Die Staaten des Südens auf Dein Gebot
erhoben sich aus Unterdrückung und Not,
geleitet durch Deine mächtige Hand,
preisen Millionen Deinen Namen im Land.

Nun, aber Pappa ist tot, und so ist dabei nicht viel rausgekommen, außer daß alle ein gutes Gefühl hatten, und ich glaube, ich hatte sogar noch in dem Augenblick ein gutes Gefühl, wenn ich bloß an Pappa und Colonel Ashby dachte... und an Mutter, wie sie ganz hinten bei den anderen Frauen stand und irgendwie gleichzeitig die Stirn runzelte und stolz aussah. Und ich sagte Pappas Verse auf, während ich mich durch die Nacht zurück zur Anhöhe schlich, wo ich Jimmadasin finden würde, wenn er da war. Als ich oben ankam, wurde der Himmel grau, und unten rollte Nebel über den Boden. Ich konnte jetzt besser sehen, aber es war gefährlich hier draußen ohne den Schutz der Nacht. Dann sah ich den Geisterhund. Ich traute ihm nicht, denn wenn er mich umbringen ließe, würde ihm das ebensoviel Spaß machen, wie wenn er mir zeigte, wo Jimmadasin war, aber ich folgte ihm trotzdem. Ich hatte nicht viel Zeit, und ich stellte mir vor, daß es auf dem Schlachtfeld schon bald wimmeln würde von Zeitungskorrespondenten und Generälen und Neugierigen und Leuten aus der Stadt, die herauskommen durften, um die toten und verwundeten Konföderierten einzusammeln; also folgte ich dem Geisterhund, der nicht mehr war als ein dunstiger Nebelschwaden vor mir. Hätte alles mögliche sein können, denke ich mir, Büsche zum Beispiel oder Bäume oder Schatten, aber ich wußte, was es war, und ich folgte ihm, und er führte mich geradewegs zu Jimmadasin. Verdammt, wenn er das nicht war da vorn! Ich hätte ihn sogar im Mondschein erkannt, aber jetzt sah ich ihn da vor mir liegen, die Kleider steif vom Blut, und die Fliegen summten um seine Brust, wo ihn der Schuß getroffen hatte. Es mußte hart gewesen sein, so zu sterben; ich merkte es daran, daß sein Gesicht ganz aus der Form gezogen war, als ob er sich den Mund mit Essen vollgestopft hätte und daran erstickt wäre. Aber komisch war, daß ein Auge offen war und das andere zu. Das konnte ich mir nicht erklären, und ich dachte mir, ich sollte auch das andere lieber zudrücken, aber dann mußte ich daran denken, wie ich das Gesicht des Soldaten mit den Maden berührt hatte, und obwohl es Jimmadasin war, brachte ich es jetzt nicht mehr über mich. Auch wenn ich in dem offenen Auge keine Maden entdecken konnte.

Na, ich hatte gewußt, daß er wahrscheinlich tot war, aber ich war doch enttäuscht, weil ich mir vorgestellt hatte, wenn er nur verwundet wäre, dann würde ich ihm helfen, von hier zu verschwinden, und ich würde ihn versorgen mit dem, was ich gelernt hatte, als ich den Ärzten in der Kirche geholfen hatte, und dann würden wir im Wald leben und Fallen stellen und nie wieder rauskommen, nicht mal wenn der Süden den Krieg gewinnen sollte. Er würde wissen, wo man hingehen konnte, denn er hatte mir erzählt, es gäbe eine Menge Nigger, die entlaufen wären und im Wald lebten und sogar Familien hätten. Er hatte auch gesagt, er wüßte da einen guten Platz am Massanutten – das ist ein Berg –, und dabei hatte er mir zugezwinkert, als ob es ein Geheimnis wäre. (Natürlich konnte er den Namen nicht richtig aussprechen; er sagte »Massa's Nudden«, aber ich wußte schon, was er meinte.) Und ich weiß, daß er mir wahrscheinlich keinen Stuß erzählt hat, weil die Paddyroller nämlich immer auf der Jagd nach den »Höhlenniggern« waren, wie er sie nannte.

Aber zu spät; das alles ging nicht mehr.

Ich hatte recht daran getan, zu ihm zurückzukommen, aber er würde sich selbst begraben müssen; es war jetzt Morgen, und als ich mich auf dem Schlachtfeld umschaute, konnte ich all die Leichen verstreut herumliegen sehen, und ein paar Soldaten lebten noch und stöhnten, und ich wußte, ich mußte sofort hier weg. Daß ich sie so klar und deutlich erkennen konnte, war so, als wäre ich aus einem Traum erwacht, und ich schaffte es einfach nicht, sie anzusehen. Also entschuldigte ich mich bei Jimmadasin und machte mich davon. Ich fragte mich, ob er mir wohl nachgekommen war, um mich zu retten oder so was. Ich schätze, das werde ich wohl immer annehmen. Was zum Teufel hätte er sonst da draußen im Feld suchen sollen? Wahrscheinlich hatte er seinen Harry und seinen Allan wohlbehalten zu Mrs. McSherry zurückgebracht, und da hätte er ebenfalls bleiben sollen. Dieser dumme Hund.

Ich schätze, ich bin dir was schuldig, Jimmadasin.

Aber ich konnte trotzdem nicht dableiben, um dich zu begraben.

Ich brauchte eine ganze Weile, um die Mautstraße im Tal zu überqueren, denn da waren Tausende von Blauwänsten, die runter in Richtung Middletown und Strasburg marschierten, und Blauwänste, die nach den Geplänkeln mit Colonel Ashby zurückkamen, und Marketender, deren Planwagen wahrscheinlich voller Fleischkonserven waren und Butter und Pasteten und Melassekuchen, sechs Stück für einen Vierteldollar (beim bloßen Gedanken daran lief mir das Wasser im Mund zusammen), und Maultiergespanne, die Geschützlafetten, Protzen und Munitionswagen zogen; noch nie hab ich eine solche Menge von Kanonen und Munition gesehen. Natürlich hätte ich wahrscheinlich jederzeit rübergehen können, ohne daß jemand Notiz von mir genommen hätte, aber wenn ich von dem Geisterhund und den Soldaten eins gelernt hatte, dann dies: vorsichtig zu sein und keinem zu vertrauen, nicht mal dir selbst. Daß ich mich unsichtbar fühlte, hatte überhaupt nichts zu bedeuten.

Ich überquerte die Landstraße und ging einfach weiter; ich wanderte durch die Felder oberhalb von Skirtwood Curve und dann runter, vorbei an Carysbrooke und Springdale und Bartonsville, und erst als ich fast im Gehen schlief und schon ganz taub war von der Kälte, merkte ich, daß ich in Richtung Massanutten ging. Anscheinend gab der alte Jimmadasin mir noch nach dem Tod Anweisungen.

Ich hatte vorgehabt, zur Straße nach Martinsburg rüber und dann in die Blue Ridge Mountains zu gehen; dort würde ich vermutlich von den Yanks und von unseren eigenen Leuten weit genug weg sein, um mich sicher zu fühlen. Aber jetzt wanderte ich nach Süden – wobei ich nicht genau auf dem Weg über die Landstraße blieb, den unsere Armee genommen hatte, sondern mich abseits in den Feldern und Wäldern hielt; einmal allerdings mußte ich mich doch vor der Kavallerie der Yankees verstecken und ein anderes Mal vor einem Stoßtrupp. Dennoch, alles in allem war ich die meiste Zeit weit weg vom Menschengeschlecht, wie Pappa gesagt hätte. Wahrscheinlich hätte ich kehrtmachen und ostwärts gehen sollen, wie ich es vorgehabt hatte, aber statt dessen fand ich einen Wald, der ganz dunkel war und wo ich mich sicher fühlte. Es klingt wahrscheinlich verrückt, aber als ich dort haltmachte, roch ich Heufarn, der riecht wie frisch gemähtes Heu, und ehe ich noch drüber nachdenken konnte, fing ich an zu weinen, aber dann beherrschte ich mich wieder, weil ich dachte, daß der Geisterhund mich beobachtete, obwohl er längst weg zu sein schien. Natürlich gab's da auch keinen Heufarn, sondern bloß welkes Laub überall und vermoderndes Holz und Moos, und alles sah aus, als ob es tot wäre oder schliefe, und es machte nicht den Eindruck, als ob der Frühling sich hier jemals zeigen würde. Die Bäume waren kahl, und an manchen Flecken lag Schnee.

Ich konnte die Augen nicht länger offenhalten; also legte ich mich auf Eurastus' Gummiponcho, den ich am Fuß einer alten Kastanie ausgebreitet hatte. Ich konnte meinen Atem sehen, und ich weiß noch, daß ich vor dem Einschlafen noch dachte, wie froh ich sein konnte, daß ich die Segeltuchschuhe von dem Yankee-Soldaten hatte.

Es ist komisch, denn erst jetzt, wo ich das hier schreibe, fällt mir wieder ein, was ich damals träumte. Ich träumte vom Schweinetag und von Pappa und Mutter und Onkel Isaac und Tante Hannah; ich durfte Mammy Jack zu ihr sagen wie alle andern, und ich rauchte Zigarren und mischte die Karten, wie sie es immer tat, und alle waren beeindruckt, und dann nannten sie *mich* Mammy Jack, und dann fingen ich und Private Eurastus an, die Schweine zu schlachten, gleich auf dem Weg vor dem Großen Haus auf dem roten Sandsteinpflaster. Ich erinnere mich, daß da aber nicht lauter Blut war von all dem Schlachten, sondern Blüten überall, Blüten, wie ich sie nur im Wald finden konnte, im Frühling und im Sommer – Lorbeer und Azaleen und Hartriegel und Indianerpfeife –, und alle möglichen wilden Tiere beobachteten mich, als ob sie überhaupt keine Angst hätten: Schwarzbären und Rehe

83

und Füchse und Elche und sämtliche Vögel, die man sich nur vorstellen kann.

Ich hatte Onkel Isaacs langes Messer, und ich kannte jedes einzelne Schwein, denn sie hatten alle Namen, bloß daß es keine Schweine waren, sondern –

Ich fuhr hoch, als ob ich mir Chloroform über den Sack geschüttet hätte.

Es war gut, daß der Traum mich weckte, denn sonst wäre ich dort unter der alten Kastanie wahrscheinlich erfroren. Ich war vor lauter Kälte ganz gefühllos, und alle Bäume waren mit diesem funkelnden Schnee bedeckt, der aussieht wie Eis. Einen Augenblick lang wußte ich nicht, wo ich war; alles sah unwirklich aus, wenn es auch schön war – alles Häßliche war unter dem Schnee verborgen. Es war, als wäre ich kalt und naß oben in den Wolken aufgewacht, als wäre ich irgendwie da raufgekommen und betrachtete jetzt diese Formen ringsum. Aber als ich aufgestanden war und mich zum Weitergehen gezwungen hatte und als ich da raus war und über Felder und an Bächen entlangwanderte, die nicht gefroren waren, da lag auch kein Schnee mehr, bloß hier und da an ein paar Stellen. Es war, als hätte es bloß auf mich geschneit, als wäre das die einzige Stelle gewesen, die gefroren war, und ich war froh, von da wegzukommen.

Obwohl ich nur ein paar Stunden geschlafen hatte – wahrscheinlich sogar noch weniger –, kam ich jetzt um vor Hunger. Ich aß ein bißchen von dem Pökelfleisch und einen Zwieback, an dem ich mir fast die Zähne abgebrochen hätte. Jetzt schwitzte ich unter dem Poncho und der Decke, die ich mir um die Schultern gelegt hatte. Es war nicht warm, aber kalt war es auch nicht, und es war noch früh. Die Sonne war schon aufgegangen, und der Himmel war voller Gewitterwolken, und obwohl ich noch Meilen über Meilen zu gehen hatte, fühlte ich mich schwindlig und fiebrig, und jeder Knochen tat mir weh. Ich nahm an, daß ich mir da hinten in der Kirche das Fieber geholt hatte, und ich hatte schon gehört, was das mit einem anstellen konnte. Sehr bald würde ich zittern und von Sinnen geraten, und dann würde ich Zeug schreien, das keinen Sinn hatte, oder ich würde Gott sehen und mit ihm reden wie dieser Blauwanst-Soldat, den Sergeant Dunean und ich zur Kirche geschleppt hatten. Na ja, vielleicht wäre es gar nicht so übel, Gott zu sehen, aber um die Wahrheit zu sagen – und ich weiß, daß Pappa das lästerlich genannt hätte –, ich war nicht besonders scharf darauf, Gott zu sehen. Und als ich an Pappa und Mutter dachte und versuchte, mir vorzustellen, was es für ein Gefühl wäre, wieder zu Hause zu sein, als wäre nichts Schlimmes passiert, da fühlte ich überhaupt nichts. Ich fragte mich, ob ich gern mit ihnen würde reden wollen, wenn ich könnte, wie der Soldat, der mit Gott reden konnte, aber ich hatte keine Sehnsucht danach oder so was. Ich nahm an, daß ich wohl an irgendeiner Art Fieber leiden mußte, denn als ich so allein über Felder und Wiesen und über die Höhen wanderte, wo es nichts als Wind und Bäche und totes Gras und weiße Bäume gab, da fühlte ich mich wohler als jemals in meiner Erinnerung. Es war, als wäre ich einfach dort hinausspaziert und wäre jetzt frei, und das würde niemandem schaden, und als wäre auch gestern nichts Schlimmes passiert und als hätten Pappa und Mutter nichts dagegen –

Aber diese Gedanken waren verrückt, und so ging ich einfach weiter, bis ich wieder müde wurde, und dann schlief ich, ziemlich warm zugedeckt unter Poncho und Decke, wenn ich es auch nicht über mich brachte, die Decke ganz bis zum Hals heraufzuziehen, wo ich sie riechen konnte, und obwohl ich von dem Poncho schwitzen mußte. Ich rechnete damit, zitternd aufzuwachen, weil ich zitterte, als ich mich hinlegte, aber dann fehlte mir doch nichts. Allerdings bildete ich mir ein, Erscheinungen zu haben, denn als ich aufwachte, wirkte alles wie vom Mondlicht beschienen, nur daß es heller war und Nebel zwischen den Bäumen hindurchwehte wie Geister oder so was; ich sah, wo der Mond war, aber er steckte hinter den Wolken, die den ganzen Himmel bedeckten. Ich stand auf und packte mein Zeug zusammen, und ich hatte einen Mordshunger – anscheinend war ich jetzt immer hungrig –, aber ich wollte hier nichts essen, weil alles so seltsam aussah und ich Angst hatte. Ich blickte mich nach dem Geisterhund um, aber da war niemand außer mir und den Bäumen und den Blättern, die herumwirbelten, als ob sie lebendig wären und gleichfalls von da verschwinden wollten. Also packte ich schnell zusammen, als wäre es dort plötzlich gefährlich geworden. Meine Decke war ganz durchfeuchtet; als ich loszog und den Wald hinter mir ließ, verwandelte der Nebel sich in Regen, und es war ziemlich warm. Ich stellte fest, daß es kein Mondschein gewesen war, was ich gesehen hatte, sondern das Morgenlicht. Ich hatte den ganzen Tag und die Nacht durchgeschlafen und war erst am nächsten Morgen kurz nach dem Morgengrauen wach geworden.

Eine Zeitlang fiel das Gehen mir schwer; ich hatte einen Krampf, weil ich so lange ganz verdreht unter Eurastus' Decke geschlafen hatte, und ich zitterte immer wieder, als ob mir kalt wäre, aber dann wurde mir gleich wieder warm. Aber während ich so durch Felder und Wiesen ging, die ich immer schärfer und klarer erkennen konnte, als das Morgenlicht kräftiger wurde, da fiel mir ein, wie Eurastus mich geschlagen und getreten hatte. Wahrscheinlich hatte ich deswegen so zusammengekrümmt geschlafen: um mich vor ihm zu schützen. Wahrscheinlich hatte ich auch von ihm geträumt, und ich fragte mich, ob er wohl tot war. Und in diesem Augenblick fiel mir das Buch ein, das ich ihm weggenommen hatte.

Ganz plötzlich war es, als wäre dieses Buch das Wichtigste auf der ganzen Welt, obwohl ich es bloß im Dunkeln angesehen hatte.

Ich ging also weiter, bis ich an eine Stelle kam, wo ich nicht aus der Landschaft ragte wie eine Vogelscheuche auf dem Feld. Ich fand ein kleines Tal, wo mich kaum einer sehen würde, es sei denn, er wäre selber die ganze Zeit dagewesen. Wälder gab es hier nicht, nur Hügel und Felder mit den größten Steinen, die ich je gesehen hatte; sie standen hier und da, als hätte sie jemand hingestellt, und manche waren größer als ein Mensch. Ich setzte mich mit dem Rücken an die Nordseite eines dieser Felsen, und mitten im Regen machte ich Eurastus' Brotbeutel auf und holte das Buch heraus. Es hatte einen Umschlag aus gelbem Papier mit einer Zeichnung von einem zigarrenförmigen Ballon mit einem Korb, der aussah wie aus Holz geschnitzt und aus dem ein bösartig aussehender Mann mit Schnurrbart herauslehnte. Als ich dieses Bild anschaute, hatte ich das Gefühl, selbst in dem Korb zu sitzen und nach unten zu spähen. Überall aus dem Korb ragten Stangen heraus, und an den Stangen hingen Taue mit riesigen Kugeln, die lichterloh brannten, und mitten zwischen diesen Stangen und Tauen und Kugeln hing ein Junge, der nicht viel älter als ich sein konnte, an einer Strickleiter und versuchte, in den Ballon hinaufzuklettern; und darunter war eine Stadt, die aber so tief unten lag, daß die Häuser wie Spielzeug aussahen. Der Junge, der die Leiter hinaufkletterte, trug eine Nordstaatenuniform und wirkte sehr entschlossen und überhaupt nicht ängstlich. Ich las in diesem Bild und war lange damit fertig, bevor ich den Titel las: »*Private Newtons Krieg in den Lüften*«. Und unter dem Bild stand: »Ein wahres Abenteuer unter der Flagge, verfaßt von R. A. Riley«.

Ich schlug die erste Seite auf und las die erste Zeile. Ich zitterte und bebte, als läse ich zum ersten Mal in der Bibel oder so was. Der erste Satz hieß: »Während Frederick C. Small, Spion und Verräter seines Vaterlandes, auf einer Kokainpastille kaute, sann er darüber nach, wie er den Vereinigten Staaten von Amerika ihre geheimste Waffe stehlen und aus der Höhe der Atmosphäre Bomben auf das schlafende Washington werfen könnte.«

Ich hätte dort sitzenbleiben und das ganze Ding lesen können – es war nicht sehr lang, etwas mehr als dreißig Seiten nur –, aber ich wollte mir erst ein sicheres und trockenes Plätzchen in einer Höhle am Massanutten suchen, wo niemand mich finden würde, und da würde ich dieses Buch wahrscheinlich hundertmal lesen, bis ich es vorwärts und rückwärts auswendig könnte. Also stopfte ich es jetzt wieder in den Brotbeutel, um es zu schützen, als wäre es die Bibel selbst. Ich würde mich darauf freuen können.

Ich wußte, daß es solche Bücher gab, aber Pappa beharrte immer felsenfest darauf, daß alle Bücher mit Ausnahme christlicher Traktate und der Bibel unanständiger Schund wären. Ich weiß noch, daß ich ihn nach Zeitungen fragte, weil er immer so gern Zeitung las, und da sagte er, soweit es mich angehe, sei das auch alles Schund, sogar die *Virginia Free Press*, solange er mir nicht sagte, daß etwas Besonderes drin stände, was ich lesen könnte. Mit ihm zu streiten hatte nie irgendeinen Sinn, aber ich merkte, daß er mich beobachtete, als ob er der Geisterhund wäre. Für alle Fälle blickte ich mich um, und dann machte ich mich wieder auf den Weg, bis ich die Felder mit den Felsen hinter mir gelassen hatte und das Gelände rauher wurde.

Die Sonne brannte den Regen weg, und wäre nicht alles braun gewesen, hätte man denken können, es wäre ein Frühlingsmorgen. Es duftete auch süß, und in der Ferne zu beiden Seiten, meilenweit hinter Feldern und Hügeln, sah ich die graublauen Umrisse von Shenandoah und Blue Ridge, wie man sie morgens immer sah. Und vor mir lag der Massanutten. Ich habe immer gern zu den Bergen geschaut; von der Veranda des großen Hauses konnte man sie sehen. Vermutlich begann ich deshalb an Pappa und Mutter zu denken, und obwohl es nicht mehr regnete, hörte ich Donner in den Ohren. Ich weiß, daß ich dieses Geräusch manchmal als Kind gehört habe, meistens wenn ich traurig war und kurz davor zu weinen.

Aber ich tat es nicht ... weinen.

Statt dessen erinnerte ich mich an etwas, das Tante Hannah über Geister gesagt hatte. Sie erzählte mir, sie hätte die 'ligion, wie sie es nannte, gefunden, als sie so alt war wie ich. Ich bin gerade vierzehn, das heißt, ich werd's ziemlich bald, mehr oder weniger. Da hatte sie ihre erste Vision, und sie sagte, es war das gleiche wie ein Traum, nur daß sie manchmal, wenn es ein heiliger Tag für sie war, nicht zu schlafen brauchte, um eine Vision zu haben; sie würde sie dann sehen, als wäre es Wirklichkeit. Tante Hannah erzählte mir nun, daß ihr die Vision im Schlaf gekommen wäre, aber danach hätte sie noch viele gehabt, während sie wach war. Von dieser ersten Vision jedenfalls wäre sie so gut im Umgang mit den Karten geworden, und sie sagte immer, sie spielte Karten für den Herrn, und die Wege des Herrn wären schon komisch; sie wäre nicht schlau genug, um ihnen auf den Grund zu kommen, aber sie folgte den Wegen des Herrn. Sie wollte immer wissen, wann *ich* denn 'ligion kriegen würde, aber das wußte ich natürlich nicht; ich wußte es vielleicht erst in dem Augenblick, als ich jetzt hier draußen auf den Massanutten zuwanderte. Sehen Sie, ich dachte an das, was Tante Hannah gesagt hatte, und ich erinnerte mich an das meiste, weil ich für gewöhnlich nicht allzuviel vergesse, und ich weiß noch, daß sie mir erzählte, ihre erste Vision hätte vom Schiff Zion gehandelt, wie es kam, um sie zu holen, und es war vollgeladen mit Engeln und solchen, die sie Seraphim nannte, und so weiter. Nach ihren Worten schwebte das Schiff mitten am Firmament, mitten im Himmel unter der Sonne, und es kam zu ihr, und sie sprang hinein, und alle dort, sagte sie, sangen dieses Lied, das sie mir manchmal vorsang:

Oh, Schwester, hast du dein Kontobuch verborgen?
Niemand hält uns auf.
Hab mein Kontobuch verborgen, eh ich ging vom Feld heut morgen!
Niemand hält uns auf.
Wir fahren mit dem siegreichen König,
Und niemand hält uns auf.

Und sie erzählte mir, sie hätte das Kartenspielen auf diesem Schiff gelernt, während sie am Himmel herumsegelte. Die Engel hätten ihr auch gesagt, ihr 'ligiöser Name wäre Mammy Jack, denn es wäre Gottes Wille, daß sie die Königin des Blackjack würde, und wenn sie diese Gabe mißbrauchte, würden die Engel sie ihr wieder wegnehmen. Sie hätte außerdem gelernt, daß die Hälfte von allem, was sie gewann, geradewegs an Gott fallen müßte; damit aber, sagte sie, wäre die Kirche gemeint und Nigger, die Hilfe brauchten. Deshalb hatte sie immer einen Packen Bargeld versteckt, und das nannte sie ihr Visionsgeld.

Tja, und ich schätze, ich kriegte meine Vision von dem Buch, das jetzt wohlverwahrt in Eurastus' Brotbeutel an meinem Gürtel steckte. Ich kriegte sie, nachdem ich die Felder mit den verstreuten Felsen hinter mir gelassen hatte, aber nicht lange danach. Ich folgte einem Bach und näherte mich dem Ausläufer des Berges, als ich etwas flüstern hörte. Ich blieb stehen und sah mich um, aber da war niemand außer mir. Ich weiß noch, als ich das Flüstern zum ersten Mal hörte und mich davon überzeugt hatte, daß ich allein war, da stand ich einfach still da und lauschte und schaute auf meine Füße, die ganz voll Schlamm waren, weil der Boden so weich war, nachdem es wärmer geworden war. Und ich hörte, wie Frederick C. Small, Spion und Verräter, mich rief, glasklar und deutlich. Er hatte eine hohe Stimme, fast so wie Jimmadasin. Mir war plötzlich schwindlig, und dann stellte ich mir vor, wie ich diese Strickleiter zu dem Dampfballon hinaufkletterte oder was es war und wie ich schwebend im Himmel hing, und über mir war Frederick C. Small, der versuchen würde, mich umzubringen; aber in dieser Vision hatte ich überhaupt keine Angst, und ich fühlte die Luft um mich herum, als ob ich auf der Erde stände, und der Wind wehte, und ich hatte das Gefühl, ich brauchte das Buch gar nicht zu lesen, denn hier in dieser Vision wußte ich schon, was darin passieren würde.

Das nächste, was ich weiß, ist, daß ich wieder auf dem Feld stand, auf der Erde, und Mutter fragte mich klar und deutlich und ganz ohne zu flüstern, ob ich mein Kontobuch verborgen hatte. Ich wußte nicht genau, was sie meinte, aber ich wußte, daß es Mutter war, die da sprach, und später bin ich drauf gekommen, daß die Vision mir sagte, wie ich unsichtbar bleiben und daß ich mithelfen würde, Gott zu dienen, und daß Pappa und Mutter gestorben waren und ich entkommen war, weil wir dadurch mithelfen sollten, die Nation zu retten.

Meine Vision korrigierte außerdem das Buch, indem sie mir

zeigte, daß Frederick C. Small ein Held war, kein Spion und Verräter. Aber etwas ließ mir dann doch keine Ruhe, auch wenn ich mir dachte, es wäre wohl albern, weil es keinen Sinn ergab. Nämlich daß Frederick C. Small mich umbringen wollte, weil *ich* der Verräter war.

Natürlich, vielleicht war meine Vision ja nicht so wie die von Tante Hannah.

Vielleicht war es doch was anderes.

Ich brauchte noch ungefähr vier Tage bis zum Massanutten, obwohl ich praktisch dicht davor war – wahrscheinlich wegen des Fiebers. Ich bekam doch noch Schüttelfrost und Hitzewellen. Früher hätte Mutter aus Haselstrauch und Brombeerwurzeln einen Tee gebrüht, aber ich hatte nicht mal ein Kochgeschirr wie die meisten Soldaten, um darin Kaffee zu kochen, und ich verstand auch nichts vom Wurzeln ausgraben, selbst wenn ich gewußt hätte, wo ich sie suchen sollte. Alles, was ich noch hatte, war ein bißchen Fleisch und Zwieback; ich aß es so langsam, wie ich konnte, aber ohne etwas zu trinken kriegte ich es nur mit Mühe runter, vor allem den Zwieback, und mein Mund war staubtrocken. Ich hätte Eurastus' Feldflasche mitnehmen sollen, aber das hatte ich nicht getan. Ich trank aus Bächen, aber sie waren schlammig, und so verschlimmerte ich das Fieber wahrscheinlich noch durch Ruhr. Das hätte ich vermeiden können, wenn ich auf Sergeant Dunean gehört hätte, weil er mir nämlich gesagt hatte, daß ich der Scheißerei vorbeugen könnte, indem ich Flanell um den Bauch trug. Aber ich hatte keine Zeit gehabt, mir so was zu besorgen; ich konnte schon von Glück sagen, daß ich der Kirche und Eurastus entkommen war.

Und so lag ich wohl eine Zeitlang irgendwo auf einem Feld – ich kann mich nicht erinnern –, bis ich wieder anfing, Visionen zu kriegen. Diesmal kam Jimmadasin zu mir und sagte, ich sollte aufstehen. Er sagte, er wüßte, wo es sauberes Wasser gäbe, und das wäre das einzige, was mich kurieren könnte, besonders wo ich keinen Flanell hätte und wahrscheinlich hier auch keinen kriegen würde. In meinem Traum folgte ich ihm, und ich erinnerte mich, daß er mit mir redete, als ob das alles Wirklichkeit wäre, und das heißt wahrscheinlich, daß es eine richtige Vision war, was mir da passierte, genau wie Tante Hannah es erzählt hatte – bloß ohne dieses Lieber-Heiland-Singen, du Quell meiner Freuden, Halleluja und dieses Zeug.

»Wieso ziehst 'n dich so an?« fragte Jimmadasin. »Du bist nicht inner Armee.«

Jimmadasin hatte recht. In meiner Vision trug ich eine Uniform wie ein Offizier der Konföderierten: einen grauen Rock mit zwei Reihen Messingknöpfen und eine Mütze mit goldenen Streifen. Ich hatte sogar einen Säbel, der mir anscheinend beim Gehen nicht in die Quere kam, obwohl er lang war, und er hatte eine goldene Troddel am Knauf. Ich erklärte ihm, daß ich nicht sprechen könnte, und darüber lachten wir beide, weil ich natürlich gerade sprach. Also erklärte ich, daß das alles aus einem Buch käme, das *Private Newtons Krieg in den Lüften* hieße und früher Private Eurastus gehört hätte, der versucht hätte, mich umzubringen, und daß ich eine Figur in diesem Buch wäre, bloß daß das Buch nicht stimmte, wenn es mich als Yankee darstellte, denn ich wäre ein waschechter Südstaatler, und das könnte Jimmadasin ja wohl an meiner Uniform sehen. Und dann fragte Jimmadasin mich, ob ich auch tot wäre, und ich glaubte es nicht, aber vielleicht war ich es doch; er glaubte es auch nicht, denn sonst brauchte er nicht hier zu sein und in meiner Vision vorzukommen, um mir hier rauszuhelfen. Da wollte ich wissen, ob Tote wohl Visionen hätten, und er sagte: »Nee, tot ist tot, und wenn du mausetot bist, kommste in die Visionen von andere Leute. Ist bloß natürlich.«

Ich schätze, es war wohl eine Wachvision, denn der alte Jimmadasin schubste mich immer wieder, damit ich weiterging, und immer wenn ich so schwach wurde, daß ich mich hinlegen mußte, pfiff er eine Zeitlang vor sich hin und redete mit sich selbst, und dann fing er an, mich zu löchern, ich sollte »aufstehen und

durch die Sonne laufen«, und ich erinnere mich, daß ich ihn anschrie, er sollte mich in Ruhe lassen; ich müßte schlafen, und
meine Gedärme wären krank, und wenn er mich einfach in Ruhe
ließe, dann könnte ich sterben und die Sache hinter mich bringen, und dann wäre ich genau wie er, und wir könnten losziehen
und herumspazieren und alles machen, was Geister so unterein-
ander machten. Aber davon wollte er nichts wissen, und er stieß
und schubste mich immer weiter und erzählte mir, wie wunderbar es am Massa's Nuddem werden würde. Nach einer Weile hörte ich sogar Leute, die keine Geister waren, mir etwas zuflüstern:
Mammy Jack sagte, ich hätte eine Vision und ich sollte stolz sein
und zugleich demütig vor dem Herrn, und Onkel Isaac, der mit
Mammy Jack verheiratet war, sagte mit seiner leisen, rauhen Stimme immer wieder: »Wichs mich nicht an!« Ich erinnere mich,
daß ich zitterte und bebte und daß mir schlecht war und ich
kotzte und Hunger hatte und müde war und daß meine Gedärme
weh taten, wie wenn Private Eurastus mich umfaßte und sich in
meinen Hintern reinquetschte, und ich erinnere mich, daß ich
den Geisterhund sah, der uns folgte – wahrscheinlich weil wir alle
tot waren. Aber das alles passierte ganz langsam, wie wenn kaltes
Wasser zu kochen anfängt, und die ganze Zeit wanderte ich, ich
wanderte, weil Jimmadasin mich nicht in Ruhe ließ, und er schob
mich voran, so daß ich wanderte und wanderte und wanderte,
und er las meine Gedanken und lachte darüber und ließ mich
noch einen Schritt gehen und noch einen Schritt, und dann lachte er mit seiner hohen Stimme, bis wir geradewegs in den Massanutten Mountain hineingingen, wo er sich öffnete wie das größte
Maul, das man sich vorstellen kann, und er verschluckte mich
und Jimmadasin und Onkel Isaac und Mammy Jack und den Geisterhund, der uns folgte.

Verschluckte uns einfach, und es war dunkel und kalt wie
Stein.

4. Kapitel

Jimmadasins Auferstehung von den Toten

Hab den Schurken!
Ha! Ha! Ha!
Hab den Schurken!
Ha! Ha! Ha!

RINGTANZLIED

*I*ch fuhr mit einem Ruck hoch, wie wenn ich im Großen Haus aus dem Bett gefallen wäre, und aus irgendeinem Grund atmete ich so heftig, als ob ich gerannt wäre. Ich hatte Blasen am ganzen Körper, aber das Fieber war weg. Als allererstes jedoch, noch während ich mich umschaute, um zu sehen, wo ich war, griff ich nach Eurastus' vierundvierziger Colt. Ich atmete immer noch heftig – ich weiß zwar nicht, warum, aber Angst hatte ich auf alle Fälle, und mir ging nur durch den Kopf, daß ich, ehe ich irgend etwas anderes täte, dafür sorgen mußte, daß ich geschützt war.

Ich fühlte mich besser, als ich den Revolver in der Hand hielt.

Es war ein sechsschüssiger Perkussionsrevolver, *single action*, aber das habe ich Ihnen wahrscheinlich schon erzählt. Ich sah nach, und natürlich war er nicht geladen; also lud ich ihn. Wahrscheinlich hätte jeder Kavallerieoffizier sich kaputtgelacht, wenn er gesehen hätte, wie ich mich bemühte, diesen Revolver zu laden, aber ich kriegte es hin. Ich spannte den Hahn, riß mit den Zähnen das Papier von einer Patrone – es schmeckte bitter, ein bißchen wie Erde, aber ich hatte es schon mal gemacht und wußte, wie es schmecken würde – und schüttete das Pulver in die Kammer, und dann riß ich das Papier von einer Kugel, schob sie in die Kammer und drückte sie mit dem Daumen fest hinein; dann drehte ich die Trommel und preßte die Kugel mit dem Hebel hinein, und das machte ich sechsmal. Und dann war ich noch nicht fertig, weil ich

94

noch die Zündkapseln aufsetzen mußte, bevor ich den Schlagbolzen ganz behutsam auf die Sicherungskerbe herunterlassen konnte. Dann saß ich einfach da, den Rücken an kalten Stein gelehnt, und zielte mit dem Revolver aufs Helle. Ich muß ziemlich schwach gewesen sein, denn dieser Revolver kam mir schwer vor, und nach einer Minute oder vielleicht auch nur nach ein paar Sekunden mußte ich ihn sinken lassen. Aber ich hätte ihn lange genug hochhalten können, um ein paar Kugeln in jeden zu feuern, der hier reinkommen und mich umbringen wollte.

Es war Tag, und es sah aus, als ob es draußen sehr hell wäre – Mittag vielleicht.

Ich saß in einer Höhle und schaute hinaus.

Es war keine tiefe Höhle mit Eiszapfen und Kavernen, in der man sich verirren und sterben konnte; es war bloß eine Art Loch, das auf natürliche Weise neben dem Bach aus der Anhöhe gegraben worden war. Dieser Bach war fast ein Fluß; ich sah, wie das Wasser über zwei graue Steine wegrauschte, die da nebeneinander standen wie ein Paar, das Händchen hält, und das Wasser funkelte und warf sehr schnelle Lichtblitze durch die Höhle; ich konnte es gurgeln hören, und jetzt erinnere ich mich, ich erinnere mich, daß es war, als lauschte ich auf Stimmen, wenn ich bloß dem Wasser lauschte, und wenn ich jetzt den Atem anhielte und richtig angestrengt lauschte, dann könnte ich Stimmen hören; ich könnte sie nur nicht richtig verstehen. Aber ich erinnere mich, daß ich Jimmadasin hörte und Pappa und Mutter und Tante Hannah, bloß daß es eher Mammy Jack war als Tante Hannah, als trage sie das Gewand des Herrn oder so was, und mir wurde klar, daß die Geister mich hergeführt und am Leben erhalten hatten, sogar der Geisterhund, und in diesem Augenblick, aber nur für eine Sekunde, war mir klar, daß sie alle tot waren, und ich wollte Pappa und meine Mutter wiederhaben, aber wenn ich an sie dächte, würde ich sie zu Hause sehen, bevor das Haus abgebrannt war, und das konnte ich nicht aushalten, und deshalb wandte ich meine Gedanken von ihnen ab und dachte mir, selbst wenn ich selber tot und ein Geist bin, muß ich mich doch um meinen Kram kümmern.

Also schaute ich mich erst mal um und vergewisserte mich, daß da nichts in der Höhle war, was mich hätte überraschen können wie vorher, als ich die Maden im Kopf des Soldaten angefaßt hatte oder so was. Die Höhle hatte lange Risse, wie wenn Schlamm trocknet, und sie reichte nur fünf, sechs Fuß weit in den Hang. Es war schon jemand vor mir hier gewesen, denn am vorderen Rand der Höhle lag verbranntes Holz von einem alten Feuer. Nah genug am Eingang, so daß man im Rauch nicht erstickte, aber weit genug drinnen, so daß man das Feuer nicht gleich von draußen sehen konnte. Ich dachte mir, daß man es schon bemerken würde, wenn jemand danach Ausschau hielt, aber man mußte schon hier unten sein und wissen, wonach man suchte. Jimmadasin hatte gewußt, was er tat, als er mich hierher führte; und ich erinnere mich, wie er mich schob und lockte, als wäre er ein richtiger Mensch und kein Geist, auch wenn ich gleichzeitig weiß, daß ich wahrscheinlich bloß Fieber hatte und von Sinnen war; deshalb hörte ich auch Worte aus dem Bach. Es war, wie wenn man in den Wolken Formen sieht, die aussehen wie wirkliche Dinge und Orte, auch wenn man weiß, daß es bloß Wolken sind. Natürlich, manchmal glaubte ich, daß die Geister Wirklichkeit waren, aber manchmal auch nicht. Vermutlich glaubte ich vor allem nachts, daß sie Wirklichkeit waren, und wenn Tote in der Nähe waren.

Dann stand ich auf, aber ich stellte fest, daß mir zu schwindlig war, um zu stehen. Dennoch hatte ich mich um Sachen zu kümmern, zum Beispiel um meinen Schutz, und so kroch ich an den Rand der Höhle, lehnte mich an den kühlen Stein und schaute hinaus, um nachzusehen, ob ich in Sicherheit war … und allein. Dies konnte leicht der gefährlichste Ort der Welt sein, auch wenn es still und friedlich aussah. Ich schaute hinaus und erblickte Hügel, die ziemlich steil aussahen, aber das meiste war Wald: mächtig große Schierlingspflanzen und Eichen und Büsche und Blätter, die wie Teufel rumwirbelten, und der Boden war braun und schien sich zu bewegen, aber das kam von den Blättern; es war, wie wenn man eine Federdecke schüttelt, damit sie glatt auf dem Bett liegt. Ich fühlte die Sonne auf dem Gesicht, und diese eine Sekunde lang war es das Köstlichste, was ich je gefühlt habe; ich wollte nur dasitzen und fühlen, wie die Sonne mir das Gesicht wärmte, als ob ich ins Leben zurückkehrte. Aber trotzdem zwang ich mich, die Augen offenzuhalten, und als ich mich schließlich davon überzeugt hatte, daß ich allein war, kroch ich dahin zurück, wo ich gewesen war, und überprüfte mein Gepäck. Ich sollte noch sagen, daß es ein kalter Tag war, auch wenn die Sonne sich gut anfühlte ... es war bloß das Sonnenlicht, das mir geradewegs ins Gesicht schien, was sich so gut anfühlte. Kaum war ich aus dem Licht gekrochen, fing ich wieder an zu zittern.

Jedenfalls – ich hatte immer noch meine kurze Jacke, die dreckig war und steif vom Schlamm, und Private Eurastus' stinkende Wolldecke und seinen Brotbeutel und natürlich meinen Revolver. Ich kippte den Brotbeutel aus und zählte zweiundzwanzig Dollar in Greenbacks. Ein Messingknopf mußte in dem Beutel hängengeblieben sein, als ich alles rausgeschüttelt hatte, nachdem ich Eurastus umgebracht hatte. Eine Schachtel Streichhölzer. Mein Buch, das ich aber lieber erst dann lesen sollte, wenn ich alles unter Kontrolle hätte. Eine Handvoll papierumwickelte Patronen und eine Büchse mit Kapseln für den Colt. Ein kleines Taschenmesser mit einem gebrochenen Perlmuttgriff. Ein Stück Pökelfleisch, nicht mal so groß wie mein Daumen, und zwei Stück Zwieback, in denen ein paar Spinnkäfer krabbelten – vielleicht waren es auch Maden. Aber darüber wollte ich nicht nachdenken. Ich wischte das Gewebe ab und legte den Zwieback neben das Fleisch und das ganze andere Zeug. Ich dachte mir, daß ich ja ein Feuer anzünden und den Zwieback darüber hin und her schwenken könnte ... das würde die Viecher schon umbringen. Vielleicht würde ich den Zwieback auch einfach nicht essen, aber außer ihm und dem Schweinefleisch hatte ich nichts zu essen. Das Schweinefleisch war ranzig, aber vielleicht konnte ich es trotzdem essen, auch wenn es teerschwarz überkrustet war. Wenn ich eine Bratpfanne gehabt hätte, dann hätte ich den Zwieback mit Wasser aus dem Bach einweichen und dann im Schweinefett braten können. So machten die Soldaten es, und sie nannten es »Skillygalee«. Jimmadasin hat es mir erzählt. Und ich dachte, wenn ich eine Axt und ein paar Nägel hätte, dann könnte ich meine eigenen Kummen machen und mir Kaninchen fangen. Natürlich hätte ich dann immer noch keine Bratpfanne, aber ich hätte sie vielleicht übers Feuer hängen können. Aber eine Axt hatte ich auch nicht; also würde bald die Zeit kommen, wo ich es riskieren mußte, mich sichtbar zu machen und mir etwas zum Abendessen zu schießen. Vielleicht eine Beutelratte oder eine Wildtaube – oder doch ein Kaninchen.

Aber nicht heute. Ich war zu schwach, um irgend etwas zu unternehmen; also mußte ich mich begnügen.

Ich schaffte es so gerade, aus der Höhle zu kriechen – wie gesagt, es war eigentlich gar keine Höhle, sondern mehr eine Öffnung – und mir ein bißchen Feuerholz zu holen.

Ich überlegte, wie weit ich wohl von General Jacksons Truppen entfernt sein mochte und wie weit von Farmen und menschlichen Behausungen und all dem Zeug, aber ich war zu schwach und müde, um es zu erkunden. Ich zündete mein Feuer an. Dann brannte ich so viele Käfer aus dem Zwieback, wie ich konnte, und fast hätte ich einen Zwieback verbrannt, weil ich ihn fallen ließ. Ich schnitt das Schweinefleisch in zwei Stücke – innen waren sie ein bißchen gelblich – und hielt sie mit einem gegabelten Stock, den ich gefunden hatte, über das Feuer. Das Fett sprang und brutzelte in den Flammen, und von dem bloßen Schweinefleischgeruch bekam ich Heimweh und schrecklichen Hunger. Ich aß das Schweinefleisch und einen Zwieback. Auch wenn das Fleisch schon ein bißchen hinüber war, schmeckte es mir gut. Das Ganze machte mich nicht satt, aber ich hielt es für klug, den zweiten Zwieback zu verwahren.

Und so kauerte ich vor dem Feuer und roch das Schweinefett immer noch, als schon alles weg war, und ich schlief ein bißchen und schaute mir das Titelbild von *Private Newtons Krieg in den Lüften* an, aber ich war nicht kräftig genug, um es zu lesen. Ich träumte wieder davon, und als ich aufwachte, war mir ein bißchen schlecht; ich schlief noch ein wenig, und dann war es dunkel, und mir war nicht mehr schlecht. Ich wickelte mich, so gut es ging, in Private Eurastus' Decke, weil ich das Feuer nachts nicht brennen lassen wollte. Zu gefährlich. Ich legte mich mit dem Kopf dicht an die Feuerstelle, damit ich das verkohlte Holz roch und nicht die Decke.

Aber in der Nacht roch ich etwas anderes, und natürlich nahm ich an, daß ich geträumt hatte oder so was, denn was ich roch, waren Zwiebeln. Rohe Zwiebeln. Der Geruch drang mir in die Nase, und dann wachte ich auf, und es ist ein Wunder, daß ich keinen Schuß abfeuerte und die ganze Welt aufweckte – so fest hielt ich den Colt umklammert. Draußen vor der Höhle sah alles milchig aus, und es war, als schaute ich aus einem Tunnel. Ab und zu zitterten und bebten Bäume und Zweige im Wind, wie Skelette, die tanzten und zuckten, wo sie standen. Aber die gurgelnden, wispernden Geräusche des Baches waren beruhigend, und auch wenn ich noch ein bißchen schnupperte, konnte ich die Zwiebeln nicht mehr riechen.

Mehr als alles andere wünschte ich mir, zu Hause zu sein, aber darüber dachte ich nicht nach.

Ich hielt Ausschau nach dem Geisterhund, denn ich erinnere mich, daß ich Geheul hörte, aber um die Wahrheit zu sagen, ich konnte mich nicht erinnern, ob ich das Geheul oder Gebell oder was immer es war bei meiner Wanderung mit den Geistern gehört hatte oder ob ich es geträumt hatte, während ich mich hier in der Höhle von meinem Fieber erholte. Aber es hörte sich an wie Bluthunde. Ich weiß, wie die bellen, weil ich gesehen habe, wie die Paddyroller sie benutzten, um Nigger aufzustöbern und zu fangen.

Der bloße Gedanke daran schien mein Fieber wieder in Gang zu bringen.

Aber alles war still … und es blieb still. Der Geisterhund war nirgends zu sehen und Jimmadasin oder andere Geister auch nicht. Ich vermutete deshalb, daß ich mit den Geistern jetzt fertig war, wo ich meine Kräfte wiederfand und mein Fieber vergangen war.

Aber um diesen Zwiebelgeruch hätte ich mich kümmern sollen …

Jetzt kommt der Teil, bei dem ich gezögert habe, ihn aufzuschreiben, auch wenn ich Ihnen schon erzählt habe, daß ich wahrscheinlich Private Eurastus umgebracht und den Geisterhund und Jimmadasin gesehen habe, so daß Sie mich wahrscheinlich sowieso schon für verrückt halten. Aber ich denke mir, wenn ich die Geschichte schon erzähle, dann kann ich auch gleich alles erzählen, selbst wenn es peinlich und erniedrigend ist.

Jedenfalls verbrachte ich den nächsten Tag damit, einfach in der Höhle herumzuliegen, still dem Bach zu lauschen und meine Kräfte wiederzugewinnen. Es war sonnig und noch wärmer, und so rutschte ich bis an den Rand der Höhle und ließ mich von der Sonne kurieren. Ich aß den Rest meines Proviants, nämlich den einen Zwieback, und danach kroch ich zum Bach hinunter und trank ihn wahrscheinlich halb leer; er war kalt und frisch und köstlich, und ich mußte an frische Erdbeeren denken und an Blaubeeren und wie man in grüne Äpfel beißt. Ich steckte den ganzen Kopf ins Wasser und ließ die Sauberkeit in mich rein. Ich wusch mich, so gut ich konnte, und dann setzte ich mich für eine Weile auf die Uferböschung und ließ mich von der Sonne trocknen … und dann fing ich an, mir Sorgen zu machen, weil mir plötzlich klar wurde, daß ich wahrscheinlich doch weiterleben würde, daß ich kein Geist war, daß es hellichter Tag war, daß nach heute nacht morgen kommen würde und daß ich schon wieder Hunger hatte. Ich schaute mich um – aber ich lief noch nicht viel rum, weil ich immer noch ganz schwach und benommen war –, und obwohl da wahrscheinlich tausend Wurzeln und Käfer und so Sachen waren, die ich hätte essen können, sah ich nichts, und ich dachte daran, wie Mutter mir eingeschärft hatte, nichts zu essen, so gut es auch aussehen mochte, wenn ich nicht genau wußte, was es war, weil es mich sonst wahrscheinlich umbringen würde. Wahrscheinlich hätte mich das am vergangenen Abend oder an dem Abend davor nicht gekümmert, aber plötzlich war mir, als wäre ich ein Teil der Sonne und der Backofenhitze, die auf mich herabstrahlte. Ich weiß, es ergibt wahrscheinlich nicht viel Sinn, aber obwohl alle gestorben waren und es meine Schuld war, daß ich Pappa und Mutter und vielleicht auch Jimmadasin nicht gerettet hatte, war es mir egal; ich wollte leben und die Sonne spüren und so viele Pasteten und Melassekuchen und Schnitzel essen und so viel Milch und Cider trinken, daß ich davon platzen würde, und es wäre wie in dem Traum vom Schweinetag, an den ich mich erinnerte, nur daß keine Blüten überall rumfliegen würden, sondern Sonnenlicht, wie es auf den Bach fiel, als ob es blanke Goldstücke wären, die man in der Hand halten und hin und her drehen kann. Aber ich wurde aus diesen Gedanken gerissen, als mir einfiel, das eins der Schweine, die da geschlachtet werden sollten, Mutter gewesen war, und – und ich hörte einfach auf, an all das zu denken, aber trotzdem, als ich da draußen in der Wärme lag und das Fieber weg war und ich merkte, wie meine Kraft zurückkehrte, obwohl ich nicht genug zu essen hatte und auch nicht wußte, woher ich etwas bekommen sollte, da fühlte ich mich plötzlich erregt und erhitzt, und um die Wahrheit zu sagen: mein Schwanz wurde plötzlich so steif, daß es weh tat. Und in meinem Kopf dröhnte es, und ich spürte, wie meine Kehle sich zusammenzog, und dann plötzlich kümmerte mich kaum noch etwas anderes als der Gedanke, mich zu erleichtern. Ich konnte einfach nicht anders, obwohl ich, als ich Hand an mich legte und anfing, mich zu beflecken, sofort wußte, daß ich hier sündigte und daß dies wahrscheinlich die allerschlimmste Sünde war, die irgendeiner begehen konnte, möglicherweise mit Ausnahme von Mord – aber einen Mord hatte ich ja auch schon begangen, und so kam es darauf nicht mehr an.

Trotzdem zwang ich mich dazu aufzuhören, zumindest lange genug, um in die Höhle zurückzukehren; ich glaubte, dort könnte ich im Dunkeln sündigen (obwohl man eigentlich nicht sagen kann, daß es da drinnen dunkel war, höchstens ein bißchen schattig), aber ich wußte, daß Gott mich beobachtete – oder vielleicht auch nicht. Ich hab mir immer gedacht, es muß für Ihn so viel zu beobachten geben, daß Ihm Kleinkram wie dieser hier notgedrungen entgehen muß. Wahrscheinlich beobachtete Er gerade irgendwo eine Schlacht, wo alle verwundet oder getötet wurden, und das interessierte Ihn mehr, als mir dabei zuzusehen, wie ich mich hier auf dem Massanutten Mountain selbst befleckte. Andererseits war das hier womöglich ein ganz schlechter Ort zum Sündigen, denn Gott gab Moses ja die Gebote auch auf einem Berg, und vielleicht sind Ihm deswegen alle Berge heilig. Aber es kam wohl nicht mehr drauf an, auch wenn ich mich noch bemühte, die Finger von mir zu lassen. Ich setzte mich so weit nach hinten in die Höhle, wie ich konnte, und schaute nach vorn zum Licht. Ich betete nicht oder so was. Ich sagte mir bloß, ich könnte stark werden; das Fieber ist weg, und ich könnte mich schwächen und sogar sterben, wenn ich mich weiter berührte, und ich sagte mir, selbst wenn Gott mich nicht sieht, so sieht mich doch wahrscheinlich der Geisterhund oder Jimmadasin oder Pappas Geist.

Es kümmerte mich immer noch nicht: Ich rieb mich, als ob ich mit Giftefeu in Berührung gekommen wäre, und in meinem Kopf, wie gesagt, dröhnte es, daß es sich anfühlte, als ob alles andere auch dröhnte, und ich dachte nicht mal an irgendein spezielles Mädchen oder so was; ich dachte nicht an Katie Cartmells Titten oder an ihren Hintern, den sie mir mal gezeigt hatte, bei ihr zu Hause mitten im Eßzimmer, als ihre Eltern ausgegangen waren, aber die Dienstboten hatten ihn auch gesehen, und sie hatten bloß gelächelt, als ob Katie mir ein neues Kleid vorgeführt hätte

oder so was. Und das Schlimmste war, während ich an mir rumspielte, erinnerte ich mich an eine von Pappas Predigten, und ich
hörte die Worte, als wären sie allesamt zu einem einzigen furchtbaren Ton zusammengepreßt. Da stand Pappa vor mir und hob
die Arme wie einer aus der Bibel und schrie: »Unter den unglück-
seligen Insassen der Irrenanstalt ist keiner, der so unverbesserlich
oder unheilbar ist wie das elende Opfer dieses abscheulichen La-
sters.« Und er redete immer weiter, noch als mein Unterleib hit-
zig zu prickeln anfing und ich im nächsten Augenblick, in nächster Sekunde, Erleichterung finden würde. Pappa redete einfach
immer weiter. »Mit den Trümmern seiner zerborstenen Vernunft,
die er aus dem geschlechtlichen Wrack hat zusammenklauben
können, übt er sich verschlagen darin, Mittel zu ersinnen und Ge-
legenheiten zu sichern, die es ihm ermöglichen, der Wachsamkeit
seiner Wärter zu entrinnen und seinen despotischen Gelüsten
nachzugehen und –«

Und in diesem Augenblick sah ich das Mädchen.

Und roch den Zwiebelgeruch.

Und ich war ertappt, mitten im Akt der Selbstbefleckung – und
nichts auf der ganzen großen Welt könnte demütigender sein –,
und mein Schwanz schrumpelte in meiner Hand zusammen, bis
ich ihn kaum noch fühlte, und ich stopfte ihn blitzschnell in die
Hose, ohne nachzudenken. Und gleichzeitig, im selben Augenblick, fiel mir ein, daß ich bestimmt in Gefahr schwebte, und deshalb drehte ich mich nach dem vierundvierziger Colt um, der
oben auf Eurastus' Brotbeutel lag. Das Mädchen war dem Colt ungefähr so nah wie ich, und es stürzte sich ebenfalls drauf; wahrscheinlich dachte es, ich würde es umbringen, wenn ich ihn als
erster in die Finger bekäme, weil es mich dabei erwischt hatte,
wie ich mich an mir verging – und wer zum Teufel kann das wissen? Im schrecklichen Zustand der Wollust, oder was immer es
war, hätte ich es vielleicht getan.

Wir rangen miteinander, und ich gebe zu, daß das Mädchen
wahrscheinlich stärker war als ich, aber nur weil es älter war als

ich – vielleicht sechzehn oder noch älter –, und weil ich vom Fieber und von der Scheißerei immer noch matt war wie ein Kätzchen. Es hatte langes, schwarzes, krauses Haar, fast wie ein Nigger, aber sein Gesicht war weiß, wenn auch dunkler als meins, und es sah … mager aus; ich hätte in dem Augenblick nicht sagen können, ob es hübsch war oder nicht. Was es anhatte, ähnelte alten Lumpen; ich sah, daß sein schmutziges Kleid an allen möglichen Stellen zerrissen war, und während wir rangen, roch ich die Zwiebeln, und ich roch seinen Schweiß, der wild roch, wie von einem Tier oder so was. Der Colt wurde weggestoßen oder -getreten, während wir beide darum balgten, und plötzlich hörte das Mädchen auf. Sie hatte meine Arme festgenagelt; sie saß auf mir und drückte meine Oberarme mit den Knien auf den Boden, und sie fragte: »Hast du genug?«

Ich wehrte mich weiter, bis es sagte: »Waffenstillstand?« Da nickte ich. Es kletterte von mir runter – und ich war erleichtert, denn die Arme taten mir weh wie bei Private Eurastus, als er mich so festgehalten hatte –, aber das Mädchen ging nicht weg. Es blieb neben mir knien. Ich setzte mich auf und rutschte ein Stück zurück, aber es war immer noch zwischen mir und dem Colt, den ich natürlich noch sehen konnte; er lag ganz am andern Ende der Höhle, dicht vor der Öffnung. Ich erwog die Chancen, die ich hatte, das Ding zu erreichen, aber dann hielt ich es für besser, mir Zeit zu nehmen und zu Atem zu kommen und abzuwarten, bis das benommene Gefühl in meinem Kopf sich gelegt hätte, und vielleicht würde das Mädchen bis dahin aus dem Weg gehen, so daß ich einen Sprung dorthin machen könnte.

»Ich hab dich beobachtet«, sagte es, »aber alle sind hier weggegangen. Wahrscheinlich deinetwegen.« Es schwieg und sah mich an, als ob es darauf wartete, daß ich etwas sagte – wie ich hieß oder so was. Und vielleicht für eine Sekunde vergaß ich, daß ich nicht sprechen konnte, und ich wollte ihm gern Fragen stellen – zum Beispiel, wer hier war und warum sie meinetwegen weggegangen wären –, aber obwohl ich die Worte in meinem

Kopf hörte, konnte ich sie nicht... finden und aussprechen. Es war, als ob ich mir die Worte dächte, und dann verlor ich sie, bevor sie aus meinem Mund kommen konnten, und wenn ich den Mund dann öffnete, kam meistens nichts anderes heraus als »ha«, und das war ein Atemgeräusch. Und so war es auch jetzt.

Das Mädchen guckte mich komisch an und fragte: »Willst du mir sagen, wie du heißt?«

Es machte schmale Augen, als es mich so anguckte, als ob es an etwas Ernstes dachte, aber ich konnte bloß zurückgucken, und schließlich schüttelte ich den Kopf und zuckte die Achseln und blickte kurz zu Boden. Das tat ich, ohne nachzudenken, und dann wurde mir klar, daß es wahrscheinlich gefährlich war, das Mädchen auch nur für einen kurzen Moment aus den Augen zu lassen. Ich hatte immer noch vor, mir den Colt zu schnappen, aber ich war schlau genug, mich nicht nach ihm umzusehen, denn dann hätte es das gemerkt.

»Mach dir keine Sorgen um deinen Revolver«, sagte es. »Der läuft nicht weg!« Ich schätze, das Mädchen wartete wieder darauf, daß ich etwas sagte, denn eine Zeitlang war es still. Dann sagte es: »Es ist in Ordnung; du kannst mit mir reden. Ich weiß, wie lange du schon hier bist und all das. Ich tu dir nichts. Du bist sicher bei mir. Schau.« Und es hob beide Hände, um mir zu zeigen, daß sie leer waren.

Ich wußte, daß das Mädchen sich über mich lustig machte, und deshalb schüttelte ich nicht den Kopf und nickte auch nicht, aber es guckte mich weiter an und lächelte – kein breites Lächeln, sondern so ein Lächeln, das teuflisch ist und bei dem man sich vorkommt wie ein Idiot. Ich sah, daß zwei seiner Vorderzähne zum Teil abgebrochen waren; wahrscheinlich hatte jemand es geschlagen.

»Hey, hast du gehört, was ich gerade gesagt hab?«

Da nickte ich, was es offenbar freute; es kam näher und schaute mich an, als ob es einen Käfer studierte. Die Knie des Mädchens berührten meine. Mein Gesicht wurde plötzlich wieder heiß, aber ich hatte Angst, es zu berühren, weil mich das vielleicht schwach aussehen ließe. Ich wußte, daß es immer noch die Erniedrigung des Erwischtwerdens war, die nicht weggehen wollte, und mein Herz klopfte immer noch heftig, aber das lag wahrscheinlich daran, daß es vom Fieber geschwächt war. Ich konnte nicht übersehen, daß das Mädchen ein Muttermal auf der Wange hatte und daß es wund aussah, und seine Augen waren braun. Ich konnte erkennen, daß sein Gesicht von Holzkohleruß streifig war, wahrscheinlich weil wir in der Nähe der Asche miteinander gerungen hatten. Ich hatte mich auch damit beschmiert. Es sah aus wie eine Mischung aus weißem Mädchen und Nigger und Indianer.

»Kannst du nicht sprechen?«

Ich schüttelte den Kopf und bemühte mich, nicht auf die Brüste des Mädchens zu gucken.

»Du bist also bloß stumm«, stellte es fest. »Als ob dir jemand die Zunge abgeschnitten hätte oder so was, hm?« Ich hörte den Spott in seiner Stimme.

Ich nickte trotzdem.

»Den Schniepel haben sie dir aber offenbar nicht abgeschnitten, hm?«

Das Mädchen kniete immer noch über mir und lächelte, als ob es keine Angst und keine Sorgen auf der Welt hätte, und so, wie es sich hielt, konnte ich nicht umhin, ein Stück weit in sein Kleid hineinzugucken und zu sehen, daß es große Brüste hatte; wie gesagt, ich bemühte mich, nicht hinzusehen, aber es war offensichtlich, daß es sie mir zeigte, in voller Lebensgröße. Von all dem ließ ich mich aber nicht einwickeln; ich dachte mir, daß das Mädchen wahrscheinlich vorhat, mich auszurauben, und es wird mich nicht noch mal überrumpeln.

Ich mußte nur meinen Revolver erreichen. Dann könnte ich meine Sachen einsammeln und von hier verschwinden.

Das Mädchen faßte mein Bein an und schüttelte es, als ob es meine Aufmerksamkeit auf sich ziehen wollte. »Yeah, hier sind Soldaten rumgestreift oder so was, aber die sind jetzt weg. Die

Nigger sind abgehauen, als die Hunde das erste Mal bellten – Hunde jagen ihnen mehr Angst ein als sonst irgend was.« Obwohl ich mich bemühte, es nicht zu tun, schaute ich wieder auf seine Brüste. Ich konnte mir Titten einfach nicht vorstellen. Es war irgendwie so, als ob sie so vollkommene Dinge wären, daß man kaum an sie denken konnte. Ich stellte mir vor, sie bloß anzufassen müßte so sein, als ob man schon käme. Ich weiß noch, wie ich in Pappas Schulhaus den ganzen Tag immer nur an Lorena Kellers Titten dachte und wie ich durch das Klassenzimmer zu ihr rüberstarrte und mir vorzustellen versuchte, wie sie unter ihrem Kleid aussah; aber Pappa erwischte mich jedesmal bei solchen unreinen Gedanken und ohrfeigte mich dann wegen Tagträumerei.

Aber jetzt konnte ich die Brüste dieses Mädchens sogar sehen, und trotzdem überlegte ich mir immer noch, wie ich von hier wegkommen könnte.

»Die waren hinter dir her, hm?« fragte es. »Ich wette, du bist von Zuhause abgehauen. Oder du bist wahrscheinlich 'n Verbrecher, vielleicht 'n Deserteur von der Armee. Die gibt's hier überall. Glaub ich aber nicht. Dazu bist du zu jung. Scheiße, du bist doch kaum mehr als 'n Baby.« Dann lächelte es mich wieder an, aber diesmal anders, als ob es im eigenen Zimmer wäre und jetzt schlafen gehen und süß träumen wollte. »Du bist hier in Sicherheit, bis die Nigger zurückkommen. 'türlich könnten sie geradewegs hier reinspaziert kommen, während wir uns hier unterhalten. Aber ich kenne den Master, und der ist schlau. Er wird sich wahrscheinlich für ein, zwei Tage verstecken.« Das Mädchen sah mich an und wartete, als ob es damit rechnete, daß ich antwortete oder plötzlich anfinge zu lachen oder so was. »Begreifst du nicht, was?« fuhr es dann fort. »Der Master ist 'n Nigger. Er hat mir immer gesagt, ich soll nicht mit 'm Arsch wackeln, bis ich sicher wäre, daß keine Gefahr droht… und dann soll ich vorsichtshalber immer noch 'n bißchen abwarten.« Es lachte. »Junge, der wußte nicht, was für 'n Rat er mir da gab.« Dann verstummte das Mädchen, als ob es ihm plötzlich peinlich wäre, aber ich hatte das Gefühl, daß es eine gewisse Zuneigung für den Nigger-Master empfand, wer immer er sein mochte. Es lehnte sich ein kleines Stück zurück, als ob es Angst hätte, ich könnte ihm was tun. »Erzähl mal – spielst du immer im Freien an dir rum, wo alle Welt es sehen kann? Ich hab gesehen, was du unten am Bach getan hast. Ich schätze, du bist hier reingekrochen, um die Sache zu Ende zu bringen, hm?«

Das überraschte mich, und ich spürte, wie mein Gesicht brannte, und das Mädchen lachte, als ob es mich gleich noch einmal dabei erwischt hätte. Jetzt wollte ich mich auf den Colt stürzen, aber es muß meine Gedanken gelesen haben oder so was, denn es packte meinen Arm und hielt mich fest. Das Mädchen war stark, aber ich fühlte die brennende Demütigung auf meinem Gesicht wie ein Fieber, und plötzlich kam es nicht mehr drauf an, ob es stärker war als ich – ich wollte weg von ihm, koste es, was es wolle. Ich überraschte es, indem ich es mit der Schulter aus dem Gleichgewicht stieß, aber sie packte mich, bevor ich auf die Beine kommen konnte.

Und dann rangen wir wieder miteinander.

Und auf einmal nicht mehr.

Ich weiß nicht, wie es dazu kam, aber wir waren so ineinander verschlungen, daß keiner von uns mehr rauskommen konnte, und ich roch den Schweiß des Mädchens, der sich mit dem Zwiebelgeruch vermischte, und dann rieben wir uns aneinander, und dann küßten wir uns, und meine Hände waren unter seinem Kleid, und ich befühlte es, und es tat das gleiche mit mir; und ich dachte mir, es ist sowieso alles nicht mehr wichtig, weil Mutter und Pappa tot sind, und nach allem, was ich weiß, bin ich ein Geist wie Jimmadasin, und vielleicht ist dieses Mädchen auch einer, obwohl es sich stark und weich anfühlte, und dann zog es an meiner Hose, und sein Kleid war offen, und kaum daß es mich gepackt hatte und anfing, geschmeidig an mir zu ziehen, da wurde mein Unterleib warm, und ich war verlegen und wollte, daß es aufhörte, aber es war zu spät, denn ich spürte, wie ich kam, über seine Hand und über mich selber, und dann lagen wir nur noch zusammen da. Es sagte nichts über das, was da passiert war. Ich hatte noch nie was gemacht mit einem Mädchen. Ich wußte nur, was passieren mußte, aber nach einer Weile nahm das Mädchen meine Hand und legte sie zwischen seine Beine und zeigte mir, wie ich auf eine bestimmte Stelle drücken mußte, die sich anfühlte wie ein Knoten, und ich drückte einfach mit der Hand drauf, bis es anfing zu zittern, als ob es Fieber hätte, und dabei guckte es dauernd zu mir rüber – aber ohne zu lächeln oder zu nicken oder so was, es betrachtete mich bloß mit einem ganz sanften Ausdruck im Gesicht, als ob es ein Bild betrachtete oder wie meine Mutter mich manchmal anschaute; aber das Mädchen schien dabei am ganzen Körper zu zittern – und dann konnte ich auch nicht anders, ich wurde wieder erregt und ganz steif, und ich fragte mich, was ich jetzt tun sollte, ob ich versuchen sollte, mich auf es zu legen, oder ob ich mir von ihm zeigen lassen sollte, was es wollte, wenn es soweit wäre – falls es je soweit käme, denn es war schon ein komisches Gefühl, einander bloß zu betrachten, wie wir dalagen, während ich das Mädchen rieb. Ich dachte plötzlich dran, daß Mädchen auch tun, was ich getan hatte, und da war mir wohler bei dem Gedanken daran, daß sie mich erwischt hatte, denn wahrscheinlich war es doch keine so schlimme Sünde, wie ich gedacht hatte. Pappa hatte es wahrscheinlich schlimmer zurechtgeredet, als es war; und ich fühlte mich gedemütigt, daß ich so was auch nur denken konnte, aber ich dachte, daß Mutter sich wahrscheinlich genauso gerieben hatte, wie ich jetzt dieses Mädchen rieb; und während ich es tat und es dabei anschaute und mich wohlig und vielleicht auch sicher fühlte oder so, da hörte ich zugleich auch die Geräusche vom Bach und vom Wind, und alles schien lauter und näher zu sein, und das Mädchen fing an, immer heftiger zu zittern und zu stöhnen und »oh, oh« zu machen, und mir tat schon die Hand weh vom Reiben, aber es wäre nicht fair gewesen, jetzt aufzuhören, weil es heftig keuchte und schreckliche, aber schöne Gesichter machte, und dann ballte es die Faust und preßte sein Gesicht an meinen Hals, als wollte es dran saugen – oder mich beißen –, und es kriegte Zuckungen, vielleicht zwei, und ich hielt es fest, als ob ihm schlecht wäre, und dann war alles vorbei, und wir lagen bloß zusammen da. Aber ich war immer noch erregt, und das Mädchen sah es, aber es brauchte mich nur anzufassen und mit seinen Fingern über meinen Schwanz zu streichen, und schon kam ich, ohne daß ich auch nur annähernd dazu gekommen wäre, es auf die richtige Weise zu tun. Aber vielleicht würde das später passieren, und es war mir egal. Wir waren halb nackt. Meine Hose hing unten an meinen Knien, und sein Kleid knüllte sich um den Bauch. Ich erinnere mich, daß ich mit den Brüsten des Mädchens spielte und sie untersuchte. Noch nie hatte ich ein Mädchen so anfassen und mir dabei Zeit lassen können; und dann, glaube ich, schlief ich einfach ein.

Als ich aufwachte, saß es neben mir und betrachtete mich.

Es war wieder richtig angezogen, auch wenn ich immer noch ein Stück weit in sein Kleid gucken konnte – nicht daß mir im Augenblick viel dran gelegen hätte; ich war irgendwie sozusagen ganz ruhig, auch wenn ich immer noch daran dachte, wie es sich wohl anfühlen würde, meinen Schwanz in es reinzuschieben, wie sich das wohl anfühlen würde. Das hört sich übel an, ich weiß, aber es gefiel mir, in der Nähe des Mädchens zu sein, trotz des Zwiebelgeruchs, der an ihm hing – vor allem an den Füßen –, und obwohl ich mir vielleicht immer noch ein kleines bißchen Sorgen machte, es könne mich ausrauben und vielleicht umbringen wollen, fühlte ich mich doch ruhig und sanft neben ihm.

Dann sah ich, daß der Colt nicht mehr im Höhleneingang lag, wo er hingeflogen war, und ich muß wohl aufgesprungen sein oder so was, denn das Mädchen sagte: »Hier, ich will deinen Revolver nicht«, und es gab mir den Colt, der oben auf Eurastus' Beutel gelegen hatte; es schien überhaupt keine Angst zu haben, daß ich es vielleicht totschießen könnte. »Obwohl er von Rechts wegen mir gehört. Ich hab ihn verdient. Oder glaubst du, ich fick umsonst mit den Leuten rum?«

Ich hielt den Revolver fest und schaute das Mädchen nur an.

Es stand vor mir, und ich nehme an, daß ich an ihm schnupperte, ohne drüber nachzudenken. Aber der Zwiebelgeruch hing jetzt wahrscheinlich an mir ebenso wie an ihm.

»Du kannst *wirklich* nicht sprechen.« Das Mädchen sagte es, als sei es darüber erstaunt und als glaube es mir endlich.

Ich legte den Revolver auf Eurastus' Brotbeutel und zog mich an.

»Na, wenn du mir deinen Namen nicht sagen kannst, muß ich mir einen für dich ausdenken. Wie findest du das?«

Ich dachte daran, ein Stück Holzkohle aus dem Feuer zu nehmen und »Mundy« auf den Boden zu schreiben. Das Mädchen sprach nicht wie ein Nigger, aber das hieß noch nicht, daß es lesen konnte. Aber ich brachte einfach nicht den Schwung auf, etwas für es zu schreiben oder so was. Es war, als wäre aus Mundy jemand anderes geworden, als ich vergessen hatte, wie man spricht. Obwohl die Leute mich vielleicht sehen konnten – wie das Mädchen hier –, war ich immer noch unsichtbar. Bloß nicht vollständig. Etwas konnte es vielleicht von mir sehen, aber nicht viel.

Aber ich war doch neugierig, was das Mädchen anging: woher es kam, was es war, ob es von seiner Familie weggelaufen war – vielleicht war es auch ein Halbblut und seinem Herrn weggelaufen, um frei hier draußen zu leben. Vielleicht war es das, worauf es mit all dem Gerede von seinem Master hinauswollte. Ich betrachtete das Mädchen aufmerksam, und wie ich schon sagte: seine Haut war nicht viel dunkler als meine. Es hatte auch Sommersprossen, genau wie ich, und wahrscheinlich würde es sich am ersten heißen Tag des Sommers böse verbrennen. (Mutter mußte mir immer Salbe auf Gesicht und Arme schmieren, und die brannte schlimmer als der Sonnenbrand.) Seine Haare waren, wie gesagt, kraus; aber ich hab schon weiße Mädchen gesehen, die genauso krause Haare hatten wie Nigger, und deshalb hatte das auch nichts zu bedeuten. (Und ich habe Nigger gesehen – wie Tante Hannah –, die mehr Sommersprossen hatten als Gott.) Nach dem, was Jimmadasin und Onkel Isaac mir erzählt hatten, machten Weiße dauernd Kinder mit Niggern, und deshalb kam es sowieso nicht darauf an, ob es farbig oder weiß war. Ich hatte keine Angst, daß ich ihm ein Baby gemacht haben könnte, weil wir uns ja nur angefaßt hatten. Ich glaubte nicht, daß auf diese Weise etwas passieren konnte; allerdings gab es eine Menge Sachen, von denen niemand redete. Vielleicht konnte es also doch sein ...

»Vielleicht nenne ich dich Daniel wie in der Bibel, denn der war auch in 'ner Höhle.« Das Mädchen fing an zu lachen und um mich herumzugehen, als ob es tanzte, und es hob den nackten Fuß und hielt ihn mir vors Gesicht. Als ich vor dem Zwiebelgeruch den Kopf wegzog, lachte sie noch lauter. »Deswegen hast du geschnuppert. Die Zwiebeln. Stimmt's?«

Ich nickte, und es lachte wieder los.

Als es fertig war, sagte es: »Vielleicht nenn ich dich Zwiebel. Du *mußt* ein Stadtjunge sein. Wahrscheinlich aus Richmond oder so. Muß ja, weil du keine Ahnung vom Land hast, denn sonst wüßtest du, daß Zwiebeln die Hunde fernhalten – sie verlieren die Fährte, wie sie dich auch über den Bach da vorn nicht wittern können. Und wenn du auch nur 'n *bißchen* Ahnung hättest, dann hättest du für dein Feuer nicht solches Holz verbrannt, dann hättest du Eichenrinde genommen, weil die nicht so stark qualmt. Wahrscheinlich hast du die Hunde hergebracht, weil du überall Feuer gemacht hast. Ein Wunder, daß sie dich nicht geschnappt haben.« Sie zuckte die Achseln. »Aber vielleicht warst du's auch nicht. Hast du Hunger? Ich komme um.«

Ich spürte, wie bei diesen Worten mein Magen knurrte.

»Na schön, Daniel Zwiebel, dann warte mal hier auf mich.« Das Mädchen war offenbar sehr zufrieden mit sich, weil es diese Namen für mich erfunden hatte. Dann gab es mir einen Kuß und trat aus der Höhle; aber auch wenn wir Sachen zusammen gemacht hatten, die ich noch nie zuvor mit irgend jemandem gemacht hatte, würde ich ihr nicht erlauben, loszuziehen und womöglich mit diesen Niggern zurückzukommen oder von wem es da sonst geredet haben mochte, um mich dann auszurauben – auch wenn es nicht versuchte, den Colt zu kriegen oder so was.

Ich würde dem Mädchen ebensowenig vertrauen wie dem Geisterhund, auch wenn ich es gern wollte.

Also folgte ich ihm die paar Schritte bis zum Bach, und da blieb es stehen und sagte:»Nein, Zwiebel, du wartest hinten in der Höhle!« Es klang, als redete es mit einem Kind... oder mit einem Hund. Als ob es dächte, nachdem es mir nun einen Namen gegeben hätte, hätte es auch so was wie Macht über mich. Hatte es aber nicht.

»Wenn jemand im Camp ist, schießt er dir den Arsch ab, bevor er genauer hinguckt, weil du sonst den Paddyrollers von ihnen erzählen könntest, und das werden sie nicht zulassen.« Sie lachte über sich selbst. »Natürlich könntest du *niemandem* von ihnen erzählen, aber das wissen sie ja nicht. Also beruhige dich, und warte auf mich in der Höhle! Im schlimmsten Fall werd ich 'ne Weile nicht zurückkommen können, wenn der Master zu früh wieder da ist. Aber du bleibst auf jeden Fall hier.«

Ich folgte ihr trotzdem.

»Hast du nicht gehört?« sagte sie. »Wenn du dich blöd benehmen willst, kannst du dir von mir aus den Arsch abhungern. Ich werd nicht riskieren, daß der Master wieder da ist, denn wenn er wieder da ist und mich mit dir erwischt, dann wird er mir den Arsch versohlen und mich beerdigen. Und dich wird er wahrscheinlich außerdem umbringen. Es ist gefährlich genug, daß ich hingehe, um was zu essen für dich zu klauen. Also kannst du mir entweder vertrauen oder ein paar von den Steinen fressen, auf denen du da stehst. Nun...?«

Ich nickte, und weil es offenbar erwartete, daß ich etwas tat, machte ich kehrt und ging zurück zur Höhle.

Und dann folgte ich ihm doch.

Schließlich hatte ich ja den Colt.

Das Mädchen ging am Bach entlang, bis die Uferböschung hoch wurde, und dann kletterte sie auf höheres Gelände. Ich wartete eine ganze Weile und folgte ihm dann. Kam in ein dichtes Stück Wald und dann, nach einer Weile, wieder zum Bach zurück; vielleicht war es aber auch ein anderer. Es gab hier eine Art Stromschnelle mit kleinen Wasserfällen, die mitten im Bach auf ihrem eigenen krausen Weg gurgelten und schäumten. Man konnte leicht über die Steine laufen, und auf der anderen Seite war guter Lehmboden, von Blättern bedeckt, und obwohl der Bach hier und da sein Wasser hinsprühte, roch es ... trocken. Und frisch, wie wenn hier nichts vermoderte. Wie wenn keine Leichen die Luft parfümierten. Und ich roch den Weihnachtsduft von Kiefern.

Ich folgte dem Mädchen den Bach entlang, der immer breiter wurde. Das Wasser rauschte und brach sich an Steinen und Felsen, und ich stellte mir vor, daß es kalt wurde und sich ein paar Meilen weiter unten in einen Fluß verwandelte. Es ging auf den Steinen über den Bach und blieb am anderen Ufer stehen. Es sah sich um, und ich hielt mich verborgen. Daß ich das mit den Zwiebeln nicht gewußt hatte, bedeutete noch nicht, daß ich aus der Stadt war. Wahrscheinlich konnte ich besser jagen und mich unsichtbar machen als es. Wahrscheinlich. Wie auch immer – als ich glaubte, daß keine Gefahr mehr drohte, überquerte ich den Bach. Die Steine und Felsen waren höllisch schlüpfrig, und als ich ans andere Ufer kam und die Böschung hinaufgeklettert war, konnte ich es nirgends entdecken. Ich spähte umher und folgte dann einfach dem Bach; er blieb zu meiner Linken, und nach einer Weile wurde er zu einem Wasserfall. Dunst schwebte darüber, und die Bäume ringsum waren dick und nackt bis auf ein paar braune Blätter, die es geschafft hatten, den Winter über an den Zweigen hängenzubleiben. Mit jedem Schritt machte ich ein Geräusch im Laub. Der ganze Ort schien im Sonnenlicht zu glühen. Ich stand am Rand einer Lichtung und hatte einen guten Ausblick auf den Wasserfall und all das. Ich lehnte mich an einen dicken Baumstamm, der ganz von toten Ranken überzogen war.

Und dann sah ich es.

Es kam geradewegs aus dem Boden neben dem Wasserfall. Als ob es aus dem Grab auferstände oder so was.

Ich traute meinen Augen nicht. Aber das war noch lange nicht alles...

Von hinten traf mich ein harter Schlag.

Ich bildete mir ein, daß womöglich der Baum lebendig geworden war, auch wenn das verrückt klingt. Aber dann explodierte einfach alles, und ich schätze, all die Geschichten, die ich so gehört hatte, stimmten, denn ich sah Sterne oder vielleicht auch Blitze oder Funken.

Und als ich wieder aufwachte, sah ich Jimmadasin in voller Lebensgröße vor mir stehen.

Er trug die irrwitzigsten Kleider, und das war wahrscheinlich der Beweis dafür, daß er ein Geist war. Er hatte einen grauen Frack an, der ganz verschlissen war, und einen Gentlemans-Hut, der zum Rock paßte, aber es war kein Zylinder, sondern ein weicher, zerdrückter Hut. Seine enge blaue Hose hatte einen grünen Streifen und war an den Knien zerrissen, und dazu trug er ein Rüschenhemd mit Stehkragen, das wahrscheinlich mal weiß gewesen war, aber jetzt war es schmierig grau, und obwohl er den obersten Knopf zugemacht hatte, trug er keine Krawatte. Und Schuhe hatte er an.

Ich hätte nicht gedacht, daß Geister Schuhe brauchen, aber dann fiel mir ein, daß Jimmadasin mit mir gewandert war, als ich das Fieber und all die Visionen gehabt hatte, und da dachte ich mir, daß er wahrscheinlich Schuhe brauchte, genau wie ich. Und außerdem leuchtete es mir sofort ein, daß ich wahrscheinlich wieder eine Vision hatte, was auch erklären würde, weshalb ich gesehen hatte, wie das Mädchen aus dem Boden heraufgestiegen war. Das gehörte einfach zu der Vision. Ich blickte umher, um zu sehen, ob der Geisterhund zuschaute, aber er war nicht da, und dann warf ich einen raschen Blick auf mich selbst, um nachzusehen, ob ich die Uniform aus der letzten Vision anhatte, den grauen Rock mit den zwei Reihen Messingknöpfen und die Mütze mit dem Goldbesatz. Aber ich hatte sie nicht an, und einen Säbel hatte ich auch nicht, bloß die Sachen, mit denen ich von zu Hause weggegangen war.

Ich versuchte natürlich, mit Jimmadasin zu reden, weil mir einfiel, daß ich in den Visionen sprechen konnte, so wie Mammy Jack im Himmel herumfahren konnte, wenn das Schiff von Zion sie abholte; aber als ich etwas sagen wollte, kam bloß dasselbe alte »ha« heraus, als ob ich lachte oder keine Luft bekäme.

Jimmadasin stand einfach vor mir. Er machte ein schrecklich finsteres Gesicht und sah ganz runzlig und niederträchtig aus, als wäre er plötzlich ein König geworden oder Moses oder so was und als tobte der Zorn Gottes in ihm.

Und ich wußte, er würde *mir* kein Erbarmen schenken.

5. Kapitel

Walkin' Boy

O ja! O ja!
Ich hab dich verzaubert,
Ich hab dich verzaubert,
Ohne einen Grund auf der Welt,
Ohne einen Grund auf der Welt,
Gib mir deine Hand.

CONJURIN' SONG

*J*ch begriff, daß mit Jimmadasin etwas nicht stimmte, als er den Mund aufmachte. Ich erinnere mich, wie Jimmadasin redete, selbst als er ein Geist war, und *dieser* Jimmadasin redete nicht so. Dieser Geist redete wie Pappa, als ob er ein Prediger wäre und sein Englisch von den Weißen gelernt hätte. Aber dann dachte ich mir, das ist vielleicht bloß die komische Art und Weise, wie Gott arbeitet. Wenn Er Tiere sprechen lassen kann, dann kann Er ganz sicher auch Jimmadasins Geist reden lassen wie Jesus oder wie Jefferson Davis oder wie sonst jemand.

Aber dieser Jimmadasin sah auch anders aus.

Seine Lippen waren weiter zurückgezogen, und vorn in der Mitte fehlte ihm ein Schneidezahn, und er roch nach Parfüm und nicht nach Schweiß. Und seine Augen blickten gemeiner und standen enger zusammen. Ja, vielleicht war das überhaupt nicht Jimmadasins Geist. Ich dachte daran, wie Jimmadasin, als er noch lebte, mir gesagt hatte, ich solle herkommen, und auch daran, wie sein Geist mich hergeführt hatte wie einer von Mammy Jacks Seraphim des Herrn. Vielleicht war dieser Jimmadasin ein Dämon, der Gottes Willen durchkreuzen sollte. Oder vielleicht ... vielleicht war er auch bloß ein Nigger, der redete wie Pappa und aussah wie Jimmadasin.

117

Dieser Gedanke kam mir komisch vor, vielleicht weil ich solche Angst hatte, als ich diesen Geist mit Jimmadasins Gesicht vor mir sah, aber eher noch deshalb, weil ich nach diesem Schlag auf den Kopf noch nicht wieder ganz bei Sinnen war.

»Erheitern wir dich, Söhnchen?« fragte Jimmadasins Geist. »Ist es das, du kleines weißes Madenstück Scheiße?« Das sagte er ganz freundlich, als ob er mich zum Essen einladen wollte, aber bevor ich den Kopf schütteln konnte, schlug er mir hart ins Gesicht, und ich sah Blut vor den Augen, aber keine Funken oder Blitze – nur Rot; und natürlich wußte ich da auf der Stelle, daß dies nicht Jimmadasin sein konnte, denn der richtige Jimmadasin hätte mich niemals so geschlagen. Nicht, als er noch lebte, und nicht, als er ein Geist war. Ich fiel hintenüber und krümmte mich; ich dachte mir, dieser Niggerpredigergeist ist wohl wie Eurastus, bloß daß er besser reden kann.

»Komm schon, Söhnchen, du bist nicht verletzt! Das war nichts als ein liebevoller Klaps.« Und die andern, die da herumstanden, lachten darüber. Ich hätte noch von den andern erzählen sollen, die da um ihn rumstanden, denn ich bemühe mich, der Reihe nach zu erzählen, weil Onkel Randolph gesagt hat, das ist die beste Art zu schreiben; aber obwohl ich all die Nigger wahrscheinlich gesehen hatte, die bei diesem Geist waren, der aussah wie Jimmadasin, machten sie überhaupt keinen Eindruck auf mich, bis sie anfingen zu lachen und mich zu demütigen. Und das brachte mich dazu, mich wieder zu strecken und dem Geist ins Gesicht zu sehen. Ich wich vor ihm zurück, aber ich stand nicht auf, und als ich mich bewegte, gab mir einer der Nigger einen Tritt ins Kreuz. Vielleicht war es auch eins von den weißen Kids; ein Junge stand gleich neben dem Geist. Zwei alte Frauen waren da, vielleicht vierzig oder sechzig Jahre alt, die wahrscheinlich dem Geist gehörten, und jüngere Mädchen und halbwüchsige Jungen und ein paar ältere auch, und sie alle hatten irgendwelche Lumpen am Leib. Manche trugen Häute wie Indianer oder Zeug aus diesem walnußbraunen Stoff, den sogar Mutter »Niggertuch«

nannte, und Teile von Soldatenuniformen: Waffenröcke, Hosen und solche Sachen, und eine der Frauen hatte einen Nordstaaten-rock an, mit messingglänzenden Schulterklappen und einer blau-en Tresse über der Brust. Er war natürlich zerrissen und schmut-zig, aber trotzdem ziemlich beeindruckend. Sie gluckste mich an, wie Tante Hannah es getan hatte, wenn ich als kleines Kind in die Patsche geraten war, und sie hatte einen runzligen Hals und ein dünnes, irgendwie verdorrtes Gesicht, wie es die Ladys manch-mal haben, aber sie war keineswegs dürr; sie hätte zwei Jimmada-sins abgegeben.

»Lucy hat uns erzählt, wie du ihr nachgestellt hast, um ihre Jungfräulichkeit in Mißkredit zu bringen und ihr etwas anzu-tun«, sagte der Geist. »Aber man fragt sich schon, wie sie darauf kommt, daß du nicht sprechen kannst. Ich glaube natürlich, du *kannst* sprechen.«

Ich sah mich um und versuchte festzustellen, ob ich sie ir-gendwie überraschen und ausreißen könnte, und ich suchte auch nach Lucy – zumindest wußte ich jetzt, wie sie hieß. Sie hatte mich auf der Stelle verpfiffen, um den eigenen Arsch zu retten, aber damit hatte ich natürlich gerechnet. Sie war nirgends zu sehen. Und es war ausgeschlossen, an diesem Geist und seiner Gemeinde vorbeizukommen. Also dachte ich mir, am sichersten ist es wohl, einfach zu Boden zu starren.

»Und wenn du nicht sprichst, werden wir dich lebendig be-graben. Was sagst du dazu? Hm ..?« Der Geist wartete kurz und fuhr dann fort: »Einstweilen werden wir ganz sicher feststellen, was du im Schilde führst. Wir werden feststellen, ob du der Feind bist und woher du kommst und ob du mit dem Herrn oder mit dem Satan bist.«

Alle ringsum machten Geräusche, als er das sagte, als ob sie ihm zustimmen wollten. »Und wenn es stimmt, was Lucy sagt, und wenn der Walkin' Boy allem zustimmt, dann wird der Herr dich schwach und krank machen und dahinsiechen lassen, bis du stirbst für all das, und ich werde dich nie wieder schlagen müssen, damit du die Wahrheit sagst, denn es wird alles geschrieben stehen dort, wo du sitzt, auf dem Boden und in der Luft und dort –« Und er stieß mir seinen Finger hart gegen die Brust.

Alle, die um mich herumstanden, waren jetzt still; sie setzten sich auf den Boden, und alle beobachteten mich, aber keiner sah entspannt aus. Im Gegenteil, sie schienen alle Angst zu haben, und man hätte eine Stecknadel fallen hören können, als der Geist ein Kartenspiel und den Walkin' Boy verlangte; anscheinend hielten alle den Atem an, damit sie nicht in Schwierigkeiten kämen. Die Frau mit dem Nordstaatenrock mit der blauen Tresse ging weg und kam gleich zurück; sie hatte einen Stoß schmierige rote und weiße Spielkarten in der einen Hand und in der anderen eine große grüne Flasche, um die eine Schnur gebunden war. Und da wurde ich richtig nervös, denn ich sah, daß sich in der Flasche etwas bewegte. Es war die größte gottverdammte Spinne, die ich je gesehen hatte. Ich fragte mich, wie sie die durch den Flaschenhals gekriegt hatten. Jedenfalls – die Frau gab sie dem Geist, der die Flasche vor meiner Nase hinstellte, und ich sah, daß es eine Wanderspinne war, wie man sie manchmal im Sommer in Distelblüten findet. Nur hatte ich noch nie eine gesehen, die auch nur halb so groß war. Und obwohl es unvernünftig ist, habe ich eine schreckliche Angst vor Spinnen.

»Jetzt kann der Walkin' Boy uns alles über dich erzählen«, sagte der Geist, der hinter der Flasche niedergekniet war, als ob sie was Heiliges wäre, und dabei mischte er die Karten. Es war nicht schwer, drauf zu kommen, daß der Walkin' Boy in der Flasche saß. »Oder du folgst uns und dem Herrn auf der Stelle und sagst die Wahrheit. Bist du bereit, jetzt zu reden und alles leichtzumachen? Ich verspreche dir, daß dir kein Leid geschehen wird, wenn du Zeugnis ablegst vor Gott und Seinen Anhängern hier. Hast du Angst vor dieser Spinne? Das brauchst du nicht, wenn du wandelst auf den Wegen des Herrn... wenn du die Wahrheit sprichst.« Er starrte mich eindringlich an, als könne er mir die Worte aus der Kehle herausstarren, und wenn ich hätte sprechen können, dann hätte ich es getan, glauben Sie mir.

Aber weil ich es nicht konnte, starrte ich den Geist nur an. Wenn er ein Geist war, mußte er eigentlich wissen, daß ich nicht sprechen konnte. Natürlich wußte er es wahrscheinlich auch und wollte mich bloß quälen.

Jimmadasin hätte das nie getan.

Aber der hier war ja nicht Jimmadasin.

Ich dachte an Mammy Jack und wünschte sie mir herbei, denn sie hätte gewußt, was zu tun war, sie hätte den Herrn dazu gebracht, daß Er den Geist wegschickte oder so was, und sie hätte mich hier rausgeholt. Und sie hätte ihm den einen oder anderen Kniff beim Kartenmischen gezeigt. Ich hielt möglichst großen Abstand zu dieser Wanderspinne, die seitwärts an der Glaswand heraufkrabbelte. Sie füllte die Flasche fast aus, auf der in erhabenen Buchstaben »C.S.A.« stand; sie kletterte drinnen herauf und fiel dann wieder runter. Auf dem Boden der Flasche lag Kies oder so was, denn die Spinne wurde ganz sauer, wenn der Geist die Flasche schüttelte; vermutlich wollte er die Spinne so wütend machen, daß sie mich im richtigen Augenblick vergiftete. Ich überlegte, ob ich einfach wegrennen sollte, aber ich wußte, daß das nichts einbringen würde. Trotzdem, wenn er die Flasche aufmachte, könnte ich es ruhig versuchen; vielleicht würde ihnen die Spinne inzwischen im Gras abhanden kommen oder so was.

»Georgina, geh Lucy holen!« sagte der Geist zu der Frau mit der betreßten Jacke. »Sie sollte Zeugin sein.«

Die Frau schüttelte verneinend den Kopf, bevor sie antwortete. »Sie ist krank, und Amarci kümmert sich um sie.«

»Das ist mir gleich«, sagte der Geist. »Sie muß hier dabei sein. Sie verstellt sich höchstwahrscheinlich sowieso.«

Achselzuckend ging die Frau davon und kam allein zurück. Wieder schüttelte sie den Kopf, als ob sie immer zu allem nein sagte. »Da unten ist keiner; ich hab mich überall umgesehen. Ich hab ja gesagt, 'ne Schweineschlampe ändert sich nicht.«

»Amarci wird wieder auftauchen, und dann kannst du ihr den Arsch versohlen«, sagte der Geist. Dann schaute er in die

Runde. »Wer hat Cow gesehen? Ich könnte schwören, daß er hier war.«

Aber niemand hatte Cow gesehen.

»Dann sind sie also *alle* miteinander weggelaufen.« Der Geist sah mich wütend an. »Was hast du mit ihnen gemacht? Oder steckt ihr alle zusammen unter einer Decke? Nun, das werden wir jetzt herausfinden.« Er schaute sich im Kreis der Nigger um. »Seid ihr bereit, sie zu verfolgen?« Die Jungen nickten. Die Mädchen schauten zu Boden, als ob das alles ihre Schuld wäre und man sie zur Rechenschaft ziehen würde, sollten sie aufschauen. Dann klatschte er das Kartenspiel vor mich hin. »Abheben!«

Alle drängten sich näher um mich und den Geist. Es war kaum noch Platz, um sich zu bewegen, und mir war nicht wohl mit der Spinne so dicht an meinem Bein. Ich hatte schreckliche Angst, aber das würde ich mir nicht anmerken lassen.

Ich hob ab, wie er mir befohlen hatte.

Karo zehn.

Der Geist nahm die Karte, hielt sie über die Flasche und beobachtete die Spinne. Als sie sich bewegte, zog er an der Schnur und drehte die Flasche so, daß sie in die gleiche Richtung zeigte wie das Biest. Dann mußte ich wieder abheben: Kreuz Bube. Und er mischte, und ich hob ab, und jedesmal hielt er die Karte über die Flasche und beobachtete die Spinne und zog an der Schnur, um die Flasche zu drehen; und wenn die Spinne sich nicht genug bewegte, schüttelte der Geist die Flasche heftig, und man hörte, wie der Kies – oder was immer da mit der Spinne drin sein mochte – innen ans Glas schlug, und das ließ den Walkin' Boy aufwachen und sich hastig in Bewegung setzen.

Alle schauten nur zu, und es war, als wären wir alle in einem bestimmten Rhythmus, als wäre alles in diesem Rhythmus – Mutter und Pappa, wie sie starben, Private Eurastus, wie er in Babysprache redete und sein Ding in mich reinsteckte, Sergeant Dunean, wie er den Kopf des Soldaten ohne Gesicht aufbohrte, die Farm, wie sie brannte, der Geisterhund, wie er erschien und verschwand, ich, wie ich die Karten abhob, der Geist, wie er mischte und die Flasche drehte; und es war, als ob alle zusammen atmeten, und die Sonne kam hinter den Wolken hervor, und ich spürte ihre Wärme auf dem Gesicht, mischen, abheben, drehen, und der Kopf tat mir weh, und es pochte darin im selben Atemrhythmus des Mischens, Abhebens, Drehens, und dann plötzlich packte der Geist meine Hände und hielt sie so fest, daß ich dachte, er bricht mir die Finger, und er schloß die Augen, aber sein Gesicht war ganz dicht vor meinem, als ob er mich hinter geschlossenen Lidern anstarrte, und ich fühlte etwas, ich weiß nicht was, aber etwas ging durch mich hindurch wie manchmal, wenn ich Metall anfasse, wie Funken, und auch wenn dieser Jimmadasin aus Fleisch und Blut war – seinen Griff konnte ich jedenfalls spüren –, war ich danach doch sicher, daß er ein Geist war.

Wahrscheinlich ein Dämon.

Oder so was wie der Geisterhund.

Dann öffnete er die Augen, und ich wußte, ich war in Schwierigkeiten; was immer er da vor seinen Augen gesehen hatte, als er diese Spinne anstarrte oder mich, oder was immer er da sah... was er gesehen hatte, war schlecht. Also riskierte ich es und rannte los, aber ich kam nicht mal aus dem Kreis raus. Zwei Nigger hielten mich fest. Einer war größer als Jimmadasin, und der andere war sehr mager und hatte rote Haare, und er tat mir schlimmer weh als der große. Und während sie mich zu Boden drückten, rief der Geist: »Ihr habt gesehen, wohin der Walkin' Boy gegangen ist, und ihr seht hier, wohin die Flasche zeigt.« Alle stimmten zu und machten einen Heidenlärm; es klang wie in der Kirche, wenn sie nach allem, was der Prediger sagt, »Amen!« und »Halleluja!« schreien. »Der Walkin' Boy wird uns zu den entlaufenen Abtrünnigen führen. Seht ihr, wohin die Flasche zeigt? Dorthin sind sie gelaufen, dort halten sie sich versteckt! Dort werden wir sie finden, den Hurenmeister und seine Huren!« Alle schrien »Hosanna!«, und alle standen sie aufgeregt herum. Und dann befahl der Geist den Burschen, die mich festhielten, sie sollten mich schleunigst beiseite schaffen, damit sie alle losziehen und Lucy suchen könnten... und Amarci und Cow, wer immer sie sein mochten.

Ich rechnete damit, daß sie mich an Ort und Stelle ermorden würden, aber statt dessen schleiften sie mich fort.

Und warfen mich in ein Loch in der Erde.

Es war nicht dasselbe Loch, aus dem ich Lucy hatte aufstehen sehen wie eine Tote oder einen Seraph; dieses hier befand sich unterhalb des Wasserfalls, den ich noch dröhnen hören konnte wie fernen Donner. Gerade guckte ich noch auf die Erde und hinüber zum Bach, der in der Sonne funkelte und um die Steine schäumte und mächtiger klang, als er war, und dann ließ einer der Nigger mich los, um einen Haufen Blätter und Dreck und Zweige aufzuheben, der da auf irgendwas gelegen hatte, und ehe ich mich versah, schmissen die beiden mich hin, und ich grapschte nach den Kanten des Lochs, die natürlich aus Erde waren, und erwischte den Holm und die Sprossen einer Leiter, was meinen Fall bremste, bevor ich unten auf dem Grund landete, der wahrscheinlich nicht so tief lag, wie ich erwartet hatte, aber immer noch so tief, daß ich nicht mehr rauskommen konnte. Sie zogen die Leiter hoch, zogen sie mir weg, und dann wurde alles dunkel, als sie die Grube zuschütteten; ich konnte zwar oben noch einen Lichtschimmer sehen, aber das war alles. Es war dunkel, und ich roch feuchten Lehm, wie man ihn riecht, wenn jemand beerdigt wird, und ich weinte und dachte, o Gott, o Gott, ich bin lebendig begraben, und ich versuchte, Mutter und Pappa zu rufen und sogar Jimmadasin, damit sie mich retteten, aber ich hörte nur ein raschelndes Geräusch oben, wahrscheinlich vom Wind, und mein eigenes »ha!«, als wäre ich der Teufel selber, der mich auslachte. Und dann – ich weiß es nicht ... Kann sein, daß mir schwindlig wurde und ich für eine Weile wie tot umfiel wie nach dem Schlag auf den Kopf, aber das nächste, woran ich mich erinnere, ist, daß ich ein bißchen erkennen konnte, wenn auch das meiste im Dunkeln lag – bis auf ein Geisterlicht von oben, wie in der Abenddämmerung im Wald, nur daß das vielleicht zu schön ist, um es mit diesem Ort zu vergleichen. Ich war ohne Zweifel in einem Grab, aber wenn das ein Grab war, so war es jedenfalls gut eingerichtet. Es war ein Raum von ungefähr zehn Fuß im Quadrat. Ein Bett war nicht da, bloß eine Matratze, die anscheinend mit alten Kleidern und solchem Zeug ausgestopft war; sie war klamm und roch schlecht. Daneben stand nur ein abgesägter Holzklotz, der einem als Stuhl dienen konnte, und an einer Stelle hatte man ein Feuer brennen lassen. In einer Wand war ein Rauchabzugsloch, und ich fing an zu graben, weil ich dachte, das könnte ein Ausgang sein. Aber die Hände taten mir weh – sie waren voller Splitter, weil ich an der Leiter runtergerutscht war –, und ich war erschöpft, bevor ich auch nur so weit gekommen war, daß ich sehen konnte, ob es ein Ausgang war. Ich schätze, es kam, weil ich nichts gegessen hatte, aber mir war auch schlecht, als ob das Fieber zurückgekommen wäre; also wartete ich ab, wartete darauf, daß vielleicht Geister kämen und mir sagten, wie ich aus diesem Schlamassel rauskommen könnte, und hockte fröstelnd in der kalten, feuchten Dunkelheit. Ich hörte etwas rascheln und vermutete, daß es eine Ratte war; ich sprang auf. Dann hörte das Geräusch auf, und ich wußte, es mußte hier noch einen Ausgang geben. Ich tastete umher und schaute mich angestrengt um, so gut es ging, aber es war schwer, irgendwas zu erkennen. Eine Planke lag oben auf dem Loch, wo sie mich reingeworfen hatten, und nur an den Rändern dieser Planke, die wahrscheinlich selber mit Erde und Laub und irgendeinem Müll bedeckt war, drang ein bißchen Licht herein. Ich tastete trotzdem herum, und dann gab ich auf und setzte mich auf den Klotz, bis ich schläfrig wurde und beinahe runtergefallen wäre. Gleich danach hörte ich die Geister; jedenfalls nahm ich an, daß es Geister waren. Ich schätze, ich muß mich bei Mamma Jack bedanken, denn was als nächstes passierte, kam wohl von meiner Vision, und sie hatte mir ja von Visionen erzählt und mir gezeigt, wie man damit umgeht. Und bei Jimmadasin muß ich mich wohl auch bedanken – nicht bei dem Geist, der mich hier reingeworfen hatte, sondern bei dem *richtigen* Jimmadasin, der mir vom Massanutten Mountain erzählt und mir gezeigt hatte, wie man dort hinkam. Ich dachte viel nach über diesen Geist, der aussah wie Jimmadasin, und in meiner Vision bildete ich mir ein, daß er überhaupt kein Geist war.

Wenn er ein Geist gewesen wäre, hätte er keine Spinne in der Flasche gebraucht, die ihm dies und das sagte.

Er hätte alles selber gewußt.

Natürlich war ich keineswegs sicher, und ich nahm mir vor, einfach den richtigen Jimmadasin zu fragen, wenn ich erst meine Vision hätte. Ich spürte nämlich, daß sie mich überkam. Ich spürte es durch mein Frösteln und durch die Hitze auf meinem Gesicht, und die ganze Zeit dachte ich daran, daß ich etwas essen wollte; aber je länger es dauerte, desto leichter wurde es, nichts zu essen. Ich konnte mir vorstellen, daß man nach einer Weile gar nicht mehr hungrig ist und daß man aus dem Menschsein geradewegs in das Dasein als Geist rüberschlüpfen kann. Ich glaube nicht, daß dazu irgendwas nötig gewesen wäre, und ich überlegte es mir schon, aber dann – wie ich erzählen werde – lief es doch anders. Jedenfalls saß ich so auf meinem Klotz, und ich weiß noch genau, was ich dachte, als ich in meine Vision geriet und gerettet wurde. Ich dachte daran, daß ich Hunger hatte, und ich dachte an Mutter und Pappa, und mir wurde klar, wenn mir ihretwegen mies zumute war, wenn ich das Donnern in meinem Kopf hörte, als ob ich gleich weinen müßte, dann war dieses miese Gefühl in meinem Bauch, und es war irgendwie das gleiche wie Hunger. Deshalb dachte ich mir, Trauer wäre nur eine andere Art von Hunger, und ich stellte mir vor, daß ich in die Höhe schaute, hoch, hoch und immer höher, wie man es nur in Visionen kann, und dann sah ich den Dampfballon, wie er da oben hing, und ich sah die Taue und Stangen und riesigen Kugeln, wie sie lichterloh brannten, und der Ballon war so riesig, daß er den ganzen Himmel ausfüllte, der wahrscheinlich der himmlische Himmel war, und ich kletterte

126

wieder an der Strickleiter hinauf und trug meine Visionsuniform –
den Rock mit den Messingknöpfen, und der Säbel an meiner Seite
zog mich hinab –, und es wehte kein Wind; da war nur dieser
große Schatten über mir, und ich sah Frederick C. Small, wie er
sich über den geschnitzten Rand des Korbs beugte, und er war ich.
Er trug dieselbe Uniform wie ich und rief ganz leise zu mir herunter, als ob er der Wind wäre, der mich da rief und wisperte und vor-
beiwehte an den Stangen und Tauen und Kugeln... »Zwiebel?
Zwiebel? Dan'l Zwiebel, bist du tot oder was?«

Aber die Stimme rief nicht aus der Höhe.

Sie war hinter mir.

Lucy.

Sie war erschienen wie ein Geist, und dann war es, als ob ich
schwebte, geradewegs zum Himmel hinaufschwebte, die Leiter
hinaufschwebte zum Korb des Dampfballons; erst nach einigen
Augenblicken begriff ich wohl, daß jemand mich hochgezogen
hatte, und jetzt wurde ich durch die Erde gedrückt und geschoben,
durch einen Tunnel, der am Hügelhang oberhalb des Baches zu-
tage trat, und das war wahrscheinlich der richtige Eingang, bloß
hatte ich nicht daran gedacht, am Boden des Grabes oder was es
sonst sein mochte, nach einem zweiten Eingang zu suchen.

Und dann war es hell um mich herum wie bei einer Explosion.

Bestimmt war ich jetzt im Himmel...

Ich weiß nicht mehr viel davon, wie wir entkamen.

Ich verlor immer wieder das Bewußtsein, sah flackerndes
Licht vor der Dunkelheit, wie Glühwürmchen in einer heißen
Augustnacht, und ich stellte mir vor, jedes Flackern wäre eine Sekunde eine Minute eine Stunde ein Tag, und all die Tage jagten
voran, würden zu Wochen und Monaten und Jahren, bis so viele
vergangen wären, ehe ich aufwachte, daß ich keine Hoffnung mehr
auf eine Rückkehr hätte.

Aber dann kam all dieses Flackern auf einmal, bis ich nichts
anderes mehr sah als Licht.

Ich erinnere mich, daß ich aus dem kalten, dunklen, wispernden Wald hinausschaute und Berge und Hügel und Wiesen und Felder sah, pockennarbig von Schnee und überbräunt und bestreut mit Steinen und eingestürzten Steinmauern wie auf dem Feld bei Kernstown. Die Sonne schien so hart, daß es mir in den Augen weh tat, auch nur hinauszuschauen, was wahrscheinlich auch der Grund dafür ist, daß man nicht in den Himmel schauen kann, solange man nicht tot ist, weil es dort zu hell ist und es einem die Augen aus dem Kopf brennen würde. Genau so kam es mir vor.

Dann verblaßte das Licht.

Wahrscheinlich waren wir tiefer in den Wald eingedrungen. Ich erinnere mich an Baumstämme und an Wurzeln, die aussahen wie riesige schlafende Schlangen. Ich erinnere mich an Pilze und an den Geruch von Moder, vermischt mit den trockenen Gerüchen von Laub und Winter, und ich erinnere mich, wie ich mich nach dem Himmel sehnte, nach jener himmlischen Helligkeit, die meine Augen schmelzen und mich Mutter und Pappa und das Haus und Mamma Jack und ihre Spielkarten sehen lassen würde. Alles würde brennen, aber dort im himmlischen Feuer würde nichts zerstört werden, und wir alle würden selbst zu Feuer und Licht werden, und nichts auf der ganzen weiten Welt oder in der Hölle oder sonstwo könnte uns noch was anhaben.

Wahrscheinlich war ich wieder krank vor Fieber.

Ich suchte nach dem Geisterhund. Ich suchte nach Jimmadasin, aber ich weiß nicht, was ich getan hätte, wenn ich ihn gesehen hätte, denn ich fürchtete, es könnte der Master Jimmadasin sein, dem ich mit Vergnügen nie wieder begegnen wollte. Cow und Lucy schleiften mich mit sich und halfen mir, wie Jimmadasin es getan hatte, als er mich hierher zum Massanutten Mountain gebracht hatte, und wenn ich weiter alles der Reihe nach erzählen will, dann sollte ich jetzt mit Cow weitermachen, der, wie ich rausfand, Amarcis Freund war. Sie hatte ich nicht gesehen, sondern nur von ihr gehört. Irgendwie kam es mir so vor, als hätte ich mir Cow zusammengesetzt wie ein Puzzle, wie man Baumstämme sieht und ein Blatt hier und da und dann Stück für Stück alles zu einem Bild zusammensetzt. So war es auch mit Cow. Ich erinnere mich an sein Gesicht, riesig und dicht vor mir, wie ich Master Jimmadasin gesehen hatte, bloß daß Cow gute und gerade Gesichtszüge hatte: eine schmale, lange Nase und Augen, die kaum jemals mit der Wimper zu zucken schienen; sein krauses Haar war so kurz, daß es wie rasiert aussah, und er hatte eine hohe Stirn, so daß ich annahm, er kriegte eine Glatze, obwohl er noch nicht alt war. Er trug ein hausgewebtes Hemd und eine Weste, die mal von schreienden Farben gewesen, jetzt aber zur Farbe von Herbstlaub verblaßt war. Und er kratzte sich dauernd, so daß ich annahm, er müßte Filzläuse oder Kopfläuse haben wie die Soldaten alle, und dann fragte ich mich, wieso es mich eigentlich nicht juckte. Aber das würde wahrscheinlich bald kommen. Wie auch immer – Cow hatte eine braune Hose, die von einem konföderierten Soldaten stammen konnte, aber ich konnte es nicht erkennen – sie hatte keine Streifen oder so was –, und Schuhe hatte er keine. Ich weiß noch, daß ich auf meine Füße hinunterschaute, um nachzusehen, ob ich Schuhe anhatte, und richtig, ich hatte immer noch die Segeltuchschuhe, die ich dem armen Yankee-Soldaten abgenommen hatte, der gestorben war, während er mit seiner Muskete zielte. Es überraschte mich, daß Cow mir die Schuhe nicht weggenommen hatte.

Ich erinnere mich, daß wir haltmachten und ich an einen Baum gelehnt dasaß, während Cow und Lucy sich über Master Jimmadasin unterhielten, wie Onkel Isaac sich über Pappa zu unterhalten pflegte; ich konnte kaum erkennen, ob sie diesen Geist liebten oder ob sie ihn haßten, aber es machte ihnen auf alle Fälle Spaß, über ihn zu lachen. Ich fror und zitterte, aber Lucy wollte nicht erlauben, daß wir ein Feuer anzündeten – noch nicht, sagte sie, und dann gingen wir wieder weiter, und Cow zog und schob mich, und ich glaube, ich träumte im Gehen, und vielleicht hatte ich auch wieder eine Vision, aber das glaube ich nicht... Und in meinem Traum konnte ich wieder sprechen, und ich sagte zu Cow, er sollte mich in Ruhe lassen, und fragte ihn, wieso er Cow hieße, und er erzählte es mir, aber plötzlich konnte ich ihn nicht mehr hören. Ich sah nur, wie sich seine Lippen bewegten, und so weiß ich bis heute nicht, warum er so hieß.

Aber er konnte sprechen, und ich erinnerte mich an Gesprächsfetzen während unserer Flucht, ungefähr wie man sich an Träume erinnert; seine Stimme klang leise und kratzig, bis er sich aufregte, dann wurde sie höher, aber anders als Jimmadasins Stimme.

»Das mach ich bloß für dich.«

»Laß mich in Frieden!« sagt Lucy. Es ist Nacht, und um ein Feuer anzuzünden, sind wir nicht weit genug weg vom Master Jimmadasin, wo immer er sein mag. Es ist kalt und dunkel, und obwohl wir kein Feuer haben, riecht es nach Rauch. Ich höre den Wind, der durch die Bäume weht, und ich höre, wie Cow und Lucy herumlaufen und wie das Laub dabei raschelt, und mich fröstelt in der feuchten Kälte.

»Du bist nich besser als ich.«

»Ich bin kein Nigger«, sagt Lucy.

»Klar bist du 'n Nigger.«

»Nimm die Finger weg – ich sag's Amarci, verdammt! Glaubst du, danach heiratet sie dich noch?«

»Das machen wir sowieso nich.«

»Glaubt sie aber.«

»Machen wir aber nich!« Cows Stimme klingt laut durch die Dunkelheit. Bestimmt konnte ihn alle Welt hören. *»Sie is im Camp und wartet auf 'n Master, da kannste drauf wetten. Sind wir alle beide schuld, weil keiner von uns sie aus 'm Wald geholt hat.«*

»Weil sie nicht gewartet hat, wo sie sollte.« Lucys Stimme klingt leise, als ob sie mit sich selber spräche. *»Sie wollte nicht zu 'n Soldaten. Sie wollte bloß immer bei dir sein; deshalb haste wahrscheinlich recht, und sie wartet auf dich beim Master.«*

»Da geh ich aber nich wieder hin, nich mal für Amarci. Ich bleib bei dir.«

»Na, ich geh zu den Soldaten, wo das Geld ist, und dann kauf ich

mir Klamotten und ess' mal richtig, und dann geh ich vielleicht nach Richmond oder so und führ 'n heißes Leben.«

»'n niggerweißes Leben.« Cow lacht, und ich muß an Wasser denken, das in ein Becken läuft; aber wenn er nicht lacht, liegt Niedertracht in seiner Stimme, eine bedächtige, berechnende Niedertracht – als ob er nicht schnell sprechen könnte, weil er wütend ist und alles im Zaum halten muß.

»Na, du bist 'n Nigger und kannst nicht mitkommen.«

»Ich geh, wohin ich will.«

»Für die Union wärst du nichts als Konterbande. Die würden dich in den Norden schicken und dich zu Tode arbeiten lassen. Schlimmer als in Alabama.«

»Und was ist mit dir?«

»Ich werd meinen Arsch hier verkaufen«, sagt Lucy, und beide lachen, als hätten sie noch nie was so Komisches gehört.

»Hier gib's noch andere Nigger. Ich werd mein eigener Master sein, genau wie der Master, und dann hol ich Amarci von ihm zurück. Und bis dahin...«

»Sei still! Siehst du nicht, daß Dan'l da sitzt?«

»Wieso weißt du eigentlich, wie er heißt, wenn er so blöd ist, daß er nicht reden kann?«

»Weil ich ihm seinen Namen gegeben hab.«

»Als ob du seine Mamma wärst. Seine Missy.« Sie kichern, als ob sie betrunken wären oder so was, und dann fragt Cow: »Wieso sind wir ihn eigentlich holen gegangen?«

Ich merke, daß ich mich anspanne, als ob ich mich kampfbereit machen wollte, und ich halte dem Atem an, damit ich nichts von dem verpasse, was sie da reden; jedes Rascheln und jeder Windhauch klingt so laut wie ein Krachen und will die Antwort auf die allerwichtigste Frage übertönen.

»Weil der Master ihn umgebracht hätte.«

»Nee, das würde er nicht machen. Und wenn schon. Findest du ihn so was Besonderes, bloß weil er weiß ist? Willy ist weiß und Darryl auch, und die nennst du Pack.«

»*Der Master hätte ihn totgemacht.*« Lucy sagt das einfach so, ganz leise, als wollte sie es nur sagen, um zu sehen, ob sie es glaubt.

»*Hat noch keinen totgemacht, solange ich bei ihm bin. Dich würd er auch nicht totmachen, weil du mit ihm gefickt hast, stimmt's?*«

»*Gleich fick ich dich und das Pferd, auf dem du angeritten gekommen bist*«, sagt Lucy; die beiden fangen wieder an zu lachen, und ich könnte nicht sagen, ob die Niedertracht in Cows Stimme nicht bloß gespielt ist wie bei Jimmadasin, wenn er mit hoher Fistelstimme spricht, damit alle denken, er wär bloß ein dummer Nigger.

»*Hab ja noch nie 'n Pferd gehabt*«, sagt Cow, und als wäre das wirklich komisch, fangen sie wieder an zu lachen wie die Verrückten. Als sie fertig sind, sagt Cow: »*Master ist nich so übel. Kümmert sich um jeden. Sogar um 'n weißen Nigger wie dich. Außerdem ist er 'n Zaubermann, der allen hilft. Dir auch.*«

»*Niggerquatsch.*«

»*Ist es nicht, und das weißt du auch*«, sagt Cow. »*Ich hab ja gesehen, wie er mit dir gezaubert hat. Hab ich mit eigenen Augen gesehen, als du das letzte Mal zurückgekommen bist und krank warst mit diesen komischen Beulen – weißt du noch? Da warst du 'ne kranke Mieze, voll mit 'm Tripper und allem andern.*«

»*Du hast keinen blassen Schimmer von irgend was*«, sagt Lucy. »*War nämlich kein Tripper.*«

»*War was Schlimmeres. Waren Beulen, weil du verzaubert worden warst von schlechten Männern, von den Soldaten da, wo du hin zurückgegangen bist, um sie zu ficken, und der Master hat die Krankheit aus dir rausgezaubert. Ich hab doch gesehen, was rausgekommen ist aus diesen Beulen.*«

»*Nirgendwo ist irgendwas rausgekommen, außer aus deinem Kopf.*«

»*Lebendiges Zeugs ist da rausgekommen und rumgekrochen. Hab ich doch gesehen*«, sagt Cow. »*Und du hattest Fieber und wärst fast gestorben. Wenn der Master nich gewesen wär, dann wärst du jetzt tot.*«

»*Ich geb zu, daß er für mich gesorgt hat. Er sorgt für jeden. Aber du bist nicht frei, denn dein schwarzer Arsch gehört ihm. Ist bloß 'ne Frage der Zeit, wann du zu ihm zurückkriechst. Oder?... Oder?*«

»*Du bist nich anders.*«

»*Kann sein*«, sagt Lucy.

Ich kann sie kaum hören, aber dann höre ich, wie sie Cow schlägt. »*Ich hab gesagt, du sollst mich nicht anfassen. Hast du keine Angst, daß das lebendige Zeugs noch in mir drinstecken könnte?*«

Sie lacht, aber sie lacht leise, als ob sie vielleicht doch glaubt, daß da irgendwelche Dinger in ihr rumgekrochen sind.

»*Der Master hat dich kuriert.*«

»*Vielleicht hat er mich ja verzaubert.*«

Nach einer Weile sagt Cow: »*Vielleicht. Und mich. Und den Jungen. Jeden.*«

Alles ist still bis auf den Wind, der wispert und manchmal heult, und jetzt ist es so dunkel, daß ich mich wie ein Blinder fühle. Lange Minuten vergehen, und plötzlich sehne ich mich danach, eine Uhr ticken zu hören, als würde das alles wieder ins richtige Lot bringen. Ich höre Atmen und dunkle Laute, als ob der Wald auch atmete. Kein Mond, keine Sterne, nur schwarzer Himmel, wahrscheinlich Wolken, Gewitterwolken, und es riecht, als ob es gleich regnen wollte. Die Luft hat einen scharfen, unversöhnlichen Geruch.

»*Geh nich*«, sagt Cow.

»*Ich dachte, du kommst mit.*«

»*Du weißt, was ich mein.*«

Dann kommt das, was ich fürchte, die uhrlosen Minuten oder Stunden, und ich will den Wind nicht hören und will nicht hören, wie sie sich schubsen und auf dem Laub herumwälzen, und ich will nicht hören, ich will nicht hören, und dann atmen sie so, als ob sie außer Atem wären, und ich merke, daß sie versuchen, leise zu sein, um mich nicht zu wecken, und das macht es irgendwie noch schlimmer, und jetzt flüstert sie ihm was zu, und es hört sich an, als ob sie immer wieder »*Hey jah hey jah*« zueinander sagten, wieder und wieder; und ich versuche das alles auszusperren, indem ich angestrengt in die Dunkelheit spähe, indem ich versuche, den Geisterhund heraufzubeschwören, und versuche, in meine Vision zurückzufallen oder zu springen, damit ich die Strickleiter hinauf in den Dampfballon klettern und wegfliegen kann nach Washington; und ich sehe Gestalten, die sich auf mich zu bewegen und dann verschwinden, und ich habe das Gefühl, ich falle seitwärts in den Massanutten Mountain, aber ich liege immer noch hier und lausche und fühle mich noch mehr allein, als wenn ich *wirklich* allein wäre, als läge ich auf dem Feld mit den anderen Soldaten, mit Jimmadasin, und wäre tot und könnte trotzdem alles hören; hört doch auf, hört auf, und ich sehe den Mann, der draußen vor dem Großen Haus auf Mutter liegt, aber jetzt denke ich nur ans Abhauen, ich will abhauen von hier, aber ich habe weder etwas zu essen noch Eurastus' Colt, noch seinen Brotbeutel, noch ein Messer, noch Geld – der Master Jimmadasin hat jetzt alles Wertvolle, und es wäre zu gefährlich, noch mal zu der Höhle zurückzukehren, und ich würde sie sowieso nicht wiederfinden –, und dann höre ich mich selbst in meiner Demütigung, wie ich mit Lucy und Cow zusammen Geräusche mache, mein »Ha«-Geräusch, und – o Jesus – sie können mich hören, und sie hören auf, und sie ruft mich, als ob sie Angst hätte oder so was, aber jetzt bin ich fort, ich atme kaum, bin unsichtbar wie ein Geist, der aus einem Leichnam schlüpft; ich zähle schnell und gleite dabei durch die Gestalten in der Dunkelheit, durch die Sekunden und Minuten, die mir vorkommen wir flackernde Schatten, weg von Lucy und Cow, weg von dem Geisterhund und Mutter und Pappa und Eurastus und Mammy Jack und Sergeant Dunean, der von jedermanns Blut bedeckt ist, weg von Jimmadasin, der tot da unten auf dem Feld von Kernstown liegt, weg von Master Jimmadasin mit seinem Walkin' Boy, ich gleite durch Geister und Spinnen und alles andere, bis ich schließlich wohl geradewegs in den Alpträumen versank, die mit dem Schlaf kommen.

Ich träumte von dem Walkin' Boy, bloß daß es keine Spinne mehr war; es war Jimmadasin, der richtige Jimmadasin, und er lachte und sah aus wie er selbst und ging seitwärts immer um mich herum, als ob wir beide in einer Flasche steckten, und er erzählte mir, daß dieser Prediger und Zauberer nicht er war und auch kein Geist, aber er wüßte nicht, wer er war – sein Bruder vielleicht oder sein Vetter oder so was oder wahrscheinlich überhaupt kein Verwandter; wichtig aber wäre, sagte Jimmadasin, daß er den Prediger und seine Schergen – so nannte er sie – in die falsche Richtung geschickt hätte, so daß sie mich und Lucy und Cow niemals finden würden.

»Du mußt Baby Jesus besuchen gehen, denn du bist jetzt ganz nah, Master Mundy.« Als ich ihm im Traum nicht antwortete, fragte er: »Was ist los, kannst du nicht sprechen?«

Ich schüttelte den Kopf, und er lachte, weil er wußte, daß ich doch sprechen konnte, aber obwohl ich es wollte, konnte ich es nicht. Ich versuchte es, und er lachte bloß und tanzte um mich rum und wackelte mit Armen und Beinen, als ob er wirklich eine Spinne wäre, und dann sagte er, wenn ich nicht bald anfinge zu sprechen, würde er sich wieder in eine Spinne verwandeln und mich beißen und vergiften, bis ich tot wäre, und ich wollte ihn nach Baby Jesus fragen, aber selbst wenn ich hätte sprechen können, wäre das schwierig gewesen, weil er so schnell herumkrabbelte.

Aber er wußte, was ich sagen wollte, auch ohne daß ich es sagte. »Baby Jesus in der Höhle, ist schwarz wie die Nacht und in der Höhle, genau wie im Lied.«

Ich kannte das Lied nicht, und da sang er es mit seiner höchsten Massa-nicht-totschießen-Stimme.

Auge auf in der Höhle,
Auge auf in der Höhle,
Halt dein Auge auf in der Höhle,
Wirst du Jesus finden,

Der gibt Schutz in der Nacht,
Beschützt den kleinen weißen Mundy da in der Nacht.
Jetzt iß dein Fleisch, nag ab den Knochen,
Denn all die Spinnen kommen nach Hause gekrochen.

Und dann sah ich, daß sich alles um mich herum bewegte, wie wenn der Wind durch die Blätter weht, bloß daß es lauter Spinnen waren, und ich sprang hoch und wollte schreien, aber ich sagte nur »ha« und erwartete, daß Jimmadasin mich rettete, aber er verschwand, und ich hörte nur noch seine Stimme, bloß daß es nicht mehr seine Stimme war.

Es war Cows Stimme.

Und Lucys.

Und jetzt war ich wach, und ich hörte die beiden im Dunkeln streiten.

»Du bist nichts als 'n gottverdammter Lügner«, sagte Lucy. »Na, jetzt hast du deinen Pinsel ja in mich reingesteckt, jetzt bist du wohl ein glücklicher Nigger, was?«

Nach einer ganzen Weile sagte Cow: »Bin ich nich.«

»Was bist du nicht?«

»Weiß nicht. Verzeih mir, Lucy!«

»Wieso hast du's gemacht?«

»Weiß nich. Hab einfach nicht klar gedacht, oder es war was, was ich vergessen hab.«

»Vergessen?« fragte Lucy. »Was hast du denn vergessen?«

»Was ich dir erzählt hab. Vom Baby Jesus.«

»Scheiße! Und von dir und dem Pferd, auf dem du angekommen bist«, sagte Lucy.

Ich verstand nicht, was sie meinte, aber sie redete oft von Pferden, die ankamen. Ich fror in der Kälte. Mammy Jack würde so was Geisterwetter nennen, schätze ich, denn alles war still und ruhig wie auf einem Bild, mit Ausnahme von einem bißchen Geraschel und verstohlenen Blattgeräuschen, aber dann kam plötzlich der Wind auf und wehte alles durch die Gegend, und es erschien mir wie der kälteste Wind, den ich je gespürt hatte; und dann hörte er auf, wieder ganz plötzlich, als ob man sich alles bloß eingebildet hätte. Und es wurde so still, daß man Angst hatte zu atmen.

»Ich 'schuldige mich, weil ich Unrecht getan hab, aber wo Amarci doch nich da war, dachte ich nich... Scheiße, ich dachte nich, daß es ihr was schadet oder so. Da hab ich nich gelogen, wenn ich sag, daß sie wahrscheinlich jetzt beim Master ist. Ich glaub, daß sie zurückgegangen ist, das schwör ich bei allem, aber dann fällt mir die Höhle mit dem Baby Jesus ein. Die, wo du immer hingehst.«

»Du bist verrückt.«

»Ich bin dir hin gefolgt, und es war nich weit, und ich weiß, wer da außerdem wohnt. Und du hast mir von 'ner geheimen Höhle erzählt, wo Baby Jesus wohnt.«

»Hab ich nicht.«

»Hast du doch, und ich hab zugeguckt, wenn du da mit andern Kindern gefickt hast.«

»Ich fick nicht mit Kindern.«

»Und weißt du noch, wie du geschrien hast, weil sie hinter dir her waren? Ich hab den Fotzenlecker umgebracht, und du hast es gar nich gemerkt. Hab dir deinen Arsch gerettet, und dafür mußt du mir jetzt helfen, Amarci zu finden.«

Eine Zeitlang hörte ich nur die Nachtgeräusche, raschelnde Blätter und vielleicht ein Tier, das da durchs Gebüsch huschte, wahrscheinlich ein Reh.

Dann sagte Lucy: »Also du warst das! Ich hab mich nicht umgeschaut.«

»Sind das deine Verwandten, oder gehörst du zum Master?« fragte Cow.

»Also hast du Amarci da hingebracht.« Lucy tat, als habe sie nicht gehört, was Cow gefragt hatte.

»Aber sie hatte 'ne Todesangst, da reinzugehen«, sagte Cow.

»Wieso?«

»Weil sie sagte, Baby Jesus müßte in der Höhle sein, und ich müßte Es retten.«

»Und …?«

»Sie wollte da nicht rein, und sie wollte mich auch nich reingehen lassen.«

»Und was glaubst du, wo sie dann jetzt ist?« wollte Lucy wissen.

»Sie weiß, daß du da warst und daß du diejenige bist, die Baby Jesus retten kann. Sie glaubt, deswegen sind wir dem Master weggelaufen und haben den weißen Jungen gerettet. Alles bloß, um Baby Jesus zu retten, Amen. Sie glaubt wahrscheinlich, wir sind jetzt da. Irgendwo da.«

»Aber sie *sollte* sich im Wald bei den Felsen mit uns treffen«, sagte Lucy.

»Weiß ich, aber hat sie nich. Vielleicht hab ich ja alles durcheinandergebracht, und –«

»Und hast deine Zeit mit mir verplempert, während Amarci unterwegs zu den Höhlen war.«

»Nich verplempert. Wir gehen ja in die richtige Richtung. Ich dachte mir, da gehen wir sowieso hin.«

»Lügner!«

»Ist doch die richtige Richtung.«

Da fing Lucy an zu lachen, und Cow lachte auch, aber er schien sich seiner selbst nicht ganz sicher zu sein; und dann hörte ich ein bißchen Bewegung, und ich dachte mir, sie machen es noch mal, aber dann sagte Cow: »Können wir nicht losgehen und Baby Jesus und Amarci retten?«

»Gibt kein Baby Jesus, und Amarci wird diese Höhle niemals finden.«

»Die findet alles.«

»Du bist verrückt, weißt du das?«

»Yah, wahrscheinlich.«

»Da fickst du mit mir, statt Baby Jesus zu retten.«

»War doch auf 'm Weg.«

Dann fingen sie wieder an zu lachen, und als der Morgen dämmerte, verließen wir das Lager im Wald.

Es schneite, aber es ging überhaupt kein Wind, und all die Schneeflocken waren so groß wie der Walkin' Boy und so weiß wie der Himmel.

6. Kapitel

Die Höhle von Baby Jesus

Ich will meinen Jesus hören,
Wenn die Welt in Flammen steht,
Willst du nicht auch meinen Jesus hören,
Wenn hier alles im Feuer vergeht?

SKLAVENGEBET AUS VIRGINIA

*W*ie ich schon sagte, es war Geisterwetter, denn als wir im Morgengrauen aufstanden und uns fertigmachten, um zu den Höhlen
zu gehen und Amarci und das Baby Jesus zu retten oder was auch
immer, da konnten wir nichts sehen als Nebel und Dunst, und als
das verdampft war, schien es bloß ein bißchen höher gestiegen zu
sein, denn der Himmel sah grau und schwer aus und hing dicht
über uns. Ich war naß und durchgefroren und hungrig, aber an all
das war ich mittlerweile gewöhnt; ich konnte kaum noch einen
Unterschied zwischen bloßer Müdigkeit und dem Fieber erkennen. Ich fand heraus, daß Mammy Jack recht gehabt hatte, als sie
sagte, man könnte auch Visionen haben, wenn man wach ist; ich
hatte nämlich so viele, fand ich, daß man kaum noch unterscheiden konnte, was Visionen waren und was nicht.

Zum Frühstück gab es ein bißchen Speck, aber wir mußten
ihn roh essen, während wir gingen, denn Lucy meinte, wenn Amarci blöd genug wäre, die Höhlen zu suchen, dann wäre sie inzwischen wahrscheinlich sowieso tot oder halb erfroren, und wenn
wir sie retten wollten, hätten wir keine Zeit, herumzutrödeln wie
Hausdiener. Es war schon schlimm genug, daß wir nachts nicht
marschieren konnten, aber ohne jede Spur von Mondschein war
es finsterer, als wenn man um Mitternacht mit geschlossenen Augen auf der Latrine hockte. Aber jetzt marschierten wir, und Lucy
meckerte und beschimpfte den armen Cow wie eine Feldsklavin,

während dieser neben oder hinter ihr hertrottete wie ein begossener Pudel. Ich schätze, er fand wohl, daß sie recht hatte, aber wenn sie so weitermachte und er erst richtig wütend würde, könnte er sie umbringen, wie man eine Mücke platt schlägt. Er war groß und stark, und wenn er sich hierhin oder dahin drehte, sah ich die Muskeln in seinem Nacken, und deshalb dachte ich mir, er müßte auch überall anderswo Muskeln haben. Cow hatte was an sich, was mir gefiel, aber auch etwas, das mir angst machte. Er wirkte so still und gehorsam wie fast alle Sklaven, und doch war da eine Art Wut, die immer wieder in seinen Augen aufblitzte, und er schien sich gar nicht erst zu bemühen, sie zu verbergen; vielleicht konnte ich so was aber auch jetzt erst sehen, weil ich verändert und selber fast ein Geist war.

Ich übte das Unsichtbarsein, während wir unterwegs waren, um Baby Jesus zu suchen. Das Unsichtbarsein hatte mich ebenso oft im Stich gelassen, wie es funktioniert hatte, aber ich gab nicht auf. Ich übte es, während wir um den Berg herum abwärts wanderten, und manchmal fühlte ich mich so kalt und geisterhaft wie die Luft, als ob wir durch die Wolken liefen, aber wenn der Nebel sich legte oder verwehte, dann konnte ich geradewegs ins Tal runtergucken wie Gott, und ich sah Berge und Hügel und Wälder und steinige Felder und schneefleckige Wiesen, und ich sah eine Stadt, die regelrecht aus dem Nebel aufzutauchen schien. Und ich hörte Donner oder Gefechtslärm – wahrscheinlich Gefechtslärm, dessen Echo ganz leise zwischen den Bergen hallte, aber das lag wahrscheinlich daran, daß wir zu der Zeit auf der falschen Seite waren, um es richtig gut zu hören. Wir wanderten also wie Geister durch das Geisterwetter, wanderten ganz herum um diesen Massanutten Mountain, und dann gingen wir durch den Wald an einer langgezogenen Schlucht entlang – ich weiß nicht, welche es war, vielleicht die Short Mountain Gap –, und dann kamen wir aus dem Berg raus wie die Hebräer oder so was. Ich sah mich auch immer wieder nach dem Geisterhund um, aber da war nichts als Wald und Hügel und Felder. Kein Geisterhund. Ich konnte allerdings nicht sagen, ob wir das Geisterwetter hinter uns gelassen hatten. Es war einfach grau und bewölkt, aber es regnete oder schneite nicht, und zwischen den Bäumen hing auch kein Nebel mehr. Wir hielten uns bloß nach Möglichkeit außer Sicht und blieben auch den Farmen fern.

Alles hier sah trostlos aus, was nach dem langen, harten Winter aber verständlich war. Ich glaube nicht, daß der Krieg sich in den meisten Gegenden besonders darauf auswirkte, wie die Dinge aussahen – bloß da, wo gekämpft wurde oder wo Armeen gestanden hatten; und zumindest hier, wo wir hergingen, waren keine gewesen. Ich konnte die Gefechte jetzt deutlich hören, das Knallen der Musketen und die Explosionen der Artillerie; aber es war alles ziemlich weit weg, und meistens war es nur ein Echo. Es war beinahe tröstlich zu hören, solange es so weit weg war. Aber wir näherten uns den Kämpfen, denn wir kehrten zurück zu der Landstraße, die ganz bis runter nach Staunton führt, wo sie auf die Bahnstrecke der Virginia Central Railroad führt. Ich war da mal mit Pappa auf einer Auferweckungsversammlung, und da standen so viele Zelte auf einem Eckfeld, wo sie alle feierten, daß es eine ganze Armee hätte sein können. Pappa war nur da, um diese besonderen Bibeln zu verkaufen, an die er gekommen war. Er meinte, es würde nichts schaden, wenn ich mitkäme, auch wenn all die Leute bei dieser Versammlung einer anderen Konfession angehörten. Und all die besonderen Bibeln verkaufte er auch, obwohl ich nie begriffen habe, was daran so besonders war, außer daß sie nach Rauch rochen, als ob sie im Feuer gelegen hätten oder so was. Vielleicht schaffte Pappa andere Konfessionen beiseite, indem er ihnen verfluchte Bibeln verkaufte. Ich habe Mammy Jack danach gefragt, aber da wurde sie wütend und drohte Pappa zu erzählen, was ich da gesagt hatte. Immerhin war sie den Rest der Woche über fleißig damit beschäftigt, den Geist – oder wie immer sie es nannte – auszutreiben.

Als wir so über die gefrorene Erde gingen, durch Schneeflecken und Gras, das vom Eis ganz starr war, fing es an zu hageln;

es waren keine großen Brocken, die einem ein Loch in den Kopf schlagen konnten, sondern kleine Teile, die ein bißchen hüpften, wenn sie auf einer ebenen Fläche landeten, und bald flogen sie überall rum wie Zuckersplitter. Wir hatten also wohl immer noch Geisterwetter; aber dann hörte der Hagel plötzlich auf, und die Wolken verschwanden, und ehe eine Stunde vergangen war, wurde es sonnig und warm. Mich fröstelte zwar immer noch, aber ich vergaß die Kälte und bildete mir ein, dies wäre ein kleines Stück Frühling, das vom Geisterwetter aufgerührt worden war. Ich genoß es, und es tat gut, die Berge blau und schimmernd in der Ferne und hinter uns und ringsherum zu sehen, als ob sie Wolken wären oder Träume oder so was.

Aber ich hatte auch wieder Hunger, und es dauerte Stunden – oder es kam mir doch vor wie Stunden –, ehe Cow anfing zu meckern und Lucy zu fragen, ob er nicht was zu essen kriegen könnte, aber sie hatten sich wohl nicht besonders gut vorbereitet, denn sie sagte, wir hätten nur den Speck gehabt und den hätten wir zum Frühstück vertilgt und es wäre sowieso nicht mehr so weit bis zu den Höhlen. Cow wollte sich damit nicht zufriedengeben, und dann fingen sie an zu streiten, wer denn wohl für den Proviant zuständig gewesen wäre. Nach all dem Getue darum, wie man sich doch beeilen müßte, um zu den Höhlen zu kommen, hatte ich nicht den Eindruck, daß Cow – oder übrigens auch Lucy – besonders scharf drauf war, Amarci oder Baby Jesus möglichst rasch zu finden, denn sie beschlossen, erst mal etwas zu unternehmen, um Proviant aufzutreiben.

Vielleicht hatten sie die Höhle auch nur für eine Weile vergessen.

Aber als wir auf eine hübsche Farm stießen, mit einem alten großen Haus mit Steinkamin, erklärte Cow, da würde er nicht mal hingehen, wenn wir am Verhungern wären, denn das wäre die Farm, von der er ursprünglich weggelaufen wäre. Jeden Sonntag nachmittag, sagte er, hätte sein Master ihn mit in die Stadt genommen, wo sie eine besondere Maschine gehabt hätten, mit der sie die Sklaven windelweich prügelten. Sein Master hätte ihn benutzt, um zu demonstrieren, wie gut diese Maschine funktionierte; die Missus dagegen wäre süß und saftig gewesen und hätte ihm immer Reste vom Mittagstisch gebracht, nachdem sie ihn windelweich geprügelt und dann mit Gurkenlake oder schlichtem Salz überschüttet hätten, damit die Prügel besser brannten; danach hätten sie ihn dann mit speziellen Handschellen nach Hause geschleift, die über und über verschnörkelt waren, als wären sie aus feinstem Silber.

»Das denkst du dir aus«, sagte Lucy. »Das kannst du Amarci erzählen und den ganzen anderen Niggern, denen kannst du so was aufbinden, aber das ist Blödsinn, und das weißt du auch.«

»Ich zeig dir die Narben.«

»Hab ich schon gesehen, erinnerst du dich?« Sie sah Cow an, als wüßte sie alles über ihn. »Das heißt bloß, daß du mal bös ausgepeitscht worden bist … Wie sah die Maschine denn überhaupt aus?«

»Die gehörte Massa John Archer Wilson – den Namen werd ich nie vergessen. Aus New Market. Der sitzt da bloß auf'm großen Stuhl und raucht seine Pfeife und liest die Zeitung und paddelt 'n bißchen mit dem Fuß, und die Maschine erledigt das Prügeln für ihn. Und alle anderen sind ganz aufgeregt. Die bezahlen dafür, daß sie's sehen dürfen.«

»Glaubst du das?« fragte Lucy mich, und es war das erste Mal, daß einer von ihnen an diesem Tag mit mir sprach; ich nahm an, es lag daran, daß ich unsichtbar war. Aber jetzt schaute Lucy mich mit großen Augen an und erwartete eine Antwort, weil sie wohl dachte, wenn ich auch nicht sprechen könnte, so könnte ich doch wenigstens nicken. Na, ich wollte aber weder nicken noch den Kopf schütteln, weil ich keinen blassen Schimmer von Auspeitschmaschinen hatte; für mich hörte es sich allerdings eindeutig nach Blödsinn an, auch wenn Cow dabei mit Namen und Orten ankam und es auf diese Weise so echt klingen ließ, daß man einen Nigger damit wahrscheinlich zum Narren halten konnte.

»Siehst du, er glaubt mir«, sagte Cow, obwohl ich gar nicht genickt hatte und nichts.

»Hör auf mit dem Gequatsche, und sieh zu, daß du was zu essen ranschaffst!«

»Ich hab doch gesagt, ich geh da nie wieder hin.«

»Dann gehen wir eben einfach weiter, bis wir zu den Höhlen kommen«, sagte Lucy. »Wir verplempern nur Zeit mit diesem ganzen Blödsinn, und deine Amarci ist wahrscheinlich inzwischen tot oder steifgefroren oder wieder beim Master, oder was weiß ich. Wenn ihr was passiert, ist es alles deine Schuld.«

»Dann laß das Kind was zu essen holen«, sagte Cow, als ob er das meiste von dem, was sie gesagt hatte, gar nicht gehört hätte. Er drehte sich zu mir um, schaute mich mit seinen tiefen braunen Augen an und demütigte mich.

In diesem Moment wurde mir klar, was an ihm anders war – anders als bei Onkel Isaac oder Mammy Jack oder sogar Jimmadasin –, nämlich daß er mich immer geradewegs anschaute, daß er mir in die Augen schaute. Und das erschreckte mich. Nicht mal der Master Jimmadasin hatte mir geradewegs in die Augen geschaut; dieser miese gemeine Geist hatte mich immer so von der Seite angeguckt, als ob er es nicht ertragen könnte, mir länger als eine Sekunde ins Gesicht zu sehen; wahrscheinlich dachte er, ich würde seine Haare weiß werden lassen wie Moses oder so was, aber ich schaute ihn geradeheraus an und sah die Niedertracht in seinen Augen. In Cows Augen dagegen konnte ich keine Niedertracht erkennen. Sie sahen verschlafen aus, als ob er gerade aufgewacht wäre und immer noch vor sich sähe, wovon er eben geträumt hatte, aber im nächsten Moment sahen sie dann wütend aus. Wahrscheinlich ergibt das alles nicht viel Sinn, aber so kam es mir vor.

Jedenfalls, wie gesagt – er demütigte mich, indem er mich Kind nannte, und ich dachte mir, dies wäre wahrscheinlich nicht die schlechteste Gelegenheit auszureißen. Essen konnte ich mir auch allein besorgen. Dafür brauchte ich die beiden nicht. Aber

Lucy und Cow hatten mich aus dem Loch in der Erde gerettet, in das Master Jimmadasin mich gesteckt hatte, und als Lucy mich fragte, ob ich etwas zu essen holen wollte, da nickte ich. Cow erklärte mir, wo alles war und worauf ich aufpassen müßte, und er sagte, er würde in der Nähe auch ein bißchen rumstöbern; und Lucy sagte, ich sollte bloß nicht versuchen, ein Schwein oder so was zu klauen, was wir erst auseinandernehmen müßten oder was Krach machen und uns verraten könnte. Wenn ich Rauchfleisch finden könnte, sollte ich es nehmen, und Cow zeigte mir die Räucherkammer und den Hühnerstall, wo ich vielleicht ein paar frische Eier stehlen könnte, und die Blockhütten, in denen die Sklaven wohnten, wahrscheinlich zu sechst in jeder Hütte; wenn ich mich zurechtfände, könnte ich womöglich eine Pastete aus dem großen Haus stibitzen oder was Eßbares aus den Niggerquartieren. Aber es wäre besser, wenn ich ginge, selbst wenn ich erwischt werden sollte, denn ich wäre weiß.

Lucy, dachte ich mir, hätte wohl auch gute Chancen gehabt, aber vielleicht würden sie ja finden, sie wäre nicht weiß genug oder so was.

Die Farm, auf der Cow als Sklave gelebt hatte, war sauber und ordentlich geführt; sie war nicht so reich wie die Pflanzung der Bartons in Springdale, aber es gab sechs Sklavenhütten, zwei Darren für Tabak, eine Getreidescheune, einen Heuschober und die Räucherschuppen, von denen ich schon gesprochen habe. Es war bei weitem besser als das, was Pappa und Mutter gehabt hatten, und beim bloßen Anblick dieser Farm, hier und da überkrustet mit Schnee, der noch nicht geschmolzen war, wurde mir ganz schlecht. Ich wollte nie wieder eine andere Farm sehen oder eine Stadt oder eine Straße oder eine Kirche oder sonst was mit Leuten; und als ich die schattigen Bäume vor dem großen Haus sah, rechnete ich halb mit rotem Sandsteinpflaster und dem gleichen Lattenzaun, den wir auch zu Hause gehabt hatten, und dann dachte ich plötzlich an Mutter, wie sie auf den roten Steinen gelegen hatte, und an den Geisterhund, der mich mit seinen roten Augen anstarrte, und ich kriegte sie nicht mehr aus dem Kopf, ganz gleich, woran ich sonst denken mochte; sie schienen einfach festzusitzen, auch wenn ich an andere Sachen dachte, an Cow zum Beispiel und daß er etwas an sich hatte, das mir ein Gefühl von Sicherheit gab, obwohl er mich wahrscheinlich für ein Stück Tabak umgebracht hätte, wovon er nämlich dauernd redete, wenn er sagte, er hätte den »Karnickel-Tobak« satt, und was das war, wußte ich, weil ich das Zeug selbst gekaut hatte, um Spucken zu üben; es war aus getrockneten Leblangblättern, und ich dachte mir, ein Kraut mit einem solchen Namen kann doch nicht ungesund sein; und ich mußte Cow zeigen, daß ich kein Kind war, kein Muttersöhnchen, und ich dachte daran, wie Lucy mit ihm gefickt hatte, während ich wach daneben lag, und ich erinnerte mich daran, daß Lucy mich dabei ertappt hatte, wie ich mich selbst befleckte, und dann war Mutter da, wie sie tot auf den Sandsteinplatten lag, und ich sah den Mann auf ihr, und ich sah, daß er Segeltuchschuhe trug wie ich, und seinen Arsch konnte ich auch sehen, er war weiß wie Maden; und dann ging ich von einer Steinmauer hinüber zur Getreidescheune und von da zum Heuschober und vorbei am Hühnerstall und dann zur Scheune, und ich konnte das große Haus vor mir sehen und auch die ordentlich aufgereihten Niggerhütten ungefähr eine halbe Meile weit bergab zu meiner Linken; und ich konnte an nichts anderes denken als an das.

Lucy hatte recht: Ich war weiß. Ich konnte rumlaufen, soviel ich wollte, wo ich wollte, solange ich wollte, solange ich nicht klaute, und ich klaute noch nicht, ich guckte bloß, guckte, guckte, und mir war, als sähe ich das alles zum ersten Mal, als wäre alles neu, und ich dachte mir, ich müßte wohl wieder eine Vision haben oder so was, aber ich hatte nichts dagegen. Ich übte das Unsichtbarsein, während ich einfach so daherging, obwohl ich nirgends jemanden sehen konnte, was für eine Farm eigentlich ungewöhnlich war, außer vielleicht an einem Sonntagnachmittag; ich spähte ringsum über die Felder, aber es war niemand da. Es war, als wäre dies ein toter Ort wie das Feld bei Kernstown, aber wenn ich still dastand und lauschte, hörte ich so was wie Singen, wenn ich mir auch nicht ganz sicher war; es schien aus der Richtung der Hütten zu kommen. Tja, da war ich nun, höchstwahrscheinlich ganz allein auf der Farm – oder doch wenigstens allein genug, um alles zu stehlen, was ich wollte –, und Gott weiß, daß ich Hunger hatte, aber der Hunger war plötzlich weit entfernt wie der Gefechtslärm, und ich empfand eine wunderbare Art von Macht, sozusagen, als wäre ich ganz allein auf der Welt, und ich dachte mir, ich bin ganz sicher unsichtbar, ganz bestimmt, und so spazierte ich runter zu den Hütten und sah mich dort um, in voller Lebensgröße, unsichtbar wie ein Geist. Ich weiß, ich hätte aus dem Hühnerstall Eier stehlen und auch einen Blick in die Scheune werfen sollen, ich hätte soviel Speck und Schinken und Schweinebacke und Wurst und Pfötchen aus den Räucherschuppen schleppen sollen, wie ich dort finden konnte, und beim bloßen Gedanken an Fleisch tat mir der Kiefer weh und spannte sich ganz fest, und dann dachte ich auch an saure Gurken und an Marmelade, und mein Magen knurrte, aber es fühlte sich doch immer noch so an, als ob jemand *anderes* Hunger hätte; und unversehens spazierte ich zwischen Wagengleisen über das Feld, zum Singen hinunter, das lauter wurde, als ich mich den Blockhütten näherte, die in einem sehr ordentlichen Zustand waren; der Master hier war gut zu seinen Niggern.

Ich kam zu den Hütten, die hintereinander in einer Reihe standen, und hörte, daß das Singen aus einer von ihnen kam – aus der am Ende; die andern waren alle leer. Ich hätte durch die leeren Hütten gehen sollen, um zu sehen, ob da nichts zu finden war; aber statt dessen ging ich bis zur letzten Hütte und schaute durch die weit offene Tür hinein. Der Raum drinnen war so voll von Niggern, daß es eine ganze Weile dauerte, bis mich einer auch nur bemerkte. Aber ich konnte eine Tischplatte auf zwei großen Mehlfässern sehen, und auf dem Tisch lag eine Frau, die mit einem

Laken zugedeckt war; nur der Kopf und die Schultern waren zu sehen. Ihr Haar war weiß, und ihre Haut sah aus wie schwarzer Crêpe, der sich straff über die Knochen spannte. Ich konnte noch erkennen, wo die Knochen lagen, ihre Umrisse, und ihr Mund sah zusammengeschrumpft aus, wahrscheinlich weil sie keine Zähne mehr hatte; ein blaurotes Tuch war unter ihr Kinn gebunden und oben auf dem Kopf verknotet, wahrscheinlich um den Mund geschlossen zu halten. Aber was mir einen Schrecken einjagte, waren die beiden Kupferpennys, die auf ihren Augenlidern lagen, denn ich stellte mir unwillkürlich vor, daß diese Kupferpennys die toten Augen des Geisterhundes waren, ganz stumpf und gar nicht mehr feurig.

Dann kam einer der längsten und dünnsten Nigger, die ich je gesehen habe, zur Tür heraus, ehe ich auch nur dran denken konnte wegzurennen, und er klopfte mir auf die Schulter und verbeugte sich tief und nannte mich »junger Massa Benjamin«, und ich hatte keine Ahnung, wer der junge Massa Benjamin sein könnte – vielleicht war er aus dem großen Haus oder aus einem noch größeren Haus weiter unten oder so was; aber dann war ich in der Hütte, und der lange Mann tätschelte meine Schulter und redete davon, wie wunderbar es wäre, daß ich hier sein könnte, daß es eine Ehre wäre und ein Privileg und was nicht noch alles; und ich dachte mir, er muß wohl der Geistliche sein, denn er war ganz in Schwarz, bis auf das Hemd, das weiß war. Er trug einen fadenscheinigen Frack und eine Hose, die ihm zu weit war. Seine Schuhe hatte er mit schwarzer Wichse eingeschmiert, so daß man gar nicht mehr dran dachte, zu bemerken, wie verschlissen sie waren. Er war kahl und häßlich, aber trotz allem sah er aus wie ein mächtiger Prediger, und sein Atem roch süß wie Obst, das ein bißchen faul geworden ist. Ich spürte die Hitze in der Hütte, die Hitze und den Geruch all der Menschen. Die Frauen und Mädchen saßen fast alle auf Stühlen und Kisten und rohen Schemeln an den Wänden; die Männer und die Jungen standen überall rum, sogar oben auf der Tenne, auf die man nur mit einer Leiter kam;

und der Prediger machte ein großes Theater um mich, bis er dann
allen befahl, still zu sein und ihre Plätze einzunehmen, und mit
der allerschönsten Stimme, die ich je gehört habe, fing er an zu
singen und zu predigen und Halleluja zu rufen und die tote alte
Lady zu umkreisen, die da auf der Tür lag; es war, als könnte er
sich gar nicht von ihr losreißen. Ich saß auf einem Stuhl bei den
Mädchen, gleich vor der toten Frau auf einem Ehrenplatz, und
alle lächelten mich an und riefen »Amen!« oder »O Herr, o Herr!«
oder »Jawohl, Herr!« und »Halleluja!« und all das, und der Prediger war gut, weil er alle zur Raserei brachte, bis sie durcheinan-
derschrien und »O Herr!« riefen, und er hielt eine solche Predigt,
daß ich gar nicht anders konnte, als zuzuhören, und allmählich
bekam ich das Gefühl, ich hätte die tote Lady gekannt, die sie alle
liebten und »Sweet Grandy« nannten, und ich dachte mir, sie war
wahrscheinlich so was wie Mammy Jack, auch wenn man vier von
ihrer Sorte in eins von Mammy Jacks Kleidern hätte stecken können; und dann fingen alle an zu singen und aufzustehen. Ich hatte nicht das Gefühl zu ersticken, obwohl ich all den Schweiß riechen konnte, der sich mit dem Geruch von Essen und Tabak und
Parfüm mischte; anfangs war mir davon ein bißchen übel, aber
dann gefiel es mir, und mir war, als müßte es im Grunde so sein,
wenn man unsichtbar ist, als müßten sich Geister oder Engel so
fühlen wie ich jetzt. Ich stand mit allen andern auf und lächelte
zurück, wenn sie lächelten, und ich spazierte umher und sah
mich um, und ich muß sagen, ich habe noch nie soviel Essen gesehen. (Das hätte ich wahrscheinlich schon sagen sollen, damit es
der Reihe nach geht, aber um die Wahrheit zu sagen, ich hatte das
ganze Essen erst gesehen, als ich anfing herumzuspazieren.) Und
dann hatte ich einen Mordshunger, und auf Kisten standen Kutteln und Lendenstücke und Schweinepfötchen in lauter rissigen
und gesprungenen Schüsseln, und da waren getrocknete Kirschen und eingelegte Kirschen und Kirschmarmelade und andere
Marmelade und Fleisch, höchstwahrscheinlich von drüben aus
dem großen Haus; und ich nahm mir einfach, was ich wollte, als

ob ich der Master wäre oder Gott oder der Geist – ich nahm eine Handvoll getrocknete Kirschen und ein Glas Marmelade –, und dann ging ich geradewegs hinaus in die Sonne, ließ den Schweißgeruch und die Menschenleiber und all das »O Herr!« und Gesinge und Gerede hinter mir, ging hinaus in die Frische des kalten, strahlenden Nachmittags. Aber bevor ich ging, erwies ich der alten »Sweet Grandy« meine Reverenz, indem ich vor ihr stehenblieb und nachschaute, ob da irgendwelche Geister oder so was um sie rum schwebten. Es waren keine da, aber ich verspürte den schrecklichen Drang, die Kupferpennys von ihren Augen wegzunehmen, um zu sehen, was darunter war.

Ich nehme an, es waren bloß Löcher, und mich schauderte, weil ich an den Soldaten mit den Maden in den Augen denken mußte; und ich fand, daß diese alte Lady sich über einen ziemlich guten Tod freuen konnte mit all dem Essen und den Leuten und dem Geistlichen mit seiner schönen Stimme; der Soldat, der bis auf die Augen genauso ausgetrocknet war wie die Niggerlady, lag wahrscheinlich immer noch allein da draußen auf dem Feld, und wahrscheinlich war ihm noch nicht mal klar, daß er tot war und daß er seine Muskete nicht mehr hatte.

Aber als ich Sweet Grandy auf ihrer Tür so betrachtete, da konnte ich die Maden fast sehen, die da unter den Pennys herumkrabbelten; und plötzlich war ich nicht mehr unsichtbar. Ich war nicht der junge Master oder der Geist oder Gott oder sonst wer, und ich rannte, bis ich so sehr außer Atem war, daß mir schlecht wurde. Unter ein paar Platanen blieb ich stehen und aß von den getrockneten Kirschen, die wahrscheinlich das Köstlichste waren, was ich je gegessen hab, und ich aß fast alles auf, was ich hatte – bis auf die Marmelade –, und dann ging ich schnurstracks in den Räucherschuppen, und richtig, da gab es alles, was man sich nur wünschen konnte: Karnickel, Schinken, Speck, Schweinebacke, Würste. Ich nahm, was ich schleppen konnte, aber ich hatte das Gefühl, daß alle in der Nähe waren, daß sie mich suchten, daß sie mich schnappen würden, und ich wußte nicht, was sie dann tun würden – vielleicht mich in die Stadt schleifen und auf Cows Auspeitschmaschine binden oder ins Gefängnis sperren; aber es leuchtete eigentlich nicht ein, daß der Besitzer so ein übler Kerl sein sollte, wenn er so eine hübsche Farm und so nette, gutgenährte Nigger hatte; tatsächlich hatten diese Nigger mehr als mancher Weiße. Ich erinnerte mich an den Geruch all der Leute, die sich da so eng zusammendrängten, und für einen Augenblick wünschte ich mich dorthin zurück, aber sie würden mich entdecken und ins große Haus bringen, und das wäre das Ende. Obwohl ich verschwinden wollte, stahl ich mich noch in die Scheune und in den Hühnerstall und holte ein paar Eier, und ich schlich mich sogar zum großen Haus, um nachzusehen, ob es da etwas gab, was sich mitzunehmen lohnte, aber da war nichts.

Wahrscheinlich hatte ich mehr Erfolg gehabt als Cow, und ich hatte nichts dagegen, von hier zu verschwinden, aber ich konnte mich des Gefühls nicht erwehren, daß alle außer diesen Niggern tot waren und daß es deshalb so still war wie an einem Sonntag; und ich stellte mir vor, daß diese Niggerhütten vielleicht der Himmel waren oder so was, und ich hatte es geschafft, für ein Weilchen da reinzukommen.

Danach überlegte ich mir, daß Baby Jesus vielleicht in einer Höhle sein könnte.

Jimmadasin glaubte es.

Aber ich hörte auf, über Jesus und den Himmel und Essen und Jimmadasin und alles andere nachzudenken, als zwei struppige, halbverhungerte Köter über die Felder gerannt kamen. Sie kläfften und rannten auf mich zu, und sie sahen bösartig und krank aus. Ich blieb stocksteif stehen, genau wie damals, als ich den Geisterhund das erste Mal gesehen hatte. Sie waren natürlich keine Geisterhunde – das sah ich gleich, denn sie stanken nach nassem Hund, und ihre Augen waren weiß und tränten –, aber sie fletschten die Zähne und knurrten und bellten tief und scharf, als würden sie mich gern auseinandernehmen. Der eine war braun mit weißen Flecken, der andere war schwarz, aber er war auch gefleckt. Ich hatte heftiges Herzklopfen. Bestimmt konnten sie meine Angst riechen, und ehe ich mich versah, atmete ich durch den Mund und machte mein »Ha«-Geräusch, als ob ich ein Tier wäre oder als ob *ich* jetzt der Geisterhund wäre. Sie hielten Abstand, aber ich war sicher, daß sie mich anfallen würden, um etwas von meinem gestohlenen Fleisch zu ergattern. Ich riß ein Stück vom Schinken ab und warf es so weit weg, wie ich konnte. Sie liefen beide hinterher. Ich warf ihnen noch ein Stück nach, und dann rannte ich wie der Teufel in den Wald, um Lucy und Cow zu suchen.

Danach glaubte ich nicht mehr, daß diese Farm ein toter Ort oder eine Art Niggerhimmel oder so was wäre. Ich dachte immer noch, daß die beiden Hunde vielleicht was mit dem Geisterhund zu tun hatten, aber eigentlich wußte ich es besser. Das waren keine Geister. Das waren bloß Köter.

Und Jimmadasin war tot.

Und wahrscheinlich gab es kein Baby Jesus.

Und der Geisterhund war längst weg.

Wir kamen am frühen Nachmittag zur Höhle von Baby Jesus.

Der Himmel war klar, als ob es noch nie eine Wolke gegeben hätte, und die Sonne brannte herab und verströmte ein Licht von der Sorte, wie man es in einem heißen Sommer hat, wenn alles so aussieht, als wäre es in Pollen getaucht oder in Goldstaub oder in etwas aus dem Märchen. Ich hatte das immer gern, vor allem, wenn ich allein war, denn dann sah alles so aus, wie es aussehen sollte – so, wie ich in meiner Erinnerung die Dinge gesehen hab, als ich ein Baby war. Aber ich vergaß das gelbe Sonnenlicht und wie der Tag aussah und alles andere, als ich das Schreien hörte. Erst wußte ich nicht, woher es kam: Es war eine Mädchenstimme oder eine Frauenstimme – ich konnte es nicht sagen –, und es klang weit weg und hohl wie ein Echo hinter den Bergen.

»Hört ihr das?« fragte Cow, als ob er nicht sicher wäre, daß er richtig gehört hatte. Wir waren an einer Reihe verwachsener

Eichen stehengeblieben, wo man auf einen Hügel blicken konnte, und irgendwo da drin, wo auch das Schreien herzukommen
schien, war die Höhle von Baby Jesus. Ich schaute geradewegs
über das Feld hinweg zu einer anderen Baumreihe, die im Halb-
kreis von da, wo wir standen, ein Stück weit runter zu dem Hügel
führte, wo die Höhle sein sollte, aber ich konnte nur das sehen,
was ich beschrieben hab.

»Könnte alles mögliche sein«, sagte Lucy. »Wahrscheinlich 'n
Tier oder so was.«

»Ist kein Tier«, sagte Cow mit leiser, grollender Stimme, und
dann hörte ich den heulenden, schreienden Ton wieder, fern und
irgendwie hohl und beängstigend. Cow rief, daß der Schrei von
Amarci käme, und obwohl Lucy ihm zurief, er solle zurückkommen, sprang er plötzlich hoch und rannte schnurstracks über das
Feld auf die Eichenreihe vor dem Hügel zu, die nicht weit weg war,
und dann verschwand er doch verdammt noch mal einfach zwischen den Bäumen oder in dem Hügel, oder er löste sich auch einfach in Luft auf. Ich muß gerade mit der Wimper gezuckt haben
oder so was, denn ich sah nicht genau, wie er verschwand, aber
Lucy sah es und sagte: »Er ist 'n toter Nigger, 'n dummes Arschloch von 'nem toten Nigger. Dieser verdammte vollgekackte *Sau-
kerl*. Komm, Dan'l, wir suchen die Nordstaatler und sehen zu, daß
wir ein für allemal wegkommen von den blöden Niggern.« Sie
schaute mich eine Weile an – nicht lange, aber mir kam es vor wie
eine ganze Weile –, und dann fragte sie: »Glaubst du, ich bin 'n
Nigger?«

Ich schüttelte den Kopf, weil ich annahm, daß sie es wollte.
Wahrscheinlich war sie kein Nigger. Sie sah nicht so aus, von
ihren Haaren abgesehen, aber Pappa sagte immer, Juden hätten
auch krause Haare, also war sie vielleicht eine Jüdin. (Ich hab
mein Lebtag noch keinen Juden gesehen; deshalb könnte ich es
nicht sagen.)

»Willst du also jetzt mit mir kommen oder nicht?«

Ich nickte.

»Dann laß uns von hier verschwinden. Dieser dumme gottverdammte Cow! Ist mir ganz gleich, für wie stark er sich hält: Er
wird da drin umgebracht werden. Bist du schon mal Deserteuren
begegnet?« Sie sah mich an. »Na, das sind üble und dumme und
niederträchtige Kerle, das sind sie, und zwar jeder von diesen
Schwanzlutschern; und ich wette, was du willst, daß sie sich da
drin verkrochen haben. Kommt gar nicht drauf an, ob das unsere
eigenen Jungs sind oder Blauwänste oder was weiß ich – sie sind
alle gleich. Die ermorden dich für einen Knopf. Jeder einzelne
von ihnen. Oh, wahrscheinlich haben sie Amarci – oder eine wie
sie. Auch darauf kannst du deinen dürren Arsch verwetten, Dan'l.
Gottver*dammt*!« Sie spähte immer wieder da rüber, wo Cow verschwunden war, als ob sie ihn noch sehen könnte. »Du gottverdammter Nigger! Da gibt's noch 'n anderen Weg hinein. Das hätt
ich ihm sagen können, wenn er bloß zwei Sekunden hätte an sich
halten können. Der gottverdammte Scheißkerl hat nicht mal 'ne
Fackel oder 'ne Muskete oder so was! Aber er ist zu dämlich, um
daran zu denken. Und selbst wenn er 'ne Fackel *hätte*, würden die
Deserteure ihn so oder so zuerst sehen, weil sie nämlich geradewegs aus dem Eingang rausgucken werden. Cow ist zu blöd, um
den geheimen Eingang zu kennen.« Und dann sagte sie: »Du wartest hier, Dan'l! Ich komme zurück; bleib einfach hier, und sei
still, denn sonst, das sag ich dir, sonst machen sie dich auch tot!«
Sie murmelte noch ein paar Flüche über Cow und was für ein
dummer Nigger er wäre, und dann lief sie ihm nach.

Und ich folgte ihr.

Ich weiß nicht, warum – ich hab viel drüber nachgedacht –,
aber als sie mir von den Deserteuren erzählte, die sich da in der
Höhle vom Baby Jesus versteckt hielten, da dachte ich an Mutter
und Pappa und an das Große Haus, das in Flammen stand, und an
die Drecksäue, die es angesteckt hatten, und dann war es plötzlich, als müßte ich noch mal mit ansehen, wie Mutter vergewal-
tigt und ermordet wurde, und ich wußte – ich *wußte*, daß der
Mann, der das getan hatte, ein Deserteur war … Aber ich konnte

nichts weiter tun, als Pappa zuzuhören, wie er in unserem brennenden Haus Mutters Namen kreischte: »Mina, Mina!«, und ich hockte hier und hörte mir das alles wieder an, und ich hielt Ausschau nach dem Geisterhund, und richtig, da erschien er auf dem Feld vor mir in voller Lebensgröße, und seine Augen leuchteten wie die Glut in einem erstickten Feuer. Er kam ganz einfach hinter Lucy hervor, die ihn natürlich nicht sehen konnte. Lucy hielt sich im sicheren Schutz der Krüppeleichen – anders als Cow, der einfach quer über die Felder gerannt war, als ob ihm nichts auf der Welt etwas anhaben könnte.

Ich sah, daß der Geisterhund auf mich wartete, und ich fragte mich, wo er gewesen war und wieso er sich nicht gezeigt hatte, seit ich in die Höhle gekommen war, wo ich mit Lucy gerungen hatte; und ich wußte, wenn der Geisterhund sich zeigte, bedeutete das Ärger. Deshalb hätte ich abhauen und Cow und Lucy allein auf die Suche nach Amarci und den Deserteuren und der Höhle von Baby Jesus gehen lassen sollen.

Aber ich folgte Lucy trotzdem und hielt mich dabei im Schutz der Bäume.

Ich hatte ein brennendes, furchtbares Gefühl in Brust und Bauch, und der Geisterhund beobachtete mich bloß, wie er es schon getan hatte, als ich ihn das erste Mal gesehen hatte; aber als ich dann in seine Nähe kam, verschwand er einfach. Es wurde plötzlich kühl, als die Wolken sich vor die Sonne schoben, und das Laub und die Luft rochen so trocken wie die alte Sweet Grandy oder wahrscheinlich wie Jesus. Alle möglichen Gedanken gingen mir durch den Kopf, und ich stellte mir vor, daß Jesus, als Er da oben am Kreuz hing und für uns alle starb, wahrscheinlich nicht so roch wie die Soldaten auf dem Feld bei Kernstown. Ich hatte vorher in der Niggerhütte auch an Sweet Grandy geschnuppert, und sie hatte auch keinen fauligen Geruch an sich gehabt. Ich nahm an, daß sie innen drin ganz eingetrocknet war wie ein Flaschenkürbis, abgesehen vielleicht von ein paar Maden, die wahrscheinlich in ihre Augen gekrochen waren, und ich dachte mir, bei Jesus müßte es wohl genauso gewesen sein, außer daß die Maden Ihn wahrscheinlich in Ruhe gelassen haben dürften, weil Er der Sohn Gottes war. Aber Pappa sagte immer, Jesus wäre auch ein Mensch gewesen; also haben die Maden ihn am Ende wahrscheinlich doch erwischt, aber bloß für kurze Zeit, und dann ist Er von den Toten auferstanden. Dabei hat Er vermutlich neue Augen gekriegt. Ob die Apostel Ihm, als Er tot dalag und bevor Er von den Toten auferstand, auch Pennys auf die Augen gelegt hatten? Vermutlich – und daher hatten die Nigger das alles wahrscheinlich. Und ich fragte mich, wie Jesus, nachdem Er doch schon vor Tausenden von Jahren gestorben und von den Toten auferstanden ist, sich auf einmal hier in Virginia in ein Baby verwandeln konnte; aber dann dachte ich mir, wenn Jimmadasin tot auf dem Feld bei Kernstown liegen und trotzdem als Geist herumlaufen kann, dann kann Jesus uns alle wahrscheinlich in der Höhle erwarten.

Und dann war ich dicht hinter Lucy auf der anderen Seite des Hügels.

»Du bist genauso dämlich wie Cow«, sagte sie mit ganz leiser Stimme, während sie durch Gebüsch und Laub stieg und sich umschaute, als ob sie was verloren hätte. »Mach bloß, daß du wegkommst!« Sie sah mich an und zuckte dann die Achseln. »Na, es ist dein Arsch.« Sie lachte leise. »Mein Arsch auch. Ich schätze, wir sind wohl beide dämlich. Hast du Angst allein?«

Ich nickte.

»Hab ich mir gedacht. Ich sag dir was. Du kannst im Wald warten, gleich hier drüben; da siehst du, wo ich in die Höhle gehe, und wenn du in Schwierigkeiten kommst, kannst du auf demselben Weg reinlaufen. Wie wär's damit?«

Ich sah sie nicht an. Es leuchtete mir nicht ein, daß ich nicht allein sein sollte, wenn ich hier im Wald wartete. Aber ich hatte gar keine Angst davor, allein zu sein. Ich hatte Angst vor …

Ich konnte den Gedanken nicht finden – es war, wie wenn ich zu sprechen versuchte –, und dann sagte Lucy: »Wir werden Amarci nicht finden, und Cow wahrscheinlich auch nicht. Ich bin genauso blöd wie er ... hier rüberzukommen ... Aber weißt du, ich bin ihm was schuldig, und meine Schulden bezahl ich immer. Aber eins sag ich dir, ich steck meinen Kopf weder für ihn noch für sonst jemand in die Schlinge. Wenn ich diesem dämlichen Nigger nicht helfen kann, dann ist er eben der nächste tote Nigger, und das ist sein Problem, nicht meins.« Und während sie in einem Haufen Laub und Zweige wühlte, sagte sie: »Dan'l, weißt du, warum ich dich leiden kann?«

Nun, ich war bereit, es zu erfahren, aber sie vergaß wohl, es mir zu sagen, als sie die Fichtenholzbretter fand, die als Deckel über einem stattlichen Loch im Boden lagen, einem Loch von ungefähr drei Fuß Durchmesser. Ich habe keine Ahnung, woher sie so genau wußte, wo sie wühlen mußte, weil hier überall Unkraut und Reisig und totes Laub rumlagen, als ob alles auf einmal hier hingekippt worden wäre. Jedenfalls schob sie den Deckel zur Seite und legte Laub und Reisig wieder so darüber, daß man nicht mehr erkennen konnte, daß es ein Deckel war, und dann schaute sie zu mir hoch, als ob sie wissen wollte, ob ich nun in den Wald gehen und auf sie warten oder ob ich mit ihr in die Höhle klettern wollte. Ich nahm an, daß ich schon wußte, wie es in der Höhle aussehen würde, weil ich inzwischen ein Höhlenfachmann geworden war, nachdem ich mich in der flachen Höhle am Bach versteckt hatte und dann von Master Jimmadasins Niggern in die andere Höhle geschmissen worden war. Die Höhle dort war größer gewesen als die hier, die Lucy mit ihren Fichtenholzbrettern verschlossen und mit Laub und Zweigen getarnt hatte – diesen Trick hatte sie bestimmt von Master Jimmadasin gelernt. Also nahm ich an, daß die Höhle hier wahrscheinlich so ähnlich sein würde wie die, in der ich begraben worden war, ungefähr so groß wie ein Zimmer im Großen Haus – aber nein, das konnte nicht sein: All die Deserteure und Baby Jesus und wer immer sonst noch drin sein mochte, die würden schon mehr Platz brauchen.

»Na, kommst du jetzt mit oder nicht?« fragte Lucy. »Cow ist

'n toter Nigger, ehe du dich entschieden hast, und ich hab keine Zeit, deine Mamma zu spielen … und seine übrigens auch nicht.«

Ich deutete auf das Loch, und sie befal mir, nicht rumzustöbern, wenn ich unten wäre, denn sonst könnte ich in eine Grube fallen, die so tief wäre wie der Hades, und da würde ich sterben. Und dann sagte sie: »Na, wenn du schon mitgehen willst, dann geh!« Und ich kletterte eine rohbehauene Leiter runter, die in der Höhle stand. Ich mußte meine Füße vorsichtig setzen, weil die Sprossen nicht gleichmäßig angebracht waren, und ich wußte nicht, wie weit es bis zum Grund sein würde, aber durch die Öffnung über mir fiel Licht herein, und so konnte ich ein bißchen erkennen … Ich sah eine Staubwolke, die mich umwirbelte wie ein großer Heiligenschein, wie man ihn sieht, wenn die Sonne durch ein Fenster scheint, bloß daß dieses Licht grau war wie Zinn, und unter mir konnte ich seltsam aussehende Kegel erkennen, wie man sie vermutlich auf dem Meeresgrund finden kann. Ich wollte gleich wieder raufklettern, aber Lucy war über mir auf der Leiter. Sie zog den Deckel über die Höhlenöffnung, schob ihn zurecht, und es wurde stockfinster. Ich sah nur noch purpurne Formen, wie ich sie manchmal sehen konnte, wenn ich die Augen schloß. Als ich unten ankam, hatte ich Mühe, mein Gleichgewicht zu behalten, denn der Boden war voller Buckel und Unebenheiten. Lucy kam gleich nach mir und sagte, ich könnte ruhig ein Stück zur Seite gehen, es wäre genug Platz, und dann standen wir dicht nebeneinander in der klammen Finsternis und lauschten. Ich hörte das Tröpfeln von Wasser, und ab und zu platschte was, als ob da Fische rumschwämmen oder so was, und mir war auch, als ob ich Insektengeräusche hörte, ein Summen wie von fliegenden Heuschrekken oder so was, nur daß es weit weg war, und sicher war ich mir auch nicht. Und dann hörte ich was, das wie ein Wimmern oder vielleicht wie Weinen klang, aber so leise und verhallt, daß ich nicht sagen konnte, was es war und woher es kam. Eine Sekunde lang dachte ich, daß Jimmadasin vielleicht recht hatte mit dem, was er über Baby Jesus gesagt hatte: daß Es hier war und im Dunkeln weinte, als ob das hier eine Krippe aus Stein wäre und dieses Weinen aus dem Stein herausdringen wollte, aber dann bildete ich mir ein, daß ich vielleicht auch jemanden sprechen hörte, aber ich konnte nicht verstehen, was er sagte; und dann wurde alles so still, daß ich schon annahm, ich wäre wahrscheinlich tot, und dann hörte ich etwas, das klang wie ein herabfallender Felsen oder wie eine Explosion – wie Kanonenfeuer vielleicht –, weit, weit weg; und es kam aus dem Fels herauf, dessen war ich diesmal sicher.

»Scheiße!« flüsterte Lucy, und ich dachte mir, daß jeder, der sonst noch in der Höhle war, im nächsten Raum oder was weiß ich, wahrscheinlich alles hören konnte, was Lucy laut sagte, und daß sie deshalb flüsterte. »Hört sich an wie 'ne Muskete… Der gottverdammte dämliche Nigger ist gerade umgebracht worden, ich hab's gewußt, ich hab *gewußt*, daß das passiert.« Und als sie das gesagt hatte, standen wir einfach dicht nebeneinander und atmeten, und ich merkte, daß ich Angst kriegte, weil es so dunkel war, daß ich glaubte, ich würde an dieser Dunkelheit ersticken, als ob sie schwer wäre und ich darin ertrinken könnte, und ich holte tief Luft und konnte trotzdem nicht atmen. Ich dachte an Cow und wie er mir immer geradewegs in die Augen schaute und mir manchmal zunickte – einmal hatte er mich sogar angelächelt, als ob wir einfach zwei Weiße wären, die einander begrüßten –, und ich fragte mich, ob er tot war. Aber selbst wenn – selbst wenn er eben erschossen worden war und wir deswegen den Knall gehört hatten, hatte das eigentlich nichts zu bedeuten, denn er könnte auch ein Geist sein, wenn er wollte, genau wie Jimmadasin, und dann könnte er hier bei Amarci bleiben – die hatte er ja sowieso gesucht –, und wenn er ein Geist war, dann konnte er wahrscheinlich auch im Dunkeln sehen.

»Wenigstens ist keiner hier an diesem Ende«, sagte Lucy. »Das ist schon mal was. Gottverdammte dämliche Nigger, alle beide. Ich kann mir nicht vorstellen, wie Amarci aus dem Camp rausfinden soll, geschweige denn, wie sie hierher kommt. Und Cow, der ist auch nicht viel anders. Dämliche pissesaufende Deserteure und dämliche Nigger, die sind alle gleich.« Und sie wäre so wütend, fuhr sie fort, daß sie jeden umlegen könnte, und ich hatte das Gefühl, daß sie dabei heulte; aber sie sprach nur mit sich selbst, als ob sie betete, sie fluchte und fühlte sich mies und dachte über alles nach, und während dessen hatte ich das Gefühl, alles wäre so eng, daß ich kaum atmen konnte; und dann berührte sie meinen Nacken und rieb ihn und sagte: »Keine Angst; bleib einfach hier, und ich hole meine Vorräte, wenn sie nicht schon geklaut sind.« Sie riß ein Streichholz an, und das gelbe Flackerlicht beleuchtete ihre Hände und ein bißchen auch die Kegel und Dinger, die aussahen wie Eiszapfen, die aus dem Boden ragten und von der Decke hingen. Ich merkte, daß die Dunkelheit mich ein bißchen losließ. Lucy verbrauchte ein paar Streichhölzer, während sie rumlief, und ich weiß, daß es albern klingt, aber als ich die Streichhölzer in ihren gewölbten Händen sah, mußte ich dran denken, wie ich immer Glühwürmchen in einer Pappschachtel fing und an die Frösche verfütterte. Dann begannen die Hälse dieser Frösche zu leuchten wie Laternen – man sah das Leuchten durch die Haut, und man konnte in sie reingucken, wenn sie in den Teich hüpften. Aber obwohl ich an Frösche dachte und ein bißchen Licht sehen konnte, hatte ich doch immer noch Herzklopfen, und ich war ganz verschwitzt, als ob es heiß wäre und alles wieder ganz dicht an mich ran drängte und mich erstickte, aber es war gar nicht heiß. Es war kühl, aber wärmer als draußen.

Ich bereute, daß ich nicht im Wald geblieben war, wie Lucy es gesagt hatte… aber ich vergaß das Atmen und alles andere, als Lucy eine Fackel anzündete.

Ich war so überrascht, daß ich einen Schritt rückwärts machte und beinahe hingefallen wäre.

Die Höhle war riesig, und mein einziger Gedanke war, daß ich in irgendeinem großen Maul sein mußte, in einem Walfisch oder so was. Diese Eiszapfen und Kegel überall an der Decke hätten auch Zähne oder Hauer sein können, und als ich mich umschaute, sah ich lauter Felsen, die aussahen wie gefrorene Wasserfälle. Es gab Steine, die aussahen wie Weintrauben, Steine, die hohl wie Schüsseln waren, Steine, die aussahen wie Lilienbeete und Simse und in Falten drapierte Vorhänge; vielleicht lag es am Fackelschein und an den Schatten, aber manche Felsen sahen aus wie Speck. Als Lucy zu mir zurückkam und die Schatten überall rumsprangen, hatte ich das Gefühl, ich wäre an Ort und Stelle festgefroren. Ich wollte bloß noch die Leiter raufklettern, und ich stellte mir vor, wie es sein würde, sich hier ohne Licht zu verirren. Aber als ich Lucy folgte, wie sie mir befahl, stellte ich fest, daß es noch schlimmer war, als ich gedacht hatte. Es gab Tunnel und Kammern und Korridore, und wenn man sich allzu weit verirrte, würde man nie, nie wieder rausfinden. Ich fragte mich, ob Lucy sich wirklich so gut auskannte; schließlich hatte sie Mühe gehabt, den Eingang zu finden, und dann hatte sie drei Streichhölzer gebraucht, um die Fackel zu finden, und als ich ihr jetzt folgte, wurde die Decke immer niedriger und niedriger, bis wir ganz gebückt gehen mußten, und ich schnitt mich an einem der steinernen Zähne, den ich nicht gesehen hatte, weil ich auf den Boden schaute, und ich merkte, wie die Wände und die Decke und alles immer enger wurden, und ich kriegte wieder das Gefühl, ich könnte nicht mehr atmen, nur war es jetzt schlimmer, und ich erstickte an dem Rauch, der nach Teer und irgendwas Verfaultem stank, und Lucy sagte: »Dan'l, hör auf damit, was zum Teufel hast du denn? Gott, man möchte ja meinen, du wärst hundert Meilen weit gerannt, wie du dich hier aufführst. Willst du kurz haltmachen? Es gibt hier keinen Grund, Angst zu haben oder atemlos zu sein. Ich bin schon hundertmal hier drin gewesen, hab hier sogar schon mal gewohnt, aber ich weiß, daß die Leute Angst kriegen hier drin. Hast du das Gefühl, daß du gleich erstickst? Das kommt schon manchmal vor. Ich hab's mal gesehen – 'n großer, strammer Kerl, der anfing zu weinen und drum bettelte, wieder raus zu dürfen.« Sie lachte, aber es klang eher, als ob sie heftig ausatmete. »Ging ihm ganz schön übel, weil wir nämlich einfach die Fackeln ausgemacht haben und ihn schreien ließen. Aber du hast mich doch bei dir, auch wenn wir die Fackel gleich ausmachen müssen. Kommst du zurecht, wenn ich das mache?«

Ich nickte, aber mir war schlecht, und ich stellte mir vor, daß die Millionen Tonnen Gestein da oben gleich über mir zusammenbrechen würden, und dann wäre ich für alle Ewigkeit hier im Dunkeln begraben. Wie der arme Cow. Mich fröstelte, und ich konnte nicht mehr schlucken, wenn ich bloß an ihn dachte, wie er da wahrscheinlich im Dunkeln starb, wie er bei all dem Gestein genauso empfand wie ich und wußte, daß er nie wieder die Sonne oder die Sterne oder die Bäume oder Amarci oder sonst was sehen würde, nur diese Höhle – es sei denn natürlich, er hätte sich flink in einen Geist verwandelt und wäre rausgehuscht. Aber eine schlimmere Art zu sterben konnte ich mir nicht vorstellen; es wäre schlimmer als Mutters Tod auf den roten Steinen oder als Pappas, der verbrannte, während er nach Mutter schrie. Es wäre schlimmer, als auf dem Feld bei Kernstown anzuschwellen oder sich von den Knochensägern Arme und Beine abschneiden zu lassen oder sich von Eurastus sein Ding in den Arsch schieben zu lassen ...

Dann hörten wir wieder Stimmen, aber diesmal verstand ich, was sie sagten; Lucy machte die Fackeln aus, und wir standen im Dunkeln, und violette und gelbe Flecken und Bänder wirbelten durch die Finsternis wie Glühwürmchen, die ihre Spuren hinterließen. Ich roch den Teer von der Fackel; der Geruch war stark, und ich schmeckte ihn hinten im Mund. Aber Lucy schlang die Arme um mich, und ich sagte mir, daß ich keine Angst zu haben brauchte und daß ich mich inzwischen an die Dunkelheit gewöhnt hätte. Ich dachte an Lucys Brüste, die sich an mich drückten, und ich erinnerte mich daran, wie sie aussahen und sich anfühlten, aber das half alles nichts; ich zitterte, oder vielleicht zitterten wir auch beide, und ich hörte diese Stimmen, als ob sie mir geradewegs ins Ohr flüsterten, als ob sie Geister wären, die mir sagten, was ich tun sollte, aber ich wußte, daß es keine Geister waren, weil Geister nämlich für gewöhnlich nicht winseln ...

»Bist du sicher, daß es weit genug ist?«

Man hörte Gelächter, scharf wie ein Musketenknall. »Du hast Angst, daß Captain Bridgeford hier reinkommen und nach diesen Niggern suchen könnte, ja? Vielleicht bringt er ja das ganze First Virginia mit, um dich zu finden und dir den Arsch abzuschießen.«

»Wenn du wissen willst, was ich denke: Ich denke, wir sind schon zu lange hier, verdammt.«

»Wenn du denken könntest, hättest du dich nicht zur Armee gemeldet.«

»Hast du doch auch getan.«

»Wir reden aber nicht von mir und von dem, was ich getan hab.«

»Wir müssen hier raus.«

»Das hier ist der sicherste Ort der Welt.«

»Ist es nicht.«

»Wieso nicht? Weil du den Nigger umgebracht hast? Scheiße, das ist doch bloß 'n Nigger, Herrgott! Kein Mensch wird uns oder sonst was hier drin finden, und da führst du dich hier auf, als ob du den Alten eigenhändig vor der versammelten Messe umgebracht hättest. Wir sind hier so sicher wie in Abrahams Schoß.«

»Ich hab sie nicht umgebracht.«

Und dann hörte ich einen klagenden Laut, aber sanft, als ob der Wind irgendwo durch die Gänge wehte oder so was, und es dauerte einen Augenblick, bis mir klar wurde, daß da jemand weinte. Und dann dachte ich mir, daß ich dieses Geräusch vorhin schon mal gehört und daß ich geglaubt hatte, es käme von Baby Jesus.

»Frank, du dummes, verrücktes Arschloch, jetzt hör auf, es ist doch nichts! Du hast niemanden umgebracht! Also gib's dran! Laß uns einfach von hier verschwinden!«

»Ich hab noch nie ein Mädchen umgebracht, Nigger oder nicht.«

Nigger oder nicht, es war genauso wie die Funken und Lichtbänder, als Lucy die Fackel ausgemacht hatte, und das war das Ende, und ich hörte nur noch ein wäßriges Geräusch, ein fernes Platschen, und dann hörte auch das auf, und ich wußte bloß, daß

Lucy die Arme um mich gelegt hatte. Ihre Atemzüge waren gleichmäßig und kurz, als ob sie zählte, und ich wartete und wartete, während die Dunkelheit schwerer und dichter und das Atmen immer mühsamer wurde, und dann sagte Lucy: »Sie sind weg. Ich glaube, ich weiß ungefähr, wo sie waren, und das ist weiter weg, als du glaubst, denn manchmal hört man hier drin Sachen ganz nah, obwohl sie weit weg sind. Aber ich hatte nicht vor, 'n Streichholz anzuzünden und uns zu verraten – falls ich mich verschätzt haben sollte.« Und sie ließ mich los und zündete die Fackel an. Sie war so hell, daß sie sich in meine Augen zu brennen schien, und Lucy sagte fast flüsternd: »Ich werde rausfinden, was passiert ist, und du hast leider keine andere Wahl, als mitzukommen, es sei denn, du willst hier im Dunkeln warten, aber ich glaube, da würd's dich zu sehr gruseln, stimmt's? Wenn ich mich jetzt umdrehe und hier weggehe, werde ich mich immer fragen, was wohl passiert ist. Und du wahrscheinlich auch, obwohl Cow dir wahrscheinlich scheißegal ist. *Ich* muß es rausfinden, verstehst du?«

Ich nickte, und ohne zu warten, ging Lucy tiefer in die Höhlen hinein, und an manchen Stellen mußten wir durch die Tunnel kriechen, und dann kamen wir in neuen Kammern raus und gingen richtige Korridore hinunter, und einmal kamen wir an einem Teich vorbei, in dem sich das Licht der Fackel spiegelte, und da sah ich weißes Viehzeug ohne Augen, und wir gingen durch noch einen riesigen Raum mit Säulen und Zähnen auf dem Boden und an der Decke, und dann gingen und krochen wir durch weitere Korridore und Tunnel, bis Lucy flüsterte: »Jetzt sind wir ganz nah dran; also halte dich bereit, denn ich mach die Fackel aus! Halte dich an mir fest, damit du keine Angst kriegst!«

Sie machte die Fackel aus, und ich sah mich um, spähte durch die gelben Wirbel und purpurroten Bänder, die sich in Wolkenformen verwandelten, und dann verschluckte uns die Dunkelheit.

»Ich weiß auswendig, wo wir sind«, wisperte Lucy. »Vielleicht mach ich noch mal 'n Streichholz an, aber von jetzt an werd ich nicht mehr viel reden.«

Ich hielt mich an ihrem Kleid fest, und wir gingen langsam durch die Dunkelheit. »Dan'l, wenn diese Schwanzlutscher mir Cow umgebracht haben, werde ich sie auch umbringen – bloß daß du's weißt. Kannst jetzt nicht mehr viel machen – ich hab dir ja gesagt, du sollst zurückbleiben, nicht wahr? Ich hab's dir gesagt, verdammt, Master Dan'l Zwiebel.« Sie hatte es wohl nicht so ernst gemeint, als sie sagte, daß sie nicht mehr viel reden würde, denn sie flüsterte unaufhörlich vor sich hin, als ob sie betete, und ich weiß nicht mal, ob ich alles hörte, was sie sagte, weil die Dunkelheit alles in sich hineinzusaugen schien, aber ich erinnere mich, daß sie sagte, sie hätte meinen vierundvierziger Colt, und es täte ihr leid, aber sie wär noch mal hingegangen und hätte ihn geklaut, und jetzt gehörte er ihr, und was ich wohl hier drin dagegen machen wollte?

Sie hatte recht; ich hielt mich an ihr fest und fühlte nach dem Colt, aber ich fand ihn nicht, und dann wurde die Decke wieder niedriger, bis wir kriechen mußten, und dann fühlte ich, wie ich mit der Hand etwas zerquetschte. Ich konnte nicht sehen, was es war – wahrscheinlich ein Käfer oder noch was Schlimmeres –, und ich mußte daran denken, wie der Kopf des Soldaten geradewegs vor Allan McSherrys Füße gekullert war, und ich dachte daran, wie ich auf etwas getreten war, das unter meinem Fuß zerplatzt war, als ich mit Jimmadasin unterwegs gewesen war... und wie sich die Maden angefühlt hatten, die in den Augen des toten Soldaten wimmelten... und wie ich den Walkin' Boy gesehen hatte, der da in dieser schmierigen grünen Flasche zwischen Dreck und Grasfetzen rumgekrabbelt war, und alles schien sich vor meinen Augen umeinanderzudrehen, als ob ich durch einen von diesen Kästen guckte und Bilder sähe, und ich hörte, wie ich dieses »Ha«-Geräusch machte. Lucy mußte es auch gehört haben, und vielleicht machte es ihr ebenfalls angst, vielleicht nahm die Dunkelheit ihr die Luft, und sie kämpfte auch dagegen an, denn sie blieb einfach stehen und flüsterte: »Ihr dreckigen, beschissenen Arschlöcher, ihr verdammten dreckigen Scheißkerle«, und dann plötzlich sah ich, was sie meinte, denn sie zündete ein Streichholz an.

Es war Cow. Er lag vor uns, und sein Gesicht war größtenteils weggeschossen, wahrscheinlich von einer Muskete. Sein Hemd und die verblichene Weste mit den vielen Farben waren blutbespritzt, als wäre es alles Teil eines Musters. Ich konnte nicht hinschauen, aber ich konnte auch nicht aufhören hinzuschauen, und er tat mir leid, weil er keine Augen mehr hatte, auf die man Pennys hätte legen können, und ich fragte mich, ob sein Geist noch aus ihm hatte rauskommen können, wo sein Gesicht doch so aussah, aber vermutlich kam es darauf nicht an; dann ging das Streichholz aus wie ein kleines rotes Auge, und unversehens stand ich zitternd und weinend im Dunkeln; aber das war das Komische daran: Obwohl ich wußte, daß ich es war, war ich es nicht. Mein wirkliches Ich war in mir drin und schaute sich das ganze Durcheinander an und wartete darauf, daß Cows Geist käme, aber er kam nicht. Wahrscheinlich zu eng hier, selbst für Geister.

Aber wenn ich einen Platz gefunden hätte, um zwei Pennys draufzulegen, hätte ich es getan.

Wenn ich zwei Pennys gehabt hätte ...

»Dan'l, das war's, was wir gehört haben, nicht wahr?« Es hörte sich nicht an, als ob Lucy mit mir spräche; eher schien sie mit sich selbst zu reden. »Diese Schwanzlutscher haben Cow hier reingeschleift, und sie sind dumm, dumm wie Stühle, das sind sie – wahrscheinlich glauben sie, hier ist alles ganz dicht, wie in diesen Steindingern, wo sie die reichen Leute drin begraben. Master Cow also – so können die ganzen Engel dich jetzt nennen.« Als sie einmal angefangen hatte, mit Cow zu reden, konnte sie anscheinend gar nicht mehr aufhören; und ich fragte mich nach einer Weile, ob er ihr vielleicht Antwort gab oder so was, denn sie wirkte ganz ruhig, und manchmal schwieg sie und lauschte und redete dann weiter, also muß sie ja was gehört haben.

»Und was haben sie mit Amarci gemacht?« fragte sie ihn und

zündete noch ein Streichholz an. »Ich schätze, die ist ganz in der Nähe, meinst du nicht auch, Dan'l?« Bloß gut, daß ich mich immer noch an ihr festhielt, denn plötzlich schoß sie aus dieser Kryptakammer, oder was es war, hinaus, das Streichholz ging aus, und sie sagte: »Scheiße!« und zündete die Fackel an. Das Licht tat mir in den Augen weh, aber wir waren aus dem Tunnel raus, wo sie Cow beerdigt hatten, und in einem Raum mit einer Decke, die so hoch war, daß man gehen konnte, ohne sich zu bücken, aber ich mußte doch auf diese steinernen Eiszapfen aufpassen, die einem ein Loch in den Kopf schlagen oder ein Auge ausstechen konnten. Und richtig, Lucy hatte einen anderen Tunnel gefunden, der genauso war wie der, durch den wir vorher gekrochen waren, und da lag ein Mädchen mit ganz hochgezogenem Kleid. Ich konnte sehen, daß sie ein Nigger war, aber nicht viel mehr, und ich guckte auch nicht allzu angestrengt hin; ich hatte jetzt genug Tote gesehen, um zu wissen, wie sie aussahen. Aber eins: Ich war überrascht, daß ich sie nicht schon vor einer Weile gerochen hatte. Die Luft mußte all die toten Gerüche aufgesogen haben. Es roch bloß naß hier drin. Als ob die Feuchtigkeit in alles reingekrochen wäre. Vermutlich würden sie aber in ein, zwei Tagen anfangen zu riechen, wenn sie nicht ganz trocken und hohl würden wie Sweet Grandy oder der Soldat, dessen Schuhe ich anhatte.

»Und hier ist sie«, wisperte Lucy, obwohl sie wahrscheinlich schon eine ganze Minute vor ihr stand. Sie drehte sich um und sah mich an, als ob *ich* die beiden umgebracht hätte. Dann nickte sie mir stumm zu, wie Cow es getan hatte, nachdem ich Proviant besorgt hatte, als wäre es ein Zeichen des Respekts oder so was. Ich dachte mir, daß wir die Deserteure umbringen werden, obwohl ich nicht wußte, wie ich das ohne meinen Colt oder eine Muskete oder ein Messer zuwege bringen sollte; aber Lucy würde mich dazu nur brauchen, wenn sie sie nicht alle selbst umbringen könnte. Ich schätze, ich zerbrach mir darüber nicht groß den Kopf, nicht mal, als Lucy die Fackel wieder ausgemacht hatte; nachdem ich Cow und Amarci gesehen hatte – ich nehme an, daß es Amarci war –, war alle Angst aus mir verschwunden. Es war, als wäre ich wieder bei den Geistern und ginge zurück auf das Schlachtfeld … es war, als wäre hier in dieser Höhle niemand mehr lebendig, als wären wir alle bloß noch Geister. Ich rechnete damit, den Geisterhund irgendwo zu sehen – er müßte ja leicht zu erkennen sein mit diesen Augen –, aber wahrscheinlich wartete er draußen.

Wir mußten ungefähr zehn Minuten durch die Dunkelheit laufen, bis wir in der Nähe der Stelle herauskamen, wo die Deserteure ihr Lager hatten. Ich roch Speck und den Holzrauch von einem Feuer, und als ob ich ein Hund wäre oder so was, lief mir das Wasser im Mund zusammen. Ich sah ein bißchen Licht, aber nicht viel; es sah aus wie Nebel, der an den Höhlenwänden rumwaberte. Wir hatten den Eingang erreicht, durch den der Cow wahrscheinlich reingekommen war.

Die Deserteure konnten wir auch hören.

»Jackson hat mehr Rekruten als Musketen
mit all den Regimentern aus Augusta County.«
»Und wir sind auf alle Fälle legal.«
»Du hast die Nigger umgebracht,
schön, wenn dir dann wohler ist.«
»Ich hab dir das schon vierhundertmal gesagt,
der kann sich seinen Urlaub in den Arsch schieben.«
»Und du hast das Niggerweib gefickt,
und ihre Wehrpflicht können die sich auch wohin schieben,
wir gehen nach Hause; sollen sie doch nachkommen!«
»Würde nichts passieren, wenn wir einfach zurückgingen.«
»Könnten wir machen, aber morgen, wir müssen morgen zurück.«
»Sollen sich vor Daddy hinstellen
und sagen, wir haben uns eben verlaufen.«
»Captain Bridgeford würde diesen Morgen-Scheiß
doch glatt fressen.«

Ich hielt mich dicht hinter Lucy, bis wir hinter eine Felskante gelangten, die gerieft war und wie Speck aussah und schräg von der Decke runterführte; dort konnten wir die beiden Deserteure sehen. Sie waren noch ziemlich weit weg, aber es kam genug Licht vom Eingang, so daß wir etwas erkennen konnten; alles um sie herum sah grau und staubig aus, und es stieg Rauch auf von einem kleinen Feuer, das offensichtlich ein bißchen gestocht werden mußte. Aber die Männer schienen kurz vor dem Einschlafen zu sein, obwohl sie noch miteinander redeten. Der eine lag neben dem Feuer ausgestreckt, mit den Füßen in unsere Richtung, und der andere saß gleich hinter ihm und lehnte mit dem Rücken an der Wand. Der Sitzende trug eine hausgewebte hellbraune Jacke; er war glattrasiert und ein bißchen fett; wahrscheinlich lag es am trüben Licht und am flackernden Feuer, aber es sah aus, als ob mit seinem Kinn was nicht stimmte, als wäre es zweigeteilt oder so was, und sein Gesicht sah aus, als ob er sich angestrengt auf irgend was konzentrierte, als würde er fortwährend die Stirn runzeln. Aber er hatte langes Haar, und dichtes. Der andere war anscheinend nicht viel größer als ich, und er rutschte dauernd auf dem Boden rum, als ob er sich's überhaupt nicht bequem machen könnte; ab und zu stöhnte er und machte komische Geräusche, aber bei alldem konnte ich sein Gesicht nie so richtig sehen. Lucy zog mich weg, und wir entfernten uns ein gutes Stück von ihnen und setzten uns im Dunkeln mit dem Rücken an die kalte Steinwand in einem Korridor, und wir hörten ihnen beim Reden zu; es war, als ob man dem Wasser in einem Bach zuhörte: es klang ganz schwach, und dann war es still wie in einem Grab, und dann hörte man Wassergeräusche, und vielleicht eine Stunde verging, vielleicht auch mehr, im Dunkeln konnte ich es nicht sagen, aber schließlich hörten die Deserteure auf zu reden, und es schnaubte nur noch ab und zu einer, und vielleicht bin ich für ein Weilchen eingeschlafen, vielleicht für eine Minute, ich weiß es nicht, aber Lucy war weg.

Ich hörte einen Schuß, und ehe ich einen klaren Gedanken fassen konnte, rannte und stolperte und tastete ich mich durch Korridore oder Tunnel oder was es sonst war, und ich hatte solche Angst davor, allein im Dunkeln zu sein, daß ich überhaupt nicht mehr wußte, in welche Richtung ich laufen mußte, und ich war sicher, daß ich mich schon verirrt hatte und nie mehr aus der Höhle rauskommen würde, und ich stellte mir vor, ich würde gleich in eine Spalte fallen oder in den Hades und dort sterben, oder ich würde auf Cow oder Amarci treten, und dann müßte ich mit ihnen sterben, allein im Dunkeln, und alles, was ich sah, waren purpurrote Flecke, die ein paar Schritte weit vor mir zu schweben schienen wie ein Nebel, und ich dachte mir, das sind vielleicht Geister, und sie werden mir vielleicht helfen, aber nach meinen Erfahrungen mit dem Geisterhund wußte ich, daß sie es nicht tun würden, und trotzdem hätte ich alles dafür gegeben, den Geisterhund zu sehen, seine Augen im Dunkeln vor mir leuchten zu sehen, und nicht diese Nebelflecke, und ich berührte die kalte Wand, und plötzlich gab es ein Geflatter und einen schrecklichen Gestank wie nach Ammoniak, und ich trat in irgendeinen Schlamm, aber ich wußte, daß es kein Schlamm war, und machte das »Ha«-Geräusch, und über mir flatterte was herum, und dann flog etwas gegen mich, und ich drehte mich um, rannte gegen die schleimige Wand und berührte sie und wäre fast ausgeglitscht auf dem schleimigen Kot, und die Dunkelheit war purpurrot, und ich wußte, daß ich sterben würde, und meine Brust würde platzen; ich hatte wieder den falschen Weg genommen, ich hatte mich verirrt, ich würde abstürzen, und die Felsen würden mich zermalmen, und ich würde ertrinken, und dann bog ich um eine Ecke, und –

Ich konnte ein bißchen erkennen, und im nächsten Augenblick – das alles kam mir sehr lang vor, aber es waren wahrscheinlich nur ein paar Sekunden – sah ich, wie alles passierte, und bemühte mich, nicht allzu laut zu atmen. Da stand Lucy an der Wand und zielte mit meinem vierundvierziger Colt auf den Deserteur, dessen Füße auf mich gedeutet hatten, aber jetzt konnte ich ihn richtig erkennen; er war jung und hatte einen Bart wie Pfirsichflaum und schmutzige blonde Haare, und er sah ein bißchen aus wie der andere Deserteur, der stämmige, der am Eingang lag. Ihm war in die Brust geschossen worden, und das Blut muß-te unter seinem Hemd am Arm heruntergelaufen sein, denn es tropfte an seinem Finger runter und bildete eine kleine Pfütze auf dem Boden. Alles ging jetzt ganz langsam, und ich konnte alles sehen, wie Gott oder Jimmadasin; aber Lucy zögerte, den anderen Deserteur zu erschießen, der ein bißchen aussah wie der Tote – vielleicht waren es Brüder, was erklären würde, weshalb einer von ihnen gesagt hatte: »*Sollen sie sich vor Daddy hinstellen.*«

Der Deserteur kniete fast im Feuer, und es war nicht mehr viel an ihm dran, denn er flehte Lucy an, ihn nicht totzuschießen, er würde an Gott glauben, und es täte ihm leid, und er hätte solche Angst, und er sagte immer wieder: »Jesus Christus, du lieber Herr Jesus«, wieder und wieder, ganz leise, und Lucy nannte ihn einen gottverdammten Mörder und sprach auch ganz leise – als ob sie beide Angst hätten, jemanden zu stören. Lucy hielt den Colt in der Hand und zitterte, und dann sah der Deserteur mich, er sah mir ins Gesicht, und obwohl ich keine Grimasse zog oder so was, machte er die Augen zu und sagte wieder: »Jesus Christus!«, und ehe ich mich versah, hörte ich einen Knall, und Lucy muß das arme Schwein einfach so abgeschossen haben, denn er fiel mitten ins Feuer, und dann zerbrach etwas, das klang wie Glas – ich weiß nicht, was er da in der Tasche hatte, vielleicht eine Flasche Mais-schnaps oder so was –, und plötzlich wurde das Feuer wild und überzog seine Beine und seinen Unterleib, und er weinte nach Je-sus, und dann rannte er auf mich zu, als ob *ich* ihn retten würde, und ich glaube, Lucy schoß noch einmal auf ihn, aber er kam im-mer noch auf mich zugestürmt, ganz eingehüllt von diesem Feu-er, und er brannte und glühte und roch nach Heu und verbrann-tem Leder und Hühnchen, und ich rannte hastig auf die andere Seite der Höhle. Ich muß auf der Stelle eine Vision gehabt haben, denn das einzige, woran ich mich erinnere, waren Explosionen, und das muß der Colt gewesen sein, aber diese Explosionen schie-nen in meinem Kopf loszugehen, und dann war mir, als stände ich in Flammen, und ich atmete kühle Luft mit dem Geruch von Brand und grünem Holz, und ich rannte durch Laub und Buschwerk und Unkraut und Schnee, und ich sah die Sonne hinter den Hügeln, wie sie sie aufleuchten ließ und die Schatten mitternachtschwarz färbte, und alles wirkte so klar und scharf, als wäre die Welt in kleine glänzende Stücke zerschnitten, als könnte ich jeden Stein, jeden Zweig sehen, und ich war draußen; der Wald war vor mir, und Jimmadasin war hinter mir und rief mich, folgte mir geradewegs in den Wald und sagte, ich ließe Baby Jesus im Stich. »Ja, ja – du warst ganz dicht beim Sohn Gottes, und du warst zu dämlich, um Ihn zu sehen, aber die andern haben Ihn gesehen, das haben sie todsicher, denk doch bloß dran, wie sie geschrien haben: ›Jesus, Jesus‹« – aber jeder schreit nach Jesus und seiner Mutter, wenn er stirbt.

Ich blieb stehen, weil ich kaum noch Luft kriegte. Es war kalt im Wald, und der Fichtenduft und die Flecken von Schnee und Eis ließen mich an Karnickel und Kummen denken.

»Du hast Jesus verlassen, jetzt bist du allein, hast keinen mehr verdient«, sagte Jimmadasin; und ich wollte zurück zu Lucy, aber ich konnte nicht, obwohl ich hörte, wie sie nach mir rief, und sie klang verzweifelt, als ob sie schwach wäre und ich sie ganz allein gelassen hätte, und dann klang sie wütend und schrie nach mir und belegte mich mit Schimpfnamen, als ob ich Cow wäre.

Ich wartete ab, ob Cow erscheinen würde.

Ich wartete ab, ob der Deserteur, der in Flammen stand, erscheinen würde.

Ich wartete auf den Geisterhund und auf Jimmadasin und vielleicht sogar auf Baby Jesus.

Aber Jimmadasin hatte recht: Ich war jetzt allein.

Wahrscheinlich hatte er auch recht, was Baby Jesus anging.

7. Kapitel

Als Dixie starb

Er gibt 'ne Vision dir,
Er gibt dir ein Zeichen,
Er steht vor der Tür,
Er steht vor der Tür.

Da oben das strahlende Herrenhaus,
Da unten das Feuer,
Er gibt 'ne Vision dir,
Er gibt dir ein Zeichen.

EIN GEBET AUS MAMMY JACKS VISION
VOM SCHIFF VON ZION

*I*ch hatte ein paar Tage Sommer zum Ausruhen, bevor ich mitten in die Gefechte geriet und sah, wie Dixie starb… und da begegnete ich Colonel Ashby wieder und verbrachte so ungefähr die beiden besten Wochen meines Lebens, ehe ich dann von Captain Francis W. Pegram aus London, England, erwischt wurde. Aber ich sollte der Reihe nach berichten und erst mal vom Wetter erzählen und wie die Geister mich verließen.

Lucy und ich müssen eine ganze Weile in dieser Höhle gewesen sein, denn die Sonne stand schon tief und bestrahlte die Berggipfel, als ich rauskam. Als ich wieder zu Atem gekommen war, lief ich durch den Wald zurück und machte erst halt, als es so dunkel wurde, daß ich die Lücken zwischen den Bäumen nicht mehr erkennen konnte, und die ganze Zeit dachte ich an Lucy und wollte sie sehen, aber ich brachte es nicht über mich umzukehren. Es war, als ob sie ein Geist geworden wäre, als sie diese Deserteure umbrachte, so daß sie nun an diese Höhle gebunden wäre wie die beiden … wie sie alle außer Jimmadasin, der mir eine Zeitlang gefolgt war, als ich aus der Höhle lief; aber dann plötzlich war er still geworden, und das war das letzte, was ich je von ihm gehört habe. Kein vernünftiges Goodbye oder so was. Ich schätze, das war meine Strafe dafür, daß ich Baby Jesus verlassen hatte, ohne Es je zu Gesicht zu bekommen, und daß ich Lucy und den Geistern weggelaufen war.

Du hast Jesus verlassen, jetzt bist du allein, hast keinen mehr verdient.

Das war nicht Jimmadasin, den ich da hörte. Das war nur die Erinnerung, aber Jimmadasin hatte recht: Ich hatte weder ihn noch Lucy verdient. Also lehnte ich den Kopf an den Fuß einer dicken Eiche, wickelte mich in meine Jacke und schloß die Augen, und dann wachte ich in diesem schattigen Licht auf, das in den Wald dringt, wenn die Sonne scheint und keine Wolke am Himmel steht.

Ich hörte das Dröhnen von Kanonen, aber es war schwer, genau zu sagen, woher es kam, weil das Geräusch wie Donner in den Bergen widerhallte. Ich stand auf und ging einfach los, hielt mich, so gut es ging, am Waldrand, ließ mir Zeit, rastete, wenn ich müde war, aß von dem erbeuteten Proviant, den ich noch hatte – einen Bissen Wurst, ein Stück Speck und was ich noch von den getrockneten Kirschen in der Tasche hatte, die ich bei den Niggern gestohlen hatte –, und so gewann ich die Kraft zurück, die das Fieber mir genommen hatte.

Außerhalb des Waldes war es schlammig, und die Felder waren braun mit ein paar Schneeflecken; aber der Himmel war von einem verblichenen Blau wie die Berge und Hügel, die sich ringsum erhoben, als würden sie ewig weiter steigen, höher und immer höher, und es war fast, als wären sie Wolken, und man konnte sie sich alle als lauter verschiedene Formen denken.

Am Nachmittag wurde es so heiß, daß ich die Jacke auszog und sie mir mit den Ärmeln um den Bauch knotete. Aber die Hitze kümmerte mich nicht, und ich schlich mich immer wieder unter den Bäumen hervor, wo ich schlief; es war, als ob die Sonne mich stark machte, und ich fühlte, wie sie auf meinem Gesicht brannte und mich mit ihrem Licht erfüllte und die Krankheit hinausquetschte. Und der Kopf juckte mir wieder, obwohl ich ihn in einem Bach gewaschen hatte.

Ich hielt mich fern von Städten und Farmen und Hütten; ich hatte keine Lust, Leute zu sehen. Aber die Kanonade war ein vertrautes, beinahe tröstliches Geräusch; wenn ich es hörte, fühlte ich mich irgendwie nicht mehr so allein. Und es schien mich ringsum zu umgeben, wisperte durch die Bäume und über die Felder und um die Berge herum und sagte immer wieder das gleiche, und es klang wie der Donner, den ich manchmal im Kopf hörte, bevor ich weinen mußte. Und ab und zu fing ich einfach an zu weinen, und ich weiß nicht, warum, denn ich war nicht traurig, sondern vielleicht bloß müde; und dann schlief ich und aß, aber als ich meine ganzen Vorräte aufgegessen hatte, wußte ich, wo die Gefechte waren. Zwei Tage lang hatte ich mich im Kreis herum immer näher drauf zubewegt, als würde ich davon angezogen, und ich sah den Rauch und hörte das Knallen der Musketen, das sich anhörte wie Feuerwerkskörper. Ich hatte gedacht, ich hielte mich einfach bloß am Waldrand, aber ich stellte später fest, daß ich durch die Short Mountain Gap gewandert war; und draußen, jenseits von Wiesen und Feldern und dem nördlichen Arm des Shenandoah, der in der Sonne blitzte wie ein Spiegel, lag die Stadt Woodstock. Die Gleise der Manassas Gap Railroad gingen mitten durch sie hindurch. Aber die Kanonade war weit nördlich der Stadt im Gange. Es sah aus wie eine richtige Schlacht, denn Tausende von Blauwanst-Soldaten wimmelten die Landstraße runter, und sie marschierten auch durch die wellige Landschaft östlich des Flusses wie Zickzackkolonnen von Ameisen. Ich konnte auch unsere eigenen Konföderierten sehen, aber sie waren nichts im Vergleich mit den Yanks.

Ich hätte all diese Kämpfe hinter mir lassen und meinen Arsch möglichst rasch in Richtung Edinburg bewegen sollen, wo es eine kleine weiße Kirche und einen Pavillon gab; daran erinnerte ich mich, weil ich mal mit Pappa dort auf einer Versammlung gewesen war. Aber die Schlacht zog mich an; ich mußte einfach sehen, was da im Innern von all dem Rauch und Lärm vor sich ging; es war, als täte es an der Innenseite meines Kopfes weh, wenn ich versuchte, es mir vorzustellen, und wie ich schon sagte, ich fühlte mich nicht leer und allein und traurig, wenn ich in der Nähe der Gefechte war. Vielleicht war es die Tröstlichkeit des Lärms und die Nähe der Geister, die immer noch dablieben, wenn die Soldaten gefallen waren; und auch wenn ich spüren konnte, daß die Geister mich verlassen hatten und ich wahrscheinlich nicht mehr zu ihnen gehörte, fühlte ich mich immer noch eher wie ein Geist als wie sonst irgendwas.

Ich hielt mich fern von Woodstock und kam durch den Wald an der anderen Seite heraus. Wie gesagt, ich fühlte mich wieder lebendig und überhaupt nicht mehr krank. Mein Herz klopfte heftig, und die Sonne schien auf mein Gesicht herunter, als ich mich am Waldrand hinlegte, wo ich über Felder und Wiesen weg bis zum Wald weit drüben auf der anderen Seite sehen konnte. Ich lauschte den Musketen und Kanonen und beobachtete ein paar konföderierte Kavalleristen, wie sie über die Wiese ritten, und ich wartete.

Die Gefechte spielten sich am Waldsaum ab, nordwestlich von Woodstock.

Ich hätte losziehen und von dort verschwinden sollen, aber ich nahm an, ich wäre völlig sicher, wenn ich nicht herumliefe. Und wenn es irgendwas zu sehen gäbe, würde ich es sehen. Aber nach einer Weile hörte das Schießen auf, und ich dachte mir, daß ich mich wohl geirrt hatte, als ich annahm, ich würde was zu sehen kriegen. Ab und zu hörte ich wohl noch einen Schuß, aber diese Scharmützel schienen nichts Ernstes zu sein. Vielleicht machten sie alle auch bloß Mittagspause. Ich konnte mir nicht vorstellen, daß die Blauwänste lange Pause machen würden. Ebensowenig konnte ich mir vorstellen, wie die Konföderierten sie aufhalten wollten. Es sah aus, als kämen zehn Blauwänste auf jeden Konföderierten. Wo war überhaupt General Jacksons Armee?

Ich hatte plötzlich Hunger, aber ich hatte alles aufgegessen, was ich geplündert hatte, und so war es vermutlich Zeit, daß ich mir wieder was zu essen besorgte. Ich überlegte, ob ich die Landstraße entlang in Richtung Süden gehen sollte, wo ich aller Wahrscheinlichkeit nach eine Farm finden würde, die nicht völlig von den Blauwänsten ausgeplündert worden war. Ich überlegte auch, ob ich in der Nähe bleiben und mir von den gefallenen Soldaten etwas zu essen holen sollte. Ich hatte keine Angst, von einer Minié-Kugel oder einer Traubenladung oder so was getötet zu werden, weil ich mich dann wahrscheinlich bloß in einen Geist verwandeln würde. Angst hatte ich höchstens davor, verwundet zu werden oder mit einem Bajonett gestochen oder einen Arm oder ein Bein zu verlieren oder von einem wie Private Eurastus verprügelt und in den Arsch gefickt zu werden. Ich erinnere mich, daß Pappa, als er im Großen Haus verbrannte, nach Mutter schrie, weil er sich Sorgen um sie machte, nicht weil er starb.

Aber diese Schweine, die ihr etwas angetan haben ...

Private Eurastus, ich würde dich immer wieder umbringen, du verdammte beschissene Drecksau, du hättest Mutter getötet und Pappa verbrannt, du hättest Jimmadasin umgebracht und Sergeant Dunean und Dr. Zearing und Mammy Jack und Lucy und Cow und sie alle; und ich fragte mich, ob er immer noch tötete, Geister tötete, sie alle wieder und wieder tötete, immer wieder von vorn, und ich fragte mich, ob man einen Geist denn umbringen konnte, und –

Dann dachte ich mir, ich müßte wohl eine Vision haben oder so was, denn plötzlich sah ich was, das aussah wie eine Kompanie von zwanzig oder dreißig konföderierten Kavalleristen, die am Waldrand entlang geradewegs auf mich zukamen, und vorneweg, in voller Lebensgröße, war Colonel Turner Ashby. Er war begleitet von mehreren Männern – wahrscheinlich seinen Offizieren – und einem Jungen, der nicht älter als zehn sein konnte. Der Junge ritt einen kleinen Fuchs, aber Colonel Ashby saß auf einem mächtigen weißen Hengst, wahrscheinlich dem größten, den ich je gesehen habe. Ich erinnere mich, daß er ein weißes Pferd hatte, als er in Winchester zur Kirche kam. Ich fragte mich, wie es kommen mochte, daß er mit diesem Jungen ritt. Vielleicht war es sein Sohn. Aber ich kann mich nicht entsinnen, daß Colonel Ashby je verheiratet gewesen sein soll. Wie auch immer – ich dachte mir, daß er auskundschaften wollte, wie weit die Linien der Blauwänste sich hinzogen oder so was, denn er zeigte hierhin und dahin und rief seinen Männern dies und das zu und brachte sie am Waldrand in Stellung, wie er es brauchte, und ich war froh, daß ich hier hinter den Linien der Konföderierten war. Er bot jedenfalls einen prächtigen Anblick auf diesem Hengst, mit seinem langen schwarzen Bart und den weißen Handschuhen und einer weißen Feder an seinem Hut, und die Aufregung durchrieselte mich, als ich ihn bloß sah. Und er hatte schwarze Haare wie ich und auch braune Augen wie ich; an das alles kann ich mich von der Kirche her noch erinnern.

Er ritt dicht an mir vorbei, so nah, daß ich die Fliegen erkennen konnte, die um das Maul seines Pferdes herumsummten, und dann hörte ich einen Gewehrschuß knallen. Es klang, als wäre es gleich hinter mir. Vor Schreck und Überraschung sprang ich auf. Wenn dieser Schuß von einem Yankee-Scharfschützen abgefeuert worden war, so taugte der Mann nicht viel, denn statt Colonel Ashby zu treffen, traf er das Pferd des Jungen mitten ins Auge; das Pferd kippte um, der Junge fiel hin, rollte über den Boden und sprang dann auf, um wegzurennen, und dann ging rings um mich herum eine Schießerei los, und Colonel Ashbys Männer galoppierten mit gezückten Säbeln auf mich zu und feuerten ihre Pistolen und Karabiner ab, und wieder hörte ich Minié-Kugeln wie Bienen umherschwirren, und ich stand mitten drin. Ich konnte es einfach nicht fassen, daß ich so achtlos dagehockt und nicht gemerkt hatte, daß ich rundherum von Yankee-Scharfschützen umgeben war.

Obwohl jetzt alle durcheinanderstoben und brüllten und schossen, wirkte Colonel Ashby kein bißchen aufgeregt. Er saß fest im Sattel, als ob er für einen Daguerreotypie-Künstler posierte, und beaufsichtigte alles, obwohl er doch die Zielscheibe war, und als der Junge auf ihn zulief, winkte er ihn zurück und rief: »Dixie, lauf zurück und hol den Sattel von deinem Pferd! Mach schnell!« Er wartete, während der Junge am Sattelgurt rumfummelte.

Nun sah ich das alles zwar, aber ich war doch von Panik erfaßt, denn hier schoß die Seventh Cavalry auf mich mit Musketen und Schrotgewehren und Karabinern und Pistolen, und dort feuerten Blauwänste und wimmelten um mich rum wie die Maden auf einer toten Kuh. Sehen konnte ich sie nicht, aber ich hörte einen von ihnen schreien und einen anderen ausatmen, als er getroffen wurde, und ich blieb, wo ich war, und wagte nicht, mich zu bewegen, was vermutlich klug war; aber gerade als Colonel Ashby sein Pferd zu Boden fallen ließ, damit Dixie aufsteigen konnte – ein wunderbares Kunststück, wie ich fand –, schoß einer der Blauwanst-Scharfschützen auf Dixie, wahrscheinlich aus purer Niedertracht. Dixie fiel oben auf den Sattel, den er schleppte, und seine braune Jacke, die Messingknöpfe und vier kleine Taschen hatte, war voller Blut.

Na, der Colonel fing an zu schreien, als ob er selbst getroffen worden wäre; er zog sein Pferd auf die Beine und ritt rüber zu Dixie, und da rannte ich aus meiner Deckung hervor, rannte schnurstracks rüber zu dem Colonel, und ich hörte die Kugeln um mich rum schwirren; ich weiß nicht, warum ich mich in solche Gefahr brachte, aber ich tat es. Gerade kauerte ich noch starr am Boden und schaute und lauschte und war unsichtbar, und im nächsten Augenblick lief ich auf den Colonel und sein Pferd zu, und das Pferd schien eine Meile hoch zu sein. Ich weiß nicht, was ich von dem Colonel erwartete, aber ich hörte, wie er sagte: »Guter Gott!«, und dann kam er auf mich zugeritten. Ich dachte schon, er wollte mich mit seinem Säbel entzweischlagen, weil er mich vielleicht für den Feind hielt oder so was, denn schon in diesem Augenblick war mir klar, daß ich hier gerade eine verdammte Dummheit beging, aber wie gesagt, manchmal weiß ich einfach nicht, was ich tun werde, und dies war so ein Fall. Aber ich erinnere mich, daß ich, während ich zu ihm und seinem Pferd hinaufschaute, vielleicht eine Sekunde lang jede Einzelheit an ihm erkennen konnte: wie sein Schnurrbart über seine Lippen fiel, wo er feucht war von Schweiß, wie dunkel seine Haut war; ich sah die winzigen Krater in seinen Wangen, die Flecken auf seiner Jacke und wie sein Haar sich unterhalb des Scheitels nach vorn lockte; sein Pferd schwitzte, Dampf stieg von seinem Fleisch auf, als wäre es eine Maschine, und ich konnte das Pferd riechen und den muffigen Geruch von der Uniform des Colonels und den scharfen Pulverdampf, der mir in der Kehle steckenblieb und den ich schmecken konnte, als ob ich Sand geschluckt hätte oder so was. Und dann war es wie bei Private Eurastus, als er mich gepackt hatte, denn ich fühlte, wie ich durch die Luft flog; und dann klammerte ich mich an dem Colonel fest, als wir am Rande dieses Waldstücks entlanggaloppierten, und das Scharmützel war so schnell vorbei, wie es angefangen hatte.

Wir begruben Dixie da, wo er gefallen war.

Colonel Ashby schickte seine Offiziere zu der Gefechtslinie unterhalb des Hügels zurück, damit sie einen Bestattungstrupp und ein Extrapferd für mich heraufbrächten. Nach weniger als fünf Minuten waren sie wieder da – mit einem braunweißen Hengst, der fast so groß war wie der des Colonels, und dann gruben sie ein richtiges Grab für Dixie, ebenmäßig und viereckig und tief und alles, während Colonel Ashby auf einem Knie neben ihm kniete. Ich wartete ab, ob er Dixie Pennys auf die Augen legen würde, und hielt meine eigenen Augen offen, um zu sehen, ob Dixies Geist aus seinem Versteck hervorkäme und bei dem Vorgang zuschaute. Ich dachte mir, daß er aus den Augen kommen würde, die Colonel Ashby zugedrückt hatte. Vielleicht hatten die Nigger bei Sweet Grandy ja deswegen Pennys auf die Augen gelegt: damit ihr Geist nicht rauskommen und rumspazieren konnte, wo er Lust hatte.

181

Der Colonel sprach mit einem dunkelhaarigen Mann mit braunem Schnurrbart, der aussah, als ob er noch nie im Leben gelacht hätte. Der Colonel nannte ihn Jedediah. Ich hielt diesen Jedediah nicht für einen Soldaten; er hatte nichts an, was aussah wie eine Uniform. Tatsache ist, daß er mehr Ähnlichkeit mit einem Prediger als mit einem Offizier hatte. Er stellte mir andauernd Fragen, als spräche er für Colonel Ashby. Colonel Ashby schaute mich bloß immer ganz komisch an, als ob er einen Geist gesehen hätte oder so was, und ich dachte mir, das tut er wohl, weil er sehen kann, daß ich ein Geist bin. Jedenfalls, immer wenn Jedediah mich was fragte, nickte ich oder schüttelte den Kopf und bemühte mich, so höflich wie möglich zu erscheinen. Er hatte bald raus, daß ich nicht sprechen, ihn aber verstehen konnte.

»Hast du Familie hier, Sohn?«

Ich schüttelte den Kopf.

»Weißt du, wer dieser Gentleman ist?« Er deutete mit dem Kopf auf Colonel Ashby.

Ich nickte.

»Ah. Du kennst also Colonel Ashby.«

Ich wußte, daß das eine Fangfrage war und mir Schwierigkeiten drohten. Ich hätte bei der ersten Frage gar nicht nicken sollen, aber ich dachte mir, jeder wüßte Bescheid über den Colonel, zumindest jeder aus dem Tal. Also hielt ich den Kopf gesenkt, starrte auf meine Schuhe und warf Blicke hinüber zu Dixie, um nach seinem Geist zu sehen.

Jedediah fragte: »Kannst du schreiben? Willst du mir deinen Namen hier auf diesen Block schreiben, Sohn?«

Erst hatte ich keine Lust, etwas aufzuschreiben, was mich verraten hätte, aber als er ein neues Blatt für mich aufschlug, auf dem ich schreiben sollte, sah ich, daß er auf den anderen Blättern Bilder oder so was hatte, und das fand ich wirklich interessant. Also nahm ich den Block und blätterte darin. Natürlich grapschte er sofort danach, als ob es der geheime Schatz seiner Familie wäre, aber ich hatte schon gesehen, daß da alle möglichen Skizzen in dem Block waren, Landkarten vom Massanutten und vom North Mountain und von Rude's Hill und eine vom ganzen Tal, und alles auf diesen Karten war sauber und ordentlich und makellos: die Kringel des nördlichen Arms des Shenandoah, kleine, quer gestrichelte Linien, die die gewundenen Gleise der Manassas Gap Railroad und der Virginia Central und der B & O darstellten. Ich brauchte diese Karten nur für eine Sekunde anzusehen und dachte gleich an meine Vision von *Private Newtons Krieg in den Lüften*. In meiner Vision hing ich an der Strickleiter unter dem Ballon, und alles, was tief unter mir lag – all die Häuser und Straßen und Denkmäler – sah makellos aus, als wäre es aus lauter kleinen Linien und Pünktchen gemacht.

»Sohn, schreib du nur deinen Namen hin, wie man es dir gesagt hat«, ermahnte mich Colonel Ashby mit ruhiger Stimme, als ob er niemals jemanden anbrüllen könnte; und ich war so überrascht, daß er etwas zu mir gesagt hatte, daß ich Jedediah den Block wieder abnahm und anfing, mit dem Bleistift, den er mir gab, meinen Namen zu schreiben. Nun hatte ich angenommen, daß ich noch schreiben könnte; aber als ich »Edmund McDowell« schreiben wollte, wußte ich nicht mehr, ob ich links oder rechts anfangen mußte, und dann kriegte ich Angst, weil ich ihn doch kannte, ich kannte meinen Namen, und ich kannte die Buchstaben, aber ich wußte nicht mehr, wie ich sie hinschreiben mußte. Also stimmte es: Ich war ein Geist geworden, und wenn ich jetzt an Ort und Stelle die Luft anhielte, würde ich wahrscheinlich unsichtbar werden oder so was. Aber dann tat ich wieder was Verrücktes wie da, als ich zu Colonel Ashby hinausgerannt war, weil ich ihn nicht verlieren wollte, weil ich bei ihm bleiben wollte, weil ich ... weil ich mich sicher fühlte. Nicht daß ich vor irgendwas Angst gehabt hätte, aber –

Ich weiß es nicht. Ich mußte einfach bei ihm bleiben, wenn ich konnte, und so fing ich an, auf dem Blatt zu zeichnen, und ich schaute hinüber zu Dixie und fing an, ihn zu zeichnen. Ich hatte nie ein besonderes Talent, aber ich zeichnete ganz schnell, und ich zeichnete ihn, obwohl ich ihn da, wo ich stand, verkehrt herum sah, und ich zeichnete ihn, als ob ich eine von Jedediahs Landkarten zeichnen müßte, zeichnete Linien, die sich kreuzten wie Bahngleise, und dann legte ich Dixie Pennys auf die Augen und zeichnete einen Heiligenschein um seinen Kopf, und plötzlich wußte ich, daß ich Baby Jesus zeichnete, obwohl ich weggelaufen war, ohne Es zu sehen, und ich dachte, damit würde Jimmadasin sich auf einen kurzen Blick zurückholen lassen, aber er kam nicht. Ich gab Jedediah den Block zurück, und der kriegte einen komischen Gesichtsausdruck, als er das Bild betrachtete. Dann gab er es Colonel Ashby, der sagte: »Es ist ein Zeichen« und schaute zu mir herüber, und ich sah nur Trauer in ihm. Nicht daß er Mitleid mit mir hatte; wahrscheinlich hatte er das Gefühl, es wäre seine Schuld, daß Dixie und alle anderen gestorben waren; und dann waren die Soldaten fertig mit dem Grab, und der Colonel sprach ein Gebet und sagte, die Blauwänste könnten zwar kleine Kinder ermorden, aber das Volk der Südstaaten würden sie nie bezwingen, und wir – wir alle – wären Werkzeuge Gottes, wir wären die Säbel und Musketen Gottes, und wir würden die Feinde verurteilen und hinrichten und sie ins Feuer werfen oder so was; und was er sagte, muß gestimmt haben – das mit den Zeichen und allem –, denn die Soldaten hatten das Grab kaum mit Erde zugeschüttet, als Granaten auf sie runterprasselten wie Teufel aus der Hölle. Diese Yankee-Granaten heulten grauenhaft, und wenn sie explodierten, spürte man es, als ob irgend etwas einem von innen her die Knochen bräche. Ich glaubte unwillkürlich, daß die nächste genau da landen würde, wo ich stand. Alle rannten zu ihren Pferden, nur Colonel Ashby nicht, und ich blieb bei ihm.

Der Colonel stand am Rand des Grabes und starrte zu Boden, als hätte er da in dem toten Gras etwas verloren. Ich sah, daß er die Lippen bewegte, aber ich verstand nicht, was er sagte. Dann setzte er den Hut auf und nickte der Erde zu. Vielleicht konnte er Dixie da unten liegen sehen und sprach mit ihm oder so was.

Dann faßte er meinen Arm – aber er quetschte ihn nicht, daß es weh tat –, und wir gingen davon.

Jedediah hielt unsere Pferde bereit. Er streichelte ihnen die Mäuler, um sie ruhig zu halten, und ich fragte mich unwillkürlich, was der alte Jedediah wohl machen würde, wenn ich sein langes Pferdegesicht genauso streichelte. Eine Granate explodierte und riß einen Baum aus dem Boden, und Äste und Lehmklumpen kamen herunter, als ob sie vom Himmel fielen. Eine Zeitlang konnte man kaum was hören, aber ich folgte einfach Colonel Ashby und Jedediah. Bei all dem Krach und den Baumfetzen, die überall runterkamen, hatte ich gar keine Zeit, mich darüber aufzuregen, daß ich ein eigenes Pferd hatte, aber ich fühlte seine Muskeln an meinen Beinen, und der Geruch nach Pferd und Leder erinnerte mich an Zuhause, und es war ein komisches Gefühl zu sehen, wie alles explodierte, aber nichts zu hören außer einem rauschenden Lärm, der meilenweit weg zu sein schien; fast war es, als träumte ich, daß ich auf diesem braunweißen Pferd ritt, und ich stellte mir vor, daß die Wolken aus Staub und Rauch in Wirklichkeit die reinsten, weißesten Wolken unter dem Himmel wären, und es schien, als wäre das Pferd ein Teil meiner Beine und als würde ich immer größer und länger und stärker und als könnten die Minié-Kugeln oder Schrot oder Traubenladungen oder Kartätschen mir nichts anhaben; bis zum Boden war es ein so weiter Weg, daß ich, wenn ich fiele, wahrscheinlich noch Zeit hätte, die erste Strophe von »*Annie Laurie*« zu singen.

Wir ritten hinaus bis zur Gefechtslinie, wo die Blauwänste das Bataillon des First Virginia auf beiden Seiten der Landstraße zurückdrängten, und natürlich brachte Colonel Ashbys Kavallerie den Feind in Bedrängnis und attackierte die vordersten Reihen ganz ohne Angst, während die Infanteriesoldaten sich aneinanderkauerten, ihre Bajonette hierhin und dorthin richteten und darauf warteten, daß die Kämpfe sie erreichten. Lange würden sie wohl nicht warten müssen – ich konnte mir nicht vorstellen, daß etwas anderes als General Jacksons ganze Armee und wahrscheinlich Johnsons noch dazu in der Lage sein sollte, all diese Unionssoldaten in ihren ausgebeulten blauen Uniformen aufzuhalten. Aber der Colonel schien überhaupt nicht aus der Fassung zu geraten, nicht mal, als die Blauwänste anfingen, »Hurrah!« zu schreien, was ihre klägliche Version eines Rebellenschreis war, und zum Angriff übergingen. Dann schrie alles. Musketen knallten, und Minié-Kugeln schwirrten wie Bienen herum, und ich sah, wie ein Konföderierten-Soldat vor lauter Aufregung auf den Abzug seiner Muskete drückte, ehe er den Ladestock aus dem Lauf gezogen hatte, so daß das Ding wie ein Pfeil in die Reihen der Yankees flog, und ein Yank starrte mich an, als ob er Todesangst hätte, und ich sah, daß er einen Schuß in die Brust bekommen hatte; eine Sekunde später fiel er auf die Knie. Ich spürte, wie meine Nackenhaare kribbelten, und kriegte Herzklopfen, und ich erinnerte mich an den Berg von Armen und Beinen in der Kirche, wo Dr. Zearing und Sergeant Dunean die Yankee-Soldaten in Stücke sägten, und ich erinnerte mich an den Konföderierten-Soldaten, der seine Augen und seine Nase verloren hatte und so höflich gewesen war, als ich ihm das Gesicht wusch; und am liebsten wäre ich schreiend weggerannt, aber es war, als ob ich mir bloß selber zuschaute, als ob ich es gar nicht wäre, denn ich fühlte mich ruhig und abgestorben und hätte sowieso nicht schreien können, wenn ich gewollt hätte. Ich sah mich nach Jedediah um, als wäre er Jimmadasin oder so was, aber er war im Getümmel verschwunden, und dann schrie Colonel Ashby einem seiner Offiziere etwas zu – aber ich verstand nicht, was – und ritt einfach davon, ritt in unsere eigenen Reihen, wo keine Gefahr drohte, und eine hitzige Sekunde lang dachte ich, daß ich vielleicht alles falsch verstanden hätte, daß er ein Feigling wäre und daß die Tapferkeit seiner Männer ihn bloß deckte und alle im Tal zum Narren hielt, die ihn achteten und bewunderten und erwarteten, daß er ein Held sein würde; aber dann folgte ich ihm und wäre fast vom Pferd gefallen, denn das Pferd schien zu wissen, wohin es ging, noch bevor ich an den Zügeln ziehen konnte, und wir ritten geradewegs in den Kanonendonner von Chew's Flying Battery, die wahrscheinlich ebenso berühmt war wie Colonel Ashbys Kavallerie, denn bis dahin hatte kein Mensch je dran gedacht, Kanonen auf leichten Wagen zu montieren, die dann von Reitpferden gezogen wurden.

Es waren nur zwei Kanonen mit gezogenen Läufen hier, und die arbeiteten so hart, daß sie rotglühend geworden waren – ein Zehnpfünder und ein Stück weiter unten ein Zwanzigpfünder –, und die Artilleristen taten konzentriert ihre Arbeit und schienen einander überhaupt nicht zu beachten; sie schauten auch nicht auf, um zu sehen, was um sie herum vorging. Ein Sergeant, der aussah, als hätte er seine Kleider und sein Gesicht noch nie gewaschen, schrie: »Beginnt zu feuern!«, ein Kanonier schrie: »Laden!«, und ein Artillerist wischte den Lauf aus, während ein anderer eine Granate anreichte und wieder ein anderer sie in die Mündung schob und hinunterstieß, und dann richtete der Kanonier das Geschütz aus und schrie: »Fertig!«, und ein Artillerist riß einen Patronenbeutel heraus, während ein anderer an der Öffnung oben auf dem Lauf hantierte und etwas hineinstopfte und das Loch dann mit der Hand zuhielt, und dann schrie der Kanonier: »Feuer!«, und nach dem Knall wurde die Kanone zurückgefahren, und alles fing wieder von vorne an. Wir waren kaum eine Minute da, als ein Offizier zu Colonel Ashby geritten kam und salutierte wie auf dem Exerzierplatz. Er sah nicht viel älter aus als ich – das heißt, eher stimmt es wohl, wenn ich sage, er sah nicht viel älter aus als Lucy.

Wie sich rausstellte, war es Captain Chew selbst. Er war lang und dürr und glattrasiert, und er hatte einen Höcker auf der Nase, als ob sie mal gebrochen gewesen wäre, und er wirkte atemlos. Wenn man nicht wußte, wer er war, hielt man ihn wahrscheinlich für einen gemeinen Soldaten, der zusammengeflickte Sachen von zuhause trug, denn er hatte nicht mal Schulterklappen. Er trug eine Filzmütze, die kaum noch eine Form hatte, und ein Hemd mit umgelegtem Kragen. Während Colonel Ashby nun mit dem Captain redete, hielt ich mich abseits und schaute der Geschützmannschaft bei ihrer Tätigkeit zu, aber ich brauchte nicht lange zu warten, denn auf einen Befehl von Captain Chew hin packten sie plötzlich alles zusammen.

Wir würden den Rückzug antreten, kein Zweifel.

Colonel Ashby ritt davon, ohne mir ein Zeichen zu geben, und ich dachte, er wollte mich womöglich bei Captain Chew lassen; aber ich war entschlossen, nicht zurückzubleiben. Ich hatte jetzt das Gefühl, wirklich unsichtbar zu sein, aber nicht, weil ich ein Geist war oder so was; ich war einfach nicht wichtig genug für Colonel Ashby oder Captain Chew oder sonst jemanden – außer vielleicht Jedediah –, als daß man sich um mich gekümmert hätte. Colonel Ashby ritt wieder zu Jedediah, und wir zogen uns mit dem größten Teil der Kavallerie nach Woodstock zurück und überließen es der Infanterie, sich abzusetzen, so gut es ging. Die Yankee-Kavallerie verfolgte uns, aber den Leuten, die Colonel Ashby zurückgelassen hatte, um ihnen in die Quere zu kommen, waren sie nicht gewachsen. Alles war voll Staub und Hufgetrappel und dem Knallen und Donnern von Gewehren und Kanonen, und es ist schwer zu erklären, aber alle Offiziere und Kavalleriesoldaten ringsum wirkten aufgeregt und gleichzeitig schläfrig. Ich kann sie nur so beschreiben; es war, als ob sie träumten oder weit weg wären oder so was, und obwohl wir scharf ritten und uns zurückzogen wie Feiglinge, die dem Getümmel nicht schnell genug entkommen konnten, fühlte es sich *tatsächlich* an wie ein Traum. Es war heiß, aber die Sonne konnte man kaum sehen, weil so viel Staub aufgewirbelt wurde, und ich ritt neben Colonel Ashby, der immer nur starr geradeaus blickte und sich auf etwas konzentrierte, das wahrscheinlich sonst niemand sehen konnte, wie vorher, als er auf Dixies Grab gestarrt hatte; und es war, als ob wir allesamt Geister wären, Geister, die die Landstraße runterritten, und hinter uns das gesamte Fifth Army Corps der Blauwanst-Yankees. Nur noch die komplette Armee von Northern Virginia würde sie aufhalten können. Das dachte ich jedenfalls. Ich schaute mich nur einmal um, als wir oben auf einem Hügel waren, wo ich in einiger Entfernung vor mir Woodstock sehen konnte, aber ich drehte mich um und sah die Front der Blauwänste, die auf der Landstraße bis in die Ferne reichte und auch über das Land rechts und links davon. Sie erstreckte sich in alle Ewigkeit, so schien es, und mir war, als könnte ich es donnern hören, wo sie marschierten.

Ich schaute mich nicht noch einmal um. Ich übte, zu sein wie Colonel Ashby; ich blickte starr nach vorn in die Ferne, und es war, als könne mir nichts etwas anhaben, solange ich etwas anschaute, das weit vor mir lag, als wäre mein Geist dort vorn und zöge meinen Körper voran und beschützte ihn vor allem. Wie gesagt, es war wie im Traum; und ich hatte wieder eine Vision, als ich dort an Colonel Ashbys Seite ritt, während wir den Hang hinunter nach Woodstock hineingaloppierten, als wäre der Feind vor uns und nicht hinter uns. Plötzlich dachte ich an den Deserteur, wie er brannte und glühte und, nach Heu und verbranntem Leder und Hühnchen riechend, auf mich zugelaufen kam, als ich in der Höhle war; und daß es eine Vision und nicht bloß eine Erinnerung war, weiß ich, weil, nur wenige Minuten nachdem ich daran gedacht hatte, die ganze Stadt Woodstock aussah, als stände sie in Flammen.

Ich greife jetzt vor, aber nicht sehr weit.

Wir ritten in Woodstock ein, und die Leute hingen aus den Fenstern und winkten uns aus den Türen zu und kamen auf die Straße herausgelaufen, um uns zu begrüßen, und sie schwenkten Konföderierten-Fahnen und Taschentücher und brachten uns Krüge mit Wasser und Kuchen und Brot; mein Magen rumorte, und das Wasser lief mir im Mund zusammen, wenn ich bloß an Essen dachte, aber die Offiziere schrien sie an, sie sollten in ihren Häusern verschwinden und drinnen bleiben, wo sie sicher wären; die Yanks würden schon eine Überraschung erleben, und niemand brauchte Angst zu haben. Es war nicht schwer, drauf zu kommen, was das für eine Überraschung sein würde. Chew's Battery hatte am Südende der Stadt mehrere Geschütze mitten auf die Straße gestellt. Sie mußten geraume Zeit vor der Kavallerie hier eingetroffen sein, und jetzt ritten wir auf sie zu, dicht gefolgt von unserer Infanterie, und im Nacken des First Virginia saß die Vorhut der Blauwänste; man hörte Gewehrschüsse, und Minié-Kugeln flogen über die Straße und trafen Häuser und prallten schwirrend von Steinen ab. Vor den Augen der Stadtbewohner flüchteten wir uns auf unserem Rückzug auf Chews Kanonen zu; wir ritten am Gericht vorbei, an der Town Hall mit ihrer grünen Kuppel, an Giebelhäusern und Schuppen, und dann war da ein Gebäude, über dessen Tür eine weiße Tafel mit der Aufschrift NEWS EXCHANGE hing – wahrscheinlich war es ein Wirtshaus –, und an den Bahngleisen standen langgestreckte Kornspeicher, und in der Ferne sah ich die Lutheranische Kirche und die Trauerweiden auf dem Friedhof daneben. Das First Virginia war hinter uns in heilloser Auflösung, und dann verschwand Colonel Ashby. Ich suchte ihn, als Jedediah mich fand und mir die Zügel aus den Händen riß.

»Sohn, was immer dein gottgegebener Name sein mag – du wirst nicht mit dem Colonel reiten!« Das sagte er, als wäre er mein Vater oder so was, und auch wenn ich keinen anderen Gedanken hatte, als ihm zu entkommen und den Colonel zu suchen, wußte ich doch, daß er mir nichts tun wollte. »Ich werde nicht zulassen, daß noch jemand sein Leben verliert wie der kleine Dixie, Gott segne seine unsterbliche Seele. Jetzt bringe ich dich dahin, wo du in Sicherheit bist und wo die Leute ordentlich für dich sorgen werden.« Aber davon wollte ich nichts wissen, auch wenn ich keine Ahnung hatte, wohin er mich bringen wollte, aber wohin er mich auch brächte, es wäre, als ob er von Colonel Ashby und der Kavallerie und der Armee desertierte, und dafür konnte man ihn aufhängen oder erschießen. Ich nickte natürlich, als hätte ich ihn verstanden – ich werde mit Ihnen gehen, ganz wie Sie es befehlen, Mr. Jedediah –, und obwohl es nicht so aussah, als hätte er die Absicht, die Zügel noch mal loszulassen, riß ich sie ihm aus der Hand, als eine feindliche Granate neben uns explodierte und das Gerichtsgebäude traf. Schindeln regneten auf uns herab. Aber ich war Je-

dediah entkommen, und der beschwor nun wahrscheinlich nicht
mehr Gottes Segen auf mich herab, aber ich sah, daß er nicht verletzt war, und ritt davon, zwischen Soldaten hindurch, die rennend
auf dem Rückzug waren, und dann fand ich Colonel Ashby, der auf
seinem Pferd herumparadierte und sich vor den Bürgern spreizte,
die immer noch auf der Straße rumliefen und aus allen Fenstern
und Türen schauten; es war, als ob dies eine Stadt voller Geister
wäre, die keine Angst vor Kugeln und nichts hatten, obwohl auch
Leute schrien und weinten. Na, Colonel Ashby schwenkte seinen
Hut herum, weil eine Minié-Kugel durch die Krempe gefahren
war; es war ein Wunder, daß er nicht geendet hat wie der arme
Konföderierten-Soldat, den ich in der Kirche versorgt hatte. Aber
Colonel Ashby fand gar nichts dabei, sondern benutzte es bloß als
Gelegenheit, sich über die Blauwänste lustig zu machen. Er bot
Banks' ganzer Armee die Stirn, als wollte er es eigenhändig mit je-
dem einzelnen Soldaten aufnehmen. Ich sah, daß sich Strohballen
und Müllhaufen um ihn und sein Pferd türmten, aber ich sah
nicht, wie ihn das schützen sollte. Ich ritt durch den Müll zu ihm
heran, und er scheuchte mich nicht weg; wahrscheinlich bemerkte er mich gar nicht. Vielleicht doch. Aber ich wußte in diesem
Augenblick, daß er ein Geist war, daß er anders war als alle seine
Männer und alle Bewohner der Stadt. Genau wie ich. Und wenn er
kein Geist war, dann war er schlicht und einfach verrückt. Ich sah
die Wildheit in seinem Gesicht, auch wenn ich Ihnen nicht genau
sagen könnte, wie. Es war nicht bloß eine bestimmte Sache – seine
Augen oder sein Gesichtsausdruck oder so was. Es war nur, daß
ich unwillkürlich dachte, er stehe irgendwie in Flammen, als hätte
er etwas Schreckliches gesehen und könnte nicht davon loskommen, und jetzt genoß er das Heulen und Kreischen und das Pol-
tern von Rädern und Hufen und Kugeln und Granaten, die explo-
dierend in Giebel und Steinmauern fuhren. Eine Granate traf das
Gefängnis und krachte dort hinein; ich sah, wie sie eine Wand zer-
trümmerte, und wiederum prasselten die Schindeln auf die Straße;
aber es hatte kaum angefangen, und ich fühlte mich wild, als wäre

ich auch Colonel Ashby, und drängte mich in seine Nähe, und er schaute zu mir herüber und lächelte, als sähe er mich gerade zum ersten Mal und als würden wir gleich etwas Wunderbares gemeinsam erleben. Die konföderierten Soldaten waren jetzt hinter uns, hinter Chews Kanonen, und lange Zeit, wie es schien (aber ich wußte, daß es nur ein, zwei Sekunden waren), war die Hauptstraße leer und voller Rauch. Ich weiß nicht, warum, aber plötzlich drang mir der Geruch von Regen in die Nase, dieser feuchte, frische Geruch, der von Straßen und Feldern aufsteigt, ein Geruch, der mit einem Kribbeln endet, wie von kaltem Metall. Ich weiß nun nicht, warum ich so etwas roch, denn es hatte den ganzen Tag nicht geregnet.

Die Bewohner der Stadt versteckten sich in ihren Häusern. Ich sah sie nicht mehr auf der Straße oder an den Fenstern, und es war wie die Ruhe vor einem Sturm, und vielleicht war es das ja auch – vielleicht roch ich deshalb den Regen –, und Colonel Ashby hob den Arm, als wollte er die Yankee-Kavallerie begrüßen, die jetzt tapfer war, weil die Hauptstraße leer war. Plötzlich stürmten Blauwanst-Reiter und -Fußsoldaten in die Stadt und drängten sich auf den Straßen, als hätte sich jeder Blauwanst-Soldat plötzlich in den Kopf gesetzt, er müßte der erste sein, der ganz nah an Colonel Ashby herankam.

Aber als Colonel Ashby den Arm senkte, fingen Chews Kanonen an zu feuern, und Granaten flogen über unsere Köpfe dahin, zischend und kreischend wie Schlangen und Geister, und plötzlich schlug mir das Herz bis zum Hals, und die Haut in meinem Gesicht kribbelte, als ob sie zusammenschrumpfte, und ich dachte, lieber Gott, wir werden hier sterben, und dann war es mir gleichgültig, und ich glaubte nicht, daß uns hinter den Strohballen und Müllhaufen noch irgend etwas zustoßen konnte, und ich wollte hinausreiten und stechen und schießen und Blauwänste töten; ich würde Säbel und Muskete Gottes sein, ich würde die Feinde verurteilen und hinrichten und ins Feuer werfen. Chews Granaten fielen mitten zwischen die Federals, und ihre Explosionen schleuderten Soldaten in die Luft, rissen Arme und Beine ab, und wo immer eine Granate einschlug, sah ich eine Sekunde später, wie unter den Federals ein Platz frei wurde, und ich konnte immer nur denken, daß es genauso war, wenn man einen Stein in einen Teich warf: Wenn der Stein das Wasser traf, machte er einen Ring, und in meiner Vorstellung waren die Soldaten wie Wasser; und dann schrie Colonel Ashby: »Halte dich bereit, Brüderchen!«, und es schien, als wären nur wir beide noch hier draußen auf der Straße, und die Blauwänste stürmten mit ihrem Yankee-Geschrei auf uns ein, und sie waren wahrscheinlich rasend vor Angst und Wut und wollten bloß noch Blut sehen, und das konnte ich verstehen, denn gern hätte ich jeden einzelnen von ihnen für Mutter und Pappa umgebracht, obwohl sie gar nichts mit dem zu tun hatten, was im Großen Haus passiert war; und als Colonel Ashby die Strohballen und Müllberge mit einem Streichholz anzündete, da war es, als hätte ich es nicht besser träumen können. Als das Stroh Feuer fing und unsere Pferde vor Angst verrückt wurden, da erinnerte ich mich daran, wie unsere Farm in Flammen aufging, und ich erinnerte mich daran, wie ich Pappa jeden Frühling geholfen hatte, Gestrüpp und welkes Laub und was wir sonst noch gefunden hatten, zu verbrennen; und dann brannte und rauchte alles. Noch nie hatte ich so viel Rauch gesehen, und er war überall um uns herum wie der Nebel, der auf den Bergen liegt, bloß daß er herumwirbelte, und mir brannten die Augen, und ich hustete, aber ich wollte erst die Flucht ergreifen, wenn Colonel Ashby soweit wäre; und dann ritten wir im Schutze all dieses Rauchs davon. Ich schätze, man könnte das einen Rückzug nennen, aber wir hatten gewonnen, selbst wenn wir den Blauwänsten die Stadt überlassen mußten, selbst wenn wir nicht jeden einzelnen von ihnen oder auch nur die meisten umbringen konnten; und ich stellte mir vor, daß Pappa zufrieden gewesen wäre, auch wenn Mutter wahrscheinlich alles Töten für unrecht gehalten hätte. Aber Pappa verstand, was es bedeutete, Säbel und Muskete Gottes zu sein und die Feinde ins Feuer zu werfen, und genau das tat auch Colonel Ashby, und ich verstand, was es bedeutete, ein Nigger zu sein und zu spüren, wie Gott einen innerlich und äußerlich ganz und gar umwirft, so daß man gar nicht mehr anders kann, als »Halleluja!« zu schreien.

Auf alle Fälle hörte ich das Donnern in meinen Ohren, und wahrscheinlich machte ich das »Ha«-Geräusch, und ich sah einen schwarzen Hund über die Landstraße rennen; ich war zwar nicht sicher, aber ich dachte mir, es müßte der Geisterhund sein, und wenn ich gekonnt hätte, hätte ich »Halleluja!« geschrien, weil ich dachte, das war vielleicht ein Zeichen dafür, daß Jimmadasin und Baby Jesus und die anderen Geister mir verziehen hätten, daß ich sie in der Höhle zurückgelassen hatte; und ich konnte mir nichts besseres vorstellen, als mit Colonel Ashby vor der Infanterie die Landstraße hinunterzureiten. Wir verbrannten drei Brücken, eine oberhalb von Woodstock und zwei bei Edinburg, und wir versuchten auch die Eisenbahnbrücke über den Narrow Passage Creek zu verbrennen, aber die Blauwänste fielen über uns her, und wir mußten wiederum den Rückzug antreten, aber wir hielten die Front bei Stony Creek auf der anderen Seite von Edinburg.

Das war der wunderbarste Tag meines Lebens.

Halleluja.

Er schien in einer Sekunde vorbeizugehen, und erst als wir das Lager aufschlugen und über dem Feuer ein bißchen Schweinefleisch brieten, wurde mir schlecht, und ich mußte brechen, und dann schlief ich im Sitzen ein, und ich kann mich nur noch an Jedediahs Gesicht erinnern, dicht vor meinem; er roch nach Tabak und schlechtem Fleisch, und er zog mich hoch, weg von dem Feuer, an dem ich saß, und stritt dabei die ganze Zeit mit Colonel Ashby ...

»Dick ist tot. Lassen Sie ihn in Ruhe! –«

»Der Junge wurde mir geschenkt, Jedediah.«

»Ich kenne eine Familie in der Nähe von Riles Creek.«

»Sie wissen das besser als jeder andere. Sie haben gesehen –«

»Ich bringe ihn morgen früh dorthin.«

»*Und ich stelle Sie wegen Befehlsverweigerung vor ein Kriegs-gericht.*«

»*Dann müssen Sie das eben tun.*«

Vielleicht habe ich das auch nur geträumt, aber in meinen Träumen erinnerte ich mich an alles mögliche. Ich erinnerte mich, daß Colonel Ashby mich Dixie nannte, als wir umherritten und Brücken verbrannten, und ich erinnerte mich, daß ich ihn anlächelte und daß er mich danach Dixie nannte, und als ich am nächsten Morgen aufwachte, war Jedediah nirgends zu sehen.

8. Kapitel

Im Himmel mit General Jackson
und Abe Lincoln

Possum zieht 'nen Mantel an,
Und Waschbär hat ein Kleid,
Kaninchen hat ein Rüschenhemd
Mit Knöpfen längs und breit.

LIED VON HENRY GEORGE GENERAL
WASHINGTON

Ich bin noch gar nicht zu der Sache mit Captain Francis W. Pegram aus London, England, gekommen, aber wahrscheinlich ist dafür noch Zeit genug. Wie dem auch sei, er war nicht anders als die meisten anderen Offiziere, die fanden, daß Nigger und Dienstboten keine Seele oder so was hätten. Natürlich gibt es immer Ausnahmen wie Colonel Ashby und Jedediah und natürlich General Jackson (der wahrscheinlich noch religiöser war als Jedediah, wenn es drauf ankam).

Nun habe ich die Erfahrung gemacht, daß Nigger so gut wie alles tun werden, um in eine Kirche zu kommen und die Anwesenheit des Herrn zu spüren und Halleluja zu singen und all das, aber ich weiß auch, daß manche nie richtigen Religionsunterricht gehabt haben, und wenn man keinen richtigen Religionsunterricht gehabt hat, dann wird man wahrscheinlich lieber mit einem Haufen anderer Nigger im Dorf Maiswhiskey oder Apfelschnaps trinken, statt in der Bank zu sitzen und sich Predigten über Sünde und Verantwortung und die richtige Ordnung der Dinge anzuhören.

Aber ehe ich jetzt vorgreife und über Religion rede und darüber, wer der Frömmste ist und wer nicht, sollte ich wahrscheinlich noch mal zu Colonel Ashby zurückkehren und Ihnen erzählen, wie ich mit ihm ritt und ungefähr die zwei besten Wochen meines Lebens verbrachte.

Während General Jackson und der größte Teil seiner Armee in ihrem Camp oben auf Rude's Hill, ungefähr drei Meilen weit südlich von Mount Jackson, ausruhten, übernahmen Colonel Ashby und ich und die Seventh Virginia Cavalry und Chew's Battery das Kämpfen gegen General Banks und seine Unionsarmee. Wir waren auf der einen Seite vom Stony Creek, und sie waren auf der anderen, denn dort hatte Colonel Ashby beschlossen, die Front zu halten. Natürlich war der Stony Creek nur ungefähr zehn Yards breit, und ungefähr so nah waren wir folglich den Vorposten der Yankees; aber die Unionstruppen konnten nicht so leicht rüberkommen, weil Colonel Ashby die Brücke verbrannt hatte und weil alle Bäche und Flüsse vom Regen und von der Schneeschmelze geschwollen waren. Und General Banks kam nicht an General Jackson heran, wenn er nicht auf der Landstraße die Brücke über den nördlichen Arm des Shenandoah überschritt, und Colonel Ashby bewachte diese Brücke und verwickelte Banks von Strasburg bis Columbia Furnace in Scharmützel, um ihn zu ärgern.

Eine Zeitlang waren Captain Chews Kanonen auf einer Anhöhe hinter dem Stony Creek postiert, und die Unionskanonen standen auf einer Höhe hinter Edinburg, und wenn wir anfingen, uns zu duellieren, flogen die Kugeln und Granaten über die Stadt hinweg wie beim Feuerwerk am vierten Juli. Wenn die Granaten herüberkamen, heulten sie wie die Teufel und explodierten mit einem schrecklichen Krachen; und ich sollte noch erzählen, daß General Jackson als Verstärkung für Colonel Ashbys Jungs ein bißchen von seiner Infanterie und Artillerie herüberschickte, und manchmal gerieten die Soldaten ins Feuer der Unionskanonen, und dann fanden wir Fetzen von ihnen in den Bäumen. Ich kann Ihnen sagen, ich bin auf mehr als einen Baum geklettert, um Arme und Beine runterzuwerfen, damit wir die Soldaten mit sämtlichen Körperteilen begraben konnten. Und diese Unionsgranaten waren *lang* – sie müssen mindestens fünfzehn Zoll lang gewesen sein. Nun weiß ich, daß auch Captain Chew seine eigenen Spezialgranaten ausprobierte, um den Feinden Gottesfurcht beizubringen, wie Jedediah immer sagte. Es waren irgendwelche ausgefuchsten Perkussionsgranaten, die aus England oder was weiß ich woher kamen, aber die meisten davon waren Blindgänger und explodierten gar nicht, aber Chew selber explodierte ziemlich heftig, als er eine auseinandernahm und feststellte, daß gar keine Zündkapseln drin waren. Er sagte, das sei Sabotage der Yanks oder so was, aber natürlich gaben wir meistens, wenn etwas schiefging, den Blauwänsten die Schuld.

Bloß daß man den Eindruck haben konnte, daß General Jackson die Schuld an allem, was schiefging, Colonel Ashby in die Schuhe schob. Aber das ist eine andere Geschichte, und es kam auch daher, daß die Seventh Virginia sich in den letzten paar Wochen größenmäßig fast verdoppelt hatte, und manchmal ging es im Camp wirklich zu wie auf einer Party. Die meisten neuen Rekruten beteten Colonel Ashby nahezu an und wollten nichts anderes, als mit ihm reiten und auch Helden werden, aber sie hatten keine richtigen Uniformen oder so was, und manche verbrachten ihre Zeit damit, durch die Gegend zu reiten und den Bürgern zur Last zu fallen und Verwüstungen anzurichten und sich besinnungslos zu saufen, während andere sich gleich ins Gefecht stürzten und die Yanks beschäftigten. Jedenfalls die meisten von ihnen machten Kommandodienst, was immer das bedeutete; und Tatsache war, daß Colonel Ashby kein großes Interesse an Vorschriften und Organisation und Ausbildung und Verfassen von Berichten hatte. Meistens erlebte er bloß heldenhafte Abenteuer und lauschte den Geistern und den Toten, die mit ihm sprachen, und ich schätze, sie sagten ihm, wann und wo er kämpfen sollte. Ich weiß, daß er mit den Toten sprach, weil ich es hörte, und ich werde Ihnen davon erzählen; aber wenn man behauptete, Colonel Ashby hätte keine Disziplin, so lag es daran, daß er zu sehr damit beschäftigt war, die Artillerie zu beharken und Vorposten zu beschleichen, wie er es nannte, um daneben noch neue Rekruten auszubilden. Und während General Jackson sich, wie gesagt, in Reverend Rudes Haus oben auf Rude's Hill ausruhte, mußte Colonel Ashby die Front unten am Bachlauf halten und Banks' Truppen stören, die einfach überall waren. Deshalb übernahm Major Funston, sein Stellvertreter, den größten Teil der Organisation.

Wie dem auch sei, Colonel Ashby konnte nicht eine Minute lang stillsitzen; immer wieder stieg er auf einen seiner Hengste und ritt davon, um zu kundschaften und Brücken anzuzünden oder Bahngleise aufzustemmen und die Schienen um Bäume zu biegen, und einmal verbrannten wir eine Brücke, auf der noch Wagen standen, und nachher stapelten sie sich übereinander in dem schmalen Graben darunter, verbogen und zerschlagen und blasig, und man konnte in diese schönen Eisenwagen hineinschauen und die Kohlen sehen, die rot und heiß glühten wie in einem gemütlichen Kaminfeuer. Colonel Ashby ritt den ganzen Tag rum und drangsalierte den Feind, und immer ritten andere Soldaten mit ihm. Ich stellte fest, daß immer eine oder zwei Kompanien ausruhten, damit die anderen an die Reihe kamen, aber Colonel Ashby, der ruhte oder schlief kaum, und wenn, dann tat er es tagsüber.

Obwohl alle ihn respektierten und ihn behandelten, als wäre er Baby Jesus oder so was, hatte er doch nicht viele Freunde außer mir und Jedediah, aber er und Jedediah behandelten einander ziemlich kühl, nachdem sie sich nicht hatten einigen können, wie mit mir zu verfahren wäre. Jedediah wollte nichts davon wissen, daß ich ein Zeichen des Herrn wäre oder irgendwas zu tun hätte mit Colonel Ashbys totem Bruder Richard oder so was; und er und Colonel Ashby hatten einen Streit im Camp, weil Jedediah mit General Jackson über meinen Fall gesprochen hatte. Ich hörte, wie Jedediah zu Colonel Ashby sagte, daß da etwas nicht stimmte, und ich habe nie herausfinden können, ob er meinte, daß Colonel Ashby in irgendeiner Sache unrecht hätte, oder ob er sagen wollte, daß in seinem Kopf etwas nicht stimmte. Wahrscheinlich hatte er das gleiche zu General Jackson gesagt, und damit hatte der Streit angefangen, obwohl »Streit« wahrscheinlich nicht das richtige Wort ist, denn sie hoben kaum die Stimmen, aber als ich ihnen versehentlich über den Weg lief, konnte ich sehen, daß sie offenbar bereit waren, einander umzubringen. Colonel Ashby kriegte denselben Gesichtsausdruck, wenn er davon sprach, wie die Yanks seinen Bruder Richard umgebracht hätten, indem sie ihm ein Bajonett in den Bauch rannten, nachdem sie schon sechs Kugeln in ihn reingefeuert hatten.

Ich fragte mich, ob Jedediah und Colonel Ashby den gleichen Streit auch über Dixie geführt hatten, aber nachdem wir ihn begraben hatten, erwähnte niemand je wieder seinen Namen. Es war, als ob er nie existiert hätte, und ich hatte Mitleid mit ihm, besonders wenn er sich in einen Geist verwandelt hatte und jetzt herumhing und zuhörte und sich wunderte, daß alle ihn vergessen hatten wie das Frühstück von gestern. Aber wenn er ein Geist gewesen wäre, hätte ich ihn wohl gesehen, es sei denn, die Gesellschaft von Colonel Ashby und Jedediah und der Seventh Virginia hätten mein Sehvermögen umwölkt, so daß ich kein Zweites Gesicht mehr hatte. Nun wußte ich, daß das zum Teil stimmte, denn ich *fühlte* mich nicht mehr unsichtbar, und jeder, der zu Colonel Ashby kam, sah mich. Colonel Ashby hatte sein Hauptquartier in einer alten, heruntergekommenen Hütte hinter dem Stony Creek, die einem Soldaten namens Argenbright gehörte, und die Männer redeten alle mit mir, und manchmal gaben sie mir Essen oder Kaffee oder ein bißchen Zucker, und wenn sie mal warten mußten, erzählten sie mir alles, was ihnen je so passiert war; ich glaube, manche kamen überhaupt bloß wegen der Gesellschaft und um sich über sich selber reden zu hören. Ich hörte ihnen zu und machte mir meine eigenen Gedanken, genau wie da, als ich Fieber hatte und die Geister mit mir redeten.

Aber meistens war ich nicht im Camp, sondern unterwegs mit Colonel Ashby, und nach einer Weile war mein Arsch nicht mehr wund vom dauernden Reiten, und ich lernte im Sattel zu schlafen, was wahrscheinlich gut war, denn am siebzehnten April um halb vier morgens fing General Banks' Armee mit ihrem Vormarsch an und drängte uns vom Stony Creek zurück, und Colonel Ashby dachte sich wohl, er müßte sie ganz allein aufhalten. Er schrie dauernd: »Jagt sie, Jungs, jagt sie!«, auch wenn wir uns zurückzogen, aber wir kämpften um jeden Zollbreit Boden, und er wurde halb verrückt, als er erfuhr, daß Captain Harpers Kavalleriekompanie irgendwo zwischen Mount Jackson und Columbia Furnace überrascht und gefangengenommen worden war. Er erzählte jedem, er sähe schon, daß wir den Blauwänsten die Hölle heißmachen würden, wohin sie auch marschierten, und in der kalten Nacht ritten wir los und verbrannten Brücken und Eisenbahnanlagen, so gut wir konnten; und während General Jackson wahrscheinlich beim Frühstück in seinem Hauptquartier saß und für den Rückzug packte, unternahmen wir Stoßangriffe und zogen uns wieder zurück, und obwohl wir immer weiter zurückgedrängt wurden und wir schon so viele Unionssoldaten sehen konnten, daß wir uns fragten, wie man sie überhaupt je aufhalten sollte, hatte ich das Gefühl, daß uns nichts passieren konnte, weil wir Geister waren, die durch die Nacht ritten; es war, als wären wir Brüder, als wäre ich sein Bruder Richard, mit dem er redete, wenn er Visionen hatte, und während die vielen Kugeln und Schrapnelle und Traubenladungen und Kartätschen durch die Luft schwirrten und Büsche und Bäume und Soldaten in Fetzen rissen und während unsere Männer ritten und zuschlugen und vor General Banks zurückwichen, hatte ich das Gefühl, daß ich dort hingehörte; dies war wunderbar, dies war meine Vision, und es war besser als Private Newton und sein Krieg in den Lüften, und ab und zu schaute Colonel Ashby zu mir herüber und lachte, als wäre das der beste Witz, den er je gehört hatte, und wir wußten beide, daß wir immer weiter und weiter reiten und die Unionstruppen aufstören und uns mit Chew und seiner Batterie von hinten an sie ranschleichen und sie in die Ewigkeit und in die Vereinigten Staaten von Amerika zurückballern würden.

Ich sollte wohl mal schleunigst erklären, daß es zwei Colonel Ashbys gab; ich war bloß der einzige, der davon wußte. Tagsüber ritt er immer seinen weißen Hengst und zog sich ganz prachtvoll an, als ob er der Ritter vom Weißen Prinzen wäre oder der Ritter von Hiawatha in einem seiner Turniere, von denen er dauernd redete. Aber nachts, wenn er für gewöhnlich seine himmlischen Visionen hatte wie Paulus auf der Straße nach Damaskus, trug er seine einfache graue Hose und eine weite Jacke, und dann ritt er nur den schwarzen Hengst. Wenn er nachts ritt, mit einer Kompanie hinter sich, manchmal auch nur mit mir und ein paar Offizieren und Soldaten, dann redete er leise mit seinem Bruder Richard; es hörte sich an, als singe er, aber ich konnte verstehen, was er sagte, und es war irgendwie, als ob er sich Anweisungen geben ließ; und einmal, als wir beide allein unterwegs waren, machten wir hinter einem feindlichen Vorposten halt, um ein bißchen Zwieback zu kauen und einen Schluck Whiskey zu trinken, da erzählte er mir, daß er Richard immer sähe, wenn er kämpfte, und daß Richard immer wußte, was passieren würde, und daß er Colonel Ashby immer half, und wenn der Augenblick käme, daß Colonel Ashby fallen würde, dann würde sein Bruder ihm schon Bescheid sagen, und deshalb brauchte er sich vorläufig keine Sorgen zu machen. Manchmal war er so sehr damit beschäftigt, mit seinem Bruder zu reden und auf ihn zu hören, daß er geradewegs zwischen den feindlichen Posten hindurchritt, ohne auf sie zu schießen, und das Kämpfen seinen Leuten überließ, während wir weiterritten, als ob wir dem Geisterhund folgten.

Ja, und genauso war es in der Nacht, als Banks seinen Vormarsch begann. Colonel Ashby ritt an der Front entlang, hierhin und dahin, und folgte seinem Bruder, kicherte, redete mit ihm und schrie seinen Männern »Jagt sie, Jungs, jagt sie!« zu, bis er heiser war, und wahrscheinlich dachte er wieder, er wäre in einem seiner Turniere, weil er nämlich seinen Säbel hin und her schwenkte, als könnte der ihn vor den Minié-Kugeln schützen, die herumschwirrten wie Bienen, wie ich schon sagte, und ich schätze, sein Bruder Richard wußte schon, was er tat, denn Colonel Ashby ritt geradewegs auf einen Yankee zu, der auf ihn angelegt hatte, und schlug ihm mit seinem Säbel den Kopf ab. Ich hörte, wie der Säbel durch die Luft schnitt, daß es sang, und dann feuerte der Yankee seine Muskete ab, und ich dachte schon, daß er Colonel Ashby gerade erschossen hätte, aber Colonel Ashby konnte man nicht erschießen, weil er unter dem Schutz seines Bruders stand, und obwohl es sonst niemand sehen konnte, hatte Colonel Ashby den Kopf dieses Blauwanst-Soldaten gepackt und ritt damit herum und hielt ihn bei den roten Haaren, als wäre er eine Laterne oder so was, aber dann graute der Morgen, und der Colonel warf den Kopf in den Wald, als wäre es bloß ein Baseball, auch wenn er eher so groß war wie eine Kanonenkugel. Ich fragte mich, ob in dem Kopf noch Gedanken waren, und ich erinnerte mich, daß ich gesehen hatte, wie Allan McSherry der Kopf eines Soldaten vor die Füße gerollt war, in Kernstown, und ich erinnerte mich, daß dessen Lippen sich noch bewegt hatten, als ob er betete oder als ob ein Geist in ihn gefahren wäre oder so was. Dieser Kopf hatte nicht versucht zu reden, aber es lief reichlich Blut heraus – hauptsächlich auf Colonel Ashby, den das aber gar nicht zu stören schien.

Colonel Ashby sprach mit seinem Bruder, als wir ein letztes Mal zu der Hütte zurückritten, damit er Pferde und Kleider wechseln und wieder in sein anderes Ich schlüpfen konnte.

Bevor ich jetzt aber wieder vorgreife, sollte ich noch sagen, daß Colonel Ashby tagsüber nicht halb soviel mit Richard redete wie nachts. An das meiste von dem, was wir nachts taten, erinnerte er sich nachher gar nicht, abgesehen von dem, was er in ein kleines Tagebuch schrieb, das er immer dabeihatte. Manchmal schrieb er in dieses Tagebuch, wenn es so dunkel war, daß man kaum die Hand vor Augen sehen konnte. Manchmal gab er mir das Tagebuch, damit ich es aufbewahrte für den Fall, daß Richard ihm sagen würde, der Augenblick sei gekommen, daß er umgebracht werden würde. Einmal versuchte ich, das Tagebuch zu lesen, aber ich konnte es nicht, nicht mal, wenn ich es mit Tricks versuchte, indem ich zum Beispiel die Augen zusammenkniff und die Buchstaben anstarrte, bis sie anfingen zu tanzen; ich nahm an, es läge wohl daran, daß er in der geheimen Sprache der Freimaurer schrieb oder so was. Er hatte mir erzählt, er wüßte über geheime Sachen Bescheid, weil er in die Freimaurergemeinde in Martinsberg eingeführt worden war, und all die Gesetze der Ehre und der wahre virginische Geist von Tapferkeit und Patriotismus und Heldentum und Frömmigkeit und alldem, das gehörte alles dazu, wenn man Freimaurer war, und wahrscheinlich würde ich eines Tages auch Freimaurer werden und das alles verstehen; bis dahin aber könnte er mir nicht völlig vertrauen, und ich wußte schon, daß er mir nicht vertraute, weil er mir immer erzählte, daß General Jacksons Armee genauso groß wäre wie die von General Banks, und dabei wußte doch alle Welt, daß das nicht stimmte. Mich kränkte es, weil er wahrscheinlich dachte, ich wäre ein Spion wie in *Private Newtons Krieg in den Lüften*.

Jedenfalls las Colonel Ashby jeden Tag in seinem Tagebuch und lächelte dabei, als ginge es um einen Witz, den nur er allein kannte. Einmal fragte er mich, wie es denn wäre, mit ihm durch seine Träume zu reiten.

Selbst wenn ich reden könnte, hätte ich ihm wohl nicht geantwortet, denn es bringt wahrscheinlich schon Unglück, bloß über solche Sachen zu reden.

Auch wenn ich genau verstand, was er meinte.

Ich ließ mein Pferd ausruhen, während Colonel Ashby sich wusch – er war überall mit Blut beschmiert – und sich den Bart stutzte und seine feine Uniform anzog. Beim Ankleiden redete er mit Lieutenant Sandy Pendleton, der General Jacksons stellvertretender Generaladjutant war. Lieutenant Pendleton war einer von den Soldaten, die mir immer Zucker oder ein bißchen Kaffee schenkten, wenn sie zu Colonel Ashby kamen, und er hatte im *Spectator* gestanden, weil er bei Kernstown viele Verwundete vom

Feld getragen hatte, so daß er ein Held geworden war wie sein Vater, Colonel Pendleton aus Rockbridge.

Einer der Soldaten sattelte Colonel Ashbys weißen Hengst, der, wie ich wahrscheinlich schon erzählt habe, genauso groß war wie der schwarze, und als Colonel Ashby mit Lieutenant Pendleton fertig war und auf sein Pferd stieg, sah er aus wie ein Bild aus der Bibel oder so was, mit seinem schwarzen Bart und den weißen Stulpenhandschuhen und den hohen Schaftstiefeln und der weißen Feder am Hut und mit seinem besonderen Zaumzeug und dem Sattel und seinen Pistolen und dem Säbel, der vom Yankee-Blut gesäubert und ganz blankpoliert worden war. Und er roch nach Veilchen oder so was, und ich auch, denn obwohl ich mich nicht hatte waschen müssen, hatte ich ein bißchen Parfüm aus seinem blauen Fläschchen geklaut und mir ins Gesicht gespritzt, um den Blumenduft rauszubringen, genau wie Colonel Ashby es machte.

Aber weiter kamen wir nicht, denn kaum saßen wir im Sattel, da erschien Jedediah wie ein Unglücksrabe. Ich weiß, ich habe es schon erzählt, daß Jedediah wahrscheinlich kein Soldat war, sondern eher aussah wie ein Prediger – und das stimmt auch –, aber er war General Jacksons persönlicher Kartenzeichner, und er war Ingenieur und Hauptmann, und dauernd war er in General Jacksons Auftrag unterwegs und erledigte alles mögliche für ihn; und er war, wie gesagt, genauso religiös wie General Jackson und gab Colonel Ashby immer seine Zeitung, den *Central Presbyterian*, wenn er sie gelesen hatte. Colonel Ashby nahm den *Central Presbyterian* immer sehr höflich in Empfang, aber nachher warf er ihn ins Feuer, weil er an nichts glaubte außer an die Bibel selbst und vielleicht noch an sein eigenes Tagebuch. Vielleicht kam es daher, daß Jedediah die ganze Nacht auf gewesen war und Karten gezeichnet oder gegen die Unionssoldaten gekämpft hatte, aber er wirkte ganz erschöpft. Seine Augen waren blutunterlaufen, sein Bart war nicht getrimmt und schien wild über sein ganzes Gesicht zu wuchern, und seine Haut, soweit man sie sehen konnte, sah aus wie die eines

Toten, den man im Sarg aufgebahrt hat, damit alle noch einen letzten Blick auf ihn werfen können.

»Hat der General Sie hart rangenommen?« fragte Colonel Ashby ihn.

Jedediahs Pferd war nervös und schüttelte dauernd den Kopf und wich zurück, aber das hatte ich schon öfter gesehen; die meisten Pferde wurden nervös, wenn sie in die Nähe von Colonel Ashbys weißem Hengst kamen.

»Nicht mehr als sonst«, antwortete Jedediah, nachdem er das Pferd wieder gezügelt hatte. »Ich wollte nur wissen, ob Sie den Wunsch haben, mich hinüber zur Flanke der Massanuttens zu begleiten, um zu sehen, wie Banks seine Truppen verteilt. Drüben vom Mount Airy aus kann man es aus der Vogelperspektive sehen. Der General zieht seine Leute bereits von Rude's Hill ab; ich nehme an, Sandy hat es Ihnen schon berichtet.« Jedediah und Sandy Pendleton schauten einander ganz kurz an, als ob sie beide gewußt hätten, daß sie sich hier treffen würden, und deshalb nicht mal hallo zu sagen brauchten.

»Ich hätte nichts dagegen, einen Blick auf die feindlichen Stellungen zu werfen«, sagte Sandy Pendleton. »Ich kann dann dem General eine Botschaft von Ihnen überbringen, wenn Sie eine haben.«

»Es hat keinen Sinn, wenn wir alle gehen«, meinte Jedediah.

»Na, wenn Turner mitgeht, gehe ich auch mit«, sagte Pendleton. »Befehl des Generals.«

»Ich brauche nicht auf einen Berg zu klettern, um zu sehen, wo der Feind steht. Ich *weiß*, wo er ist. Ziehen Sie los und sagen Sie dem General, ich werde dafür sorgen, daß er alles erfährt, wenn es etwas zu erfahren gibt.«

»Ich habe den Befehl, bei Ihnen zu bleiben und Sie daran zu erinnern, daß Sie sich nicht in Gefahr begeben sollen.«

»Wie kann ein Soldat vermeiden, sich in Gefahr zu begeben, wenn er kein Feigling ist... oder stellvertretender Generaladjutant?«

Lieutenant Pendleton grinste Colonel Ashby an. Lieutenant Pendleton konnte nichts aus der Ruhe bringen; er war wahrscheinlich der gutmütigste Offizier in der ganzen Konföderierten-Armee. »General Jackson meint, daß Sie dem Tod nicht mehr lange entgehen werden, wenn Sie fortfahren, sich dem Feind unnötig auszusetzen.«

»Keine meiner Unternehmungen ist unnötig, Lieutenant. Und ich habe keine Angst vor Minié-Kugeln, selbst wenn man damit direkt auf mich zielt, denn sie verfehlen ihr Ziel immer. Und ich bin ganz sicher, wenn der Herr beschließt, mich abzuberufen, wird es nicht darauf ankommen, ob ich im offenen Gelände stehe oder hinter eine Barrikade hocke. Ich befehle Ihnen also, zum General zu gehen und ihm das mitzuteilen! Das ist *meine* Botschaft.«

Der Lieutenant lachte, aber Colonel Ashby ließ nicht mit sich reden, sondern befahl ihm, seinen Arsch zu General Jackson zu verfügen, damit Colonel Ashby sich wieder den Unionstruppen zuwenden und ihnen in den Arsch treten könnte.

»Vielleicht haben *Sie* ja keine Angst vor Minié-Kugeln, aber was ist mit dem Jungen?« fragte Jedediah. »Wird es nicht Zeit, ihn zu versorgen?«

»Sein Name ist Richard«, sagte Colonel Ashby und sah verdattert aus, als ob er bei irgendwas ertappt worden wäre. »Und das Jungesein hat er hinter sich.« Sanft, aber fest, schaute er mich an, als erwarte er, daß ich jetzt etwas sagte.

Ich nickte und wurde plötzlich ganz heiß im Gesicht, als ob ich verlegen und traurig wäre, ohne zu wissen, warum. Ich sah zu Boden, um allen zu entkommen, die mich jetzt anschauten, und dachte über meinen Namen nach. Mit Mundy war ich jedenfalls fertig, ich war Richard geworden; auch wenn Jedediah es nicht wußte, wußte es sonst doch jeder im Camp, denn sie nannten mich alle Richard oder Ritchi oder Dick, und der dürre Captain Chew nannte mich Dick-Boy, was immer alle zum Lachen brachte, und seine stumpfsinnigen Artilleristen, die lauter Spitznamen wie »Breakfast« und »Wasp« und »Rabbit« hatten, sagten »Fick-Boy«, aber das war mir egal, weil ich meistens gar nicht im Camp war, sondern unterwegs mit Colonel Ashby, so daß ich ihnen nicht in die Quere kam.

»Gibt es was Neues zu Hause?« fragte Sandy Pendleton und wechselte so das Thema.

Ich hob den Kopf und sah, daß er mit Jedediah sprach.

»Ich kann nur abwarten und beten«, sagte Jedediah. »Aber der allmächtige Herrgott regiert, und Er wird es recht fügen.«

»Was ist denn passiert?« fragte Colonel Ashby. Seine Stimme war leise und voller Mitgefühl wie die eines Priesters, und es war, als ob Lieutenant Pendleton schon nicht mehr da wäre, denn Colonel Ashby achtete jetzt nur noch auf Jedediah.

»Meine Nellie ist am Fieber erkrankt«, sagte Jedediah. »Der General hatte mir die Erlaubnis gegeben, die Gegend um den Bull Pasture Mountain auszukundschaften, damit ich nach Loch Willow zurückkehren und nach meiner Familie sehen könnte, aber da Banks nun auf dem Marsch ist, rede ich besser gar nicht erst davon.«

»Kinder sind stark, vor allem Ihre Nellie; die überleben so ein Fieber«, sagte Colonel Ashby. »Sie haben Typhus überlebt und hatten nichts Schlimmeres als Kopfschmerzen.«

»Ich bete zu Gott, er möge ihr nicht mehr als Kopfschmerzen schicken«, sagte Jedediah. »Aber sie hat Scharlach.«

Colonel Ashby bekam diesen seltsamen, abwesenden Gesichtsausdruck, und ich dachte schon, er würde an Ort und Stelle und vor allen Leuten anfangen, mit seinem Bruder Richard zu reden, aber er sagte bloß: »Sie brauchen sich um Ihre Kinder keine Sorgen zu machen, Jedediah. Ich versichere Ihnen, es wird ihnen gutgehen.«

»Ich wünschte, ich wäre da so sicher wie Sie, Turner.«

»Glaube«, sagte Colonel Ashby.

Jedediah nickte nur und sagte: »Glaube«, als wäre er ein Echo.

Vielleicht hatte er Mitleid mit Jedediah – vielleicht aber, dachte ich, hat sein toter Bruder ihm auch eine Art Warnung zukommen lassen –, jedenfalls ließ Colonel Ashby zu, daß Jedediah mich mitnahm. Ich wollte Wirbel machen, aber Colonel Ashby trug *mir* auf, mich um Jedediah zu kümmern, und der hatte die Zügel meines Pferdes fester im Griff als ich und führte mich davon, als ob er mein Vater wäre. Und so bekam ich die Verantwortung für Jedediah, und ich hörte ihm zu, wie er über seine Familie redete, während wir zur Flanke der Massanuttens und herum zum Mount Airy ritten. Und während wir uns so auf diese Berge zubewegten, mußte ich unwillkürlich an Jimmadasin denken und wie ich ihn im Stich gelassen hatte, als ich weggerannt war und Lucy alleingelassen hatte in der Höhle von Baby Jesus mit den toten Deserteuren und Cow und Amarci, die auch tot waren, und ich dachte an Lucy und fragte mich, wie ich alles in Ordnung bringen könnte; Jedediah redete und redete und erzählte mir, wie er und seine Frau zwischen Franklin und McDowell eine Farm gekauft und daraus die Loch Willow Academy gemacht hatten, ein Heim für Studenten, wie er sich ausdrückte, und wie sie sogar in die Union Church eingetreten waren, weil sie damit gerechnet hatten, für immer dort zu bleiben. Im letzten Jahr hätten sie vierundfünfzig Studenten und ein Gesamteinkommen von über siebzehnhundert Dollar gehabt; aber als Virginia sich abspaltete, stellte einer seiner Lehrer eine Infanteriekompanie auf und nahm ihm alle Studenten weg, und Jedediah blieb kaum etwas anderes übrig, als ebenfalls mitzugehen, zumal sein Bruder, der auch auf der Farm arbeitete, für die Union war und wegging, um gegen die eigenen Leute zu kämpfen. Und so gehörten Jedediah und seine Frau jetzt zur Union Church und hatten keine Studenten mehr. Ich nahm an, daß sie in der Landwirtschaft ihr Bestes getan hatte; sie heißt Sara Anne Comfort, sagte er, und ich stellte sie mir vor wie eine weiße Mammy Jack: groß und fett und gemütlich.

»Du könntest ihr eine große Hilfe sein«, sagte Jedediah.

Ich drehte mich nicht zu ihm um und ließ auch nicht erkennen, daß ich zuhörte, als er mir von seinen Töchtern Anne und Nellie erzählte; sie waren fünf und sieben, und auch wenn er nicht davon sprach, daß Nellie an diesem bösartigen Fieber erkrankt war, stellte ich mir vor, daß sie ganz allein auf den roten Sandsteinplatten vor einem hübschen weißen Farmhaus saß, während ihr das Blut aus Augen und Nase quoll, als ob sie es herausweinte. Als Jedediah schließlich erzählte, wie sehr er seinen Bruder Nelson haßte, der auf der Seite der Union stand, und mir dann noch mal erklärte, wie ich seiner Frau Sara Anne helfen könnte, die Farm in Gang zu halten, und daß ich als fester Mann im Haus wäre und wie ich obendrein noch eine Ausbildung erhalten würde, da waren wir hoch genug auf dem Berg, um Banks' Armee zu sehen, die am Mount Jackson am Nordostufer des North River aufmarschierte.

Jedediah meinte, es wären wahrscheinlich an die zwanzigtausend Blauwänste, die da rumwimmelten, und ich sah meilenweit weiße Zelte und wahrscheinlich tausend Planwagen, die sich auf der Landstraße drängten, vermutlich vollbeladen mit Proviant und Munition. Und es waren Parrot-Kanonen da, Zehn- und Zwanzigpfünder – genug, um unsere Armee geradewegs nach Zion zu schießen. Es war, als ob wir alles sehen könnten, denn die Luft war nicht im Weg wie sonst; es war kein Dunst über dem Boden, und am Himmel gab es nur wenige Wolken. Alles war warm und braun und grün, bis auf die Berge, die waren blaßblau, als ob sie einfach weit draußen schwebten. Ich sah aber auch Schneeflecken, die noch nicht geschmolzen waren, und ich hätte nicht darauf gewettet, daß Regen und Hagel und Kälte schon vorbei waren, auch wenn alle Welt zu glauben schien, daß der Frühling gekommen wäre.

Wir machten halt, damit Jedediah Karten zeichnen und in seinem Block ein paar Skizzen für General Jackson machen konnte. Während er zeichnete, redete er mit mir wie mit einem Baby, und das erinnerte mich an die Art, wie Sergeant Dunean in Kernstown mit mir geredet hatte, nur daß Jedediah jetzt wieder davon sprach, daß ich eine Familie und mein eigenes Bett haben und in Sicherheit sein würde und der Mann im Haus, wenn ich auf seiner Farm lebte.

Aber während er noch redete und zeichnete und so tat, als würde ich bei seiner Familie leben, ritt ich einfach weg. Er war so vertieft in sein Zeichnen und seine Gedanken und alles andere, daß er es erst merkte, als es zu spät war, um mich noch einzuholen. Er versuchte es trotzdem, und er schrie hinter mir her, und ich erinnerte mich, wie Lucy hinter mir hergeschrien hatte, und mein einziger Gedanke war, daß ich zu Colonel Ashby zurückmußte.

Und ich erinnerte mich an das, was Jimmadasin zu mir gesagt hatte.

Du hast Jesus verlassen; jetzt bist du allein, hast keinen mehr verdient.

Eine Zeitlang bei Colonel Ashby glaubte ich, er hätte unrecht gehabt. Aber wie sich rausstellte, hatte er recht.

Ich fand Colonel Ashby bei der North River Bridge. Es war immer noch Geisterwetter, und als ich unten ankam, hatten sich graue und schwarze Wolken herangewälzt und den Himmel weggequetscht; die Temperatur war gesunken, und es fing an zu regnen, aber nicht fest, sondern es nieselte gerade genug, daß man sich kalt, klebrig und unbehaglich fühlte. Ich hab's noch nicht erzählt, aber ich fühlte mich sowieso unbehaglich, denn ich war zu lange im Camp gewesen und hatte mir Läuse geholt, die Sorte, die alle nur Graujacken nennen. Es sprach zwar niemand groß darüber, aber jeder hatte die Biester. Wenn Colonel Ashby oder Jedediah ihre Sachen mit Salz aufkochten, mußte ich mein Hemd und meine Hose auch mit in ihren Kessel stopfen, aber das kam nicht allzuoft vor, und so ging ich meistens einfach »auf Stoßtrupp« oder »Filzen«, wie alle sagten, und pflückte die Läuse aus meinen Kleidern. Man kann sich nicht vorstellen, wie diese kleinen Mistviecher juckten – schlimmer als der Kopfgrind, der im Vergleich dazu gar nichts war. Ich stellte mir vor, daß meine Mutter mehr darüber wissen würde, wie man mich von den Graujacken kurieren könnte, als alle Militärärzte zusammengenommen; wahrscheinlich würde sie eine Arznei aus Silbernitrat und Essig oder so was zusammenrühren und die kleinen juckenden Biester einfach totmachen.

Jedenfalls war es wahrscheinlich reine Glückssache, daß ich Colonel Ashby überhaupt fand, denn wenn ich auch nur ein bißchen früher heruntergekommen wäre, dann wäre er irgendwo anders gewesen und hätte sich mit seinen Leuten dem Feind in den Weg gestellt und Gleise rausgerissen und Brücken und Lokomotiven und Nachschubwagen verbrannt und überhaupt alles zerstört, was den Blauwänsten nützlich sein könnte. Aber es war leicht, General Jacksons Armee zu finden, die in hübschen Reihen und Kolonnen in Richtung Harrisonburg marschierte, und ihren Weg einfach zurückzuverfolgen, und so könnte man vermutlich sagen, daß ich vorrückte, während General Jacksons Armee sich absetzte – sich rückwärts formierte, wie Jedediah es nannte –, und natürlich war Colonel Ashbys Kavallerie das einzige zwischen unserer Armee und dem Feind. Die Blauwanst-Kavallerie setzte ihm hart zu, aber vor General Jacksons Artillerie mußte man den Hut ziehen; sie hielt ihre Stellung auf Rude's Hill und zerfetzte nicht wenige der vorrückenden Unionssoldaten mit Traubenladungen und Kartätschen. Die Kanonenschüsse auf beiden Seiten rollten wie Donnerschläge zwischen den Bergen hin und her, und die Traubengeschosse flogen durch die Gegend, als ob es aus den dunklen Gewitterwolken herunterregnete, und vernichteten alles, was sie trafen, als wären sie ein Fluch von Hesekiel oder sonstwem aus der Bibel, und man roch Gewitter und Pulver und Zündschnüre. Aber Colonel Ashby ließ sich davon nicht durcheinanderbringen, sondern zeigte sich geduldig, während der größte Teil seiner Männer mit dem Rest der Armee die North River Bridge überquerte. Da wußte ich natürlich noch nicht, daß Colonel Ashby von der Unionskavallerie überrascht und abgeschnitten worden war, aber man wäre auch nicht auf den Gedanken gekommen, wenn man ihn dort auf der Brücke mit Captain Koontz gesehen hätte. Es waren drei andere Soldaten bei ihnen; sie waren abgestiegen und schafften das Brennmaterial heran, um die Brücke in einen regelrechten Feuersturm über dem Shenandoah zu verwandeln, vor dem die Federals keinen Schritt weitergehen würden. Es war ein heißer Augenblick, und ich sah die Unionskavallerie in scharfem Galopp auf die Brücke zustürmen, und ein paar von Colonel Ashbys Leuten versuchten mich aufzuhalten, als ich auf ihn zuritt, und sie riefen: »Komm da raus!« und »Komm da weg!«, aber ich ritt mitten durch sie hindurch und hätte jeden niedergeritten, der sich mir in den Weg stellte; es ist seltsam, woran man alles denkt, wenn man wahrscheinlich gleich sterben wird: Ich sah Colonel Ashby, der aufblickte und mich kommen sah und bloß kurz nickte, als ob er mich erwartet hätte oder so was, und sich dann wieder seiner Arbeit zuwandte, als wäre das weiter nichts Besonderes, und Captain Koontz schaute zu mir hoch und schrie, ich sollte abhauen, und ich konnte die Yankee-Kavallerie kommen sehen. Sie waren schon fast auf der Brücke, und sie waren herrlich ausgerüstet und sahen aus, als ob sie lauter neue Uniformen anhätten – so sauber und blank waren sie, als ob sie gerade auf einer Parade gewesen wären oder so was; und sie fingen an, auf Colonel Ashby und Captain Koontz und die drei anderen Männer und mich zu schießen, und alles schien langsamer abzulaufen, und mir war, als brauchte ich mich nur hierhin und dahin zu wenden, um den Minié-Kugeln zu entgehen, und ich machte das »Ha«-Geräusch, aber lautlos rief ich Colonel Ashbys toten Bruder Richard und Jimmadasin und Lucy und Cow und sogar dieses Dreckschwein Eurastus und Baby Jesus, denn es war, als ritte ich in Gottes Licht oder so was, weil ich mich einfach gut und rein fühlte, und ich wußte genau, wie Colonel Ashby empfand, wenn er wußte, daß einem nichts passieren kann, bis man vom Herrgott erfährt, daß es Zeit ist, und gerade, als ich neben Colonel Ashby anhielt, zündete er sein Brennmaterial an, und es war, als wären wir wieder in Woodstock, als er zu mir sagte: »Halte dich bereit, Brüderchen!«, und es war, als wären wir ganz allein, und die Blauwänste hatten uns aufs Korn genommen; und es war scheißegal, denn wir würden eine Feuersbrunst entfachen, nur glaube ich, daß es Colonel Ashby diesmal, um die Wahrheit zu sagen, gar nicht bewußt war, daß ich da war, und ich nahm an, sein toter Bruder Richard hatte ihm gesagt, er sollte sich von mir fernhalten oder so was, aber wenn das so war, dann hatte der tote Richard diesmal unrecht, denn obwohl Colonel Ashby seine Lappen und das ganze Stroh und so weiter anzündete, fing es doch nicht richtig Feuer, und diese Stoßtruppreiter fielen über uns her mit ihren Musketen und Pistolen und Säbeln. Aber ich spürte die Hitze aus dem Stroh und roch es so kräftig in der Nase wie auf der Farm, wenn wir Reisig und Laub und Gestrüpp verbrannten, und Colonel Ashby schrie Captain Koontz und den anderen Männern »Aufsitzen!« zu, aber es war zu spät, denn die Unionsreiter hatten uns umzingelt, und ein Blauwanst-Sergeant, dem eine Fliege über die Stirn krabbelte, forderte uns glasklar auf, wir sollten uns ergeben, aber Captain Koontz schoß dem armen Hund glatt durch den Hals, und die Fliege flog weg, während der Sergeant mit einem schrecklichen Husten vom Pferd fiel; und unsere Soldaten schossen noch zwei Blauwänste aus dem Sattel, und im nächsten Augenblick ritten wir mitten durch die Federals hindurch und verloren dabei bloß einen Mann. Der hatte rote Haare und bekam einen Schuß ins Auge, und sofort dachte ich, daß es hier sozusagen Auge um Auge ging, wegen dem, was der Colonel mit dem rothaarigen Blauwanst gemacht hatte; aber es war noch nicht vorbei, denn Colonel Ashbys schöner weißer Hengst kriegte einen Schuß durch die Lunge, aber das Pferd lief immer weiter, lief geradewegs über die North River Bridge, und das Kanonenfeuer war so laut gewesen, daß meine Ohren sich ganz hohl anfühlten und ich nichts mehr hörte außer einem weichen Donnern, und das war wahrscheinlich der Grund, weshalb alles so langsam zu gehen schien. Wir müssen mindestens eine Meile weit geritten sein, und die Blauwänste waren dicht hinter uns und feuerten, aber Colonel Ashbys Pferd wurde langsamer und schäumte von der Hitze und weil es angeschossen war, und deshalb sagte Captain Koontz: »Ihr reitet weiter, und ich reite an den Straßenrand, erschieße den ersten Mann und schnappe mir sein Pferd, und dann sind wir weg«, und ich hielt das für eine Dummheit, aber Captain Koontz schoß einen Blauwanst ab und packte die Zügel, als der Mann fiel, und so brauchte Colonel Ashby nichts weiter zu tun, als diese Zügel festzuhalten und in den Sattel zu springen. Vielleicht hörte Colonel Ashby wieder auf den toten Richard, der ihm wahrscheinlich sagte, er solle es nicht tun, oder vielleicht konnte er seinen Hengst auch einfach nicht zurücklassen, weil er ihn so besonders gern hatte, jedenfalls war es zu spät, denn Captain Koontz wurde getroffen, und ein paar Augenblicke später gab Colonel Ashbys Hengst auf und verendete, und es war nur gut, daß ich neben ihm ritt, denn er kletterte einfach rüber auf mein Pferd und hätte mich fast aus dem Sattel gestoßen, aber das nahm ich ihm nicht übel. Der tote Richard war schuld. Obwohl dieser Geist Colonel Ashby am Leben halten sollte, wußte ich doch, daß er sein Tod sein würde, und ich nahm an, der tote Richard wollte Colonel Ashby in die Falle gehen lassen, und ich hatte eine Offenbarung, wie Mammy Jack es mir vorausgesagt hatte, nämlich daß Geister nicht mit einem reden, wenn sie einen nicht abholen wollen, und da dachte ich mir, daß ich doch ziemliches Glück gehabt hatte, daß Jimmadasin beschlossen hatte, nicht mehr mit mir zu sprechen, denn sonst wäre ich wahrscheinlich jetzt gar nicht mehr hier.

Und ich dachte mir natürlich auch, wenn ich wieder anfangen sollte, den Geisterhund zu sehen, dann wäre meine Zeit gekommen.

Und so ritten Colonel Ashby und der tote Richard und ich den vorrückenden Federals davon und entkamen, und irgendwo hinter Rude's Hill konnten wir uns wieder General Jacksons Truppen anschließen, und es stellte sich raus, daß Captain Koontz nicht tot war; als er zu seiner Kompanie kam, war er blutüberströmt und so schwach, daß er fast vom Pferd gefallen wäre, aber er führte immer noch das gefleckte Pferd des toten Blauwanstes am Zügel, das Colonel Ashby dann mir gab, weil er beschlossen hatte, meinen Hengst als Ersatz für seinen zu behalten. Das rief leises Murren bei den Männern der Seventh Virginia hervor, denn wenn ein Soldat sein Pferd verlor, bedeutete das normalerweise, daß er zur Infanterie degradiert wurde. Und da hatte ich sofort ein neues Pferd und war noch nicht mal Soldat.

Um Ihnen die Wahrheit zu sagen, ich wäre lieber zur Infanterie gegangen als dahin, wo ich jetzt hinkam.

Colonel Ashby sicherte die Nachhut, während General Jackson sich das Tal hinauf nach New Market zurückzog und dann nach Lacey's und Big Spring, was bei Harrisonburg liegt, und obwohl General Jackson haltmachte und seine Armee ausruhen ließ, ritt Colonel Ashby mit seiner Kavallerie an der Front von Banks' Armee entlang und attackierte sie bald hier, bald da, und wir verbrannten die Brücken bei Mount Crawford und Bridgewater, nachdem General Jacksons Wagenzüge den North River überquert hatten, und diesmal waren keine Blauwänste da, um die Flammen zu löschen. Wir ritten zwei Tage, und ich schlief im Sattel und schlief, wenn wir anhielten, um zu essen, und wann immer ich sonst schlafen konnte, bis es so weit kam, daß ich kaum noch wußte, ob ich wach war oder träumte, denn wenn ich träumte, träumte ich, daß ich ritt oder aß oder schlief; und manchmal wurde ich von Colonel Ashby getrennt, aber ich fand ihn immer wieder, denn, wie Mammy Jack sagen würde, »es hat sollen sein«, und Colonel Ashby wechselte die Pferde, wenn es dunkel wurde, wie er es immer tat, und führte sein Tagebuch und redete mit dem toten Richard, aber ich schätze, Richard war sauer auf Colonel Ashby und hatte die Nase voll von mir, denn als wir in McGaheysville angekommen waren, schien so langsam alles schiefzugehen. Ich hätte wahrscheinlich wissen müssen, daß alles schiefgehen würde, denn es regnete seit zwei Tagen heftig, und überall war es matschig und stinkig und neblig und ungemütlich, und ich glaubte immer wieder, ich könnte den Geisterhund und Jimmadasin in dem Geisternebel sehen, der sich da auf alles gelegt hatte.

Wie dem auch sei, es fing ernstlich an, als Colonel Ashby Captain Jordan und Captain Sheets und Lieutenant Mantaur den Befehl gab, ihre Kompanien zu nehmen und die Columbia und die Red Bridge bei Honeyville zu verbrennen und dann die White House Bridge weiter unten am Shenandoah; und es war erst kurz nach neun Uhr morgens, als wir Captain Jordan und seine Leute besoffen vom Sprit-Whiskey erwischten, wie sie sich in der Shenandoah-Eisenhütte herumdrückten, »um aus dem Wetter rauszukommen«. Und gegen Mittag, als Captain Sheets mit ungefähr fünfzig Mann versuchte, die Columbia Bridge zu verbrennen, da spürten die Blauwänste sie auf und jagten sie wie Karnickel in alle vier Himmelsrichtungen; und es war, als wäre die ganze Kavallerie besoffen, denn sie geriet in völlige Auflösung. Colonel Ashby versuchte sie zu sammeln und sie mit seinen eigenen Leuten gegen den Feind zu werfen, aber sie stoben einfach überallhin auseinander und wollten nicht kämpfen. Ein paar von Captain Jordans Leuten hatten es so eilig mit dem Rückzug, daß sie ihre Gewehre fallen ließen und ihre Mäntel und Decken wegwarfen und in die Wälder rannten.

Und nach alldem war nur die Red Bridge verbrannt, und die steckte Colonel Ashby noch selber in Brand, während die Federals ihm dicht auf den Fersen waren, genau wie da, als er seinen kostbaren weißen Hengst verlor.

Aber erst später in dieser Nacht fing der *richtige* Ärger an, zumindest für mich.

Ich wußte, daß etwas nicht stimmte, weil Colonel Ashby nicht mit dem toten Richard sprach; er vergaß sein Tagebuch, und er trank aus derselben grünen Spritflasche, die er einem Corporal aus Captain Jordans Kompanie weggenommen hatte. Ich erinnere mich an den Mann – er hat sich in der Gegend von Winchester immer als Landarbeiter verdingt –, und Colonel Ashby hatte zu ihm gesagt, wenn er die Flasche nicht herausrückte, würde er sich zum sogenannten High Private degradiert in der Fußkavallerie wiederfinden.

Colonel Ashby brauchte nicht viel Zeit – und auch nicht viel Schnaps –, um sich zu betrinken, und Jedediah brauchte nicht viel Zeit, um ihn zu finden … und mich.

Ich hatte Colonel Ashby nie richtig trinken sehen, wenn er auch abends ein paarmal am Maiswhiskey nippte, was ich im übrigen auch tat. Es erschien mir seltsam, aber als er wirklich betrunken war, wurde er nüchtern. Keine Gespräche mehr mit dem toten Richard, kein Spähen durch alles hindurch, um zu sehen, ob Geister vor ihm waren. Er sprach mit mir und war höflich zu all den Jungs, die vorbeikamen, um ihn zu besuchen, wo wir unser Camp aufgeschlagen hatten, nämlich bei Miller's Bridge in der Nähe des Städtchens Conrad's Store. Wir waren unterwegs zu den Blue Ridge Mountains, und wir waren von der Teerstraße, auf der wir geritten waren, abgebogen.

Ich kann es nicht erklären, aber Colonel Ashby so zu sehen machte mich traurig, auch wenn ich mir wünschte, er hätte immer so sein können, solange ich ihn kannte. Ich schätze, das Trinken verwandelte ihn in einen richtigen Freimaurer oder Hiawatha-Ritter oder so was, denn er gab mir das Gefühl, ich wäre wichtiger als irgendeiner der Offiziere, die ihn besuchen kamen.

Obwohl es mir so vorkam, als wäre es mitten in der Nacht, war es doch wahrscheinlich erst kurz nach acht. Wir saßen in Colonel Ashbys Steilwandzelt, das wir den Federals abgenommen hatten, und weil wir einen Ofen hatten, den Colonel Ashbys Männer für ihn aufgestellt hatten, fand ich das besser, als die Gastfreundschaft von Fremden in Anspruch zu nehmen, die dann alles beobachteten, was man tat – so war es nämlich bei den meisten Offizieren –, vor allem bei General Jackson, der wie gesagt drüben bei Reverend Rude wohnte und da jede Nacht schlief, als ob er zu Hause wäre. Aber Colonel Ashby blieb gern für sich, damit er »mit Gott kommunizieren« oder mit dem toten Richard reden oder sein Tagebuch entziffern oder in der Bibel lesen konnte, was er gern tat; aber die meiste Zeit ritt er sowieso draußen rum, und es war jederzeit besser, sich fernzuhalten von dem Gefurze und Geschnarche und Gequatsche und Gelache in den Camps. Und all diese giftigen Dünste, wie Colonel Ashby sich ausdrückte, machten einen krank.

Da saßen wir nun also, Colonel Ashby, Jedediah und ich, auf Schemeln um die Zwiebackkiste, die uns als Tisch diente. Colonel Ashby versuchte gar nicht, seine Flasche zu verstecken, aber er bot Jedediah auch keinen Sprit an, denn der war, wie gesagt, zu fromm, um so was je zu trinken.

»Sie brauchen Schlaf, Jedediah«, sagte Colonel Ashby. Seine Zunge war kein bißchen schwer; er sprach leise und schön und wäre wahrscheinlich besser ein Lehrer geworden, der anderen Leuten beibrachte, richtig zu sprechen. Colonel Ashby lächelte und fragte: »Und ist es nicht ziemlich spät für eine Parade?« Jedediah war nicht wie ein Zivilist oder wie ein Geistlicher gekleidet. Er trug eine graue Hose und einen Filzhut und einen braunen Rock mit den Captainsstreifen am Kragen, und er hatte seinen Skizzenblock nicht dabei. Er sah so sauber aus, daß er vermutlich wirklich jederzeit auf eine Parade hätte gehen können. Müde sah er tatsächlich aus, todmüde sogar; aber ich nahm an, daß er immer so aussah und daß es jetzt bloß schlimmer war, weil seine Tochter Nellie krank war und wahrscheinlich im Sterben lag und so weiter.

Natürlich wußte ich nicht, ob sie nicht schon tot war; ich dachte es mir bloß.

»Wenn der General beschließt, daß er eine Parade haben will, dann werden wir ihm eine geben.«

Beim Gedanken an eine Parade wurde ich ganz aufgeregt, aber das meinte er gar nicht so.

»Was will der General?« fragte Colonel Ashby. »Und was wollen Sie?«

Jedediah sah mich an, und ich schaute zu Boden. Ich überlegte, ob ich nicht einfach aufstehen und rausgehen sollte, aber ich rührte mich nicht. Manchmal möchte ich etwas tun und tu es einfach nicht, und dann weiß ich nie, ob es daran liegt, daß ich es eigentlich nicht will oder daß ich es nicht kann. Und das war auch so ein Fall.

»Was zum Teufel haben Sie ihm erzählt?« fragte Colonel Ashby weiter, aber es hörte sich an, als ob er nur »guten Tag« sagte, als ob er »beschissenes Dreckschwein« oder »leck mich am Arsch« sagen könnte, als gäbe es nichts Reizenderes auf der Welt. Ich dachte mir, wenn ich je wieder sprechen könnte, dann würde ich versuchen, so zu sprechen, sanft und geschmeidig; und plötzlich kriegte ich Angst, weil ich nicht sprechen konnte, und ich dachte, ich müßte es an Ort und Stelle ausprobieren, müßte irgend etwas sagen, selbst wenn es nur »ha« wäre, und ich bekam Herzklopfen und wurde ganz heiß im Gesicht, aber ich konnte bloß dasitzen, und Colonel Ashby sagte: »Richard, ist alles in Ordnung? Willst du nicht hinausgehen und ein bißchen Luft schnappen?« Aber ich guckte nur zu Boden, auf Steine und Erde und Unkraut und auf die umgestülpte Zwiebackkiste, bei der die Schrift auf der Seite auf dem Kopf stand, und ich starrte einfach auf einen Punkt und versuchte unsichtbar zu werden, denn ich wollte nicht rausgehen, ich wollte hören, was weiter gesagt wurde, weil Jedediah nämlich nie was Gutes im Schilde führte, wenn es um mich ging, und es muß wohl geklappt haben, denn eine Hand tätschelte mir den Nacken, und ich wußte nicht, ob das Colonel Ashby oder Jedediah war, denn Colonel Ashby tätschelte mich manchmal, als ob ich ein Hund wäre.

Ich schaute wieder auf, als sie weiterredeten.

»Es ist nicht so, wie Sie denken, Turner«, sagte Jedediah. »Der General denkt nicht daran, die Seventh Virginia umzustellen, wenn es das ist, was Sie befürchten. Ich wüßte es, wenn es so wäre. Sie sind ihm zu wichtig. Er wird sich in Ihr Kommando nicht einmischen.«

»Da habe ich aber was anderes gehört.«

»Ich glaube, ich sehe ihn ein bißchen öfter als Sie«, sagte Jedediah, und ich hätte schwören können, daß er anfing zu lächeln, aber eigentlich konnte ich es nicht erkennen. Ich glaubte nicht, daß er je lächelte, und wahrscheinlich würde er es auch nie wieder tun, wo doch seine Familie jetzt Scharlach hatte und dran starb.

»Dann vertraut er sich Ihnen also an, ja, Jedediah?«

»Er vertraut sich niemandem an. Nicht, daß ich wüßte.«

»Außer vielleicht dem kleinen Corbin-Mädchen?« sagte Colonel Ashby, und ich merkte, daß er Jedediah nur ärgern wollte.

»Janie Corbin war ein sehr hübsches Ding«, sagte Jedediah. »Diese dichten, blonden Locken.«

»Sie war?«

»Sie ist am Fieber gestorben, bevor wir Reverend Rude verließen.«

»Das tut mir leid, Jedediah, wirklich.«

»Mir hat sie nichts bedeutet; nur dem General und wohl auch ihren armen, unglücklichen Eltern, möchte ich meinen.« Jedediah verstummte, als ob er sorgfältig über etwas nachdächte, und dann sagte er: »Aber er hat das kleine Ding jedenfalls angebetet. Er hat die goldene Kordel von der prächtigen neuen Mütze abgeschnitten, die seine Leute ihm geschenkt hatten, und dann hat er ihr Haar damit zusammengebunden. Danach hat sie es immer so getragen. Ich könnte mir denken, daß die Kordel mit ihr begraben wurde. Ich habe ihn weinen sehen, als er erfuhr, daß sie gestorben war.«

»Aber diese plötzliche Zuneigung zum Mitmenschen erstreckte sich wohl nicht auf die drei Soldaten, die sich nach Hause gestohlen hatten, vermutlich um ihre eigenen kleinen Töchter zu sehen – oder? Oder hat er das Todesurteil aufgehoben?«

»Nicht daß ich wüßte«, sagte Jedediah.

»Dachte ich mir.«

Jedediah sah unbehaglich aus, als hätte er etwas zu sagen, wüßte aber nicht, wie er damit herausrücken sollte, so daß er alles andere sagte, was ihm in den Kopf kam – wie wir diesen Spion

James Andrews gefaßt hatten, der seine eigene Armee anführte und eine Lokomotive der Western & Atlantic gestohlen hatte, und wie in Huntsville mehrere hundert Konföderierte in Gefangenschaft geraten waren und wie die *Ram Virginia* am letzten Donnerstag drei Handelsschiffe gekapert hatte. Aber Colonel Ashby hörte ihm überhaupt nicht zu; er erkundigte sich nach Jedediahs Frau und seinen Töchtern und wollte dann wissen, weshalb zum Teufel Jedediah wirklich gekommen wäre – ein gesellschaftlicher Besuch wäre es doch sicher nicht.

»Ich bin im Auftrag des Generals hier«, sagte Jedediah.

»Nun, und was will der General?« fragte Colonel Ashby.

»Den Jungen.« Jedediah sah zu mir herüber, als ob er mich noch nie gesehen hätte, aber nur eine Sekunde lang, und dann schaute er wieder Colonel Ashby an. »Er soll ihn bloß besuchen.«

»Ah, wie das kleine Mädchen – ist es das?«

Jedediah nickte und sah so verlegen aus, als ob er gerade in der Kirche gefurzt hätte.

Colonel Ashby griff nach der Whiskeyflasche und rieb mit der Hand daran auf und ab. »Und ich nehme wohl an, Sie haben ihm alles über Richard erzählt.« Er meinte natürlich mich, nicht seinen Bruder.

»Er hat mich gefragt, und – jawohl, ich habe alles erzählt.«

»Dann solltest du den General lieber nicht warten lassen.« Colonel Ashby wandte sich zu mir um, und das Licht aus dem Ofen strahlte auf sein Gesicht; es war, als könnte ich verschiedene Gesichter über ihn hinwegflackern sehen, und ich fragte mich, ob eins davon dem toten Richard gehörte und ob es der tote Richard war, der da mit mir sprach und mir sagte, ich sollte mit Jedediah zu General Jackson gehen. Und plötzlich war Colonel Ashby wieder da, aber es war, als ob er mich nicht mehr sähe, denn sein Gesicht wurde ernst und seine Augen waren schmal, und ich sah, daß er wütend war ... nein, nicht wütend; er lauschte so angestrengt, daß ihn wahrscheinlich alles andere gar nicht mehr kümmerte.

Wahrscheinlich hörte er dem toten Richard zu; das nahm ich wenigstens an, denn Jedediah konnte seine Aufmerksamkeit nicht mehr auf sich lenken, aber als wir gerade hinausgehen wollten, rief Colonel Ashby mich zurück und sagte: »Hier, Richard, gib das dem alten Jack, aber, wohlgemerkt, laß es ihn erst dann sehen, wenn ihr wirklich allein seid.« Er drückte den Korken in die Whiskeyflasche auf dem Tisch und hielt sie mir entgegen. Ich nahm sie und wartete darauf, daß Jedediah sich beschweren würde, es wäre doch nicht klug, wenn ich General Jackson eine halbe Flasche von Colonel Ashbys Sprit gäbe, weil doch jedermann wüßte, daß der General ein strikter Abstinenzler wäre.

Aber Jedediah sagte kein einziges Wort.

»Und du kommst schnurstracks wieder her, wenn du mit deinem Besuch beim General fertig bist«, sagte Colonel Ashby noch zu mir, und dann wandte er sich ab, weil der tote Richard wahrscheinlich noch etwas zu ihm sagte.

Und Jedediah kam noch einmal zurück, nahm mir die Flasche ab und schob mich aus dem Zelt, wo Rabbit, einer von Captain Chews Artilleristen, die mich Fick-Boy gerufen hatten, mit einem Brotbeutel auf uns wartete, den er immer sein »Büro« nannte. Ich konnte den Mistkerl nicht leiden, weil er mich an Private Eurastus erinnerte – er war genauso groß und fett wie Eurastus –, aber zu Jedediah war er so höflich, wie es nur ging, und ich fragte mich schon, ob er vielleicht gar nicht so übel war. Jedediah hatte andere Kleider für mich in diesem Beutel; das Ding war so vollgestopft, daß die Klappe über den Knochenknöpfen sich nicht mehr schließen ließ. Rabbit zog eine Offiziersjacke heraus – sie hatte vorn lauter Messingknöpfe und geflochtene Tressen an den Ärmeln – und Hosen mit einem Streifen und ein paar feste Schuhe ohne Löcher, und Jedediah befahl mir, mich draußen vor Colonel Ashbys Zelt umzuziehen, vor aller Augen. Anscheinend hörte er die Soldaten nicht, die vorbeikamen oder dort herumlungerten; sie lachten mich aus, und obwohl ich gar keinen Hut aufhatte, johlten sie:

»Hey, komm raus aus dem Hut!
Du kannst dich da drin nicht verstecken.«
»Hey, da ist 'n Mann in dem Rock,
nein, da ist 'n Junge in dem Rock.«
»Komm raus aus dem Rock,
komm raus da!«
»Komm raus aus den Schuhen!
Aber sofort, Boy,
komm bloß da raus!«

Ich glühte vor Scham, aber wie gesagt, ich dachte schon, Jedediah wäre taub für das alles, bis er sich zu den Männern umdrehte und sie anschrie, wann *sie* denn schon mal leibhaftig bei General Jackson eingeladen gewesen wären, aber das beruhigte sie überhaupt nicht, und mir war zumute, als sollte ich bei lebendigem Leib verspeist werden; die Schuhe, die der fette Rabbit mir gab, waren zu eng und unbequem, aber als ich sie wieder ausziehen wollte, schimpfte Jedediah mit mir und meinte, für den General müßte ich ordentlich aussehen. Ich wußte schon, daß General Jackson gleich nach der Hand Gottes kam, aber ich hatte auch das Gefühl, daß er immer über alles wütend war; deshalb wollte ich lieber versuchen, unsichtbar zu werden, vielleicht würde er mich dann nicht weiter bemerken. Aber das würde nicht leicht werden, denn ich war ziemlich sichtbar geworden, seit Dixie tot war und ich seinen Platz als Richard übernommen hatte.

Meine Füße schmerzten in den festen Schuhen, die Jacke und die Hose waren zu groß, und der Wollstoff und die Läuse taten sich zusammen, so daß es mich am ganzen Leib juckte, aber das war alles nicht so wichtig, denn ich fühlte mich wie ein regulärer Soldat bei einer Parade, als Jedediah und ich zu General Jacksons Hauptquartier hinausritten, das in der Nähe der Straße lag, die zur Swift Run Gap führt.

Ich hatte auch Colonel Ashbys Schnapsflasche in einem kleinen Brotbeutel, den ich mir über die Schulter geworfen hatte.

Wir hielten vor einem großen alten zweistöckigen Blockhaus, das einen Steinkamin an der einen Seite und hinten einen flachen Anbau hatte, den Jedediah »Annex« nannte. Er sagte, der Annex sei General Jacksons Hauptquartier, aber der Rest des Hauses gehöre Abe Lincoln. Ich muß ihn wohl komisch angeguckt haben, denn er lachte und sagte, dieser Abe Lincoln wäre ein Bauer und hätte für die Union nichts übrig. Aber trotzdem wäre er immerhin verwandt mit dem *richtigen* Abe Lincoln.

Eine alte Frau kam an die Tür und sagte, wir sollten den Matsch von unseren Schuhen abwischen, und nachdem sie mich von Kopf bis Fuß gemustert hatte, als ob ich was klauen wollte, ließ sie uns ins Haus. Wir folgten ihr in ein Eßzimmer, und da saß ein alter Mann mit General Jackson und Lieutenant Sandy Pendleton und drei anderen Offizieren an einem runden Eichenholztisch. Auf dem Tisch brannte eine Kerze, und im Kamin glühte ein Feuer.

Vermutlich weiß ja jeder, wie General Jackson aussieht, aber ich war doch überrascht, ihn so aus der Nähe zu sehen. Wahrscheinlich glaubt das keiner, aber mein einziger Gedanke war, daß er gut aussah. Ich hatte erwartet, daß er alt und verhutzelt aussehen würde, aber er hatte braune Haare und einen braunen Bart, der so dicht war wie ein Hundefell, und er war groß und dünn und drahtig und wirkte so adrett in seiner Uniform, wie es nur ging, und seine Lippen waren fest zusammengepreßt, wie wenn er sich auf einen Kampf vorbereitete oder angestrengt über etwas nachdachte.

Aber er lächelte Jedediah und mir zu und sagte, wir sollten uns setzen. Ich blieb stehen, weil nicht genug Stühle da waren, und da winkte er mich zu sich heran. Ich stellte mich neben ihn, obwohl mir dabei ziemlich unbehaglich war; unwillkürlich bemerkte ich seine Augen, die blau waren und hart wie Steine, während seine Stimme sanft klang.

Später erfuhr ich, daß er nicht oft sprach und selten lächelte, aber ich kann das nicht bestätigen.

Er fragte mich, ob ich Hunger hätte, und ich schüttelte den Kopf, obwohl mir bei dem Duft von Kaffee und Speck und Roastbeef und heißem Brot und Melassekuchen und Rührei auf einem großen, angestoßenen Teller fast schwindlig wurde. Und unwillkürlich sah ich auch, daß der Brotlaib so weich war, daß er die Spuren einer Hand zeigte, die ihn zu fest gedrückt hatte. Ich nahm an, daß es einer der Offiziere gewesen sein mußte, denn meine Mutter hätte so etwas niemals mit Brot gemacht und die alte Frau, die uns hereingelassen hatte, sicher auch nicht. Sie lief geschäftig um den Tisch herum und legte ein Stück von diesem und ein Stück von jenem auf einen Teller, den sie mir dann vor die Nase stellte, obwohl ich General Jackson gesagt hatte, daß ich keinen Hunger hatte. Schließlich schleppte sie einen Hocker heran und winkte mir, mich hinzusetzen, aber weil der Hocker niedriger war als die Stühle, mußte ich den Teller auf den Schoß nehmen.

»Kaffee?« fragte General Jackson. Alle lachten, und ich wußte nicht, warum. Ich brauchte nicht mal zu nicken. Das bittere Zeug, das gleichzeitig süß war, hätte mir fast die Zunge abgebrannt, aber es war gut und duftete wie zu Hause, und ich mußte daran denken, wie ich immer von dem Duft wach wurde, wenn meine Mutter Kaffee kochte, und plötzlich war mir nach Weinen zumute, was aber albern war, denn ich kann mir nicht vorstellen, daß irgend jemand wegen Kaffee weint; aber als ich zu den Offizieren aufblickte, die im Flackerlicht der Kerze ganz weich und glatt aussahen, da dachte ich, Scheiße, ich muß im Himmel sein, und wahrscheinlich hat Colonel Ashby deswegen beschlossen, mich mit Jedediah zu Old Jack gehen zu lassen.

»Schön, Sie zu sehen, Jedediah«, sagte General Jackson. »Wir haben Ihre Gesellschaft in den letzten paar Tagen vermißt.«

»Ich dächte doch, Sie hätten mehr als genug von mir gesehen«, antwortete Jedediah.

»Ah, niemand würde Ihre Talente als Offizier schmälern wollen, aber Sie sollten doch öfter mit Ihren Freunden das Brot brechen.« General Jackson lächelte; ich hatte gehört, daß er das nie tat. Die alte Frau, die eine Haube wie eine Quäkerin trug, beugte sich über seine Schulter, um die Kaffeekanne vor ihm wegzunehmen. Ich hatte den Eindruck, daß sie den General bevorzugte; als sie mit einer frischen Kanne zurückkam und ihm noch eine Tasse eingoß, ohne ihn um Erlaubnis zu fragen, sagte sie: »General, sind Sie *sicher*, daß Sie nicht mit dem alten General Jackson verwandt sind? Wissen Sie, der war nämlich auch mal hier, wahrhaftig.«

»Sissy, du hast ihn jetzt sicher ein dutzendmal danach gefragt; jetzt laß es gut sein«, sagte Old Man Lincoln. Er hatte seinen Stuhl vom Tisch abgerückt, als ob er zeigen wollte, daß er eigentlich nicht dazugehörte, auch wenn dies sein eigenes Haus war; er sah aus wie Methusalem oder Moses oder so ein jüdischer Rabbi mit seinem langen weißen Bart und der Mütze und der Weste und der ausgebeulten Hose, die er bis über die zerrissenen Strümpfe hochgekrempelt hatte.

»Mrs. Lincoln, Sie ehren mich«, sagte General Jackson, »aber ich kann Ihnen tatsächlich nicht sagen, ob Old Hickory und ich irgendwelche gemeinsamen familiären Wurzeln haben. Aber möglich wäre es, nicht wahr? Und es ist ein schöner Gedanke, denn ich habe ihn immer bewundert, und ich bin ein eingefleischter Demokrat, wie auch er einer war.« Er lächelte Mrs. Lincoln an – das Lächeln war kurz, und er begleitete es mit einem Kopfnicken, so daß ich verstehen konnte, wie manche Leute auf den Gedanken kommen konnten, daß er niemals lächelte, weil sie es einfach verpaßt hatten –, und sie schien ganz entzückt darüber, daß General Jackson mit ihr gesprochen hatte.

Aber Mr. Lincoln funkelte sie wütend an, als ob sie gerade Kaffee verschüttet oder einen lauten Furz gelassen hätte; und Lieutenant Sandy Pendleton schien die Wogen wieder zu glätten, indem er den Alten bat, doch weiter von dem Geist oder dem »verdammten Kobold« zu erzählen, der auf Wizard's Clip hauste, einem Friedhof für Katholiken, nicht weit von Lincoln's Farm im Norden. Es war wohl ein guter Abend, um über solche Sachen zu reden, denn ein Wind war aufgekommen, der vor den Fenstern pfiff, und wir hörten jetzt auch Donner, obwohl es nicht geregnet hatte, als wir hergeritten waren.

»Tja, ist einer von Ihnen schon mal dagewesen?« fragte Mr. Lincoln. »Wenn ja, dann wissen Sie, daß es dort ganz und gar unfruchtbar ist. Sie können es sich selber angucken: Auf diesem alten Livingston-Land ist nichts mehr gewachsen, seit meine Grandma ein kleines Mädchen war, und bis zum heutigen Tag wagen sich die Nigger nicht mal in die Nähe – da können Sie sich mit jedem Nigger hier am Ort unterhalten, und da werden Sie schon sehen, daß ich recht habe.«

»Ich bin dagewesen«, sagte ein Lieutenant, der neben Jedediah saß. Er hieß Henry Kidd Douglas, und anscheinend konnte ihn jeder gut leiden, genau wie sie Sandy Pendleton leiden konnten, auch wenn Lieutenant Douglas nicht so lässig wirkte. Er hatte den gleichen Blick wie General Jackson – wie zwei Hunde, die gerade ein Karnickel gesehen haben und sich angestrengt konzentrierten. »Man sieht die Ausschachtungen des Farmhauses und der Scheune mit ihren Anbauten, und da ist ein Hügel, wo vermutlich mal der Stall gestanden hat; aber Mr. Lincoln hat ganz recht: Alles ist verdorrt. Da ist nichts als nackter Schieferboden, kein einziger Grashalm, und sogar die alten Birnbäume sind verrottet. Da ist nicht viel übrig – sogar die Fundamente sind weg.«

»Wahrscheinlich haben Farmer die Steine weggeschleppt«, sagte ein anderer Offizier; ich erfuhr später, daß er Dr. McGuire hieß. Er war General Jacksons Oberarzt. Dem Aussehen nach war er ungefähr dreißig, also wahrscheinlich genauso alt wie Sandy Pendleton und Lieutenant Douglas, nehme ich an, aber es fällt mir schwer, zu schätzen, wie alt einer ist. Ich weiß, ob jemand in meinem Alter ist oder ob er wirklich alt ist, aber alles, was dazwischen liegt, sieht für mich ziemlich gleich aus. Ich muß allerdings zugeben, daß ich General Jackson und Jedediah zu den Alten rechne, aber Colonel Ashby nicht, obwohl er wahrscheinlich nach allem, was ich weiß, auch in ihrem Alter war. Jedenfalls, Dr. McGuire hatte dünnes Haar und sah aus wie einer, der sich jeder Art von Spaß widersetzen würde. Für mich sah er aus wie ein Eurastus mit Schulbildung.

»Und man muß keineswegs zum Aberglauben greifen, um zu erklären, was dem armen Mr. Livingston passiert ist«, fuhr Dr. McGuire fort. »All diese Geschichten mit herumtollenden Geistern, die Scheunen abbrennen, Kleider in Stücke schneiden, Rinder umbringen und den Leuten eine Heidenangst einjagen, kann man wahrscheinlich irgendwelchen eifersüchtigen Nachbarn oder ähnlichem zuschreiben. Für mich klingt das alles nur nach einem bösartigen Streich, nach einer Posse.«

Nun, ich weiß nicht, ob Dr. McGuire die Absicht hatte, beide Lincolns gleichzeitig zu ärgern, aber es gelang ihm doch, denn Mr. Lincoln stand auf und fing an, beim Reden um den Tisch zu laufen, und es war schon verdammt komisch, denn Mrs. Lincoln lief neben ihm her, als ob sie beide besessen wären von den tollenden Geistern, die Dr. McGuire erwähnt hatte. »Nun, junger Herr, wenn Sie gesehen hätten, was wir in den letzten dreißig Jahren gesehen haben, dann würden Sie sich nicht über Sachen lustig machen, von denen Sie nichts verstehen. Oder haben Sie schon mal gesehen, wie ein Schwarm Gänse wo reinflog und wie sie plötzlich alle die Köpfe verloren und dann einfach wieder wegflogen? Nun, wir haben es gesehen. Und nicht nur das. Wenn Sie jede Nacht hier sind, hören Sie Geschrei und Geheul und großes Gewese. Wir haben Kleider gesehen, ganz zerschnitten, die überall rumlagen, aber wenn man hingeht und sie aufheben will, dann sind sie nicht da. Erklären Sie mir das, was Sie mit eigenen Augen sehen können, Herr Doktor Soldat!«

Ganz plötzlich fing es fest an zu regnen, und ich bemerkte, daß der Wind das Wasser an der Seite durch das Fenster reindrückte, und das Fenster rappelte wie einer von Mr. Lincolns Geistern. Ich erinnerte mich daran, wie der Regen sich angehört hatte, wenn er auf unser Dach prasselte, und wie ich als Kind im Bett gelegen und ihm gelauscht und mir dabei vorgestellt hatte, daß es

Katzen und Hunde regnete, wie meine Mutter immer sagte, und dann fragte ich mich, welches wohl die Katzen und welches die Hunde waren – und dann war ich wieder so traurig wie bei der Erinnerung an den Kaffee, obwohl General Jackson mir übers Haar streichelte, wie meine Mutter es auch manchmal getan hatte.

»Es war nicht respektlos gemeint«, sagte Dr. McGuire und senkte den Kopf, aber mir kam es so vor, als ob er schauspielerte, und ich hätte dem Mistkerl nicht eine Minute lang über den Weg getraut, aber Mr. Lincoln setzte sich wieder auf seinen Stuhl, und ich nehme an, er glaubte, daß er diesen Streit schon gewonnen hätte, aber Dr. McGuire konnte die Sache nicht auf sich beruhen lassen und erklärte unablässig, daß doch alles irgendwie auf natürlichen Phänomenen beruhte oder so was, bis man schon sah, daß Old Man Lincoln gleich wieder aufstehen würde. Nun hätte ich gedacht, daß General Jackson alle beruhigt hätte, aber er saß bloß still da und tätschelte mich ab und zu, als ob ich, wie gesagt, ein Hund wäre.

Dandy Pendleton goß Öl auf die Wogen, wie Pappa gesagt hätte, indem er erklärte, er hätte gehört, das alles hätte angefangen, weil jemand, der die Livingstons besucht hatte, dort gestorben wäre, und der wäre katholisch gewesen und hätte nach einem Priester gefragt, weil er die Absolution wollte, was immer das sein mochte, aber die Livingstons wären schlafen gegangen, statt ihm einen Priester zu besorgen, und deswegen spukte es da jetzt. Das beruhigte Mr. Lincoln, der sagte, er hätte den Geist dieses Katholiken dort gesehen, und dann erzählte er, wie schrecklich der Geist gestöhnt hätte und daß er keine Schuhe angehabt hätte, weil da, wo er herkam, niemand Schuhe trug; und er hätte ihnen klar und deutlich mitgeteilt, daß jede protestantische Seele in Ewigkeit in der Hölle schmoren würde, nur wegen Luther und Calvin.

Das hielt ich für Blödsinn, denn ich wußte, daß Geister sehr wohl Schuhe trugen, und Jimmadasin, der ebensogut als Geist durchgehen konnte wie Mr. Lincolns Geister, gab auch kein schreckliches Stöhnen von sich, zumindest nicht schlimmer als vorher, als er noch lebte, aber das war nicht so wichtig, denn Mr. und Mrs. Lincoln zitterten jetzt vor lauter Aufregung, und sie meinten, es werde dort Geister geben, bis die Behörden den katholischen Friedhof abschafften und woandershin verlegten. Natürlich würde es überall Geister geben, wo man einen katholischen Friedhof anlegte. Aber ich war nicht sicher, ob das alles so stimmte.

Nachdem General Jackson ganz still gewesen war und mich getätschelt und allem zugehört hatte, schien er plötzlich aufzuwachen. »Ich glaube, wir alle haben jetzt genug Theologie für einen Abend diskutiert, Gentlemen, und ich möchte unseren Gastgebern gern unseren besonderen Dank abstatten, weil sie so gut für uns gesorgt haben.« Er nickte Old Man Lincoln zu und auch seiner Frau, die hinter ihm stand wie ein Soldat, und sie nickte auch und nahm General Jackson gleich beim Wort, denn sie fing an, den Tisch abzuräumen, obwohl Mr. Lincoln versuchte, noch weiter über Geister und Gespenster zu reden. Aber General Jackson hörte nicht mehr zu; er war jetzt ganz geschäftsmäßig und befahl Sandy Pendleton, unverzüglich eine Nachricht an Colonel Ashby zu übermitteln.

»Ich muß den Jungen doch noch zu Colonel Ashby zurückbringen«, sagte Jedediah. »Da könnte ich Sandy den Ritt ersparen.« Aber davon wollte General Jackson nichts wissen; er schickte Lieutenant Pendleton in das Unwetter hinaus, mit einem Brief, der schon fertig und verschlossen war. Ich konnte mir nicht vorstellen, was drinstehen mochte, aber ich dachte mir schon, daß es nichts Gutes sein würde, denn sonst hätte er Jedediah und mir erlaubt, ihn zu Colonel Ashby zu bringen. Ich schaute Jedediah an, denn ich dachte mir, dann würden wir einfach mit Sandy reiten, aber da fragte General Jackson mich, ob ich ihn nicht gern noch ein Weilchen besuchen wollte. Jedediah nickte mir zu, als ob er plötzlich auch nicht mehr sprechen könnte; und nachdem Mrs. Lincoln ihm eine frische Kerze angezündet hatte, folgte ich

General Jackson in sein Arbeitszimmer, das aber auch nichts weiter war als eine Kammer mit einem Bett, einer verschrammten
Kommode und einem Stuhl, der unter dem einzigen Fenster
stand. Ich sah, daß die Kommode zwar aufgeklappt war, so daß er
darauf hätte schreiben können, aber es lag nichts drauf, nicht mal
ein Stück Papier; deshalb dachte ich mir, er arbeitet hier wahrscheinlich nicht viel, oder er versteckt die Sachen, damit Spione
nicht herankommen können. Er winkte mich zum Bett, damit ich
mich dort hinsetzte, und ich dachte, er würde sich den Stuhl ran-
ziehen, aber das tat er nicht. Er stellte die Kerze auf seinen Tisch
und setzte sich neben mich aufs Bett, was mir gar nicht behaglich
war, und dann fragte er mich, warum ich nicht sprechen könnte,
was für mich kein bißchen Sinn hatte, denn wie zum Teufel sollte
ich ihm das beantworten, doch wie ich's mir gedacht hatte, gab er
mir ein Blatt Papier und ein Brett als Unterlage, aber dann über-
rumpelte er mich doch noch, denn er sagte: »Jedediah hat mir
dein Leiden geschildert, mein Sohn; deshalb erwarte ich nicht,
daß du etwas schreibst, aber er sagt, du bist ein ganz wunderbarer
Zeichner. Stimmt das?« Ich merkte, daß mein Gesicht zu glühen
anfing, und ich senkte den Kopf und wandte den Blick nicht von
dem Papier, das auf dem Brett auf meinen Knien lag, und auf dem
Blatt lag ein Bleistift mit zerkautem Ende; und ich zitterte genauso aufgeregt wie die Lincolns, als Dr. McGuire ihnen gesagt hatte,
daß die Geister nichts als dumme Streiche wären, und dann nahm
ich einfach den Bleistift und fing an, für General Jackson etwas zu
zeichnen. Ich wußte noch gar nicht, was ich zeichnen wollte, und
ich dachte an die Gänse, von denen Mr. Lincoln gesprochen hatte, die ohne Köpfe durch die Gegend flögen, und dann dachte ich
an Jimmadasin und fragte mich, wie ich ihn wohl als Geist zeichnen sollte, und plötzlich, als hätte ich eine Vision, wußte ich wieder, wie man schrieb und wie man sprach, und es war, als ob meine Hand sich von ganz allein bewegte, und ich war drauf und
dran, »Edmund McDowell« hinzuschreiben, und ich wußte, daß
ich es konnte, und ich dachte mir, wenn ich in diesem Augenblick

den Mund aufmache, dann kann ich meinen Namen auch sagen, und da kriegte ich plötzlich Angst, so schlimm, als ob jemand auf mich geschossen hätte oder als ob ich Pappa im Haus nach Mutter schreien hörte, und ich wußte – ich wußte es –, wenn ich meinen Namen hinschriebe, würde sich alles verwandeln, und zwar schlimm, und dann wäre ich wieder auf der Farm, und Mutter läge auf den Pflastersteinen, und das Haus stände wieder in Flammen, und der Geisterhund würde mich nicht für einen Geist halten, sondern er würde sich auf mich stürzen, und im selben Augenblick konnte ich sein nasses Fell und seinen Atem riechen, und es war ein Geruch von Tod und Verwesung, wie er an einem heißen Tag über einem Teich liegt; und ich fing an zu zittern, als ob ich wütend wäre, und am liebsten hätte ich Papier und Brett durch das Fenster geworfen, das so schwarz war, wie ich mir die Hölle vorstellte, genauso schwarz, als könnte ich einfach hineinfallen wie in den Rachen irgendeines Tiers, und da wären dann keine Zähne oder Ungeheuer oder so was, sondern nur Schwärze, die auf den ersten Blick flach aussah, aber in Wirklichkeit so tief war, daß man niemals den Grund erreichen konnte, sondern mittendrin sterben würde, blind und flach, und ehe ich mich versah, zeichnete ich auf das Papier, und General Jackson beugte sich zu mir, und sein Arm lag an meinem Rücken, als ob er mich aufrechthielte oder so was, und weil das Fenster vor mir war, zeichnete ich es – nicht besonders gut, einfach nur als Viereck –, und darunter zeichnete ich den Schreibtisch mit der aufgeklappten Platte und den Reihen der kleinen Schubladen und den drei großen Schubladen darunter, aber ich dachte dabei dauernd an das Fenster und an die Geister und an Lucy, und mir fiel ein, was Jedediah über das kleine Mädchen gesagt hatte, das General Jackson gern gehabt hatte, und wie es gestorben war, und da zeichnete ich den Geist eines kleinen Mädchens ins Fenster, der über General Jackson wachte, genau wie ich Dixie gezeichnet hatte, bloß daß ich das kleine Mädchen, das General Jackson gemocht hatte, nie gesehen hatte, aber ich dachte mir doch, daß er gern eine

Zeichnung von ihrem Geist haben würde, und der Geist würde wahrscheinlich aussehen wie jedes beliebige kleine Mädchen.

Als ich fertig war, sagte er kein Wort.

Er schaute das Bild nur eine Weile an, und dann schaute er mich an, als ob ich gesehen hätte, wie er an sich rumspielte oder so was, und dann legte er das Brett und das Blatt und den Bleistift auf den Schreibtisch und starrte aus dem Fenster, bis ich schon glaubte, ich hätte ihn mit meinem Bild wahrscheinlich beleidigt, und ich nahm mir vor, nie wieder zu zeichnen, selbst wenn Jesus höchstselbst käme und mich dazu aufforderte.

General Jackson stand einfach vor seinem Schreibtisch, starrte aus dem Fenster und sagte: »Wenn ich im Dunkeln aus einem Fenster schaue, muß ich unwillkürlich über den Himmel meditieren, mit all seinen Freuden, unaussprechlich und voll der Glorie.« Und dann sagte er noch etwas, aber er sprach so leise, daß ich es nicht verstand, und während er aus dem Fenster starrte und leise mit sich selber redete – oder vielleicht auch betete –, fiel mir ein, daß ich Colonel Ashbys Schnapsflasche noch bei mir hatte, und ich holte sie aus meinem Brotbeutel und wartete, daß er sich umdrehte. Als er es schließlich tat und die Flasche sah, da lächelte er ein bißchen, aber wie ich schon sagte: Es war so schnell vorbei, daß man kaum Zeit hatte, es zu sehen. »Nun, das ist ja wohl keinesfalls ein Geschenk von Jedediah, möge der Herrgott ihn beschützen. Ist es also ein Geschenk von dir?«

Ich überlegte, ob ich nicken oder auf meine Füße gucken sollte, damit er annähme, ich hätte ihm die Flasche geschenkt, aber dann dachte ich, er würde mich vielleicht bestrafen, wenn ich ihm Whiskey anbot, weil er schließlich ein General war, der über den Himmel meditierte und nicht fluchte, und nach allem, was ich gehört hatte, aß er auch nicht viel außer Zitronen und trank nicht mal Kaffee, geschweige denn Fusel – aber das mit dem Kaffee wußte ich besser, denn ich hatte ihn ja welchen trinken sehen, es sei denn, er wäre bloß höflich gegen Old Lady Lincoln gewesen –, und so schüttelte ich sicherheitshalber den Kopf.

»Ah, dann kommt es von meinem Freund Turner, ja?«

Ich nickte.

General Jackson setzte sich neben mich und nahm die Flasche. Er entkorkte sie und hielt sie an den Mund, aber er fing nicht einfach an zu trinken; er zögerte, als ob er wüßte, daß er eine Sünde beging, und drüber nachdenken wollte. Dann nahm er einen großen Schluck und bat Colonel Ashby um Verzeihung, und ich fragte mich, wieso Colonel Ashby ihm denn verzeihen sollte – vielleicht weil General Jackson ihm seinen ganzen Whiskey austrank –, und nach ein paar weiteren Schlucken erklärte General Jackson mir, wie für Gottes Kinder am Ende alles zum Besten ineinandergreift und daß wir unserem gütigen himmlischen Vater vertrauen müssen und mit gläubigem Auge sehen, daß alles recht ist; die Wolken kommen, ziehen über uns hinweg, und ihnen folgt strahlender Sonnenschein, und genauso läßt Gott uns manchmal Not leiden, aber selbst in den schwersten Heimsuchungen Seiner Vorsehung sollen wir uns doch aufmuntern lassen vom Licht, das nicht weit vor uns liegt.

Wenn ich gekonnt hätte, so hätte ich »Amen« gesagt, und General Jackson betete, während er trank, und ich senkte den Kopf, und dann schauten wir aus dem Fenster in die Schwärze, und ich fragte mich, ob dieses bodenlose Schwarz, vor dem ich solche Angst hatte, die ganze Zeit nur der Himmel selbst war; und nachdem er, wie mir schien, stundenlang gebetet und mich gestreichelt hatte, klopfte es an der Tür, und General Jackson befahl mir, auf dem Bett zu warten, während er draußen mit Jedediah sprach, und dann kamen Jedediah und General Jackson zu mir herein.

Ich wußte, was immer ich hatte machen sollen, hatte ich falsch gemacht.

Ich spürte es, und ich wollte bloß weg von da; und als Jedediah und ich durch den Regen und die Feuchtigkeit zu Colonel Ashbys Camp zurückritten, mit unseren Röcken und Gummiponchos über den Schultern, da dachte ich unentwegt an den Geisterhund.

Ich konnte einfach nicht aufhören, an ihn zu denken –

Und wenn der Geisterhund eine Person wäre und beten und sprechen könnte und alles, dann würde er, glaube ich, aussehen wie General Jackson.

Sandy Pendleton war immer noch in Colonel Ashbys Zelt, als wir kamen, und anscheinend war Colonel Ashby betrunken und wütend, weil er immer wieder sagte, irgendwas wäre eine Verschwörung gegen ihn, und dann lachte er Jedediah an und sagte: »Der General denkt also nicht daran, die Seventh Virginia umzustellen, wie? Er wird sich nicht in mein Kommando einmischen, was? Weil ich ihm zu wichtig bin – haben Sie das nicht gesagt, Jedediah? Ich glaube doch, das haben Sie gesagt. Und wenn der alte Jack irgend etwas Unangenehmes vorhätte, ja, dann würden Sie's doch wissen, oder? Haben Sie das nicht gesagt?«

Ich sah, daß Sandy Pendleton versuchte, Jedediahs Aufmerksamkeit auf sich zu lenken, aber Jedediah hatte nur Augen für Colonel Ashby und schien nicht zu wissen, was er sagen sollte.

»Nun, Jedediah …?«

Jetzt drehte Jedediah sich zu Sandy Pendleton um, und der schaute ihm nicht in die Augen, vermutlich weil Colonel Ashby glaubte, es gäbe eine Verschwörung zwischen ihnen, und Jedediah hätte ich alles zugetraut, auch wenn ich Sandy Pendleton gut leiden konnte. »Ich habe wirklich nicht die leiseste Ahnung, wovon Sie reden, Turner. Ich habe Ihnen den Jungen zurückgebracht, und zwar schleunigst; er hat dem General Ihr Geschenk gegeben, und ich schätze, er hat dem alten Knaben ein wenig Trost gespendet. Es war nicht leicht.«

»Nein, ich möchte wohl annehmen, daß der General ziemliche Mühe hatte, den Brief zu schreiben, den Sandy mir überbracht hat, während Sie ihm mit meinem Jungen Ihre Aufwartung machten. Ich schätze, der eifersüchtige gemeine Dreckskerl konnte es nicht erwarten, wie?« Colonel Ashby stand vom Tisch auf und warf seinen Schemel um, wahrscheinlich aus Versehen, aber

236

er sah wie ein Verrückter aus, und ich war sicher, daß er betrunken war, auch wenn ich keine Flaschen und nichts sehen konnte. Vielleicht hatte Sandy Pendleton ihm Whiskey gebracht, oder der Whiskey, den er vorher getrunken hatte, wirkte jetzt auf ihn. Aber ich hatte Angst, denn ich dachte, er würde sich auf Jedediah stürzen, und der sprang zurück, als hätte er eine Ohrfeige bekommen.

»Hier«, sagte Colonel Ashby. »Lesen Sie das, und sagen Sie mir, daß Sie völlig überrascht sind.« Und genau das tat Jedediah, und dann schwor er, daß er von alldem kein Sterbenswörtchen gehört hätte, und dabei muß er wohl fünfzigmal den Namen Jesus benutzt haben; ich glaubte ihm, und ich schätze, nach einer Weile glaubte ihm auch Colonel Ashby, denn alle setzten sich wieder an den Tisch und diskutierten über Implikationen und andere Sachen, von denen ich nichts verstand, und anscheinend waren Sandy Pendleton und Jedediah sich darin einig, daß General Jackson mit dem Brief keine bösen Absichten verfolgt hätte und daß er Colonel Ashby bei der Führung seiner Kompanien helfen sollte, und Colonel Ashby sagte, wenn Old Jack wollte, daß er seine Männer drillte, statt sie gegen den Feind kämpfen zu lassen, dann wäre es ihm recht.

Jetzt muß ich Ihnen etwas Verrücktes erzählen, denn ich sah General Jacksons Brief auf dem Zwiebackkistentisch liegen, und ich las ihn, aber ich verstand kein Wort. Es war, als ob ich das meiste von dem, was ich gelernt hatte und was ich war und alles, einfach verloren hätte, und in dem Augenblick dachte ich, ich würde wahrscheinlich nie wieder sprechen oder lesen können, und mich schauderte, denn ich nahm an, so erging es einem, wenn man gestorben und ein Geist geworden war, und ich dachte, man vergißt einfach immer weiter, wie man dies und jenes macht, bis man nicht mehr sprechen und nicht mehr hören und lesen und schreiben kann, und am Ende kann man bloß noch durch die Gegend schweben, bis man Teil der Luft wird und nichts mehr von einem übrig ist; darauf kam ich, weil ich ja, bevor ich ein Geist geworden war, lesen und sprechen konnte und ich selber war; und ich erin-

nerte mich an mein Buch, das *Private Newtons Krieg in den Lüften*
hieß und Teil meiner Vision war, und jetzt verrottete es wahrscheinlich in dieser Niggerhöhle auf der anderen Seite der Berge;
und ich erinnerte mich an meine Vision und an Private Newton,
aber diesen Brief konnte ich nicht lesen, trotz allem. Aber ich
habe ihn gesehen und mir eingeprägt, und ich weiß immer noch,
was drinstand. Genau das stand drin, auch wenn ich es damals
nicht wußte:

DER KOMMANDIERENDE GENERAL ERTEILT HIERMIT DEN
BEFEHL, DASS DIE KOMPANIEN A, B, C, D, E, F, G, H, I UND
K VON ASHBYS KAVALLERIE FORTAN BRIGADIER GENERAL
TALIAFERRO VERANTWORTLICH UND SEINEM BEFEHL
UNTERSTELLT SEIN SOLLEN; DIE ÜBRIGEN KOMPANIEN
BESAGTEN KOMMANDOS SIND VON JETZT AN BRIGADIER
GENERAL WINDER VERANTWORTLICH UND SEINEM BE-
FEHL UNTERSTELLT. COLONEL TURNER ASHBY WIRD AUF
DEM VORMARSCH DIE VORHUT DER ARMY OF THE VAL-
LEY BEFEHLIGEN, AUF DEM RÜCKZUG ABER DIE NACH-
HUT, UND ER WIRD SICH AN GENERAL TALIAFERRO UND
AN GENERAL WINDER UM TRUPPEN WENDEN, FALLS BE-
NÖTIGT.

Unter dem Befehl stand eine Notiz, wahrscheinlich ein persön-
liches Wort von General Jackson, aber die konnte ich nicht gut
genug sehen, um sie mir einzuprägen.
    »Nun, es ist Zeit, daß ich meinem alten Freund zurückschrei-
be«, sagte Colonel Ashby und schaute mich an, als würden wir
den Brief zusammen schreiben. Nach dem Gespräch mit Lieutenant Pendleton und Jedediah hatte er sich beruhigt, aber wenn ich
jetzt so darüber nachdenke, hatte es wahrscheinlich nichts mit
den beiden zu tun. Colonel Ashby war wahrscheinlich so wütend,
daß es eine Weile dauerte, bis er die Stimme seines Bruders hörte,
und ich wette, daß der Geist seines Bruders ihm sagte, er sollte

den Dienst in der Army of the Valley überhaupt quittieren, und das tat er dann auch.

Weder Jedediah noch Lieutenant Pendleton konnten es ihm ausreden, und ich glaube, insgeheim stimmten sie ihm auch zu, selbst wenn ich Jedediah immer noch nicht traute.

»Übermitteln Sie dem General meine persönlichen Glückwünsche«, sagte Colonel Ashby zu Lieutenant Pendleton, als er ihm den Brief übergab. »Er hat mich sehr schlecht behandelt und verdient es nicht besser.«

Also dachte ich mir nun, Colonel Ashby und ich würden die Army verlassen, aber ich hatte keine Ahnung, was wir machen würden. Es war auch nicht wichtig. Ich glaube, es war mir ziemlich gleichgültig. Als ich erst die Schuhe ausgezogen hatte, die Jedediah mir gegeben hatte, war mir alles andere ziemlich gleichgültig, weil es eine solche Erleichterung war. Colonel Ashby zog Jacke, Hose und Hemd aus, faltete alles säuberlich auf dem Tisch zusammen und ging dann zu Bett. Das Feuer war großenteils bis auf die Glut heruntergebrannt, und ich stellte mir vor, daß so die Hölle aussehen mußte, wie all diese glühenden Kohlen, die die Form von Gebäuden und Bergen und Tälern und Flußbetten annahmen; es sah gemütlich aus, und da dachte ich mir, daß die Hölle vielleicht auch nicht so schlecht war, wie Pappa gedacht hatte. Es kam mir jedenfalls ganz friedlich vor. Ich überlegte, ob ich noch ein bißchen Holz auflegen sollte, aber es war in dieser Nacht nicht so kalt, und Colonel Ashby rief mich ins Bett. Das war nun doch ungewöhnlich, denn wenn es nicht gerade so kalt war, daß wir wie die Löffel beieinanderliegen mußten, schlief ich eigentlich immer allein. Sein Bett war aus Reisig, mit Heu gepolstert, aber ich hatte vorgehabt, am Feuer in meinem Poncho zu schlafen.

Trotzdem gehorchte ich, und als ich ins Bett kam, legte Colonel Ashby die Arme um mich, als wäre ich ein Mädchen oder so was, und eine Zeitlang merkte ich, daß er auf irgend etwas lauschte, aber dann entspannte er sich und fing an zu schnarchen. Obwohl ich von ihm abgewandt lag, roch ich den Schnaps in seinem

Atem, und ich roch auch seinen Schweiß, der mich an saure Äpfel erinnerte, und ich merkte, daß sein Schwanz hart war, und einen Augenblick lang kriegte ich Angst, aber ich schätze, er träumte bloß, denn er sagte: »Jagt sie, Jungs, jagt sie!«, als ob wir gegen den Feind ritten, und dann wurde er ganz still, und ich hörte ihn nicht mal mehr atmen, und eine Sekunde lang glaubte ich, er wäre tot.

9. Kapitel

Vergessen

Morgen abend um diese Zeit,
Wo werd' ich da sein?
Da bin ich fort, fort, fort ...

SKLAVENSONG AUS VIRGINIA

Nun, General Jackson brauchte nicht lange, um zur Vernunft zu kommen, was die Aufteilung von Colonel Ashbys Kommando und all das anging, denn wenn Colonel Ashby aus der Army of the Valley ausgeschieden wäre, dann wäre die ganze Kavallerie mitgegangen; darauf können Sie wetten. Also trafen er und Colonel Ashby zusammen, tranken wahrscheinlich den Rest Whiskey aus der Flasche und sprachen Gebete, die sich um Ruhm und Leid und Plage drehten, und damit hatte sich's. Aber mir half es überhaupt nicht, denn während Colonel Ashby mit seinen besten Leuten ausritt, um General Banks zu stören und seine Vorposten in ihre Camps bei Peal's zurückzutreiben, was ein paar Meilen vor Harrisonburg liegt, mußte ich bei Jedediah bleiben, und man hätte glauben können, ich wäre ein Deserteur oder ein Verräter oder ein Mann der Southern Union, denn Jedediah führte mich an einer Leine wie einen Köter. Es war ein Lederriemen, der mit einem Ende an meinem rechten Arm befestigt war; das andere Ende war um seine linke Hand geschlungen wie der Zügel für ein nervöses Pferd. Er meinte, es käme überhaupt nicht in Frage, daß er mich noch mal weglaufen und sich vor seinem Gott und allen seinen Leuten demütigen lassen würde, wie ich es getan hätte (obwohl doch niemand dabeigewesen war außer mir und ihm und vielleicht noch Gott, als ich ihm am Mount Airy weggeritten war). Es ärgerte ihn zwar jedesmal, wenn ich mal mußte, aber er schien doch ganz zufrieden mit sich zu sein und nickte den Soldaten zu, wenn sie uns komisch anguckten, bis wir schließlich der größte Witz im ganzen Camp waren; der alte Jedediah schien das alles höllisch zu genießen und lief bloß rum und segnete alle und redete von der immerwährenden Last der Glorie.

Wir machten am Marketenderzelt halt, weil Jedediah Mehl und Hosenträger und eine Flasche Tinte für seine Zeichnungen brauchte; ihm war das Arbeitsmaterial ausgegangen, und mitten in diesem Krieg war es nicht leicht für ihn, neues zu beschaffen. Die Tinte des Marketenders sei so dünn wie Pisse, sagte er, und verblasse schneller als der Dunst auf einem beschlagenen Glas; wahrscheinlich wäre er besser dran, wenn er sich aus Roten Beeren und Galläpfeln selbst welche machte. Danach dachte ich dann, »dünn wie Pisse« wäre wohl ein Ausdruck, den ich ruhig benutzen könnte, und kein Fluch, denn sonst hätte Jedediah ihn wohl nicht in seinem Wortschatz gehabt. Wie dem auch sei – als wir im Marketenderzelt waren, hörten wir draußen Männer singen; es kam aus einem anderen Zelt, denn es regnete Bindfäden, und wahrscheinlich saßen alle außer uns gemütlich in ihren Zelten – die zumindest, die Zelte hatten –, statt rumzulaufen, um Tinte und Hosenträger zu besorgen. Das Lied, das wir hörten, war ursprünglich von den Blauwänsten auf Präsident Davis gemünzt worden, aber die Sänger hatten daraus Abe Lincoln gemacht; vermutlich hielt Jedediah es trotzdem für eine Sünde, denn kaum daß er Tinte und Hosenträger bezahlt hatte, zog er mich aus dem Marketenderzelt hinaus, und wir gingen schnurstracks auf das Zelt zu, aus dem der Gesang kam. Die Soldaten sangen ziemlich gut, und auch wenn ich Jedediah nichts merken ließ, mußte ich doch grinsen, denn das Lied ging folgendermaßen (es war länger, aber ich werde hier nicht alles aufschreiben):

Abe Lincoln fiel in tiefen Schlummer
Dicht neben dem geliebten Weib,
Das an ihn rankroch und – o Kummer! –
'nen Furz läßt fahren aus dem Leib.

Der Furz entweicht mit lautem Ton,
Auch riecht er ziemlich schlecht,
Abe Lincoln spürt das Unheil schon,
Er glaubt sich im Gefecht.

Hört, hört! brüllt er, noch nicht ganz wach,
Greift nach Gewehr und Hose.
Er möchte feuern, feuern – ach! –
Und findet ihre Dose.

Jedediah stürmte geradewegs in das Zelt der Soldaten; es war ein Sibley und kam mir groß genug vor, um eine ganze Division zu fassen. Drinnen saßen ungefähr zwölf Soldaten um einen Ofen herum, darunter auch ein paar von den Artilleristen, die ich nicht leiden konnte – Breakfast und Wasp und Rabbit und zwei andere, deren Namen ich nicht kannte –, und ich fragte mich, wieso sie nicht bei Captain Chew und Colonel Ashby waren. Ihre überraschten Gesichter hätten mich zum Lachen gebracht, aber der Gestank verschlug mir den Atem; er war so übel und faulig, daß ich nicht begriff, wie einer von denen freiwillig dableiben konnte: Es roch nach abgestandenem Kaffee und Speck und Schweiß und Tabak, vermischt mit dem schlimmsten nur vorstellbaren Furz. Ich dachte, daß sie diesen Gestank wahrscheinlich gewohnt waren, weil es großenteils ihr eigener war, und ich erinnerte mich, daß Tiere den Geruch von menschlicher Scheiße und Fürzen lieben, und nahm an, daß es hier ungefähr das gleiche wäre. Nun, Jedediah beschimpfte sie wegen ihrer Singerei, und obwohl er nichts anhatte, das als ordentliche Uniform hätte gelten können, schien doch jeder einzelne zu wissen, wer er war, und sie nickten respektvoll und versprachen, nie wieder solche Lieder zu singen, und ich sah, daß einer der Soldaten ein rot-weißes Kartenspiel versteckte; die Männer sahen alle ganz zerknirscht aus und entschuldigten sich und erklärten, sie liebten den Herrgott und hätten sich nur einen kleinen Spaß auf Kosten des Rackers Abe

Lincoln gemacht und es täte ihnen leid, wenn das sündhaft wäre, aber trotz alledem konnten sie ein leises Grinsen immer noch nicht verbergen, und zwar deshalb, weil Jedediah und ich zusammengebunden waren; und gerade als wir die Zeltklappe aufschlagen und hinaus an die frische Luft flüchten wollten, sagte ein Corporal, der fast eine Glatze hatte und dem ein Zahn fehlte: »Cap'n, Sie ham da wirklich ein schmächtiges Maultier; reiten Sie es lieber nicht so hart, sonst zerquetschen Sie das arme kleine Ding noch.« Na, da fingen sie wieder alle an zu lachen und sich zu entschuldigen und zu fragen, weshalb er mich denn an der Leine führte; aber Jedediah kümmerte sich gar nicht weiter um sie, und ein paar Stunden später machte er mich los, wahrscheinlich weil er nichts getan kriegte, wenn er an mich gefesselt war, aber vielleicht auch, weil sich alles über ihn lustig machte.

Als er mich rumgeführt und seine Besorgungen erledigt hatte, kehrten wir zurück zu Captain Harnsbergers Haus, wo sich auch eine Stellmacherei befand; hier hatte Jedediah ein Zimmer gemietet. Er erklärte mir, er müsse mir mein Pferd wegnehmen – als ob ich sonst noch einmal hätte entkommen und auf eigene Faust Colonel Ashby aufspüren können.

Versucht hätte ich es wahrscheinlich wirklich.

Aber als wir erst trocken in seinem Zimmer saßen, das ein ordentliches Stück größer war als das Zimmer, in dem ich General Jackson besucht hatte, schaute ich ihm dabei zu, wie er nach den Skizzen in seinem Buch Landkarten anfertigte. Ich werde Ihnen von Jedediahs Buch erzählen, denn ich lernte ihn dadurch auf eine andere Weise kennen, als ich es erwartet hätte; aber obwohl es in dem Zimmer ein Spinnrad gab, das so groß war wie ich, und einen riesigen Kamin mit lauter Schnitzereien und Schränke mit Glastüren und einen Sekretär, der ganz geschlossen war, und einen Eichenholztisch mit Bleistiften und Tintenfässern und Federn und einem Stapel Papier, alles säuberlich zueinander geordnet wie Jedediahs Landkarten – obwohl das alles da war, bemerkte ich doch nur eines, als ich in dieses merkwürdige Zimmer kam:

das seltsamste Musikinstrument, das ich je gesehen habe. Es sah aus wie eine große Fiedel, angefertigt aus einem dicken, eckigen Maisstengel, und es stand einfach in einer Ecke, als ob es dort hingehörte. Die Fiedel hatte Kerben und vier Catgut-Saiten, so stramm gespannt, wie es nur ging, und neben ihr lehnte ein dünner Maishalm, wahrscheinlich der Bogen.

Fast hätte ich vergessen, daß ich nicht sprechen konnte.

Hätte ich es gekonnt, hätte ich Jedediah gefragt, wie diese Fiedel hierherkam; ich weiß nicht, warum, aber aus irgendeinem Grund war ich entzückt davon, als käme sie aus einer Geschichte oder so was, und Jedediah muß gesehen haben, wie ich sie anschaute, denn er lächelte und sagte: »Das ist eine Baßgeige. Manche sagen auch Viola da gamba dazu, und eine richtige aus gutem altem Kiefernholz und sauber geschnittenem Ahorn hat wohl den schönsten, vollsten Klang, den du jemals hören wirst. Das einzige Instrument, das in der Kongregationalistenkirche daheim im Osten gespielt werden durfte. Wenn ich es höre, denke ich immer, so muß die Stimme des Herrn klingen; aber natürlich wird die Stimme des Herrn so laut und tief und vollkommen sein, daß es Blasphemie ist, wenn ich sie mit irgend etwas auf dieser armen Erde auch nur vergleiche, schon gar mit etwas, das ich aus einem bescheidenen Maisstengel gemacht habe. Meine erste habe ich schon als junger Mann zurechtgeschnitzt, damit ich spielen lernen konnte. In Loch Willow haben wir eine richtige Viola. Die wird dir gefallen.« Und dann kriegte er einen komischen Blick, genau wie Colonel Ashby, wenn er dem toten Richard zuhörte, und ich bekam unversehens Mitleid mit ihm, und aus heiterem Himmel stellte ich mir vor, daß er wie Pappa sein könnte und daß er mich deswegen an sich gebunden hatte, obwohl das kein bißchen Sinn ergibt.

Ich hörte zu, als er erzählte, wie er sich selber Holzgewehre gebastelt hatte und einen Schlitten und Pfeil und Bogen und alle möglichen Instrumente und Utensilien, die man sich nur vorstellen kann, nur so zum Spaß; ich weiß nicht, was in mich fuhr, aber ich ging einfach rüber zu der Viola da gamba, als ob ich drauf spielen wollte. Ich konnte es natürlich gar nicht, aber darauf kam es nicht an, denn Jedediah trat geradewegs dazwischen und sagte, nein, Kinder könnten damit nicht umgehen, und dann nahm er sie und den Bogen und ging damit zu seinem Stuhl am Tisch und setzte sich hin, um mir was vorzuspielen, und ich rechnete wohl damit, daß der Herrgott selbst sich wie ein Ozean aus diesem Maisstengel ergießen würde. Ich stellte mir vor, daß es wie die Stimmen klingen würde, die ich in meinen Träumen hörte, oder wie Pappa, wenn er eine von seinen Predigten hielt und Schlangen die Haut vom Leibe predigte, und ich mußte daran denken, wie ich fast wach war und fast schlief und wie Pappas Stimme zu schwellen und zu schwellen schien, bis es fast so war, als ob Gott geradewegs zu mir spräche, bloß daß ich bis dahin dann schon angefangen hatte, von was anderem zu träumen – oder ich schrak auf, und Mutter guckte mich mit ihrer bösen Miene an.

Wie auch immer – damit hatte ich gerechnet oder doch mit was ähnlichem, aber als Jedediah anfing, den Maisstengelbogen über die Seiten an der Maisstengelfiedel zu ziehen, die er zwischen den Knien hielt wie ein Butterfaß, da kam nichts weiter raus als irgendein Kirchenlied, und es klang keineswegs tief und volltönend wie die Stimme des Herrn, wenn er auch nicht gerade Töne spielte, bei denen mich eine Gänsehaut überlief. Er spielte eine Zeitlang und beobachtete mich; dann schloß er die Augen, und ich konzentrierte mich auf ihn, als ob ich mir einprägen wollte, wie er aussah, damit ich ihn malen könnte. Aber als ich ihn diese Viola spielen hörte, war ich so traurig wie in dem Moment, als ich Pappa und Mutter verlassen hatte, und ich mußte an dieses arme Soldatenschwein denken, das immer noch zielte, obwohl es schon tot war, und wenn ich gekonnt hätte, dann hätte ich »Mamma« gesagt wie all die Soldaten im Feld, bevor sie starben. Ich muß wohl feuchte Augen bekommen haben, denn Jedediah hörte auf zu spielen und stand auf und tätschelte mir den Kopf und redete mit mir, als ob ich ein Baby wäre, und ich fragte mich, ob die Gesellschaft von einem, der nicht sprechen konnte, einfach immer so auf die Leute wirkte. Dann wurde ich wütend über mich selbst, und ich rückte von Jedediah ab und ging hinüber zu dem großen Spinnrad in der Ecke; ich versuchte, der Sache auf den Grund zu kommen, weil ich nicht begreifen konnte, weshalb ich weinte, weil einer auf einem Maisstengel ein Kirchenlied spielte, und wie es aussah, war ich bloß enttäuscht, weil diese Fiedel nicht viel mehr war als eine ... Fiedel.

Danach stand ich hinter Jedediah und schaute zu, wie er ganz säuberlich seine Landkarten zeichnete und kleine Tintenstraßen und -flüsse und -häuser und -wälder und -berge machte. Es war, als wäre er Gott und schaute aus dem Himmel auf die Welt hinunter; und ehe ich mich versah, hatte ich schläfrige Augen und ein wattiges Gefühl im Mund, und ich lag in Jedediahs behelfsmäßigem Federbett, das dem ähnelte, das Colonel Ashby in seinem Zelt hatte, und wenn ich auch beträchtlich stolz darauf bin, daß ich mich an fast alles erinnern kann, so weiß ich doch nicht, wie ich da hineinkam. Ich muß aber eine Weile geschlafen haben, denn es war dunkel, und Jedediah hatte eine Lampe und Kerzen auf seinem Tisch, auf dem die Karten ausgebreitet lagen, und er war über seine Papiere gebeugt und sah so glücklich aus, wie ich nur jemals jemanden gesehen habe; er saß da, zeichnete und lächelte, als ob er sich selber Witze erzählte. Ich erinnerte mich, daß ich von Pappa und Mutter geträumt hatte, und ich war mit ihnen im Himmel gewesen und hatte Jedediahs Viola da gamba gehört, und dann mußten sie alle irgendwohin gehen, und ich wollte sie nicht gehen lassen und weinte, und dann wachte ich auf und sah Jedediah, und ich muß zugeben, daß ich froh war, ihn zu sehen. Na, er muß gespürt haben, daß ich wach war, denn er drehte sich um, wie es die Leute manchmal tun, wenn man sie nur fest anstarrt, und er lächelte, ohne ein Wort zu sagen, als ob er auch nicht sprechen konnte, und es war, als ob ich immer noch diesen Traum träumte oder so was.

Ich muß wohl wieder eingeschlafen sein, als ob ich im Himmel wäre – aber Pappa und Mutter fand ich nicht wieder –, und als ich aufwachte, fand ich raus, wieso Jedediah so glücklich gewesen war.

Der Morgen dämmerte gerade, aber Jedediah war schon auf und angezogen und wuselte in seinem Zimmer herum wie die alte Mrs. Lincoln um General Jackson. Er hatte alles, was in seinen Brotbeutel kam, auf dem Tisch ausgebreitet, der von einer Lampe beleuchtet wurde; sein Poncho und eine Decke hingen über seiner Stuhllehne. Skizzenblock und Tagebuch und Tintenfaß und Federn und Bleistifte waren an der Tischkante zusammengeschoben; daneben lagen Unterhosen, ein Paar Socken, ein weißes Kattunhemd und eine schwarze Lederkrawatte, eine Hose und eine Weste. Ich sah eine alte, verbeulte Bratpfanne, ein bißchen gepökeltes Schweinefleisch, Zwieback sowie Kaffee und Zucker in einem Beutel, der in der Mitte verknotet war, damit das eine sich nicht mit dem anderen mischte. Und natürlich seine Bibel. Aber mitten auf dem Tisch, wie auf einem Ehrenplatz, lagen zwei geschnitzte, bemalte Puppen, und sie sahen makellos aus – auch wenn ihre Augen blau gemalt waren –, und jede trug ein Kleidchen und eine Haube; vermutlich hatte er eine der Mägde dazu überredet, ihm diese Kleidchen zu nähen.

All das sah ich vom Bett aus, als ich mich aufrichtete – oder hochfuhr. Nun war ich in Jedediahs Bett gewesen, und ich weiß nicht, ob er im Laufe der Nacht zu mir ins Bett gekommen war oder auf dem Stuhl geschlafen hatte oder ob er einfach nur gezeichnet und gepackt und sich gar nicht ums Schlafen gekümmert hatte. Aber sowie ich diese Puppen gesehen hatte, an denen er wahrscheinlich seit Wochen schnitzte, da wußte ich, daß wir zu seiner Farm gehen würden; und richtig, er hatte sich Urlaub genommen, um seine Familie zu besuchen; aber das war nebensächlich, denn am Ende ritten wir auf dem ganzen Bull Pasture Mountain herum, als ob wir ihn auswendig lernen wollten, und Jedediah zeichnete mehr Karten, als man sich vorstellen kann.

Ich greife schon wieder vor ...

Ich fand heraus, daß Old Jack nie jemandem sagte, was er tun würde, und wenn er doch etwas sagte, dann stimmte es nicht, und so hatte er auch dem alten Jedediah Urlaub gegeben, damit er seine Familie und seine kranke Tochter und so weiter besuchen könnte, aber in Wirklichkeit schickte er ihn dann los, das Gelände zu erkunden, wo später die Schlacht von McDowell stattfinden sollte, die ich nicht miterlebte. Aber dazu komme ich auch noch.

Jedenfalls blieben wir den ganzen Morgen wie zwei Gefangene in dem Zimmer, obwohl Jedediah vor dem ersten Hahnenschrei aufgewesen war, und Captain Harnsbergers Hausmädchen Marriah brachte uns Frühstück und Mittagessen. Marriah war so ungefähr die dürrste und ängstlichste Frau, die ich je gesehen habe, aber sie hatte makellos weiße Zähne und roch wie frisches Heu, und sie trug ein großes Hemd, dessen Schöße ihr wie ein Kleid bis auf die Knie reichten; normalerweise trugen nur Niggerkinder solche Hemden, aber ein Kind war Marriah keineswegs. Sie war schätzungsweise achtzehn oder noch älter. Jedenfalls war das Hemd zerrissen und schmutziggrau, ein verdammtes Ding, aber sie trug einen Petticoat drunter, daß man meinen konnte, sie hätte ein feines Kleid an.

Es hatte die ganze Nacht geregnet, und es regnete immer noch – ein harter, windiger Regen. Es lohnte sich kaum, aus dem Fenster zu gucken, denn es war so dunkel, daß es aussah, als ob die Sonne unterginge und es Abend würde. Es donnerte und blitzte reichlich, und ich fragte mich, wie lange dieses Geisterwetter dauern würde; ich war sicher, daß es ein böses Omen war, denn wer zum Teufel konnte es wissen? Vielleicht kam eine neue Sintflut, und wir würden alle ertrinken oder so was. Marriah war jedenfalls davon überzeugt, denn als sie das Tablett mit unserem Mittagessen hereinbrachte, winselte sie, sie würde »niemals in diesen Platzregen rausgehen, denn, lieber Gott, das Wasser ging mir bis an die Hüften in diesen Gräben da«. Sie hatte solche Angst, daß sie zitterte, vor allem, wenn ein Donnerschlag ertönte, und

Jedediah mußte sie beruhigen und ihr erklären, sie sollte nur aufmerksam nach einem Regenbogen ausschauen; das wäre nämlich
Gottes Versprechen, daß niemand mehr in einer Sintflut ertrinken würde. Da lächelte sie und ging hinaus, und das war das letzte, was ich von ihr gesehen habe.

Manchmal denke ich an Leute wie Marriah, die ich ein oder
zweimal gesehen oder ein bißchen kennengelernt habe und wahrscheinlich nie wiedersehen werde, und dann frage ich mich, was
aus ihnen geworden ist und ob sie noch leben oder ob sie alt sind
und wie sie aussehen; aber das bringt mich mit meiner Geschichte hier nicht weiter, und deswegen will ich Ihnen jetzt lieber erzählen, wie ich schließlich doch noch zu sehen kriegte, was in
Jedediahs Buch stand. Ich schaute hinein, als Lieutenant Sandy
Pendleton am Nachmittag an die Tür kam, um uns zu sagen, daß
General Jackson die Zelte abbrechen ließ, obwohl ich das da noch
nicht wußte, denn nachdem er ein bißchen geplaudert und mich
gefragt hatte, wie es mir ging, begaben Sandy Pendleton und Jedediah sich nach draußen, um miteinander zu reden. Ich hörte sie
leise sprechen, aber ich verstand nichts, nicht mal, als ich mich
auf Zehenspitzen an die Tür schlich und das Ohr daran legte. Ich
hörte nur etwas, das wie Kauen klang und wie das Plätschern von
Wasser, und so dachte ich mir, dies sei die Chance für mich, etwas
zu *tun*, und ich schaute mich im Zimmer um. Wahrscheinlich hätte ich hinter dem Spinnrad aus dem Fenster klettern können, und
wahrscheinlich hätte ich es auch getan, aber dann sah ich Jedediahs Notizbuch in seiner Tasche stecken; ich sah es, weil einer
der Knöpfe nicht zu war – er hatte sie zu vollgestopft –, und ich
zog es heraus, um einen kurzen Blick hineinzuwerfen, nur um
meine Neugier zu stillen, und dann wollte ich abhauen und mein
Pferd suchen oder irgendein anderes Pferd, um Colonel Ashby zu
finden, bevor der tote Richard ihn anwies, sich einer Kugel in den
Weg zu stellen, bloß weil es Zeit dazu war. Ich dachte mir, daß der
tote Richard mich nicht gern in Colonel Ashbys Nähe sah, denn
wenn der Colonel auf mich achtete, hörte er dem toten Richard

nicht mit ganzer Aufmerksamkeit zu, und dann würde ich ihm wahrscheinlich das Leben retten.

Am einfachsten und schnellsten wäre es gegangen, wenn ich einfach Jedediahs Notizbuch und ein bißchen von dem Proviant an mich gerafft hätte (seinen Beutel mit Kaffee und Zucker hätte ich ihm dagelassen) und aus dem Fenster geklettert wäre. Aber das wäre Diebstahl gewesen, und auch wenn ich mich bereits als anständiger Plünderer erwiesen hatte, würde ich doch Jedediah nicht bestehlen.

Das wäre gewesen, als hätte ich Pappa bestohlen.

Aber ich vergaß jeden Gedanken an die Flucht, als ich diese erste Zeichnung in Jedediahs Skizzenbuch sah. Es war, als wäre ich wieder in der Höhle von Baby Jesus, und als sähe ich Baby Jesus selbst. Es war wie eine Vision – eine, die Mammy Jacks Beifall gefunden hätte –, und ich war nicht enttäuscht, wie ich es gewesen war, als Jedediah auf seiner Viola da gamba gespielt hatte, denn die erste Zeichnung war so, als wäre sie geradewegs aus meinem eigenen Kopf oder meinem Traum oder so was gekommen, und obwohl ich ihr Gesicht nicht sehen konnte, weil es abgewandt war, wußte ich doch, daß der Engel, der da in der Luft schwebte, meine Mutter war. Das war Mutters Gestalt, und ich sollte es wissen, denn ich hatte sie ja schon nackt gesehen, aber daran will ich nicht denken. Jedenfalls, auf dem Bild hatte sie ein Schwert in der einen Hand und eine Schlange mit langen Zähnen und etwas, das aussah wie ein umgedrehter Kerzenleuchter, in der anderen; und unter ihr, mit weit aufgerissener Schnauze und blutdürstig heraushängender Zunge, lief der Geisterhund – genau derselbe, den ich auch gesehen hatte. Auf der Seite daneben stand etwas geschrieben, aber ich konnte es nicht lesen, ich versuchte es nicht mal. Und auf dem nächsten Blatt war eine Zeichnung von Jedediah selbst, mit seinem Pferd hinter ihm, und Jedediah hatte seinen Skizzenblock auf dem Schoß und zeichnete etwas, aber ich wußte nicht, was es war, denn er guckte geradewegs aus dem Bild hinaus – vielleicht zeichnete er mich! Und auf jeder Seite danach kamen Zeichnungen von seinen Töchtern und seiner Frau und »Studenten« und zwei alten Sklaven und seiner Farm und Feldern und Nebengebäuden und von all den Orten, die er gesehen hatte, vom Camden Street Depot in Baltimore zum Beispiel, und von Soldaten und Frauen in Eisenbahnwagen, von Häusern und von Booten auf dem Potomac bei Point of Rock. Ich schaute diese Skizzen an, blätterte rasch, eine Seite nach der anderen – es müssen hundert Stück gewesen sein –, und es war anders als alles, was ich bis dahin erlebt hatte; es war, als ob ich mich daran erinnerte, alle diese Orte gesehen zu haben, die Leute, die Soldaten, wie sie Kaffee kochten oder die Church Street hinuntergingen, und es war, als ob jeder, den ich irgendwann mal gesehen hatte, dabei wäre; nur mit der Zeichnung von Colonel Ashby stimmte was nicht; er sah nicht lebendig aus; er war zu ruhig, und in seinen Augen war nichts, und das machte mir angst, als ob Jedediah da etwas gesehen hätte, was ich nicht gesehen hatte; und ich blätterte zu den Bildern seiner Töchter zurück, um zu sehen, ob sie auch tot aussahen, aber das taten sie nicht, und dann ging knarrend die Tür auf, und Jedediah ertappte mich auf frischer Tat, und mir wurde klar, daß ich einfach dagestanden hatte, wo ich das Buch doch durchs Fenster hätte mitnehmen können. Aber Jedediah wartete, bis ich fertig war. Ich fühlte, daß er auf mich runterstarrte, weil mir heiß wurde im Nacken, als ob ein Sonnenstrahl durch die Decke schien und mich dort berührte, aber bevor ich sein Tagebuch zuklappte, blätterte ich noch mal zurück, um schnell einen Blick auf Mutter zu werfen, wie sie über dem Geisterhund schwebte, und ich fragte mich, woher Jedediah von solchen Sachen wußte. Er mußte den Geisterhund auch gesehen haben, denn er sagte, diese Zeichnung zeige Bellona, den Geist des Krieges, wie sie ihren grauenvollen Schrei ausstoße (und wenn ich auch nicht lesen konnte, was er unter das Bild geschrieben hatte, habe ich mir die Schrift doch eingeprägt und kann Ihnen sagen, daß der alte Jedediah die Wahrheit sagte). Obwohl ich ihr Gesicht nicht sehen konnte, wußte ich doch, daß es Mutter war, und aus

diesem Grund dachte ich mir, es wäre ein Zeichen vom Herrn
oder so was, daß ich mit Jedediah gehen sollte, auch wenn es bedeutete, daß ich Colonel Ashby und die Army of Northern Virginia verlassen mußte und mir bei seiner Tochter Nellie das Fieber
holte und Latein und Griechisch und Smyth's Algebra lernte –
was immer das sein mochte.

Aber der Geisterhund machte mich doch nachdenklich.

Ich begegnete General Jackson noch einmal, weil Sandy Pendleton und Jedediah und ich zu ihm ins Camp ritten; und unterwegs
sahen wir was Unglaubliches: Wir sahen die Third Brigade und die
Stonewall Brigade flußaufwärts in Richtung Port Republic marschieren, auf derselben Straße, auf der wir auch unterwegs waren;
sie war nicht befestigt und so schlammig, daß die Geschützlafetten bis an die Achsen einsanken, und überall rutschten die Pferde
aus und warfen ihre Reiter ab, und die Soldaten rutschten auch
aus, weil kein Mensch sein Gleichgewicht halten konnte. Es war,
als ob man auf einer Eisfläche gehen oder reiten wollte. Jedediah
und Sandy Pendleton und ich waren in derselben Lage, aber ich
schätze, wir hatten das Glück, gute Pferde zu haben, die ihren
Weg zwischen den glitschigen Stellen fanden, denn unsere Pferde
stolperten zwar, aber sie stürzten nicht ein einziges Mal, und Jedediah sagte, das wäre wirklich ein Wunder. Soldaten zogen die
schweren Fuhrwerke aus dem Morast und warfen Steine und Reisig auf die Straße, damit sie ein bißchen Halt fanden, aber nach allem, was ich sehen konnte, nützte das nichts; und ich dachte mir,
so wird es wahrscheinlich in der Hölle sein, denn, wie ich schon
sagte, es regnete Bindfäden, und es war so windig, daß man meinen konnte, es regnete seitwärts. Ich war völlig durchnäßt, trotz
Gummiponcho und Decke und allem andern. Das Zeug nützte
nichts, weil der Wind einem den Regen in die Hosenbeine und in
den Kragen trieb, und wir konnten kaum erkennen, wohin wir
ritten, weil es neblig geworden war, als ob man in den Wolken unterwegs wäre oder auf einem Berggipfel, und man sah kaum, was

vor einem war, bis man praktisch da war; aber ich konnte doch den Fluß ausmachen, der toste, weil er übervoll von Regenwasser war, und die Felder waren so sehr vom Regen durchnäßt, daß überall Tümpel waren wie in einer Seenlandschaft, und ich erinnerte mich wieder an das, was Jedediah zu Marriah über den Regenbogen gesagt hatte und daß Gott versprochen hätte, es würde keine Sintflut mehr geben. Ich schaute mich angestrengt um, aber ich konnte keinen Regenbogen entdecken, und da dachte ich mir, daß Marriah vielleicht gute Gründe gehabt hatte, nervös zu sein.

Ich schätze, alle, an denen ich vorbeikam, fühlten sich so mies wie ich. Sie guckten jedenfalls unbehaglich. Ich konnte mir nicht vorstellen, daß diese massive Kolonne von Soldaten jemals enden könnte, aber ich konnte durchaus glauben, daß diese Army of Northern Virginia die Heerschar Gottes war und daß wir mit hundert Konföderierten gegen jeden von Banks' Blauwänsten antreten und nie wieder verlieren würden, aber wenn ich ebenso damit recht hatte, daß dies die Hölle war, dann machte ich mir natürlich bloß was vor, denn die meisten dieser Kreaturen, die da an mir vorbeizogen mit ihren Musketen und Decken und bloßen Füßen, sahen aus, als ob sie seit Wochen nichts mehr gegessen hätten und als ob sie aus dem Schlamm gemacht wären, mit dem sie von oben bis unten bespritzt waren; und ich muß genauso ausgesehen haben, ein Schlammgeist, und plötzlich hatte ich solchen Hunger, daß sich mir der Magen umdrehte, obwohl ich doch erst ein paar Stunden vorher gegessen hatte, und der Regen brannte, so kalt fühlte er sich an, und er vermischte sich mit den Läusen, und alles juckte und brannte und fühlte sich überhaupt so an, daß ich mir am liebsten die Haut vom Leibe gezogen hätte; und in diesem Augenblick fragte ich mich, wie ich wohl besser dran wäre, als Geist oder als Person, aber auch wenn ich mich manchmal danach sehnte, ein Geist zu sein, dachte ich mir, daß das eine doch so schlimm wie das andere sein dürfte. Aber es hatte jedenfalls etwas für sich, ein Geist zu sein und einfach durch alles hindurchgehen zu können, wenn ich wollte, ohne etwas zu spüren, und dann hatte ich einen verdammten Einfall: Ich fragte mich zwar, ob es einem Glühwürmchen wohl weh tat, von einem Frosch verschluckt und in eine Laterne verwandelt zu werden, aber es war doch ein nettes Gefühl, sich vorzustellen, wie die Frösche im Teich hockten und leuchteten, nachdem sie Glühwürmchen verschluckt hatten.

Das Murren und Reden, das Geschrei und die Befehle der Männer schienen alles aufzusaugen, bis sogar das Rollen des Donners nur noch ein Teil dieser Kolonne zu sein schien, die da durch Schlamm und wabernden Nebel marschierte, und Männer riefen einander und uns alles mögliche zu –

»Weiß deine Mamma, daß du draußen bist?«

»Leck mich am Arsch!«

»Captain Hotchkiss, wohin gehen wir denn?«

»Hey, Lieutenant Pendleton,
wohin gehen wir?«

»Captain Hotchkiss, gehen wir nach Richmond?«

»Erklären Sie mir das!«

»Wir sollten in die annere Richtung marschiern,
nich raus aus 'm Tal.«

»Zurück.«

Und jemand brüllte »Halt!«, und der Marsch stoppte, und die Wagen versackten im Schlamm, und alles wartete und murrte, bis das »Vorwärts!« durch die Reihe weitergegeben wurde und sie wieder weitermarschierten; aber nachdem ich all diese Männer gesehen hatte, dreckig und zerlumpt, manche ohne Schuhe, manche ohne Strümpfe, na, da konnte ich meinen Augen nicht trauen, als ich eine Kompanie sah, die aussah, als käme sie geradewegs aus ihren Zelten, um zu einer Parade zu gehen, denn sie waren allesamt in neue Uniformen gekleidet; und obwohl diese Burschen mit Schlamm bespritzt und ihre Stiefel mit dem Dreck beschmiert waren, marschierten sie so zackig wie auf dem Exerzierplatz, und sie sahen allesamt gutgenährt und ... vergnügt aus, als ob sie mit

Vergnügen durch die Hölle marschieren würden, wenn man es ihnen befehlen sollte, und es war kein alter Mann unter ihnen – bis auf einen, und Sandy Pendleton und Jedediah winkten ihm zu; es war der Inspektor des Corps, und all diese munteren, messingglänzenden neuen Soldaten waren Kadetten vom Virginia Military Institute, wohin Pappa mich auch zur Ausbildung hatte schicken wollen, obwohl Mutter natürlich nicht einverstanden gewesen war.

Als wir sie hinter uns ließen und sie im Nebel verschwanden, machte Jedediah schnalzende Geräusche und sagte zu Sandy Pendleton, es wäre eine schmerzliche Schande, solche Jungs fortzunehmen, noch bevor sie reif wären; aber Sandy war anderer Meinung und redete was vom Feld der Ehre und von der Demütigung, ein Sklave des Nordens zu sein, und »Ehre macht den Mann«, und da tätschelte Jedediah mir den Kopf, als ob ich was damit zu tun hätte, und keiner von beiden sagte mehr etwas, bis wir ins Camp kamen.

Inzwischen hagelte es, und es mußte den Geistern großen Spaß machen, ein solches Wetter aufzupeitschen; bei all dem Regen und Wind dachte ich mir, daß wohl alles mögliche passieren konnte – daß Jimmadasin oder der Geisterhund oder Pappa oder Mutter oder Cow oder Baby Jesus einfach aus dem Nebel auftauchen könnten und daß mit allem zu rechnen war … und so war ich nicht überrascht, daß General Jacksons Camp voller Soldaten war – Jungs der Konföderierten –, und es sah nicht so aus, als ob auch nur ein Zelt abgebrochen worden war, aber in diesem einen Augenblick fragte ich mich doch, ob ich nicht vielleicht wirklich Geister gesehen hatte, die da an mir vorbeimarschiert waren, als ob all die Vogelscheuchensoldaten in ihren selbstgestrickten Sachen Geister gewesen wären, die aus dem Nebel gewachsen waren.

Aber ich hatte keine Geister gesehen, und ich sah auch keine Geister im Camp; was ich sah, war General Ewells Armee, die wahrscheinlich genauso groß war wie die von General Jackson. Sie kam von Port Republic den Fluß herauf, und ich dachte mir schon, daß da etwas im Gange sein mußte und daß niemand wußte, was es war, außer General Jackson, der sich in einem großen Sibley-Zelt, aus dem ein Ofenrohr ragte, mit General Ewell beriet; es muß heiß gewesen sein in dem Zelt, denn das Ofenrohr rülpste genug Rauch für zwanzig Soldaten in die Luft.

Als wir ankamen, tauchte General Ewell eben aus der Zeltklappe auf, als ob er aus einem Käfig entronnen wäre oder so was, und die Luft wurde ganz blau von seinen Flüchen, als er seinen Stab herbeirief; er hatte die komische Gewohnheit, manche Wörter mit einem lispelnden Laut zu sprechen; aber er schien sich zu freuen, als er Sandy Pendleton und Jedediah sah, als ob sie alte Freunde von ihm wären, und er lachte laut und schlug Sandy auf den Rücken und sagte, er sollte »ffich erffmal abtrocknen«, und dann ging er weiter. Nachdem die Wache uns gemeldet und General Jackson »Herein!« gesagt hatte, betraten wir das Zelt, in dem es, wie ich es mir schon gedacht hatte, durch den Ofen heiß und trocken war. Aber es roch nicht schlecht, und Gott sei Dank stank es nicht nach Fürzen. Wir waren natürlich durchnäßt, und es ist komisch, daß alles, was naß wird, mehr nach sich selbst riecht, falls das irgendwie Sinn ergibt; jedenfalls roch ich das Gummi von meinem Poncho und den Alte-Damen-Geruch von der Wolle meiner Decke, ich roch Leder, und ich roch die Erde, was mich an zu Hause erinnerte und an ein paar andere Sachen, an die ich nicht denken wollte. Ich schätze, das war wohl die stärkste Ausdünstung in diesem Zelt: der Geruch, der vom Boden aufstieg.

Das Zelt war leer bis auf einen Tisch, der aber nur aus einer Zwiebackkiste mit Beinen bestand, und ein paar Hocker. General Jackson drehte sich um und begrüßte uns, und mir schien, er hätte einfach bloß dagestanden und die Zeltwand angestarrt. Seine Uniform hatte Schlammspritzer, aber sie war trocken und zerknautscht, und er sah so nervös aus wie eine Katze, als wäre er gefangen in diesem Sibley-Zelt mit einem Tisch und zwei Stühlen, während der Rest seiner Armee dem Ruhm entgegenmarschierte.

»Captain Hotchkiss und Lieutenant Pendleton melden sich wie befohlen zur Stelle, Sir«, sagte Sandy Pendleton und hielt die Hand in zackigem Salut an seiner Mütze, bis General Jackson den Gruß erwiderte. Ich sah aber nicht, daß Jedediah salutierte, und so dachte ich mir, daß nur Lieutenants grüßen mußten oder daß Lieutenant Pendleton gern jedermann grüßte.

Nun, General Jackson gab Sandy Pendleton nicht viel Zeit, mehr zu tun als zu grüßen, sondern fragte ihn gleich, wie weit die Truppen vorgerückt wären, und als Sandy es ihm erzählte, befahl General Jackson ihm, zurückzugehen und die Artillerie- und Divisionstruppen zu überprüfen. Ich dachte mir, daß General Jackson ihn wahrscheinlich nur eine Zeitlang los sein wollte. Ich hatte unterwegs erzählen hören, wie General Jackson seinen Offizieren immer wieder irgendwelche Aufträge gab und sie losschickte, Erkenntnisse zu sammeln, die er längst hatte, und ich hatte auch gehört, daß er niemals die Vorschriften umging, selbst wenn es bedeutete, einen Mann hinzurichten, und daß er General Garnett den Rückzug bei Kernstown zum Vorwurf machte und ihn unter Arrest stellte, obwohl alle Welt wußte, daß General Garnett der beste Offizier war, den er hatte, mit Ausnahme von Colonel Ashby, und daß Garnett seinen Leuten das Leben gerettet hatte; aber von alldem wollte General Jackson nichts hören, und seine alte Brigade munterte ihn drei Wochen lang nicht auf. Ich hatte auch gehört, daß er seinen Leuten keinen Urlaub gab, wenn ihre Kinder oder Ehefrauen krank waren und im Sterben lagen; andererseits, da standen wir, und Jedediah würde nach Hause gehen und seine Familie besuchen, und vermutlich waren alle diese Geschichten sowieso nicht wahr, es sei denn natürlich, der General würde es sich noch anders überlegen und Jedediah mit einem neuen Auftrag wegschicken.

Lieutenant Pendleton sah nicht allzu glücklich aus, als er wieder in den Regen hinausgeschickt wurde, aber er widersprach nicht, sondern fragte nur, ob wir wissen dürften, wohin wir gingen, und da bekam der General einen verschlagenen Gesichtsausdruck, was aber vermutlich nur seine Art war zu lächeln, und er fragte: »Sandy, können Sie ein Geheimnis bewahren?«

Lieutenant Pendleton mußte wissen, daß er hereingelegt werden sollte, und wahrscheinlich tat es ihm sofort leid, daß er eine so dumme Frage gestellt hatte, denn er sah sich nach Jedediah um, als ob Jedediah ihm irgend etwas sagen könnte, und dann sagte General Jackson: »Nun, ich kann es. Und jetzt tun Sie Ihre Pflicht.«

Sandy Pendleton ging, und ich nahm an, daß wir alle in Schwierigkeiten waren, aber General Jackson fragte nur: »Haben Sie weitere Neuigkeiten von Ihrer reizenden Tochter, Jedediah? Wie *heißt* sie doch wieder? Ach, Annie, nicht wahr?«

»Das ist meine jüngste Tochter, General. Meine älteste Tochter, Nellie, hatte das Fieber. Aber ich habe soeben einen Brief von meiner Frau bekommen, in dem sie mir mitteilt, daß sie wieder vollständig genesen ist – dank dem Eingreifen unseres Herrn und Dr. Berkeleys ausgezeichneter Behandlung. Ihnen gebührt unser tiefempfundener Dank dafür, daß Sie ihn zu uns geschickt haben.«

»Der Herr läßt uns zuweilen Unbill erleiden, aber am Ende wirkt alles zusammen zum Guten«, sagte General Jackson, als hätte er es soeben in der Luft gelesen, und dann stand er einfach da und dachte vermutlich an Gott, bevor er weitersprach. »Dr. Berkeley hat mir berichtet, daß das Kind wohlauf ist, und zweifellos hat er Ihnen erklärt, daß man eine falsche Diagnose gestellt hatte.«

Jedediah nickte, sagte aber nichts. Da schaute General Jackson zu mir herüber, und wieder trat dieser verschlagen lächelnde Ausdruck in sein Gesicht, und er griff in einen Knapsack und holte eine Orange heraus, die er mir gab. Ich weiß nicht mehr, was ich vor lauter Aufregung über diese verdammte Orange sagte oder tat, aber ich schälte sie auf der Stelle, und obwohl sie klebrig war und der Saft mir übers Hemd spritzte, als ich die Stücke auseinanderriß, war sie doch köstlich, ja, ich kann mich nicht erinnern, daß mir jemals etwas so gut geschmeckt hätte. Während ich diese faserigen Säckchen zerkaute, die zu platzen schienen, wenn ich darauf biß, dachte ich an den Fluß, der vom Regen geschwollen war, und stellte mir vor, daß er von Orangensaft überströmte, so daß jeder, der hineinfiel, zumindest in Süße ertrank; und ich dachte mir, daß General Jackson wahrscheinlich der einzige Mann in der Army of Northern Virginia oder wahrscheinlich in den ganzen Konföderierten Staaten von Amerika war, der eine Orange hatte.

Und die aß ich einfach auf.

Nun, dieses Essen war wie Beten oder wie das, was meine Mutter einen Tagtraum nannte, und ich hörte zu, wie General Jackson erklärte, daß es wichtig sei, ein paar Krusten zum Impfen zu bekommen, und daß die Krusten von Kindern am begehrenswertesten seien, weil Syphilis und Windpocken ziemlich ähnlich sein könnten, und von Kindern holte man sich auch keinen Tripper; Dr. Berkeley – das war der Regimentsarzt – sei ein Anhänger der vorbeugenden Medizin und glaube nicht an das Gerede vom Impfstoff, den man aus dem Euter einer Kuh gewinnen könne, denn das sei unnatürlich – und General Jackson redete immer weiter davon, wie Jedediah die Krusten abschaben müsse, die noch auf Nellies Haut wären, und wie er sich selbst und mich mit einer davon impfen müsse und daß er besser gar nicht zurückkäme, wenn er nicht ordentlich geimpft wäre. Ich wollte mir nicht vorstellen, wie wir Nellies Krusten und Geschwüre abschabten, und ich dachte mir, ich würde sowieso längst über alle Berge sein, ehe Jedediah Gelegenheit hätte, eine von ihren Krusten in mich reinzustecken.

Nun fragte ich mich, wie gesagt, warum General Jackson so locker bereit war, Jedediah nach Hause gehen zu lassen, und ich bekam raus, daß General Jackson Karten von Sitlington's Hill brauchte, und er wußte, daß der alte Jedediah sich so oder so nach Hause schleichen und dann wahrscheinlich dieses oder jenes Fieber mit zurück ins Camp bringen würde, und auf diese Weise würde der General zwei Fliegen mit einer Klappe schlagen.

Als General Jackson mit seinen Reden darüber zu Ende gekommen war, fragte er Jedediah, ob er wohl einen Augenblick mit mir allein sein dürfte; das war mir nicht behaglich, und ich bin sicher, Jedediah war auch nicht allzu glücklich darüber, denn es bedeutete, daß er draußen im Regen warten mußte. Na ja, vielleicht könnte er zum Marketenderzelt zurückgehen und sich dort noch mal ein bißchen umsehen, falls es noch da war.

Wie dem auch sei – als Jedediah gegangen war, zog General Jackson die beiden Hocker dicht an den Ofen; und dann saßen wir da, spürten die Wärme und lauschten dem Holz, wie es zischte und knisterte.

»Ich habe deine Zeichnung aufgehoben«, sagte General Jackson. »Aber wenn ich sie verbrannt hätte, würdest du mir dann eine neue machen?«

Ich hatte keine Ahnung, worauf er hinauswollte, und so tat ich, als hätte ich nicht gehört, was er gesagt hatte.

»Es ist eine Sünde, sich von fleischlichen Dingen angezogen zu fühlen, es sei denn vielleicht, um den Willen Gottes zu befördern«, sagte General Jackson. »Das ist eine wichtige Lektion. Ich fühlte mich zu einem kleinen Mädchen hingezogen, das gestorben ist, einem reizenden kleinen Ding, das mich an alles denken ließ, was gut war und unschuldig und rein. Ich fühlte mich auch zu den Skulpturen und den prächtigen Bauten in Florenz hingezogen, aber das ist lange her, und ich werde solche Wunderwerke nie wieder sehen. Wenn ich es mir gestatten wollte, würde ich mich danach sehnen, wieder dort zu sein, und das wäre Sünde. Weißt du, warum?«

Ich starrte einfach weiter den Ofen an, weil ich mir dachte, es wäre gefährlich, wenn ich irgend etwas Falsches täte. Ich weiß nicht, warum ich dieses Gefühl hatte, aber was es auch sein mochte, was General Jackson mir zu sagen hatte, ich hatte keine Lust, es zu hören; und während ich die Wärme um mich herum fühlte, versuchte ich so unsichtbar zu werden, wie es nur ging, aber es ging nicht; ich wußte schon, daß es nicht gehen würde, weil General

Jackson mich im Visier hatte, als ob er mit einer Pistole auf mich zielte.

»Weil meine Pflicht hier ist und mein Lohn in Gottes Hand liegt. Ich fühle mich auch zu dir hingezogen, mein Sohn, und weißt du, warum? Weil ich spüre, daß du zu einer Folge geworden bist.« Darüber mußte er lachen. »Aber das ergibt keinen Sinn für dich, nicht wahr, mein Sohn? Nicht den geringsten. Kann es ja auch nicht, wenn du eine gewisse Maxime nicht kennst. Hast du das schon mal gehört: ›Tu deine Pflicht, und überlasse den Göttern die Folgen‹?«

Ich schüttelte den Kopf, und ich weiß nicht, warum, aber ich hatte Angst wie in der Höhle, als ich Cow und Amarci tot daliegen sah.

»Jetzt zeichne mir noch ein Bild«, sagte General Jackson, und er befahl mir, die klebrigen Orangenreste von den Händen abzuwischen, und dann gab er mir ein Blatt von dem weißesten Papier, das ich je gesehen habe, und einen Bleistift und ein Brett. Aber ich saß bloß da mit dem Brett auf dem Schoß und starrte auf das Papier, bis General Jackson noch ein bißchen Holz in den Ofen warf, und ich sah die ganze rote Glut flackern und zusammenfallen und Funken sprühen, und ich dachte an Pappas Ermahnungen über die Hölle und die Verdammnis und erinnerte mich an den Deserteur in der Höhle von Baby Jesus; ich erinnerte mich, wie er auf mich zugelaufen war, ringsum von Feuer umhüllt, als wäre er der Teufel selbst, und ich dachte an Pappa, der im Großen Haus verbrannte, und ich schätze, ich sah wohl, was auf diesem weißen Stück Papier gezeichnet werden mußte, und ich dachte mir, daß Jedediah wahrscheinlich alles, was er verdiente, für solches Papier bezahlen würde, und obwohl ich das Bild in meinem Kopf sah, konnte ich es nicht zeichnen. Es war, als hätte ich vergessen, wie es ging, oder ich konnte es nicht, oder ich wollte es nicht – ich weiß es nicht.

Was es auch sein mochte, ich konnte nicht mehr zeichnen. Also starrte ich bloß auf dieses weiße Papier und dachte an

Gott und Pappa und den Deserteur und versuchte mir vorzustellen, wie es wäre, ein Geist zu sein wie Jimmadasin, und daß ich, wenn ich ein Geist wäre, unsichtbar wäre und kommen und gehen könnte, ohne hungrig oder müde zu werden; und ich dachte mir, die Läuse würden auch aufhören zu jucken, wenn man erst ein Geist ist, obwohl es schwierig wäre, sich vorzustellen, wie die Maden einem auf dem Leichnam herumkrochen, auch wenn man ihn ja nicht mehr brauchte; aber die ganze Zeit spürte ich, daß General Jackson mich beobachtete, und davon wurde mir kalt, als ob ich Fieber hätte oder so was. Ich kam mir vor wie in der Kirche, und ich würde hier sehr, sehr lange sitzen müssen, bis General Jackson mich schließlich tätschelte wie einen Hund und sagte, es täte ihm leid, obwohl ich nie rausgekriegt habe, was ihm denn leid tat; und dann rief er Jedediah.

Jedediah sah nicht aus, als ob er im Regen rumgestanden hätte; deshalb dachte ich mir, daß er wahrscheinlich General Ewells Zelt gefunden und sich dort am Ofen getrocknet hatte, wie ich es hier tat.

»Können Sie das heute abend zu General Johnson bringen?« fragte General Jackson und reichte Jedediah einen kleinen Umschlag.

»Ja, natürlich«, sagte Jedediah, und dann hielt er General Jackson eine Rede von seiner Frau, die ihm für Dr. Berkeley und seine Barmherzigkeit dankte, und sie sprachen über den Fall von New Orleans und daß er nicht überraschend gekommen sei, bis General Jackson einen Gesichtsausdruck bekam, als ob er seinen eigenen Gedanken lauschte.

Jedediah verabschiedete sich.

General Jackson nickte.

Und ich hatte ein schlechtes Gewissen, weil ich nichts für ihn zeichnen konnte.

Bevor ich Ihnen von Jedediah und mir erzähle, sollte ich noch erzählen, wie General Jackson alle zum Narren hielt. Ich wußte ja, daß Old Jack *irgend etwas* vorhatte – das habe ich schon gesagt –, aber ich wußte nicht, was. Natürlich erfuhr ich die genaue Geschichte auch erst später, einige Zeit nachdem ich mich in all dem Rauch verirrt hatte, und das werde ich erklären, wenn ich soweit bin. Jedenfalls glaubten alle, General Jackson wolle das Tal aufgeben und es Banks und Milroy und Schenck und Fremont und den anderen Unionsgenerälen und ihren Blauwanst-Soldaten überlassen, die hier alles überrannten. Winchester und Strasburg und Front Royal und New Market und Harrisonburg hatten sie schon. Nur Staunton war noch frei; alles andere gehörte den Federals, und sie fielen über Farmen und Dörfer her und plünderten alles kahl; vor allem Rinder und alles, was noch in den Silos war, nahmen sie mit. Ich weiß, daß es immer noch Südstaatler gibt, die behaupten, die Blauwänste hätten sich wie Gentlemen benommen, aber das würden sie wahrscheinlich auch nicht mehr sagen, wenn die Blauwänste *ihre* Häuser und Scheunen und alles andere ausgeraubt hätten. Ich dachte mir wohl, daß jeder irgendwann einen Anfall kriegte und jemanden umbringen mußte, wie die Männer, die Pappa und Mutter umgebracht hatten. Sogar Colonel Ashby, der an jenem Tag mit dem Yankee-Kopf durch die Gegend geritten war, als wäre es eine Kaninchenpfote oder so was, kriegte solche Anfälle. Und ich war wahrscheinlich genauso geworden, als ich Eurastus umgebracht hatte, und ich schätze, ich würde ihn wohl wieder umbringen, falls ich ihn tatsächlich umgebracht hatte; und manchmal hatte ich einfach Lust, jeden umzubringen, den ich sah, aber vor allem, vor allem diese Soldaten, die unsere Farm niedergebrannt und Pappa umgebracht und sich auf Mutter gelegt hatten, wodurch sie auch umgebracht worden war. Ich nehme an, daß es Blauwänste waren, obwohl ich nicht erkennen konnte, was sie waren, aber ich konnte mein Herz dazu bringen, daß es schneller schlug, und der Zorn brannte mir in der Kehle, wenn ich nur an sie dachte. Und wenn ich an die Blauwänste dachte, dann stellte ich mir vor, wie diese Soldaten die Farm niederbrannten, und es ist komisch, aber ich kann mich an keines ihrer Gesichter erinnern. Ich stellte sie mir alle wie Eurastus vor, und dadurch haßte ich ihn desto mehr, obwohl er doch tot war. Ich stellte mir vor, daß er ein gefährlicher Geist wäre, und ich hatte Mitleid mit Jimmadasin, falls er je das Mißgeschick erleben sollte, mit ihm zusammenzutreffen.

Aber ich schweife ab. Verdammt! Ich wollte Ihnen von General Jacksons Plänen erzählen. Seine Armee kam in dem Geisterwetter nur fünf Meilen weit, und ich hörte, daß er allen befahl, bei den Kanonen und Wagen mitzuhelfen, weil der Schlamm so furchtbar und die Straße so schlecht waren, aber er erwartete von seinen Leuten nichts, wozu er nicht auch selber bereit war; also schleppte er mit allen andern Steine und Planken. Sie bewegten sich auf Port Republic zu, aber General Jackson lenkte sie um, und statt den Shenandoah zu überschreiten, zog er durch Brown's Gap in die Blue Ridge Mountains. Natürlich dachten alle, wahrscheinlich auch die Federals, General Jackson wolle das Tal verlassen und nach Richmond rüber, um es zu schützen; aber er hielt sie alle zum Narren, indem er seine Truppen auf die Virginia Central Railroad setzte und geradewegs ins Tal zurückkehrte, wo er mit General Johnson zusammentraf, und gemeinsam rückten sie den Yankees nach und verpaßten ihnen eine höllische Tracht Prügel in der Schlacht von McDowell.

Und das war ziemlich nah bei Jedediahs Farm und seiner Schule in Loch Willow.

Wir brauchten den ganzen Tag und einen guten Teil der Nacht, um General Johnsons Camp bei Staunton zu erreichen und General Jacksons Brief abzuliefern.

Inzwischen war uns beiden schlecht von dem strömenden Regen und den allgemeinen Dünsten der Nacht. Es war, als ritten wir die ganze Zeit durch einen Nebel; wir konnten kaum etwas sehen, und die Nacht war so dunkel, daß ich meinen Arm nicht vor mir erkennen konnte. Ich weiß nicht, wie die Pferde auf den Beinen blieben, geschweige denn, wie sie der Straße folgten, aber sie taten es, und es war, als käme ich in den Himmel, als ich General Johnsons Lagerfeuer auf den Bergen hinter West View erblickte. Es hatte endlich aufgehört zu regnen, und diese Feuer sahen aus wie große, verschwommene, funkelnde Sterne, zumal man am Himmel keine Sterne sehen konnte, sondern nur eine Schwärze, die auf uns herabzudrücken schien. Ich weiß nicht, wie sie das Brennholz zusammengekriegt hatten, aber sie hatten welches, und wir konnten es riechen, feucht und scharf, noch ehe wir das Lager sehen konnten. Ich stellte mir grünes Holz vor, das spuckte und knisterte, und plötzlich fiel mir das Gesicht meiner Mutter ein, als ob sie mir aus einer Ferrotypie entgegenstarrte, aber das dauerte nur eine Sekunde, und dann lief mir das Wasser im Mund zusammen, als ich an Speck dachte, auf dem das Fett blubberte, und an heißes, weiches Brot. Das mit dem Brot war nur ein Traum, aber es war keine unmögliche Vorstellung, daß man da unten in dem Camp ein Stück Speck kriegen könnte. Zumal da ich mit Jedediah zusammen war; der mochte zwar dürr sein, aber verhungern würde er sicher nicht.

General Johnson hatte sein Hauptquartier in Dr. John Lewis' Haus eingerichtet; überall auf seinem Rasen waren Zelte und Lagerfeuer, und die Gespräche der Soldaten schienen zu einer Art Wasserrauschen zu verschmelzen; nur manchmal, wenn jemand etwas lauter sprach oder lachte, hörte man das deutlich aus allem anderen heraus. Wir kamen an ein paar Soldaten vorbei, die »Jacke vollhauen« spielten, als ob sie zu Hause wären und sich vor ihren Freunden aufspielten; sie attackierten einander mit Hickoryzweigen und balgten sich und lachten und schrien, als hätten sie Weihnachten. Jedediah und ich waren naß und müde, und ich wollte nur noch etwas essen und ein bißchen schlafen, aber Jedediah schien mir so wach zu sein, wie ich noch nie jemanden gesehen hatte. Er war nervös, und ich fragte mich schon, ob er eine Dummheit vorhatte, beispielsweise jetzt im Dunkeln nach Loch Willow hinaufzureiten und darauf zu vertrauen, daß Gott und die Pferde den Weg schon finden würden. Ich überlegte, ob ich abhauen und vielleicht eine Zeitlang hier in General Johnsons Camp bleiben sollte, aber als ich General Johnson erst einmal begegnet war, wollte ich gern möglichst weit weg.

Ich hatte den Eindruck, daß General Johnson und seine Offiziere Dr. Lewis' Haus mehr oder weniger übernommen hatten. Der General empfing uns in einem großen Wohnzimmer; dort saß er an einem Eßtisch mit abgerundeten Ecken, und das Licht einer Lampe auf dem Tisch malte Schatten und Linien in sein Gesicht, und ich hätte schwören können, daß es ein Geist war, der da saß, obwohl er in eine Uniform gekleidet war und ein seltsam pfeifendes Geräusch machte, wenn er ein- und ausatmete; aber seine Augen waren wie aus Glas, wie die Augen einer Katze, und er wirkte hart, als ob man dieses Gesicht nicht zerschlagen könnte, selbst wenn man mit einem Gewehrkolben darauf einprügelte, und es sah so schmal aus, daß es mich an eine Axt erinnerte, und der General hatte einen Schnurrbart, der gewichst war und glänzte und seinen Mund bedeckte. Aber was mich umwarf, waren seine Augen. Ich dachte mir, das müssen Geisteraugen sein, nicht wie bei Jimmadasin, sondern wie bei den niederträchtigen Geistern, die mich in das Erdloch geschmissen hatten. Nun, jeder andere hätte sich wahrscheinlich von dem General täuschen lassen, denn er redete und nickte und sagte, wir sollten uns doch setzen, und fragte uns, ob wir Hunger hätten – ich hatte!, aber Jedediah schüttelte bloß höflich den Kopf –, und erkundigte sich nach General Jacksons Gesundheit; und es war leicht zu sehen, daß der General dieses ganze Geplauder nicht ernst meinte, aber der alte Jedediah nickte und lächelte und erzählte ihm von seiner Frau und wie Old Jack Dr. Berkeley zu seiner kranken Tochter geschickt und ihr das Leben gerettet hatte; aber mir schien, als verdrehte Jedediah die Wahrheit ein kleines bißchen, damit es sich besser anhörte.

Ich schaute mich im Zimmer um, während sie redeten, vermutlich weil ich nicht wollte, daß General Johnson mich mit seinen Augen erwischte; ich war ja klug genug, einem Geist nicht in die Augen zu schauen, und da fiel mir plötzlich ein, daß nicht Jedediah der Verwundbare war, sondern ich, denn wahrscheinlich sah der General auf den ersten Blick, daß ich selber zum Teil ein Geist war, aber es gab keine Möglichkeit, mich vor ihm unsichtbar zu machen oder meine Gedanken zu verschließen. Wenn der General ein Geist war, dann konnte er geradewegs in mich hineinschauen; also konzentrierte ich mich darauf, mich in dem Zimmer umzusehen, das zwar groß war, aber nichts Besonderes. Wahrscheinlich war es mal hübsch gewesen, aber jetzt war überall Schlamm auf dem Fußboden und in den Ritzen zwischen den Dielen, und hinter dem General stand ein großes Vierpfostenbett, und an der Wand stand noch ein Bett, auf dem lauter Zeitungen ausgebreitet lagen, und die Tapeten und die Decke sahen gelb aus, als ob sie alt wären und schon manches Wetter erlebt hätten. Aber wenn ich mich bloß in dem Zimmer umschaute, mußte ich an unsere eigene Farm und an Pappa und Mutter denken, und obwohl ich versuchte, nicht mehr zu denken, hörte mein Kopf einfach nicht auf, mir Bilder vorzuführen, mochte ich mich noch so sehr bemühen, nicht darüber nachzudenken, und da wußte ich – im Grunde wußte ich es, als ich General Johnson das erste Mal sah –, daß es von jetzt an übel werden würde, zumindest für eine Weile. Ich spürte es, aber ich bereute sofort, daß ich daran gedacht hatte, denn in diesem Moment schaute der General zu mir herüber, als ob er meinen Gedanken gehört hätte, und er lächelte mich an, als wollte er mir damit sagen, er wüßte über alles Bescheid. Dann wandte er sich wieder Jedediah zu, und der gab ihm General Jacksons Brief, und während er ihn las, starrte Jedediah bloß die Lampe auf dem Tisch an, als ob plötzlich alles Leben aus ihm gewichen wäre.

»Nun, ich danke Ihnen dafür, Jedediah«, sagte der General, als er den Brief zu Ende gelesen hatte. »Ich weiß, was für eine Zumutung das gewesen sein muß. Diese Nacht sollte man weder Mensch noch Tier nach draußen schicken. Aber es ist Gottes Wille, den wir auf eigene Gefahr in Frage stellen.« Er lächelte – ich glaube, der Gedanke gefiel ihm – und faltete General Jacksons Brief wieder zusammen, und dann drehte er ihn um und um und klopfte jedesmal mit der Kante auf den Tisch. »Ich habe von Ihrem Jungen hier gehört. Jack sagt, er kann fast so gut wie Sie mit dem Bleistift umgehen.«

Jedediah schaute zu mir herüber, und ich sah, daß seine Wangen ein bißchen gerötet waren. »Da muß ich zustimmen. General Jackson hat mir eine Zeichnung gezeigt, die er für ihn gemacht hat.«

»Nun, vielleicht zeichnest du eines Tages auch für mich etwas«, sagte General Johnson und sah mich an.

Ich versuchte unsichtbar zu werden, obwohl ich wußte, daß es nicht klappen würde, und obwohl ich vergessen hatte, wie man zeichnet.

»Du brauchst nur mit dem Kopf zu nicken, und ich bin ein glücklicher Mann.« General Johnson lächelte, und ich wußte, daß er sich über mich lustig machte. Mir war, als verginge eine ganze Stunde, und Arme und Kopf und Beine taten mir weh, so still stand ich da, denn wenn ich jetzt nickte, würde Jedediah mich plagen, damit ich ihm eine Zeichnung für den General gäbe.

»Komm schon«, sagte Jedediah, »zeig dem General ein bißchen Respekt.«

Ich nickte, aber das war eine Lüge. Ich hatte vergessen, wie man zeichnet, und ich fragte mich, was ich wohl zeichnen würde, wenn ich es noch könnte, und ich dachte an Mutter und erinnerte mich, wie sie mich gekämmt und mir das Haar geschnitten und mir erzählt hatte, wie sie als Mädchen zum Tanzen gegangen war, und ich erinnerte mich, wie sie mir fromme Lieder vorgesungen hatte – ihre Lieblingslieder waren »Heil der Macht von Jesu Namen« und »Grad' so wie ich bin, ganz ohne ein Begehren« – und wie sie mit den Gewichten ihrer Mahagoniuhr herumhantiert hatte, die das einzige wäre, sagte sie, was vom Leben ihrer Kindheit noch übrig wäre, und ich erinnerte mich, wie sie mir Traktate vorgelesen hatte, die »Komm zu Jesus« hießen und »Ein vorbildlicher

Knabe« und »Der Whiskey-Grind« und »Bestrafter Spott«, um
mich zuverlässig zum Herrn zu bekehren; aber bei all diesen
Erinnerungen, während ich zurückdachte an die Sonntagsessen
und an die Kirche und an die Gartenarbeit und daran, wie sie
mich zugedeckt und mir einen Gutenachtkuß gegeben hatte, und
an ihren eigentümlichen Geruch, der hübsch war und mich doch
immer froh machte, wenn sie hinausging ... Ich erinnerte mich an
all das, aber ich konnte mich nicht an ihr Gesicht erinnern. Ich
schloß fest die Augen und versuchte sie zu sehen, aber ich konnte es einfach nicht; und im selben Augenblick wußte ich, daß General Johnson, der wie gesagt ein Geist war, sie mir weggenommen hatte.

Und an Ort und Stelle vor Jedediah und dem Geist machte ich
das »Ha«-Geräusch. Aber es hatte keinen Sinn, sich aufzuregen.
Ein Geist zu werden, das bedeutete, daß man alles mögliche verlieren mußte.

Nicht da, aber später, fragte ich mich, was General Johnson
wohl verloren hatte.

Nun, wir gingen an diesem Abend nicht hungrig zu Bett, denn
Jedediah fand ein Plätzchen für uns im Camp, und wir schliefen
warm und trocken in einem hübschen, holzverstärkten Zelt mit
einer Wand aus Brennholz neben einem Brunnen. Aber laut war
es, denn die Soldaten redeten und lachten oder prügelten sich um
den Eimer, daß man hätte glauben können, es wäre lauter Whiskey drin und nicht schlammiges Wasser; aber ich kriegte meinen
Speck und einen Zwieback von der Sorte, die Jedediah Eichen-
chip nannte, denn ebensogut hätte man auf einem Stück Holz
kauen können; und ein Nigger, der wahrscheinlich ungefähr in
meinem Alter war, kam zu Besuch; er verkaufte Pasteten mit Äpfeln und Zucker drin, und Jedediah kaufte dem Bengel zwei Stück
ab. Ich schmeckte nichts von irgendwelchem Zucker und von Äpfeln auch nicht, obwohl die Dinger aussahen wie ziemlich gute
Buchweizenküchlein. Nein, sie schmeckten nur nach ranzigem

Schmalz, aber wir aßen sie trotzdem, und sie machten uns satt, als ob wir an einem Tisch gesessen und ein richtiges Abendessen gegessen hätten. Freilich, ein paar Stunden später, als wir hätten schlafen müssen, stand Jedediah bestimmt fünfmal auf und ging hinaus, und er stöhnte und betete, obwohl es eher wie Fluchen klang, und ich nahm an, er hatte Magenbeschwerden von den »mächtig leckeren Pasteten«, die wir gegessen hatten. Ich fühlte mich auch ein bißchen fiebrig, aber ich stand nur einmal auf, und zwar nachdem ich diesen Traum gehabt hatte, aus dem ich verschwitzt und mit einem Gefühl der Übelkeit erwachte. Ich träumte von General Johnson, und ich sah, wie er auf meiner Mutter auf den roten Sandsteinplatten vor dem großen Haus lag, nur daß diese Platten glühten wie Kohlen und er und Mutter wie Feuerholz brannten; und ich träumte, daß Mutter die Arme um den General schlang, als liebte sie ihn mehr als Pappa, und ich schrie, denn in meinem Traum konnte ich schreien, und ich war so laut wie Gott der Herr, und General Johnson hob den Kopf zu mir, und seine Augen und alles standen in Flammen, und er wälzte sich von Mutter runter, die jetzt nur noch ein Haufen Asche war – Asche, die aussah, als ob sie mit Wasser angefeuchtet und liegengelassen worden wäre, damit sie zusammenklumpte wie ein Kuhfladen oder so was –, und der General kam auf mich zu und brannte wie der Deserteur in der Höhle von Baby Jesus, und ich spürte die Hitze, die er verströmte, und merkte, daß ich selber anfing zu brennen; und ich hatte eine Todesangst und Wut, Wut auf Mutter, weil sie so etwas mit dem General getan hatte; es geschah ihr ganz recht, daß sie ein Mistfladen aus Asche wurde, und dann war mir so heiß, daß ich aufwachte, aber statt dessen war ich in einem anderen Traum; und da war Mutter wieder, genau wie auf der Zeichnung in Jedediahs Skizzenblock; sie flog nackt durch die Luft wie ein Engel, und der Geisterhund rannte unter ihr am Boden entlang, und ich rannte mit dem Geisterhund und versuchte, auf die andere Seite zu kommen, damit ich Mutters Gesicht sehen könnte, aber sie wandte es immer wieder ab, damit ich mich nie wieder

erinnern könnte, wie sie aussah, und ich schrie und rannte hinter
ihr her, so schnell ich konnte, rannte geradewegs durch ihren
Schatten hindurch, der sich über den Boden bewegte, und meine
Schreie verwandelten sich in das Geheul des Geisterhundes – bis
dahin hatte ich nicht gewußt, daß er heulen konnte –, und dann
rief und schüttelte Jedediah mich, und dann gab es eine Explosion von rotem Licht, wie wenn man einen Schlag auf die Augen
bekommt, und ich nahm an, daß mich jetzt eine Granate getroffen hatte, so daß ich endgültig und richtig tot war.

Ein Geist wie Jimmadasin… oder wahrscheinlich eher wie
Eurastus.

Aber es war bloß Jedediah, der eine Lampe in der Hand hielt
und mich wecken wollte, und ich wußte nicht, ob es noch mitten
in der Nacht war oder schon bald Morgen. Jedediah sah aus wie
der Tod; er war bleich, sein Bart war auf der einen Gesichtsseite
plattgedrückt, und die Haare standen ihm zu Berge. »Zeit, aufzu-
brechen«, sagte er. »Komm schon, beeil dich jetzt!« Anscheinend
wollten wir uns aus General Johnsons Lager schleichen, und das
war mir recht – ich war froh, diesen Traum und General Johnson
hinter mir zu lassen –, aber ich hatte keine große Lust, im Dunkeln zu reiten. Mir war immer noch übel. Jedediah hatte unsere
Pferde gesattelt und war reisefertig; er hatte nichts an, was man
für eine Uniform hätte halten können, sondern sah aus wie ein
kleiner Farmer, der auf seinen staubigen Äckern wie beinahe jedermann schlechte Zeiten durchmachte; also dachte ich mir, wir
würden die Unionstruppen ausspionieren gehen, und in gewisser
Weise taten wir das auch, aber in dem Augenblick war mir nicht
klar, daß es in dem Land von Monterey und McDowell bis Franklin
und Petersburg und Moorefield im Norden von Federals wim-
melte. Aber ich wette, daß Jedediah es wußte. Für mich war Jedediah kein tapferer Mann wie Colonel Ashby gewesen, aber ich
schätze, er hätte wohl alles getan, um nach Hause zu kommen,
und sei es nur für fünf Minuten. Wir waren noch nicht viel länger
als eine Stunde geritten, als der Himmel sich an den Rändern all-

mählich grau färbte und die Sterne immer matter wurden. Zwar lag Frost in der Luft, aber alles war klar und scharf und frisch, und ich stellte mir vor, daß Frühling und Sommer sich unter dem Frost verbargen. Und ich hatte recht, denn als die Sonne aufging, wurde es ein schöner, sonniger Frühlingstag.

Jedediah folgte seinem eigenen Weg, außer Sichtweite der Landstraße nach Staunton und Parkersburg; allerdings riskierten wir es, zur Straße zurückzukehren, um den Big Calf-Pasture River zu überqueren, der von all dem Regen auch ganz angeschwollen war. Wir hielten uns auf Feldern und an Waldrändern, soweit es ging; die Farmer waren bei der Maisaussaat, und der Himmel war leer bis auf die Sonne; ich schwitzte in meinem schmutzigen Hemd, und es juckte mich, als hätte ich nackt unter meiner Wolldecke geschlafen. Vom Reiten tat es mir zwischen den Beinen weh, was bedeutete, daß ich auf dem Pferd eingeschlafen sein mußte – jedesmal wenn das passierte, rutschte ich irgendwie am Sattel rauf und saß irgendwann auf mir selber, um auf artige Weise zu sagen, was ich meine, und dann wachte ich jäh auf, als ob mir einer in die Eier getreten hätte; manchmal träumte ich auch, die Federals hätten mich geschnappt und folterten mich, indem sie mich mit Eisenzangen kniffen, und dann wachte ich auf und schwor auf alle Bibeln der Welt, es niemals wieder zu tun.

Wir ritten durch Weideland, und Jedediah beachtete mich gar nicht; ich schätze, er hing einfach seinen Gedanken nach. Und dann ritten wir geradewegs den Bull Pasture Mountain rauf, und ich hatte Angst runterzugucken, denn oben ist es zwar ganz flach und so grün, wie man es sich nur vorstellen kann, als ob man gar nicht in den Bergen wäre, aber wenn ich über den Rand in die tiefe Schlucht schaute, die einen Teil des Berges vom anderen trennt, konnte ich ganz unten die Landstraße und den Fluß erkennen und die toten Bäume, die am Hang hingen, und ganz unten am Grund sah ich Felsblöcke, und ringsumher, wohin ich auch guckte, waren Hügel und Berge und Wälder, und alles war grün und dunkel vom Geisterwetter, und mir wurde schwindlig, wenn ich nur runterguckte, so daß Jedediah mich von da wegrief, und er klang wütend oder erschrocken, als er fragte, ob ich mich etwa den Federals zeigen wollte. Ich guckte, aber ich sah keine Federals. Das hatte natürlich nichts zu bedeuten. Wir ritten also um Sitlington's Hill rum, wo überwiegend Weideland war, und ich fühlte mich allmählich entspannt und schläfrig und behaglich und gemütlich. Ich erinnerte mich, wie ich herumgewandert war und nach den Kummen auf unserer Farm gesehen hatte, und ich stellte mir vor, daß hier auch überall Kummen aufgestellt waren und daß in jeder ein Karnickel saß, fett wie eine Henne; ich würde diese Karnickel schnell töten, damit sie keine Schmerzen litten, und sie dann ganz schnell fallen lassen, damit ich kein Unglück hätte und vor meinem nächsten Geburtstag sterben würde, obwohl es ja jetzt wahrscheinlich nichts mehr ausmachte. Ich nahm an, daß ich dicht davor war, ein Geist zu sein, und hatte einen angenehmen Tagtraum darüber, ob ich auch ein schönes Begräbnis kriegen würde, wie die Nigger es für Sweet Grandy gemacht hatten, und ich dachte an all die Gläser mit Marmelade und die Kutteln und Rippenbraten und das Dörrobst und an den Geruch all dieser Nigger, die so dicht zusammenstanden, und ich wünschte mir so sehr, daß ich einfach hätte bei ihnen bleiben können; und ich konnte mir sogar vorstellen, wie ich selber auf so einem Tisch lag und all die Nigger um mich rumstanden und lächelten; Onkel Isaac und Mammy Jack würden auch dasein, und ich würde geradewegs durch die dicken Kupferpennys durchgucken, die sie mir auf die Augen gelegt hatten, und dann würde ich Pappa und Mutter sehen, aber all diese Gedanken waren mir unbehaglich, und so folgte ich einfach Jedediah und war so still und unsichtbar, daß ich praktisch gar nicht da war.

Jedediah zeichnete immerfort in seinem Buch und ritt überall hin, aber er ließ mich nicht absteigen, daß ich mich selber mal umsehen konnte; er schien mit jeder Minute nervöser zu werden und sagte immer wieder: »Wir sind gleich fertig, wir sind gleich fertig.« Wir müssen auf jedem Quadratzoll dieser Gegend gewe-

274

sen sein, und Jedediah muß das alles auch gezeichnet haben, bis
er schließlich fand, was er suchte, und das war nichts weiter als
ein Bergpfad, der um den Berg herum nach Nordwesten und über
den Fluß führte und irgendwo zwischen McDowell und Franklin
an der Straße endete. Wir kamen den Berg gut runter und auch
noch über den Fluß, aber dann brüllte plötzlich jemand: »Halt,
wer da?«, und bevor ich wußte, wie mir geschah, schrie Jedediah, ich sollte ihm folgen, und obwohl ich Schüsse hörte und
eine Kugel an meinem Kopf vorbeipfiff, drehte ich mich nicht
um und könnte Ihnen deshalb nicht sagen, ob es nur ein Blauwanst oder zwanzig waren. Ich folgte Jedediah durch ein Waldstück, und fast hätte ein Ast mich vom Pferd geschlagen, und dabei wurde ich höllisch zerkratzt, aber wer immer da auf uns
feuerte, wir hängten sie ab, und ich muß Ihnen sagen, ich wunderte mich allmählich über Jedediah. Er hatte mich auf alle Fälle
zum Narren gehalten, denn ich hätte ihm nie zugetraut, hier einfach abzuhauen. Ich hätte erwartet, daß er versucht, sich rauszu-
reden, wenn sie fragten, was wir hier suchten, aber statt dessen
ritten wir jetzt in einem weiten Bogen herum und spähten die
Blauwänste aus, die bei McDowell lagerten. Waren nicht so viele,
wie ich gedacht hätte. Und als Jedediah davon genug hatte, ritten
wir durch rauhes Gelände, wo wir nur schwer zu entdecken waren, nach Franklin rauf. Aber weil wir den größten Teil des Tages
damit zugebracht hatten, auf dem Bull Pasture Mountain rumzu-
reiten, war es nun bald dunkel. Jedediah fand ein sicheres Lager-
plätzchen, abgeschirmt hinter einem Waldstück, und wir aßen
jeder einen Zwieback. Als es dunkel war, kam auch die Winter-
kälte zurück, aber Jedediah wollte kein Feuer anmachen; also fro-
ren wir die ganze Nacht. Aber es war gar nicht die ganze Nacht,
sondern vielleicht drei Stunden, mehr nicht, denn in finsterster
Nacht weckte er mich schon wieder.

Im Morgengrauen erreichten wir Loch Willow, und ich weiß
nicht, wieso, aber mein Herz klopfte so heftig, daß ich glaubte, es
wollte mich ersticken.

Aber als ich das Haus sah mit seinem großen Kamin und den schattigen Bäumen und der Scheune und den Hütten und all den Nebengebäuden, da wußte ich, ich könnte nie wieder irgendwo hingehören.

10. Kapitel

Hör, wie die Geister kämpfen

> Abends, wenn ich schlafen geh,
> Kriechen die Läuse vom Kopf bis zum
>   Zeh.
> Sollte ich sterben und nicht mehr
>   erwachen,
> Laß, lieber Gott, ihre Zähne zerkrachen!
>
> REBELLENGEBET

Wir waren kaum die zwei Stufen zur Veranda raufgestiegen, als Jedediahs Frau die Tür aufmachte und uns entgegenkam. Ich weiß nicht, warum, aber ich bemühte mich, nicht allzuviel rumzugucken; ich wußte bloß, ich wollte Loch Willow noch nicht sehen, und deshalb erlaubte ich mir nur, bestimmte Dinge und bestimmte Stellen anzuschauen, und es war, als sei die ganze Welt auf das zusammengeschrumpft, was ich anschaute.

Und was ich in diesem Augenblick anschaute, war Mrs. Sara Anne Comfort Hotchkiss.

Ich erinnerte mich an ihren Namen, weil Jedediah ihn mir gesagt hatte, aber er hatte vergessen, mir auch zu sagen, daß sie dünn war wie eine Bohnenstange und so groß wie er und daß ihr Haar so blond war, daß es fast weiß aussah, so daß ich auf den ersten Blick nicht sagen konnte, ob sie schön war oder bloß eine große, dürre alte Frau. Sie war alt – wahrscheinlich jedenfalls so alt wie Jedediah, und ich fragte mich, wie Jedediah eine so schöne Frau haben konnte, denn im Camp lachte jeder bloß über ihn, und man hätte meinen können, er hätte nichts anderes im Kopf als Landkarten und Lesen und Bibelpredigten. Aber ich schätze, ich war doch überrascht, daß sie nicht dick und fett war wie Mammy Jack. Das hätte mir besser gefallen.

So aber mochte ich sie überhaupt nicht; und ich weiß nicht, warum ich sie nicht mochte, als sie auf die Veranda herauskam, denn das war, bevor sie –

Ich greife vor, ehe ich überhaupt angefangen habe.

Jedenfalls nickte sie Jedediah zu, als ob er der Pfarrer wäre, der zur Sonntagsversammlung kam, und dann umarmten sie einander und blieben lange genug so stehen, so daß ich Zeit hatte, die Stufen runterzugehen, wieder auf mein Pferd zu steigen und zurückzureiten, um Colonel Ashby zu suchen. Aber das tat ich nicht.

Ich glaube, es fiel mir bloß nicht ein.

Ich schaute bloß Mrs. Sara Anne an und sah jeden kleinen Teil ihres Gesichts und ihrer Haare und sogar die Spitzenschleifen an ihrem Kleid – ein paar davon waren gelb vom Alter, und ein paar waren zerrissen oder aufgelöst, und dann fing ich unwillkürlich an, mich zu fragen, wie sie wohl unter diesem Kleid aussehen mochte. Ich versuchte mir ihre Brüste vorzustellen, falls sie welche hatte, aber wahrscheinlich hatte sie gar keine, weil sie so dürr war; wenn man auf ihr läge, wäre es, als läge man auf einem Stück Holz mit Astknoten, und ich fragte mich, wie sie wohl aus der Nähe riechen mochte, und stellte mir vor, sie zu küssen und sie zu riechen und sie zwischen den Beinen zu berühren, und ich mußte an Lucy denken, und dann hörte ich auf, so über Mrs. Sara Anne nachzudenken, denn aus irgendeinem Grund begann ich an Mutter zu denken, und dann fühlte ich mich mies und schmutzig, weil ich solche Gedanken über Mrs. Sara Anne gehabt hatte; ich wußte, daß es Sünde war, nur daran zu denken, sein Ding in die Ehefrau eines anderen zu stecken; und dann ließ Jedediah sie los, und sie fingen an, schnell miteinander zu reden, aber ich konnte kaum verstehen, was sie sagten, weil sie so leise redeten, als hätten sie Angst, daß ich oder sonst jemand auf der Welt sie hören könnte, und dann stellte mich Jedediah als der »junge Richard« vor, wie Colonel Ashby mich getauft hatte, nur daß er mich bloß »Richard« nannte, und ich machte einen Diener vor Mrs. Sara Anne Comfort Hotchkiss, wie meine Mutter es mir beigebracht hatte, aber die ganze Zeit, während ich sie anschaute, dachte ich weiter daran, sie zu küssen und zu riechen, und gleichzeitig fragte ich mich auch, wie Colonel Ashbys toter Bruder Richard wohl aussah; ich nahm allerdings an, daß er aussah wie Colonel Ashby, und ich fragte mich, ob er nicht vielleicht auch aussah wie ich.

Ich hörte einen Vogel hinter mir singen, und es wurde heller draußen, und mir war, als rieche die Luft nach Rauch, als ob jemand dabei wäre, die Segge auf seinem Feld abzubrennen, aber dazu war nicht die richtige Jahreszeit. Ich muß wohl einfach den Rauch aus dem Kamin gerochen haben, aber eine Sekunde lang konnte ich mich erinnern, wie ich mit Pappa und den Niggerkindern die verdorrte Segge abgebrannt hatte, und die Erinnerung war so klar, daß ich beim bloßen Gedanken daran fast umgefallen wäre; aber trotzdem blickte ich nicht zum Himmel hinauf, denn dann hätte ich mich umgeschaut und alles angesehen, und das traute ich mich nicht, fast als ob ich sonst unsere eigene Farm sehen würde, unsere Scheune und den Holzschuppen und das Schulhaus und die alten Blockhütten der Nigger und den Räucherschuppen und den Kornspeicher und das Eishaus, und tatsächlich war ich sicher, daß ich so was sehen würde, aber dann dachte ich bloß noch ans Abhauen ... und das hätte ich auch machen sollen, als ich die Gelegenheit dazu hatte.

Alles ging so schnell, daß ich mich gar nicht mehr daran erinnern kann, wie es passierte. Es war, als erinnerte ich mich erst, als alles gesagt und getan war. Nicht daß es so schrecklich war mit anzusehen, wie das Große Haus niedergebrannt wurde, oder im Feld bei Kernstown zu sein, wo all die Soldaten nach ihren Mamas weinten, aber es war doch schrecklich genug. Es war, als ob ich träumte oder so was, denn ganz plötzlich hörte ich – oder erinnerte ich mich, ich weiß nicht, was –, wie Jedediahs Frau sagte: »Er kann doch aber gewiß unser Haus nicht in diesen Sachen betreten – sieh ihn doch nur an, Jedediah, er ist dreckig, und ich könnte mir vorstellen, daß er von Läusen nur so wimmelt. Nein, wir müssen ihm diese Sachen ausziehen.«

Sie sprach so leise, daß ich sie kaum hörte, aber gleichzeitig gab sie Befehle wie Colonel Ashby, und dann rief sie Cornelius Rumtopum, einen hellhäutigen Nigger, der hinter uns erschien, als ob er da die ganze Zeit gewartet hätte; er war bestimmt genauso dünn wie Mrs. Sara Anne, aber nicht so groß, und er trug einen breitrandigen Hut, der mal weiß gewesen war, aber jetzt war er schmutziggrau und sah aus, als ob man ihn mit Holzkohle eingerieben hätte – und der Nigger kam geradewegs auf uns zu, als ob er in der Armee mitmarschierte, und blieb dann auf den Verandastufen stehen und wartete; und weil ich mich immer noch bemühte, die Kontrolle zu behalten bei dem, was ich sah, warf ich einen schmalen Blick zu ihm und sah wie durch ein Fernglas, daß seine Hände so groß wie Pfannkuchen waren und daß er zwei große abgebrochene Schneidezähne vorn im Mund hatte und Krater im Gesicht, als ob er sich da die Haut herausgegraben hätte. Aber Mammy Jack hätte ihn hübsch gefunden, da bin ich sicher – wahrscheinlich, weil er willensstark aussah und ein ordentliches Kinn hatte (Mammy Jack hatte mir erzählt, sie hätte es gern, wenn einer ein ordentliches Kinn hätte); und während ich ihn direkt anschaute, sprach Jedediah weiter mit Mrs. Sara Anne und erzählte, wie sehr er sich nach ihnen allen und nach seinem Schaukelstuhl und seinem Kaminfeuer gesehnt hätte. »Gott sei Dank, daß Er meine kleinen Babys verschont hat.« Und dann rief er Gottes Segen auf Dr. Berkeley herab und auf Old Jack und Mrs. Sara Anne und jeden anderen gottverdammten Menschen außer sich selbst, und dann, als er wirklich fertig war, erkundigte er sich nach dem Nigger.

Anscheinend gehörte der Nigger richtig zur Familie, wenn man ihn – den Nigger – so reden hörte, und ich werde Ihnen erzählen, was er sagte, aber bevor er mehr als »Morgen, Missus, Morgen, Master, Sir« gesagt hatte, schaute Mrs. Sara Anne zu mir herüber und befahl mir mit ihrer leisen, höflichen kleinen Stimme, alles auszuziehen, was ich anhatte. Natürlich hatte ich nicht die Absicht, das zu tun, und einen Augenblick lang glaubte ich, Jedediah würde versuchen, sie zur Vernunft zu bringen; ich nehme an, bloß weil ich nicht sprechen konnte, glaubten sie, ich wäre nicht zivilisierter als eine Kreatur aus einer Schaubude und würde vor aller Welt nackt herumlaufen. In diesem Augenblick wußte ich, was ich zu tun hatte, aber dieser klapperdürre Nigger packte mich und schwenkte mich in die Luft, kaum daß ich daran gedacht hatte wegzulaufen, und er war so stark wie Jimmadasin oder dieses Schwein Eurastus, vielleicht sogar noch stärker, und er sagte: »Kleine Jungs sollten machen, was man ihnen sagt.« Er hielt mich fest, während Jedediah mir sagte, ich sollte tun, was man mir gesagt hätte; Mrs. Sara Anne hätte jetzt das Kommando über mich, und ich wäre nicht besser als die Nigger, und wenn ich lernen wollte und essen und mein Verhältnis zu Gott ordnen und meinen gebührenden Platz als Mann einnehmen und das alles, dann sollte ich jetzt mal lieber alles bis auf den letzten Faden ausziehen.

Und so mußte ich am Ende alle meine Sachen ablegen.

Ich spürte, daß ich glühte, als ob ich mit dem Gesicht zu nah an einen Ofen gekommen wäre; sogar meine Augen brannten, und statt sich von meiner Demütigung abzuwenden, beobachtete Mrs. Sara Anne mich wie ein Falke und inspizierte jeden Zoll meines Körpers, als ob ich ein Nigger auf dem Block wäre, und ich mußte das »Ha«-Geräusch unterdrücken und fragte mich, weshalb sie mir nicht erlaubte, mich unbeobachtet auszuziehen, aber sie untersuchte mich auf Male und Krusten und »Papulas« und Blasen, damit ich »die Familie im Haus nicht anstecken« könnte. Sie traute Jedediah nicht zu, daß er wußte, wie ein Tripper aussah; deshalb durfte ich nicht mal meine Unterhose anbehalten. Es war der Nigger, der sie mir runterzog und lachte und sagte: »'n Langen hast du noch keinen«, und Mrs. Sara Anne warf ihm einen strengen Blick zu, und er entschuldigte sich, und sie beugte sich mit dem Gesicht bis zu meinem Unterleib runter und schlug mir die Hände weg, als ich versuchte, mich zu bedecken.

»Ich kann keine Pusteln entdecken, aber wie es aussieht, ist er übersät von allem möglichen Viehzeug«, sagte Mrs. Sara Anne, und dann schaute sie auf meinen Kopf. »Und ich habe immer gesagt, wo Läuse sind, da ist der Tripper.«

Dann sprach sie mit Jedediah und dem Nigger, aber ich konnte nichts verstehen, und dann sagte Jedediah zu dem Nigger: »Laß den Jungen nicht aus den Augen! Das ist deine oberste Pflicht.« Sie gingen ins Haus und überließen es dem Nigger, mich zum Bach hinter dem Haus zu schleifen, wo ich mich mit Seife und einer Kalomeltinktur waschen mußte, und davon brannte meine Haut ganz schrecklich, schlimmer als von Mutters Silbernitrat gegen den Kopfausschlag. Und auch wenn der Bach mir gerade über die Knöchel reichte, war er doch so kalt, daß es brannte, so daß ich das Gefühl hatte, ich würde von Wasser und Seife regelrecht verbrüht.

»Master ist nicht der Boß hier, sondern die Missus«, sagte der Nigger, als er mit mir im Bach stand und auf mich runterguckte. Ich kriegte fast keine Luft mehr, als er mich zwang, mich von oben bis unten mit diesem eiskalten Wasser abzureiben; ich konnte überhaupt nicht mehr aufhören zu zittern und wollte nur raus da, aber dem Nigger machte es anscheinend gar nichts aus, barfuß im Bach zu stehen und mich in das Wasser zu drücken; und er erzählte mir, er hätte Jedediah zwar erst zweimal gesehen, aber die Missus hätte er wohl gut kennengelernt, und sie wäre sanft und weiß und still wie eine Katze, aber sie wäre auch eine hungrige Katze, und er könnte »auf den ersten Blick sehen, puh, puh, puh, wer hier die Gesetze macht, wenn ich sie bloß riech, und ich hab recht, denn sie springt nicht gut um mit den Niggern und nicht mit dir und nicht mit 'm Master.« Genau das sagte er, aber dann drehte er alles, was er mir soeben erzählt hatte, einfach um und meinte, bei ihr brauchte er sich nicht zu Tode schuften und sie gäbe ihm das gleiche zu essen wie ihren eigenen kleinen Mädchen, und er erzählte, wie er hierher gekommen war und daß er allein gewesen wäre seit der Gelbfieberepidemie, die nun genau zehn Jahre zurückläge, und sie wäre ein Zeichen für die bevorstehende Befreiung der Nigger aus der Knechtschaft gewesen; er erzählte, wie alle Weißen damals am Fieber gestorben wären und wie er sie einen nach dem andern begraben hätte, und einmal hätte er »einen dummen weißen Scheißer begraben, aber der hat noch gelebt und sich plötzlich die Seele aus 'm Leib geschrien, aber nicht lange, und er war auch kalt; aber ich, ich werd nie krank und sterb auch nicht«. Und so hatte er die Farm oder Pflanzung oder was es gewesen war verlassen und war davonspaziert, gesund wie ein Engel, und seitdem kriegte er überhaupt kein Fieber mehr, und er wäre ein sehr gesuchter Nigger und ginge hierhin und dahin und überallhin, und es wäre Gottes Wille, daß er auf Missus Sara Annes Farm gekommen wäre und die Kinder vor Zauberei beschützt hätte, denn »das ist der Grund für jede Krankheit, die dich umbringt«.

Ich sah die kleinen Löcher in seinem Gesicht an und dachte mir, daß er ein Fieber gehabt hatte – Gelbfieber oder Scharlach oder Typhus oder Pocken oder vielleicht alles zusammen –, aber er hatte sich geheilt, und wahrscheinlich hatte er auch irgendwo einen Walkin' Boy versteckt, und in dem Augenblick hatte ich das Gefühl, daß es wahrscheinlich manchmal ganz gut war, wenn man nicht sprechen konnte, und er muß diesen Gedanken gehört haben, denn er sagte: »Ich weiß, daß du nicht sprechen kannst, kleiner Master, aber wenn du's je lernst, kannst du mich Rum nennen – das is mein geheimer Name, den keiner kennt außer den Niggern. Is aus 'm Lied. Willst du's hören?«

Ich nickte, obwohl ich zitterte in dem Wasser und am ganzen Körper brannte von dem Kalomel. Ich wollte nur noch da raus, und er nahm mir die Flasche ab und sagte: »Das is 'n Scheißzeug, du verbrennst dir die Haut, aber du hast genug verbrannt, um die Missus zufriedenzustellen.« Er zog mich aus dem Bach, und ich verschränkte die Arme vor der Brust, um warm zu werden, und blieb auf der Wiese am Bach stehen, während er in schrägen Tönen sein Lied sang, und obwohl mir alles weh tat und brannte und ich fror von Kalomel und Seife und Bachwasser, mußte ich doch unwillkürlich ein bißchen lächeln, und er lächelte zurück und nickte…

> *Kimo keimo, da bist du,*
> *He ho, Rum zum Pumadiddel,*
> *Geh weg, Pennywink,*
> *Komm, Tom Nippycat,*
> *Sing song, Kitty,*
> *Bringst du mich hinüber?*

Rum sang noch ein paar Strophen, die alle mit »Frecher Nigger, armer Kopf« anfingen, und dann sagte er: »Du bist der einzige Weiße, der dieses Lied kennt, denn es handelt von 'nem Kater, der zwischen den Sklavenhütten rumstreunt, und der Kater hat mir meinen Namen gegeben; deshalb ist es 'n mächtiges Lied, und gefährlich ist es auch.« Und dann kam Jedediah aus dem Haus und brachte mir eine Unterhose und ein Hemd und eine Hose, Sachen, die einer von seinen Studenten dagelassen haben mußte.

Aber Jedediah machte ein unbehagliches Gesicht, und als ich die Schere und das Rasiermesser in seinen Händen sah, wußte ich auch, warum, und da ich nicht einfach nackt davonlaufen konnte, versuchte ich mir die Kleider zu schnappen, die er bei sich hatte, damit ich sie anziehen könnte, wenn ich erst weit genug von Loch Willow weg wäre. Aber Rum war selber so flink wie ein Kater. Er fing mich wieder ein, und das überraschte mich, denn ich dachte, er würde mir eine Sekunde Zeit geben, um zu entkommen, aber in erster Linie arbeitete er für Mrs. Sara Anne, und erst in zweiter war er nett zu mir. Also mußte ich aufgeben und mich auf die Wiese hocken, während Jedediah sich entschuldigte und erklärte, das alles sei ja nur zu meinem Besten und weder er selbst noch Mrs. Sara Anne, noch der Nigger würden mir etwas antun wollen. Unterdessen hielt Rum mich fest, und Jedediah schnipste los, und meine Haare fielen überall an mir runter und gerieten mir in die

Augen und kitzelten mich, und obwohl die Sonne schien und keine Wolken am Himmel waren, war es kalt; und ich fand, daß Mrs. Sara Anne und Jedediah und Rum alles verkehrt herum anfaßten und daß sie mir erst hätten die Haare abschneiden und mich dann waschen sollen; aber da hatte ich wohl zu schnell gedacht, denn als Jedediah fertig war, führte Rum mich noch mal in den Bach hinein – aber diesmal spürte ich nicht mehr allzuviel von der Kälte, denn meine Füße waren ganz taub, und ich zitterte so heftig, daß ich den Unterschied gar nicht mehr merkte –, und dann rasierte er mir den Kopf, bis es blutete, und rieb ihn dann mit Kalomel ein, was so sehr brannte, daß ich fast entkommen wäre, denn ich schlug den Nigger und rannte los, aber er packte mich um den Hals, und für einen Moment wurde alles rot vor meinen Augen, und ich hörte, wie Jedediah etwas von weh tun oder vielleicht auch nicht weh tun schrie, und dann hätte Rum mich fast ersäuft, als er das Kalomel abwusch, das aber Kopfausschlag und Läuse gründlich verbrannte.

Und ehe ich mich versah, saß ich an Mrs. Sara Annes Küchentisch und frühstückte, als ob überhaupt nichts passiert wäre. Natürlich hatte ich die Sachen an, die Jedediah mir gegeben hatte; sie rochen wie die Luft nach einem Gewitter, und ich hatte eine Glatze wie Mammy Jacks Ehemann, Onkel Isaac.

Und ich zitterte, als ob mir nie wieder warm werden würde.

Aber trotz allem hatte ich Hunger, und ich bekam frische Eier und Speck und richtigen Kaffee, und ich spürte die Wärme vom Herd und roch das grüne Holz, das im Feuer pfiff und knackte. Ich fragte mich, was mit Jedediahs jüngster Tochter Annie sein mochte, aber anscheinend war sie auch krank, und während ich aß, besuchte Jedediah seine Mädchen und brachte ihnen ihre Puppen, und Mrs. Sara Anne setzte sich neben mich und sah mir beim Essen zu, als hätte sie noch nie jemanden frühstücken gesehen, und Rum stand hinter mir wie ein Wächter.

»Mein Jedediah sagt, du bist ein richtiger Künstler«, sagte Mrs. Sara Anne; anscheinend war es das einzige, wonach die Weißen mich je fragten, und ich wartete darauf, daß sie mir ein Blatt Papier unter die Nase schob, aber Gott sei Dank hatte ich vergessen, wie man zeichnete, auch wenn ich immer wieder Jedediahs Zeichnung von meiner Mutter und dem Geisterhund vor mir sah. Mrs. Sara Anne redete immer weiter, als ob ich ihr Antwort gegeben hätte, und sie beugte sich herüber, um mir noch Kaffee einzugießen, und ich konnte sie riechen, und sie hatte den Geruch des Todes, der auf alten Leuten wächst. Mutter hatte den gleichen Geruch, und mir wurde davon schwindlig und ein bißchen schlecht, und ich weiß nicht, warum, aber es machte mich auch wütend, vor allem, als ich mich wieder an Mutters Gesicht erinnern wollte und es nicht schaffte, obwohl ich wußte, wie sie aussah – ich konnte sie im Geiste einfach nicht mehr *sehen* –, und statt daß ich mich an ihr Gesicht erinnern konnte, sah ich die alte Sweet Grandy, die ich tot auf einer Tür hatte liegen sehen, mit Pennys auf den Augen. Aber obwohl sie tot war, roch sie nicht schlecht; sie roch überhaupt nicht.

Mrs. Sara Anne sprach immer noch mit mir: von der Maisaussaat und harter Arbeit auf der Farm, in Haus und Schule, und sie fragte mich, ob ich schreiben könnte, und ich schüttelte den Kopf, und das war nicht gelogen, denn ich hatte vergessen, wie man schreibt, genau wie ich vergessen hatte, wie man zeichnet oder wie ich mich an Mutters Gesicht erinnerte, aber ich erinnerte mich noch an die Arbeit auf der Farm, und plötzlich erinnerte ich mich, wie ich mit Onkel Isaac und den Niggern auf dem Feld gearbeitet und den Weizen gemäht hatte. Die Erntesaison gehörte zu meinen liebsten Jahreszeiten, und manchmal ließ Pappa mich zusammen mit Onkel Isaac und den anderen Niggern mit der Reffsense arbeiten, aber ich konnte nicht mit ihnen Schritt halten, und es gab ernsthafte Rivalitäten, wer der Beste wäre; Onkel Isaac hat immer gewonnen, denn er konnte den Weizen schneller mähen als sonst jemand in Frederick County

Ich konnte die Felder und den Schweiß riechen, und ich konnte mich an alles erinnern, schien mir, sogar an das Geräusch der Reffsensen, die sich durch das Korn schnitten, und wie die Nigger die Reffsensen von rechts nach links schwangen und wie der Weizen so säuberlich, wie man es sich nur vorstellen kann, in den gekrümmten Fingern der Reffsensen fiel, und hin und her und hin und her schwangen die Nigger die Reffsensen und machten dann einen Schritt nach vorn, Schwung und Schritt und Schwung und Schritt, und dabei redeten sie nur, denn es war zu anstrengend, tief in den Weizen hinein zu mähen und dabei zu singen, und so verspotteten sie sich nur gegenseitig und sagten: »Nigger, du bleibst nicht vor mir« und »Ich werd dir den Arsch versohlen« und »Biste bald fertig mit diesen kleinen Häppchen?«. Aber einmal passierte es, daß ein junger Nigger Onkel Isaac beinahe besiegt hätte; er blieb die ganze Zeit auf seiner Höhe, schwang und schnitt, und die Weizenhalme fielen sauber und gleichmäßig von den Zinken der Reffsense, und Onkel Isaac schwitzte – die Tropfen flogen von ihm runter, und er schniefte, als ob er eine böse Erkältung hätte –, und dann gab es eine Prügelei, und der andere Nigger wurde rausgeschmissen, und alle erklärten Onkel Isaac zum Sieger, bloß Pappa war scheußlich wütend, weil er Isaac nicht verlieren wollte und deswegen den anderen Nigger rausschmeißen mußte; und nach all dem verlor er Isaac dann trotzdem, weil er weglief, und da sieht man's wieder, und außerdem –

Und dann hatte ich zu Ende gegessen, und Mrs. Sara Anne war fertig mit ihren Fragen, die ich nicht beantworten konnte, und ich dachte an Pappa und versuchte mich an sein Gesicht zu erinnern, aber immer wieder schoben sich Schatten dazwischen, und ich sah dauernd andere Gesichter auf Pappa, obwohl ich wußte, daß es Pappa sein sollte, aber statt dessen war er Onkel Isaac und Jimmadasin und sogar Eurastus, und dann mußte ich aufhören, an all das zu denken; Rum und ich folgten Mrs. Sara Anne durch einen schmalen Korridor, wo es dunkel war und muffig roch. Am Ende war ein großes Zimmer mit einem Bett und einem Kamin und einem Spinnrad, genau wie Jedediahs Zimmer in Captain

Harnsbergers Haus, nur daß es hier nach abgestandener Milch roch, und eine Wand war bedeckt mit Zeichnungen und Landkarten und Gemälden, und ich wußte, daß sie von Jedediah waren, denn sie sahen alle irgendwie gleich aus.

Der alte Jedediah saß auf einem Schemel neben dem Bett, und mitten in diesem großen Bett, das einen Baldachin hatte und offene Vorhänge, lag Jedediahs Tochter Nellie, die sieben Jahre alt war, und sie hatte Haare wie ihre Mutter und Augen, so schwarz wie bei einem Indianer. Natürlich sah sie krank aus; ihr Gesicht war aufgedunsen, und es war eine Art Blasen drin, aber nicht so viele; allerdings waren rötliche Flecken und Geschwüre da, die wahrscheinlich später aussehen würden wie die Pockennarben in Rums Gesicht, aber Krusten konnte ich keine entdecken, wenn ich auch bloß ihr Gesicht und ihre Hände sehen konnte. Was wußte ich – vielleicht hatte sie Krusten am ganzen Leib, aber Jedediah schien ganz außer sich vor Glück zu sein und nannte sie »Nellie Nellie«, als ob er stotterte, und so stellte er sie mir auch vor, und er lachte, und das war das erste Mal, daß ich ihn lachen sah. Ich fragte mich, wo Jedediah und Mrs. Sara Anne die ganzen Krusten hingetan hatten, und schaute mich nach einer Glasflasche oder einen Porzellankrug um, aber ich sah nichts dergleichen. Wahrscheinlich sollte ich von Krusten und Impfungen anfangen, aber nachdem ich in dem Bach gestanden hatte und von Seife und Kalomel brannte, kam es mir nicht mehr so wichtig vor, auch noch mit Krusten eingerieben zu werden – natürlich irrte ich mich wie meistens in der Frage, was wichtig sein würde.

Nellie hielt ihre Puppe im Arm und schaute mich auf eine Weise an, wie ich es bei älteren Leuten gesehen habe, wenn sie den Kopf heben und von oben herab auf einen runterschauen, aber bei einem Kind hatte ich es noch nie gesehen, und ich dachte mir, daß die kleine Nellie Nellie ganz nach ihrer Mutter schlug, und ich dachte mir sofort, daß sie mich, krank hin, krank her, nicht leiden konnte, aber sie murmelte so was wie »Istmireinvergnügen« und schaute dann wieder Jedediah an, als ob sie beide allein wären und als ob Mrs. Sara Anne und Rum und ich gar nicht da wären. Rum war sowieso nicht lange da, weil Mrs. Sara Anne ihm befahl, wieder zu seiner Arbeit bei der Aussaat zurückzugehen, und er wollte mich mitnehmen, aber Jedediah sagte: »Dazu ist noch Zeit genug, wenn er sich erst eingerichtet hat und Teil der Familie geworden ist«, und dabei nickte er mir zu, und ich sah, daß er stolz auf sich war und daß ich denken sollte, er wäre auch stolz auf mich; und ich glaube, ich mochte den alten Jedediah. Rum verbeugte sich ein bißchen vor Jedediah, genauso wie Onkel Isaac sich immer vor Pappa verbeugt hatte, und Mammy Jack hatte gesagt, das sei eine Art, sich Respekt zu erhalten und selber welchen zu zeigen. Aber Onkel Isaac hatte Pappa oder Mammy Jack keinen Respekt gezeigt, als er weglief.

Rum zwinkerte mir zu und ging allein hinaus, und ich dachte mir, wenn er schlau wäre, würde er das gleiche tun wie Onkel Isaac, aber ich hoffte, er würde es nicht tun.

Dann schaute Nellie mich an und fragte: »Erinnerst du dich, wie du geboren wurdest?«

Eine so blöde Frage hatte ich nicht erwartet, und ich schüttelte den Kopf, aber ich versuchte doch, mich daran zu erinnern; das Früheste, woran ich mich erinnern konnte, war eine Nacht, in der ich als Baby wach geworden war und aus meiner Hand eine Klaue gemacht hatte, was mich so sehr erschreckte, daß ich anfing zu weinen. Aber danach kam die Erinnerung daran, wie Pappa und Mutter mich in der Kutsche mitgenommen hatten, und Mutter hatte einen weißen Schal und roch nach Wildblumen, und alles war so hell, daß einem die Augen weh taten, wahrscheinlich weil es Sommer war und Mittag, und ich dachte mir, daß ich mich da wahrscheinlich an einen Traum vom Himmel erinnerte oder so was.

»Na, ich kann's«, sagte Nellie.

»Du kleiner Flunkerer«, sagte Mrs. Sara Anne; sie stand hinter Jedediah und hatte ihm die Hände auf die Schultern gelegt, und ich wollte nur noch raus aus diesem Zimmer. »Aber *ich* erinnere mich, wie du geboren wurdest, jawohl, und ebenso dein Vater und Mrs. Grace.«

Ich nahm an, daß Mrs. Grace die Hebamme gewesen sein mußte, aber vielleicht war sie auch bloß eine Freundin oder eine Nachbarin oder eine Dienstmagd oder eine Lehrerin.

»Ich weiß noch, daß ich erstickte, und du hast zu Gott um meine Rettung gebetet«, sagte Nellie.

»Kleine Mäuse haben große Ohren, nicht wahr?« sagte Mrs. Sara Anne zu Jedediah.

»Na, ich erinnere mich jedenfalls, ganz gleich, was du glaubst. Und ich erinnere mich auch an die Zeit, *bevor* ich geboren wurde«, sagte Nellie. »*Du* etwa?« Nellie schaute mich wieder an, und mich fröstelte, aber ich wußte, daß es noch vom Bach kam, und ich dachte mir, ich wäre besser dran, wenn ich Rum bei seiner Arbeit helfen könnte. Sie sah Jedediah an und fragte: »Pappa, warum kann er nicht *sprechen*?« Ich merkte, wie ein Ruck durch meinen Magen ging, wenn ich nur hörte, wie sie »Pappa« sagte, und das Frösteln hörte auf; es war, als wäre ich soeben wieder ein Geist geworden oder unsichtbar, und als ich mich im Zimmer umschaute, sah ich mich in einem Spiegel mit einem Rahmen, so verschnörkelt wie Mutters Zinnbecher, auf die sie so stolz war, und wenn ich auch erst einen Schrecken kriegte, als ich mich in dem Spiegel erblickte, wußte ich doch, daß ich jemand anderes war, und plötzlich erinnerte ich mich an alles, genau wie Nellie es gewollt hatte, und ich erinnerte mich an Pappas Gesicht und an Mutters Gesicht, und ich schätze, es war, wie wenn man ertrinkt: Pappa hat mir mal eine Geschichte darüber erzählt, wie man in einer Sekunde alles sieht, was man im Leben erlebt hat, wenn man ertrinkt, und auf diese Weise gibt der Herrgott einem Gelegenheit, seine Irrtümer zu erkennen, bevor Er einen zu sich nimmt – oder verstößt –, aber ich weiß nicht, woher Pappa das gewußt haben will, denn er ist ja nicht ertrunken, obwohl ich mich frage, ob nicht das gleiche passiert, wenn man verbrennt, und ich dachte mir, wahrscheinlich schon, und dann hat Pappa sein ganzes Leben in einer Sekunde gesehen, als er im Großen Haus verbrannte, und die ganze Zeit, während er in Flammen stand und sah, was in seinem Leben passiert war, hockte ich da draußen im Wald vor dem Hof und schaute zu, wie diese Durchfallschweine Mutter weh taten und das Haus niederbrannten, und ich tat nichts; ich hätte etwas tun sollen, aber ich konnte nicht, ich konnte es einfach nicht, aber ich wußte, daß das gelogen war, denn ich hätte versuchen sollen, diese Soldaten oder Deserteure oder was sie sonst gewesen sein mögen, umzubringen, ich hätte versuchen sollen, Mutter zu retten oder ins Haus zu laufen und Pappa zu holen, und es wäre besser gewesen, wenn ich einfach umgebracht worden und mit ihnen in den Himmel aufgefahren wäre; aber diese Chance hatte ich verpaßt, und bestenfalls, dachte ich, kann ich jetzt noch darauf hoffen, mich weiter in einen Geist zu verwandeln und den Geisterhund und Jimmadasin zu finden.

Und so war es wohl wie beim Ertrinken, denn ich erinnerte mich an alles mögliche, an Kleinigkeiten wie die Geschichten von Katzendieben und Ogern, die Pappa mir erzählte, und dann – wahrscheinlich weil er gesündigt hatte, indem er mir alle diese Geschichten erzählte – kam er mit Geschichten aus der Bibel, Geschichten von Schlangen und Plagen und Pharaonen, und ich erinnerte mich, wie er mir von Samson und Delila erzählt hatte, und ich erinnerte mich genau, wie er an meinem Bett gesessen hatte, wie Jedediah jetzt an Nellies Bett saß – ich nahm an, Nellie lag in Jedediahs und Mrs. Sara Annes Zimmer, weil sie krank war –, und ich erinnerte mich, wie Pappa mir die Geschichte von Samson erzählte, ich erinnerte mich an jedes Wort, und deshalb dachte ich, das alles ist wohl ein Zeichen und Mammy Jack müßte mir da zustimmen, aber nach dieser Offenbarung war ich ganz leer. Wenn ich in diesen Spiegel schaute, konnte ich nicht sagen, ob ich ein Geist oder eine Person war. Ich war gar nichts. Ich wußte nur, daß Haare alles waren, auch wenn ich darüber noch nie nachgedacht hatte, aber die Bibel wußte Bescheid über diese Dinge, und das genügte, um in mir das Bedürfnis zum Beten zu wecken, aber ich tat es nicht.

Ich hörte, wie Jedediah zu Nellie sagte, er hätte ihr doch schon erklärt, wieso ich nicht sprechen konnte, und ich machte mir Gedanken darüber. Vielleicht wußte er da etwas, was ich nicht wußte, aber es war schwierig, die Aufmerksamkeit der kleinen Nellie zu behalten, und sie schaute mir wieder ins Gesicht und sagte: »Es gibt Löwen und Tiger überall auf der Farm, und wahrscheinlich werden sie Cornelius fressen – und *dich*.«

»Was hat das alles zu bedeuten?« fragte Jedediah.

»Das ist meine Schuld«, sagte Mrs. Sara Anne. »Ich habe Cornelius gestern gebeten, sich vor der Schlafenszeit ein Stündchen zu ihr zu setzen, und er hat ihr Geschichten über ein paar Löwen und Tiger in den Kopf gesetzt, die aus einer Menagerie in Richmond entlaufen sind, und jetzt glaubt sie, auf der Farm wimmelt es von wilden Tieren. Sie sagt, sie geht nie wieder aus dem Haus, und dafür können wir uns wohl bei Cornelius bedanken.« Mrs. Sara Anne deckte Nellie zu und strich die Bettdecke glatt. »Aber es gibt keine Tiere auf unserem Land außer unseren eigenen... oder was wir davon noch übrig haben«, sagte Mrs. Sara Anne zu Nellie. Dabei warf sie Jedediah einen vielsagenden Blick zu; ich vermutete, daß die Blauwänste durchgekommen waren und sich genommen hatten, was sie wollten; aber ich fand auch, Mrs. Sara Anne könnte sich glücklich schätzen, wenn sie noch etwas übrig behalten hatte, ihr Leben und ihre Kinder und ein bißchen Kleinvieh und Rum, falls der da schon hiergewesen war.

»Aber Löwen könnten hier reinkommen«, sagte Nellie. »Durch das Fenster.«

»Still jetzt!« sagte Mrs. Sara Anne. »Hier sind keine Löwen.«

»Sogar Tiger könnten durch das Fenster reinkommen.«

»Alle Fenster sind zu«, sagte Jedediah. »Aber der junge Richard und ich werden Wache stehen und dich beschützen.«

»Hilft nichts«, sagte Nellie, als wüßte sie alles, was man über wilde Tiere wissen konnte; und vielleicht waren ja wirklich wilde Tiere da draußen.

Nigger wußten wahrscheinlich über solche Sachen Bescheid, wenn überhaupt jemand Bescheid wußte.

Aber Mrs. Sara Anne warf Jedediah einen verächtlichen Blick zu, und ich fragte mich schon, ob sie sich wegen der Löwen und Tiger streiten würden, und Jedediah schaute zu mir herüber und sagte: »Nun, ich denke, es wird Zeit, daß du Nellies kleine Schwester kennenlernst – meine Annie Bluebell«, und dann kriegte Nellie einen Wutanfall, wahrscheinlich weil sie nicht allein sein wollte oder weil sie nicht wollte, daß ihr Pappa zu ihrer Schwester ging, statt bei ihr zu bleiben. Mrs. Sara Anne brachte Nellie rasch zum Schweigen, aber Jedediah schien ganz glücklich über diesen Wutanfall zu sein, und er nickte mir von Mann zu Mann zu, und da folgte ich ihm aus dem Schlafzimmer hinaus und durch den Korridor zu einem kleinen Zimmer mit zwei Betten und einem Stuhl.

Natürlich kam Mrs. Sara Anne hinter uns her.

Annie Bluebell lag in dem Bett, das am weitesten vom Fenster entfernt stand, und schlief tief. Das andere Bett stand neben der Tür und war frisch gemacht, und die Puppe, die Jedediah für sie gemacht hatte, saß auf dem Kopfkissen, als wäre sie lebendig, und starrte uns an. Annie hatte ein verblichenes gelbes Nachthemd an, das naßgeschwitzt war – vom Fieber, schätzte ich – und an ihrem Hals zu spannen schien. Ich nahm an, daß sie das gleiche Fieber hatte wie ihre Schwester und daß ich es wahrscheinlich auch noch kriegen würde, ganz gleich, wie oft ich mit Nellies Krusten geimpft werden würde. Annie sah aus wie ihre Schwester, nur jünger; sie hatte genauso blondes Haar, und obwohl ich nur eine Kruste in ihrem Gesicht sehen konnte, sah ihre Haut doch rot und fleckig aus, und dann stöhnte sie und drehte sich im Bett um, und Jedediah sagte: »Aber, aber, Bluebell, aber, aber«, und er deckte sie zu und wischte ihr durchs Gesicht und strich ihr übers Haar, und dann schaute er ihr noch ein bißchen beim Schlafen zu und winkte mich schließlich hinaus. Wir ließen Mrs. Sara Anne bei Annie, damit sie sich um sie kümmerte und ihr beim Schlafen zuschaute, und gingen wieder in die Küche, wo ich von vornherein nach der Flasche mit den Krusten hätte suchen sollen, denn da stand sie in voller Lebensgröße auf dem Bord über dem Herd; ich hätte allerdings sowieso nicht hineingucken können, weil es ein Apothekerkrug war, der bei den Federals gestohlen worden war. Er war weiß, und als Jedediah ihn herunternahm, sah ich, daß blaue Buchstaben und ein Bild von einem Adler und einer Schlange drauf waren.

»Nun, dann wollen wir das Unvermeidliche mal gleich hinter uns bringen«, sagte Jedediah, und er nahm ein kleines Messer aus einem schwarzen Lederetui, das Dr. Berkeley ihm wahrscheinlich dagelassen hatte, und er wischte die Klinge mit den Fingern ab, damit sie auch wirklich sauber war. »Setz dich, und es ist vorbei, ehe du dich versiehst.« Ich setzte mich und sah mich nach Mrs. Sara Anne um. Ich nahm an, daß Dr. Berkeley sie und Annie auch geimpft haben mußte, aber bei Annie hatte es anscheinend nicht gewirkt. Jedediah nahm den Deckel von dem Krug und legte ihn auf den Tisch und befahl mir, zur Tür zu gucken und bis fünf zu zählen, aber ich traute keinem so sehr, daß ich weggucken wollte, mit oder ohne Zählen. Ich nehme an, ich hätte in diesem Augenblick aufspringen und zur Tür rennen sollen – schließlich war Rum draußen bei seiner Arbeit und würde mich wahrscheinlich nicht fangen können –, aber ich schätze, ich war wohl noch tiefer ins Dasein als Geist gerutscht, weil ich mich selber zum Narren hielt, indem ich einfach sitzen blieb, als wäre alles völlig gleichgültig; und Jedediah stach mir mit der Spitze seines Messers in den Arm und nahm eine braune Kruste aus seinem Krug, als wäre es eine Briefmarke, und klebte sie mir auf die Haut, aber sie saugte nichts von dem Blut auf. »Siehst du, nichts dabei«, sagte er, und dann wischte er das Messer ab, krempelte seinen Ärmel hoch und stach sich selber. Er schüttelte noch eine Kruste aus dem Krug und klebte sie sich auf die Haut, und ich fragte mich, wie viele

Krusten wohl in diesem Krug sein mochten; und als ich so mit
Jedediah dasaß und mir Nellies Krusten auf unseren Armen anschaute, mußte ich an Briefmarken denken, die fast so gut waren
wie Geld, obwohl sie ja dauernd zusammenklebten und man sie
meistens nur auseinanderkriegte, indem man sie einweichte, und
dann wurden sie so klebrig, daß man sie in eine heiße Pfanne
legen mußte, um sie wieder zu trocknen.

»Nun, ich habe mein Wort gehalten, das ich Old Jack gegeben
habe, und uns vor den Pocken geschützt«, sagte Jedediah – mehr
zu sich selbst als zu mir. »Eines Mannes Wort ist ein festes Band.«

Das jagte mir einen Schrecken ein, denn Pappa sagte das auch
immer, und wenn ich hier so in dieser Küche saß, konnte ich fast
durcheinanderkommen; aber dies war nicht das Große Haus, und
Jedediah war nicht Pappa, und Mrs. Sara Anne war ganz bestimmt
nicht Mutter, und so saß ich einfach still da und wartete ab; und
nach einer Weile kam sie in die Küche und schniefte, als sie Jedediah und mich mit Nellies Krusten auf den Armen am Tisch sitzen
sah.

»Jedediah, warum hast du nicht auf mich gewartet, um Himmels willen? Dr. Berkeley hat mir genau gezeigt, wie man diese
Krusten benutzt, und es gibt keinen Grund, sie so auf den Armen
sitzen zu lassen, daß sie ihre ganze Kraft verlieren und von niemandem mehr benutzt werden können. Das ist doch reine Selbst-
sucht; ich habe ihm versprochen, daß alles, was du ihm bringst,
frisch sein wird.« Und während sie noch redete, pflückte sie Jedediah und mir die Krusten vom Arm, wischte sie mit einem Tuch
ab und warf sie wieder in den Porzellankrug.

»Ich wollte nur sicher sein, daß es auch wirkt«, sagte Jedediah.

»Dr. Berkeley sagte, dazu braucht man nur den Kontakt; einmal kurz zu reiben hätte genügt. Ich bete zum Himmel, daß du
dich und den Jungen nicht krank gemacht hast, indem du es zu
lange angelegt hast.«

»Bestimmt nicht, Mutter.«

Das fand ich nun merkwürdig, daß Jedediah seine Frau »Mutter« nannte, und so etwas hatte ich noch nie gehört, aber ihr schien es zu gefallen, denn sie lächelte ihn an, und plötzlich fingen sie an zu lachen, und ich hatte keine Ahnung, worüber sie lachten. Ich muß zugeben, ich war perplex, vor allem als Mrs. Sara Anne entschied, daß Jedediah jetzt ein Nickerchen nötig hätte und daß ich dem Nigger bei seiner Arbeit helfen sollte und daß Jedediah sich keine Sorgen wegen Nellie zu machen brauchte, weil sie jetzt in ihrem eigenen Zimmer bei ihrer Schwester schliefe, und die beiden wären zufrieden wie zwei Lämmchen. Und dann erklärte Jedediah mir, daß er mich nie wieder anbinden würde, wie er es getan hätte, als wir bei Conrad's Store campiert hätten, denn eines Mannes Wort wäre ein festes Band, und »du wirst niemals wieder versuchen wegzulaufen, stimmt's nicht?«. Und ich nickte, obwohl das alles für mich gar nicht galt, denn mein Kopf war kahlrasiert, und ich war mehr Geist als sonst was. Aber Jedediah redete trotzdem weiter und erklärte, daß ich jetzt dafür verantwortlich wäre, die Familie zu beschützen und mit anzupacken, weil ich jetzt der Mann hier wäre, und wenn ich versuchen sollte wegzulaufen, würde Cornelius mich verfolgen wie die Hunde der Hölle, oder ich würde von den Blauwänsten getötet werden, oder mir würden sonstwelche schrecklichen Sachen passieren; und so war es mir allein überlassen, jetzt Cornelius Rumtopum suchen zu gehen oder mein Pferd zurückzustehlen und zurückzureiten, um Colonel Ashby zu finden, oder mich einfach unter einen der großen, schattigen Bäume im Garten zu setzen und mir alles zu überlegen.

Ich spazierte also aus dem Haus, und um die Wahrheit zu sagen: ich wußte nicht, was ich machen sollte. Ich hätte mich genausogut mühelos von Loch Willow wegstehlen können, aber irgendwie schien sich alles dazu zu verschwören, mich dort bleiben zu lassen. Die Sonne stand am Himmel, und es war schon warm, und es schien ein reiner Frühlingstag zu werden, als ob Wärme in allem steckte und dabei war, sich rauszuzwängen, und für eine

Weile war ich ganz durcheinander, weil ich mich an diesem Ort wie zu Hause fühlte, vor allem bei Jedediah und Mrs. Sara Anne und ihren Töchtern, die drinnen im Haus versteckt waren.

Natürlich erklärt das alles nicht, wieso ich am Ende unter dem Fenster von Jedediahs und Mrs. Sara Annes Schlafzimmer stand ... einfach nur dastand wie ein Baum oder das Gras oder der Zaun, dastand und so angestrengt lauschte, wie ich nur konnte, lauschte durch den Wind und die Vögel und das Rascheln der Blätter und Knacken der Zweige von Kaninchen und Eichhörnchen, und ich hörte Jedediah lachen, und Mrs. Sara Anne sagte »oh!« und »nein!«, und ich hörte das Bett knarren, und ich ging noch näher heran und hörte klatschende Geräusche, und ich konnte einfach nicht anders, ich kletterte auf einen Stapel morsches Holz, den ich so hoch aufgetürmt hatte, daß ich durch einen Spalt zwischen den Vorhängen durch das Fenster spähen konnte, und ich sah die beiden ganz ineinander verknotet, und Jedediah lag oben und pumpte in sie rein, als ob er der Teufel selber wäre, und mich fröstelte, weil ich da was sah, was niemand sehen sollte; ich beging eine Sünde, indem ich zusah, wie Jedediah und Mrs. Sara Anne miteinander fickten wie Tiere, bloß daß Tiere anders waren, und dann zog Mrs. Sara Anne sich unter Jedediah raus, und er war anscheinend ganz überrascht und wußte nicht, was er machen sollte, aber sie hatte sein Ding in der Hand, was mich überraschte, weil es so groß war, und dann nahm sie es in den Mund, und er fing an zu stöhnen und rumzuzappeln, bis er mit dem Gesicht zwischen ihren Beinen angekommen war; so was hatte ich noch nie gesehen – ich schwöre, ich hatte es mir bis dahin nicht mal vorgestellt –, und ich sah Mrs. Sara Anne so klar und deutlich wie den hellen Tag, und ich hatte recht gehabt: Sie hatte wirklich nur kleine Beulen als Brüste, sie sah aus wie ein Mädchen, nicht wie Lucy, und ich mußte unwillkürlich an Lucy denken, als ich dort stand, und dabei würde das trockene Holz jeden Augenblick verrutschen, und dann würde Jedediah wissen, daß ich da draußen stand, und obwohl das wahrscheinlich noch eine Sünde war, preßte ich mich an das Haus, als ob es Lucy wäre, und für dieses dämliche Benehmen hatte ich ganz sicher verdient, daß ich mir einen Splitter in den Schwanz riß oder so was, auch wenn er wohlbehalten in meiner zugeknöpften Hose steckte, und –

Ich bekam einen Schlag und fing an abzurutschen und wurde aufgefangen, und das war verdammt der Nigger Rum, der mich angrinste und festhielt wie Eurastus, und ich überlegte mir, daß er mich vielleicht auf die Probe stellen wollte, um zu sehen, ob ich nicht doch sprechen könnte. Aber sofort ließ er mich los und stellte sich seitlich ans Fenster und schaute den beiden zu, und er muß mich völlig vergessen haben, denn er fing an, etwas mit sich zu machen, was mich demütigte, und *dabei* würde ich nun wirklich nicht zuschauen, und deshalb lief ich weg, bevor er auf dumme Gedanken kam, was mich anging, und ich weiß nicht mal, ob er mich weglaufen sah, denn ich schaute kein einziges Mal zurück; und wahrscheinlich hätte ich jetzt mein Pferd holen sollen, aber statt dessen blieb ich stehen und lehnte mich an eine der großen Platanen und fühlte die Sonne auf meinem Gesicht – obwohl es warm war, fröstelte mich –, und dann erniedrigte ich mich noch einmal, aber anscheinend war jetzt alles außer Kontrolle, und ich dachte an Lucy und erinnerte mich an ihre Brüste.

Aber das mit Lucy werde ich später erklären …

Erst als Jedediah schon wieder zu General Jackson zurückgekehrt war, fiel mir auf, daß es in Loch Willow keine Viola da gamba gab; ich suchte überall, sobald ich Gelegenheit hatte. Ich nahm an, daß sie im Wohnzimmer stehen würde, wo Jedediah gern im Schaukelstuhl saß und in der Bibel las oder seine Zeitung oder seine religiösen Traktate. Er hatte Bibeln und alte Ausgaben von *The Soldier's Visitor* und *The Soldier's Friend* gesammelt, um sie seinen Männern mitzubringen, und dann hatte er stundenlang in diesem Schaukelstuhl gesessen und gelesen, damit er jedes Wort in jedem Heft kannte. Anscheinend sprach er nicht viel mit Mrs. Sara Anne, und er verbrachte auch nicht viel Zeit mit ihr; ich

dachte mir, wenn man erst verheiratet ist, dann macht man einfach seine Hausarbeit und hält Familienrat, wenn etwas entschieden werden muß. Jedediah und Mrs. Sara Anne benahmen sich so
ziemlich genauso wie Pappa und Mutter; bloß konnte man schon
sehen, daß hier Mrs. Sara Anne was zu sagen hatte, wie Rum ja gesagt hatte; aber wenn ich es mir recht überlegte, hatte Mutter zu
Hause auch zu sagen. Ich fand nicht, daß es weiter wichtig war,
aber ich konnte mir nicht vorstellen, daß Mutter und Pappa so
miteinander fickten, wie ich es bei Jedediah und Mrs. Sara Anne
gesehen hatte. Ich überlegte mir, wie es wohl wäre, mit Lucy verheiratet zu sein, und ich dachte daran, sie mit mir tun zu lassen,
was Mrs. Sara Anne mit Jedediah getan hatte, denn ich hatte viel
Zeit zum Nachdenken, als Jedediah fort war.

Mrs. Sara Anne bestand darauf, daß ich den ganzen Tag mit
Rum arbeitete, aber ich hatte gar nichts dagegen, denn wenn er
auch eine Menge redete, als er mir zeigte, was ich tun sollte, und
mir meine Aufgaben erklärte und wo ich schlafen sollte, war er
doch gern still, und wir konnten stundenlang zusammen arbeiten, ohne daß Rum ein einziges Wort sagte. Ich sollte Ihnen noch
sagen, daß Mrs. Sara Anne mir gleich nach Jedediahs Abreise mit-
teilte, ich sollte mit Rum in der Hütte essen und schlafen, wo
früher die Studenten untergebracht gewesen waren, und ich dürfte um keinen Preis in die Nähe von Nellie und Annie kommen,
und wenn sie mich im großen Haus erwischte, würde sie mich
von Rum windelweich peitschen lassen, damit ich sie nicht an-
steckte mit dem, was ich hatte, was immer es sein mochte.

Mich schauderte es, als sie ihr Haus das große Haus nannte,
und fast jeden Tag war ich drauf und dran wegzulaufen, aber ich
kam einfach nie so weit, jedenfalls nicht tagsüber – das wäre zu
schwierig gewesen –, und bei den wenigen Sonnentagen und wo
nun alles anfing zu blühen und in den Sommer überzugehen, da
fiel es mir anscheinend schwer, überhaupt was Eigenes zu planen;
und so machte ich meine Arbeit mit Rum, und wir aßen zusammen, wie Mrs. Sara Anne es gesagt hatte, und es war, als lebte ich

mit Rum auf meiner eigenen Farm, nur daß ich mich vom großen Haus fernhalten mußte.

Aber nach ein paar Tagen kriegte ich wieder Fieber, und ich nahm an, daß es wahrscheinlich von der Kruste kam, vor allem weil die Stelle, wo Jedediah mich geschnitten hatte, anfing zu schwären; ich konnte sie gar nicht mehr anrühren, weil sie von innen zu brennen schien. Rum ließ mich in der Hütte bleiben und schmierte Kalomel auf die Impfpocke, weil Mrs. Sara Anne es ihm aufgetragen hatte, aber er schüttelte den Kopf und meinte: »Da wird das aber nichts bringen«, und ehe ich noch begriff, was er machen wollte, drückte er so fest auf meinen Arm, daß er den Eiter geradewegs rausquetschte, und der Schmerz war so scharf, daß ich das »Ha«-Geräusch machte und am ganzen Körper zitterte, als ob ich einen Anfall kriegte, und dann machte er eine Salbe aus Farnblättern, Ei, Essig und Terpentin; da mußte ich reinpinkeln, und dann schmierte er sie mir auf den Arm und wickelte ihn dann in ein Stück Flanell, und nachdem er mir noch erzählt hatte, daß dieses Mittel noch jedesmal geholfen hätte, ließ er mich allein, damit ich schlafen konnte; und da träumte ich von den Löwen, die auf unserer Farm rumliefen und die Deserteure oder Blauwänste oder Renegaten jagten oder was immer sie sein mochten, die sie über die roten Steinplatten vor dem großen Haus jagten, wo Mutter tot lag, und als die Löwen und Tiger diese Männer erwischt hatten, rissen sie ihnen die Arme ab und fraßen ihre Gesichter und Beine und Geschlechtsteile; und es war heiß, so heiß, daß ich kaum Luft bekam, und dann erkannte ich, daß diese Löwen aus Feuer waren und daß sie wild geworden waren und alles in Brand setzten, aber dann war ich im Haus bei Pappa, und er war nicht tot, sondern wir saßen im Wohnzimmer, und ich spielte auf Jedediahs Viola da gamba, aber nicht auf der aus Maisstengeln, sondern auf einer richtigen, und sie war aus dem allerschönsten Holz, das man sich nur vorstellen kann, so glatt und dunkel wie ein Stück altes Leder und so glänzend, daß es wie ein Spiegel war; und ich spielte auf der Viola, und Pappa sang ein frommes Lied, und die Engel hörten alles und erschienen in unserem Wohnzimmer, bis es so voll war, daß man kaum noch einen Platz zum Sitzen fand; und in der Mitte zwischen all diesen Engeln warteten wir darauf, daß das Feuer reinkäme, was es auch tat; wie Schlangen kam es reingekrochen und wälzte sich über den Boden und an die Decke, und dann begann Pappa zu schreien, aber ich konnte nicht, ich konnte mich bloß fragen, wieso Pappa schrie, wenn doch alle diese Engel wie Vögel mit den Flügeln schlugen und sich gegenseitig berührten und im Zimmer rumschwebten, und ich hörte Holz schnappen und knacken, als alles ringsum zu brennen anfing, und Pappa schnappte und knackte, aber er hatte aufgehört zu schreien und war tot, und all das Schnappen und Knacken hörte sich an wie Traubenladungen und Kartätschen, und ich hörte die Minié-Kugeln, die mich umschwirrten, und dann war ich wieder draußen, und Mutter saß aufrecht, als ob ihr gar nichts fehlte, aber sie bewegte sich nicht, und ich sah, daß es das gleiche war wie bei dem Soldaten, der mit dem Gewehr im Anschlag gestorben war, und sie schaute mir in die Augen ... noch als ich zitternd und schaudernd aufwachte.

»Es ist schon gut, Richard«, sagte Mutter und tätschelte meine Schulter.

Aber es gar war nicht Mutter, es war Mrs. Sara Anne. Ich mußte aufgeschreckt sein, denn sie hielt meinen Arm fest, als wollte ich weglaufen.

Ich hörte Artillerie und Gewehrfeuer und nahm an, daß auf den Maisfeldern, die Rum und ich ausgesät hatten, ein Gefecht im Gange war.

»Cornelius und ich haben für dich gesorgt, nachdem du krank geworden warst, aber jetzt wirst du wieder gesund werden. Es war die Impfung, die dich krank gemacht hat. Meine Tochter Annie ist davon auch krank geworden, aber ich hatte Angst, du könnest lauter Blasen bekommen, von den Variolae, genau wie meine Nellie.«

Ich wußte nicht, was »Variolae« waren, aber ich dachte mir, es würde wohl ein anderes Wort für »Fieber« sein, und ich schaute Mrs. Sara Anne an, die ganz zerzaust aussah: Ihre blonden Haare waren zu einem Knoten nach hinten gezogen, aber sie mußte die Frisur wohl erneuern, denn das meiste hatte sich aufgelöst, und in dem Licht, das hinter ihr zum Fenster hereinschien, sah sie aus, als ob sie einen Heiligenschein hätte. Ihr Gesicht war glänzend und gestrafft, und sie hatte diesen Todesgeruch. Aber der war mir vertraut; ich hatte ihn in Kernstown gerochen, und ich hatte ihn übrigens auch an Jimmadasin gerochen, bevor er umgebracht wurde, als er mich auf dem Feld bei Kernstown gefunden und in den Arm genommen und mir in die Ohren gegurrt und mit seiner Fistelstimme gesagt hatte: »Die Soldaten sind weg, der junge Master ist sicher bei mir.«

Ich glaube, ich fühlte mich wirklich völlig sicher bei Jimmadasin.

Hier jedenfalls fühlte ich mich *nicht* sicher, denn plötzlich ging ein schreckliches Hämmern los, als ob die Granaten unmittelbar neben uns einschlügen, und ich nahm an, es gäbe jetzt nichts weiter zu tun, als möglichst schnell von hier zu verschwinden, aber Mrs. Sara Anne schien überhaupt keine Angst zu haben und sagte: »Kümmere dich nicht um diesen Lärm; hier in den Bergen hallt alles immer besonders stark. General Jackson und seine Truppen kämpfen gegen die vermaledeiten Yankees drüben auf dem Bull Pasture Mountain, und der Herr möge es mir verzeihen, aber ich bete darum, daß unsere Jungs jeden einzelnen von Milroys groben, ungehobelten Teutonen in unsere gute Erde schmettern mögen.«

Ich wußte genau, wo sie kämpften, denn Jedediah hatte den Bull Pasture Mountain und Sitlington's Hill vermessen und lauter Karten davon für General Jackson gezeichnet, und ich fragte mich, ob Jedediah wohl mitten im dicksten Getümmel da oben sein mochte, und dachte mir, daß er wohl zu Mrs. Sara Anne und den Kindern zurückkommen würde; und dann fragte ich mich, wie lange ich wohl krank gewesen war, und schätzte, daß es wohl wenigstens ein paar Tage gewesen sein mußten, und Mrs. Sara Anne hatte recht gehabt, als sie meinte, daß Jedediah die Krusten zu lange draufgelassen hätte, und dann fragte ich mich, ob er nicht vielleicht auch krank und gar nicht da oben bei General Jackson und Colonel Ashby und Captain Chew war, aber Captain Chew würde es verflixt schwer haben, seine Kanonen auf den Bull Pasture Mountain raufzuschaffen, und ich schaute aus dem Fenster und sah, daß es schon spät am Nachmittag war.

Ich sah mich im Zimmer um, rasch und ohne nachzudenken, aber Rum war nicht da. Es war ein ziemlich großes Zimmer mit mehr Betten, als Rum und ich gebrauchen konnten, und ein alter Herd und ein Tisch und ein paar Stühle waren auch da, aber es war nicht viel besser eingerichtet als manche Zelte, in denen ich schon gewesen bin. An den Wänden waren Borde, aber es stand nichts drauf, nicht mal ein Buch, und als ich so dalag und Mrs. Sara Annes Hand gegen meine Schulter drückte und die Sonne hereinschien und den Staub aufwirbelte, da fragte ich mich, ob Jedediah vielleicht auch gerade das Fieber überstanden hatte, und vielleicht war er irgendwo zwischen hier und Staunton, und vermutlich machte Mrs. Sara Anne sich auch Sorgen, und vielleicht kümmerte sie sich jetzt um mich und tat, als wäre ich Jedediah. Ich fragte mich auch, wo Rum war, obwohl ich einen Penny drauf verwettet hätte, daß er ausgekniffen war und sich schleunigst irgendwo weit weg in Sicherheit gebracht hatte, aber ich brauchte nicht lange zu warten, um es zu erfahren, denn Mrs. Sara Anne sagte: »Ich kann Cornelius nirgends finden. Dieser Krach würde jedem einen Schrecken einjagen; ich nehme also an, wir können nichts tun als abwarten, bis er zurückkommmt. Aber verstehen kann ich es nicht, denn ich habe ihm erklärt, daß die Geräusche hier in den Bergen verstärkt werden. Er war überall auf den Feldern und weiß so gut wie ich, daß hier alles sicher ist.«

Aber Mrs. Sara Anne sah selber nicht allzu sicher aus, als sie das sagte.

Sie sprach also ein Gebet über mich, als wäre ich aufgebahrt wie die alte Sweet Grandy, und dann sagte sie, sie würde mir gleich ein bißchen Suppe bringen, und ich sollte nur bleiben, wo ich war, und ob ich's ihr versprechen würde, und dann war sie weg, und keine Engel füllten die Hütte, obwohl es reichlich Borde gab und zwei andere Betten, auf denen sie hätten sitzen können; und als ich auf das Geschützfeuer und die explodierenden Granaten lauschte, dachte ich mir, daß es noch eine, vielleicht zwei Minuten dauern würde, bevor eine Granate die Hütte träfe und ich endlich ein Geist wäre, denn ich wußte, wie es sich anhörte, wenn man mitten in der Schlacht war, und so hörte es sich jetzt an. Wenn ich bloß die Artilleriegeschosse gehört hätte (die klangen wie hundert kreischende Lokomotivpfeifen auf einmal), dann hätte ich mir vielleicht noch einreden können, es wäre eine Art Echo; aber ich hörte das Geknatter von Musketen, das wie Donner klang, und ich hörte Männer schreien und weinen, und ich hörte unsere Jungs heulen wie die Moorhexen, während sie wahrscheinlich dem Feind entgegenstürmten, und ich hörte das Klirren von Metall, und ich hörte ganz deutlich:

»*Zielt tief und zeigt's ihnen!*«

»*Feigling!*«

»*Du lügst.*«

»*Adjutant.*«

»*Vorwärts, Eighty-second!*«

»*Im Glied bleiben!*«

»*Aufschließen, Männer, aufschließen!*«

»*Die Mitte voraus!*«

»*Halt, du Mistkerl!*«

Ich wußte, daß diese Männer rings um mich herum waren, und trotzdem schaffte ich es nicht aufzustehen, und so blieb ich liegen und lauschte, bis dieselben Engel, die ich schon mal gesehen hatte, wieder die Hütte erfüllten, im Sonnenlicht herumschwebten, das durch das Fenster fiel, und sich auf die Borde setzten; und der Lärm rundherum war irgendwie tröstlich, und ich ließ mich einfach davon treiben und hielt Ausschau nach Pappa und Mutter und Jimmadasin, und ich muß wohl auch Hunger gehabt haben, denn ich konnte an nichts anderes denken als an Suppe.

Sie war so nah, daß ich sie riechen konnte.

Aber ich konnte auch noch was anderes riechen.

Den Geisterhund.

11. Kapitel

Mit den Geistern durch den Rauch

Das Feuer muß brennen, die Schlacke
    verglühn,
Und das Land muß durch die feurige Esse
    gehn,
Und dann, so nach und nach, werden alle
    Leute frei sein.

AUS EINEM BUCH DES BLAUWANST-SOLDATEN
JESSE BOWMAN YOUNG

*I*ch sollte Ihnen wohl sagen, daß Mrs. Sara Anne sich irrte, wenn sie meinte, daß da keine Geister wären, aber mit was anderem hatte sie recht, denn ich erfuhr später von Onkel Randolph, wieso die Schlacht von McDowell – wo General Jackson und General Johnson die Blauwänste aufrieben und demütigten – sich anhörte, als fände sie mitten in Loch Willow statt. Onkel Randolph sagte, daß wir alles so gut hätten hören können, läge vermutlich am sogenannten akustischen Fokus, der durch die Wälder ringsumher und durch die »Kapriolen des Wetters« verursacht werde, und weil wir mitten in diesem akustischen Fokus säßen, hätten wir besser hören können, was in der Schlacht vorging, als die Leute, die mittendrin gewesen waren. Rum hätte das alles vermutlich trotzdem nicht geglaubt, und ich glaube es wahrscheinlich auch nicht, aber so hat Onkel Randolph es erklärt, und der muß es wissen, denn er ist Artillerist und Ingenieur und hat bei der Waffenmeisterei gearbeitet und mitgeholfen, die Schießpulverfabrik in Augusta zu bauen, bevor er zu einer schwarzen Verräterschlange im Dienst der Föderalisten wurde, wie Pappa ihn nannte.

Aber wie gesagt, ich wußte damals nichts vom akustischen Fokus, und ich wußte auch nicht, wer bei McDowell gerade gewann oder verlor. Ich wußte nur, daß ringsherum *etwas* im Gange war, und so lag ich einfach da und fühlte das Fieber, wie es hinter meinen Augen und unter meinen Wangen und in meinem Hals brannte, und lauschte dem, was die Blauwänste und unsere eigenen Jungs sagten – sie riefen einander und jammerten und gaben Befehle:

»*Captain, Captain, hier drüben!*«

»*Laßt nicht einen Mann durch die Linien!*«

»*John, wo bist du? Ich kann dich nicht mal sehen!*«

»*Bist du das?*«

»*Komm zurück, du blöder Hund – ihr blöden Hunde alle!*«

»*Halt deine Stellung, du, komm zurück!*«

»*Wir haben doch nicht den weiten Weg bis nach Virginia gemacht, um vor diesen Schwanzlutscher-Yankees auszureißen.*«

»*Wasser, bitte.*«

»*Nicht bewegen!*«

»*Schließt die Reihen da!*«

»*Wasser, bitte, Wa-*«

Und ich hörte Gelächter, verrücktes Gelächter, und es dauerte und dauerte, als ob es überhaupt nicht mehr aufhören wollte, als ging's um den größten Witz der Welt, und dann ging es in unseren eigenen Rebellenschrei über, so laut und so nah und so deutlich, daß ich glaubte, er käme geradewegs durch meine eigene Brust, und dann kam wieder das Gelächter, als ob alle den Witz noch mal gehört hätten; und ich wußte, was das war: Die Jungs wurden verrückt vom Kämpfen und vom Schwirren und Zischen und Donnerknall der Kugeln und Traubenladungen und Kartätschen; und dann hörte das Schreien und Schießen plötzlich auf, und dann fing es wieder an, und manchmal klang es ganz schwach und weit weg, und dann wurden die Stimmen und Schüsse wieder laut, als ob die Armee näher und näher käme und Loch Willow im nächsten Augenblick überrennen würde; und so ging es weiter und immer weiter, bis es dunkel war, und während das Schießen aufhörte und wieder begann, schlief ich ein und wurde wieder wach und schlief wieder ein und wurde wieder wach – und einmal saß ich kerzengerade im Bett, weil ich durch all den Schlachtenlärm ringsum ein

Lied aus dem großen Haus kommen hörte; Mrs. Sara Anne oder eine ihrer Töchter spielte Klavier, so schön, wie man es sich nur vorstellen konnte, wahrscheinlich um die Kanonade zu übertönen, und ich muß zugeben, daß ich einen Augenblick lang dachte, ich wäre in den Himmel aufgefahren und all die Engel spielten und sängen »Heil der Macht von Jesu Namen«; aber dann verwandelte sich alles in einen Bienenschwarm, das Knattern der Musketen und das Geschrei, und ich hörte sie alle rufen; und jetzt war es dunkel, und im Fenster spiegelte sich die Lampe und das Feuer, das im Kamin brannte. Ich muß geschlafen haben, als Mrs. Sara Anne das Feuer für mich anzündete, und obwohl es glühend heiß war im Zimmer, spürte ich, wie die Kälte wie Rauch durch die Fensterritzen und unter der Tür und durch die Wände hereinkam, aber als ich wieder aufwachte, fiel ein so helles Tageslicht, wie ich es nur jemals gesehen habe, durch das Fenster, und das Feuer war aus, und es war bitterkalt, als ob der Winter zurückgekommen wäre (andererseits hätte ich es natürlich besser wissen müssen, denn ich kannte mich ja aus mit Geisterwetter), und ich konnte sehen, daß die große Eiche vor dem Fenster funkelte und glänzte und von Eis bedeckt war, und es war hell und still und kalt, und wenn ich nicht gefroren hätte, hätte ich geglaubt, ich wäre tot.

Mrs. Sara Anne kam herein und holte mich, und ich mußte mich nackt ausziehen und mich an einem weißen Becken waschen, und das mußte ich vor ihren Augen tun, obwohl nicht mal ein Feuer brannte und die Kälte wegnahm; und obwohl ich mich erniedrigt fühlte, tat ich einfach so, als wäre ich Jedediah und wäre mit ihr verheiratet, damit es in Ordnung war, aber da nannte sie mich einen abscheulichen Bengel mit lauter schmutzigen Gedanken und schlug mir unvermittelt und hart auf mein Ding, so daß es sofort wieder zusammenschrumpelte, und ich machte das »Ha«-Geräusch, weil es weh tat, und wandte mich von ihr ab, und mein Gesicht glühte, und am liebsten wäre ich zur Tür rausgerannt, aber natürlich war ich nackt. Als ich mich gewaschen hatte, deutete sie auf einen Haufen Unterhosen, Hemden und Hosen (die alle Jedediah gehören mußten); und sie lächelte mich an, als ob sie genau wüßte, daß es nur natürlich war, wenn es mich nach ihr gelüstete. Ich hörte, wie der Wind am Fenster rüttelte und durch die Ritzen pfiff, aber Mrs. Sara Anne sah frisch und ordentlich aus, als ob sie sich gerade hier drin gekämmt hätte. Sie hatte sich das Haar zu einem Knoten zurückgebunden, und nicht eines war nicht an seinem Platz, und sie trug keine Haube, sondern bloß einen weiten grauen Kittel über dem Kleid, als ob Sonntag wäre und sie mich zur Kirche abholen wollte. Ich fragte mich, ob nicht Sonntag war, denn, wie ich noch erzählen werde, wir beteten, als wäre es so, aber ich stellte fest, daß es erst Freitag, der neunte Mai war.

Mein Geburtstag.

Sie gab mir ein Stück Strick, damit ich mir die Hose zusammenbinden konnte, weil sie sich schon gedacht hatte, daß Jedediahs Hosen zu groß für mich sein würden, und dann nahm sie mich mit ins große Haus, und ich schätze, für einen einzigen vollkommenen Tag war ich der Mann im Haus. Das bedeutete nun nicht, daß meine Gefühle für sie anders waren als bei unserer ersten Begegnung. Na ja, vielleicht doch. Manche. Aber das lag vielleicht daran, daß ich plötzlich eine ganz andere Verantwortung hatte, weil ich ja, wie gesagt, der Mann im Haus war.

Wie Sie sich wahrscheinlich denken können, war das natürlich nicht von Dauer, aber ich saß doch mit Mrs. Sara Anne und Nellie Nellie und Annie Bluebell in Jedediahs Wohnzimmer, und sie hatten alle weiße Kleider an mit Rüschen an den Ärmeln, als ob es Sonntag wäre; und ich weiß nicht, wieso, aber ich hörte das leise Donnern in den Ohren, das ich immer hörte, wenn ich weinen mußte, und obwohl ich's hätte tun können, dachte ich an meinem Geburtstag nicht an Pappa und Mutter, weil ich wie gesagt ganz leer war; aber seit ich in Mrs. Sara Annes Zinnspiegel geschaut und gesehen hatte, daß ich jemand anders war, konnte ich wieder lesen und mich erinnern, und wenn ich gewollt hätte, hätte ich wahrscheinlich auch wieder zeichnen können. Daß ich lesen konnte, wußte ich, weil ich den Kalender in der Küche lesen konnte; er hing über dem Bord, auf dem Jedediah die weiße Flasche mit Nellies Krusten aufbewahrte. Die Schrift auf dem Kalender handelte von »E. T. Babbits Reiner Konzentrierter Pottasche«, die garantiert doppelt so stark wie normale Pottasche und jedem anderen Verseifungsmittel auf dem Markt überlegen wäre. Natürlich könnte ich Ihnen heute noch nicht sagen, was ein »Verseifungsmittel« ist. Aber auch wenn ich mich jetzt erinnern konnte und lesen und alles andere, konnte ich doch immer noch nicht sprechen.

Und selbst wenn ich's gekonnt hätte, hätte ich's wahrscheinlich nicht getan.

Und so saßen wir den ganzen Tag da, meistens im Salon, der ein Zimmer wie aus dem Himmel war, und ich konnte verstehen, weshalb sie mich bis dahin aus diesem Zimmer rausgehalten hatte, damit ich nicht sehen konnte, was sie da alles hatten. Da standen große, gepolsterte Sessel, die aussahen, als ob da noch nie jemand drin gesessen hätte, und ein Sofa mit aufgemalten Blumen, wo man sich mit dem Rücken anlehnte, aber das Klavier, das gar nicht so groß aussah, schien den größten Teil des Zimmers auszufüllen, wahrscheinlich weil es so schwer wirkte, als ob es an Ort und Stelle gebaut worden wäre, weil kein Mensch es durch die Tür gebracht hätte. Ein kleiner Hocker stand davor, auf dem Mrs. Sara Anne saß, wenn sie spielte und sang, und über dem Klavier mit seinen abgerundeten Ecken und verschnörkelten Beinen hing ein Bild, und was darauf war, sah aus wie ein Turm mit Segeln dran, und ich brauchte dieses Bild nur anzusehen, um zu wissen, daß Jedediah es nicht gemalt hatte. Im Hintergrund war blauer Himmel und verschwommene Hügel, und am liebsten wäre ich durch das kleine Bild hindurchgeklettert, als ob es ein Fenster gewesen wäre, um darin zu wohnen. Ich stellte mir vor, daß es dort still sein würde, bis auf den Wind vielleicht, und daß es niemals dunkel werden würde.

Ich saß den ganzen Tag auf einem der gepolsterten Sessel wie ein König, und Mrs. Sara Anne sagte: »Wir werden diesen Tag begehen wie einen Sabbat und für unsere Jungs beten, und vor allem für unseren eigenen Mann und Vater Jedediah, möge der Herr ihn segnen und ihn für uns sicher bewahren! Und der junge Richard wird bei uns ausruhen und seine Kraft zurückgewinnen, damit er mit der Aussaat fortfahren kann.« Das war nun ganz merkwürdig, denn obwohl sie mich anschaute und mit mir redete, tat sie doch so, als spräche sie mit jemand anderem, und vielleicht hatte sie ja recht, denn nachdem ich in den Spiegel geschaut hatte, wußte ich, daß ich nicht mehr Mundy war, und da konnte ich genausogut der junge Richard sein.

Aber ich war fest davon überzeugt, daß mit Nellie und Annie etwas nicht stimmte, denn ich weiß nicht, wie sie es schafften, so still da auf der Couch zu sitzen, einfach dazusitzen mit ihren Puppen auf dem Schoß, als wären sie zwei Puppen mit zwei Puppen, obwohl ich weiß, daß das wahrscheinlich keinen Sinn ergibt; und sie hörten Mrs. Sara Anne zu wie zwei makellose kleine Mädchen und zappelten nicht, als sie uns aus der Bibel und aus dem Buch *Deuteronomium* vortrug, wie ein Adler ausführt seine Jungen und über ihnen schwebt und daß Gott der Adler ist, der über uns schwebt, damit wir begreifen, daß unsere Pflichten wichtiger sind als unser Behagen, und wie Hiob das auch lernen mußte und David und Absalom, der den großen Aufstand anzettelte; aber ich war mir nicht sicher mit Absalom; mir gefiel es dagegen, mir den Adler vorzustellen, und dann spielte Mrs. Sara Anne Klavier, und die Mädchen sangen Kirchenlieder mit ihr, und ich kannte bei den meisten den ganzen Text, wie bei »Rock of Ages« und »Amazing Grace« und »When I survey the Wondrous Cross«, und dann drehte Mrs. Sara Anne sich auf dem Klavierhocker um und fragte mich, ob ich wohl glaubte, daß Cornelius Rumtopum morgen wieder da sein würde, damit wir mit der Aussaat weitermachen könnten; ich schätze, sie redete mit sich selbst und schaute mich dabei nur an, aber ich nickte trotzdem, damit ihr wohler

war, und ich glaube, das klappte auch, denn sie ließ uns »Kinder«
zusammen sitzen und beten, während sie das Sonntagsessen zu-
bereitete.

Kaum daß sie das Zimmer verlassen hatte, fingen die Mädchen
natürlich an, sich um die Puppen zu zanken, aber ganz leise; und
es kam mir nicht zu, auf sie aufzupassen, auch wenn ich der Mann
im Hause war, aber dann gab Nellie Annie Bluebell eine heftige
Ohrfeige und verletzte eine Kruste, denn es blutete auf den Kragen ihres Kleides, und Annie fing an zu weinen und zu schreien,
als ob man ihr die Haut abzöge, und obwohl sie jünger und kleiner als Nellie war, packte sie Nellies Puppe und riß ihr den Kopf
ab, blitzschnell. Mrs. Sara Anne kam in den Salon gelaufen, und
Nellie kreischte: »Guck, Mamma, guck, was Annie gemacht hat,
sie hat meine Puppe ermordet!« Aber Mrs. Sara Anne hörte es gar
nicht, denn Annie blutete und weinte und atmete, als ob sie Husten und Schluckauf hätte.

Und dann versuchte Nellie die ganze Schuld auf mich zu
schieben.

Aber Mrs. Sara Anne hörte nicht zu. Sie schleifte die stram-
pelnde und kreischende Annie aus dem Salon, um sie sauber-
zumachen und »ein bißchen Anstand in dieses Haus zurückzu-
bringen«, und Nellie befahl sie, sich ihrem Alter entsprechend zu
benehmen und nicht wie ein Baby zu wimmern, und sie sollte die
Füllung aus der Puppe aufsammeln, die überall auf dem Sofa und
auf dem Boden verstreut war; aber kaum waren sie draußen, ne-
stelte Nellie an ihrem Haar und zerrte an den Seiten ihres Kleides, wahrscheinlich damit es größer aussah, und dann setzte sie
sich wieder auf das Sofa. Sie gab immer noch Schluckaufgeräu-
sche von sich und atmete genauso komisch wie ihre Schwester.
Sie strich die Füllung aus der Puppe vom Sofa; es waren nur
Lumpenfetzen und Sägemehl. Und dann schaute sie mich an, wie
sie mich angeschaut hatte, als ich sie in Jedediah und Mrs. Sara
Annes Schlafzimmer das erste Mal gesehen hatte, und fragte
mich: »Bist du ein Geist?«

Bevor ich darüber nachdenken konnte, nickte ich. Aber ich schaute sie aufmerksam an, und ich sah, daß sie blaue Augen hatte und ihre Zähne nicht gerade waren. Und sie hatte vier rosafarbene Wunden im Gesicht, wo wahrscheinlich die Krusten abgefallen waren.

»Das dachte ich mir«, sagte sie und schien damit ganz zufrieden zu sein. »Aber die Löwen und Tiger, die sind wirklich, und sie sind *immer noch* da draußen.« Sie schaute zum Fenster und dann wieder zu mir. »Ich hab sie gehört.«

Ich nickte wieder, um sie bei Laune zu halten. Ich hörte Annie weinen und Mrs. Sara Anne schimpfen, und dann hörte ich einen Klatsch und ein Heulen, und dann, kurz danach, war es still. Nellie spitzte auch die Ohren; sie blieb sitzen, wo sie saß, und lächelte wie ihre Mutter, nur ein leises Lächeln, als ob sie nickte und sagte: »Ganz recht, ganz recht.«

»Ich hab Hunde bellen hören. Hast du sie auch gehört?« fragte Nellie, und da fiel mir wieder ein, wie ich den Geisterhund gerochen hatte, als ich Fieber hatte und den Geisterstimmen lauschte, die da aus dem akustischen Fokus auf dem Gipfel des Bull Pasture Mountain in McDowell gekommen waren. Ich schüttelte den Kopf. Ich hatte den Geisterhund nicht gehört, ich hatte ihn nur gerochen, und wahrscheinlich war er hier und wartete, daß ich mitkäme; aber ich wollte noch nicht mitkommen, weil Mrs. Sara Anne gebratenes Pökelfleisch mit Kartoffeln und gebackenen Bohnen machte, wie sonntags, und der süße Zuckerduft dieses Essens wehte durch das ganze Haus, sogar bis in den Salon.

Und ich hatte Geburtstag.

»Na, ich habe *alles* gehört«, sagte Nellie. »Hab ich wirklich.«

Nach alldem kehrte ich zum Schlafen in die Hütte zurück, obwohl es ein kleines Schlafzimmer für Gäste am Ende des Korridors gab, gegenüber von Jedediahs und Mrs. Sara Annes Zimmer. Ich dachte mir, als Mann im Haus hätte ich wohl auch im Haus sein müssen, um alle zu beschützen, aber, um die Wahrheit zu sagen, ich war froh, daß ich verschwinden konnte; ich hatte ein bißchen Angst davor, im großen Haus zu schlafen. Es genügte mir, daß ich an meinem Geburtstag im Salon hatte sitzen dürfen, der keinerlei Ähnlichkeit mit dem Salon bei uns zu Hause hatte, aber nach einer Weile wurde mir schwindlig und ein bißchen übel von diesem Zimmer; und nachdem Nellie erzählt hatte, sie hätte den Geisterhund gehört, wußte ich, daß der Geisterhund mir auf diese Weise bloß zu verstehen gab, daß es Zeit war zu gehen.

Ich hatte keine Angst oder so was, und obwohl ich von den Variolae aus Nellies Kruste ein bißchen Fieber gekriegt hatte, wäre ich doch sicher stark genug, um mich auf den Weg zu machen und von hier bis ins himmlische Königreich zu laufen. Ich brauchte nur noch auf ein Zeichen zu warten.

Ich schlief und träumte von der Maisaussaat, und in jeder Furche, wo ich ein Korn einpflanzte, wuchs sofort ein Soldat aus der Erde und kein Maisstengel, und die Soldaten waren Blauwänste und Konföderierte, und sie trugen allesamt Uniformen, die so neu aussahen wie die, die ich bei den Jungs aus dem Virginia Military Institute gesehen hatte; und diese Maisstengelsoldaten verschwendeten keine Zeit, sondern fingen gleich an zu kämpfen und zu schießen und ihre Musketen und Bajonette rumzuschwenken, und Traubengeschosse und Kartätschen flogen überall durch die Gegend, und Hütten und Scheune und Holzschuppen und das Häuschen, in dem ich schlief, alles ging in Flammen auf, und es schien, als hätte der Blitz eingeschlagen, denn ich hörte Donner rollen, und dann wurde das große Haus getroffen, und alles stand in Flammen, und jedesmal dröhnte der Donner, aber andere Geräusche gab es nicht, nur das Donnerrollen, und obwohl überall in Loch Willow Soldaten kämpften und einander umbrachten und alles verbrannten, war es doch still und friedlich bis auf den Donner, und das war, wie gesagt, das Geräusch, das ich hörte, wenn ich traurig war und kurz davor, mich durch Weinen zu erniedrigen; aber obwohl ich den Donner hörte und wahrscheinlich in diesem Traum dem Weinen nahe war, hatte ich nichts dagegen, und mein Herz pochte nicht, weil ich Angst hatte oder irgend so was; alles Schreckliche hatte sich in was Gutes verwandelt, und auch wenn Mrs. Sara Anne und Nellie und Annie und wahrscheinlich auch Jedediah und Cornelius Rumtopum alle schrien und brannten, konnte ich sie doch nicht hören, und deshalb war es in Ordnung, und das Feuer war warm und behaglich, und ich sah Engel rauskommen, deren Flügel aus Flammen bestanden wie Schmetterlingsflügel, und hinter jedem Soldaten stand ein Engel, der ihm sagte, was er tun sollte, und so dafür sorgte, daß der Soldat getötet wurde und zum Himmel auffahren konnte; und ich sah, wie die Engel die Soldaten mit hinaufnahmen, und es gab Blauwanst-Engel und Konföderierten-Engel, und bald standen Loch Willow und der Himmel und alles in hellen Flammen, und alles war voller Engel, und als ich frierend aufwachte – was keinen Sinn ergab, weil ich ja von all dem Feuer geträumt hatte –, da war es Samstag, und der Hahn weckte mich, auch wenn er noch hätte weiterschlafen sollen, weil Nebel aufkam und sich wie Dampf über alles ergoß, so daß die Bäume aussahen, als wären sie in den Wolken steckengeblieben. Aber so dunkel es auch war, ich spürte doch schon, daß es ein warmer Tag werden würde und daß der Frühling jetzt auch einziehen würde. Im Kamin war kein Fünkchen Glut, und obwohl es kalt war in der Hütte, hatte ich doch nicht das Gefühl, daß der Wind die Kälte durch die Ritzen hereinpustete. Ich wartete darauf, daß Mrs. Sara Anne käme und mich ordentlich weckte, aber als mein Magen zu knurren begann und ich anfing aufzustoßen und sie immer noch nicht kam, da ging ich selbst zum großen Haus hinüber.

Ich schaute mich im Nebel nach dem Geisterhund um; er war nirgends zu sehen, und ich nehme an, ich hätte ihn gesehen, wenn er bereit gewesen wäre, sich sehen zu lassen, aber die Fenster des großen Hauses sahen ganz gelb und einladend aus, und Mrs. Sara Anne hatte Frühstück für die Mädchen gemacht, und ich klopfte so höflich, wie es nur geht, an die Tür, denn ganz gleich, was Jedediah gesagt hatte, ich wußte doch, daß ich nur zu Besuch hier war, und Mrs. Sara Anne wußte es auch, aber sie lud mich doch ein hereinzukommen und machte ein großes Aufheben darum, daß ich zur gehörigen Stunde aufgestanden wäre, anders als manche Taugenichtse, die sie jetzt nennen könnte und die alles vergessen hätten, was man ihnen in Loch Willow beigebracht hätte, und ihre Zeit damit verbrächten, sich vor ihren Pflichten zu drücken; und dann fügte sie hinzu, daß sie damit auch nicht den Nigger Rumtopum meinte, obwohl es hier in der Gegend zweifellos genug Schwarze gäbe, die sich nicht die Mühe machten, am Sonntagsgottesdienst teilzunehmen, sondern lieber mit ihresgleichen zusammenhockten und fluchten und Unzucht trieben und Tabak und Whiskey zu sich nähmen. Na, und so redete Mrs. Sara Anne immer weiter, als unterhielte sie sich mit sich selbst, und das nicht mal schlecht, und dabei tischte sie mir Kaffee und Brot und Milch auf. Ich setzte mich an den Tisch, und Nellie und Annie stellten Mrs. Sara Anne Fragen über mich, als wäre ich gar nicht da, und dann beugte Annie sich zu mir rüber und sagte: »Ich soll gar nicht mit dir sprechen, weil du mich sonst fortschleppst und –«

Mrs. Sara Anne befahl ihr, den Mund zu halten, und wies dann Nellie an, sie sollte mit ihrer Schwester in den Salon gehen und dort leise spielen und ihre Kirchenlieder üben, aber sie sollten das Klavier in Ruhe lassen, und wenn sie auch nur einen Ton hörte, würde sie die beiden zum Spielen nach draußen schicken, und da fing Annie an zu quieken, obwohl Nellie keinen Ton sagte, und da dachte ich mir, sie traut sich wohl wegen der Geister nicht, nach draußen zu gehen. Nellie hatte ihrer Schwester vermutlich eine Heidenangst eingejagt, indem sie ihr erzählte, wenn sie auch nur einen Schritt nach draußen machten, würden Löwen und Tiger und Geister und Gespenster kommen und sie wahrscheinlich zum Frühstück verspeisen.

Vielleicht war es das Fieber von den Variolae, was Nellie die Geister hatte sehen lassen, und wahrscheinlich dachte sie deshalb auch, daß *ich* ein Geist wäre.

Sie war die einzige, die das je gesehen hat.

Inzwischen war die Sonne aufgegangen und hatte den Nebel verdampfen lassen, wie ich's mir gedacht hatte, und Mrs. Sara Anne sagte: »Du gehst hinaus und spannst das Pferd in den Pflug, und wenn ich hier fertig bin, komme ich zu dir auf das hintere Feld, wo du mit Cornelius den Mais ausgesät hast. Wir werden Jedediah zeigen, was man auf dieser Farm schaffen kann, und Cornelius werden wir feurige Kohlen auf sein Haupt sammeln, weil er einfach wegbleibt, während seine Aufgaben hier auf ihn warten.«

Es wurde noch ein makelloser Frühlingstag, und Mrs. Sara Annes Pfirsichbäume fingen an zu blühen, und auch wenn Loch Willow nicht viel Ähnlichkeit mit Mutters und Pappas Farm hatte, machte es doch Spaß, draußen im Freien zu sein, wo die Sonne mir in den Nacken brannte, und Nellie und Annie lachen und kreischen zu hören; es erinnerte mich an die Niggerkids, die zur Pflanzzeit und vor allem zur Ernte immer da waren. Mrs. Sara Anne trug einen Strohhut, genau wie ihre Töchter, den sie vermutlich selbst gemacht hatte, und eine alte, schmutzige Schürze über dem Kleid, und sie schwitzte in der Hitze, genau wie ich; und eins muß ich ihr lassen: Mrs. Sara Anne, so dünn sie auch war, arbeitete so hart wie nur irgendein Nigger, den ich je gesehen habe, und während sie arbeitete und schwitzte, redete sie auch über Nigger – ich nehme an, weil sie wütend auf Rum war, der vor den Geistern weggelaufen war, die Loch Willow verseuchten, aber wahrscheinlich noch eher, weil sie einfach gern redete und bestimmt genauso oft mit sich selbst sprach wie mit den Mädchen oder mit sonst jemandem; Prediger hätte die Frau werden sollen, genau wie Pappa, weil sie es so gern tat, und sie predigte mir, wahrscheinlich um zu üben, was sie ihren Töchtern am Sonntag predigen wollte.

»Cornelius hat gesagt, ich soll dir nicht trauen, wenn du das Pferd hast. Warum sagt er das wohl?«

Ich spürte, daß sie mich anschaute, aber ich blickte nicht auf. Ich dachte über das, was sie sagte, nicht weiter nach, denn obwohl es ein sonniger und, wie gesagt, beinahe vollkommener Tag gewesen war, war doch plötzlich etwas daran nicht in Ordnung. Es war wohl immer noch sonnig, und der Himmel war klar und blau und mit diesen seidigen, fransigen Wolken angefüllt, die einander zu überkreuzen schienen, aber ich roch doch auch so was wie Brandgeruch; und es *war* auch Brandgeruch; Mrs. Sara Anne roch es ebenfalls, und wir hörten beide auf zu arbeiten und sahen uns um, und sie schnupperte mit sorgenvollem Gesicht und meinte: »Muß Mr. Roland Jeffries sein, der da seine Segge abbrennt. Riechst du es auch, Richard? Ich rieche es jedenfalls.«

Aber es war keine Segge, was wir da rochen; es war zu dick, und meine Erinnerung an diesen Geruch saß so tief, daß ich sie nie vergessen würde. Ich wußte, daß es genauso war wie in meinem Traum: Alles stand in Flammen, und wir konnten es bloß noch nicht sehen; und ich hatte recht, denn hinter mir im Osten stand schwarzer Nebel, bloß war es kein Nebel, es war Rauch, und ich schaute ringsherum zu den Hügeln und Bergen, die blau und grau schimmerten und uns umgaben wie die Hintern von lauter Riesen oder so was, und ich dachte mir, es ist bloß eine Frage der Zeit, wann wir das Feuer sehen und die Hitze fühlen und das Knistern von Bäumen und Balken hören werden; Sachen werden explodieren, und das Feuer wird heranschießen wie Schlangen, die sich auf dem Bauch vorwärtsschlängeln, schneller, als man rennen kann; und der Rauch wurde von Minute zu Minute dichter, und wir waren wohl wieder im akustischen Fokus, denn ich hörte Stimmen und das Knattern von Musketen, nur daß es jetzt weit weg und gedämpft klang, als ob der Rauch alles erstickte, und Mrs. Sara Anne brauchte nicht lange, um zu dem Schluß zu kommen, daß wir schleunigst zum großen Haus zurückkehren sollten, und sie wollte sich nicht mal mehr mit dem Pflug abgeben, sondern ließ ihn stehen, wo er stand, und wir nahmen nur das Pferd und ihre Töchter mit, und Nellie erklärte, sie hätte keine Angst draußen auf dem Feld und brauchte nicht nach Hause zu gehen, und die Art, wie Mrs. Sara Anne hinter Nellie und Annie herjagen mußte, erinnerte mich daran, wie der alte Jimmadasin versucht hatte, mich und Harry und Allan McSherry im Feld bei Kernstown zu schnappen, aber Mrs. Sara Anne verlor keine der beiden, und die Zügel des alten Pferdes hielt sie außerdem fest, als ob ihr Leben davon abhing, und sie schleifte ihre Töchter durch die Felder und hielt nicht mal an, als Annie hinfiel, weil sie mit ihren Beinchen nicht mitkam. Zum Teufel, ich selbst kam ja kaum mit, so eilig hatte es Mrs. Sara Anne, die von ihrem Nigger Cornelius Rumtopum vielleicht nicht viel hielt, weil er gemein und barbarisch und voller Aberglauben war, die mir aber trotzdem keine Gelegenheit gab, mit ihrem Pferd durchzubrennen, und das alles war mir bald so sehr zuwider, daß ich sie einfach vorauslaufen ließ, und dann drückte ich mich beiseite und ließ mich unsichtbar werden und kauerte mich hinter eine alte Steinmauer, die zwar eingestürzt war, aber noch ein ganzes Stück weit quer übers Feld reichte; und dann saß ich hinter der Mauer und erinnerte mich daran, wie unsere Männer im Kampf gegen die Blauwänste gestorben waren, die hinter der Mauer bei Kernstown in Deckung gesessen hatten, und ich machte die Augen fest zu und schob meine Gedanken in eine kleine, enge Kammer und bemühte mich, im Geiste den Geisterhund zu sehen, machte mich gewissermaßen bereit, ihn zu sehen, wenn er bereit wäre; und ich wartete darauf, daß Mrs. Sara Anne mich riefe, was sie auch tat, aber sie tat noch mehr als das, sie kam mit ihren Töchtern zurück, und ich wußte, daß es nicht recht war, was ich dann tat. Ich rannte querfeldein zurück, und wenn sie mich fangen wollte, müßte sie ihre Töchter loslassen und auf ihr Pferd steigen, oder sie müßte die Mädchen auch zu sich aufs Pferd ziehen, aber ich nahm an, daß sie so weit nicht gehen würde, und das machte mich traurig, denn sie beschimpfte mich nicht und nannte mich nicht Nigger oder so was, sondern sie rief mich nur zu sich, und ich stellte mir vor, daß das große Haus in Flammen stand, und ich stellte mir vor, wie Pappa bei den Engeln war und mir wieder zusah, und ich erinnere mich, daß ich Mutter sah und die Männer und die Pferde, und jetzt konnte ich es alles auch wieder riechen, und deshalb rannte ich, verdammt, ich rannte und rannte und machte das »Ha«-Geräusch, und Mrs. Sara Anne hätte mich wahrscheinlich niemals einholen können, selbst wenn sie mir mit ihrem Pferd nachgeritten wäre, denn es war nicht weit bis zum Wald, und dann war ich drin und atmete den schimmligen Geruch von Laub und Erde, bevor man noch »Jack Robinson« sagen kann, und gleich hinter dem Waldrand machte ich halt; ich kriegte kaum noch Luft, und mir war schwindlig, weil von der ganzen Rennerei das Fieber zurückgekommen war, und dann war alles still und makellos, und ich glaube, ich bin kurz eingeschlafen, aber als ich aufwachte, betete ich darum, daß der Geisterhund jetzt erscheinen möge, damit ich ihm folgen könnte, denn es war Zeit.

Es war natürlich kein richtiges Beten; ich schätze, Heraufbeschwören ist ungefähr das gleiche, bloß ohne Bibel.

Aber der Geisterhund erschien nicht.

Ich lehnte mich an eine Eiche und schaute mich um. Ich sah Felder und Hügel und den Kamin vom großen Haus und die Berge, die wie Mauern in der Ferne standen, ganz grau und bläulich und schattenhaft; und dann schaute ich zum Himmel hinauf, schaute senkrecht in die Höhe, wo es blau war – aber richtig blau, nicht blau wie die Berge –, und ich suchte mir eine Wolke aus, die aussah wie eine Haube mit einem Band ringsherum, und ich suchte da oben nach Pappa. Ich dachte mir, wenn er da ist, wird er wahrscheinlich runtergucken, um zu sehen, was ich so treibe, und dann wird er sehen, daß ich die Chance hatte, das Richtige zu tun und der Mann im Haus zu sein und das alles und die Frauen zu beschützen, und es war nicht mal so, daß ich den Geisterhund gesehen hätte oder so was oder daß ich Angst gehabt hätte, daß alles in Flammen aufginge, denn ich *hatte* keine Angst, ich *wollte*, daß alles in Flammen aufging, auch wenn ich nicht wollte, daß Mrs. Sara Anne und ihre Töchter umkamen und verbrannten, aber jetzt kam es darauf nicht mehr an, denn ich hatte sie ganz allein gelassen, und obwohl ich durch den Wolkenspalt hinaufspähte, so angestrengt ich konnte, sah ich Pappa nirgends. Wahrscheinlich hatte er die Nase voll von mir; verflucht, der Geisterhund hatte wahrscheinlich auch die Nase voll von mir! Und während ich über Pappa und den Geisterhund nachdachte, hörte ich Lärm aus dem Boden heraufkommen, als ob da ein Echo direkt unter meinem Kopf ertönte, und so ließ ich Pappa tun, was immer er da oben im Himmel tun mochte, und drückte mein Ohr an die Erde, und wenn ich sie auch nicht reden oder schreien hören konnte wie im akustischen Fokus, so hörte ich doch ein Stampfen und Scharren, und ich dachte schon, daß die Erde vielleicht voller Insekten wäre oder so was, aber das war es nicht, es waren Schritte ... Tausende.

Dieses Stampfen und Scharren war ein Zeichen. Ich brauchte nichts weiter zu tun, als aufzustehen und zum großen Haus zurückzugehen, und dann könnte ich Mrs. Sara Anne und die Mädchen beschützen, wie ich es Jedediah versprochen hatte, und Pappa würde vom Himmel aus zuschauen und es Mutter erzählen, und sie könnten beide vom Himmel herunterschauen und stolz auf mich sein, vor allem wenn ich ums Leben käme, während ich Mrs. Sara Anne und die Mädchen beschützte; dann könnte ein Engel mich geradewegs zum Himmel hinauftragen, und ich wäre fertig mit alldem hier unten; aber obwohl ich ernsthaft vorhatte, genau das zu tun und schnurstracks zurück zum großen Haus zu marschieren und der Mann im Haus zu sein, wanderte ich unversehens auf die Franklin Road zu, wo der Wald brannte. Der Rauch machte alles schwer und dunkel, und die Dunkelheit breitete sich über den Himmel aus, und mich fröstelte, wenn ich es nur sah, denn es war, als ob der Himmel verschwände oder so was. Kann sein, daß ich in den Rauch und die Dunkelheit hineinwanderte, weil ich zum großen Haus zurückkehren und Mrs. Sara Anne und die Mädchen beschützen *wollte*. Aber, wie Sie schon wissen, manchmal nahm ich mir eine Sache vor und tat dann eine andere, was Mutter einfach für einen Mangel meines Charakters hielt. Wie gesagt, ich wollte zurückgehen, aber ich tat keinen einzigen Schritt in diese Richtung.

All der Rauch und die Dunkelheit riefen mich, als hätten sie eine Stimme, und ich fing an, darauf zuzurennen, was genauso töricht war wie da, als Dixie erschossen wurde, und ich rannte hinaus zu Colonel Ashby, während mir lauter Minié-Kugeln um den Kopf schwirrten.

Ich nahm wohl an, daß der Rauch und die Dunkelheit mich verschlucken würden, wenn sie mich nicht vorher erstickten, und daß ich Rum in dieser Dunkelheit finden würde, oder Jimmadasin würde mir verzeihen und sich zeigen und vielleicht sogar mit mir sprechen. Ich sah, wie Bäume knatternd Feuer fingen, und die Flammen schlugen hoch und verschwanden wieder, und ich hörte Stimmen und glaubte den Geisterhund zu sehen – ich glaubte seine Augen zu sehen, die durch den Rauch glühten wie heiße Kohlen –, aber ich täuschte mich in allem. Ich sah den Geisterhund nicht, und Rum würde ganz bestimmt nicht in der Nähe des Feuers und der Soldaten sein, und Jimmadasin war wahrscheinlich noch in der Höhle von Baby Jesus und verfluchte mich, weil ich weggelaufen war von ihm und Lucy und Cow und Amarci, die jetzt alle Geister waren bis auf Lucy. Aber es war alles ein Zeichen, und das kann ich beweisen – jetzt, wo ich Ihnen endlich von Captain Pegram erzählen kann.

Denn Captain Francis W. Pegram war der Grund, weshalb ich Lucy wiederfand.

12. Kapitel

Die Macht der Wurzeln

Wenn ein Bursch' klopft an die Tür,
Dann rufen sie: Ja, gern,
Hüpft, ihr leichten Damen,
Oh, Miss Loo!

SONNTAGSSCHULLIED

*C*aptain Francis W. Pegram aus London, England, erwischte mich in dem Rauch, aber ebensogut hätten mich die Blauwänste erwischen können, die sich auf der Franklin Road von McDowell her zurückzogen.

Die Blauwänste steckten alles in Brand, um General Jackson zu verwirren, der ihnen nachsetzte, und damit mußte man natürlich rechnen. Ich wußte nicht, daß es Federals waren, die da die Franklin Road hinaufmarschierten, die in nordöstlicher Richtung am südlichen Arm des Shenandoah entlangführt, aber weil dort das Feuer war, hielt ich mich westlich, um ihm aus dem Weg zu gehen. Ich weiß, daß das vermutlich keinen Sinn ergibt, nachdem ich Ihnen gerade erzählt habe, wie ich losrannte, um in den Rauch und das Feuer zu gelangen und zu sehen, ob da Engel und so was waren, aber ich stellte rasch fest, daß es nicht ging, wenn man nicht selber Feuer fangen wollte. Ich versuchte mich in die Hitze hineinzustürzen, aber sie nahm mir den Atem, und ich war wohl einfach noch nicht bereit für Engel, denn ich floh vor der Hitze und dem Feuer, so schnell ich konnte. Ich sollte Ihnen noch sagen, daß ich nicht allein war, denn da waren Schlangen und Rehe und alle möglichen Tiere, die auch vor der Hitze wegliefen, aber die Schlangen machten mir die meiste Angst, und ich mußte an meinen Traum denken, wo ich gedacht hatte, das Feuer wäre wie schnell kriechende Schlangen, und ich kriegte eine gräßliche

Angst, als ich die Schlangen sah, die über den Boden glitten, als ob sie wirklich das Feuer wären, und was weiß ich, vielleicht waren sie es ja. Ich dachte, daß all die Schlangen und anderen Tiere auf Mrs. Sara Annes großes Haus zuliefen und das Feuer ihnen folgen würde, aber nachdem ich in der Nähe des Feuers gewesen war, wußte ich, daß ich nicht bereit war, mich ihm hinzugeben, wie Pappa es getan hatte, und Pappa hatte Mutter nicht retten können; also glaubte ich, daß ich Mrs. Sara Anne und ihre Töchter auch nicht retten könnte.

Es war, als wäre die ganze Welt dunkel geworden, und es war kalt, und überall waren Brandgeruch und Asche, so daß jeder tiefe Atemzug weh tat. Ich dachte, es muß Nacht sein, und die Zeit ist mir entglitten; am Himmel war ein orangegelber Dunst, der mir angst machte, weil er aussah wie etwas Übles aus der Bibel oder so was. Aber ich nahm an, daß ich sicher wäre, denn obwohl ich ringsumher das Echo von Kanonade und Gewehrfeuer hörte, schien es doch von weither zu kommen. Ich hoffte, daß die Federals auf dem Rückzug waren und daß General Jackson sie mit Granaten eindeckte, wann immer er konnte, obwohl es natürlich genausogut andersherum sein konnte.

Aber ich sagte mir immer wieder, daß ich aus allem raus wäre. Ich war ein Geist – Nellie hatte es gesehen –, auch wenn ich mir was zu essen besorgen mußte; mein Magen knurrte, als ob ich seit einer Woche nichts mehr gegessen hätte, und natürlich hatte ich ja keine Zeit gehabt, etwas zu stehlen, um es mitzunehmen. Ich dachte daran, mich auf die Suche nach etwas Speck und Zwieback zu machen – die toten Soldaten, falls ich welche finden könnte, würden es ja nicht mehr brauchen; aber es war zu dunkel, und ich konnte auch nicht erkennen, woher die Kanonade und das Gewehrfeuer kamen.

Ich konnte also nur warten, bis die Sonne aufging, falls sie überhaupt je wieder aufgehen sollte. Pappa hatte mir mal erzählt, daß die Sonne am Jüngsten Tag nicht mehr aufgehen würde, und dann würden alle schlechten Menschen kriegen, was sie verdienten, und die guten Menschen, die gebetet und ein anständiges Leben geführt hätten, würden geradewegs in den Himmel auffahren. Vielleicht hatten mir das auch Mammy Jack oder Onkel Isaac erzählt. Ich dachte an den Jüngsten Tag und stellte mir vor, von Engeln zum Himmel hinaufgetragen zu werden, und ich fragte mich, ob Geister auch Engel werden konnten; und wenn ich mich mit Jimmadasin wieder gut stellen könnte, würde er mich vielleicht mit in den Himmel hinaufnehmen, und ich fragte mich, wie es wohl im Himmel für Nigger sein mochte, ob sie da einen Platz für sich hatten und all das; und ich muß wohl eingeschlafen sein, während ich dem Donnern der Zwanzigpfünder lauschte, das sich anhörte, als ob Baumstämme krachten und den Berg herunterrollten, aber als ich aufwachte, war es immer noch dunkel, und alles roch nach nasser Asche. Ich glaubte, es würde niemals wieder Tag werden, und deshalb ging ich besser einfach los; weil aber überall Federals und unsere eigenen Jungs waren, dauerte es nicht lange, und ich hörte Stimmen.

»Läßt der Drecksack uns denn nie haltmachen und rasten?«

»Wenn du damit Gen'ral Jackson meinst, brech ich dir die Beine und grab dir 'n Loch, wo du rasten kannst.«

»Ich mein ja bloß, daß ich müde bin.«

»Müde ist jeder.«

»Bloß nicht Old Jack; der braucht keinen Schlaf, und wenn doch, dann schläft er im Sattel.«

»Geht er wenigstens nicht zu Fuß.«

»Geht er vielleicht doch, weißt du ja nicht. Du weißt gar nichts.«

Ich hörte Husten und das Rascheln von Kleidern und das Knacken von Zweigen, und eine verrückte Sekunde lang stellte ich mir vor, wie Mädchen auf einem Fest in Krinolinen tanzten, die ganz steif waren und raschelten und genau diese Geräusche machten, und ich blieb ganz still stehen; es war nicht schwer, im Dunkeln unsichtbar zu sein, aber das Kniffige daran war, daß man versuchen mußte, nicht besonders viel zu atmen, obwohl mein Herz so heftig schlug, daß mir schwindlig wurde. Von all dem Husten, das ich hörte, kribbelte es mir im Hals, und ich hatte alle Mühe, nicht selber loszuhusten; und dann waren sie weg, und es war still, stiller, als man es sich vorstellen kann; man hörte keine Vögel und keine Tiere, und sogar der Wind erstarb. Ich lauschte und erwartete, daß die Geräusche jeden Augenblick zurückkämen, und ich fragte mich, ob ich plötzlich taub war oder so was; es schien, als wäre eine Stunde vergangen, aber wahrscheinlich war es bloß eine Minute, als ich wieder Stimmen hörte, aber die waren zu weit weg, um was zu verstehen. Ich ging weiter, aber ich stieß weder auf unsere Jungs noch auf Blauwänste.

Wahrscheinlich hatte ich Geister gehört.

Es wurde allmählich hell, aber vor lauter Rauch und Nebel konnte ich nicht viel sehen. Beinahe wäre ich über einen toten Blauwanst gestolpert; der Mann mußte schon lange hier im Wald liegen, denn sein Gesicht war blau und aufgedunsen, aber die Maden hatten ihn noch nicht gefunden, und so wühlte ich in seinem Brotbeutel und fand ein bißchen Speck und Zwieback und einen kleinen Beutel mit Zucker und Kaffee durcheinandergemischt. Ich war so hungrig auf den Zucker, daß ich den Kaffee einfach mit aß und den Speck und den Zwieback natürlich auch, und davon kriegte ich Bauchschmerzen, und mir wurde übel, und ich hätte mich wohl auf den Weg machen sollen, aber ich blieb eine Weile bei dem toten Soldaten, vielleicht weil ich ein schlechtes Gewissen hatte, weil ich ihn bestohlen hatte, obwohl er ja tot war. Ich konnte seinen Geruch riechen; er roch wie der übelste Furz, den man sich nur vorstellen kann, aber mir wurde davon nicht schlecht, wie es anderen Leuten passiert wäre, denn ich konnte es einfach aus meinen Gedanken verdrängen. Ich erwartete nicht, daß Engel runterkommen und ihn holen würden oder so was (vermutlich hätten sie das ja schon getan, wenn sie es vorgehabt hätten, denn jetzt war er zu aufgedunsen und schwer), aber plötzlich überkam es mich, und ich wollte unbedingt über ihn Bescheid wissen; also durchwühlte ich seine Taschen und breitete alles auf seiner Decke aus, als wollte ich es für eine von Jedediahs

Inspektionen bereitlegen, die bei den Männern verhaßt waren, weil dies ein Krieg war und nicht so 'ne Art Schönheits- und Ordnungswettbewerb.

Sein Name war Robert K. Worsham, und er gehörte zum Twenty-fifth Ohio; das entnahm ich einem Brief, der großenteils verschmiert war, weil er naß war; ich fragte mich, ob er wohl draufgepinkelt hatte oder so was; aber in dem Brief war eine gute Ambrotypie von einem, der Robert K. Worsham hätte sein können, und er saß mit einer Frau da, und ihre Arme lagen übereinander, als ob sie ineinander verhakt wären, und er trug eine Krawatte, und sein Gesicht war nicht aufgedunsen, und sie hatte Zöpfe und am Finger einen Ring, und sie schaute so angestrengt aus diesem Bild heraus, als wollte sie mich etwas Wichtiges fragen.

Ich versuchte den Brief zu lesen; er war von ihm an Rebecca Vergißmeinnicht und handelte von einem großen Ball im Yankee-Camp, direkt vor Robert K. Worshams Zelt; die Musik wäre ausgezeichnet gewesen, und die Jungs wären alle nach rechts gegangen, mit Promenade und allem Drum und Dran, und einer der Soldaten, »ein stämmiger Irenbursche, nannte einen anderen Soldaten ›Jane‹ und schwenkte den Soldaten Jane rundherum im Kreis und schrie dabei: ›Komm, tanz mit mir, mein großes starkes Mädel‹«, aber die restliche Tinte war verschmiert, und ein bißchen davon war auch auf die Photographie gekommen. Ich versuchte mir alles im Geiste vorzustellen, was er da schrieb, und ich erinnerte mich an Wettrennen und Hürdenlauf und Sackhüpfen und Schubkarrenwettrennen im Camp, aber ich konnte mich nicht erinnern, daß ich je gesehen hätte, wie unsere eigenen Jungs auf einem Ball miteinander tanzten, auch wenn alle von Huren redeten und mich fragten, ob ich mein Pfeifchen nicht mal ausklopfen wollte, was ich aber nie getan habe, obwohl ich ein paar von den Huren kennenlernte; sie waren alle höflich und hübsch und angemalt wie Jedediahs Puppen. Ich weiß nicht, warum, aber in diesem Augenblick fiel mir ein, wie Captain Chews Artilleristen Wasp und Rabbit das Pulver aus zwei Patronen in eine leere Feldflasche geschüttet und ins Feuer geworfen hatten, und verdammt, diese Flasche hatte einen ordentlichen Krach gemacht, und Wasp und Rabbit hatten Ärger gekriegt, weil sie Munition verschwendet und alle geweckt hatten. Sie versuchten, mir die Sache in die Schuhe zu schieben, aber jeder wußte, daß sie es getan hatten.

Ich hörte die Kanonade wieder und fragte mich, ob ich sie vielleicht in Gang gebracht hatte, indem ich an die Feldflasche gedacht hatte, aber das war albern; also machte ich mich wieder über Private Worshams Habseligkeiten her, und der Kram, den er versteckt hatte, ging auf keine Kuhhaut: Ich fand ein Taschenmesser und ein weißleinenes Hemd, das ich anzog; auch wenn es feucht roch, war es das Sauberste, was ich je angehabt habe. Ich fand einen weißen Handschuh und fragte mich, was er damit gemacht haben mochte – er war kein Offizier, und ich glaubte eben, daß Blauwanst-Offiziere weiße Handschuhe trugen. Jedediah machte seine Inspektionen, wie er sagte, »mit weißen Handschuhen«, aber er trug nie welche, und ich hatte auch keine Ahnung, was er damit anfangen wollte. Ich fand eine halbvolle Feldflasche, was mich wahrscheinlich dazu brachte, mich an Wasp und Rabbit zu erinnern, und ich fand eine Feder und eine Flasche Tinte. Der Mann schleppte mehr mit sich rum als ein Marketender. Ich wollte ihn nicht anfassen, aber ich hatte das Gefühl, es wäre meine Pflicht oder so was, seine Taschen zu durchsuchen, und ich fand einen kleinen Beutel, der mit einem Lederriemen verschnürt war, und darin waren Käse, Nüsse und ein Bonbon. Ich aß Käse und Nüsse und Bonbon, aber alles andere breitete ich auf der Decke aus, und ich dachte mir, es wäre tadellos, wenn ich ihn hätte auf die Decke legen und seine ganze Habe um ihn herum verteilen können, aber dazu war er natürlich zu schwer. Ich versuchte mir vorzustellen, wie es wäre, mit ihm zu sprechen, und ich sprach wohl auch tatsächlich ein bißchen mit ihm: daß er nun tot wäre und als Geist sowieso besser dran. Ich erinnere mich an ein bißchen von dem, was wir sagten.

»*Sind Sie das auf dem Bild, Private Robert K. Worsham?*«

»Sergeant.«

»Sie haben kein Abzeichen.«

»Braucht man nicht, wenn man tot ist.«

»Aber wenn Sie Sergeant wären, wär's auf Ihrer Uniform.«

»Egal. Ich bin Sergeant.«

»Ist das Ihre Frau?« Ich hielt das Bild und den Brief in einer Hand hoch.

»Ja.«

»Sie ist hübsch.«

»Ja.«

»Und das sind Sie?«

»Ja.«

»Wann bringen die Engel Ihren Geist in den Himmel?«

»Ich dachte, das hier wäre der Himmel.«

»Das hier?«

»Siehst du die Adresse auf dem Umschlag?«

»Ja.« Sie war nur zum Teil verwischt; ich konnte sehen, daß der Brief an William M. Bucks Laden in Front Royal adressiert war.

»Bring meinen Brief dort hin und sag Rebecca, vergiß mein nicht.«

»Was soll ich ihr sagen?«

»Vergiß mein nicht.«

Ja, und in dem Augenblick furzte er; ich dachte, da wäre eine Muskete losgegangen oder so was, und Sie können sich nicht vorstellen, wie furchtbar der Gestank war. Selbst im Freien wurde mir übel davon; es war schlimmer als der Gestank von toten Pferden und Maultieren, der vom Rumliegen draußen im Wetter eine gewisse Würze gekriegt hat.

Ich stand auf und rannte weg, so schnell ich konnte.

Ich wußte nicht, wie einer furzen konnte, wenn er tot war, und ich glaubte, es müßte ein Zeichen sein, und ich überlegte, ob ich das Hemd wegschmeißen sollte und was ich von dem Speck und dem Zwieback noch übrig hatte.

Aber das tat ich natürlich nicht.

Es war schätzungsweise Vormittag, und der Rauch hatte sich zum größten Teil verzogen, aber es roch immer noch überall nach nasser Asche. Die Kanonade hatte wieder aufgehört, und die furchtbare Stille war zurückgekehrt. Ich weiß nicht, warum, aber obwohl es hell war und man ziemlich gut durch den Nebel sehen konnte, der im Wald lag, hatte ich Angst, und mich fröstelte, als hätte ich soeben entdeckt, daß ich tot war oder so was und daß alles aufgehört hatte und alle Tiere tot waren, sogar die Schlangen und die Vögel und die Insekten; und das war mir egal, aber ich wollte sehen, ob Mrs. Sara Anne oder Jedediah oder *irgend jemand* am Leben war, und deshalb machte ich mich auf den Rückweg nach Loch Willow, um meine Pflicht als Mann im Haus zu tun, und ich war in der Nähe der Franklin Road, als ich auf unsere eigenen Rebellenstoßtrupps stieß, bloß daß es eigentlich keine Stoßtrupps waren, weil sie die Nachhut bildeten, und sie waren auch nicht viel älter als ich oder Harry oder Allan McSherry.

Nun weiß ja jeder, daß Colonel John Preston und seine Kadetten vom Virginia Military Institute in McDowell zurückgelassen worden waren, um die gefangenen Blauwänste zu bewachen – ich erfuhr das alles erst später. Aber ganz gleich, was einer sagen mag, ich habe ein paar von diesen Kadetten in der Nachhut gesehen. Ich erkannte sie an ihren Uniformen, und sie sahen weiß Gott anders aus als da, wo ich sie mit Jedediah gesehen hatte. Wenn ich es mir recht überlegte, hatte ein Nebel alles bedeckt, als ich sie das letzte Mal gesehen hatte, aber der war nicht von Bränden gekommen wie hier. Diese Jungs hatten tadellos ausgesehen, wie sie in ihren neuen Uniformen da rummarschierten, aber das hatte sich anscheinend alles geändert, denn ihre Uniformen waren dreckig und zerrissen und zusammengestückelt wie die Sachen, die alle andern trugen, aber jetzt sahen sie aus wie Soldaten. Wenn man Soldaten sieht, die eine Zeitlang marschiert sind – die kriegen einen komischen Blick, als ob sie stur geradeaus guckten, ohne was zu sehen, wenn Sie wissen, was ich meine. Die Kadetten hat-

ten diesen Blick, und sie mußten ihre Ärsche mühsam voran-
schleppen, um die Reihen geschlossen zu halten. Ich hörte sie
reden, als sie vorbeikamen: daß sie nie wieder zur Schule zurückgehen würden und daß Emma Binghaven eine große Fotze hätte
und daß Gag in den Bauch getroffen worden wäre, so daß kein
Doktor noch irgendwas für das arme Schwein tun konnte, und
jemandem war sauschlecht, und jemand anders wollte lieber in
Tennessee begraben sein als hier oben in Virginia; und dann fingen die Musketen an zu feuern, und ich war wieder allein, als ob
ich mir das alles im Nebel zusammengeträumt hätte oder als ob
die Kadetten vom Virginia Military Institute allesamt Geister gewesen wären, und wahrscheinlich waren die Kadetten auch alle
tot, aber weil General Jackson sie dort unterrichtet hatte, würden
sie ihm in Ewigkeit folgen.

Also war ich nach alldem nicht mal mehr sicher, ob diese Kadetten lebten oder Geister waren, aber ich wollte nichts riskieren,
obwohl ich wußte, daß ich eine Dummheit beging, indem ich ihnen folgte, und so folgte ich ihnen doch, denn ich hatte, wie gesagt, Angst, allein mit lauter toten Leuten zu sein, und ob ich Geistern oder Soldaten folgte, würde ich so oder so herausfinden.
Und so hielt ich mich zwar im Wald, behielt die Jungs aber im
Auge, als sie auf dem Holzweg entlangmarschierten, und dann
hörte ich ein Jauchzen und dachte schon, es wäre ein Rebellenschrei und ringsum würde ein Gefecht losbrechen. Ich drückte
mich weiter in den Wald hinein, aber die Neugier war stärker, und
ich schlich mich an die Kadetten ran; sie hatten haltgemacht und
drängten sich alle um einen älteren Kadetten oder einen Soldaten
– ich konnte es nicht erkennen –, der ein Schriftstück von General Jackson persönlich schwenkte; das behauptete er jedenfalls,
und dann las er es ihnen mitten auf der Straße vor.

»Soldaten der Army of the Valley and the Northwest: Ich gra-
tuliere euch zu eurem jüngsten Sieg bei McDowell. Ich bitte euch,
vereinigt euch heute morgen mit mir im Dank an den allmächti-
gen Gott, der euren Waffengang mit Erfolg gekrönt hat, und im

Gebet, auf daß Er euch weiter von Sieg zu Sieg führen möge, bis unsere Unabhängigkeit erreicht ist und wir zu dem Volk werden, dessen Gott unser Herr ist. Die Kapläne werden heutigentags um zehn Uhr in ihren jeweiligen Regimentern den Gottesdienst abhalten.«

An der Sonne sah ich, daß es schon später als heutigentags zehn Uhr war, aber danach strengten sie sich beim Marschieren noch mehr an, die Reihen zu schließen, und ich folgte ihnen weiter, nachdem ich nun erfahren hatte, daß sie keine Geister waren. Ich fühlte mich wohler in ihrer Nähe, und obwohl ich daran dachte, zu Mrs. Sara Anne zurückzugehen, tat ich es nicht. Ich wollte Loch Willow nie wiedersehen, und ich nahm an, daß es wahrscheinlich abgebrannt war, was aber nicht meine Schuld war, obwohl ich das Gefühl hatte. Ich hörte immer noch Musketenfeuer und nahm an, daß alle den Tag des Herrn feierten, obwohl, wie ich herausfand, Montag war; General Jackson hatte ihn zum Tag des Herrn erklärt, denn Generäle können vermutlich jeden Tag zum Sonntag machen, wenn es ihnen paßt.

Ich sollte Ihnen noch erzählen, daß ich Ausschau nach dem Geisterhund hielt, während ich den Kadetten folgte, und wenn der Geisterhund erschienen wäre und mir das Zeichen gegeben hätte zu gehen, dann hätte ich es getan. Tatsache ist, daß ich mir vorkam wie ein Hund, der hinter der Army herschnüffelte. Es war erniedrigend, aber ich fühlte mich sicher, wenn ich Stimmen und Schritte hörte, auch wenn ich wußte, daß ich in Gefahr war. Aber ich mußte immer wieder daran denken, wie der tote Soldat gefurzt und wie ich gedacht hatte, er würde gleich explodieren, und –

Sinn ergibt das auch für mich nicht.

Aber lieber schnüffelte ich hier herum, als allein bei den Geistern zu sein. Zum Teufel, ich hatte ja nicht mal den Geist des toten Soldaten finden können, dessen Sachen ich auf der Decke ausgebreitet hatte!

Die Kadetten stießen zu dem Regiment, dem sie vermutlich

angehörten, und sie campierten zusammen auf einem Feld bei der Straße, und ich wunderte mich, daß die Yankees alle abhauten und General Jacksons Truppen bloß dasaßen und Gebetsversammlungen abhielten und Karten spielten. Es war kühl, aber nicht kalt, und der Rauch hing immer noch in den Bäumen und am Himmel und überall, und alles Reglose fühlte sich tot und naß an, und für den Rest des heiligen Montags hielt ich mich abseits. Ich betete nicht, aber ich bemühte mich zu hören, was die Kadetten redeten, und ich dachte über den toten Soldaten nach und das, was ich zu ihm gesagt hatte. Ich weiß, es klingt verrückt, aber ich habe mit ihm gesprochen, wie ich es Ihnen erzählt habe.

Ich griff in die Tasche und fühlte den Brief und dachte an Rebecca Vergißmeinnicht, die mich aus dem Bild heraus anschaute.

Sie würde ihren Brief wohl wiederhaben wollen.

Es waren Hunde, die mich fanden, drei fleckigbraune Hunde, die kläfften und japsten und heulten; ein Nigger hatte sie an der Leine, und einen Moment lang dachte ich, es wäre Rum, aber er war es nicht, sondern bloß ein Nigger ohne Schuhe. Er hatte eine ausgebeulte Armeehose an und ein zerrissenes Hemd, das haargenau die Farbe von Pisse hatte, und so überrascht – und wohl auch erschrocken – ich über den Anblick dieses Niggers und seiner Hunde auch war, ich kam doch nicht über die Farbe dieses Hemdes weg. Muß irgendein spezieller Farbstoff gewesen sein. Aber ich hatte keine Zeit, viel darüber nachzudenken, und ich stellte mir vor, daß er die Hunde auf mich hetzen würde, wenn ich losrennen sollte. Aber ich saß in der Patsche, ob ich wegrannte oder dablieb, denn wenn jemand im Regiment mich für einen Spion hielte, könnte er mich an Ort und Stelle erschießen. Ich hatte gehört, daß Spione ebenso schnell erschossen oder an den nächsten Baum gehängt wurden wie Deserteure. Na, diese Hunde kläfften jedenfalls und zerrten an ihren Leinen, und dieser Nigger schaute mich nur an, als wäre er überhaupt nicht überrascht, mich da im Wald aufzustöbern, und ganz plötzlich fing mein Kopf wieder an zu jucken, was er dauernd tat, seit Rum mich kahlrasiert hatte, und ich hätte mich gern gekratzt, aber manchmal, wenn ich das tat, fing es an zu bluten, und ich hatte auch Angst, daß der Nigger die Hunde loslassen würde, wenn ich mich rührte.

»Wer da?« fragte er. »Parole? Ergib dich, oder ich werd –«

»Baxter, was hast du denn da?« sagte jemand mit einer gottverdammten Stimme, wie ich sie noch nie gehört hatte. Es hörte sich an, als ob er durch die Nase spräche oder so was, und seine Worte klangen scharf und präzise, als hätte er sie ausgeschnitten; und unwillkürlich dachte ich, daß sie auch flach klangen, als ob nichts drin wäre. Ergibt wahrscheinlich keinen Sinn, aber so hörte es sich in meinen Ohren an. Er erschien aus dem Wald wie ein weiterer Geist, und die Hunde freuten sich anscheinend, ihn zu sehen, denn sie sprangen an ihm rauf, bis er etwas sagte, und dann beruhigten sie sich im Handumdrehen.

Die Sonne schien zwar nicht, aber es fiel Licht in den Wald; es war grau und rauchig und fleckig. Diese Wälder waren voller Schatten, und man fragte sich, was für Dinge sich wohl darin verbergen mochten – zum Beispiel Captain Francis W. Pegram aus London, England. Er stellte sich nicht vor, aber ich erfuhr noch früh genug, wer er war. Ihn da zu sehen war genauso überraschend wie der erste Anblick der Kadetten aus der Academy, denn dieser Captain Francis W. Pegram trug blitzblanke Offizierskleidung: Er hatte eine graue Hose an, eine Jacke, die an beiden Ärmeln mit allen möglichen goldenen Tressen verziert war und Streifen aus goldener Borte an beiden Seiten des Kragens hatte, und eine Schirmmütze mit noch mehr goldenen Tressen. Er hatte mehr goldene Tressen an sich als irgend jemand, den ich je gesehen habe, und ich erfuhr später, daß er zwei wunderschöne schwarze Wallache hatte, von denen Colonel Ashby entzückt gewesen wäre, ein abgerissenes Maultier, das magerste, knochigste und niederträchtigste Tier, das ich je gesehen habe, und natürlich den abgerissenen Diener, der mich gefunden hatte, Baxter. Ich konnte mir allerdings nicht denken, daß das sein richtiger Name sein sollte, aber bei Niggern kann man das nie wissen. Ich wünschte, Pappa und Mutter hätten mir einen besseren Namen gegeben, mehr so was wie Cornelius Rumtopum oder vielleicht auch einen indianischen Namen, aber das war wohl nicht so wichtig.

Da ich nicht mehr Mundy war, konnte ich mir jeden Namen geben, den ich haben wollte.

Aber es war schon seltsam, denn der Name, der mir in den Sinn kam, war der Name des toten Blauwanstes, Robert K. Worsham, und ich erinnerte mich an den Brief, den ich in der Tasche hatte, den Brief an Rebecca Vergißmeinnicht, und ich fragte mich, ob ich wohl auch so furzen würde, wenn ich tot wäre.

Natürlich versank ich nicht in Tagträumereien, aber ich dachte an all das, was ich Ihnen gerade erzählt habe, während Captain Pegram mich ausfragte; ich schüttelte den Kopf und wedelte mit den Armen, bis er schließlich begriff, daß ich zwar nicht sprechen, wohl aber hören konnte und all das. Sie redeten beide laut auf mich ein und sprachen komisch, als ob ich ein Baby wäre oder so was, und ich nehme an, die Leute müssen sich so benehmen, wenn sie jemanden treffen, der nicht sprechen kann. Nach einer Weile aber senkten sie die Stimmen, und Captain Pegram befahl Baxter, mich zu fesseln; ich überlegte zwar, ob ich weglaufen sollte, ließ es dann aber lieber bleiben, denn ich wußte so sicher, wie ich dastand, daß Baxter nichts lieber tun würde, als die Hunde auf mich zu hetzen; also ließ ich mir von ihm einen Riemen um Brust und Arme schnüren, als wäre ich auch einer von Captain Pegrams Hunden. Jedediah hatte sich wohl auch gedacht, ich wäre ein Hund, und ich wußte, wenn ich hätte reden können, wäre es anders gewesen; aber ich nahm an, ich könnte wohl Jedediah oder Colonel Ashby oder sogar General Jackson finden, aber auch das war ein großer Irrtum. Es war wohl, weil ich meine Haare verloren hatte – obwohl mein Kopf ganz borstig wurde, wie die Haut eines Pfirsichs –, aber Colonel Ashby hätte mich nicht erkannt, wenn ich vor seinen Augen vorbeispaziert wäre. Natürlich wäre er drauf gekommen, wenn er gemerkt hätte, daß ich nicht sprechen konnte, aber so leicht war es nicht, wie ich herausfand – genausogut hätte ich in Georgia oder in Tennessee sein können; und Jedediah fand ich nicht wieder, und Colonel Ashby übrigens auch nicht.

Captain Pegram und Baxter führten mich also durch den Wald zu ihrem Camp – sie waren General Johnsons Brigade zugeordnet, denn überall hier in der Gegend stand das Twelfth Georgia, und alle hatten Achtung vor ihnen, weil sie noch gegen dich kämpfen würden, wenn du eine Muskete und eine Pistole und ein Bajonett hättest und sie bloß ihre Fingernägel. Wie gesagt, ich nahm an, daß Captain Pegram mich melden würde und daß ich dann Sandy Pendleton oder General Jackson treffen würde, aber falls Captain Pegram vorgehabt hatte, mich gleich morgen zu melden, dann kam er zu spät. Ich schätze, in London, England, lassen sie sich gemütlich Zeit mit allem.

Nun, wie Pappa immer sagte: »Alles geschieht nur zum Besten«, aber zu jener Zeit fiel es mir schwer, das zu glauben, denn ich wollte nicht mal in der Nähe von General Johnson sein. Ich werde nie vergessen, wie seine Augen und sein Gesicht ganz hart und geistermäßig aussahen, als Jedediah und ich ihn auf dem Weg nach Loch Willow besuchten; und ich war erleichtert, als ich erfuhr, daß er in McDowell ernsthaft verwundet worden war.

Aber bei Geistern konnte man nie wissen, und General Johnson war ganz bestimmt ein Geist.

Ich dachte mir, es wird schon mehr als eine Kugel nötig sein, um ihn umzubringen.

Sie hatten ihr Lager am Waldrand aufgeschlagen; an der einen Seite waren Hügel, an der anderen erhob sich die Bergflanke, und so war es dort wie in einer Schlucht. Überall brannten Feuer, und ein paar weiße Zelte gab es auch, wahrscheinlich bloß für Offiziere wie Captain Pegram, aber es kam nicht weiter drauf an, denn es war ein warmer Tag, und die Soldaten lagerten einfach überall auf dem Boden wie Rinder vor dem Regen; sie kochten und spielten Karten, und ich sah zwei Soldaten, die miteinander tanzten wie in Private Worshams Brief, den ich in der Tasche hatte, und einige schrien auch und spielten »Jacke vollhauen«, wie ich es gesehen hatte, als ich das letzte Mal in General Johnsons Camp gewesen war; und obwohl es Montag war, hatte General Jackson ja verkündet, es wäre Sonntag, und obwohl die Army nur einen halben Tag bekommen hatte, um zu beten und dankzusagen und zu feiern und all das, brachen wir das Lager trotzdem erst am nächsten Tag ab. Aber *irgendwo*, schätze ich, muß General Johnson gewesen sein, denn das Geisterwetter kam zurück.

Die Nacht wurde kälter als eine Hexentitte, und es war so windig, daß der Graupel waagerecht flog. Man sah bloß Graupel und Lagerfeuer, und die Funken flogen im Wind und erinnerten mich an den Geisterhund, weil dessen Augen genauso rot waren; aber inzwischen hatte ich mir überlegt, daß ich den Geisterhund wohl nicht wiedersehen würde. Natürlich gab's noch andere Dinge, von denen ich nicht glaubte, daß ich sie noch mal wiedersehen würde, und sie hielten mich auch zum Narren – aber ich werde meiner Geschichte nicht vorgreifen.

Jedenfalls, für Captain Pegram und mich war es recht, denn wir waren geschützt in unserem Zelt. Der Ofen knackte, als ob er bersten wollte, und der Kragen, in dem das Ofenrohr saß, war rotglühend; ich wurde schläfrig, als ich in dieser Hitze herumsaß, und ich machte mir ein bißchen Sorgen wegen Captain Pegram; ob er versuchen würde zu tun, was Eurastus getan hatte, da er mich andauernd beobachtete und mich an den Ofen hatte binden lassen, unten, wo er nicht so heiß war? Ich ließ mir nichts anmerken, aber ich hätte abhauen können, und sobald er eingeschlafen wäre, würde ich es auch tun, nahm ich mir vor. Aber er tat nichts weiter, als auf seine komische Art zu reden, wie gesagt, durch die Nase. Ich sollte Ihnen wahrscheinlich noch erzählen, daß ich ein bißchen Angst vor ihm hatte, denn er war so groß und stark wie Eurastus, aber er schien mir ganz weich zu sein, und er war immer rot im Gesicht, als wäre er verlegen oder gerade aus der Kälte hereingekommen. Und einen dicken Bauch hatte er; doch von alldem ließ ich mich nicht täuschen.

Ich nahm einfach an, daß er wahrscheinlich stark und gefährlich war.

Aber vor allem, glaube ich, hatte er Heimweh oder so was, denn er redete die ganze Zeit nur davon, daß sein Urgroßvater der Ehrenwerte Black Jack Brixton genannt wurde – was mich natürlich an Mammy Jack erinnerte – und daß er nie was anderes lese als Traktate und die Bibel, und der alte Black Jack hätte mit Vögeln gehandelt, in Poplar und Limehouse und Blackwall, und in der Nähe des Judenfriedhofs gewohnt, und er hätte Lerchen und Hänflinge und Goldfinken gefangen und sie nach Port Philip verkauft, an die Kapitäne der Segelschiffe, die nach Westindien fuhren; und dann redete Captain Pegram von seinem Vater, der immer nur Brot für einen Penny hätte essen und sich nie einen Teller Fleisch für einen Shilling hätte leisten können wie wir.

Nun verstand ich aber nicht die Hälfte von dem, was er da redete, obwohl es seltsam und interessant klang, wenn ich auch nicht glaubte, daß Black Jack Brixton sein Großvater gewesen war, denn ich konnte nichts von einem Nigger entdecken in Captain Pegrams rotem Gesicht, wirklich kein bißchen. Na, wie er es erzählte, verdiente sein Großvater eine Menge Geld und wurde Lord oder so was, und das kam wahrscheinlich, weil er so fromm war, und Captain Pegram erzählte mir, wie er und sein Vater den Armen geholfen hätten und daß er sich in den finsteren Gassen von London auskennen würde wie in seiner Westentasche und daß er mit den Marktburschen und Mägden vertraut wäre und mit allen Kniffen der Markthändler, mit dem Billighökern und den Judenmädchen und den Zigarrenstummelsammlern; wie gesagt, ich verstand kaum etwas von dem, was er da erzählte – es war eher so, als ob er mit sich selber redete, wie im Schlaf oder so –, und ich wußte nur, daß wir keinen Teller Fleisch für einen Shilling hatten, was immer ein Shilling sein mochte, aber ich hatte einen verdammten Hunger.

So hungrig ich auch sein mochte, ich vergaß doch jeden Gedanken daran, als er erzählte, daß es dort Gesellschaftszimmer gäbe, die das gleiche wären wie *cock-and-hen clubs*, aber ich hatte weder von diesen noch von jenen jemals gehört, und dann redete er von dem Straßenfeuerkönig, der Salamander hieß, und dieser Salamander legte Schwefel auf einen Teller und zündete ihn an und hielt ihn sich unter die Nase, als wäre es das süßeste Parfüm, und dann fraß er den Schwefel mit einer Gabel, während er noch brannte, und er schüttete sich Schießpulver auf die Hand und ließ es explodieren; und Captain Pegram erzählte, wie er es selbst einmal versucht und dafür sieben Shilling und Sixpence gekriegt hatte, was vermutlich eine Menge Geld war; und er wüßte auch genau, wie man eine brennende Fackel von der Sorte ißt, die man in einem Ölfarbenladen kauft, bloß daß ich noch nie von einem Ölfarbenladen gehört hatte, und Captain Pegram sagte, man verbrennt sich nicht das Innere des Mundes, aber wenn das Pech rausfällt, na, dann ist man in Schwierigkeiten; und er verriet mir, daß man einfach nur den Atem anhält, wenn man das Feuer in den Mund steckt, und dann geht es blitzschnell aus, und man macht die Fackel voll Spucke und schiebt sie in die Wange wie ein Stück Kautabak.

Captain Pegram erklärte mir, man brauchte nichts als Zuversicht, und die wiederum könnte geradewegs aus der Bibel stammen, meinte er, denn das wäre praktisch schon alles, was man wissen müßte, und jetzt hätte er es mir gesagt, und ich würde für den Rest meines Lebens keine Schwierigkeiten mehr bekommen, es sei denn, ich versuchte törichterweise wegzulaufen, wenn er einschlafen sollte, aber er schlafe niemals, erklärte er, er schließe nur die Augen und denke über alles mögliche nach. Nun glaubte ich zwar kein Wort, aber in gewisser Weise, schätze ich, glaubte ich es doch, und ich dachte unwillkürlich, Captain Pegram ist die falsche Person, denn er sah einfach nicht so aus, wie er redete, aber je mehr er redete, desto deutlicher sah ich, daß er gefährlich war, und auch wenn ich jetzt wieder vorgreife, will ich Ihnen sagen, daß er nie wieder so viel mit mir geredet hat; und wie gesagt, wahrscheinlich hatte er Heimweh oder so was, oder er führte einfach Selbstgespräche.

Ich nehme an, er sprach mit mir, wie er mit einem seiner Hunde sprechen würde, obwohl ich es ja merkwürdig fand, daß er keinen seiner Hunde in seinem Zelt hielt. Sie waren wahrscheinlich draußen und bewachten es, und wenn ich weglaufen würde, wären sie mir wahrscheinlich wie aus der Pistole geschossen auf den Fersen; aber nachdem Captain Pegram sich leergeredet hatte, raffte er sich schließlich dazu auf, etwas zu essen zu kochen, und dann machte er das leckerste Essen, das ich mir nur vorstellen konnte; er briet Rindfleisch, das er »die Sehnen des Krieges« nannte, weil es so faserig und zäh war, und dazu machte er eine Sauce aus Speckfett und braunem Zucker, und auch wenn er das meiste davon selber aß, ließ er mich doch ein bißchen geradewegs aus der Pfanne essen; und dann schlief er ein – oder er schloß die Augen, um über alles mögliche nachzudenken. Er hatte den alten Ofen kräftig aufgestoocht, und ich schätze, Captain Pegram störte das nicht, doch ich schwitzte und fühlte mich ganz matt von all der Hitze, denn ich war ja an ein Bein des alten Eisenofens angebunden, und ich konnte nichts anderes tun als dazusitzen, während Captain Pegram über alles mögliche nachdachte, und ich hörte Lärm draußen, es muß eher Morgen als Abend gewesen sein, aber General Jacksons und General Johnsons Armeen waren wieder in Bewegung; sie fluchten und marschierten, und es klang wie Pferde, die über einen Bohlenpfad trappeln, und ich hörte Fuhrknechte schreien und Wagen knarren und Feldflaschen und Säbel klirren; und Captain Pegram stand auf und zeigte mit dem Finger auf mich, als ob er mir etwas Ernstes zu sagen hätte, aber dann ging er raus und rief nach Baxter.

Ich weiß nicht, wieso, aber als er rief: »Baxter! Hierher, Boy!«, da dachte ich an den Straßenfeuerkönig Salamander und dachte, das wäre ein guter Name für mich, denn ich wußte nun wirklich genau Bescheid über Feuer.

Als Captain Pegram schließlich wieder hereinkam, war er außer sich vor Wut, denn Baxter war desertiert und hatte ein Pferd und die Hunde mitgenommen.

»Verflucht und zugenäht! Ich werde diesen schwarzärschigen Pferdedieb nach Georgia verkaufen! Klaut mir *mein* Pferd! ... Der verfluchte schwarze Bastard hätte mir wenigstens meine Hunde dalassen können!«

Aber ich dachte mir, wenn es wirklich Captain Pegrams Hunde gewesen wären, dann wären sie ja nicht mit dem Nigger mitgegangen.

Ich nehme an, daß der schwarzärschige Bastard sich so schnell verdrückte, als er mich sah, weil die Nigger, wie ich Ihnen wahrscheinlich schon erzählt habe, Sachen sehen können, die sonst keiner sehen kann; sie können in die Welt der Geister schauen und so was, und deshalb wissen sie Bescheid über Träume und Beschwörungen und wie man toten Leuten Pennys auf die Augen legt und über die Vorzüge von Wurzeln.

Captain Pegrams Nigger Baxter nun muß ein oder zwei Sachen gewußt haben, denn er hatte spezielle schwarze Wurzeln, die aussahen wie verwachsene kleine Männchen mit Armen und Beinen und allem, und sie sollten ihn davor schützen, von Weißen getötet oder geschlagen zu werden. Ich wußte, daß es stimmte, denn ich habe seine Wurzeln gefunden, zusammen mit seinen Stricken und Besen und einem Sack Futter, alles schön zusammengeschnürt für die Pferde und das Maultier, und ich erinnerte mich an das, was Onkel Isaac mir über den Vorzug von Wurzeln erzählt hatte, der darin bestand, daß man sicher vor den weißen Masters war, solange man sie auf der rechten Seite trug – es sei denn, die würden die speziellen Zaubertricks der Nigger kennen, was aber nicht sehr wahrscheinlich war.

Denn sehen Sie, die Nigger wissen, daß die meisten Leute durch Zauberei zu Tode kommen, und ich schätze, das stimmt auch; zumindest erschien es mir so, nachdem ich all die Soldaten tot im Feld gesehen hatte. Es war ein Zaubertrick, daß manche ums Leben kamen und manche nicht, und Colonel Ashby wußte das auch, und deshalb konnte er mit seinem toten Bruder Richard mitten durch die Feinde reiten, und all die Minié-Kugeln machten einen Bogen um ihn wie um einen, der schlecht riecht oder so was. Natürlich, die Geister konnten einem helfen, wie Richard ihm half und Jimmadasin mir, obwohl ich jetzt ganz und gar auf mich selbst gestellt war. Bloß daß ich nicht wußte, was ich war. Manchmal dachte ich, ich wäre wohl mehr ein Geist, und manchmal wieder, wenn ich solchen Hunger hatte, daß ich fast in Ohnmacht gefallen wäre, und wenn mein Kopf juckte und die Läuse auf mir rumkrabbelten wie die Maden auf einer Kuh, dann dachte ich, ich wäre wohl wie jeder andere Soldat, der da schwitzte und nach der eigenen Scheiße stank.

Wie dem auch sei, was ich eigentlich sagen wollte, ist, daß Baxter schneller als ein Karnickel aus dem Camp verschwand, weil er wahrscheinlich gesehen hatte, daß ich größtenteils ein Geist war, und weil er zu schlau war, noch länger dazubleiben. Nun schätze ich, es war eine reine Vermutung von mir, das mit den Wurzeln und daß er gesehen hatte, daß ich ein Geist war, aber ich nahm mir seine Wurzeln und trug sie auf meiner rechten Seite, und wahrscheinlich bin ich deshalb nicht ums Leben gekommen. Aber ich verstehe nicht, warum er sie zurückgelassen hatte. Vielleicht hatte er bessere, vielleicht bekam er auch solche Angst, als er mich sah, daß er einfach vergaß, sie mitzunehmen. Natürlich zog ich auch in Betracht, daß er sie vielleicht zurückgelassen hatte, um mich zu verzaubern – oder Captain Pegram. Aber ich dachte mir, eine Wurzel ist eine Wurzel, und es kam nicht drauf an, was Baxter den Wurzeln anzuhexen glaubte, sie würden mich trotzdem vor Unheil beschützen. Ich fand aber auch, daß es keinen Sinn hatte, Risiken einzugehen, und deshalb dachte ich, ich sollte vielleicht eine von Mammy Jacks Visionssegnungen über sie sprechen, aber das einzige, was mir einfiel, war ein Lied, das sie immer sang, wenn sie wütend war:

Esel muckt.
Esel bockt.

Schmeißt den alten Master in den Graben.
Esel stampft.
Esel schreit.
Schmeißt den alten Master auf den Kopf.

Aber ich schätze, es hat gewirkt, denn ich hab die alten Wurzeln bei mir, und sie beschützen mich immer noch.

Anfangs vermutete ich, daß Captain Pegram ein Spion wäre, weil er anscheinend zu niemandem gehörte, und vielleicht war sein Nigger ja *deswegen* weggelaufen, denn wenn Captain Pegram geschnappt würde, dann würden sie ihn mitsamt seinem Nigger an den nächstbesten Baum hängen. Ich hatte so was zwar noch nicht gesehen, aber ich wußte, daß es vorkam.

Ich nahm an, daß ich wahrscheinlich auch in der Tinte saß, aber es war noch nicht mal hell, als Sandy Pendleton auftauchte, um Captain Pegram zu besuchen. Er spazierte schnurstracks ins Zelt und guckte mich an, als ob er mich noch nie gesehen hätte, und dann sagte er zu Captain Pegram, er sollte mich ein bißchen antreiben, damit ich den Ofen anzündete und für ein bißchen Wärme sorgte, und außerdem hätte er auf ein kleines englisches Frühstück gehofft. Captain Pegram entschuldigte sich, denn wahrscheinlich hatte er nicht kapiert, daß Sandy Pendleton nur Spaß machte; und anscheinend konnte Sandy Pendleton auch nicht sehen, daß ich an den Ofen angebunden war – wahrscheinlich war der Strick so auffällig nun auch wieder nicht.

Er erzählte Captain Pegram, daß Old Jack ihn wegen irgendwas sehen wollte; es wäre dringend, und er sollte sich lieber marschbereit machen. Dann ging er, und ich weiß nicht, warum, aber ich zitterte am ganzen Leib, als ob ich mehr Angst gehabt hätte als jemals zuvor. Da wußte ich es noch nicht, weil ich noch nicht in Captain Pegrams kleinen Messingspiegel und auch noch nicht in eine Wasserschüssel geguckt hatte, um mein Spiegelbild anzuschauen, aber ich hatte das ganze Gesicht voller Flecken, die aussahen wie Variolae, bloß daß es bei mir nur Pickel waren, und mein Haar war nicht dicht, sondern kurz und borstig, und ich schätze, ich war kein bißchen mehr, was ich mal gewesen war.

Captain Pegram band mich los und sagte: »Mach Feuer! Ich bin gleich wieder da. Hast du verstanden?«

Ich nickte.

»Und sei gewarnt: Die Kadetten werden dich bei jeder Bewegung beobachten, und meine eigenen Leute bewachen dich auch, und ich komme *sofort* zurück.«

Ich glaubte nicht, daß er eigene Leute hatte, aber ich nickte, und er sagte: »Hier ist es für dich am besten. Du bist sicher, du hast zu essen, du hast es warm.«

Es überraschte mich, daß er das sagte; aber dann muß er es sich noch mal anders überlegt haben, denn er packte mich hart an und sagte: »Wenn du auch nur die kleinste Kleinigkeit falsch machst, werde ich ... «

Ich nickte wieder, und ich dachte, er wird bloß nervös bei dem Gedanken, mich mit all seinen Habseligkeiten allein zu lassen; aber vielleicht glaubte er auch, ich hätte Angst, weil ich so sehr zitterte, als Sandy Pendleton gegangen war.

Tatsache ist, daß ich wohl immer noch zitterte.

Captain Pegram kam keineswegs sofort zurück.

Tatsächlich rechnete ich damit, ihn gar nicht mehr wiederzusehen, aber da irrte ich mich, denn er erschien fünf Tage später bei Mount Solon zusammen mit General Ewe, den alle nur »Old Baldhead« nannten, den »Alten Glatzkopf«, und dann führte er anscheinend das ganze Louisiana-Regiment nach New Market, um dort mit General Jackson zusammenzutreffen. Captain Pegram hatte sich in einen der »Louisiana Tigers« verwandelt, die als die niederträchtigsten und furchterregendsten Soldaten der ganzen Konföderierten Armee galten. Sie waren allesamt Iren und Katholiken; ich weiß nicht, ob er seine Religion wechselte, er wechselte jedenfalls die Uniform und trug jetzt eine rote Mütze

344

mit einer blauen Tresse und ein rotes Hemd und eine gestreifte Hose, die aussah, als ob sie noch kein Körnchen Dreck gesehen hätte, und die Hose war in ein Paar polierte Stiefel gestopft, die aussahen, als ob sie noch keinen Spritzer Schlamm gesehen hätten. Man hätte nicht sagen können, ob er ein Offizier war oder ein Schauspieler oder jemand aus dem Zirkus, aber die Louisiana Tigers sahen alle so aus, und sie gehorchten nur Gott und General Jackson, und niemand lachte über sie – nicht wenn er noch weiterleben wollte.

Ich greife schon wieder weit vor, aber das liegt daran, daß mir diese Uniformen nicht aus dem Kopf gehen wollen. Diese bunten Farben kamen mir vollkommen vor, vollkommen wie Gott.

Wie dem auch sei, ich kümmerte mich aufmerksam um Captain Pegrams Zelt und sein Maultier und seine übrige Habe, während er weg war. Na ja, ich kümmerte mich um alles außer um diesen Ofen, denn der war zu schwer, um ihn auf das Maultier zu heben, und so ließ ich ihn zurück. Ich belud das magere alte Maultier, so gut ich konnte, mit Captain Pegrams Zelt und seinen Vorräten und Decken und was ich diesem Tier sonst noch über den Rücken werfen konnte, ohne getreten oder gebissen zu werden; und dann folgte ich den Kadetten, und die dachten alle, ich wäre Captain Pegrams Bursche und alles wäre legal und in Ordnung. Ich hatte also einen Job bei General Jacksons Army of Northern Virginia, und eine Zeitlang gehörte ich wohl zu seiner Fußkavallerie, denn ich konnte dieses Maultier nicht reiten – nicht wenn das ganze Zeug auf seinen Rücken getürmt war. Ich glaube, ich war schlechter dran als die regulären Soldaten, denn die brauchten sich nicht beißen oder treten oder in die falsche Richtung abdrängen zu lassen, weil Maultiere nie das tun, was sie tun sollen, und es kam so weit, daß ich das Vieh haßte, weil man es manchmal überhaupt nur in Bewegung setzen konnte, indem man ihm einen Riemen über die Ohren schlug, und dann setzte es sich mitunter hin, und zwanzig Mann mußten an ihm zerren und kriegten es doch nicht wieder hoch – und das alles ist ganz natürlich für ein Maultier, weshalb Pappa sie manchmal »störrische Tatsachen« nannte. Manchmal schoß es auch einfach vorwärts, und alles, was ich ihm auf den Rücken gebunden hatte, wurde losgerüttelt. Und dieses Maultier machte einen gottverdammten Lärm; es klang wie eine Mischung aus Kreischen und dem Stöhnen eines alten Mannes, und unter allen Umständen machte dieser Schrei mir ein schlechtes Gewissen, als ob ich eine Art Eurastus wäre, der dieses arme, wehrlose Tier angriff.

Ich kann das Geräusch, das dieses Maultier von sich gab, nicht besser beschreiben, aber als ich es das erste Mal hörte, dachte ich an Pappa, wie er im Feuer schrie, und an die Soldaten, die auf dem Feld bei Kernstown starben. Und obwohl ich ihm allen Hafer gab, den Captain Pegram hatte, sah das Tier immer halb tot und verhungert aus. In Wirklichkeit fraß es fast alles, was es finden konnte, vor allem Buschwerk. Ich habe diesem Maultier nie einen Namen gegeben – nicht daß es mich hätte hören oder verstehen können, wenn ich es getan hätte; und fast jeden Abend überlegte ich mir, ob ich nicht einfach genug von Captain Pegrams Proviant und Habseligkeiten mitnehmen und allein weglaufen sollte. Aber ich tat es nicht. Um die Wahrheit zu sagen, ich wollte nicht allein sein, und ich wollte auch kein Geist mehr sein. Trotzdem machte ich mich immer noch die meiste Zeit unsichtbar, und wahrscheinlich ist das der Grund, weshalb keiner von den Kadetten oder der Fußkavallerie sich weiter um mich kümmerte, außer wenn das Maultier Dummheiten machte und sich beispielsweise mitten auf der Straße hinsetzte oder Captain Pegrams Sachen abwarf oder mir einen ordentlichen Tritt in den Magen verpaßte, was es aber bloß einmal tat.

Ich trug meinen Teil an Captain Pegrams Sachen, und mein Gepäck war so schwer wie das der anderen; aber ich ging, wie gesagt, allen aus dem Weg, und nur so vermeidet man Schwierigkeiten. Aber einen Freund fand ich – einen Soldaten, den sie alle nur R.W. nannten, als hätte er nur diese Initialen und keinen Vornamen. Sein Nachname war Waldrop, und er war Corporal in der

Twenty-first Virginia, und er kam manchmal in Captain Pegrams Zelt, um etwas von Captain Pegrams Vorräten zu »borgen«, meistens ein bißchen Zucker oder Mehl oder Tabak.

Ich stellte fest, daß das Dasein als Bursche nicht so übel war, solange der Herr fort war und es genug zu essen gab, und Captain Pegram hatte ziemlich umfangreiche Vorräte, was wahrscheinlich der Grund dafür war, daß das Maultier sich immer so niederträchtig aufführte. Corporal R.W. Waldrop nutzte die Lage aber nicht aus, und wenn ich geglaubt hätte, daß er »Klauknochen« hätte, wie Tante Hannah sagen würde, dann hätte ich ihm nie etwas gegeben. Aber ich durchschaute die Leute, und das tat Corporal R.W. Waldrop auch; er durchschaute zumindest so manches, und wenn ich ihn danach hätte fragen können, dann hätte er es mir bestimmt auch gesagt. Er hatte keine Mühe, mich zu sehen, und ich schätze, er unterhielt sich gern mit mir, wahrscheinlich weil ich ihm nicht dazwischenreden konnte.

Er war größer als Jedediah, und seine Uniform war so zerlumpt und ausgebeult, daß er aussah wie eine Vogelscheuche und nicht wie ein Soldat; und wenn ich ihn nicht besser gekannt hätte, hätte ich ihn für einen Geist wie Jimmadasin gehalten, wahrscheinlich weil ihm fast alle Finger der linken Hand abgeschossen worden waren. Nur der Daumen und der kleine Finger waren noch da, und wenn ich diese Hand sah, konnte ich aus irgendeinem Grund immer nur an eine Spinne denken. Seine Hose war so lang, daß er die Hosenbeine hochkrempeln mußte, wie es die Nigger auf dem Feld taten, und er beschwerte sich immer darüber, daß seine reguläre Virginia-Uniform zwar Taschen hätte, daß er da aber nichts rein- oder rauskriegen könnte; aber die meisten Soldaten trugen Uniformen, die nicht paßten, und deshalb war das nichts Ungewöhnliches.

Aber ich mußte unwillkürlich immer wieder seinen Adamsapfel anstarren, denn der sah aus, als ob der Corporal etwas verschluckt hätte, was ihm in der Kehle steckengeblieben war. Ich stellte mir immer vor, es wäre ein Stück Zwieback, das einfach nicht rutschen wollte, denn ich konnte fast sehen, wo die Kante des Zwiebacks sich durch seine Kehle bohrte. Und Corporal R.W. Waldrop hatte Löcher im Gesicht wie Mrs. Sara Annes Nigger Rum, und er erzählte mir, er hätte als Junge Pusteln im Gesicht gehabt, genau wie ich, und ich würde schon drüber wegkommen, wenn ich erst eine Frau hätte, und er meinte, er brauchte nur die Pickel in meinem Gesicht zu sehen und wüßte schon, daß ich noch nie eine Frau gehabt hätte, und ich fragte mich, ob alle anderen Soldaten auch darüber Bescheid wußten. Ich nahm an, daß es wahrscheinlich jeder im Camp wußte. Diese Pusteln waren vermutlich schrecklich, und sie erschienen ganz plötzlich in meinem Gesicht, wie die Pest oder so was, und offen gesagt, beim bloßen Gedanken daran wird mir schlecht, und außer als Signaltafel dafür, daß ich noch nie eine Frau hatte, waren sie nie zu was nütze.

Aber ich schätze, es war eine Kombination aus meinen Pickeln, Corporal R.W. Waldrop und Captain Pegram, was mich zu Lucy führte.

Ich geb's nicht gern zu, aber bei General Jacksons Armee zu sein, das war, als wäre man ein Baby und als wüßte man, daß Mutter und Pappa im Zimmer nebenan waren. Ich weiß, das ergibt wahrscheinlich keinen Sinn, aber ich empfand es trotzdem so.

Ich sollte Ihnen auch noch erzählen, wie die Fußkavallerie funktionierte. Die Leute erzählten im Scherz, daß Old Jack immer im Morgengrauen marschierte, außer wenn er in der Nacht zuvor aufgebrochen war, und manchmal brachen wir schon um drei Uhr morgens oder noch früher auf. Das ging so, daß jeder auf den ersten dreihundert Yards im Gleichschritt marschieren mußte. Ich weiß nicht, was das sollte, aber so marschierten alle los, als wären sie auf einer Parade, und die Offiziere brüllten Befehle wie *»Hipp-hopp«* und liefen neben der Truppe her, um darauf zu achten, daß alle Schritt hielten.

Ja, und so marschierten wir dann fast eine Stunde lang, und

dann legten wir für zehn Minuten die Waffen ab; danach fingen die Offiziere an zu schreien, und alles fing an zu fluchen und zu ächzen und zu stöhnen und zu krächzen, und es ging weiter; dann wieder Rast, dann Mittagessen, dann marschieren und rasten und marschieren und rasten; und am ersten Tag, das war der vierzehnten Mai, marschierten wir achtzehn Meilen weit und am nächsten Tag fünfzehn, und als wir vor Lebanon standen, am sechzehnten Mai, riefen die Offiziere einen Fastentag aus, und wir marschierten nicht, was gut war, weil alle ganz erschöpft taumelten und versuchten, beim Marschieren zu schlafen, was natürlich unmöglich ist.

Das weiß ich, weil ich es auch versucht habe.

Wir marschierten so lange, daß ein Soldat von der Twenty-seventh vor lauter Verzweiflung Captain Pegrams Sachen von dem Maultier runternahm und es ziemlich gut schaffte, das abgehalfterte Tier zu reiten. Ich konnte nichts dagegen machen, weil ich meinen vierundvierziger Colt nicht hatte, und Captain Pegram hatte mir nicht mal eine Muskete dagelassen; aber nachdem alle genug gelacht hatten, sagte ein Offizier, der neben den Kadetten hermarschierte, zu dem Soldaten, er würde ihm seinen »fetten, faulen, drückebergerischen Arsch abschießen«, wenn er nicht aufhörte, »das arme Tier zu piesacken, und sich nicht wieder nach vorn ins Glied« verfügte, und damit hatte sich's.

Ich kehrte um und sammelte Captain Pegrams Zelt ein und seinen zweiten Sattel und seine Decken und Uniformen und seinen kleinen Holzschemel und alles andere, was da im Dunkeln herumlag und von den Soldaten noch nicht geklaut worden war; das Maultier stöhnte und trat aus und machte ein Heidentheater, als ich es wieder belud – ich schätze, es hatte gedacht, nun wäre es frei wie die Geister, als der Soldat von ihm abgestiegen war.

Wie dem auch sei, am nächsten Tag standen wir auf und marschierten bis Sonntag, und bis dahin waren wir wieder alle ganz erschöpft und taumelten, aber es war warm, und die Sonne schien, und wir lagerten am North River, gegenüber von Bridgewater. Ein paar Kadetten gingen rüber zum Hauptquartier, um die Predigt von Reverend Doktor Dabney zu hören, drüben auf dem Castle Hill, westlich von Mount Solon, und als sie von diesem Gottesdienst zurückkamen, erzählten sie, wie Captain Pegram und »Old Baldhead« General Richard S. Ewell aus Conrad's Store gekommen wären, um General Jackson zu besuchen, und alle redeten über Old Baldhead, als ob sie persönlich mit ihm bekannt wären; sie erzählten von seinem Kopf, der geformt wäre wie eine Bombe, und daß der General aussähe wie ein Auerhahn, weil er den Kopf beim Sprechen immer auf die Seite legte; er fluchte wie ein Schwein und lispelte und sagte immer: »Wieffo, glauben ffie, hat Präffident Daviff mich ffum Generalmajor gemacht?« Und darüber mußten die Kadetten lachen, und sie bewegten sich komisch, als wären sie Mädchen oder so was, und sie sagten, er äße nur Vollkornweizen und Mais und Eigelb und Rosinen, aber bloß, weil er Magengeschwüre hätte, und ich dachte, wenn ich jemals Magengeschwüre kriege, dann werde ich so was auch essen.

Ich erinnerte mich, daß ich Old Baldhead mal getroffen hatte, als ich mit Sandy Pendleton und Jedediah zusammen war, und ich nehme an, er erinnerte mich wirklich an einen Vogel oder so was; und ich konnte verstehen, wieso Old Baldhead sich so gut mit Captain Pegram verstand, denn die beiden waren ein Herz und eine Seele, wie meine Mutter gesagt hätte.

Captain Pegram kam an diesem Sonntag nach dem Gottesdienst herüber, um nach mir zu sehen und sich zu vergewissern, daß ich auch nicht sein Maultier und sein Zelt und alles andere geklaut hatte, aber Old Baldhead brachte er nicht mit.

Nun weiß ich, daß ich schon mal vorgegriffen habe, als ich Ihnen erzählte, daß Captain Pegram später seine Uniform gewechselt hatte und ein rotes Hemd und blaue Tressen und eine gestreifte Hose trug; aber als wir unser Lager gegenüber von Bridgewater bezogen hatten, da war Captain Pegram noch nicht zu den katholischen Louisiana Tigers konvertiert, und er war immer noch Adjutant bei Old Baldhead und nichts weiter. Captain Pegram trug alle seine Tressen und seine graue Hose, und er inspizierte sein Maultier und sein Zelt und seinen Proviant, und er befahl mir, alles vor ihm auszubreiten, damit er seine Rationen zählen könnte, und ich überlegte, ob ich weglaufen sollte, weil ich doch seinen Ofen zurückgelassen hatte, aber er sagte gar nichts dazu, als ob er so etwas nur natürlich fände – aber es war auch warm, und vielleicht hatte er seinen Ofen bloß vergessen; und dann salutierte er vor mir, als wäre ich Old Baldhead persönlich, und ich wußte nicht, was ich machen sollte, und deshalb salutierte ich zurück, und er sagte, wir würden uns bald sehen, und so kam es auch, und dann ritt er weg.

Natürlich, kaum war er weg, fingen alle Kadetten an zu lachen, aber ich ging ins Zelt. Ich war zu sehr erniedrigt, um draußen vor ihren Augen zu bleiben, aber ich konnte hören, was sie redeten, und nach einer Weile hatten sie keine Lust mehr, über mich und Captain Pegram zu lachen, da redeten sie über die Evakuierung von Norfolk und wie die *Ram Virginia* in die Luft gejagt worden war und daß die Blauwänste zwölf Meilen weit von Richmond entfernt ständen und es wahrscheinlich in Brand stecken würden; und ich dachte an Pappa, wie er eine Predigt hielt und sagte: »Hebet euch fort, ihr Gottlosen, ins ewige Feuer!« Und ich fand es dumm, daß ich an so etwas dachte, denn die Gottlosen waren doch die Blauwänste, und sie sollten daher diejenigen sein, die ins Feuer wanderten, aber Mutter und Pappa waren ins Feuer gegangen, und wahrscheinlich auch Mrs. Sara Anne und ihre Töchter, und dann dachte ich an den Deserteur, der in der Höhle von Baby Jesus Feuer gefangen hatte, und mir schien, daß das Feuer jeden erwartete, es kam nicht drauf an, ob er gut oder böse war; und dann, ich weiß nicht, warum, mußte ich an das Buch denken, das ich verloren hatte, und wie ich mal geträumt hatte, ich wäre Private Newton, bloß daß ich manchmal der Verräter war und manchmal nicht; und dann hörte ich auf, meinen eigenen Gedanken zu lauschen; ich hörte die Kadetten darüber reden, daß der Fluß tief wäre und daß Old Jack eine Brücke würde bauen müssen, wenn wir da rüberkommen wollten.

Und genau das machte er auch.

Aber bevor ich dazu komme, sollte ich Ihnen noch erzählen, was an dem Sonntag passierte, als Reverend Dr. Dabney im Hauptquartier predigte und Captain Pegram kam, um mich und sein Maultier und sein Zelt zu inspizieren.

Es überraschte mich mehr als sonst irgendwas in meinem Leben, und es war Corporal R.W. Waldrop, der mich hinführte.

R.W. kam zu mir in Captain Pegrams Zelt, als es dunkel war, und sagte, es wäre Zeit, daß ich meine Pickel los würde und ein Mann würde, und ich muß zugeben, daß mich das ein bißchen überraschte, daß er irgendwo hier draußen im Camp eine Frau versteckt haben sollte, und um ehrlich zu sein, ich wollte auch gar nicht hingehen.

Ich hatte gesehen, wie Jedediah und Mrs. Sara Anne diese schrecklichen Sachen miteinander machten, als ich die Sünde beging, bei ihnen durchs Fenster zu spähen, und es wollte mir immer noch nicht aus dem Kopf gehen, wie Mrs. Sara Anne dabei Jedediahs Ding in den Mund genommen hatte, als ob sie es essen wollte, denn – allmächtiger Gott! – wie konnte sie als religiöse Frau so was in den Mund nehmen, wo Jedediah doch damit pinkelte; ich nahm an, daß es schon eine Sünde war, wenn ich bloß darüber nachdachte, aber ich fragte mich doch, ob es so nicht vielleicht einfach immer gemacht wurde, und da wurde mir fast schlecht. Ohnehin war ich ja schon von Lucy angefaßt worden, und ich hatte ihre Brüste angefaßt und mich erniedrigt, weil ich einfach in ihrer Hand gekommen war; ich hätte ihn ja auch reinstecken können, und dann wäre ich gleich damals ein Mann geworden, und dann hätte ich vermutlich niemals diese Pusteln an Gesicht und Hals und Schultern gekriegt.

Eine hatte ich hinterm Ohr, die tat säuisch weh.

Wie dem auch sei, R.W. ließ nicht gelten, daß ich nicht mitkommen wollte, und weil ich nur den Kopf schütteln konnte, dachte er, ich alberte bloß rum, und so schleifte er mich aus dem

Zelt. Ich hätte mich wehren oder mich losreißen können, und ich weiß nicht, warum ich es nicht getan habe. Vielleicht wollte ich ihn nicht kränken, oder vielleicht wollte ich letzten Endes doch mitkommen, und wahrscheinlich war es die schönste Nacht, die ich je gesehen hatte. Der ganze Himmel war voller Sterne, und ich sah den Großen Bären und Orion, und die Insekten machten ein ständiges Gebrumm; es war warm, und es kamen kleine, kitzelnde Winde, die nach Laub und Parfüm dufteten, und ich mußte an Mutter denken. Ich sah Lagerfeuer, wohin ich auch schaute, und weil überall Äste im Wind hin und her schwankten, blinkten die Feuer mal hell, mal dunkel, wie Glühwürmchen oder so was.

Da dies ja nun mein eigenes Tagebuch ist, kann ich wohl zugeben, daß ich Angst hatte. Ich weiß nicht, wieso, aber bei der bloßen Vorstellung zu tun, was Jedediah und Mrs. Sara Anne getan hatten, wäre ich am liebsten weggerannt, um mich zu verstecken – und doch, wann immer ich an Mrs. Sara Anne dachte, und ich glaube, das tat ich oft, wurde ich erregt und wollte mich selbst beflecken, und genauso ging es mir, wenn ich an Lucy dachte.

Ich glaube, Lucy hätte mich bloß irgendwo anzufassen brauchen, und schon hätte ich mich ganz naß und klebrig gemacht, aber jetzt geriet ich nicht in Erregung, als ich mit R.W. erst durch das Camp und dann durch den Wald ging; eine Zeitlang dachte ich, er hätte irgendeine Möglichkeit, uns über den Fluß nach Bridgeport zu bringen, aber nein, wir marschierten praktisch hinüber zu Old Jacks Hauptquartier, und mitten zwischen Lagerfeuern und Zelten und Schutzdächern stand ein Offizierszelt – zumindest glaubte ich, es wäre eins. R.W. erzählte mir nur, daß diese Zelte zu Colonel Taliaferros Brigade gehörten, und ich erinnerte mich, wie Jedediah einmal etwas davon gesagt hatte, daß Colonel Taliaferro immer zur Linken General Jacksons wäre, was immer das bedeuten mochte. Wir gingen zu dem Offizierszelt, und R.W. steckte den Kopf hinein und sagte: »Er ist da«, und dann zog er mich in das Zelt, das ziemlich leer war; nur eine

Decke lag auf dem Boden, und daneben stand eine umgestürzte Zwiebackkiste. Auf der Kiste lag eine Remington-Muskete, und Zündkapseln und Patronen waren auch da, aber das alles war nicht wichtig, denn R.W. huschte hinaus, so schnell er konnte, und ich stand da und starrte den Soldaten an, der da vor mir stand, und ich dachte, was zum Teufel ist das für ein Spiel, das R.W. da spielt, und ich sage Ihnen, da kriegte ich erst richtig Angst.

Bloß daß es kein Soldat war. Das heißt, es war einer, und es war doch wieder keiner.

Es war Lucy, und das haben Sie sich wahrscheinlich schon gedacht; aber ich wäre nie drauf gekommen, wenn sie nicht gesagt hatte: »Na, wenn das nicht Dan'l Zwiebel ist, so wahr ich hier stehe. Du kleiner, gottverdammter Scheißer, du hast mich in dem Schlamassel in der Höhle sitzenlassen, nicht wahr?«

Natürlich konnte ich nichts sagen, aber rühren konnte ich mich auch nicht. Lucy – wenn das wirklich Lucy war – trug eine ausgebeulte Hose wie R.W. und ein Hemd, in das man drei Leute hätte stecken können. Sie hatte kurze Haare; es sah aus, als ob sie kahlrasiert gewesen wäre wie ich, nur daß ihre Haare schon mehr Zeit gehabt hatten, wieder nachzuwachsen; und obwohl ich vor ihr stand und ihr geradewegs ins Gesicht schaute, war ich immer noch nicht sicher; sie hätte irgend jemand sein können; wenn ihr Gesicht, das schmutzig aussah, nicht so glatt gewesen wäre, hätte sie R.W. sein können oder sonst irgend jemand, wie gesagt. Natürlich hatte sie keinen Adamsapfel wie er, aber so einen hab ich sowieso noch bei niemandem sonst gesehen.

»Anscheinend bist du alleine nicht so gut zurechtgekommen«, sagte Lucy. »Wie du aussiehst! R.W. hat recht; du brauchst einen Fick. Allmächtiger Jesus, du hast ja mehr Pickel als alle andern in der Army zusammen. Dafür bist du hergekommen. Zum Ficken, nicht wahr? Und versuch nicht abzuhauen!« Sie warf einen kurzen Blick zu dem Gewehr hinüber und sagte: »Weißt du noch, wie du das schon mal versucht hast?« Sie lächelte, aber ich fühlte, daß mein Gesicht glühte, und ich wollte nur raus, und doch empfand ich dieses wunderbare Glück bei ihrem bloßen Anblick; es war, als ob Jedediah und Mutter und Pappa und alle andern wieder ins Leben zurückgekehrt wären oder so was, und ich fühlte mich erniedrigt und glücklich zugleich. Ich wußte nicht, wo ich meine Hände hintun sollte, und sie zitterten, und obwohl ich, wie gesagt, sehr glücklich war, Lucy hier vor mir zu sehen, wollte ich doch nur weg.

Ich weiß, daß das keinen Sinn ergibt, aber so empfand ich es nun mal.

Wahrscheinlich, weil ich weggelaufen war und sie verlassen und mich erniedrigt hatte.

Ich erinnerte mich, wie sie mich bei der Selbstbefleckung erwischt hatte, und ich erinnerte mich an ihre Brüste und wie klebrig sie sich in meinen Händen angefühlt hatten; und als wüßte sie genau, was ich dachte, knöpfte sie sich das Hemd auf und sagte: »Brauchst du noch mehr zum Beweis?« Und dann konnte ich sie sehen; sie waren stramm mit einem Streifen Musselin oder so was umwickelt, wahrscheinlich damit sie nicht herumwippten. Aber ich wurde nicht steif oder so was; ich wich vor ihr zurück, als ob ich Angst hätte wie da, als Sandy Pendleton in Captain Pegrams Zelt gekommen war.

Ich weiß nicht, warum ich da Angst gehabt hatte, und ich weiß nicht, warum ich jetzt Angst hatte, als ich Lucys Brüste sah, aber ich hatte welche, und sie lachte. Und dann tat sie was ganz Unglaubliches: Sie stand bloß da und schaute zu Boden, als ob sie sich schämte oder so was, und ich dachte schon, daß sie vielleicht weinte, aber wieder konnte ich mich nicht rühren. Ich stand da, als ob ich nachdächte, und ich konnte nicht aus dem Zelt laufen, und ich konnte sie nicht trösten, obwohl ich gar nicht wußte, warum sie denn weinen sollte.

Nachdem Lucy genug zu Boden geschaut hatte, sagte sie: »Ich wußte, daß du es warst, als Robert mir von dir erzählt hat.«

Ich fragte mich, wer »Robert« ist, aber dann dachte ich mir gleich, daß es R.W. sein mußte.

»Wenn du glaubst, ich bin bloß eine Hure, dann denk noch mal nach, Dan'l Zwiebel. Ich hab mir im Kampf den Arsch aufgerissen wie alle andern auch. Ich kann besser mit 'ner Muskete schießen als du, das steht mal fest, verdammt. Ich könnte die Blauwänste gar nicht zählen, die ich drüben am Bull Pasture Mountain umgebracht hab.«

Ich schaute sie bloß an und nickte. Ich war von alldem wohl so überrascht, daß es war, als sähe ich Gott oder einen Engel oder so was. Aber obwohl ich jetzt wußte, daß es Lucy war, obwohl ihr Hemd offenstand und ich sehen konnte, daß sie ein Mädchen war, sah ich doch dauernd einen Mann oder einen Jungen vor mir, und ich kriegte es einfach nicht klar in meinem Kopf.

»Weiß du, ich hab mich immer gefragt, was du wohl denkst. Ich hab mir Gespräche mit dir ausgedacht; ist das nicht albern? Ich weiß nicht, wieso, aber so ist es. Ich hab das auch gemacht, nachdem du weg warst. Ich mach's immer noch manchmal.« Dann lachte sie. »Jetzt kann ich's machen, wo du dabei bist, nicht wahr?«

Ich nickte.

»Ich hab nicht mehr allzuviel Zeit in dieser Armee. Weißt du noch, wie ich dir gesagt hab, ich würde Geld verdienen? Na, das mach ich jetzt. Ich hab dir ja gesagt, ich kauf mir hübsche Kleider und esse fein und geh nach Richmond, und da werd ich mein –« Sie brach ab und fing dann wieder an. »Da werd ich mein Baby kriegen.« Sie schaute mir fest ins Gesicht und legte sich eine Hand auf den Bauch. »Es ist da drin, und es ist 'n Junge, das weiß ich, und ich kann dir jetzt schon sagen, daß ich genug Geld haben werde, um … soviel wie ich brauche jedenfalls. Aber ich bin nicht so blöd, daß ich dir zeige, wo es ist; obwohl du es ja keinem verraten könntest, nicht?«

Ich schüttelte den Kopf.

»Und? Willst du's erledigen …?«

In diesem Augenblick hätte ich hinauslaufen können, aber ich war ihr schon einmal weggelaufen; also setzte ich mich auf den

Gummiponcho, der auf dem Boden lag, und ich dachte mir, wenn sie ein Baby kriegt, werde ich vielleicht mit ihr gehen oder so was; aber sie redete unablässig mit mir und versuchte mich zu überlisten, indem sie mir sagte, sie hätte einen Tripper, und ob ich's immer noch mit ihr machen wollte, obwohl ich das wüßte; und sie marschierte um den Poncho herum, und ich dachte schon, daß ich vielleicht einen Fehler gemacht hatte, als ich mich draufgesetzt hatte; und sie erklärte, eigentlich wollte sie gar kein Baby, sie würde überhaupt nichts von Babys verstehen, und sie wollte lieber hier in der Armee bleiben und gegen die Blauwänste kämpfen und weiter Geld verdienen, aber bald würde man es schon sehen, und ob ich's mal sehen wollte; und ich nickte wieder, obwohl ich nicht wußte, was mich da erwartete, und sie zog ihr Hemd aus und den Musselinstreifen und die Hose, und ich konnte nichts sehen, außer daß sie ganz bestimmt kein Soldat war; und plötzlich fühlte ich was Heißes zwischen den Beinen, wie Läuse, bloß anders, und ich wußte, das war wahrscheinlich das sündhafteste Gefühl, das ich überhaupt haben konnte; und sie muß sich auch hingesetzt haben, denn wir lagen einfach beieinander, und sie faßte meinen Schwanz an und bewegte ihn hin und her und schob ihn sich zwischen die Beine, und es fühlte sich kratzig an und tat weh, und dann war alles ölig und warm und kribbelig und sauber, und ich hörte, wie ich das »Ha«-Geräusch machte; und ich konnte nichts dazu, aber ich mußte immer wieder an Jedediah und Mrs. Sara Anne denken und wie sie sein Ding in den Mund genommen hatte, und ich fragte mich, ob Lucy so was je auch mit den Soldaten machte, und ich stellte mir vor, daß sie es mit mir machte; aber während ich darüber noch nachdachte, merkte ich, daß ich kam, und es fühlte sich an, als würde ich ganz und gar durch mein Ding gesaugt, und ich muß gezittert und gezuckt haben und alles; und dann war es vorbei, und ich erinnerte mich, daß Lucy die ganze Zeit bloß still dagelegen hatte, und als wir fertig waren und ich noch irgendwie auf ihr lag, schaute sie mich an, als ob sie etwas finden müßte.

Ich blieb liegen und dachte mir, daß ich jetzt wohl ein Mann wäre und daß die Pickel wahrscheinlich einfach verschwinden würden und Lucy und ich würden mit ihrem Baby gehen, wohin wir wollten; und dann muß ich wohl eingeschlafen sein, denn plötzlich hörte ich Fluchen und Krachen, und Namen wurden gerufen:

»*Danks.*«

»*Goodgame.*«

»*Hatley.*«

»*Imboden.*«

»*Jenkins.*«

»*Jones.*«

»*Madill.*«

»*McIntosh.*«

»*Owens*«

»*Proctor.*«

»*Williams.*«

Und jeder antwortete: »*Hier, Sir!*« Und es kamen immer noch mehr Namen und mehr Antworten, und es war dunkel, und Lucy war weg.

13. Kapitel

Geld auf die Bank bringen

Die Rose ist rot,
Das Gras ist grün,
Die Tage, die wir sahen,
Sie sind dahin.

PRIVATE R.G. HUDSON,
ARMEE DER KONFÖDERIERTEN STAATEN
VON AMERIKA

*N*a, mein erster Gedanke war, aus diesem Zelt zu verschwinden und so unsichtbar zu werden, wie ich nur konnte, um dann schleunigst abzuhauen, aber als ich einmal im Wald war, wo man mich nicht sehen konnte, schaute ich mich angestrengt um, denn ich wollte wissen, wohin Lucy verschwunden war. Sie hätte mit den anderen Soldaten angetreten sein müssen, aber es war zu dunkel, um besonders viel zu erkennen. Ich hörte sie alle klagen und sich beschweren und fluchen, »O Gott!« und »Allmächtiger!« und »Gütiger Jesus!« und »Herr und Heiland!«, als ob sie getroffen worden wären und sterbend auf der Straße lägen; und hinter mir raschelten die Blätter im Wind, und ich hörte Geräusche von Tieren, die mir früher wahrscheinlich mal Angst eingejagt hätten, aber heute nicht mehr; und während ich noch nach Lucy Ausschau hielt, fragte ich mich plötzlich, ob der Geisterhund hier draußen im Wald sein mochte, und das war ganz ungewöhnlich, weil ich schon eine ganze Weile nicht mehr an ihn gedacht hatte; ich dachte auch, daß es Regen geben würde, denn wenn ich hochschaute, konnte ich keinen Mond sehen, keine Wolken und keine Sterne, bloß schwarze Umrisse, die sich gegenseitig verschluckten; und ich fühlte etwas auf meinem Gesicht und wischte es ab, und ich stellte mir vor, daß es der Walkin' Boy war, und mußte daran denken, wie sehr ich Spinnen haßte; und ich erinnerte mich

359

daran, wie Lucy mich gerettet hatte und wie ich ihr weggelaufen war, und mitten in diesem Wald überkam es mich wie die Stimme des Herrn, die zu Moses sprach, oder so was: daß ich sie heiraten sollte. Mammy Jack hätte es verstanden, denn es war wie eine Vision, auch wenn ich nichts weiter sah als diese dunklen wirbelnden Umrisse, wie ich schon sagte.

Die Soldaten zogen die Straße hinunter, und die Offiziere sagten »hipp« und »hopp«, und ich stellte mir vor, daß Lucy wahrscheinlich bald gegen die Blauwänste kämpfen würde wie alle anderen, und dann würde sie tot und aufgedunsen und furzend daliegen wie Robert K. Worsham, und ich mußte aufhören, mir so etwas vorzustellen und mich wie ein Feigling zu benehmen, denn in diesem Augenblick dachte ich mir, daß ich rumlaufen konnte, wo ich wollte, und niemand würde Notiz von mir nehmen oder mich behelligen, wahrscheinlich weil ich Captain Pegrams Bursche war und dieser Armee angehörte, aber da ich nicht sprechen und ihnen sagen konnte, wer ich war, würden sie mich wahrscheinlich für einen Spion halten und mich erschießen oder am nächsten Baum aufhängen.

Nun, gegen Lucy war ich zweimal feige gewesen; also ging ich das Risiko ein und lief am Waldrand entlang, wo er die Straße berührte, bis ich die Kompanie eingeholt hatte, der Lucy wahrscheinlich angehörte; aber ich wußte nicht, welche es war: Sie konnte in der Tenth sein, in der Twenty-third oder in der Thirtyseventh, und was wußte ich, vielleicht war sie auch in keiner davon. Vielleicht war sie nur zu Besuch hier gewesen. Es half jedenfalls nichts, sie zu suchen, denn, wie gesagt, es war schon zu dunkel.

Aber niemand sah mich an oder rief: »Halt! Gib dich zu erkennen!« oder so was, und dabei lief ich so frech daher, wie es nur möglich war. Ich überlegte mir, daß ich vielleicht unsichtbar war; aber Lucy hatte mich sehen können, und Private Waldrop hatte sie sehen können, und folglich stand fest, daß sie kein Geist war; und wenn ich mir auch Sorgen machte, weil ich nicht wußte, wo sie war und wie ich sie finden sollte, dachte ich mir doch auch, daß ich jetzt ein Mann bin und wahrscheinlich nie wieder ein Geist oder so was sein werde und daß meine Pickel wahrscheinlich eintrocknen und wie Pockenkrusten abfallen werden oder daß sie sich vielleicht auch einfach in meine Haut zurückziehen und verschwinden werden, wie Warzen es manchmal tun; aber ich muß zugeben, daß Private R.W. Waldrop recht hatte: Ich fühlte mich ganz und gar anders. Ich hatte es getan, und es gab kein Zurück; ich konnte nie wieder etwas anderes sein, und vielleicht war es fast das gleiche, ein Junge oder ein Geist zu sein, obwohl Jimmadasin ja kein Junge war, und vielleicht war es also törichtes Zeug, was ich dachte, aber ich kann nicht umhin zu glauben, daß ich recht hatte.

Wie dem auch sei, nach all den Gedanken und Kopfzerbrechen über das Heiraten und darüber, wie ich Lucy finden könnte und ob sie wirklich einen Tripper hatte – wenn ja, hatte ich wahrscheinlich auch einen, und um die Wahrheit zu sagen, ich fragte mich, was das eigentlich genau sein sollte –, kehrte ich schließlich zu Captain Pegrams Zelt zurück; und wie ich's mir gedacht hatte, waren die Kadetten und die ganze Twelfth Georgia in heller Aufregung, und ich konnte mich glücklich schätzen, daß noch nichts geklaut worden war. Ich brach das Zelt ab, so schnell ich konnte, und packte alles auf das Maultier, das nach mir trat und versuchte, den Kopf zu drehen, um mich zu beißen, sobald ich ihm zu nah kam; und das dumme Vieh machte dieses traurige Geräusch, als ob ich es quälte oder so was, aber ich wußte es besser und hatte kein schlechtes Gewissen, weil dieses Tier in Wirklichkeit danach lechzte, mich zu beißen oder zu treten; und dann folgte ich der Twelfth Georgia und den Kadetten.

Es muß gegen drei Uhr morgens gewesen sein, und wir marschierten schnell im Gleichschritt; wir müssen Tausende und Tausende und Abertausende gewesen sein, denn all das Klagen und das »Hipp-hopp« und die Stiefel und die Wagen, das alles hörte sich an wie ein Wasserfall, und ich stellte mir vor, daß da ringsumher Wasserfälle waren – all das Wasser, das da weiß und schaumig um die Felsen krachte und blubberte –, und ich konnte nicht anders, ich dachte an Lucy und wie sie mich in der Höhle gefunden hatte, und ich erinnerte mich an das Rauschen des Baches in der Nähe der Höhle, in der Lucy mich bei der Selbstbefleckung ertappt hatte, und ich erinnerte mich daran, wie ich Lucys Brüste das erste Mal gesehen und wie ich mit ihr um meinen vierundvierziger Coltgekämpft hatte; und plötzlich krampfte sich in mir alles zusammen, weil ich sie vielleicht nie wiedersehen würde, und ich dachte immer wieder daran, wie sie mit anderen Soldaten zusammen war; vielleicht würde sie mit Private R.W. Waldrop oder sonstwem weggehen und ihr Baby kriegen; und mein Gesicht fühlte sich ganz heiß an, wenn ich nur daran dachte, daß ich ein Feigling gewesen und aus diesem Zelt gerannt war, um mich in Sicherheit zu bringen, obschon ich gar keinen Schutz brauchte, Lucy aber wahrscheinlich wohl, auch wenn sie vermutlich im Glied marschierte wie alle andern; aber ich dachte immer wieder an das, was ich Mrs. Sara Anne mit Jedediah hatte tun sehen, und ich stellte mir vor, daß Lucy es mit anderen Soldaten tat, und dann kam ich dem Maultier zu nah, und es gab mir einen Tritt in den Magen, und ich mußte kotzen.

Das hatte ich wohl verdient, aber ich dachte immer noch an Lucy und ans Heiraten, als ich mich wieder in Bewegung setzte und die Twelfth Georgia einholte. Ich behielt dieses Maultier jetzt sorgfältig im Auge. Jedermann weiß, daß ein Maultier einen mit den Hinterbeinen treten kann, auch wenn man neben seinem Kopf steht. Ich schätze, Captain Pegrams Maultier wollte mich nur daran erinnern. Wie dem auch sei, bei Bridgewater setzten wir über den North River, und so was Verrücktes hab ich noch nie gesehen, denn es war einfach ein Haufen Wagen, die da über den Fluß geschoben wurden – alle möglichen Wagen, aber hauptsächlich die großen vier- und sechsspännigen Pferdefuhrwerke –, und auf denen lagen Planken und formten eine Brücke. Aber diese Planken federten ziemlich heftig, wie man sich ja denken kann, und das

Maultier ging überhaupt nicht gern hinüber; und um die Wahrheit zu sagen, wenn das verdammte Biest in den Fluß gefallen und ersoffen wäre, hätte es mich nicht traurig gemacht, außer daß es natürlich das Zelt und den Proviant und die Ponchos und Decken und alles andere auf dem Rücken trug.

Wir überquerten diese Brücke kurz nach dem Morgengrauen, und alles sah grau und kläglich und unbehaglich aus, aber als die Sonne aufging, klarte der Himmel auf und war blau wie die Berge, wenn sie weit weg sind, und nirgends war Dunst, aber es war trotzdem heiß und schwül. Mutter sagte immer, so was wäre Kochwetter, aber ich hab nie genau begriffen, warum. Vielleicht weil der Himmel aussah wie Wasser oder so was, aber ich hab nie gesehen, daß der Himmel aussah, als ob er kochte, außer wenn ein Gewitter aufzog, und deshalb weiß ich's nicht. Da müssen Sie wohl Mutters Geist suchen und ihn fragen.

Das hab ich jedenfalls vor.

Und ich schätze, wenn ich schon mal dabei bin, kann ich auch Pappa fragen, weshalb er unsere Karnickelfallen Kummen nannte.

Die Soldaten zogen sich zurück und rasteten im Wald, wo es kühl war, und die Offiziere fluchten und drohten den Faulenzern mit ihren Säbeln, und nach einer Weile war es, als ob niemand mehr sprechen könnte; es wurde so still, daß man nur noch Marschieren und Atmen hörte und Vögel und das langgezogene Pfeifen von Insekten, was nur bedeutete, daß es noch heißer werden würde. Mutter sagte immer, am Geräusch der Insekten könnte man die Temperatur messen.

Ich wußte nur, daß es Kochwetter geben würde.

Na, und das war es dann auch – kochendes Wetter, und es sah nicht so aus, als ob es je wieder kühl werden würde; wir marschierten die ganze Nacht und den ganzen Tag und hatten nur eine Stunde Zeit zum Essen und vielleicht zwei zum Schlafen, und dann hieß es wieder marschieren und murren und fluchen, und die Offiziere gaben ihre Befehle und drohten den Drückebergern, und dann machten wir für fünfzehn Minuten halt und konnten die Gewehre abstellen, und dann hieß es marschieren und halten und abstellen und marschieren und halten und abstellen und wieder und wieder von vorn, und ich sah Soldaten auf der Straße umfallen – sogar reguläre Jungs und Kadetten schlugen sich auf ein Nickerchen in die Büsche, und vielleicht kamen sie zurück, vielleicht auch nicht; und wenn ich nicht nach Lucy gesucht hätte, na, dann hätte ich mich vielleicht selber in diese Wälder geschlichen, weg von der Armee, und selbst wenn ich Captain Pegrams Vorräte nicht mitgenommen hätte, hätte ich mir Essen und Trinken irgendwo besorgen können, und es wäre mir bestens gegangen.

Aber wie gesagt, ich suchte nach Lucy.

Das Maultier erfüllte auch seinen Zweck, denn als ich zurückfiel und mit einer anderen Kompanie marschierte, merkte keiner auch nur, daß ich da war; wahrscheinlich dachten sich alle, ich wäre ein Offiziersbursche, was ich ja auch war, und so plagte ich mich voran, und in der Zeit, die wir brauchten, um von Bridgewater nach Harrisonburg zu gelangen, muß ich auf meiner Suche nach Lucy ein paar Brigaden durchlaufen haben, bis ich schließlich R.W. wiederfand.

Es war wohl reine Glückssache, obwohl ich annehme, daß ich ihn oder Lucy früher oder später einfach finden mußte; ich wünschte bloß, ich hätte Lucy gefunden und nicht ihn. Er scherte aus seiner Kolonne aus, als er mich sah, was mir zeigte, daß er kein Feigling war, denn wenn ein Offizier ihn gesehen hätte, wäre er in Schwierigkeiten gekommen. R.W. wollte wissen, was ich hier oben machte und so weiter, und natürlich konnte ich es ihm nicht erzählen, aber das wußte er wohl; und dann ging ich mit ihm und Captain Pegrams Maultier weiter, und er fragte mich, ob ich gepökeltes Schweine- oder Rindfleisch hätte, denn »ich hab so 'n Hunger, daß ich das Holz von meinen Schuhen fressen könnte«, und das Maultier war zu müde, um noch nach mir zu treten, schätze ich (oder es dachte einfach nicht mehr dran) – jedenfalls holte ich ein bißchen Speck raus für R.W., und den aß er roh und im Gehen.

Jetzt wollte ich ihn nach Lucy fragen, aber ich brachte nur das »Ha«-Geräusch raus, und ich wurde so wütend über mich selbst, daß ich mir am liebsten ins Gesicht geboxt hätte, aber ich konnte nur Handbewegungen machen, und die verstand er, als ich Lucys Körper in die Luft malte, und er grinste auf eine Art, daß ich ihn schlagen wollte, aber ich schätze, ich hatte es mir selbst zuzuschreiben, denn ich konnte mich nur dadurch verständlich machen, daß ich schmutzige Bilder in die Luft malte, und als er mich endlich verstanden hatte, klopfte er mir mit seiner Spinnenhand auf den Rücken, und sein Adamsapfel ging rauf und runter, als ob ihm da wieder etwas in der Kehle steckengeblieben wäre; und dann brüllte ein Offizier uns beide an, weil wir aus der Kolonne ausgeschert waren. »Und was zum Teufel habt ihr da überhaupt zu tuscheln?« Und R.W. erklärte ihm, ich wäre Captain Pegrams Bursche, und natürlich hatte der Lieutenant keinen blassen Schimmer, wer Captain Pegram war, aber er respektierte seinen Rang, und da Captain Pegram der Adjutant von Old Baldhead war, gab er mir den Befehl, umgehend zu meiner Einheit zurückzukehren. Ich glaube, es war ihm egal, wo die war, solange ich ihm aus den Augen ging.

Ich war sicher, daß R.W. wußte, wo Lucy war, und ich nahm mir vor, später noch einmal zu ihm zu gehen, aber wie das meiste von dem, was ich mir vornehme, lief es nicht ganz so, wie ich es erwartete.

Ich habe R.W. wiedergesehen, und ich werde Ihnen davon erzählen; aber wie gesagt, nichts läuft so, wie ich es erwarte, alles läuft auf die falsche Weise – wie meine Vision von Lucy und der Stimme Gottes, die mir sagte, wir sollten heiraten und so weiter.

Ich weiß, das ist wahrscheinlich Gotteslästerung, doch obwohl ich – durch meine Visionen und das, was Mammy Jack mir erzählt hat – weiß, daß es einen Gott gibt, schätze ich doch, Er denkt nicht weiter darüber nach, wer erschossen wird oder verlorengeht oder so was, weil so jemand ja einfach ein Engel oder ein Geist werden kann und sich dann keine Sorgen mehr um sein Essen oder seinen Gehorsam zu machen braucht. Und ich nehme an, weil Er der Herr ist und tun kann, was Er will, kann Er auch lügen, wenn es Ihm paßt, und wahrscheinlich paßt es Ihm.

Zumindest ist das *meine* Erfahrung mit der Religion.

Wie dem auch sei, ich suchte und suchte nach Lucy. Bis ich wieder zu einem Feigling wurde.

Ich werde es Ihnen erzählen, damit ich es hinter mich bringe, und dann brauche ich vielleicht nicht mehr dran zu denken, obwohl ich ja nie viel habe vergessen können.

Mutter sagte immer, der Apfel fällt nicht weit vom Stamm, und ich hätte alles Schreckliche von ihr – zum Beispiel ihr gutes Gedächtnis, das nämlich ein Fluch wäre, erklärte sie, außer wenn man die Bibel auswendig lernen wollte. Weil ich aber kaum noch etwas aus der Bibel weiß – wo ich mich sonst an fast alles erinnern kann –, nehme ich an, daß ich wohl verflucht bin, wenn ich auch nicht weiß, warum. Schon bevor ich Eurastus umbrachte und ein Feigling wurde und all das, konnte ich mich an die Bibel nicht erinnern.

Ich weiß, ich hätte wahrscheinlich darum beten sollen, Lucy zu finden, aber es klappte einfach nicht. Ich hab's versucht, aber jedesmal wußte ich, daß ich da etwas vorspielte; und um die Wahrheit zu sagen, ich nahm an, daß ich mich nur immer tiefer in die Patsche ritt, denn jedesmal, wenn ich zu beten versuchte, wurde ich wütend – ich weiß nicht, wieso, aber ich wurde wütend – und stellte mir heimlich vor, daß Gott war wie Eurastus oder so was.

Vielleicht hatte ich Lucy deswegen nicht gefunden.

Aber Captain Pegram fand ich – besser gesagt, er fand mich, und das begreife ich nun wirklich nicht. Da waren all diese vielen tausend Soldaten, und sie waren alle dicht zusammengedrängt, und eine Kapelle spielte Walzer, und die Soldaten tanzten herum, als ob wir gerade den Krieg gewonnen hätten, aber wir hatten den Krieg nicht gewonnen, und da war ich mit dem Maultier, und meine Füße taten weh und bluteten, und es juckte mich am ganzen Leib, genau wie alle andern auch, und ich nahm an, daß ich so unsichtbar wäre, wie es ein Mann in diesem Gewimmel von Soldaten nur sein konnte. Es roch schrecklich nach Schweiß und Fürzen, aber das störte mich nicht, weil ich daran gewöhnt war; trotzdem kann ich Ihnen sagen, daß der Gestank zum Schneiden war.

Wir waren nach New Market gekommen, und das liegt ungefähr dreißig Meilen von Mount Solon entfernt, wo wir aufgebrochen waren; wir lagerten in den Weizen- und Kleefeldern zu beiden Seiten der Talchaussee, als aus heiterem Himmel eine Armee von unseren eigenen Jungs erschien; sie marschierten die Chaussee entlang, als wären sie auf einer Parade, und es muß gegen fünf Uhr nachmittags gewesen sein, denn die Sonne versank hinter den Bergen, und alles sah aus, als ob Staub in der Luft hing; und da marschierten alle diese Soldaten in einer Kolonne, Schulter an Schulter in ihren frischen Uniformen mit den weißen Gamaschen, und ihre Bajonette blitzten wie Spiegel, und keiner war unter ihnen, der Mühe hatte mitzukommen, obwohl es heißer war als auf einem Grill. Und dann sah ich die Kreolen. Sie waren es, die die Instrumente spielten und herumtanzten wie auf einem Ball; ich hörte ein paar Kadetten reden, und daher weiß ich, daß diese tanzenden Soldaten Kreolen aus Louisiana waren und daß all ihr Herumtollen auf ruchlosen Plänen und Listen beruhte. Ich fragte mich, ob es bedeutete, daß sie Katholiken waren, wenn sie Kreolen waren; aber ob ruchlos oder nicht, ich dachte mir, es müßte doch sicher wunderbar sein, in diesen blitzsauberen Uniformen Walzer zu tanzen.

Ich wußte auch von allen ringsum, denen ich zuhörte, daß diese neue Brigade zu Old Baldheads Armee gehörte und von General Taylor geführt wurde, der ein Sohn Präsident Zachary Taylors und ein Schwager von Präsident Davis war, was wohl eine gute Voraussetzung war, um praktisch jeden zu führen; aber ich sah ihn nicht. Was ich sah, waren die Louisiana Tigers mit ihren roten Mützen und roten Hemden und gestreiften Hosen, und wenn man sie alle so sah, konnte man sich vorstellen, daß sie ihre Uniformen in Blauwanst-Blut gefärbt hatten oder so was, und sie waren so adrett und sauber wie die Kreolen mit ihren Gamaschen, denen sie folgten; und die Soldaten um mich herum jubelten alle den Freiwilligen zu, aber die tanzenden Kreolen schien niemand zu mögen, und sie nannten sie Nigger – »die sind nichts weiter als Nigger, mehr sind die nicht«.

Ich war mir nicht so sicher, ob sie nun Nigger waren oder nicht, denn Lucy war vielleicht auch ein Nigger, und sie kamen mir nicht so dunkel vor, obwohl sie bei all dem Trubel und Getanze, und wie sie »Bonnie Blue Flag« spielten, gut hellhäutige Nigger hätten sein können; und ich wäre ein verdammt gutes Stück besser dran gewesen, wenn ich mit diesen Kreolen-Niggern getanzt hätte, statt da mit den Kadetten und den Jungs von der Twelfth Georgia im Kleefeld zu stehen, denn ganz plötzlich stand Captain Pegram vor mir, und er war jetzt ein Freiwilliger mit Mütze und Tressen und roter Weste, wie ich es Ihnen schon beschrieben habe, und er saß da oben auf seinem Pferd und schaute auf mich runter, als ob es der Wille Gottes wäre.

Bloß daß er nicht mehr Captain Pegram war, sondern Major Pegram.

Ich schätze, ich hätte mich auf dem Feld wohl im Hintergrund halten sollen, und wenn ich es getan hätte, hätte Major Pegram mich vielleicht nicht gesehen, und dann hätte ich vielleicht Lucy gefunden, die mit den Kolonnen marschierte, und ich hätte sie geheiratet, und dann wäre ich der Vater ihres Babys gewesen, und wir wären in den Wald hinauf gezogen und hätten oben in den Massanuttens gehaust wie die Höhlennigger, und vielleicht wäre Jimmadasin zurückgekommen und hätte mir verziehen, und – doch das waren natürlich alles nur törichte Spinnereien, denn Major Pegram hätte mich wahrscheinlich auf jeden Fall gefunden.

Aber in einem hatte ich doch wenigstens recht, denn Jimmadasin kam wirklich zurück.

»So, Junge, dann komm mal mit«, sagte Major Pegram zu mir.
»Du brauchst nicht länger bei diesen braven Soldaten zu bleiben.
Ich werde dir zeigen, was *richtige* Kämpfer sind.« Und ich dachte,
die Jungs ringsherum würden ihn auf der Stelle von seinem Pferd
zerren und besinnungslos prügeln, weil er das gesagt hatte; und
für vielleicht eine Sekunde wurde es ganz still, und dann fingen
die Jungs der Twelfth Georgia alle zusammen an zu fluchen, so
daß es schwer war, ihre Worte zu verstehen, weil es so sehr durch-
einanderging.

»*Am Arsch, du beschissener Drecksack.*«

»*Sonstwohin, du Hinterlader.*«

»*Komm und hol dir eins ab, du englisches Arschloch!*«

»*Großmäuliger Fettsack, geh doch dahin, wo du her …*«

»*Werd dir den fetten Arsch abschießen,*
du gehörst doch …«

Und ich dachte, man könnte erschossen werden, wenn man so
was zu einem Offizier sagt, aber vielleicht war es etwas anderes,
weil er Ausländer war, und ich wußte, daß Soldaten manchmal
ihre Offiziere umbrachten, so daß Major Pegram vielleicht sein
Fett kriegen würde für seine dumme Angeberei, aber er drehte
nur sein Pferd herum und ritt ein paar Schritte, und dann wende-
te er wieder und wartete, bis ich ihm folgte, und alle johlten mir
nach, und dann war ich mitten zwischen diesen Louisiana Tigers,
und das Maultier wurde störrisch und verwirrt und fing an, seine
kreischenden und stöhnenden Laute von sich zu geben, was immer Ärger bedeutete; und ich dachte mir, wenn die Jungs der
Twelfth sich irgendwie an Major Pegram vergreifen sollten, würden die Freiwilligen wahrscheinlich ein Massaker veranstalten
und ihre Uniformen mit Blut aus Georgia neu einfärben.

Aber die Twelfth brauchte gar nichts zu machen, denn das
Maultier übernahm die Sache; ganz plötzlich schien es in Raserei
zu verfallen und schlug erst mit den Hinterbeinen aus, dann mit

den Vorderbeinen, und es hüpfte und bockte, als ob jemand es angezündet hätte, und dabei erwischte es Major Pegrams Pferd und
brach ihm den Lauf, einfach so, und das Pferd gab ein schreckliches Geräusch von sich und knickte einfach ein, während Major
Pegram noch drauf saß, und ich glaube, Major Pegram brach sich
auch das Bein, denn das Pferd fiel voll auf ihn, und Major Pegram
fing an zu schreien, als ob er eine Kolik hätte, obwohl er doch seine rote Mütze und die Troddel und eine rote Weste und die gestreifte Hose hatte, was ja bewies, daß er ein Louisiana Tiger und
ein Katholik war; aber das Maultier war noch nicht fertig, denn es
trat noch einen Freiwilligen und brach ihm wahrscheinlich ebenfalls die Knochen; und dann knallte eine Muskete, und das Maultier war tot, mitten ins Auge geschossen, was ein häßlicher Anblick war; und dann glaubte ich Jimmadasins Stimme zu hören,
hörte sie direkt in meinem Ohr, als ob er mir etwas zuflüsterte,
wie er es immer tat, als er ein Geist geworden war, und in dem
Moment wußte ich nicht, ob ich erschrocken oder glücklich sein
sollte; aber ich dachte mir, es ist schon in Ordnung, und er war
nicht der Geist, der bloß aussah wie er und mich mit dem Walkin'
Boy erschreckt hatte, und ich war so glücklich, Jimmadasin zu
hören, daß ich mich gar nicht fragte, wieso er denn zurückgekommen war; um mich herum waren lauter Freiwillige und Louisiana Tigers mit ihren roten Hemden und drängelten sich wie Fer-
kel an die Zitzen, und bevor ich noch begriffen hatte, was hier los
war, steckten die Jungs von der Twelfth Georgia mitten zwischen
den Louisiana Tigers, und sie prügelten sich und traten und box-
ten und fluchten, und um die Wahrheit zu sagen, ich weiß nicht
mal, ob diese Tigers sofort begriffen, was da über sie gekommen
war; aber dann schlug mich jemand, ohne daß ich erkennen
konnte, ob es ein Georgia oder ein Rothemd war, aber mein Un-
terkiefer wurde plötzlich taub, und Lichter blitzten vor meinen
Augen, und danach wurde es für eine Sekunde dunkel, so dunkel,
daß ich dachte, ich wäre tot, und dann konnte ich wieder ein
bißchen sehen, und alles war grau, und da hörte ich dann Jimma-

dasin sagen: »*Lauf, Master Mundy, es ist Zeit für dich zu gehen! Wo bist du denn bloß wieder reingeraten?*« Und obwohl seine Stimme klang wie der Wind oder der Donner oder der Lärm von all den fluchenden und kämpfenden Männern, konnte ich doch hören, daß Jimmadasin druntersteckte, und deshalb hörte ich auf ihn und rannte los; aber er befahl mir, den Brotbeutel aufzuheben, der von Major Pegrams Pferd runtergeflogen war, und ich gehorchte, und dann rannte ich über Felder und Wiesen, bis ich in den sicheren Wald gelangt war; als ich wieder einen klaren Gedanken fassen konnte, wurde es schon dunkel, und ich sah, daß in Middletown, drüben zu meiner Linken, die Lichter angingen, und ich sah die Lagerfeuer von General Jacksons Armee, und ich wußte, daß Lucy irgendwo dazwischen war, und Jimmadasin flüsterte mir unablässig ins Ohr, flüsterte, flüsterte, und in meinem Kiefer pochte es, und es war, als hörte ich Jimmadasin in diesem Pochen, und er meinte, die Georgia-Boys hätten irgendwas mit dem Maultier gemacht, und »*ha, ha, das Pferd hat Major Pegram wahrscheinlich das Bein gebrochen*«, aber mit dem Pferd hatte Jimmadasin Mitleid, denn wahrscheinlich hatten sie es inzwischen erschossen; und ich beobachtete das Camp und den Wald und die Berge, und Middletown schaute aus, als wäre es ganz in Dunst gehüllt, und ich lauschte auf die Tiere, die durch den Wald raschelten, und ich hörte Stimmen und ein Kläffen und Heulen, als ob alle Hunde der Welt sich in Middletown zusammengerottet hätten.

Ich fragte mich, ob der Geisterhund bei ihnen war, aber Jimmadasin fragte ich nicht danach; ich fragte ihn allerdings nach dem Walkin' Boy und nach dem Geist, der ausgesehen hatte wie er, und da lachte Jimmadasin, als ob es das Komischste wäre, was er je gehört hatte.

Tja, der Rest, schätze ich, handelt nur noch vom Feuer und vom Erinnern und davon, wie ich meinen Namen geändert habe; und das alles werde ich Ihnen erzählen, so schnell ich kann, um es hinter mich zu bringen, und vielleicht verstehen Sie nachher, warum.

Ich verbrachte die Nacht im Wald mit Jimmadasin, und es kühlte sich ein bißchen ab, und überall auf den Feldern wurden Lagerfeuer angezündet, und es war so klar, daß mir alles zu nah vorkam. Ich öffnete Major Pegrams Brotbeutel, und richtig, Jimmadasin hatte recht gehabt, denn dieser Brotbeutel war vollgestopft mit Zwieback und Speck und Kaffee und Zucker, und ein bißchen Rindfleisch war auch dabei, und ein Stück Käse, das ganz rissig und gelb und verschimmelt aussah, und eine Medizinflasche mit Whiskey; Jimmadasin sagte, ich sollte sie austrinken, weil ich Kraft brauchte, und ein paar Kekse waren dabei, die so hart waren, daß man sich die Zähne dran ausbrach, aber ich aß sie trotzdem. Und ein vierundvierziger Colt war auch da, mit Patronen und Zündkapseln, und ich stellte mir vor, daß Jimmadasin mir helfen wollte, den verlorenen zu ersetzen.

»Ich nehme an, dann hast du mir also verziehen.«

»Du hast Lucy gefunden, und ich bin zurückgekommen. Aber das hat nichts zu sagen; du hast immer noch Baby Jesus im Stich gelassen; also heb deinen Arsch hoch –«

Ich wachte auf, und mir war schlecht von Major Pegrams Whiskey, und Stückchen von dem Speck, den ich vorher gegessen hatte, stiegen mir immer wieder in die Kehle, und immer wenn ich schluckte, brannte es in der Brust, als ob ich immer noch dabei wäre, diesen Whiskey zu trinken.

Es war dunkel, wahrscheinlich gegen drei Uhr in der Früh, und ich lauschte auf Jimmadasin, aber ich hörte nur die Soldaten meckern, weil General Jackson sie wieder zu einem seiner Märsche hochtrieb, und da dachte ich mir, daß Jimmadasin wahrscheinlich wieder abgehauen war, weil ich Baby Jesus und Lucy im Stich gelassen hatte, und daß er bloß für eine Weile zurückgekehrt war, um mich teuflisch zu quälen; aber dann muß er wohl Mitleid mit mir gekriegt haben, weil mir so schlecht war, obwohl er es doch gewesen war, der mir befohlen hatte, diesen Whiskey zu trinken – jedenfalls hörte ich ihn wieder flüstern, als ob er Angst hätte, daß jemand anders ihn hören könnte, und er sagte: *»Wir werden Lucy suchen, und dann werden wir vielleicht alle in den Massanuttens wohnen, wie ich's dir gesagt hab«*, und so übel mir auch war, wir folgten doch General Jacksons Fußkavallerie und hielten die ganze Zeit Ausschau nach Lucy, so daß wir uns noch schneller voranbewegen mußten, aber die ganze Zeit hielten wir uns außer Sicht, und mir war, als hätte ich die Pocken oder ein Fieber oder so was, denn ich fühlte mich heiß und matt und schwindlig, aber Jimmadasin trieb mich immer weiter voran.

Er meinte, mir wäre bloß schlecht vom Whiskey.

Die Truppen marschierten erst richtig los, als der Himmel anfing grau zu werden, und dann überlistete Old Jack sie wiederum alle, denn statt rauf nach Strasburg zu marschieren, um gegen die Blauwänste zu kämpfen, marschierte die Truppe in New Market ein, bog an der Cross Street nach rechts und zog hinaus zur New Market Gap und in die Massanuttens; und Jimmadasin und ich folgten ihnen, obwohl mir immer noch schlecht war. Es war heiß, und es hatte nicht geregnet, so daß das Gras anfing braun zu werden, aber als wir oben an dieser Himmelspforte angekommen waren, wie Pappa jeden Berg nannte, den er zu Gesicht bekam – wahrscheinlich weil Moses die Bibel auf einem Berggipfel bekommen hat –, als wir also da oben angekommen waren, da hatte ich das Gefühl, daß Jimmadasin und ich beide Geister wären.

Wenn unsere Suche nach Lucy nicht gewesen wäre, dann wäre ich wohl einfach auf dem Berg da oben geblieben, denn es war so klar und hell, und man konnte so weit über das Tal hinausblicken, daß es wahrscheinlich genauso war wie im Himmel, wo überall um einen rum die Sonne scheint und alles. Aber Jimmadasin wollte davon nichts hören und ließ mich weitermarschieren, als ob er Major Pegram wäre; und wir marschierten den ganzen Tag, wobei Old Jacks Truppen natürlich auf der Straße blieben, während Jimmadasin und ich uns im Wald hielten, der so dicht war, daß man wahrscheinlich nie wieder rausfinden würde, wenn man sich drin verirrte. Was mir ganz recht gewesen wäre; ich glaubte bloß, ich könnte Lucy noch finden, und dann wäre es ganz in Ordnung, in den Massanuttens zu verschwinden; da könnten wir uns dann eine tiefe Höhle graben und sie mit Erde und Laub und Holz bedecken, so daß wir nie entdeckt würden, auch wenn das Kämpfen für immer aufgehört hätte.

Tja, ich *wollte* zu dem kommen, was ich Ihnen, wie gesagt, jetzt erzählen wollte, aber jetzt rede ich doch wieder vom Höhlengraben und vom Leben im Wald; wie dem auch sei – wir folgten also General Jackson und General Taylor und den Freiwilligen und den Kreolen, und ich fragte mich, ob Major Pegram wohl mit ihnen ritt oder ob sie ihn mit seinem gebrochenen Bein in Middletown gelassen hatten. Für mich war es ohne Bedeutung, denn wenn ich Ihnen auch erzählt habe, daß ich kein Geist mehr sein könnte, weil ich nach dem, was ich mit Lucy getan hatte, jetzt ein Mann war, so war ich doch schlicht im Irrtum.

Vielleicht lag es daran, daß ich mit Jimmadasin in den Bergen war, aber ich spürte, daß ich immer unsichtbarer wurde, praktisch mit jedem Atemzug. Es war, als würde die Luft überall in mich eindringen, so sehr, daß ich mich in sie verwandelte; und jetzt war ich weder ein Junge noch ein Mann, ich war einfach Luft, genau wie Jimmadasin, aber wenn ich Lucy hätte finden können, ja, das hätte mich endgültig in einen Mann verwandelt.

Jimmadasin redete immer weiter, und es war, als hörte ich fließendem Wasser zu und dem Wind, der durch die Bäume wehte, und es war kühl und roch trocken wie die Blätter nach dem Sommer – kühl im Wald, aber auf der Straße war immer noch Kochwetter; und wir suchten und suchten, wir beobachteten die Truppen, und wir schauten in die Gesichter der Männer, und Jimmadasin und ich riefen beide »Lucy, Lucy, Lucy«, aber keiner konnte uns hören, bloß wir selbst, und es gab nichts weiter, nur das und das Marschieren, und meine Füße bluteten immer wieder, weil ich die Segeltuchschuhe, die ich dem toten Blauwanst geklaut hatte, glatt durchgelaufen hatte, und das bewies wahrscheinlich, daß ich immer noch ein Mann und noch nicht ganz ein Geist war; aber ich fragte Jimmadasin danach, und da zeigte er mir seine Füße, die auch bluteten, also weiß ich's nicht; und wahrscheinlich sind wir an dem Tag noch mal zwanzig Meilen weit marschiert.

Wir kamen durch Luray, und wo die Straßen sich kreuzen, zogen wir durch Thornton's Gap und nordwärts nach Front Royal.

Nun wurde im Kochwetter der nächsten Tage andauernd gekämpft und getötet. Wir waren den Blauwänsten zahlenmäßig überlegen, und so viele von ihnen starben in großen Knäueln, daß man keinen weiteren Gedanken mehr dran verschwendete, nachdem man gesehen hatte, wie sie und ihre Wagen sich auf der Straße türmten. Aber ich tat am Ende doch noch meine Schuldigkeit gegen Sergeant Robert K. Worsham und seine arme Frau, Rebecca Vergißmeinnicht. Sie erinnern sich wahrscheinlich an ihn; er war der tote Soldat, der furzte und mir damit eine Heidenangst einjagte, und sein Geist war es gewesen, der mir gesagt hatte: »Bring meinen Brief dorthin, und sag Rebecca, vergiß mein nicht!«

Ich brachte die Sache an dem Tag in Ordnung, als unsere Truppen die Straße runtermarschierten, die Snake Road heißt und die kein Mensch je benutzte, um nach Front Royal zu kommen, weil sie sich so stark schlängelte, daß man das Gefühl hatte, man kam immer wieder dahin zurück, wo man losgegangen war; Jimmadasin und ich hatten uns vor unseren Truppen durch den Wald geschlängelt, und es war Nachmittag und so heiß, daß ich dachte, ich müßte verdursten; Bussarde kreisten hinter mir hoch oben am Himmel, und die Käfer brummten, daß es noch heißer werden würde, und die Berge sahen ganz dunstig aus, als ob sie aus Wasser wären. Vor mir lag ein überwuchertes Feld mit Steinmauern, die sich hierhin und dorthin zogen, und rechts von mir, weiter unten, erstreckte sich die Stadt Front Royal.

Die Gefechte hatten schon angefangen.

Kaum hatte ich die Musketen gehört und die Minié-Kugeln, die herumschwirrten wie Käfer, die Kochwetter ankündigten, da fühlte ich mich aufgeregt und behaglich zugleich, als ob ich entzückt und einfach glücklich wäre, obwohl viel getötet und geschrien werden würde und alle nach ihren Müttern rufen würden; aber auf all das kam es nicht an, solange man ein Geist werden konnte und die Engel einen fanden und geradewegs in den Himmel brachten, wie ich es Ihnen schon erzählt habe, auch wenn ich noch nicht bereit war zu sterben. Warum, weiß ich gar nicht. Vielleicht hatte ich nur Angst, erschossen zu werden oder so was.

Wie dem auch sei, während all das im Gange war, sah ich eine Frau, die ihre Haube über dem Kopf schwenkte und vor uns über ein freies Feld rannte, und es schien, als ob die Federals geradewegs auf sie schossen; tatsächlich explodierten Artilleriegranaten gleich neben ihr, und ich dachte, sie ist bestimmt tot, denn sie fiel hin, aber dann stand sie wieder auf und rannte durch das hohe Gras und kletterte über die Steinmauern, als ob sie ein Junge wäre oder wie Lucy es wahrscheinlich auch gekonnt hätte.

Jimmadasin und ich kamen näher, aber nicht so nah, daß ich hätte sehen können, mit wem sie da redete, und Jimmadasin redete und redete unaufhörlich über das, was in Sergeant Robert K. Worshams Brief an seine arme Frau stand, als ob er ihn selber gelesen hätte, obwohl er doch gar nicht lesen konnte, aber ich nehme an, daß Geister einfach alles wissen, was man selber auch weiß, und Jimmadasin sagte:

»*Wenn du hier stirbst, ist alles bestens mit dir und Baby Jesus.*«
»*Und wenn nicht?*«
»*Dann solltest du lieber Miss Lucy finden.*«

So schlichen wir uns durch den Wald, damit wir die Frau einholen könnten, falls sie über das Feld zurücklaufen sollte, und ich weiß, es ergibt nicht viel Sinn, nicht mal für mich selbst, wenn ich jetzt so drüber nachdenke, aber ich machte mir überhaupt keine Sorgen, daß ich vielleicht in die Luft gesprengt oder mit einer

Muskete erschossen werden könnte. Nun hätte ich mich wohl später in die Stadt schleichen und diesen Brief praktisch jedem dort aushändigen können, aber ich hatte einfach das Gefühl, ich müßte ihn der Frau geben, die da über das Feld gerannt war, und niemand sonst würde genügen. Es war, als ob Sergeant Robert K. Worsham mir gesagt hätte, er wollte, daß ich seinen Brief nur dieser Frau gäbe, obwohl er das gar nicht gesagt hatte. Aber ich wußte einfach, daß sie diejenige war, der ich ihn geben mußte, und Jimmadasin wußte es auch, denn er machte kein Theater deshalb.

Nun war mir klar, daß sie vielleicht nicht noch mal über dieses Feld würde rennen wollen, und ich dachte auch, daß sie vielleicht eine Spionin oder so was sein könnte, und wenn ich jetzt rausrennen und ihr nachlaufen wollte, dann würden unsere eigenen Soldaten wahrscheinlich versuchen, auf mich zu schießen.

Aber als ich sie in ihrem blauen Kleid mit der weißen Schürze über das Feld laufen sah, da muß ich wohl eine Vision oder so was gehabt haben, denn obwohl sie über das Feld rennen und über die Mauern klettern mußte und obwohl sie hinfiel, als die Granate explodierte, glaubte ich doch, daß sie ein Geist wäre oder einen in sich hatte; und ich fragte mich, was es wohl für ein Gefühl sein würde, Jimmadasin oder Cow oder Eurastus in mir zu haben wie Blut oder so was, und das ließ mir einen bösen Schauder über den Rücken laufen.

Wie dem auch sei, ich muß wohl angenommen haben, daß sie ein Engel war, obwohl ich später von Onkel Randolph erfuhr, daß sie Belle Boyd hieß und daß fast jeder in Front Royal sie kannte; Onkel Randolph kannte ihre Tante Fannie oder so jemanden, der das Hotel dort gehörte, aber darüber weiß ich weiter nicht viel. Na, Jimmadasin und ich warteten, wie gesagt, bis sie sich anschickte, wieder zu verschwinden, und ich sah, daß sie einem Offizier eine Kußhand zuwarf, aber diesmal hetzte sie nicht über das Feld, als ob sie mit geschlossenen Augen lief und dabei betete, daß die Kugeln um sie rumschwirren mögen. Sie muß dazugelernt haben, denn nachdem sie dem Offizier zugewinkt hatte, rannte sie in den

Wald. Das war schlau, denn wenn man einmal in diesem Wald war, konnte man in alle Ewigkeit versteckt bleiben.

Jimmadasin und ich rannten auch los, und wir überraschten sie, wie Sie sich vorstellen können, denn Geister machen kaum irgendwelche Geräusche, und sie ahnte nicht, daß wir ihr folgten. »Was willst du?« fragte sie. »Ich schreie, und ich schwöre dir, unsere Jungs werden –«

Sie brachte einfach nicht zu Ende, was sie sagen wollte.

Vielleicht hatte Jimmadasin sie in Schrecken versetzt; ich wedelte mit den Händen, um sie zu beruhigen, und holte Sergeant Robert K. Worshams Brief an Rebecca Vergißmeinnicht heraus. Ich hielt ihr den Brief entgegen, aber sie wich vor mir zurück, als ob ich Eurastus wäre, der sich auf sie stürzen wollte; ich fuchtelte weiter in der Luft herum, bis sie schließlich sagte: »Kannst du nicht sprechen?« Ich schüttelte den Kopf, und da schien sie weniger Angst zu haben, und endlich nahm sie den Brief an.

Sie guckte den Umschlag an, von vorn und von hinten, und öffnete ihn, und dabei schaute sie zu mir und Jimmadasin auf, als ob wir uns gleich auf sie stürzen und sie prügeln würden; und ich zitterte, obwohl ich keine Angst hatte, und ich sollte wohl gestehen, daß ich ihr Kleid anschaute und mich fragte, wie sie wohl darunter aussehen mochte; ihre Brüste schienen nicht viel größer zu sein als die von Mrs. Sara Anne, und ich dachte daran, wie Mrs. Sara Anne Jedediahs Ding in den Mund genommen hatte, und stellte mir vor, daß diese Belle Boyd das mit mir machte, obwohl ich natürlich ihren Namen da nicht kannte; und ich weiß sehr wohl, daß ich solche Gedanken nicht haben sollte und daß Jimmadasin wissen würde, woran ich dachte, aber ich konnte nichts dazu; mein Gesicht war plötzlich ganz heiß, und ich merkte, daß mein Ding hart wurde, was erniedrigend war und eine Sünde, und ich dachte auch an Lucy und erinnerte mich, wie hübsch sie nackt aussah, selbst mit abgeschnittenen Haaren, und ich dachte daran, daß ich der Vater ihres Babys sein und mit ihr in den Massanuttens wohnen würde wie die Höhlennigger und daß ich ihr weggelaufen war, weil ich ein Feigling war; und ich stellte mir vor, wie sie R.W.s Ding in den Mund nahm, und da wurde mein Gesicht noch heißer, und dann sagte Miss Belle Boyd: »Ich gebe das meiner Freundin Lucy Buck. Die wird wissen, wer diese Rebecca Vergißmeinnicht deines Freundes ist. Allerdings wüßte ich nicht, daß die Bucks irgend was mit Yankees zu tun haben. Nichts für ungut, aber du bist doch 'n Yankee, oder? Du bist 'n Deserteur, stimmt's?«

Ich weiß nicht, was in mich gefahren war, aber als sie das zu mir sagte, da drehte ich mich einfach um und rannte durch den Wald, als ob die Blauwänste mir auf den Fersen wären, was sie natürlich nicht waren; Miss Belle Boyd muß mich für einen Feigling gehalten haben, und wahrscheinlich zu Recht, denn ich hatte keinen Grund, so wegzulaufen. Es war, als hätte sie was Schreckliches zu mir gesagt, und vielleicht hatte sie das ja auch, denn ich hatte sie ja alle im Stich gelassen wie ein Deserteur: Lucy und Mutter und Pappa und Jimmadasin, bloß daß der mich wiedergefunden und mir verziehen hatte. Das dachte ich wenigstens. Auch darin irrte ich mich.

Und so habe ich nie erfahren, ob Sergeant Robert K. Worshams Rebecca Vergißmeinnicht seinen Brief je gekriegt hat; aber ich habe ihn überbracht, so gut ich konnte.

Mehr können Sie nicht verlangen, Sergeant Robert K. Worsham.

Und jetzt werde ich erzählen, wie ich dabei war, als R.W. getötet wurde, und es hinter mich bringen.

Ich habe schon versucht, dazu zu kommen, aber es glitscht mir immer wieder weg – wie ein Stückchen Eierschale auf dem Grund einer Schüssel mit rohen Eiern.

Wie gesagt, ich rannte also durch den Wald, und dann schlief ich ein, und ich lauschte den Musketen und der Kanonade, und wahrscheinlich wissen Sie schon alles über das Gefecht vor dem Hospital beim Gericht von Front Royal und wie die Louisiana Tigers durch die Stadt zogen und die Blauwänste jagten und töteten, aber ich hielt mich fern von der Stadt, und Jimmadasin war die meiste Zeit still, obwohl er mich löcherte, ich sollte »auf die Beine kommen und meinen Arsch bewegen«; es ist ein Wunder, daß ich überhaupt zum Schlafen kam, nachdem ich durch den Wald gerannt war.

Als Jimmadasin mir erzählte, ich wäre krank vom Whiskey, hielt er mich zum Narren, denn ich hatte wieder Fieber, das mich einfach überkam, und natürlich war es das Fieber, das mir Jimmadasin brachte, oder vielleicht brachte auch Jimmadasin mir das Fieber, ich weiß es nicht, auch wenn ich jetzt drüber nachdenke. Aber ich fühlte mich heiß und schwindlig und matt und mußte dauernd pinkeln, obwohl es gar nichts zu pinkeln gab, und wenn ich's doch mal konnte, brannte es höllisch, und ich weiß nicht, wie ich es schaffte, auf den Beinen zu bleiben und neben Jimmadasin her zu marschieren, der »*hipphopp, hipphopp, hipphopp*« schrie, als ob er in der Armee des weißen Mannes wäre; und ich sollte Ihnen auch noch erzählen, daß er wieder anfing, in seiner Fistelstimme zu reden, als ob er vor irgend was Angst hätte. Ich hätte gerne gewußt, wovor ein Geist wohl Angst haben konnte, und ich fragte ihn danach, doch Jimmadasin antwortete nur, wenn er Lust dazu hatte; aber Jimmadasin sang gern, und wenn er sang, benutzte er nicht seine hohe, kreischende Stimme, sondern er hörte sich an, als ob er im Chor wäre und für Gott persönlich sänge, bloß daß er sang:

Kimo keimo, da bist du,
He ho, Rum zum Pumadiddel,
Geh weg, Pennywink,
Komm, Tom Nippycat,
Sing song, Kitty,
Bringst du mich hinüber?

Und nur Mrs. Sara Annes Nigger Cornelius Rumtopum kannte dieses Lied, denn es gehörte ihm und nicht Jimmadasin oder sonst jemandem; und ich fragte Jimmadasin, woher er es kannte, aber er gab mir natürlich keine Antwort, sondern sang einfach weiter, und ich roch Brandgeruch und sah, daß Rauch den Himmel erfüllte, weil die Blauwänste versuchten, die North Fork Bridge und die Eisenbahnbrücke zu verbrennen, denn nur an diesen beiden Stellen konnte man über den Fluß setzen und von Front Royal nach Winchester gelangen; und fast hätten sie die Eisenbahnbrücke geschafft, bevor die Louisiana-Boys heranstürmten und sie vertrieben, aber diese Brücke war nicht allzu fest; ich weiß das, weil ich auch drübergegangen bin, aber erst später.

Ich erinnere mich an das Hornsignal und wie die Camps der Blauwänste brannten und wie ganze Kamine voll Rauch und Asche wie schwarzer Schnee auf alles rieselten, weil nämlich die Blauwänste alles anzündeten, und ich erinnere mich an eine Explosion, die den ganzen Himmel erleuchtete, als ein Granatenlager Feuer fing. Jedenfalls folgten Jimmadasin und ich General Jacksons Armee und suchten Lucy und riefen ihren Namen, und ich erinnere mich, daß Jimmadasin mich über die Eisenbahnbrücke trug, auch wenn ich weiß, daß das unmöglich ist und daß ich wahrscheinlich einfach rübergelaufen bin, und ich erinnere mich, wie wütend der Fluß geschäumt hat und wie stark er angeschwollen war, als hätte er nichts lieber getan, als mich zu ersäufen; und die Salven der Kanonen und Musketen waren wie Musik, wie sie so verstummten und wieder einsetzten, und Jimmadasin sang, und ich hörte eine Kapelle spielen, »*Maryland, Ain't You Happy*«; und als ich über die Brücke gekommen war, schlief ich und ging, marschierte, folgte unseren Jungs und suchte, suchte, suchte nach Lucy. »*Du wirst sie schon finden ja, ja, ja. Wirst das Baby Jesus finden.*«

»*Auge in die Höhle.*«

»*Auge in die Höhle.*«

»*Wirf ein Auge in die Höhle!*«

»*Wirst Jesus finden, der die Nacht beschützt.*«

»*Beschützt den kleinen weißen Mundy in der Nacht.*«

»Du hast Jesus verlassen, jetzt bist du allein, hast keinen mehr verdient –«

Wir kehrten über Cedarville zurück nach Winchester und weiter nach Middletown, aber es fällt mir schwer, mich daran zu erinnern, wie eins nach dem andern passierte, denn es war, als ob das alles gleichzeitig passierte; gerade mußte ich mich übergeben, und im nächsten Augenblick pinkelte ich, und im nächsten Augenblick bemühte ich mich, mit General Jacksons Armee Schritt zu halten, und spürte die Hitze der Sonne und fühlte mich wunderbar, als ob mir nichts ein Haar krümmen könnte; und ich hatte das Gefühl, so durch die Hitze zu marschieren, das war, als stände man in Flammen und marschierte in den Himmel, und ich dachte an Pappa und Mutter, und ich wußte, ich ging nach Hause.

Ich spürte, daß ich nach Hause ging, obwohl ich es da noch nicht hatte glauben mögen; wie gesagt, alles geschah auf einmal, sogar die Kapellen spielten zugleich, denn ich erinnere mich, daß ich *»Oh, Dear! What Can the Matter Be?«* hörte und daß die Federals es spielten; aber die Federals waren auf dem Rückzug und ließen ihre Proviantwagen und ihre Marketenderkarren zurück und überhaupt alles, was man sich nur vorstellen kann: Musketen, Blauwanst-Uniformen, Stiefel, Zelte, Stühle, Rinder, Maultiere, Spiegel, Bürsten, Speck, Mehl, Salz, Zucker, Kaffee, hartes Brot, Melasse, Käse, Dosenfleisch, Butter, Kuchen, Whiskey – sogar Bibeln; es war ein Wagen dabei, auf dem stapelten sich mindestens hundert heilige Bibeln, schwarz mit goldenen Lettern vorne drauf, und sie rochen wie die Bänke in der Kirche. Und unsere Jungs nahmen sich alles, was sie brauchten, und einige ritten auch davon und wurden Deserteure, damit sie ihre Beute nach Hause bringen konnten, aber die Federals versuchten, alles zu verbrennen, was ihnen gehörte, damit Old Jack es nicht kriegte, und am Abend, als Jimmadasin und ich unseren Jungs folgten, sahen wir fast alles im Licht, das von den Wagen der Blauwänste kam, die überall an der Straße brannten wie Lagerfeuer; und unsere Kapellen spielten wie auf einer Parade, und die Jungs sangen, und überall entlang der Straße und hinter den Steinmauern auf den Feldern zu beiden Seiten der Landstraße lagen die Brotbeutel der Blauwänste, die wahrscheinlich vorgehabt hatten zu kämpfen, dann aber lieber weggelaufen waren.

Es wurde eiskalt in dieser Nacht, denn es war Geisterwetter; aber mir machte es nichts, denn das Fieber hielt mich warm genug. Es war, als hätte ich mein eigenes Feuer. Ich weiß nicht, wie Jimmadasin und ich mit den Truppen Schritt hielten, und wahrscheinlich schafften wir es auch gar nicht, denn am nächsten Morgen lagen unsere Jungs überall auf der Chaussee und schliefen, als wären sie in einer Schlacht gefallen, aber Jimmadasin sagte, das wären keine Geister; und wie gesagt, wir hielten uns im Wald, denn dort waren wir gut geschützt, und Jimmadasin schob mich immer weiter, damit wir Lucy finden könnten, und wie gesagt, es geschah seinetwegen, daß ich R.W. fand, obwohl ich erst nicht wußte, daß er es war.

Es wurde natürlich noch mehr gekämpft, und der Himmel wurde dunkel, aber das kam hauptsächlich durch das Geisterwetter; es gab Geplänkel und Kanonensalven, und alles hallte von den Bergen wider, und ich glaube, wir waren irgendwo hinter Middletown und wahrscheinlich ziemlich nah an Winchester, denn General Jackson würde nicht haltmachen, ehe er die Federals in den Potomac getrieben hätte, wo General Banks und seine Armee sie ersäufen würden wie die Ägypter aus der Bibel.

Jedenfalls, irgendwo zwischen Middletown und Winchester, abseits der Talchaussee, sahen Jimmadasin und ich etwas Unglaubliches.

Also, bevor wir es bemerkten, sahen wir, wie auf der Chaussee alle getötet wurden; ich kauerte hinter einer Mauer auf dem Feld und beobachtete es.

Die Unionskavallerie flüchtete vor einer unserer Salven, und Granaten zerrissen alles auf der Straße, und ein solcher Staub stieg von dieser Straße auf, daß es praktisch unmöglich war, noch etwas zu erkennen, und man hörte eine schreckliche Salve Musketenfeuer, und als der Staub sich allmählich verzog, sah ich Gott weiß wie viele Blauwänste verknäult mit ihren Pferden, und dann ritten noch mehr Blauwänste geradewegs auf sie zu, und ich nehme an, keiner konnte sein Pferd zügeln, denn sie ritten allesamt in den Haufen hinein, und alle schrien und stöhnten, und immer neue Blauwänste galoppierten in das Gedränge, und sogar die Pferde stießen schrecklich wiehernde Geräusche aus, und die Soldaten kreischten, und dann stürmte unsere eigene Fußkavallerie auf die schreienden und stöhnenden Blauwänste los; und als der Staub sich legte, schaute ich zur Sonne hinauf und sah, daß es gegen Mittag sein mußte; und so kalt es nachts war, so heiß war es tagsüber, eine stickige, schwitzige Hitze; es war Kochwetter und Geisterwetter zusammengemischt.

Ich fühlte, wie der Schweiß unter meinem Hemd tropfte, und ich schmeckte Salz in den Mundwinkeln, und ich sah zu, wie unsere Jungs jeden gefangennahmen, abgesehen von ein paar Blauwänsten, die es schafften wegzureiten, aber das waren nicht viele, und noch da, wo ich mich auf dem Feld versteckt hielt, konnte ich den Gestank von Pferden und Männern riechen; sie rochen alle wie ein Furz, und ich überlegte mir, ob wir nicht vielleicht alle innerlich so rochen, und wenn einer von einer Kugel getroffen wurde, dann kam der Geruch heraus, genau wie wenn man furzte wie der alte tote Sergeant Robert K. Worsham; und man roch nur dann nicht, wenn man ganz ausgetrocknet war wie die alte Sweet Grandy oder wie der Blauwanst, dem ich die Schuhe geklaut hatte.

Aber was ich Ihnen erzählen muß, passierte nicht dort auf der Talchaussee.

Es war im Wald an einer Eisenbahnböschung, und nachdem wir beobachtet hatten, wie all die Blauwänste ineinanderritten und getötet wurden, schlichen Jimmadasin und ich uns davon, denn unsere Jungs hätten uns sonst zusammen mit den Federals gefangennehmen können. Natürlich, Jimmadasin würden sie wohl nicht schnappen können, denn er war ja ein Geist, aber ich war nicht

vollständig Geist oder Mann – oder auch sonst was –, und deshalb
würden sie mich wahrscheinlich sehen können, und damit hätte
sich's dann.

Ich weiß nicht, warum, aber ich wollte nicht fortgehen. Das
klingt wahrscheinlich schrecklich und ist bestimmt die schlimmste Sünde, die man sich vorstellen kann, aber ich wollte nicht fort
von diesem Feld und dem Staub und diesen toten Männern. Tatsache ist, daß ich das alles noch einmal sehen wollte, denn das
Schreien und Beten, der Kanonendonner und das Musketenfeuer
und der Anblick all dieser Blauwänste, die da losgaloppierten, als
könnten sie durch alles hindurchreiten, und die dann krachend in
all die toten und verwundeten Pferde und Soldaten hineinstürz-
ten – das alles erregte mich.

Alles kam mir vollkommen vor, sogar die Hitze – vor allem die
Hitze –, die alles verbrennen konnte, und es wäre vollkommen
gewesen, wenn alles hätte brennen können; das wollte ich, darauf
wartete ich, obwohl ich weiß, daß es, genau bedacht, völlig sinn-
los ist, aber wahrscheinlich wollte ich, daß diese Soldaten sich gegenseitig wieder und wieder umbrachten, weil dann jeder seinen
Lohn dafür kriegte, daß sie Pappa und Mutter ermordet hatten,
und ich schätze, ich wollte auch abwarten und sehen, ob die Geister aus diesen toten Soldaten rauskommen würden, wie Maden
oder so was.

Aber Jimmadasin ließ mich nicht.

Und er ließ mich auch nicht Major Pegrams vierundvierziger
Colt benutzen und diese Blauwänste einfach abschießen, und
wahrscheinlich hatte er damit recht; ich weiß gar nicht, was in
mich gefahren war; ich war nur auf einmal glücklich, wie Mutter
wahrscheinlich in der Kirche glücklich war, und gleichzeitig wurde ich wütend, und für ein paar Augenblicke wurde alles – die
Talchaussee, die Soldaten, der Wald, die Luft, die Bäume – alles
wurde rot oder vielleicht eher rosig, wie es manchmal passiert,
wenn man die Augen fest schließt und Farben sieht, und ich wollte nichts anderes tun als diesen vierundvierziger Colt leerschießen,

und ich dachte, wenn ich diese Kugeln loswerde, dann wird alles besser, und ich werde nie wieder an Pappa oder Mutter oder Eurastus oder sonst jemanden denken müssen, aber wie gesagt, Jimmadasin ließ mich erst in Ruhe, als wir da raus waren.

Wie ich schon angefangen hatte zu erzählen, gingen und gingen und gingen wir, bis wir an die Eisenbahnböschung kamen. Es hörte sich an, als ob überall um uns herum Scharmützel im Gange wären, aber das lag daran, daß das Musketen- und Artilleriefeuer überall in den Bergen widerhallte, so daß auf jede Kanonade leise eine zweite folgte, und das war, wie gesagt, behaglich; aber das alles war nicht wichtig, denn ganz in der Nähe ertönten Musketenschüsse.

Wir folgten den Schüssen und fanden tote Blauwänste bei der Böschung, und ich sah, daß ihre Hände fast schwarz waren, weil sie in der schwarzen Erde dieser Böschung gegraben hatten; und überall lag gutes konföderiertes Geld herum und flatterte mit jedem Windstoß durch die Luft; und zwei von unseren eigenen Soldaten sammelten das Geld auf, zupften es richtig aus dem Boden, als ob es da gewachsen wäre wie Gras oder Bäume.

Ich war klug genug, nicht näher ranzugehen und den Schutz der Bäume zu verlassen, denn ich dachte, diese beiden konföderierten Boys werden mich erschießen, ohne mit der Wimper zu zucken, wo sie doch soviel Geld aus der Böschung ernten können, und ich wußte, was hier los war, denn ich hatte Jungs von der Twelfth Georgia darüber reden hören, daß ein paar Blauwänste dabei erwischt worden wären, wie sie konföderiertes Geld vergraben wollten; sie hätten schließlich gestanden, daß es Blüten waren. Die Jungs von der Twelfth Georgia nannten es »Geld auf die Bank bringen« und meinten, es wäre ihnen egal, ob es Blüten wären oder nicht, sie würden es trotzdem ausgeben; aber ich muß Ihnen gestehen, ich wußte gar nicht genau, was »Blüten« bedeutete, und glaubte, daß es wohl etwas mit Wunden und Bluten zu tun haben könnte, aber ich begriff nicht, was das wiederum mit konföderiertem Geld zu tun haben sollte.

Ich mußte doch erst ein bißchen näher rangehen, ehe ich erkannte, daß einer dieser Soldaten, die das Geld der Blauwänste aus der Böschung rupften, R.W. war.

Na, ich geriet in solche Aufregung, als ich sah, wer es war, daß ich sofort zu ihm rüberrannte, quer über Steine und Schotter und Bohlen und verbogene Schienen, die sich da am Rand der Böschung häuften.

Jimmadasin schrie: »*Komm zurück, schau nicht hin, versteck dein Gesicht!*«, und richtig, in diesem Moment müssen die Blauwänste auf uns gestoßen sein, denn ich hörte Schüsse und sah R.W. umfallen, als wäre er ganz überrascht, daß er in die Brust getroffen war wie Colonel Ashbys Junge Dixie, und das Blut lief aus ihm raus und über Jacke und Taschen, und das andere ist der Teil, der mir einfach nicht im Kopf bleiben will er bleibt mir nicht im Kopf so sehr ich mich auch anstrenge es festzuhalten der Soldat der bei ihm war wurde auch getroffen nämlich ins Gesicht und *Gott o Gott ich wußte wer das war ich wußte wer das war und es war zwar nicht Mutter aber es war doch Lucy und ich dachte immer bloß Mutter Mutter Mutter wie die Soldaten wenn sie starben und –*

Ich sah das alles in dem einen Augenblick, bevor ich Erde fraß, wie die Soldaten das nannten; und ich glaube, ich wußte nicht mal, was ich tat, denn ich kann mich nicht erinnern, daß ich Major Pegrams vierundvierziger Colt hatte, aber ich hatte ihn, und bevor mir klar wurde, was was war, feuerte ich auf die Blauwänste oder dahin, wo ich sie vermutete, nämlich vor mir und ein Stück weit rechts von R.W., der da lag.

Ich weinte und feuerte den vierundvierziger Colt ab, vom Boden aus, und Jimmadasin schrie mir »*Renn renn renn!*« ins Ohr, als ob er neben mir läge, und immer wieder sagte er »*Nicht gucken nicht gucken nicht gucken*«, und solange ich diese rote Raserei verspürte und feuerte, konnte ich vergessen, was ich gerade gesehen hatte, und es aus meinem Kopf verbannen und nur an das denken, was jetzt passierte, jetzt, jetzt, und ich hörte, wie jemand ein komisches Geräusch machte, und sah, daß ich einen der Blauwänste getroffen hatte, und er sah nicht viel älter aus als Harry McSherry, der ungefähr vierzehn war; tatsächlich sah er auch aus wie Harry, aber er konnte es nicht sein, denn Harry hätte keinesfalls Blauwanst werden können, und außerdem hätte Mrs. McSherry ihm sowieso nicht erlaubt zu kämpfen, nicht mal für General Jackson oder Colonel Ashby; und ich dachte mir, daß ich wohl jetzt beten sollte und etwas vom Wandeln durch den Schatten des Todes sagen und daß der Herr mein Hirte ist, so was, weil nämlich wahrscheinlich ringsherum noch viel mehr Blauwänste waren, und vielleicht hatten sie schon auf mich geschossen, und ich hatte es nicht gehört, und vielleicht war ich schon tot, aber es brannte nichts, und wenn ich tot wäre, würde alles brennen, das wußte ich, und wenn auch alles rosarot aussah und getönt, so war es doch kein Feuer, und mein Herz schlug mir heftig bis zum Hals, wahrscheinlich genauso wie R.W.s Adamsapfel, aber der dürfte sich jetzt nicht mehr bewegen, wo er doch tot war.

Ich war froh, daß ich tot war, ich wollte tot sein, und es wurde still, als ob die übrigen Blauwänste einfach verschwunden wären oder so was, aber vielleicht war auch nur der eine dagewesen, den ich erschossen hatte, der eine, der aussah wie Harry McSherry.

Ich dachte an den Soldaten, den ich getötet hatte, und konzentrierte mich darauf, an ihn zu denken und an niemanden sonst, aber dann sah ich mich nach Engeln um, denn ich hatte es eilig, von hier wegzukommen, tot zu sein und ein Geist und so schnell wie möglich in den Himmel zu kommen; und Jimmadasin schrie mir immer noch ins Ohr, und dann plötzlich konnte ich nicht mehr anders, und ich erinnerte mich wieder an alles.

Ich konnte sie sehen, und vom bloßen Hingucken wurde mir schlecht, und die Brust tat mir weh.

Jimmadasin, ich hab sie gefunden, ich hab sie gefunden, du durchfallkrankes Arschloch von Bastard-Nigger – und ich stand auf, stand aufrecht und gerade, wie Mutter es mir immer eingeschärft hatte, und meine Stimme kam zurück, als ob Gott beschlossen hätte, ich dürfte sie für einen Augenblick haben, aber niemand schoß auf mich, und ich sah mich um, und da war bloß der eine Blauwanst, den ich erschossen hatte, und ich hatte ihm genau ins Auge geschossen, und es war sonst keiner da, nicht R.W. und nicht Lucy und auch sonst niemand; und es war still, als ob alle auf der Welt tot wären, und ich versuchte wieder ein Geräusch zu machen, aber ich konnte nur atmen.

Ich lauschte nach Jimmadasin, aber er war auch weg, und der vierundvierziger Colt war weg, und dann merkte ich, daß ich die Augen zugemacht hatte, und ich machte sie auf und schaute den Soldaten an, den ich erschossen hatte, als ob er mir gehörte, als ob er etwas wäre, was ich in einem Brotbeutel oder auf einem Wagen gefunden hätte, und ich schaute nirgendwoanders mehr hin, sondern versuchte mit seinem Geist zu reden.

Tut mir leid, daß ich dich durchs Auge totgeschossen hab, du beschissener Dreckskerl, aber es kam kein Laut, nur mein Atmen und die Insekten und das Kanonenfeuer; und dann verschwand das Rot aus der Luft, und ich hörte sogar mein eigenes Atmen, und ich dachte, ich *muß* erschossen worden sein, auch wenn ich nichts spüre und kein Blut sehe, denn ich hatte »Mutter« gesagt wie die Soldaten, wenn sie sterben, und ich hatte Durst und mußte pinkeln, und ich bepinkelte mich an Ort und Stelle, und dann rannte ich weg wie ein Feigling, obwohl ich ein Mann war, weil ich ja jemanden getötet und bei Lucy meine Pfeife ausgeklopft hatte, und jetzt Lucy Lucy Lucy ich hab dich gesehen, Lucy, und ich konnte nur noch ans Wegrennen denken, obwohl das Fieber als Strafe über mich gekommen war, aber ich wußte nur eins –

Ich war auf dem Weg nach Hause.

Mutter.

Pappa.

14. Kapitel

Die Tore des Himmels

Sonne, du wirst scheinen, und ich werde
fort sein.
Sonne, du wirst scheinen, und ich werde
fort sein.
Sonne, du wirst scheinen, und ich werde
fort sein.

EMANZIPATIONSLIED

Ja, ich bepinkelte mich, was erniedrigend ist; noch erniedrigender ist es, so was aufzuschreiben, aber wegen des Pinkelns gab ich mir einen neuen Namen, auch wenn das nicht klappte.

Ich war sowieso saudreckig, aber jetzt konnte ich mich einfach nicht mehr ertragen, vielleicht weil Mutter, als ich klein war, keine Zeit verschwendete und sofort meine Sachen wusch, wenn ich ins Bett gemacht hatte, was ich manchmal tat – nicht oft, aber gelegentlich. Um drei Uhr morgens fing sie an, meine Sachen und mein Bettzeug zu waschen, wenn sie mein »Mißgeschick« um diese Zeit entdeckte, und dann kam sie manchmal stundenlang nicht in meine Nähe, sah mich nicht an und sprach nicht mit mir; Pappa dagegen schien es nie zu stören, weil er wahrscheinlich die gleichen Probleme hatte, als er klein war.

Aber wenn er sie hatte, so sprach er nie davon.

Doch Pappa sprach nie über sich oder darüber, wie er als Kind gewesen war. Es war, als ob er immer schon Prediger gewesen wäre, als hätte er von Geburt an eine schwarze Weste getragen und eine Bibel in der Hand gehabt. Er ging nie ohne seine Bibel, nicht mal bei der Aussaat oder bei der Ernte. Am Schweinetag las er immer allen aus der Bibel vor, bevor irgend jemand die Schweinelebern essen durfte, die so gut und köstlich rochen, daß mir

390

schwindlig wird, wenn ich bloß daran denke, und er hatte seine Bibel immer in einer Segeltuchtasche verschnürt, damit die Elemente ihr nichts anhaben konnten, wenn wir auf dem Feld waren; und wir beteten, wenn wir Pause machten, und ich weiß noch, ich weiß, daß ich dachte – wahrscheinlich weil ich immer flach auf der Wiese lag und in den Himmel hinaufschaute –, daß unsere Gebete die Wolken über den Himmel trieben und daß diese Wolken die geheimnisvollen Worte der Bibel wären und wenn ich erst das richtige Verständnis von Religion hätte, wie Pappa es hatte, dann würde ich die Bibel lesen können, indem ich einfach zum Himmel hinaufschaute.

Ich weiß schon, das alles scheint nicht viel damit zu tun zu haben, daß ich mir die Hose naßgemacht hatte, aber das hat es doch, denn wenn ich auch auf dem Weg nach Hause war – und ich war auf dem Heimweg, auch wenn ich darüber nicht nachdachte und es mir selbst nicht eingestand –, wußte ich doch, daß ich mich waschen mußte, als ob Mutter und Pappa darauf warten würden, mich zu inspizieren oder so was. Aber ich war nie weit weg von General Jacksons Armee, die so ziemlich überall war, und wenn ich still stehenblieb und lauschte, konnte ich die Soldaten gehen und marschieren hören. Es hörte sich an wie leises Trommeln, all diese Schritte; aber die meiste Zeit hörte man das Marschieren nicht, weil dauernd Scharmützel und Kanonaden stattfanden, und ab und zu hörte ich Gebrüll und Schreie. Ich wußte nicht, ob unsere Jungs und die Federals aus lauter Freude »Halleluja« brüllten oder ob sie um Hilfe schrien und nach ihren Mammas, bevor sie starben oder so was.

Inzwischen lief ich neben der Talchaussee entlang, doch wie gesagt, ich hielt mich von der Straße fern, so gut ich konnte, aber weil meine Hose von Pisse und Dreck ganz klebrig war und so steif, als müßte sie gegerbt werden, ging ich zur Straße zurück, um mir von den Wagen ein paar neue Sachen zu holen. Ich glaube, davon hab ich Ihnen auch schon erzählt; es lagen umgestürzte und zerschlagene und verbrannte Wagen überall auf der Landstraße. General Banks' Truppen waren einfach weggelaufen und hatten sie zurückgelassen, und manchmal hatten sie sie noch angezündet. Vorher hatte ich Stapel von sauber zusammengefalteten Uniformen in einem Wagen gesehen, aber jetzt, wo ich Sachen suchte, fand ich gar nichts; also suchte ich mir einen Unionssoldaten, der nicht allzu aufgedunsen oder voller Maden war, und nahm ihm die Hose weg – und das war nun nicht so einfach, wie es sich anhört, denn die meisten Soldaten hatten sich vollgepißt oder in die Hose geschissen, bevor sie starben, aber schließlich fand ich einen, der wahrscheinlich gerade leer gewesen war, als er erschossen wurde. Er hatte ein Glatze, große, fleckige Sommersprossen und einen dichten Schnurrbart, und er kam mir bekannt vor, als ob ich ihn schon mal in Winchester gesehen hätte, aber anscheinend kam mir jeder, den ich sah, bekannt vor, als ob alle toten Soldaten aus Winchester wären. Natürlich, wenn es so weiterginge, würde in dieser Stadt bald niemand mehr übrig sein, bis General Jackson hinkäme. Wie dem auch sei, während ich dem toten Soldaten meine Kleider wegnahm, dachte ich, wenn ich schon mal dabei bin, kann ich mir gleich auch auch ein Paar Schuhe besorgen; ich probierte ein paar an, bevor ich fast von unseren eigenen Jungs erwischt wurde, weil ich so blöd war, auf der Landstraße rumzutrödeln; also verschwand ich, ohne mir Schuhe zu holen, und eigentlich brauchte ich auch keine, weil es inzwischen warm war.

Aber ich wollte welche, weil meine Füße immer noch blutig und voller Eiter waren.

Sie erinnern sich wahrscheinlich, daß Jimmadasins Füße auch bluteten, und falls Sie sich seinetwegen Gedanken machen, sollte ich Ihnen wohl sagen, daß er sich wieder verdrückt hatte, und diesmal endgültig. Es dauerte eine Weile, bis ich merkte, daß er weg war, denn manchmal wird Jimmadasin einfach bloß ganz still, aber nachdem ich R.W. gesehen hatte und –

Nachdem ich weggelaufen war, hörte Jimmadasin einfach auf, mit mir zu sprechen, und ich wartete und wartete und ließ ihm

Zeit. Ich versuchte den ganzen Nachmittag mit ihm zu reden und auch die ganze Nacht, sogar während ich träumte. Ich träumte, daß Jimmadasin und Lucy und ich wieder in der Höhle von Baby Jesus wären, und ich mußte so nötig pinkeln, daß ich mich kaum noch beherrschen konnte, und da ließ ich sie in der Höhle und ging hinaus, aber Jimmadasin war wütend, und er schrie: »*Du hast Jesus verlassen, jetzt bist du allein, hast keinen mehr verdient*«, und dann träumte ich, daß ich dabei zuschaute, wie der Soldat oder Deserteur oder was er sonst war, Mutter weh tat, und ich hörte Pappa schreien, und der ganze Wald stand in Flammen, und ich mußte da raus, aber ich konnte Mutter nicht verlassen, bloß daß es nicht mehr Mutter war, der dieser Deserteur da weh tat und auf der er lag; es war Lucy, und dann sah ich, daß sie tot war, und es war R.W., der da auf ihr lag, und er war auch tot, und das war, weil alle tot waren; und da wachte ich auf und mußte pinkeln, und da wußte ich, daß Jimmadasin weg war.

Das Fieber war in der Nacht wiedergekommen, und als ich pinkelte, brannte es so stark, daß ich kaum noch pinkeln konnte. Ich schlief, während General Jackson und seine Fußkavallerie auf dem Weg nach Winchester waren, und am Morgen fühlte ich mich ein bißchen besser, aber ich wußte, wie gesagt, daß Jimmadasin weg war, und es war, als ob *alle* Geister weg gewesen wären oder so was.

Ich hatte immer noch das Gefühl, daß alles tot war, genau wie in meinem Traum, obwohl doch Erntezeit war und der Weizen hoch stand und geschnitten und zu Garben gebunden und dann auf die Fuhrwerke geworfen und in die Scheune gebracht werden konnte, und nach alldem würde er schließlich zum Dreschen auf der Tenne landen, und wie sehr wünschte ich mir, ich könnte das alles zurückbringen – mit Pappa und Onkel Isaac und den ganzen gemieteten Niggern arbeiten und so müde und hungrig und glücklich werden, wie ich es nie zuvor gewesen war, aber wie gesagt: Jetzt war alles tot. Ich roch nichts als Fäulnis, als ob da ein Pferd verendet wäre, und im Mund hatte ich einen sauren Geschmack, als ob ich im Schlaf etwas zu essen drinbehalten hätte; und natürlich senkte sich auch Nebel runter, was Geisterwetter ankündigte, aber das war eine Art von Geisterwetter ohne Geister. Es war still wie nach einem Brand, außer natürlich in der Ferne.

Wenn ich die Ohren spitzte, hörte ich die Trommeln, bloß daß es keine Trommeln waren, sondern Geschützdonner und Musketenfeuer, und es kam alles aus Winchester, nahm ich an, obwohl es schwer zu sagen war wegen der Berge, die alles in ein Echo verwandelten. Vielleicht war ich aber auch wieder in einem akustischen Fokus wie auf Jedediahs Farm.

Und so ging ich und erinnerte mich. Das Fieber war gut für die Erinnerung, und ich dachte an Dinge, die mich zum Lächeln brachten: wie die Nigger zum Beispiel für die Erntearbeit immer Whiskey verlangten, ganz gleich, wem sie gehörten, und dann arbeiteten sie auch wirklich hart, aber nach dem Abendbrot wurde dann gesungen und gespielt und geschrien und gelacht, und sie erzählten Geschichten; und ich nehme an, mein Fieber war wie Whiskey, denn ich konnte es beinahe vor mir sehen, als ob die Nigger in den Bäumen tanzten und in der Luft und auf der Straße und in der Ferne in den Bergen, und ich erinnerte mich an den langen Tisch, den Mutter immer für die Dienstboten deckte und den sie immer im Schatten der Bäume bei den roten Sandsteinplatten aufstellte, wo die durchfallkranken Deserteur-Schweine sie dann ermordeten, und Mammy Jack rannte im Haus ein und aus und stellte alle Speisen (so nannte Mutter Essen) auf den Tisch, die man sich nur vorstellen konnte: Maisfladen, gekochten Speck, Weißkohl (den ich haßte), Dickmilch, heißes Brot, Kaffee, Erbsen und Kartoffeln. Und so schlecht mir auch war, ich konnte dieses ganze Speise-Essen wirklich riechen – Geister-Essen, schätze ich, war es wohl –, und lieber als alles andere wollte ich hören, wie Pappa aus seiner Bibel vorlas (er las immer aus seiner Bibel vor, ehe irgend jemand auch nur einen Bissen nehmen durfte), und ich wollte Mutter in ihrem Sonntagskleid sehen, mit der Brosche und der Haube mit der weißen Schleife, und ich wußte, daß das Fieber mich sicher wieder gepackt hatte, aber das Gehen schien es auszubrennen, und so ging ich und ging und ging, und ich hatte Visionen, und da war es bloß gut, daß niemand in der Nähe war, denn ich weinte immer wieder wegen nichts, als ob ich ein Baby wäre, und ein altes Lied vom Schweinetag ging mir immer wieder durch den Kopf, und es war, als ob ich von diesem Lied und seinen Düften vorangezogen würde, und ich erinnerte mich an die Worte, wie die Nigger sie gesungen hatten:

Oh, gib mir 'n bißchen schmalzgeback'nes, schmalzgeback'nes,
Gib mir 'n bißchen schmalzgeback'nes Brot!
Komm schnell, Mammy, und fackle nicht lang,
Vom schmalzgeback'nen Brot bin ich ganz krank.

Und ich erinnerte mich an Mammy Jack, daran, wie sie die Spielkarten in die Luft schmeißen und wieder auffangen konnten, daß sie aussahen wie Schlangen, die in die Luft geschmissen wurden, und wie sie ihre Vision kriegte; und ich nehme an, daß ich genauso Visionen hatte, und zwar durch das Fieber, aber ich schlief und ging weiter und schlief und ging weiter, und dann wurde mir ein bißchen schlecht, genau wie in dem Lied, und eine Zeitlang konnte ich überall Brot riechen, und ich kam den Kanonaden näher und näher, bis es sich anhörte wie ein Gewitter, das krachend im Gebirge niederging, oder vielleicht doch mehr wie Hagel, der auf ein Dach prasselte, und es wurde plötzlich kalt – Geisterwetter, wie ich schon sagte –, und in der nächsten Nacht fror ich, und auf dem Gras lag Reif; und jetzt werde ich Ihnen erzählen, wie ich Mammy Jack sah, bloß daß sie natürlich auch ein Geist gewesen sein könnte.

Aber das glaube ich nicht.

Als ich nach Hause kam, waren überall um Winchester herum Kämpfe im Gange, denn das war einer von General Jacksons größten Siegen, als er General Banks und seine Unionstruppen von dort vertrieb, sie die Loudoun und die Braddock und die Market Street hinunterjagte und dann geradewegs die Landstraße nach Martinsville runter; und diese Unionstruppen wußten wahrscheinlich, daß sie nur an einem Ort sicher sein würden, nämlich im Potomac.

Die Schlacht hab ich nicht gesehen, auch wenn der Lärm mich anlockte, und Lärm gab es jede Menge. Ich hörte Musketen und das Krachen von Granaten und weinende Soldaten, und einmal hörte ich auch den Rebellenschrei, und es war, als käme er geradewegs aus meiner eigenen Brust oder so was, und es klang, als würde er alles zerreißen; und statt auf die Schlacht zuzulaufen und vielleicht meinen vierundvierziger Colt zu ziehen und meine Pflicht zu tun, ging ich einfach weiter nach Hause, als ob überhaupt nichts passiert wäre.

Ich ging durch die Felder, und der Weizen reichte mir bis zu den Hüften, und alles roch neu und frisch, und nirgends war der Geruch des Todes, bloß der Lärm, der mich daran erinnerte, daß alle getroffen und verwundet und getötet wurden; und als ich in der Nähe der Straße war, sah ich, daß überall Blauwänste mit ihren Wagen davonjagten und ganze Familien von Niggern versuchten, mit ihnen zusammen zu entkommen, damit sie keine Dienstboten mehr zu sein brauchten, und dann wären sie den Weißen gleichrangig.

Das war der Grund, weshalb Onkel Isaac Mammy Jack und Mutter und Pappa und die Farm verließ; Pappa haßte ihn dafür und ließ es nicht selten an Mammy Jack aus, aber Onkel Isaac hatte gesagt: »In dies Horn werd ich nich mehr tuten«, und Mammy Jack erklärte mir, daß das bedeutete, er würde frei sein, was auch passierte, aber sie würde auf ihn warten, denn die Paddyrollers oder die Soldaten würden ihn ja doch wieder einfangen, und dann würde er wieder zu ihr nach Hause kommen. Aber er kam nicht, und da lief Mammy Jack weg, um ihn zu suchen.

Nun, ich schätze, daß alle Nigger, die mit den Blauwänsten wegliefen, »nich mehr in dies Horn tuten« wollten, aber ich hatte erzählen hören, daß die Blauwänste diese Nigger zu Tode schindeten; und sie nannten sie »Konterbande«, weil sie weggelaufen waren. Ich schätze, so ist es auch Onkel Isaac ergangen. Er war stark und drahtig, und deshalb ist er wahrscheinlich als Konterbande-Nigger in den Norden gekommen; mir schien allerdings, daß es kaum drauf ankam, wo er war, denn ein Nigger ist ein Nigger, und ein Weißer ist ein Weißer, und Pappa hat gesagt, so hat der Herr das auch geplant.

Ich schätze, bei Pappa wäre er besser dran gewesen, bloß daß die Deserteure, die Pappa und Mutter ermordet haben, ihn wahrscheinlich auch umgebracht hätten.

Als ich an der Grenze zu unserer Farm angekommen war, glaubte ich einen Trommelwirbel zu hören, aber es war bloß der heiße Teil der Schlacht, wo jeder in Raserei gerät und kämpfen und töten will. Das ist der rote Wahnsinn, wenn alles vollkommen ist und man dastehen will und schießen und die Minié-Kugeln und Traubenladungen und Kartätschen nichts weiter sind als ein starker Wind, der durch die Gegend pfeift; und obwohl ich nicht dort war, wußte ich genau, was im Gange war, und ich spürte das Kribbeln, ohne dabeizusein, aber als ich zu der Steinmauer kam, wo ich an dem Sonntag, als Mutter und Papa ermordet wurden, das Karnickel hatte laufen lassen, da wußte ich, daß ich mein eigenes Land nicht betreten konnte, ohne zu weinen und mich zu erniedrigen.

Also wartete ich, als ob ich damit rechnete, daß jeden Augenblick der Geisterhund auftauchen würde. Der Geisterhund tauchte nicht auf, aber ich zitterte genauso wie beim ersten Mal, als ich ihn gesehen hatte; das Atmen fiel mir schwer, und ich mußte wieder pinkeln, und das war erniedrigend, weil es so nötig war und so plötzlich kam, daß ich mir beinahe noch mal in die Hose gemacht hätte, aber dann tat ich es gottlob doch nicht; und dann, ganz plötzlich, aus heiterem Himmel, wußte ich, was ich tun mußte.

Ich mußte nur meinen Namen ändern, weiter gar nichts.

Das war natürlich eine Vision, und ich hatte es nach einer Sekunde begriffen; und danach hörte das Zittern auf, und ich atmete regelmäßig, und ich erinnerte mich an das, was Major Pegram mir in seinem Zelt über den Straßenfeuerkönig namens Salamander erzählt hatte; wie dieser Salamander Schwefel auf einen Teller streute und anzündete und auffraß, während das Zeug noch brannte, als wäre nichts dabei; und da dachte ich, wenn *ich* Salamander wäre, dann könnte ich geradewegs zum Großen Haus raufgehen, und nichts könnte mir passieren, nicht mal, wenn es in Flammen stände, denn ich wäre geschützt – ich weiß, daß das unsinnig klingt, aber ich hatte schließlich Fieber; und um die Wahrheit zu sagen, obwohl ich mir die Pisse abgewaschen und die Sachen von dem toten Blauwanst angezogen hatte, fühlte ich mich immer noch schmutzig, als ob der Schmutz in mir drin wäre oder so was, und ich erinnerte mich, daß Pappa über den Zustand des Beflecktseins und der Widerwärtigkeit gepredigt hatte, und er hatte wohl recht, denn ich wurde den Schmutz in mir nicht los, außer vielleicht dadurch, daß ich mich selber loswurde; aber nach dieser Vision hatte ich nicht mehr das Gefühl, daß ich pinkeln mußte, und ich fühlte mich auch nicht mehr schmierig und schmutzig.

Ich glaube, ich fühlte überhaupt nichts, und das war eine Erleichterung.

Ich kletterte also über die Mauer, und obwohl ich jetzt Salamander, der Feuerkönig, war, konnte ich mich an alles erinnern: Da war die Kumme, die ich im Wald zurückgelassen hatte, nachdem ich das Karnickel hatte laufenlassen; da war die Ulme, von der ich als kleiner Junge runtergefallen war, so daß ich mir den Fuß gebrochen hatte; da waren all die vertrauten Felder und Wiesen und Hügel vor mir; und es war, als könnte ich die Arme um die gesamte Farm schlingen; aber alles war anders, alles war verwildert – der Mais hätte reif fürs Ausdünnen sein müssen, aber die alten Felder waren umgegraben oder überwuchert oder braun, als ob alles am Absterben wäre –, und obwohl ich das Land kannte und wußte, wo alles war, hatte ich doch nicht das Gefühl, wieder auf der Farm zu sein, und ich schätze, das lag daran, daß ich nicht mehr Mundy war.

Die Sonne verschwand hinter den Bergen, und alles wurde schattig und färbte sich blau, und ich hätte am liebsten geweint; ich hörte Donner, obwohl kein Regen drohte; und ich wußte, ich sollte zittern und Angst haben, weil damals alles genauso blau und schattig und vollkommen ausgesehen hatte, als ich nach der Schlacht von Kernstown zurückgekommen war und hörte, wie Pappa nach Mutter schrie, während er im Haus verbrannte, und sah, wie Mutter um und um geschleift und getötet und gefickt wurde und –

Verdammt und zugenäht, ich brauchte daran nicht zu denken! Und ich zitterte kein bißchen, denn ich hatte mich geheilt, und das war wahrscheinlich genauso mächtig wie Mammy Jacks Vision vom Schiff Zion, das beladen war mit Engeln und Seraphim und allem; und ich nahm an, daß ich jetzt wahrscheinlich würde sprechen können, wenn ich wollte, aber als ich es versuchte, brachte ich nur das »Ha«-Geräusch hervor. Na, das überraschte mich nun doch ein bißchen, und ich dachte mir, ich würde wohl nie ganz davon loskommen, ich selber zu sein; vielleicht war es ja bloß so, daß Salamander, der Feuerkönig, auch nicht sprechen konnte. Aber ich wußte, daß ich mir bloß was vormachte; das Fieber muß ein bißchen nachgelassen haben, denn ich glaubte schon, ich könnte überhaupt kein Geist sein oder der Feuerkönig oder Private Newton, der ja sowieso ein Verräter gewesen war; und ich fing wieder an zu zittern und fühlte mich schwach und ängstlich und unrein, weil Jimmadasin nämlich recht hatte: ich hatte Lucy und Jesus und Mutter und Pappa im Stich gelassen und sogar Mrs. Sara Anne und ihre Töchter; und dann ging ich an der Scheune und dem Holzschuppen und dem Schulhaus vorbei, und alles war abgebrannt. Ein Teil des Schulhauses stand noch, aber das Dach war weg und die hintere Wand, und alles war schwarz, und ich konnte das Feuer immer noch riechen; der Geruch wie von nasser Asche war überall, und ich wünschte, ich wäre in das Feuer gelaufen, das die Blauwänste bei Loch Willow angezündet hatten, und ich bekam immer mehr Angst, obwohl hier gar nichts war, wovor ich Angst haben mußte, außer meinen Erinnerungen, und in einer Minute oder in einer Sekunde würde ich wahrscheinlich kehrtmachen und wegrennen, aber ich tat es nicht, ich ging immer weiter, und da waren die Niggerquartiere, Blockhütten, und ein ganzes Stück weiter unten stand Mammy Jacks Hütte; sie war größer gewesen als alle andern, aber sie war jetzt auch abgebrannt; und da war der Hühnerstall, und als ich reinguckte, waren natürlich keine Hühner mehr drin, und der Räucherschuppen war genauso leer wie der Hühnerstall; und es wurde dunkel, und ich wollte nicht weitergehen, denn sonst würde ich zum Großen Haus kommen, das gleich hinter der Anhöhe stand, und das wollte ich nicht sehen, ich wollte es nie wieder sehen – doch warum bin ich zurückgekommen? –, und ich lauschte lauschte lauschte, denn plötzlich hatte ich Angst, daß die Deserteure oder wer immer die Männer gewesen waren, die Mutter und Pappa ermordet hatten, noch da draußen beim Haus sein könnten. Ich hörte es rascheln und scharren, und ich glaubte, daß es die Deserteure waren, aber es war gar nichts, bloß nächtliche Geräusche.

Es wurde schnell dunkel, wie immer, wenn die Luft diese blaue Farbe annahm.

Mir wurde schlecht, richtig schlecht, und ich übergab mich und pinkelte mich naß, und ich erinnere mich an gar nichts, nicht einmal daran, daß ich hingefallen bin oder geschlafen habe, nur daran, daß ich schmutzig war, bis ich aufwachte und mich in einer Ein-Zimmer-Hütte wiederfand; es war kalt, und nur eine Kerze brannte, und die Fenster waren ganz verhängt, und ein dürres altes Niggerweib stand neben dem Bett, in dem ich lag, und sie beobachtete und beobachtete und beobachtete mich.

Es konnte nicht Mammy Jack sein, aber sie war es.

Einen Augenblick lang bildete ich mir ein, ich hätte noch das Fieber von der Impfung und ich wäre immer noch bei Mrs. Sara Anne in der Hütte, in der die Studenten in Loch Willow gewohnt hatten, und Mrs. Sara Anne stände bei mir.

Ich hörte die Kanonade, aber vielleicht war es auch Donner, und ich nahm an, daß ich wohl wieder im akustischen Fokus wäre; ich hatte Durst, mein Mund war trocken, und ich mußte schon wieder pinkeln – Gott, es war mir zuwider, daß ich pinkeln mußte, selbst als ich Fieber hatte oder Delirium oder was es sonst war –, und dann fiel ich oder so was, das weiß ich noch, und ich träumte, ich wäre Private Newton und Salamander, der Feuerkönig, gleichzeitig; und ich weiß, daß mir heiß war, und ich ging ins Feuer, wo ich vollkommen und glücklich sein und Mutter und Pappa finden konnte, und ich stellte mir vor, daß es so wahrscheinlich im Himmel sein würde und daß die Bibel und alle Leute sich irrten, wenn sie glaubten, so wäre es in der Hölle, und dann wachte ich auf, wie ein Zweig zerbricht, und starrte Mammy Jack an, die so dürr war wie ihr längst verschwundener Mann, Onkel Isaac. Wie ich Ihnen schon erzählt habe.

»Du wirst wieder gesund, Master Mundy, keine Angst, es ist bloß Hannah, yas, yas, ich weiß, ich hab 'n bißchen verloren auf den Hüften« – und Mammy Jack lachte dabei – »und vielleicht auch vorne 'n bißchen, aber ich bin immer noch ich, genau wie du immer noch du bist.«

Aber ich war nicht mehr ich, auch wenn ich es ihr nicht sagen konnte; ich versuchte aus dem Bett aufzustehen, aber mir war zu schwindlig, ich mußte mir von ihr helfen lassen, um mich auch nur aufzusetzen, damit ich mich mit Kopf und Rücken an die Wand lehnen konnte.

»Immer noch 'n armer Frosch«, sagte sie. »Ich hab keine Ahnung, was du alles durchgemacht hast, aber du wirst es Hannah erzählen, wenn du soweit bist.«

Ich nickte und sah mich um, und ich wußte, daß es nicht ihre Hütte war, denn die war abgebrannt; es mußte also eine von den

Niggerhütten sein, die Pappa gemietet hatte, denn die standen so weit weg vom Großen Haus, daß die Deserteure sie nicht angezündet hatten. Aber diese alte, runtergekommene Hütte sah nicht aus, als ob jemand drin wohnte, zumindest nicht Mammy Jack, die immer sagte, »alles auf der Welt hat seinen Platz«, und hier war es dreckig, und es stank nach Schweiß und alten Eiern. Ein Tisch war da mit einem abgebrochenen Bein, zwei Stühle und ein Schrank, der mal an der Wand gehangen hatte, jetzt aber auf dem Boden stand, und der Boden war aus Lehm.

»Ich dachte, du wärst 'n Geist, als ich dich am Großen Haus liegen sah, und du warst zusammengerollt wie 'n Baby, aber gezittert hast du, als hättst du 'n Anfall oder 'ne Vision – war's das, Master Mundy? Hattst du 'ne Vision? Sag's Hannah nur, wenn's das war. Du kannst dir nicht vorstellen, was für Sorgen ich mir um dich gemacht hab, als ich gehört hab, was passiert war.« Und dann hörte Mammy Jack auf zu reden und kriegte einen ganz verschlagenen Gesichtsausdruck, als ob sie sich was Niederträchtiges ausgedacht hätte, und vielleicht sah sie auch bloß so aus, weil ihr Gesicht so abgemagert war, und ich fragte mich, wie sie wohl aussehen würde, wenn sie wieder sie selbst wäre und fett, und da sagte sie: »Deine Mamma und dein Pappa...« Sie schaute mich durchdringend an, als ob sie erwartete, daß ich für sie zu Ende redete oder so was. »Weißt du, was passiert ist?«

Ich nickte, und da fing sie an zu weinen und hielt meine Hand so fest, daß es weh tat, und sagte: »Erzähl mir, wo du gewesen bist und wie du entkommen bist, du armes Baby«, und nach einer Weile kriegte sie natürlich raus, daß ich nicht sprechen konnte, und dann machte sie großes Theater und erklärte mir: »Unsere Zeit war noch nicht gekommen«, und als der Wille des Herrn Mutter und Pappa so furchtbar heimgesucht hätte, da wäre sie gerade auf dem Heimweg gewesen, weil sie Onkel Isaac nicht gefunden hätte. Und dann tat sie etwas, was für einen Nigger völlig verrückt war: Sie legte sich ins Bett und nahm mich in die Arme und drückte mein Gesicht an ihren Busen, wenn davon auch nicht mehr viel da war, und sie weinte und wiegte sich hin und her und betete, daß Onkel Isaac zu ihr zurückkommen sollte, und dankte dem Herrgott, daß er mich zu ihr zurückgebracht hatte, und dann sagte sie, wir würden hier weggehen, sie könnte hier einfach nicht länger bleiben; wir würden nach Norden ziehen und meinen Onkel Randolph suchen, der wäre ein guter Mann und würde für uns sorgen, und er würde uns auch helfen, Onkel Isaac zu finden, und dann wären wir alle frei und glücklich und so weiter.

Nun hatte ich nicht die Absicht, ein Blauwanst zu werden, aber Mammy Jacks Weinen und Klagen müssen wohl ansteckend gewesen sein wie eine Erkältung oder so was, denn ich fing an, zu weinen und ganz ohne Grund zu zittern, und dann fielen mir alle möglichen Sachen wieder ein, mit Mammy Jack und Mutter und Pappa, und wie Pappa und Onkel Randolph sich einmal fast geprügelt hatten, weil Onkel Randolph ein Verräter war und Pappa ihn deswegen haßte; aber das Weinen und Zittern, von dem ich Ihnen gerade erzählt habe, passierte nur innerlich, denn äußerlich lag ich da wie ein Stein oder so was, und ich dachte mir, das kommt wohl daher, daß ich Salamander, der Feuerkönig, geworden bin und vielleicht ein bißchen auch Private Newton, der Verräter, und ich atmete in Mammy Jack hinein und roch Eier und Schweiß, und ich wollte nur noch für immer so bleiben und sie einatmen; und ich erinnerte mich an Sweet Grandy, die tote Lady mit den Pennys auf den Augen, und ich stellte mir vor, ich hätte auch Pennys auf den Augen, statt von Mammy Jacks Busen zugedeckt zu sein, und ich lauschte auf die Kanonade und weinte um Mammy Jack und Onkel Isaac und Mutter und Pappa, aber meine Augen wurden nicht naß, und es war, als ob das ganze Weinen und die Leere und die Trauer weit weg von mir wären, und ich hörte ein schreckliches echohaftes Geräusch um mich herum, als ob Mammy Jack am ganzen Körper weinte, aber das war nur ich selbst mit meinem »Ha«-Geräusch.

Ich schlich mich weg von Mammy Jack, als sie mich in der Hütte allein ließ.

Es war früh am Morgen, aber es waren keine Hähne da, die Krach machten, und ich kann mich auch nicht an Vogelgezwitscher erinnern. Ich schätze, Mammy Jack bereitete alles für unsere Flucht in den Norden vor. Ich versteckte mich draußen im Wald, weil ich hier auf unserer Farm noch nicht fertig war, und mir war schrecklich zumute, denn Mammy Jack war außer sich, als sie mich nicht wiederfand, und sie muß jedes Stückchen Land abgesucht haben, mich gerufen, gebettelt und gefleht haben, ich sollte rauskommen, wir hätten doch keine Zeit, überhaupt keine Zeit, meinetwegen hätte sie schon zu lange gewartet, und da wäre ich es ihr schuldig, jetzt rauszukommen und mich zu zeigen wie ein richtiger Mann, und im Norden würde alles besser werden, und hier gäb's doch nichts mehr für mich, überhaupt nichts, und wir würden ein neues Leben anfangen; und dann muß sie gegangen sein, denn ich war allein mit nichts als dem Wind und den Bäumen und den Insekten, und Mammy Jack hatte recht, ich wollte nicht allein sein, und ich weinte, weil sie weggegangen war, denn auch wenn ich es da noch nicht wußte, so war es doch das letzte Mal, daß ich sie gesehen habe, und ich liebe sie, ich liebe sie immer noch, aber ich hatte noch was zu tun, und ich wollte es tun, ich wollte die Tore des Himmels öffnen; Pappa hatte mir gesagt, daß man es mit Gebeten tun kann, aber ich wußte, was die Tore des Himmels ebenfalls öffnen würde, nämlich Streichhölzer, und ich wartete nicht, sondern zündete gleich alles an.

Ich fing an mit den Bäumen im Wald, und dann brannte ich alle Gebäude auf der Farm nieder, und ich stellte mir vor, daß sie mit mir sprachen, als das Feuer sie erfaßte, besonders die Scheune, die heulte wie der Wind; und nachdem ich alle Niggerhütten in Brand gesetzt hatte, ging ich zum Großen Haus und zündete dort an, was ich konnte, und dann blieb nichts mehr zu tun als zu warten, daß das Feuer und die Engel wie Schlangen über das Feld kämen und mich zu Mutter und Pappa hinaufbrächten – oder vielleicht würde auch der Geisterhund endlich rauskommen und mich mitnehmen, wo immer er hergekommen sein mochte.

Ich schätze, ich hab bloß nicht damit gerechnet, daß ich so lange warten muß.

Nachwort

Mein Neffe Edmund McDowell kam am 6. Juni 1862 in unser Haus, und zufällig war es derselbe Tag, an dem sein Held, General Turner Ashby, in der Schlacht fiel. Meine liebe Frau, Rebecca Cowles McDowell, und ich empfinden ewige Dankbarkeit gegen Reverend Dr. A. A. H. Boyd, den Pastor der Presbyterianischen Kirche in der Loudoun Street zu Winchester, der Edmund erkannte, als dieser am Ort des zweiten Brandes auf der Farm meines verstorbenen Bruders gefunden wurde. Es ist zu einem großen Teil Dr. Boyd und seinen kühnen Bemühungen zu verdanken, daß Edmund mit seiner Familie wiedervereint wurde. Er hat uns auch dabei geholfen, die Bedienstete Hannah zu suchen, der Mundy so sehr zugetan war. Unsere Bemühungen in dieser Hinsicht blieben leider ohne Erfolg. Immer werden wir diesem Geistlichen dankbar sein, der so inbrünstig an eine Sache glaubte, die der unseren doch diametral entgegenstand.

Aber mit äußerster Trauer und Enttäuschung muß ich doch auch berichten, daß Edmund uns in dem Sommer, nachdem er sein Tagebuch vollendet hatte, verlassen hat. Bei dem Versuch, unseren Neffen zu finden, haben wir alle unsere Mittel ausgeschöpft, doch vergebens. Möge der Herrgott in Seiner Barmherzigkeit ihn behüten. Edmund hinterließ uns nur die folgende Notiz, die in seinem Tagebuch steckte:

»Kann nicht länger warten. Muß den Geisterhund finden.«

LIEUTENANT COLONEL
RANDOLPH ESTES McDOWELL (IM RUHESTAND)
29. SEPTEMBER 1865
SCRANTON, PENNSYLANIA

Northern Virginia

N

SHENENDOAH MOUNTAINS

BULL PASTURE MOUNTAINS

MASSANUTTEN MOUNTAINS

BLUE RIDG

Valley Turnpike

Winchester
Newtown
Strasburg
Middletov
Front Roya

Woodstock
Edinburg

Franklin

Mount Jackson

New Market

Harrisonburg

Bridgewater
Mount Solon
Mount Crawford

Conrad's Store
Swift Run Gap

Port Republic
Brown's Gap

McDowell   Westview

Staunton

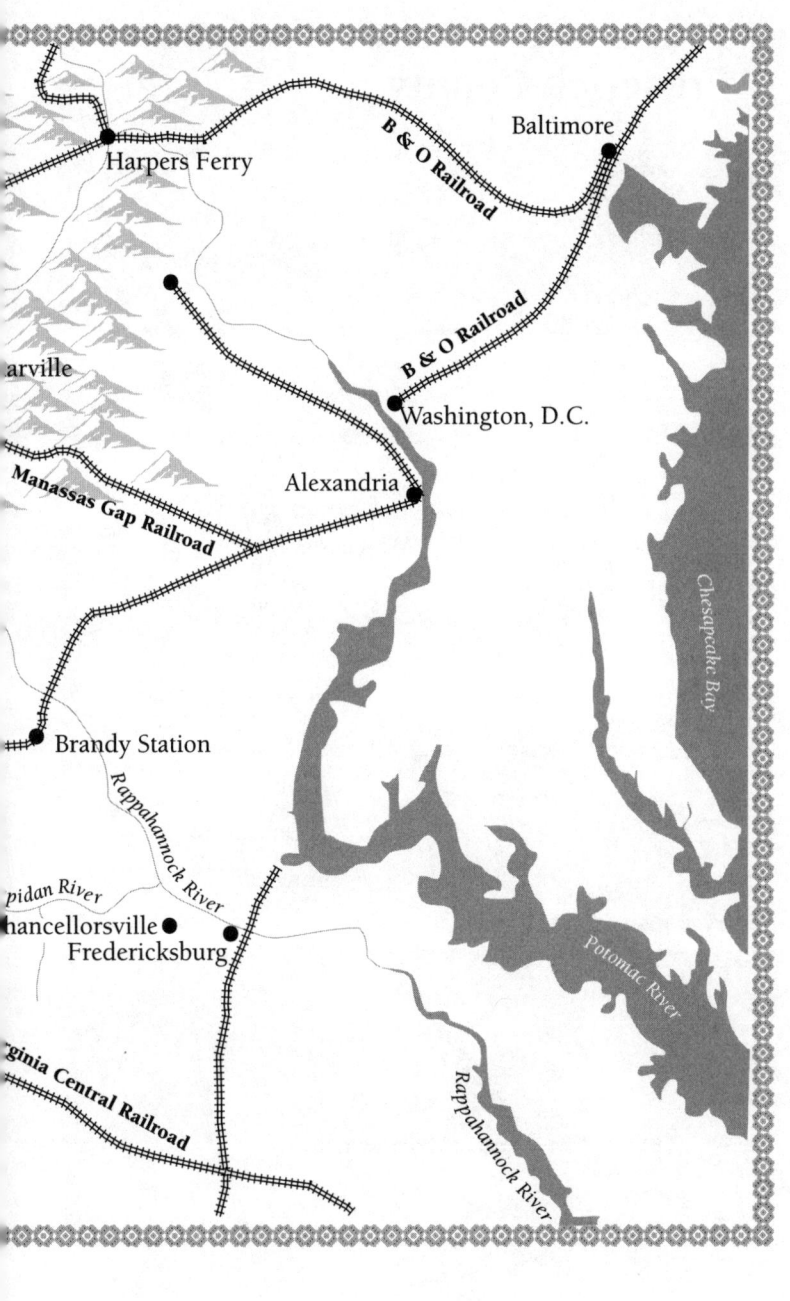

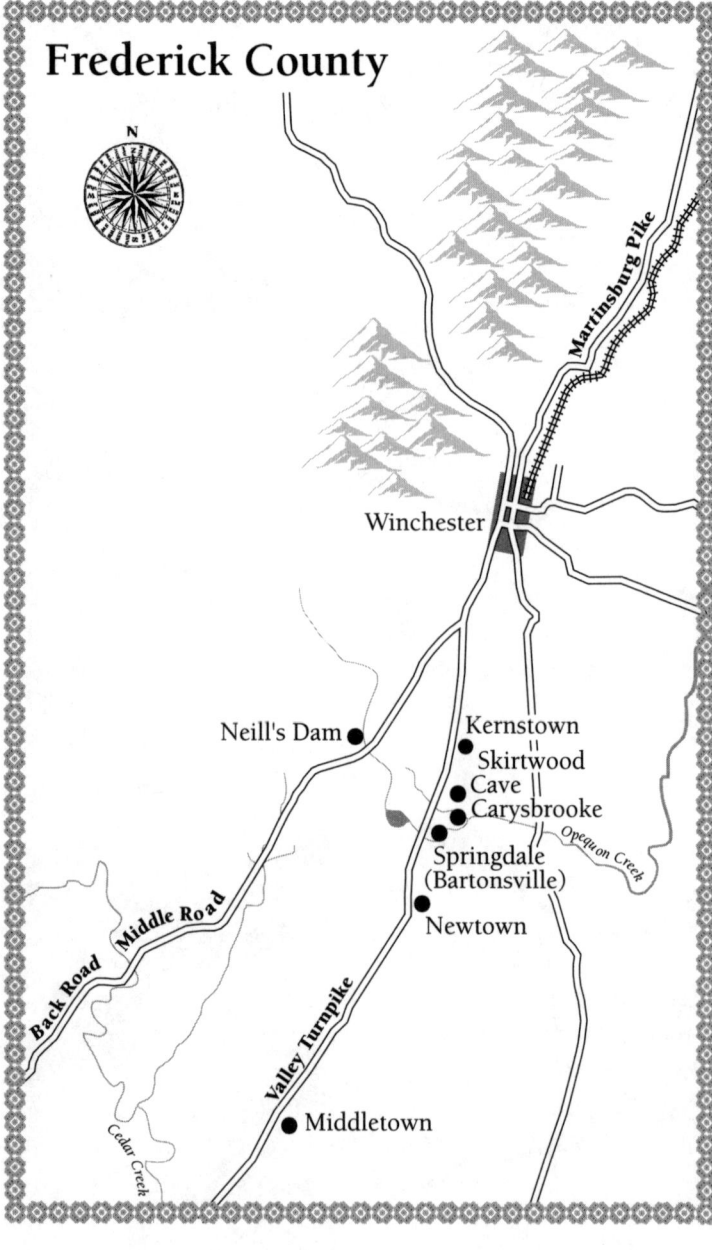

Frederick County

N

Martinsburg Pike

Winchester

Neill's Dam ●

Kernstown ●
Skirtwood
Cave ●
Carysbrooke ●

Opequon Creek

Springdale ●
(Bartonsville)

Newtown ●

Middle Road

Back Road

Valley Turnpike

Cedar Creek

Middletown ●

Anmerkung des Autors

Als man mich einmal um einen Essay über eines meiner Lieblingsbücher gebeten hatte, schrieb ich:

Manche Bücher werden gelesen; andere scheinen Teil unserer eigenen, privaten Erfahrungen zu werden.

Vielleicht ist es das Kennzeichen der Jugend, wie auch die Musik, die wir in der Jugend und im frühen Erwachsenenalter hören, immer ein Bestandteil stark assoziationsreicher Erfahrungen bleibt. Aber ich stelle fest, daß so etwas immer noch geschieht. Auch heute noch mache ich mir bestimmte Bücher zu eigen. Vielleicht ermöglicht es uns die Kunst, den Ennui und den Zynismus der »Reife« zu überwinden und unseren Unglauben abzuschalten. So werden wir noch einmal unschuldig und öffnen uns für das Leben.

The Painted Bird von Jerzy Kosinski brennt noch immer in meiner Erinnerung, heller vielleicht als irgendein anderes Buch. Noch immer ist es eine Alptraumerfahrung, ein Wachtraum, noch nach fünfzehn Jahren. Ich entdeckte das Buch, als ich anfing zu schreiben, als ich dabei war, die Brücke vom Leser zum Autor zu überqueren. Das anfängliche Grauen bei der ersten Lektüre, an das ich mich erinnere, hat sich mit den Jahren in ein Gefühl von numinoser Vollkommenheit verwandelt, von etwas Magischem und doch Furchtbarem, von etwas, das so gleißend rein und erschreckend ist, daß es hinterhältig wird.

Als man mich also jetzt bat, meinen Lieblingsroman zu empfehlen, ging ich an meinen Bücherschrank, um *The Painted Bird* noch einmal zu lesen.

Und dort fand ich *Der Tag, an dem ich unsichtbar wurde* ...

In seinem Vorwort zu einer neuen Ausgabe des Buches schrieb Kosinski, alte Schulfreunde »haben mir vorgeworfen, die historische Wahrheit zu verwässern, und mich bezichtigt, eine angelsächsische Sensibilität zu bedienen, die ihre einzige Konfrontation mit einer nationalen Katastrophe ein Jahrhundert zuvor im Bürgerkrieg erlebt habe, als Banden von verlassenen Kindern durch den verwüsteten Süden gestreunt seien«. Als ich diesen Satz las, war ich elektrisiert. Ich wußte, kaum daß ich Kosinskis Worte gelesen hatte, daß mein nächstes größeres Werk vom Bürgerkrieg handeln würde. Meine Erfahrung ist es immer gewesen, daß der Stoff sich den Autor sucht.

So war es auch bei meinem letzten Roman, *Die Kathedrale der Erinnerung.*

Und so war es hier ...

Kaum hatte ich Kosinskis Zeilen gelesen, sah ich einen Schimmer von den Gedanken und Träumen, den Ängsten und Obsessionen meines Protagonisten: eines vierzehnjährigen Jungen, sprachlos von dem Grauen, das er mit angesehen hat, gehetzt von wirklichen und eingebildeten Dämonen, der die Tragödie des Bürgerkriegs mit den Augen eines Kindes betrachtet, in der Realität, Aberglaube, Magie und Geschichte hell strahlen. Ich nahm mir vor, die persönliche und geheime Welt zu porträtieren, die im Innern der vertrauten Schulbuch- und Populärgeschichte existiert.

Als ich Kosinskis Vergleich von *The Painted Bird* mit den Erlebnissen von Kindern im Bürgerkrieg las, erinnerte ich mich wieder daran, wie ich mich gefühlt hatte, als ich *Der Herr der Fliegen* las, und ich verglich diese Erfahrung mit der Lektüre von Kosinskis *Painted Bird*, von Twains *Huckleberry Finn* und von Salingers *Fänger im Roggen*. Und ich *hörte* Mundys Stimme, die mir etwas zuflüsterte; und in diesem Augenblick des (mangels eines besseren Wortes) »Erkennens« wußte ich, wie *Der Tag, an dem ich unsichtbar wurde* gestaltet werden mußte. Die Geschichte erforderte eine konzentrierte Unmittelbarkeit, und sie mußte aus der persönlichsten aller Erzählperspektiven erzählt werden: in der ersten Person.

Ich wollte, daß der Leser die größte, verheerendste und einflußreichste Periode der amerikanischen Geschichte durch die Augen eines Kindes erlebt. *Mit* den Augen eines Kindes. Ich wollte die kleinen Details offenbaren, die man in der traditionellen Geschichtsschreibung nicht findet, und die Periode durch die *Erfahrung* einer persönlichen, emotionalen Geschichte zum Leben erwecken. Mundy verschmilzt Phantasie und Realität, während er versucht, seinen Erlebnissen einen Sinn zu geben, und während er imaginäre Freunde findet, die ihn führen und die Welt mit Sinn erfüllen, bevölkert *Der Tag, an dem ich unsichtbar wurde* sich mit Geistern und Gespenstern, die ebenso launenhaft sind wie die Lebenden. Aber auch sie verraten ihn und wenden sich von ihm ab. Zwar wäre es denkbar, daß man diesen Roman als »magischen Realismus« betrachtet, aber meine Absicht war es, eine *erhöhte* Realität zu schaffen. Ich wollte die schreckliche Seligkeit des Kampfes vermitteln, das irreale Gefühl von Verdichtung, Erregung und Grauen, das zustande kommt, wenn die vertraute Welt zusammenbricht. Ein Yankee-Zivilist schrieb, der Bürgerkrieg habe »die Empfindungen eines ganzen Menschenlebens in ein paar Jahre gedrängt«. Für Mundy drängen sich die Erfahrungen und Emotionen eines ganzen Menschenlebens in ein einziges Jahr.

Ich habe Material in zeitgenössischen Tagebüchern gefunden, um die Personen und den Hintergrund wie in *Die Kathedrale der Erinnerung* zu unterfüttern. Ich glaube, daß Literatur von Details lebt, und Tagebücher und Erinnerungen bieten dafür die besten Quellen. So, wie die *Diaries of Ibn Battuta*, Lucca Landuccis *Florentine Diary* und Leonardo da Vincis Notizbücher *Die Kathedrale der Erinnerung* formten, so halfen mir Berichte aus erster Hand, die Form und die Erzählrichtung von *Der Tag, an dem ich unsichtbar wurde* zu entdecken – Erinnerungen wie Cornelia McDonalds

A Woman's Civil War, Luther Hopkins' *From Bull Run to Appomattox: A Boy's View*, Francis Dawsons *Reminiscence of a Confederate Service*, Jedediah Hotchkiss' *Make Me a Map of the Valley*, Jesse Bowman Youngs *What a Boy Saw in the Army*, John S. Robsons *How a One-Legged Rebel Lives*, Lucy Rebecca Bucks *Sad Earth, Sweet Heaven* und Henry Kydd Douglas' *I Rode With Stonewall*, um nur sehr wenige zu nennen. Die Bücher von Hopkins und Young waren besonders erhellend, denn sie schildern die Erlebnisse von Teenager-Soldaten in den Armeen der Union und der Konföderation. Zwar fand ich viele interessante Details in Büchern wie *What a Boy Saw in the Army*, aber etliche dieser alten Soldaten waren doch mehr daran interessiert, von Ereignissen zu erzählen, bei denen das Gewicht auf Patriotismus und Heldentum lag, als die undelikaten Details des Grauens und der Idiotie des Krieges zu schildern. Dennoch stelle ich immer wieder fest, daß die interessantesten und erhellendsten »Teilchen« – das Material, das am Ende den Roman vorantreibt – noch im entlegensten Zusammenhang vergraben sein können.

Am Ende – und wie immer! – hatte ich also keine andere Wahl, als zu versuchen, alles zu lesen, was ich bekommen konnte: Bücher über die sexuellen Sitten der Zeit wie Thomas P. Lowrys exzellentes *The Story the Soldiers Wouldn't Tell: Sex in the Civil War*, lokal und in sehr begrenzten Auflagen erschienene Hefte zu so unterschiedlichen Themen wie Geister im Bürgerkrieg und Soldatinnen, die sich als Männer verkleideten, Broschüren von regionalen Organisationen wie der Winchester-Frederick County Historical Society, Monographien zur Geologie der Region, Texte über die medizinische Ausrüstung und chirurgische Verfahren im Bürgerkrieg, über Munition und Uniformen und Eisenbahnen, Folklorezeitschriften, zeitgenössische Zeitungen und Magazine sowie die endlos faszinierende (und abwechselnd betäubende) achtzigbändige Serie *The War of the Rebellion*, veröffentlicht vom Government Printing Office, mit militärischer Korrespondenz, Journalen, Hearings, Karten und Verlustzahlen für beide Parteien des Konflikts. (Der Autor kann von Glück sagen, daß nur sieben Bände für Mundys Abenteuer relevant waren!)

Eine der interessantesten Quellen war *Weevils in the Wheat: Interviews with Virginia Ex-Slaves*, herausgegeben von Charles L. Perdue Jr., Thomas E. Barden und Robert E. Philipps. 1936 begann das Virginia Writers Project, ehemalige Sklaven in Virginia zu interviewen, und im Zeitraum eines Jahres wurden mehr als dreihundert Gespräche geführt. Leider ist fast die Hälfte dieser Interviews verlorengegangen oder vernichtet worden, aber die erhaltenen Erinnerungen eröffnen einen tiefen Blick in jene Zeit. Obgleich es »Übersetzungen« der Interviewer sind – und einige ihrer Notationen erscheinen ziemlich eigenwillig –, hört man immer noch die Poesie des Sklavendialekts in diesen Liedern und Geschichten, die fast verlorengegangen wären; es sind kostbare Berichte von Zuversicht und Freude und Verzweiflung. Nachdem ich diese Interviews gelesen hatte, wurde Mundys Stimme lauter und beharrlicher, und ich erblickte neue Szenen und Wendungen, wie ein Seemann durch wabernden Nebeldunst Land sehen kann. Auch das Skizzenbuch des Malers James E. Taylor war von unschätzbarem Wert für mich. Taylor begleitete General Philip H. Sheridan 1864 auf seinem Feldzug durch das Shenandoah Valley. Auch wenn Taylor in keiner Hinsicht als großer Künstler gelten kann, fand ich seine detaillierten Zeichnungen des Tales – seiner Menschen, Häuser, Schlachtfelder, Dörfer, Städte und Straßen – brauchbarer als die brillanten Schlachten- und Feldlager-Zeichnungen und -Gemälde von Winslow Homer oder die herzzerreißenden Schlachtenphotographien von Alexander Gardner. Homer und Gardner hielten zeitlose Augenblicke fest, Taylor dagegen registrierte die profanen und leicht vergessenen Details des Alltagslebens. Diese Details waren von unschätzbarem Wert für mich, denn ein Roman gewinnt sein Leben aus den kleinen Momenten, die den Weg für die großen Szenen und Epiphanien ebnen … wenn dergleichen tatsächlich vorkommen sollte.

Zwar erhaschte ich den ersten Blick auf Mundy und *Der Tag, an dem ich unsichtbar wurde*, als ich Kosinskis Vorwort las (und ich spürte ein wenig von dem Puls und den Rhythmen des Buches, als ich mich in die Zeit und die Gegend vertiefte – nachdem ich Tagebuch über Tagebuch, Quelle über Quelle gelesen hatte), aber das Knochengerüst und das Fleisch des Buches fand ich erst, als ich tatsächlich überall dort umherging, wo auch Mundy umhergegangen ist, erst als ich eine Zeitlang im Tal gelebt und durch die Schleier der Gegenwart in die Vergangenheit geschaut hatte. Das Tal wimmelt noch immer von Geistern. Als ich auf manchen der alten Friedhöfe und Schlachtfelder stocksteif stehenblieb, konnte ich das Wispern der Vergangenheit hören, und dort erst erwachte der Roman zum Leben. Auf den stummen, leeren Feldern, die einst mit Blut getränkt worden waren, hörte ich Mundy, sah ich die Geschichte wie ein Spanner, der das Land selbst belauscht.

Und genauso, wie ich Mundy belauschte, belauschte Mundy sich selbst, schuf er sein Tagebuch als mnemotechnisches Mittel – als ein Mittel, mit dem sich all das wiedereinfangen ließe, was er verloren hatte. Kann man erwachsen, kann man ein Mensch werden, ohne mit dem Verlust zurechtzukommen? Vielleicht ist das die zentrale Frage des Buches.

Und tatsächlich – wird Mundy ein Mensch … oder wird er ein Geist?

Er hat mich mit der letzten Zeile allein gelassen: »*Kann nicht länger warten. Muß den Geisterhund finden.*«

Die Entscheidung überlasse ich Ihnen.

Es war so um die Zeit, als

wurde, daß ich vergaß, wie man spr

denken und sie aufs Papier schreibe

ich den Mund aufmache und reden

zuschnürt. Doktor Keys hatte ein

Anscheinend war allen wohler, wer

konnten. Und das ist auf alle Fäl

habe tun sehen – außer daß sie Sold

haben. Und das hab ich zum Teufe

gottverdammten Ärzte haben mehr

und Kanonen zusammen. Aber jetz

Randolph sagt, ich greife mir dauer

ganze Geschichte erzählen, woza das